KB081824

1987

1987

하.창.수 장.편.소.설

호메로스

인간은 누구나 완전하지 않다.
이것만으로도 우리에겐 완전함을 추구할
의무와 권리가 있다.

시간을 멈출 수 있는 자는 아무도 없다

1987년 1월 1일, 중국의 베이징 톈안먼 광장에 수백 명의 학생들이 시위를 하기 위해 모여들었다. 1월 14일, 한국의 한 국립대학교 학생이 남영동 대공분실에서 물고문을 받다 질식해 세상을 떠났다. 여름이 시작되던 6월 10일, 수많은 사람들이 서울의 도심을 행진했다. 그로부터 19일 뒤, 다음 대통령으로 유력한 여당의 한 인사가 헌법을 바꾸겠다고 선언했다. 8월 1일, 무슬림의 성지 메카에서 이란과 사우디아라비아의 순례자들이 충돌해 400명 이상이 죽었다. 7월 15일, 셀마라는 이름의 태풍이 한반도로 진입했다. 무더위가 기승을 부르던 8월 5일, 헌법을 바꾸겠다고 선언한 바 있던 사람이 여당의 총재로 취임했다. 8월 19일, 한국의 95개 대학 학생대표들이 충청남도의 한 대학교에 모여 전국대학생대표자회의를 결성했다. 8월 28일, 동남아시아의 섬나라에서 쿠데타가 일어났다. 55명이 사망했다고 보도되었다. 더 많은 희생자가 있었으리라는 소문이 돌았지만 이내 묻혔다. 더위가 한풀 꺾인 8월 29일, 한국의 한 종교집단에서 32명이 집단으로 자살한 변사체가 발견되었다. 8월 31일, 한국의 정당 대표들이 모여 대통령을 국민의 손으로 직접 뽑자는 데 합의했다. 가을로 들어서던 9월 7일, 아직 통일이 되지 않은 독일의 동쪽나라

공산당서기장이 분단 이후 처음으로 서쪽나라를 방문했다. 아침저녁으로 서늘한 가을바람이 불던 9월 24일, 스물일곱 살 먹은 경상도 출신의 한 남자가 동학혁명을 전공하는 절름발이 대학원생이 주인공인 작품을 발표하고 소설가가 되었다. 닷새 뒤인 9월 29일, 한국의 제1야당 총재와 재야의 명망 높은 인사 사이에 논의된 차기 야당 대통령후보 단일화를 위한 회담이 결렬되었다. 가을이 깊어지던 10월 12일, 한국의 국회는 대통령 직선제를 위한 수정헌법을 통과시켰다. 겨울로 접어든 11월 29일, 대한항공 소유의 여객기가 공중에서 폭파되어 그 잔해가 태평양으로 떨어졌다. 살아남은 사람은 아무도 없었다. 겨울의 찬바람이 목덜미를 헤치던 12월 16일, 한국의 새 대통령을 뽑는 선거가 치러졌고, 육군 장성 출신의 여당 후보가 대통령으로 당선되었다. 그때 투표권을 행사할 수 있는 사람의 수는 2천5백만 명이 넘었고, 2천3백만 명 정도가 투표를 했으며, 대통령으로 당선된 사람이 얻은 표는 828만 2,738표였다.

시간은 결코 멈추지 않는다. 그 누구도, 시간의 멱살을 잡고 늘어지고 분탕질을 치고 욕설을 뱉을 수는 있지만, 멈추게 할 수는 없다. 그래서 언제 무슨 일이 일어날지 알 수 있는 사람도 없다. 예전에 일어났던 일이 다시 일어날 수도 있고, 전혀 새로운 일들이 터질 수도 있다. 1987년은 그 멈추지 않는 시간의 한때였고, 그 이전의 미래였고, 그 이후의 과거였다.

만약 자유를 위해 죽을 준비가 되어 있지 않다면,
자유라는 단어를 당신의 사전에서 지워버려라.

– 말콤 엑스

◆◆◆

『소설』은 허구적인 작품이다. 이 소설의 등장인물들은 작가가 창조한
것이며, 현재 생존해 있거나 고인이 된 실제 인물들과 어떤 유사성이
있다면, 그것은 순전히 우연일 뿐이다. 스토리 또한 그렇다.

– 제임스 미치너, 〈소설〉

프롤로그 : 시간을 멈출 수 있는 자는 아무도 없다

1987년 1월 1일, 중국 베이징의 톈안먼광장에 수백 명의 학생들이 시위를 하기 위해
모여든다. 1월 14일, 한국의 한 학생이 물고문을 받다 질식해 세상을 떠난다. 6월 10일
수많은 사람들이 서울의 도심을 행진한다. 11월 29일 대한항공 소유의 여객기가
공중에서 폭파된다⋯. 시간은 결코 멈추지 않는다. 그래서 언제 무슨 일이 일어날지
알 수 없다. 1987년은 그 멈추지 않은 시간의 한 때였고 그 이전의 미래였고 그
이후의 과거였다.

제1부 적의 조건

1. 저격수를 위하여

원시 야쿠트족Yakuts의 법은 '인간의 피는 만일 그것이 흘려지는 날에는 반드시 보상을
요구하는 것이다'라는 법리에 철저히 입각해 있다. 그래서 피살자의 자손들에 의한 가해자
자손에 대한 복수는 9대에 걸쳐서 계속된다⋯. 저격수라는 별명의 테러조직 행동대장
선우활은 주먹으로 모든 걸 해결하는 편이지만 한편으로는 자신의 과거를 찾기 위해
몸부림친다. 그는 역사라는 시간과 기나긴 싸움을 시작한다. 여러 대에 걸친 질긴 인연의 끈과
출생의 비밀을 캐내려는 그에게는 늘 위험이 따라붙는다. 그 인연과 비밀은 때로는 폭력을
불러오고 피비린내를 풍기기도 한다. 선우활의 의형제인 소설가 윤완은 그런 사연에 지대한
호기심을 느낀다.

2. 거꾸로 흐르는 시간

어느 날 대한민국에 사는 60대의 한 남자가 집으로 돌아가던 길에 문득 시간이 멈춰버린 듯한
괴이한 느낌에 빠진다. 모두들 꼼짝 않고 멈추어 서 있는데 움직이는 것은 자신뿐이다. 순간
브레이크를 밟았지만 유조차의 꽁무니를 들이받고 만다. 노신사는 그 자리에서 즉사한다.
30대에 정치에 입문하여 오랜 세월 야당에서 정치밥을 먹고 살아온 사람이었다 한다⋯. 비
오는 어느 날 밤 서울 외곽의 한적한 도로 한편에는 공중전화 부스가 부서져 있고 비스듬히
넘어진 레미콘 차량 아래쪽에는 피투성이가 된 남자의 시신이 동강난 나무토막처럼 무참하게
꺾여 있다. 선우활은 그것이 자신과 연결된 사건이라는 걸 감지하지 못한다. 의문의 살인과
실종들이 시작된다.

3. 음모의 그늘

학자였던 아버지가 정치계에 발을 들여놓은 뒤로 소설가 윤완의 집안에는 알 수 없는 사건들이 일어난다. 친척의 기업체가 갑자기 정체불명의 사람들로부터 압수 수색을 당하고 비자금 관련 장부를 빼앗긴다. 윤완은 저격수 선우활에게 도움을 청하지만 그것이 끝없는 사건의 시작이라는 사실은 미처 알지 못한다. 선우활은 해결사답게 사건을 해결해내지만 그 역시 그것이 기나긴 악연의 시작이라는 사실을 감지하지 못한다. 그는 놀랍게도 자신이 충성을 바쳐야 할 자신의 조직에 손을 댄 셈이다. 윤완은 비자금이 아버지가 몸담은 정당과 정치권의 뒷거래에 난마처럼 얽혀 있다는 사실에 놀란다.

4. 낡은 수레바퀴에 깔린 사마귀

저격수 선우활은 보스의 여자 남미현을 사랑하는 위험한 모험에 빠져든다. 그들에게는 권력자들이 운용하는 테러조직 '서의실업'과 반정부 조직이 활용하는 테러조직 '아이제나흐'의 공작이 얽혀 있다. 그의 여자는 반정부 조직이 침투시킨 공작원이고 그는 권력 조직의 핵심 행동대장이다. 그녀는 권력 조직 상층부가 시도하는 공작과도 연결되어 있다. 여자와 사이가 깊어진 이후에야 선우활은 비로소 두 조직이 서로 죽고 죽이면서 공생하는 관계라는 것을 알게 된다. 반정부 조직은 광범위한 정보를 통해 은밀하게 파괴 공작을 벌이고 권력자들의 조직은 직접 폭력을 행사한다. 선우활의 출생의 비밀은 반대 조직인 아이제나흐의 활동에 의해 조금씩 밝혀진다.

제2부 적들의 사랑

5. 사막, 낙타, 검은 태양

식민지 시대, 일본에 충성하며 안온한 삶을 살고 있던 한 사나이가 있었다. 독립운동가나 그 지원 세력들을 잡아들이던 종로경찰서의 형사였던 그는 불혹의 나이에 이르러 한순간 자신의 적이 누구인지 혼란에 빠져버린다. 일본 경찰의 앞잡이 노릇을 하는 자신의 미래를 돌아보니 자식의 미래가 보였기 때문이다. 나의 적은 일본인가 조선인가. 좌우의 독립 세력들 사이에서 벌어지는 수없는 배신과 변절의 와중에 누가 적이고 누가 아군인지 알 수가 없다. 동시에 대일본제국을 향한 자신의 충성스런 임무 수행이 누구를 위한 것인지 알 수 없게 되어버렸다. 그는 일생일대의 대변신을 시도한다. 출생의 비밀을 찾던 저격수 선우활은 할아버지 선우명의 이런 사연을 드디어 알게 된다.

6. 죽음을 부르는 노래

종로경찰서 형사에서 항일 테러리스트로 대변신을 꾀해, 전차역, 경찰대, 헌병대, 일본 경찰, 일본 군대 등에 대해 닥치는 대로 테러를 결행하던 그는 결국 중국공산당 만주성위원회

무장부대인 동북인민혁명군 첩보대 군관이 된다. 그러나 결정적인 순간에는 늘 '조직'을 배신하고 '개인'으로 돌아간다. 박헌영 제거에 일조를 한 덕분에 살아남긴 했지만, 민족도 조직도 개인도 더 이상 그에게는 버팀목이 되지 못한다. 조국이 해방되자 그에게는 갑자기 적이 없어져버린다. 일본은 적이라고 할 수 있었지만 '미 제국주의'와 '남조선 정부'는 도저히 적으로 받아들여지지 않는다. 그는 다시 변신하지 않을 수 없게 된다. 아들 선우장을 믿을 만한 지인에게 맡기고 월남한 선우명은 계룡산으로 숨어들어 홀로 회한의 삶을 이어나간다.

7. 3년 6개월이라는 시간

선우명의 아들 선우장은 하늘같은 아버지가 아무 말 없이 종적을 감춰버린 사실에 몹시 괴로워한다. 그에게 가장 위대한 인물이었던 아버지가 흔적도 없이 사라졌다는 사실을 믿을 수가 없다. 이유를 알 수도 없다. 그는 군관 신분을 벗어버리고 남파 공작원의 길을 택한다. 현지 공작원과 접선하던 그는 우연히 아버지의 소식을 듣게 된다. 자수하여 신분을 정리한 다음 그는 아버지를 찾아 함께 생활을 일군다. 결혼을 하여 아들 선우활과 딸 선우연을 낳지만 남파 저격조에 의해 그들 부부는 살해되고 절망한 아버지는 다시 계룡산으로 들어간다. 그 아들과 딸을 입양한 사람은 선우명을 찾아내어 선우장으로 하여금 자수하지 않을 수 없게 만든 형사이자 훗날 서의실업의 중요 인물인 선우정규다.

8. 인간 조건

소설가 윤완은 한 신문사의 문학상과 관련된 음모에 얽힌다. 문학상 수상과 '수상 거부'를 동시에 제의하는 인물들은 신문사 내부의 기자들이다. 신문사의 권력 다툼에는 반정부 조직 아이제나흐와 권력층 조직 서의실업까지 그물망처럼 얽혀 있다. 여기에는 반정부 조직 아이제나흐 구성원인 정치부 기자 이문호와 권력층 조직 서의실업의 창립자이자 이문호 기자의 아버지인 이종훈까지 관계되어 있다. 그리고 의문사한 그의 형 이문형의 죽음과도 얽혀 있다. 윤완은 순전한 작가적 호기심으로 이 사건을 파헤쳐보려는 강한 충동을 느낀다. 하지만 수많은 관련 인물들이 등장할 때마다 사건의 윤곽은 점점 더 복잡해질 뿐이고 자신이 알 수 없는 수렁으로 빠져드는 느낌을 받는다.

제3부 적은 없다

9. 이국 통신

미국에 자리 잡고 살고 있던 윤완의 누이 윤선은 이국땅에서 한 남자를 만나 사랑하게 된다. 그 남자는 선우활의 아버지 선우장이 북한에서 결혼하여 낳고 북한 중앙당의 유력자에게 입적시킨 아들 장인국이다. 식민지 시절의 경찰 선우명과 독립군 지원 세력 윤인근으로 만났던 인연의 끈은 질기게 이어진다. 윤선과 장인국의 관계, 그리고 윤선의 대북 활동이 알려지자 그녀는 한국으로의 입국이 금지된다. 장인국 역시 남쪽 여성과의 관계가 밝혀지면 북으로 갈 수 없는 처지. 윤선은 남쪽의 세력들에게 보복성 테러를 당하기도 한다. 장인국의 선배 외교관인 박명수는 마약 거래가 발각되어 정치적 곤경에 빠져 잠적해버리고…. 북으로도 남으로도 갈 수 없는 장인국은 불안한 처지를 몹시 괴로워한다. 윤완의 가족 역시 풍문으로만 안타까운 소식을 듣는다. 그러나 장인국이 누구인지에 대해서는 그들도 알지 못한다.

10. 붉은 안개꽃

정치권의 소용돌이 때문에 신문사의 수상 거부 음모(?)는 무위로 돌아갔지만 소설가 윤완은 정치부 기자 이문호에게서 아이제나흐 활동 자료를 넘겨받는다. 아이제나흐와 서의실업에 관련된 인물들의 자료로 윤완은 대충 윤곽은 파악했지만 비밀스러운 조직의 전모를 알아내지는 못한다. 갈수록 안개 속이다. 자료를 정리해 인물 관계 도표를 만든 윤완은 얽히고설킨 인연의 연결고리 중 한 인물이 누이 윤선을 짝사랑했던 백종명이라는 확신을 갖게 된다. 의문을 풀기 위해 지방대학 강사 백종명을 찾아간 그는 백종명 역시 아이제나흐 멤버였을 뿐만 아니라 중심 인물이라는 사실을 알게 된다. 그의 설명으로 의문들이 하나씩 풀려간다. 적도 없고 동지도 없는 조직간의 관계가 드러난다. 그러나 그날 이문호 기자가 피살된다.

11. 시간의 미로

피의자로 조사를 받다가 풀려난 윤완은 두 조직 인물들의 관계를 알아볼 수 있는 새로운 도표를 작성한 다음 이 사건 담당자인 민영후 형사를 찾아간다. 이문호 기자에게서 자료를 받으면서 이 사건을 소설로 쓰겠다고 약속했을 뿐 아니라 꼭 소설로 만들어보고 싶다는 강한 욕망이 일었기 때문이다. 풀리지 않는 의문점들은 민영후 형사의 도움을 받기로 한다. 살해 용의자로 서의실업과 아이제나흐의 인물들이 모두 거론된다. 오래 전의 노동쟁의가 이 사건과 관련되어 있고 쟁의의 시작과 끝에는 아이제나흐 창설자 박정욱과 서의실업 행동대장 선우활의 주도적 역할이 있었다는 사실이 밝혀진다. 그리고 윤완과 선우활의 조상인 윤인근과 선우명의 악연도 드러난다.

12. 적을 찾아가는 먼 길

보스의 여자를 사랑한 선우활은 조직의 추적을 피해 남미현과 잠적해 있다 도피 생활을 끝내기 위해 서의실업을 향해 도박을 건다. 조직의 간부를 납치해 그의 입을 통해 그 동안의 수많은 살인 사건, 의문사, 남미현의 침투 공작과 배후 조직 아이제나흐의 정보까지 듣게 된다. 선우활은 서의실업의 중요 서류와 녹음테이프를 교환하는 과정에서 서의실업의 보스를 살해한다. 서의실업은 이 사건으로 와해되지만 사건 자체는 유야무야된다. 자신의 문제들을 모두 정리한 선우활은 계룡산으로 할아버지를 찾아 나선다. 찾긴 했지만 할아버지는 치매에 걸려 장인국을 기억할 뿐 선우활은 알지 못한다. 윤완은 소설을 탈고했으나 끝내 세상의 빛을 보여주지 못한다.

제1부

적의 조건

1. 저격수를 위하여

원시 야쿠트족(Yakuts)의 법은 「인간의 피는 만일 그것이 흘려지는 날에는 반드시 보상을 요구하는 것이다」라는 법리에 철저히 입각해 있다. 그래서 피살자의 자손들에 의한 가해자 자손에 대한 복수는 9대에 걸쳐서 계속된다.

1990년대 초.

바람이 포구를 향해 제법 세차게 불어오고 있었다. 한때는 번성했던 임해 공업 도시였음을 상징하듯 멀리 해안을 따라 검붉은 색의 띠를 두른 높은 굴뚝들이 빽빽하게 솟아 있었다. 하지만 이제 그들 중 연기를 뿜어내고 있는 곳은 두어 개에 지나지 않았다. 그나마 영맥이 없어 보였다. 담배연기만도 못한 푸르딩딩한 연기들이 해풍에 힘없이 날릴 뿐이었다.

부두의 닻줄걸이에 엉덩이를 걸친 채 한동안 바다를 응시하고 있던 사내가 비닐 조각이 바람에 풀풀 날리는 보도블록 위에다 침을 뱉고는 천천히 몸을 일으켰다. 무릎 아래까지 내려오는 쥐색 트렌치코트가 바람을 받아 휘날렸다. 사내는 도심 쪽 야트막한 산 너머로

막 지기 시작한 초겨울의 짧은 황혼을 바라보며 천천히 발길을 움직였다.

"개새끼들."

버릇인양 사내는 다시 바닥에다 침을 뱉으며 짧고 날카롭게 뇌까렸다. 바람에 묻어 날아온 붉은빛이 사내의 눈동자를 후비듯 파고들었다. 그래서인지 사내의 얼굴은 그 자체로 핏발이 선 눈동자 같았다. 그는 신경질적으로 손목을 코앞으로 끌어다 시계를 보았다.

탄더미가 쌓여 있는 통운회사 창고 앞까지 걸어오는 동안 그는 몇 번이나 그렇게 손목시계를 확인했다. 누군가와 거기서 만날 약속을 했던 모양인 듯 연신 주위를 두리번거렸다. 하지만 부두에는 쥐새끼 한 마리 얼씬하지 않았다. 그사이 해가 완전히 떨어지고, 다그치듯 어둠이 밀려왔다.

"나 같은 인간은 더 이상 이용해먹을 가치가 없다?"

사내는 어금니를 꽉 깨물며 예의 낮지만 날카로운 음성을 입 밖으로 흘려놓았다. 코트 주머니에 찔러놓았던 두 손을 빼내 그 위에다 기름기가 반들반들한 가죽 장갑을 천천히 끼워 넣은 사내는 아귀를 맞추듯 양쪽 손가락들을 엇갈리며 꼭꼭 눌렀다. 삐각삐각하는 소리가 부두의 시멘트 벽을 핥아대는 물결소리와 섞이며 어둠 속으로 잦아들었다.

완만한 기역자를 그리며 해안을 따라 길게 뻗어 있는 부두는 이제 완전히 어둠에 갇혔다. 빛이라곤 폐쇄되어버린 해안도로로 잘못 진입한 차들이 바쁘게 돌아가며 남겨놓은 전조등 불빛이 고작이었다.

상향등을 길게 뻗어내며 1.4톤 타이탄트럭 한 대가 지나가고 난 뒤, 어둠과 정적은 더 깊어졌다. 사내는 오른쪽 손바닥에다 왼손 주먹을 몇 번 쳤다. "탁 – 타탁!" 경쾌한 소리가 어둠을 흔들었다. 그러다가 갑자기 사내는 허물허물 웃기 시작했다. 군데군데 구멍이 뚫려 더 이상 담 구실을 할 수 없을 정도로 허물어진 철책을 벗어났을 때, 사내는 슬그머니 웃음을 거두었다. 여전히 걸음을 떼어놓고는 있었지만 그의 몸에는 이미 습관처럼 긴장이 배어들고 있었다. 피 냄새를 맡는 순간 온몸의 털을 세우며 공격의 기회를 노리는 사막의 하이에나를 빼닮았다.

"선우활!"

누군가 어둠 속에서 낮지만 날카롭게 그의 이름을 부르고 있었다. 그 소리가 떨어진 것과 동시에 사내의 몸이 공중으로 솟구쳐 올랐다. 눈 깜짝할 만큼의 지극히 짧은 순간. 문자 그대로 찰나였다. 그 움직임은 어둠 속에서 일어났다 사라지는 짧고 간결한 한 줄기 섬광과 같았다. 일어났나 싶었을 때 사라져버린 그 섬광은 알 수 없는 비명을 만들어냈고, 그 비명은 곧 어둠 속으로 잠겨들었다.

잠시 뒤, 퍼덕거리는 새의 날갯짓처럼 바람에 세차게 흔들리는 라이터의 불빛이 일었다가 꺼졌다. 이내 다시 켜졌다. 불을 꺼뜨리지 않기 위해 동그랗게 말아 쥔 손바닥 속에서 라이터의 불빛이 살아났다. 불빛 안에 사내가 끼고 있는 가죽 장갑의 번들거리는 검정빛이 도드라져 보였다. 사내의 발치에는 땅바닥에 무참히 널브러진 남자 하나가 신음소리도 내지 못한 채 가슴을 감싸 쥐고서 사내를 올려다보고 있었다. 그의 얼굴은 고통으로 잔뜩 일그러져 있었다.

"이런!"

사내의 입에서 실망스런 목소리가 비어져 나왔다.

"완이 형."

사내는 땅바닥에 널브러진 남자를 일으키려고 얼른 허리를 숙였다. 완이 형이라 불린 남자는 너무도 갑작스럽게 당한 일에 완전히 넋이 나간 듯 사내의 팔을 붙들 생각도 못한 채 땅바닥에 주저앉아 있었다.

"이거 미안해요."

사내는 꽤나 큰 잘못이라도 저지른 양 몸 둘 바를 몰라 하며 주저앉은 남자의 겨드랑이에 팔을 끼워 넣고는 그를 일으켜 세웠다.

"형이 여길 어떻게?"

간신히 몸을 가누고는 있었지만 일격을 당한 충격에서 남자는 좀체 벗어나질 못했다. 사내는 비실비실 웃으며 남자의 등을 두어 번 툭툭 쳤다. 그제야 남자는 끄윽, 하며 트림을 뱉어내고는 길게 한숨을 내쉬었다.

"꼼짝없이 죽는 줄 알았어."

"형같이 약한 사람이었으니 오히려 숨이 붙어 있는 줄이나 아슈. 과장 좀 하면, 나한테 명치 두 방 연속으로 채이고 명줄 붙어 있는 인간이 별로 없어. 한가닥 한다는 놈들은 단단하니까 그만큼 깊이 차이거든. 공격 자세를 취한 만큼 더 깊이. 그런 걸 작용과 반작용이라고 하던가? 근데 형은 워낙 약하니 오히려 스며들기만 한 거지. 푸하하!"

사내는 호쾌하게 웃었고, 아직 통증에서 벗어나지 못한 남자는 웃을 염도 내지 못한 채 사내를 흘겨볼 뿐이었다. 바람이 두 사람의 옷자락을 흔들며 지나갔다. 저탄장을 지나온 바람에 매캐한 탄가루가 묻어 있었다.

"근데, 대체 뭔 일로 형이 여길 온 거요?"

사내가 남자를 부축해 철책을 벗어나며 물었다.

"만나자고 먼저 약속한 사람이 누군데, 이제 와서 나한테 무슨 일이냐고 물으면 어떻게 해?"

거의 안기다시피 끌려가던 남자는 입을 떼는 것조차 힘에 겨운 듯 간신히 떠듬떠듬 말했다. 사내는 대답이 없었고, 배 언저리를 감싸 쥔 완이 형이란 남자가 다시 물었다.

"나야말로 묻고 싶어. 도대체 어떻게 된 거야?"

그제야 사내는 뭔가 짐작이 간다는 듯 어둠 속에서 고개를 가볍게 끄덕였다.

"내가 형한테 만나자고 그랬다 이거지? 나는 전화한 적도 없는데 말이야. 아무튼, 내가 여기 있다는 건 어떻게 알았어?"

"젠장, 내가 누구야." 남자의 말에 어둠 속에서 사내의 눈빛이 반짝였다. "소설로 벌써 15년을 벌어먹었어. 이거 아니면 저거, 여기 아니면 저기지. 자네가 아무리 천하의 해결사라 해도 부처 손바닥 안에 있다구."

사내는 별다른 대꾸를 하지 않았다. 사내의 가죽장갑 안에서 다시 라이터가 켜졌다가 사라졌다. 불빛이 꺼지자 칠흑 같은 어둠이 두 사람의 모습을 홀연히 지워버렸다.

***

선우활鮮于活과 윤완尹完.

기묘한 운명이라는 말을 빌리지 않고는 서로의 관계를 설명하기 어려운 두 남자. 아직은 그들 사이에 드리워져 있는 질긴 인연의 끈이 이미 수십 년 전 그들 선대로부터 이어지기 시작했다는 사실조차 알지 못하는 두 사람. 성격과 외모, 성장 배경, 학력, 이력, 그 어느 하나 닮은 구석이라곤 없는 그들. 둘 사이에는 정말이지 공유할 그 무엇도 존재하지 않았다. 그럼에도 두 사람은 우정이라는 이름으로 맺어져 있었고, 세월이 흐를수록 그것은 더 깊어졌다.

처음 두 사람이 만난 곳은 중부 전선의 한 병영이었다. 윤완보다 두 살이 아래였던 선우활은 윤완이 대학을 졸업하고 뒤늦게 사병으로 입대한 소총 중대의 선임하사였다.

윤완은 대학에 입학하던 약관의 나이에 일찌감치 등단한 소설가였다. 군에 입대할 당시 그는 이미 신예의 티를 벗고 왕성한 필력을 발휘하고 있었다. 대학원에 진학해 입대를 연기할 수도 있었지만 그는 경험의 폭을 넓히자는 생각으로 군대를 선택했었다. 하지만 그의 다분히 낭만적인 생각은 여지없이 깨졌다. 그것을 실현해내기에는 군대란 전혀 다른 조건들로 가득 찬 곳이었다. 도처에 묻힌 비인간적 품성이라는 지뢰는 규율이라는 확고한 틀에서 벗어나려는 기미가 조금이라도 보이면 가차 없이 굉음을 내며 터졌다. 거기에는 소설가로서의 윤완이 아닌, 때로는 비겁해야 하고 때로는 과장스럽게 자신을 포장하지 않으면 안 되는 날 것 그대로의 인간 윤완이 존재할 뿐이었다. 그런 자신을 발견하는 순간, 그는 깨닫곤 했다. 그것이 바로 자신이 하려 했던 '경험'이라는 것을.

선우활이란 청년은 어땠을까. 학창 시절 내내 정학과 퇴학과 전학을 거듭하며 겨우 고등학교를 졸업한 그는 두 해 남짓 이곳저곳을 떠돌아다니다가 느닷없이 육군 하사관에 자원했다. 경찰 간부였던 부친에게 실망만을 안겨주었던 그는 입대를 한 뒤에도 여전히 골칫덩어리였다. 병촌兵村의 어느 나이 많은 술집 여자와 살림을 차렸다가 면회를 온 그의 부친에게 들켜 죽지 않을 만큼 터지기도 했고, 부대 근처에 있던 국민학교 분교의 여선생에게 반해 구혼을 했다가 도리어 치한으로 몰려 헌병대에서 조사를 받기도 했다. 그 맘 때, 연대 단위 훈련에 참가하던 중 사격장 타깃 위에 앉은 산비둘기 두 마리를 단발에 맞히는 장면이 마침 참관 중이던 연대장의 눈에 띄어 영창 대신 사격 선수로 천거되어 국가 대표로 발탁된 것은 그의 중뿔난 행적 중에서도 단연 으뜸일 것이다. 지금껏 그를 따라 다니는 '저격수'라는 별명이 생겨난 것은 당시의 그 일 때문이었다.

윤완과 선우활 – 서로 다른 길, 서로 다른 방향에 서 있던 이 두 사람을 하나의 끈으로 묶게 한 것은 생뚱맞은 한 사건의 발발로부터였다.

80년대의 어느 겨울, 중대장이 윤완에게 자신의 방송통신대학 리포트를 써달라고 부탁을 했다. 물론 그건 부탁이 아닌 명령이었다. 윤완은 면전에서 명령을 거부했다. 윤완에게 돌아온 건 완전군장에 연병장 돌기. 눈보라가 휘몰아치는 연병장에서 완전군장을 한 채 언제 끝날지 모를 '뺑뺑이'를 돌고 있던 윤완을 보다 못한 선우활이 중대장에게 "그만하시죠," 라고 한마디 던진 게 사건의 발단이었다. 생각해보면 별 것 아닌 일일 수도 있었다. 하지만 모든 심대한 사건의 발단은 시시한 것에서 시작하는 법. 선임하사와 중대장 사이에 일어난 시시한 말다툼이 커져 주먹이 오가게 되었고, 주먹다짐이라면 누구에게도 져본 적이 없는 선우활에게 배불뚝이 중대장은 상대가 되지 못했다. 중대장의 이빨을 두 개나 부러뜨리고 눈 하나는 거의 보름 동안 제대로 뜨질 못하게 만든 선우활은 결국 군복을 벗어야 했다. 죄목은, 물론, 당연히, 거창하게도, 항명抗命이었다.

두 사람의 우정이 시작된 것은 바로 그때부터였다.

자신의 알량한 자존심을 지키려다 도리어 한 사람의 인생을 망치게 했다는 죄책감은 당연하게도 윤완을 무척 괴롭혔다. 하지만 정작 선우활은 군복을 벗은 것이 오히려 잘된 일이라고 여겼다. 탈영이라도 하고 싶었던 그였다. 군대를 떠난 뒤 별 소식이 없던 선우활은 윤완이 제대할 무렵 면회를 왔고, 윤완은 그제야 비로소 그에게 속마음을 털어놓을 수 있었다.

"죄송합니다. 저 때문에……."

윤완이 제대로 눈길조차 주지 못한 채 말끝을 흐리자 선우활은 통쾌하게 웃으며 말했다. "그런 소리 들으려고 형씨를 찾아온 게 아니요. 오히려 내가 고맙단 말씀을 올려야 할 판인데." 나이는 두 살이 아래였지만 겉보기에는 한참 선배뻘로 보이는 선우활이 기분 좋게 어깨를 으쓱했다. 천진난만한 구석이 엿보이는 모습이었다. 윤완은 어리둥절한 표정으로 선우활을 올려다보았다. "나라는 놈이 원래 그래요. 치고받고 싸우는 데는 이골이 난 놈이란 얘기지. 자원입대를 하긴 했지만 만날 궁리한다는 게 어떻게 하면 지긋지긋한 이놈의 군대를 벗어날까 하는 거였으니까 죄송하니 뭐니 그딴 생각은 잊어버려요."

"그래도……."

"이제 그 얘긴 그만합시다." 멋쩍은 듯 입맛을 다시고는 선우활이 말을 이었다. "미안해 할 것도 없고, 낯간지러워서 그런 소린 듣고 있기도 거북하고."

하지만 윤완은 좀체 미안한 표정을 감추지 못했다. 그런 한편으론 이 괴상한 청년이 왜 자기를 찾아왔는지 궁금하지 않을 수 없었다. 그의 죄책감을 해소시켜주려고 일부러 찾아왔을 리는 없을 거라는 생각이 들었지만 얘기하는 투로 봐서 정작 그게 아니고는 딱히 그를 찾아온 이유를 짐작할 수 없었다. 함께 생활한 게 얼마 되지도 않았고 가까워질 기회도 그다지 없었으므로 별달리 안부 따위가 궁금했을 것 같지 않았던 것이다. 담배 한 개비를 맛있게 피우는 동안 선우활은 연신 싱글싱글 웃기만 했다. 그러다가 불쑥 물었다.

"형씨, 정말 소설가요?"

윤완으로선 뜻밖의 물음이었다. 윤완은 어색하게 미소를 지으며 고개를 끄덕였다.

"역시 그랬구만."

"무슨 뜻인지……?"

윤완의 의아해하는 표정과 얼굴 가득 웃음을 머금은 선우활의 표정은 너무도 대조적이었다. 아무리 봐도 두 사람은 달랐다. 선우활이 눈썹을 위로 밀어 올리며 목소리를 쑥 뽑았다.

"내가 데리고 있는 애들 중에 책 좀 읽은 놈이 있어요. 그 인간이 사무실에서 무슨 책을 보다가 연신 감탄을 하는 거야. 대단한 글쟁이인데 요즘 와서 통 발표를 하지 않는다나 그러면서 혀를 끌끌 차길래 표지에 실린 사진을 슬쩍 봤지. 근데 형씨하고 비슷하게 생겼더라구. 이름도 같고. 난 또 궁금하면 못 참거든. 그게 형씬지 아닌지 확인도 할 겸, 어떻게 지내나 궁금하기도 하고, 그래서 왔수다."

너스레를 떠는 것 같지는 않았다. 말투는 건달임을 증명하고도 남음이 있었지만 함부로 대해서는 안 될 것 같은, 뭐랄까 위엄 비슷한 것이 배어 있었다. 윤완은 그에 대한 호기심이 세차게 일어나는 걸 느꼈다. 뭐하는 사람인지, 데리고 있는 애들이라는 말은 무슨 뜻인지, 짐작처럼 정말 건달이나 깡패인지 아닌지 ─ 그런 생각을 머릿속으로 굴리고 있는데 선우활이 툭 뱉었다.

"제대하면 한번 찾아주슈."

그는 〈서의실업瑞義實業 상무 선우활〉이라고 적힌 명함 한 장을 던지듯 건네주고는 자리를 털고 일어나더니 윤완이 미처 말할 틈도 주지 않고 면회실을 나가버렸다.

제대를 한 윤완은 한동안 바쁘게 지냈다. 대학원에 진학할까 고민을 하다 자신이 군대에서 겪은 여러 가지 일들을 소설로 엮어 출간하려는 계획을 세운 뒤, 그는 거의 한 해 동안 집에만 틀어박혀 컴퓨터와 씨름을 했다. 소설을 쓰면서 줄곧 선우활에 대한 기억을 떠올렸다. 소설 속에 그는 매우 중요한 인물로 설정되어 있었던 것이다.

그럴 때마다 선우활을 찾아가야겠다는 생각이 일어났지만, 왠지 실행으로 옮겨지진 않았다. 소설이 거의 마무리 되어갈 무렵, 전화라도 걸어보려는 생각에 면회를 왔을 때 받아두었던 명함을 찾았는데 어디에 숨었는지 찾을 수가 없었다. 결국 선우활을 만나지 못한 채 소설은 책으로 묶여 세상에 나왔다.

그렇게 거의 두 달 가량이 지났을 때였다.

"소설가라고 함부로 남의 얘기를 써도 되는 거요?"

수화기를 집는 순간 윤완은 전화를 걸어온 사람이 선우활일지 모른다는 예감이 들었는데 그의 예감이 적중했다. 전율 같은 게 느껴졌다. 뼈 있는 소리임에 틀림없었지만 선우활의 목소리는 경쾌했다. 그가 소설을 읽었을 것 같다는 느낌이 들자 오히려 겸연쩍었다.

"죄송합니다. 허락도 없이 함부로 써서……."

"뭐 그다지 기분 나쁘진 않던데요? 나같이 하찮은 인간이 고상한 작가 선생의 마음에 든 것 같아 도리어 감사를 드려야 하는 거 아닌지 모르겠어요."

선우활은 여전히 묘하게 진의를 빗겨나는 말투를 썼다.

"뵙고 싶었지만 지난번에 주신 명함을 잃어버려서."

"쯧쯧, 저 같은 인간을 만나서 뭣에 쓰려구요. 소설에 그만큼 써주셨으면 나로서야 더 바랄 게 없죠."

윤완은 마땅히 대꾸할 말이 떠오르지 않아 입을 다물었다.

"아, 농담이요."

대답이 없자 선우활이 목소리의 톤을 얼른 바꾸었다.

"그러지 말고 오늘 당장 만납시다. 어때요?"

"그렇게…… 하죠."

"어디가 좋겠수?"

"위치를 알려주시면 제가 그쪽으로 가겠습니다."

"이쪽으로?"

선우활은 그답지 않게 꽤 오래 머뭇거렸다. 잠시 뒤, 그는 신촌 부근의 알만한 빌딩 이름을 댔고, 오후 다섯 시까지 오라고 일러주었다. 그리곤 별 인사도 없이 전화를 끊었다.

약속한 시간에 두어 시간 여유가 있었지만 윤완은 통화가 끝난 뒤 곧바로, 오랜만에 책 구경도 할 겸 가벼운 옷차림을 하고 약속한 장소 부근의 서점으로 나갔다. 가을로 접어들기는 했지만 오후의 도심은 여전히 후텁지근했다. 점퍼를 벗어 한쪽 팔에 걸친 채 미국의 저명한 미래학자가 쓴 책을 이리저리 뒤적이던 윤완은 서점 밖의 요란한 함성소리를 듣고 시선을 창밖으로 옮겼다.

Y대학으로 뚫린 대로를 따라 굉장한 규모의 시위대가 구호를 외치며 밀려 내려오고 있었다. 로터리 쪽에는 방패와 투구로 중무장을 한 전투경찰들이 도심으로 진출하려는 학생들을 가로막고 있었다. 최루탄이 매캐한 연기를 뿜으며 허공을 날기 시작했을 때, 윤완은 언뜻 낯익은 얼굴을 본 듯했다. 휙 지나가버린 영화의 한 장면처럼. 이제 전혀 다른 장면이 흐르고 있었지만 의식은 여전히 그 스쳐지나간 장면을 향해 되돌아갔다.

서점 문밖을 눈길로 좇던 윤완이 낮게 중얼거렸다.

"그 사람, 아니었을까."

중얼거림이 멈춘 곳에 바로 그가 있었다.

그는 오후의 뙤약볕을 차단하고 있는 푸른 가로수 그늘 아래 조각처럼 서 있었다. 굵고 검은 점이 박힌 붉은 넥타이의 원색과 그 붉은 빛을 도드라져 보이게 하는 흰색 셔츠, 중후한 느낌을 자아내는 짙은 회색의 싱글, 여유와 품위를 지닌 헐렁한 갈색의 바지. 마치 패션잡지에 실린 남성 모델을 연상시키는 모습이었다. 그는 분명 선우활이었다. 하지만 그 모습은 예전에 보았고 어렴풋이나마 그려보던 그의 모습과는 판이한 것이었다.

24일.

서점 출입구 쪽 카운터, 검정 바탕에 날짜를 표시하는 흰 색의 숫자가 큼지막하게 인쇄되어 있는 만년달력에서 그 〈24〉라는 숫자는 튀어나올 듯 도드라져 보였다. 198X년 9월 24일, 월요일. 가을 학기가 개강하고 한 달쯤 지난 날이었다.

텔레비전 저녁 뉴스 시간이면 어김없이 화면을 채우던 시위 장면이 바로 코앞에서 재현되고 있었지만 윤완의 시선은 나무 그늘 아래 서 있는 선우활의 모습에 꼼짝없이 붙박여 있었다. 한동안 유리문 밖을 주시하고 있던 윤완은 홀린 듯 걸음을 옮기기 시작했다.

"저기요, 계산을 하셔야죠."

윤완이 출입구를 빠져나가려고 손잡이를 쥐었을 때 계산대의 젊은 여직원이 그를 불러 세웠다. 그제야 윤완은 들춰보고 있던 책을 그냥 든 채 서점을 나가려 했다는 걸 깨달았다. 그는 허둥지둥 뒷주머니에서 지갑을 꺼내 책값을 치르고는 황급히 출입문을 밀었다.

최루탄의 매운 냄새가 콧속으로 세차게 밀려들어왔다. 금세 눈이 따가웠고 눈물이 그렁그렁 맺혔다. 재채기가 터져 나왔다. 하지만 그는 도로 건너편 나무 그늘 쪽에서 시선을 거두지 않았다. 검은 선글라스에 가려진 선우활의 얼굴은 어떤 표정도 담고 있지 않았다. 그것은 그대로 정말 사진이었다.

도로 양편에서 시위를 구경하고 있던 사람들도 최루탄이 계속 터지자 뿔뿔이 흩어지기 시작했다. 도로에서는 로터리 쪽으로 진출하려는 시위대와 그들을 제지하려는 전경들의 거친 몸싸움이 계속되고 있었다. 머리에 붉은 띠를 두른 시위대 선두 쪽의 학생들 몇 명은 전위의 전경대가 막아놓은 방패를 각목으로 때리며 저항하다 넘어지기도 하고 뒷걸음을 치기도 했다. 넘어진 학생들은 곧 전경들의 곤봉과 발길질에 속수무책 당했다. 뒷걸음질을 치던 학생들은 재빨리 인도로 올라가 골목으로 내달렸고 청바지에 흰 헬멧을 쓰고 곤봉을 든 백골단 대원들이 그 뒤를 경주하듯 따랐다.

그들 모두의 입에서는 거친 숨결이 훅훅 뿜어져 나오고 있었다. 윤완은 도로를 가로질러 가려 했지만 좀체 틈이 보이질 않았다. 오히려 최루탄 냄새를 피해 로터리를 벗어나려는 사람들 무리에 쏠려 윤완은 자꾸만 반대편으로 내몰릴 뿐이었다. 그러는 와중에도 그는 도로 건너편에서 시선을 놓치지 않으려고 애썼다. 선우활은 여전히 거기에 있었다. 그는 마치 지금의 상황을 조종이라도 하듯 나무그늘 아래 꼿꼿이 선 채로 시위 현장을 지켜보고 있었다.

'저 사람은 도대체 누구일까?'

'스스로 하찮은 인간이라고 줄곧 너스레를 떨어댔지만, 지금 저 모습은 전혀 그렇지가 않아. 대체 저 사람의 정체는 뭐지? 단순한 건

달이라면 이런 때, 이런 곳에 있을 까닭이 없질 않은가?'

몇 개의 의문들이 윤완의 뇌리를 스치고 지나갔고, 몇 개의 의문들은 물이 고이듯 머릿속에 머물렀다.

완강하게 저항하던 시위대가 대로의 뒤쪽으로 밀려나며 생긴 틈을 비집고 윤완은 허둥거리며 도로를 건너기 시작했다.

"용케 알아보셨네요."

윤완의 눈길이 그의 선글라스로 향했다. 그리곤 천천히 그의 얼굴을 훑었다. 그때에도 그는 여전히 아무런 움직임도 보이지 않았다. 약간 불거진 광대뼈와 턱밑의 파란 수염자국이 무표정과 어울려 싸늘한 인상을 만들어내고 있었다. 바싹 치켜 깎은 머리 모양도 그랬다. 윤완은 대꾸할 말을 머릿속으로 열심히 떠올려 보았지만 적당한 말이 끌려나오진 않았다.

"저길 보세요."

그는 턱을 옆으로 약간 들어올렸다. 윤완은 아래쪽으로 날카롭게 흘러내린 그의 턱과 그 턱이 가리킨 지점을 거의 동시에 바라보았다. 거기에는 시위에 가담했던 한 여학생이 백골단 대원에게 팔을 뒤로 꺾인 채 인도를 따라 끌려 내려오고 있었다. 여학생의 얼굴은 심하게 일그러져 있었는데, 멀리서도 그녀의 뺨에 흐르는 선명한 핏줄기를 볼 수 있었다. 그 여학생은 거칠게 끌려가면서도 연신 무슨 말인가를 뱉어내고 있었다. 너무 먼 거리이기도 했고 워낙 주위가 시끄러운 탓에 알아들을 수는 없었다.

"당신들은 생각도 없어요? 생각할 머리도 없어요? 바보예요? 지금 당신이 얼마나 큰 잘못을 저지르고 있는지 알아요? 당신의 동료가 왜 양심선언을 하고 도망자 노릇을 하는지 한번이라도 생각해 봤나요?"

선우활은 마치 연극 대사를 외듯 또박또박 읊조렸다. 윤완은 그의 입에서 흘러나오고 있는 말이 백골단 대원에 의해 끌려가고 있는 여학생의 입에서 뱉어지고 있는 것과 동일하다는 사실을 어렵지 않게 짐작할 수 있었다.

윤완의 입이 벌어졌다. 놀라움과 알 수 없는 두려움이 버무려진 시선을 그에게 던졌을 때, 비로소 그는 선글라스를 벗곤 반대편으로 천천히 고개를 돌렸다. 마치, 저곳을 보시오, 라고 말하듯.

80년대.

역사의 무게 중심을 잡지 못해 늘 기우뚱거리며 평형을 유지하기 위해 안간힘을 쓰던 시절. 최루탄을 제조하는 회사가 떼돈을 벌고, 고아 출신의 구두닦이가 20년 동안 구두를 닦아 겨우 장만한 거리의 구두 가게가 빗나간 화염병에 맞아 불타는 바람에 하루아침에 알거지가 되고, 고문 후유증으로 앓던 시인이 죽고, 그의 친구인 소설가는 조국을 떠나고, 그다지 아름다울 것 없는 무채색의 판화가 아름다움을 대변하고, 프로야구 나이트 게임이 열리는 구장에는 연일 사람들로 들어차고, 강남의 유흥가에 켜진 네온이 불야성을 이루고, 남영동 전철역 부근의 붉은 벽돌 건물 안에서 들려오는 비명소리를 그 누구도 듣지 못하던 그때. 그 어느 우울한 가을의 저녁, 채 가시지 않은 최루탄 가루가 분분히 날리던 신촌 뒷골목의 포장마차에서 두 젊은이가 소주잔을 기울이고 있었다. 한 청년은 다른 한 청년의

어깨에 떨어지는 카바이드 불빛을 보며 열심히 시국의 상황에 대해
설명을 하고, 그 말을 듣고 있는 청년은 어깨를 비스듬히 기울여 불
빛조각을 천천히 떨어내고는 소리 없이 웃었다. 가소로운 듯, 혹은
세상을 너무 빡빡하게 산다고 나무라듯, 그 청년은 닭의 쫄깃한 모
래주머니를 씹었다. 그러면 빈 담뱃갑을 손가락으로 후벼 파던 청년
이 서늘해진 밤공기 속으로 입김을 불어내며, 댁을 내가 얼마나 안
다고 이런 소리를 지껄이는지 모르겠다고 한숨을 술탁 위에 내려놓
았다. 취한 듯했지만 그 말은 결코 취기의 도움을 받아 내뱉은 건 아
니었다.

"형이라 불러도 되겠소? 어차피 댁은 나보다 두 살이나 많으니까."
회색 싱글의 청년이 던지듯 말했다. 그 말을 들은 얌전하게 생긴
청년 작가는 약간 놀란 듯 옆으로 고개를 돌리더니 아래위로 끄덕거
렸다.

"당신 같은 아우가 생긴다는 건 내겐 과분한 행운이겠지?"
"허허허!"
"하하하!"
어지간히 취한 두 청년은 혼돈한 세상을 비웃기라도 하듯 흐드러
진 웃음을 터뜨렸다. 하나가 손을 내밀고 다른 하나가 그것을 잡고
흔들었다. 악수란 원래 서로에게 비무장을 알리는 근엄한 예의가 아
니던가. 서로에게 적대감을 가지지도 않았고, 그런 걸 가질 필요도
없는 두 사람은, 그렇게 처음으로 서로의 손을 마주잡았다. 선우활
과 윤완. 두 사람이 손을 마주 잡던 그 날, 서늘해진 밤바람은 그들
의 몸을 애무하며 한참이나 머물다가 골목 안으로, 진공청소기에 빨

려드는 먼지처럼 몰려가고 있었다.

***

십 년 뒤.

세월은 침묵의 노래처럼 흘러갔고, 두 사람은 더 이상 청년이라고 할 수 없는 나이가 되어 있었다. 그리고 처음 만났을 때와 같이 서로 다른 길에 두 사람은 서 있었다. 그러나 여전히 둘은 친구였다. 이제 서로에게 간직된 비밀을 조금은 알고 있을 정도로, 적당히 다정하고, 적당히 경계하는 그런 관계.

찰싹거리며 부두의 방벽을 핥고 있는 파도소리가 나직이 밀려왔다. 윤완은 아직 통증이 가시지 않은 가슴을 손바닥으로 어루만지며 아까부터 궁금했던 것을 새삼스럽게 다그쳐 물었다.

"어떻게 된 거야? 설마하고 여기까지 찾아오긴 했지만."

그러나 대답은 쉬 나오지 않았다. 한참 뒤에야 선우활은 혀를 차듯 물었다.

"차 가지고 왔수?"

선우활은 버릇처럼 가죽 장갑을 낀 손을 비틀어 삐각삐각 소리를 냈다. 윤완은 고개를 끄덕이며 포장이 거의 뜯겨져나간 편도 일차선 도로 건너편의 허름한 적산가옥敵産家屋 부근을 손가락으로 가리켰다. 어둠에 가려져 잘 보이지는 않았지만 거기에 윤완이 7년째 끌고 다니는 고물 승용차가 주차되어 있었다. 선우활이 곁눈질로 윤완을 힐끔 보고는 목소리를 깔았다.

"누구 따라붙는 것 같지는 않았고?"

"아니. 왜?"

"늘 조심해요. 괜히 트집 잡혀서 생고생 하지 말고."

"지금이 어떤 세상인데, 트집이라니."

"쯧쯧, 형이 세상을 얼마나 안다고 큰소리요? 세상이란 게 형이 쓰는 소설 같은 줄 알아요? 소설에 나오는 세상, 그건 닭장이고 어항이야. 그 안에서 아무리 날고 기는 놈이라도 닭장의 닭이고 어항 속 금붕어일 뿐이야. 소설로 세상이 바뀔 수 있었다면 벌써 바뀌었지."

느닷없는 일격을 받자 윤완은 명치께를 찔러대는 통증도 잊은 채 멍하니 선우활을 바라보았다. 그러면서도 윤완은 자꾸만 그가 할 말을 피하고 있다는 느낌을 지울 수 없었다. 왜 애초의 약속 장소에는 나타나지 않고 이곳으로 왔는지, 아직 그는 대답을 하지 않았던 것이다.

"근데 내가 여기 있다는 거 누가 가르쳐줬어요? 민 형사가? 아니면 누나?"

윤완의 차가 주차되어 있는 쪽으로 성큼성큼 걸음을 옮기던 선우활이 뒤를 돌아보며 목소리를 높였다. 선우활은 뭔가 미심쩍은 게 있는 듯 가던 길을 되돌아와 윤완의 얼굴에다 코끝을 바싹 디밀었다. 윤완은 뜨끔했다. 그가 구포九浦에 있을 거라고 일러준 건 두 사람 중 하나가 아니라, 둘 다였다. 한 사람은 다급한 어조로, 다른 한 사람은 걱정스런 어조로.

애초에 그와 만나기로 약속했던 종로3가의 제과점에서 거의 한 시간을 허비하고 난 뒤, 혹시나 싶어 윤완은 두 군데에 전화를 걸었었다. 하나는 K서의 민영후 형사에게, 그리고 다른 하나는 선우활의 누나라는 사실을 알기 전에 이미 만난 적도 있고 작품으로도 적잖이 대한 적이 있던 시인 선우연鮮于涓에게였다.

먼저 전화를 넣었던 민 형사는 마치 전화를 기다리고나 있었다는 듯 다급한 목소리를 쏟아놓았다.

"나도 지금 그 사람 찾고 있어요. 짐작 가는 데가 둘이 있는데 그 중 하나가 구포입니다. 다른 한 곳은 지금 내가 가보려던 참이니까, 윤 선생이 구포로 가보시는 게 어떻겠어요. 만약 그곳에서 만나면 아무 말 말고 이쪽으로 곧장 데리고 오세요. 이유는, 전화론 곤란하고, 어쨌든 다급한 상황이라는 것만 알아두세요."

"다급한 상황이라면…… 혹시?"

"그 사람 다시 못 보는 거 아니냐, 뭐 그런 생각을 하셨다면, 얼추 맞을 겁니다. 그 정도로 해두지요. 차차 알게 될 테니까요."

민 형사와의 통화가 찜찜하게 끝나고 윤완은 곧바로 선우활의 누나에게 전화를 했었는데, 그녀 역시 차분한 음성이긴 했지만 민 형사와 비슷한 말을 남겼다. 다만 민 형사와 다른 건 데려오는 것보다는 적당한 곳으로 몸을 숨기는 게 좋을 거라는 얘기였다. 그녀의 차분한 음성에서 오히려 더 큰 위기감을 느껴졌다.

"대체 누구였냐고요?"

선우활의 다그치는 소리에 윤완은 입을 다문 채 망설였다. 생뚱맞게 오줌이 마려웠다. 그는 마른 침만 삼킬 뿐이었다.

'구포로 내려갔을지 모른다는 정보를 제공해 준 게 두 사람 모두였다는 사실을 말해버리는 게 좋지 않을까? 그러면 지금 무슨 일이 벌어지고 있는 건지 이 친구의 입을 통해 직접 들을 수 있지 않을까? 하지만 내 말을 듣는 순간 이 친구가 무슨 행동을 할지 알 수가 없어. 더구나 난 지금 이 친구를 어떻게 해야 할지 결정도 못하고 있어. 민 형사의 말처럼 서울로 데려가야 하는지 아니면 선우연의 말대로 한동안 세상에 나타나지 않도록 손을 써야할지.'

윤완은 괴이쩍은 사건의 미궁 속으로 조금씩 빠져들고 있다는 막연한 느낌이 들었다. 그것은 썩 기분이 나빴다. 근 일 년 사이 자신의 주위에서 벌어진 이런저런 일들을 겪으면서, 세상에는 언제나 앞과 뒤, 원인과 결과가 명확하게 구분되는 일들만 벌어지는 게 아니라는 사실을 확연히 알게 된 그였다. 아니, 앞뒤가 확연한 일들이 그렇지 않은 일들보다 비교할 수 없을 정도로 적으며, 앞뒤 맥락이 딱딱 맞고 원인과 결과가 선명한 것일수록 거짓일 가능성이 짙다는 사실 또한 알게 되었다.

느닷없는 아버지의 출국과 미국에서 외롭게 살아가고 있는 누나에게 내려진 정부의 입국 불허 조치, 이모에게 닥친 파산 위기, 그리고 어느 출판사 사장으로부터 들어온 거액의 출간 제의까지. 하나같이 그로서는 그 내막을 알 수도 없었고, 내막을 캐낼만한 어떤 자료도 구해지지 않는 것들이었다. 각각의 사건에 결부되어 있는 사람들은 하나같이 입을 다물거나 언뜻 보기에는 그럴듯했지만 곧 엉터리임이 드러나는 거짓 정보를 제공해줄 뿐이었다. 더구나 의문을 풀어낼만한 열쇠를 쥔 사람은 어이없게도 이 세상으로부터 쥐도 새도 모르게 사라져버렸다.

그럴 때 윤완이 생각해낸 것이 바로 선우활이었다. 그는 자신이 가진 많은 의문들을 풀어낼 수 있는 실마리를 제공해줄 수 있을 것처럼 보였다. 그렇게, 조금만 더 노력을 기울인다면 모든 의문들을 속 시원히 풀어낼 수 있을 것 같다는 생각이 든 바로 그 순간, 뜻밖에도 또 다른 사건이 미궁의 입구처럼 시꺼먼 아가리를 벌린 채 그를 집어삼키려 하고있었다. 그 시작이 바로 선우활이 왜 구포로 내려왔는가, 하는 것이었다.

"누굽니까?"

마치 윤완의 머릿속을 훤히 읽기라도 한 듯 선우활이 물어왔다. 윤완은 부러 몸을 으스스 떨며 발걸음을 옮겼다.

"쌀쌀한데? 얼른 차에 가서 몸이라도 녹여야겠어."

"말 돌리지 말고."

선우활이 날카롭게 쏘아붙였다.

"날 속이려들지 말아요. 형 같은 샌님은 표정만 봐도 알 수가 있어. 민 형사 맞지? 모두들 민완형사라느니 이 시대에 가장 개혁적인 경찰이라고 헛소리를 떠들어대는 그 인간, 하지만 정의 따위에 목을 건다는 게 얼마나 위험천만한 일인지 도무지 모르고 있는 바보 형사. 맞지? 그 사람이지?"

윤완의 뒤를 바짝 따라오며 선우활이 목소리를 높였다. 윤완은 시치미를 뚝 떼고는 차가 주차되어 있는 인가 쪽으로 빠르게 걸음을 옮겼다. 하지만 선우활은 계속 그의 뒤를 따라오며 주절거렸다.

"언제는 죽으라고 나만 쫓아다니더니, 이젠 날 구해주겠다고 허둥거리고 있는 꼴이라니."

선우활은 어둠 속으로 거칠게 침을 뱉었다. 사방이 얼마나 고요한지 침이 땅바닥에 떨어지는 툭, 하는 소리가 소름끼치도록 생생하게 윤완의 귀를 파고들었다. 그때였다. 윤완이 프론트 도어에다 키를 꽂고 돌리는 것과 거의 동시에 폐쇄된 도로 끝에서 나지막한 엔진 소리가 들려왔다. 부두와 인가를 갈라놓은 2차선 도로는 예전 어판장이 있던 곳으로 통해 있는데 역할을 다한 어판장이 문을 닫고 난 뒤엔 도로 역시 폐쇄되어 있었다. 엔진 소리는 바로 그 폐쇄된 도로의 끝에서 들려오고 있었다. 그러고 보니 꽤 먼 거리에서 미등 같은 희미한 불빛이 어른거리는 듯도 했다. 선우활은 미처 그걸 눈치채지 못한 듯 연신 주절거리며 윤완에게로 다가왔다.

"누님은 뭐랍디까? 그 잘난 양반이 무슨 고추 먹은 소릴 맴맴거렸어요?"

문을 따고 차안으로 들어가 운전석에 앉은 윤완은 팔을 뻗어 조수석의 잠금 레버를 위로 밀어 올렸다. 선우활은 차 앞쪽을 돌아 조수석의 문께로 돌아와서는 거칠게 문을 열었다.

"문 좀 살살 다뤄줘. 고물차라 언제 뜯겨나갈지 모르거든."

"문짝이 무슨 종이박스야?"

선우활의 검은 가죽장갑이 실내등 불빛을 받아 반짝거렸다.

"그래, 민 형사는 뭐래고, 누나는 또 뭐래?"

조수석에 몸을 구겨 앉으며 선우활이 윤완을 째려보았다. 그가 문을 쾅하고 닫자 실내등이 꺼졌고 이내 어둠이 다시 몰아닥쳤다. 윤완은 여전히 입을 떼지 않은 채로 자동차 열쇠를 엔진 스위치에 끼워 넣고는 앞쪽으로 바짝 밀었다. 추운 곳에 너무 오래 주차해둔 탓인지 몇 번 갸르릉거리는 소리만 낼 뿐 시동은 걸리지 않았다. 날씨가 조금만 쌀쌀해지면 단번에 시동이 걸리는 법이 없다는 걸 잘 알고 있었으므로 윤완은 열쇠를 스타트 쪽으로 바짝 밀어놓고는 연신 액셀러레이터를 밟아댔다. 금속 마찰음이 귀가 따갑게 들려왔다.

"이런 고물!"

여전히 시동이 걸리지 않자 윤완은 핸들을 거칠게 내려치면서 투덜거렸다. 조수석에 앉아 있던 선우활이 껄껄 웃으며 하루라도 빨리 갖다버리는 게 신상에 이로울 거라고 빈정거렸다. 그러는 사이 도로 끝의 예전 어판장 자리에서 비쳐 나오던 희미한 불빛이 조금씩 밝아지는 것을 윤완은 룸미러로 확인했다. 불빛은 그들이 있는 쪽으로 다가오며 점점 더 밝아졌다. 윤완은 핸들 좌측에 붙은 점등 스위치를 앞쪽으로 밀었다. 계기판에 불이 들어왔다. 그는 다시 액셀러레이터를 꾹 밟고는 열쇠를 힘차게 돌렸다. 하지만 여전히 요란한 소리만 내지를 뿐 시동은 걸리지 않았다. 윤완은 한숨을 푹 내쉬면서 다시 룸미러로 눈길을 옮겼다.

"뭐야?"

거센 상향등 불빛이 뒤창을 때리며 비쳐든 것과 거의 동시에 조수석에 파묻혀 있던 선우활이 소리를 지르며 고개를 뒤쪽으로 돌렸다.

"쥐새끼 같은 놈들, 뒤통수에 붙어 있을 줄은 미처 몰랐네."

선우활은 가죽 장갑을 낀 손으로 머리칼을 쓸어 올리며 문 손잡이를 잡았다.

"어디 가려고?"

윤완이 물었다. 대답 대신 선우활은 뒤쪽으로 턱짓을 하고는 문을 열었다.

"저 인간들 땜에 내가 여기 온 거니까 용무는 봐야지. 얼른 시동이나 걸어둬요. 오래 걸리진 않을 테니."

그렇게 내뱉고는 재빨리 문밖으로 나갔다. 윤완의 불안한 시선을 의식한 듯 선우활이 한쪽 눈을 찡긋했다.

"별일 아니야. 오래 걸리지 않아. 나한텐 이게 있잖아. 하지만, 여차하면 튀어야 할 테니까 시동이나 걸어둬."

선우활은 단단히 틀어쥔 오른쪽 주먹을 들어보이고는 조수석의 창유리를 가볍게 쳤다. 하지만 그를 향한 윤완의 눈길은 여전히 불안으로 가득했다. 윤완은 다시 시동을 걸기 시작했다. 뒤쪽에서 뿌려대는 헤드램프의 상향등 불빛이 룸미러에 비쳐 눈이 부셨다. 그때 민영후 형사가 했던 말이 윤완의 뇌리를 스치며 지나갔다.

"그 친구가 있는 곳엔 언제나 위험이 도사리고 있어요. 애완견처럼 위험이란 놈을 데리고 다니죠. 그러니 그 친구랑 있을 땐 항상 조심하세요. 제가 질 수 있는 책임은 지겠지만, 이거만큼은……."

민 형사는 말끝을 흐리며 오른손 검지를 세워 자신의 심장을 콕콕 찔렀다. 다른 건 책임을 저줄 수 있지만 목숨만큼은 책임질 수 없다는 뜻이었다. 새삼스런 일도 아니었지만, 민 형사의 말은 대부분 사실이었다. 지난 십 년, 윤완은 경험으로 알고 있었다. 선우활의 주위에는 언제나 위험의 징후가 도사리고 있었다. 그 위험이란 것이 항상 선우활 자신이 자초한 것인지는 알 수 없었지만, 어쨌든 위험이라는 것은 선우활의 삶을 대변할 수 있는 가장 확실한 단어임에 틀림없었다.

윤완은 문득, 선우활에 대한 자신의 믿음이 거의 절대적이라는 생각이 들었다. 그가 아무리 위험한 인물이고, 또 그가 위험 자체를 삶의 전부인 것처럼 살아가고 있다하더라도, 그는 능히 그 위험들을 물리칠 수 있으며 적어도 그 위험들로 인해 그의 삶을 그르칠 것 같지는 않다는 믿음. '저격수'라는 별명이 말해주듯, 그는 늘 자신이 아닌 타인을 향해 총구를 겨냥하고 있다는 것이 그 이유였다. 저격수란 타인으로부터 철저하게 은폐되어 있는 법이고, 그런 점에서 언제나 유리한 위치를 선점하고 있는 것이다. 그 저격수를 노리는 다른 저격수가 존재하지 않는 한, 그는 늘 위험 속에 있지만 위험으로부터 벗어나 있는 것이다. '하지만 그 총구가 나를 향하고 있다면?' 그 생각이 들자 윤완은 소름이 돋아 올랐다. 그건 자신이 가진 '믿음'에 포함되지 않는 거였다. 윤완은 차의 뒷유리로 고개를 돌렸다. 선우활은 상향등 불빛 속으로 천천히 걸어가고 있었다. 마치 불속으로 뛰어드는 나방처럼. 무모하지만, 아름답기도 한.

"알 수 없는 친구야."

윤완은 그렇게 중얼거리며 엔진 스위치에 꽂힌 열쇠를 다시 스타트 방향으로 밀며 액셀러레이터를 밟았다. 갸르릉거리는 소리와 함께 시동이 걸렸다. 액셀러레이터를 밟을 때마다 터덜터덜, 하는 소리를 냈다. 윤완은 한숨을 내쉬었다. 몇 번 더 가속페달을 밟자 그제야 엔진소리가 경쾌하게 바뀌었다. 윤완은 엔진 회전 속도가 떨어지기를 기다리며 등받이에 몸을 묻고 천천히 눈을 감았다.

그렇게 채 몇 분이 지나지 않았을 때였다. 송풍기에서 뿜어져 나오는 요란한 바람소리 속에 쿵하는 둔탁한 음향이 섞여드는 걸 느끼며 윤완은 눈을 떴다. 그 소리는 뒤이어 몇 번이나 더 들려왔다. 그러고는 발자국 소리가 어지럽게 들리더니 조수석 문이 활짝 열렸다.

"밟아요!"

차 안으로 뛰어든 선우활이 소리를 버럭 질렀다. 예상하지 못한 건 아니었지만 워낙 급작스런 일이라 윤완은 무슨 일이냐고 물어볼 틈도 없이 기어를 집어넣고 가속페달부터 힘껏 밟았다. 차는 놀란 황소처럼 어둠 속을 내달리기 시작했다.

"내 그럴 줄 알았어."

한동안 거칠게 숨을 몰아쉬던 선우활이 핏자국이 묻은 가죽 장갑을 벗으며 싸늘하게 내뱉었다. 윤완은 운전대를 바싹 틀어쥐고서 곁눈으로 그를 흘끔거렸다. 차는 위아래로 좌우로 넘어질듯 마구 흔들렸다. 오랫동안 방치된 도로는 엉망이었다. 군데군데 파인 구멍을 피해가느라 핸들을 이리저리 꺾기는 했지만 속도 때문에 제대로 피할 수가 없었다. 구멍에 바퀴가 박힐 때마다 차는 요란한 비명소리를 질러댔다. 그러는 사이 뒤늦게 따라붙은 뒤차의 전조등이 가까워졌다 멀어졌다 했다. 도로의 굴곡 탓에 불빛이 위아래로 흔들리는 탓이었다. 해안도로 진입로 이정표가 비스듬하게 기울어져 있는 곳에 이르렀을 때 선우활이 손가락으로 왼쪽을 가리켰다.

"저쪽으로!"

윤완은 속도를 약간 떨어뜨리며 선우활이 가리킨 좌측의 어둠 속을 바라보았다. 그쪽은 도로가 아니었다. 전조등에 드러난 것은 잡풀들이 사람 무릎 높이로 자라나 있었다. 윤완은 브레이크 페달을 밟으며 선우활이 좌측으로 꺾으라는 지점에서 잠시 멈칫거렸다. 뒤쪽 차의 불빛이 심하게 요동을 치며 가까워지고 있었다.

"좌회전하라구? 바퀴가 빠지면 어쩌지?"

"잔말말구 꺾기나 해. 여기서 나고 자란 놈이야. 다 아는 길이라고. 이런 고물차로 시내로 내달렸다간 얼마 가지도 못해."

윤완의 불안한 눈빛을 선우활의 목소리가 삼켜버렸다.

"알았어. 고물차, 고물차!"

"소설책 팔아서 뭐했어요, 차나 바꾸지. 허기야, 만날 서당 훈장님 같은 소리만 했으니 팔아먹기나 했을라고."

"그런 소리 한 번만 더하면 차에서 떨궈버릴 거야?"

윤완도 지지 않고 소리를 지르자 선우활이 빙글거리며 웃었다.

"형도 많이 늘었수. 이런 때 맞받아치기도 하고."

"이게 다 누구 때문인데."

액셀러레이터를 지나치게 밟은 탓에 헛바퀴 돌아가는 요란한 소리를 지르며 왼쪽으로 꺾인 차는 도로를 달릴 때보다 훨씬 심하게 요동을 치며 흙길을 내달리기 시작했다. 그렇게 5분쯤 달렸을까. 갑자기 앞쪽으로 잘 닦인 포장길이 나타났다. 뒤쪽에서는 완연하게 속도가 느려진 차의 불빛이 미친년 널뛰듯 펄쩍거리고 있었다.

"이제 불 끕시다."

도로 가장자리의 제법 높은 턱을 넘어 차가 제자리를 찾아 달리기 시작하자 선우활이 말했다. 그리곤 조수석 의자에 깊숙이 등을 묻었다.

"불을 끄자고?"

"예."

"다? 미등까지?"

"예에."

윤완은 그가 시키는 대로 얌전히 점등 스위치를 자기 쪽으로 돌렸다. 주차등마저 꺼지자 시야는 완전한 암흑이었다. 아무 것도 보이지 않았다. 멀리 도회의 불빛들이 신기루처럼 떠 있었다.

"이대로 달려도 되는 거야?"

윤완은 속도를 떨어뜨리며 불안한 듯 물었다.

"지금부턴 내가 하라는 대로만 해요. 아까도 말했지만 여기는 내가 태어나서 대가리에 쇠똥이 벗겨질 때까지 자란 동네니까."

"속도는?"

"지금보다 좀 더 밟아도 돼."

"더 밟으라고?"

"쥐새끼들한테 잡힐 순 없잖아."

착 가라앉은 그의 목소리가 어둠 속으로 잠겨들고 있었다. 그렇게 1킬로미터쯤 어둠 속을 달려 나갔을 때였다. 선우활이 조수석 등받이에서 일어나 앞쪽으로 몸을 구부렸다.

"오른쪽으로 바짝 꺾어서 깊숙이 들어가요."

이번에도 윤완은 선우활이 시키는 대로 도로를 벗어나 풀숲으로 조금 진행시킨 뒤에 차를 멈추었다. 우거진 갈대숲 속으로 들어가자 거짓말처럼 차는 푹 잠겨버렸다.

"시동 꺼요."

그렇게 시동을 끈 채로 5분쯤 기다렸을 때, 뒤미처 추적해오던 차가 헤드라이트를 번득거리며 그들이 있는 숲을 버리고 횡하니 도로를 내달려갔다. 두 사람은 누가 먼저랄 것 없이 키득거렸다. 그리고도 한참동안 그들은 차 안에 갇혀 있었다. 난방이 꺼진 탓에 한기가 차 안에 가득했다. 사방은 쥐죽은 듯 고요했다. 별 하나 떠 있지 않은 밤하늘은 금세 눈발이라도 뿌릴 듯 잔뜩 찌푸려 있었다.

"얘기 안 해줄 거야?"

윤완은 부옇게 흐려진 앞유리를 손바닥으로 문지르며 넌지시 물었다. 선우활이 담배 한 개비를 꺼내 물며 라이터를 켰다.

"아까 형이 그랬지. 지금이 어떤 세상인데, 라고."

담뱃불이 어둠 속에서 진홍빛으로 타들어갔다. 진홍빛은 길고 풍성한 연기로 변해 허공으로 피어올랐다.

"그 말은 맞지만, 틀려."

선우활이 다시 담배를 깊게 빨고 길게 연기를 내뿜었다.

"세상은 변하는 게 아니거든."

"세상은 변하는 게 아니다?"

윤완은 그의 말을 똑같이 반복했다. 선우활이 의자 등받이에 다시 등을 묻었다.

"변하는 건 사람이지."

"사람이 변하니까 세상이 변하는 거지."

"소설가라도 못 알아듣는 말이 있구나."

선우활은 조수석 문짝에 붙은 윈도우 레버를 돌려 창문을 내리고는 피우던 담배를 손가락 끝으로 튕겼다. 선홍빛이 어둠을 가르며 날아가다가 사라졌다.

"세상은 인간이 살아가는 대로 그냥 내버려두지. 절대를 개입을 안 해. 그러니 변하는 건 세상이 아니라 인간이란 거야. 그러고도 인간은 세상을 탓하면서 투덜거려지. 세상이 변했다고."

그럴 듯한 논리라고 윤완은 생각했다. 선우활이 던져버린 담배꽁초를 찾기라도 하듯 운전석에서 고개를 쑥 빼고는 창밖을 바라보았다. 갈대에 불이 붙으면 어떻게 하지, 라고 생각하고 있었다.

"가령, 내가 불이 붙은 채로 담배를 버렸으니 그 때문에 이 갈대숲에 불이 난다고 쳐봐. 그래서 갈대숲이 홀랑 타버린다고 쳐. 그걸 보고 사람들은 세상이 변했다고 그럴 거야. 어제까지만 해도 멀쩡하던 갈대숲이 홀랑 타버렸으니까. 하지만 그건 변한 게 아니야."

"왜 아니지? 분명히 갈대숲이 사라졌는데."

"후후, 소설가도 별 수 없군."

'이거 뭐지? 한 대 얻어맞은 것 같은 이 황당한 기분은 뭐지,'하는 중얼거림이 윤완의 입속에 고였다. 바람이 불 때마다 풍성하게 일렁이던 갈대숲이 불에 타버린 황량한 모습으로 바뀌어 그의 눈앞으로 떠올랐다.

"그게, 지금 이 일과 무슨 관계가 있는 거지?"

"관계? 그래, 관계. 관계가 있지."

선우활은 손바닥으로 얼굴을 문지르고는 말을 이었다.

"나라는 인간을 형이 어떻게 생각하고 있는지는 모르겠지만, 이거 하나는 알아둬야 할 거야. 나라는 놈, 그냥 막 돼 먹은 놈은 아니라는 거."

그의 목소리는 전에 없이 처연했다. 슬픔의 여운마저 띠고 있는 그의 모습을 윤완은 지금껏 본 적도 없었고, 상상도 해보지 못했다. 그는 늘 적의를 품듯 벼을 세우고 있었다. 그의 활달함이나 자신감은 바로 그가 품고 있는 적의와 다르지 않았다. 수년 전, 당시의 정부와 여당이 입안한 정책에 대해 정면으로 반박하는 기사를 쓴 어느 신문사 기자에 대한 테러 혐의를 받았을 때에도, 그리고 민영후 형사의 추적을 피해 한동안 도망자 신세에 몰렸을 때에도, 그는 의연하고 당당했었다. 나는 아니야, 라고 변명하려 하지 않았다. 변명을 하는 순간 자신의 모든 것이 와해돼버리기라도 한다는 듯. 아니면 아니었다. 그뿐이었다. 누가 알아주든 알아주지 않든 그는 전혀 개의치 않았다.

"내가 조무래기요?"

그는 그 한 마디만 했을 뿐이다. 자신은 조무래기가 아니다, 라는 그 말은 섬뜩했다. 신문기자를 습격하는 따위의 일은 조무래기나 하는 짓이라는 뜻이었다. 섬뜩하지 않을 도리가 없는 말이었다. 신문기자를 테러하는 게 조무래기라면, 조무래기가 아닌 그는 대체 어떤 일을 한단 말인가. 선우활이 새 담배에 불을 붙였다.

"난 한 번도 활이 네가 막돼먹은 인간이라고 생각해본 적 없어." 윤완은 차창에 비친 담뱃불과 흐릿한 그의 얼굴을 바라보며 말했다. "난 네가 왜 여기 왔는지, 그냥 그게 궁금해. 몹시. 하지만 얘기하기 싫으면 안 해도 돼."

윤완의 말에도 선우활의 표정은 바뀌지 않았다.

"형은 언제나 신중하지. 남의 비위 건드리는 말은 절대 안 하거든. 분명 신중한 거지만, 그만큼 애정이 없다고 볼 수도 있어."

그는 창밖에다 재를 떨었다. 긴 시간이 흘렀다.

"오늘, 어떤 여자를 만나기로 되어 있었어. 형과 한 약속을 어긴 것도 그 때문이었지."

선우활이 입을 뗀 것은 긴 침묵 뒤였다. 침묵의 시간 동안 그는 꽤 많이 망설였음이 분명했다.

"그 여자, 나도 알만한 여자야?"

윤완이 조심스럽게 물었다.

"아니."

"누군데?"

"여기, 구포지역 지구당에서 일하는 여자야. 야당."

뜻밖의 얘기였다. '야당 지구당'이라는 말은 '여자'라는 말보다 더 이상하게 들렸다. '테러'라는 단어가 순간적으로 윤완의 뇌리를 스치고 지나갔다.

"그 여잘 왜?"

"알아볼 게 있어서."

"그게 뭔데."

"비밀."

"비밀?"

"나에 관한 어떤 비밀."

야당 지구당을 들먹였을 때 막연히 들었던 정치적인 냄새는 자신의 비밀이라는 말이 뒤섞이자 갑자기 사라져버렸다. 윤완은 눈에 보이지도 않고 냄새도 맡을 수 없는 독가스가 호흡기 속으로 밀려드는 것 같은 느낌을 받았다.

"어떤 비밀?"

"출생에 관한 거."

"출생의 비밀?"

"비밀이랄 것도 없지. 이미 대충은 감을 잡고 있으니까."

윤완은 차창에 비친 선우활의 모습을 바라보았다. 무슨 출생의 비밀이 있다는 것일까? 그에게는 경찰 간부인 아버지와 정숙한 어머니, 그리고 한때 운동권에 속해 있다가 지금은 조용히 시인의 삶을 살아가고 있는 누나가 있다. 거기에 무슨 비밀이 숨어 있는 걸까. 윤완은 부쩍 호기심이 일었다.

"출생의 비밀을 확인하는 데 하필이면 왜 야당 지구당 사람이 필요하지?"

"그럴 이유가 있어."

"무슨?"

"그쪽이 아니면 거기에 대해 알 수 있는 길이 완전히 봉쇄되어 있으니까."

"무슨 뜻이지?"

"쉽게 말하지."

선우활은 쩍, 하는 소리가 나도록 입맛을 다시고는 말을 이었다.

"아버지가 막고 있어."

"아버지가?"

그는 고개를 끄덕였다. 그러고는 던지듯 뱉었다.

"아버지는 내 친아버지가 아니야."

선우활의 말에 윤완은 벼락이라도 맞은 듯 멍한 표정이었다. 윤완은 한참 동안이나 짙은 어둠에 휩싸인 선우활의 얼굴을 바라보고 있다가 겨우 입을 뗐다.

"그러니까, 지금의 아버님이 널 낳아주신 아버지가 아니라는 말이야?"

"친아버지가 아니니까 당연히 날 낳지 않았지."

"뭘 잘못 안 거 아냐? 그럴 리가 있나."

"부정할 수 없는 사실이야."

"그럼, 누님은?"

"마찬가지야. 누나와 나를 낳아주신 부모님은 따로 있었어."

"그, 그게, 누군데?"

"젠장!"

선우활은 대답 대신 고개를 휙 꺾으며 한숨을 토해냈다. 윤완은 도무지 갈피를 잡을 수 없었다.

"그럼 아까 우리를 추적했던 그 차는 뭐지? 네가 만나려고 했던 그 여자는 어디 있고?"

선우활은 고개를 가로저었다. 뿌드득거리며 이빨 가는 소리가 들려왔다. 윤완은 머리끝이 주뼛하게 일어서는 것을 느꼈다.

"교묘한 술책이야. 하지만 내가 어떤 놈인지 아무도 몰라. 내 머릿속에 어떤 생각들이 꾸물거리고 있는지, 내가 내다보고 있는 게 몇 수 앞인지. 아버지도 그걸 몰라. 아버지가 아닌 아버지…… 하지만 그 사람은 내 아버지야. 적어도 그 사람의 입을 통해서 스스로 내 아버지가 아니라는 사실을 듣기 전까지는."

그는 어금니를 꽉 깨물며 짓씹듯 말을 이었다.

"갑시다. 형이 궁금해 하고 있는 건 가면서 천천히 일러줄 테니까. 따뜻한 방이라도 잡읍시다. 배도 든든하게 채우고. 건강하게 살아 있어야지. 내일이면 또 이놈의 세상에 살고 있는 인간들이 얼마나 변해 있을지 아무도 모르니까."

윤완은 멍하니 선우활의 얼굴을 바라보며 잘 걸리지 않는 시동을 걸기 시작했다. 겨우 시동이 걸린 차를 수풀에서 빼내 도로 위로 앉힌 뒤 가속페달을 꾹 밟았다. 뒤편으로 쑥 미끄러지려던 차가 쿨룩거리며 둔덕을 타넘었다. 살얼음이 깔린 도로 위를 차는 미끄러지듯 달려 나갔다. 계기판에 붙은 디지털시계의 파란빛이 열 시를 넘긴 시각을 가리키고 있었다. 시내로 들어가는 방향임에는 분명한 듯했지만 도로 위로는 차 한 대 지나가지 않았다. 한때 번성했던 항구도시라고는 도무지 믿어지지 않는 풍경이었다. 선우활의 얘기는 바로 그 을씨년스런 풍경이 만들어진 배경으로부터 시작되고 있었다.

우후죽순처럼 공단이 들어서고 채 10년도 지나지 않아 공단에서 쏟아져 나온 각종 폐수로 인해 구포 바다는 사해死海로 변해버렸다. 청정해역이라 각종 양식업이 성했던 해안에는 미역 한 자락 거두어지지 않았다. 사람들은 떠나기 시작했고, 아무렇게나 버려진 폐가와 폐선조차 이제는 그 흔적도 찾아볼 수 없을 정도가 되어버렸다. 소개령이 떨어진 전시의 마을처럼 인적이 끊어지자 공단에 입주했던 업체들도 하나씩 둘씩 외지로 가버렸고, 남은 거라곤 어업과는 아무런 관련도 없는 종이 박스 제조 공장 따위가 고작이었다. 그 무렵부터 문을 닫은 공단과 인근 해안 마을을 누군가가 헐값에 사들이고 있다는 풍문이 나돌기 시작했지만, 마을 사람들조차 그래서 어쩌겠다는 건지 알 수 없다는 표정만 지을 뿐이었다.

그런 얘기 끝에 선우활이 모호한 웃음을 지으며 물었다.

"땅을 사들이고 있는 사람이 누구였을까?"

윤완이 등을 곧추세웠다.

"바로 우리 아버지, 선우정규 씨였어."

윤완은 자신의 귀를 의심했다.

"까맣게 몰랐던 사실이지. 내가 어떻게 태어난 놈인지를 캐다가 주운 하찮은 사실이지만, 이게 일을 키운 거 같아. 아까 그놈들을 내게 보낸 이유는 이것 말고는 없거든. 도둑이 제 발 저린 거지."

"그러니까 아버님이 그 사람들을 보냈다는 거야?"

윤완은 차마 '널 죽이라고 보냈다는 거야?' 라고 묻지는 못했다.

"아버님은 무슨, 얼어 죽을."

선우활이 짓씹듯 내뱉었다.

"도무지, 뭐가 뭔지 통 모르겠네."

윤완은 핸들을 바짝 틀어쥐며 혼잣말처럼 중얼거렸다. 구포 시내까지 5킬로미터가 남았다는 이정표를 지나자 제법 불빛들이 보이기 시작했다. 윤완은 옆자리를 흘끔 보았다.

선우활은 지그시 눈을 감은 채 낮은 목소리를 흘려놓기 시작했다. 그의 목소리는 꽤 오랜 시간을 가파르게 기어오르고 있었다.

2. 거꾸로 흐르는 시간

어느 날 대한민국에 사는 60대 중반의 한 남자가 손수 자가용을 몰고 집으로 돌아가던 길에 문득 시간이 멈추어버린 듯한 괴이한 느낌에 빠져들었다. 그 괴상한 느낌은 '시간이 흐를수록' 점점 더 심각해져서 자신이 몰고 있는 자동차조차 완전히 멈추어버린 것 같았다. 그때 그는 차창 밖을 내다보았는데 어찌된 일인지 도로의 모든 차들과 수많은 인파들이 그 자리에 꼼짝하지 않고 멈추어 있는 것을 발견했다. 움직이는 것은 오직 그 자신뿐이었다. 그는 순간적으로 브레이크를 밟았지만, 유조차의 꽁무니를 세차게 들이받고 말았다. 노신사는 그 자리에서 즉사했다. 다음날 노신사의 사망 소식이 신문에 실렸는데, 그는 30대에 정치에 입문하여 오랜 세월 줄곧 야당에서 정치밥을 먹고 살아온 사람임이 밝혀졌다. 물론, 이 얘기는, 80년대 중반에 일어났던 한 사건에 대한 작가의 임의적인 해석에 불과하다.

198X년 7월, 장맛비가 구질구질하게 쏟아지는 어느 날. 서울에서 대낮에도 산새 지저귀는 소리를 들을 수 있는 동네에 위치한, 모 기관 안전 가옥. 마흔 평은 실히 될 것 같은 거실 한 귀퉁이의 칵테일 라운지. 보라색 가로줄 무늬의 벨벳 의자 위에 한 청년이 앉아 온더록을 홀짝이고 있었다. 코와 턱밑에 주뼛주뼛 자란 수염 탓인지 초

췌해 보이지만 가끔씩 이층 계단 쪽을 쏘아보는 청년의 눈빛에는 살기와 같은 날카로움이 배어 있었다.

집안은 지극히 조용했다. 그래서인지 정원의 잔디밭 위로 떨어지는 빗방울 소리는 마치 음질 좋은 오디오에서 흘러나오는 음악처럼 들려왔다. 하나하나의 음이 정교하게 청각에 새겨지는 것 같은 느낌을 받으며 청년은 코냑 병을 기울여 3분의 1쯤 잔을 채운 뒤 천천히 의자에서 일어나 정원이 내다보이는 통유리 앞으로 걸음을 옮겼다. 그는 헐렁한 블루진 셔츠의 윗주머니에서 담배를 한 개비 뽑아 불을 댕기고는, 한 모금 깊이 빨아 길게 연기를 뿜어내며 정원의 풍경을 느릿느릿 둘러보았다. 녹색의 잔디가 비에 젖는 모습은 눈이 부시도록 아름다웠다. 출입구에서 왼쪽으로 꺾인 곳에 흰 알루미늄 섀시로 만들어진 경비실이 있고 마주보이는 곳에 비단잉어가 가득 들어 있는 연못이 있는데 연못의 물은 주위를 둘러싸고 있는 크고 작은 돌 틈 사이로 부드럽게 빠져나가고 있었다. 그 연못에서 가옥 뒤편 뜰로 통하는 잔디밭 위에는 모자이크처럼 색색의 보도블록이 리드미컬하게 깔려 있었다. 보도블록이 끝나는 곳이 거실의 유리문으로 바라볼 수 있는 한계 지점이었다.

청년은 바로 전날 해질녘, 검은 점이 박힌 하얀 우산을 받쳐 들고 그 블록 위를 걸어가던 한 여자를 생각하고 있었다. 처음 보는 얼굴이었다. 빗물에 젖어 가느다란 종아리에 달라붙은 하늘색 원피스의 끝자락이 선명하게 그의 뇌리에 남아 있었다. 그녀는 아직 이 거대한 저택의 이층 방에 남아 있을 것이다. 쥐도 새도 모르게 들어왔을 때처럼 그렇게 이 집을 빠져나가지 않았다면.

"상무님."

고요하게 가라앉은 거실의 공기를 가르며 꽤 굵직한 목소리가 흘러왔다. 코냑 잔을 입으로 가져가던 청년의 손길이 우뚝 멈추었다. 그는 소리가 들려온 쪽으로 고개를 돌리지 않고 거실의 통유리를 통해 목소리의 주인을 들여다보았다. 큰 키에 손목까지 내려오는 흰 와이셔츠를 입은 서른 살 안팎의 남자가 십여 미터쯤 떨어진 곳에 서서 고개를 가볍게 숙이는 실루엣이 유리에 비쳤다.

"새가 뜨는데 날씨가 좋지 않다고 회장님께서 상무님이 직접 날려 보내시랍니다."

유리 속의 남자가 말했다. 남자의 말을 듣고 한동안 말없이 서 있던 청년은 손에 들고 있던 술잔 속에다 피우던 담배를 집어넣었다. 피식, 하고 담뱃불 꺼지는 소리가 적요를 과장스럽게 흔들었다.

"언제?"

"삼십 분 뒤에 새장 뒷문으로."

청년의 고개가 위아래로 천천히 움직였다. 흰 와이셔츠의 남자는 청년의 뒤통수에다 대고 다시 한 번 깍듯이 고개를 숙이고는 이층 계단 쪽으로 돌아섰다. 청년은 담배꽁초가 들어 있던 잔을 물끄러미 내려다보다가 탁자 위에 내려놓고는 라운지 뒷문을 통해 거실을 빠져나갔다. '새가 뜬다. 새장 문이 열리고 새가 날아간다. 어디로? 하늘로? 하늘로 그냥 날려 보내라고?' 가옥 뒤 큰 주차장으로 들어와 차에 오른 청년은 시동을 걸고 에어컨 버튼을 누른 뒤 의자 등받이를 젖혀 길게 드러누웠다. '새는 어디서 날아온 걸까? 하늘색 날개를 가진 그 새는 이름이 뭐지?' 감은 눈 속으로 새 한마리가 날개를 펴덕이며 비상하고 있었다. 빗줄기 사이를 빠져나가 높이 솟구치던 그 새는 천천히 아래쪽으로 내려왔다. 천천히 강하하는 새의 속도에 맞추어 그가 팔을 들어올렸다. 새는 그의 머리 위를 한 바퀴 선회한 뒤 사뿐히 팔뚝 위에 내려앉았다. '내가 데려다 키우면 안 되나?' 순간, 그의 몸이 움찔했다. 미미한 진동이 목젖에 남아 있었다. 그는 손바닥으로 새의 머리를 가볍게 쓰다듬었다. 그러곤 거기에 자신의 뺨을 댔다. 새의 깃털에 묻은 물기가 뺨을 적셨다. 청년은 갑자기 프론트 시트의 등받이 레버를 당기며 몸을 벌떡 일으켰다. 그는 세차게 고개를 흔들었다. 차고 문이 열리는 소리가 들려왔다. 그는 룸미러로 시선을 옮겼다. 하늘색 원피스를 입은 여자의 허리 부분이 거울 속을 채우고 있었다. "새가 날아드는구나." 그는 혼잣말을 중얼거리며 에어컨 풍속 레버를 돌려 바람의 세기를 낮추었다. 비가 오는 탓인지 에어컨에서 쏟아져 나오는 바람이 차갑게 느껴졌다.

뒷문이 열리고 여자가 차에 올랐다. 진하지 않은 향수 냄새가 풍겨왔다. 배웅을 나왔던 강 비서가 벽에 붙은 스위치를 누르자 차고 앞문이 천천히 올라갔다. 청년은 차고 밖으로 차를 빼냈다. 밖은 곧바로 주택가의 골목과 연결되어 있었다. 잘 다듬어진 주택가의 골목 어귀에서 일단 차를 멈춘 그는 파크호텔 쪽으로 가는 길을 한번 훑어보고는 좌측 깜빡이를 켰다. 그때, "아니에요. 오른쪽으로 가 주세요." 하고 뒷좌석의 여자가 재빨리 말했다.

'고운 목소리군.' 그는 입꼬리를 찍 올리고는 핸들을 꺾었다. 그러나 방향은 여자가 부탁한 우측이 아니라 깜박이를 넣었던 좌측이었다. 당황한 듯 앞쪽으로 여자의 몸이 쏠리며 약간은 신경질적인 목소리가 나왔다.

"제 말, 안 들리세요? 전 오른쪽이라고 말씀드렸어요."

그러나 여자의 말에 아랑곳하지 않고 차를 왼쪽으로 돌린 청년은 가속 페달을 깊게 밟았다.

"새는 자유로운 동물이죠. 언제든, 어디로든 날아갈 수 있는 거 아닙니까? 하늘이 다 길인데 왼쪽이고 오른쪽이고 굳이 가릴 필요가 있겠습니까."

룸미러 안에서 마주친 남녀의 눈길이 사뭇 대조적이었다. 가느다랗게 뜬 남자의 눈동자는 웃고 있었고, 동그란 여자의 눈에는 당황스러움이 가득 채워져 있었다. "새라구요?" 한참 뒤 여자가 물었고, 청년이 고개를 끄덕였다. 차는 빗속을 경쾌하게 미끄러져갔다. 빗물을 닦아내는 와이퍼의 움직임도 거침이 없었다. 말갛게 닦일 때마다 길가의 푸른 숲들이 청명하게 드러났다.

"절 보고 하신 말씀인가요, 그 새라는 표현이?"

"물론."

"왜 하필이면 새죠?"

"마음에 들지 않습니까?"

"좋을 건 없죠."

"한번쯤 날개를 다는 것도 나쁘진 않을 텐데?"

"농담할 기분이 아니에요."

갑자기 여자의 목소리에 불안이 끼어들고 있었다. 재빨리 눈치를 챈 청년은 바깥으로 차선을 바꾸며 속도를 늦추었다.

"이름이 뭐요?"

청년은 룸미러에 비친 여자와 시선을 마주치며 물었다. 여자의 눈에는 붉은 실핏줄이 얽혀 있었다. 밤을 꼬박 샜군. 허기야 그 인간은 여자를 잠자도록 내버려둘 위인이 아니지. 청년은 지난 밤 안가의 이층 방에서 벌어졌을 장면을 마음대로 그려내며 히죽거렸다. 여자는 입을 다문 채 차창 밖으로 고개를 돌렸다. 그 모습을 거울 속으로 바라보고 있던 청년의 입술이 묘하게 일그러졌다. '아무한테나 이러는 거 아니다. 네 눈엔 내가 운전이나 해주는 똘마니로 보이는 모양인데, 그건 오산이지.' 빗줄기가 굵어지자 청년은 와이퍼의 움직이는 속도를 높였다. 얼마 가지 않아 멀리 산속에 잠긴 하얀 빛깔의 빌딩이 시야에 들어왔다. 파크호텔이라는 붉은 네온 글씨가 세로로 길게 박혀 있는 그 건물은 희부연 비안개에 가려 마치 신기루처럼 서 있었다.

"이름이 없소?"

청년은 차의 속도를 떨어뜨리며 뒷자리의 여자에게 다시 물었다. 여자의 입술이 가볍게 경련을 일으키는 게 그의 눈에 들어왔다. 그녀는 불안한 표정을 감추지 못했다. 그러면서도 침착함을 잃지 않으려는 듯 또박또박 말했다.

"예의가 없군요."

"아하, 내 이름자를 먼저 알아야겠다? 쯧쯧, 그렇다면, 어떤 이름을 댄다? 워낙 이름이 많아서."

여자는 의아한 듯 눈을 동그랗게 뜨며 청년의 뒷머리를 바라보았다.

"그럼 어디 마음에 드는 걸로 한번 골라보시오."

청년은 농담이라도 하듯 어깨를 으쓱해 보이고는 입을 뗐다.

"우선 유치원을 다닐 때까진 사람들이 날더러 똥장군이라고 불렀지. 귀찮아서 며칠에 한 번씩만 똥을 눴는데 그 양이 엄청났거든."

그의 말에 여자가 처음으로 입술 끝에 웃음을 머금었다. 그의 말은 계속되었다.

"국민학교 삼학년 때부터는 이름이 거머리로 바뀌었어요. 우리 반에 여자애들을 괴롭히는 못된 놈이 하나 있었는데 짜식의 덩치가 꼭내 두 배만했죠. 하루는 녀석에게 싸움을 걸었어요. 물론 흠씬 두들겨 맞았죠. 그 뒤 일주일 동안 난 하루도 거르지 않고 녀석과 붙었어요. 결국 짜식이 손을 들더군요. 꼭 일주일만이었어요. 하지만 거기서 끝낼 거였으면 시작을 안 했죠. 그 뒤로 한 달 동안 난 녀석을 패줬어요. 결국 전학을 가더군요. 그때부터 애들은 날 거머리라고 불렀어요."

거기까지 말해놓고 입술을 비틀어 웃고는 여자에게 물었다.

"내가 뭘 믿고 그렇게 할 수 있었는지 궁금하지 않아요?"

당연히 여자는 대답을 하지 못했고, 그 대답을 청년이 해주었다.

"내 뒤엔 아버지라는 든든한 배경이 있었어요. 우리 아버진 누구도 못 당할 끗발을 가지고 있었거든요. 파출소장, 하하하!"

그의 말이 떨어지기 무섭게 여자의 얼굴에서 웃음기가 사라졌다. 룸미러 속에 남아 있던 청년의 웃음도 천천히 거두어졌다. 그러나 그의 말은 멈추지 않았다.

"아직 끝이 아닙니다. 고등학교를 졸업할 때까진 좀 쑥스러운 이름들만 따라다녔어요. 두목이니 통뼈니 하는. 그러다가 난 썩 마음에 드는 이름을 하나 갖게 되었죠. 군대에 있을 때 얻은 이름인데."

룸미러를 들여다보는 청년의 눈이 가늘게 움츠러들고 있었다. 여자의 시선은 그의 눈에 완전히 사로잡힌 듯했다.

"저격수."

여자는 아무 반응도 보이지 않았다. 오른쪽 눈 아래가 약간 씰룩거린 걸 제외하고는.

"괜찮지 않아요? 난, 개인적으로 가장 마음에 드는 이름인데."

무슨 생각을 하고 있는 것일까. 여자의 불안한 눈길이 룸미러를 벗어나 차창 밖으로 옮겨졌다. 입술이 마르는지 연분홍 혀가 몇 번이나 그 입술을 핥았다. 그 모습을 거울 속으로 훔쳐보고 있던 청년의 얼굴에도 다시는 웃음기가 어리지 않았다.

"이 정도 예의를 차렸으면, 댁의 이름을 알아도 되겠죠?"

청년이 룸미러 속의 여자를 바라보며 물었다. 여자의 얼굴은 더욱 창백해져 있었다. 그녀는 조금 전에 들었던 청년의 말을 되새기고 있는 중이었다. 그중에서도 청년의 아버지가 경찰이었다는 부분에 신경이 쓰였다. 어쩌면 지금 운전대를 잡고 있는 청년이 어젯밤 자신을 안가로 보냈던 사람의 아들일지 모른다는 생각을 하고 있었던 것이다. 아랫배가 묵직해지며 참을 수 없을 정도로 오줌이 마려웠다. 사실 그녀에게는 버티어낼 힘이 얼마 남아 있지 않았다. 전날 밤을 꼬박 새워 몸은 한없이 피곤했다. 더구나 저택을 들어서던 순간에 깨끗이 지워버렸다고 생각했던 모멸감이 새삼스럽게 되살아나고 있었다. 그래서였을까. 그녀는 자포자기하듯, 아니 더 이상 청년으로부터 벗어나기 힘들다는 생각이 밀어닥치면서 차라리 그에게 선처를 바라는 심정이었다.

"미현이라고 해요. 남미현, 그게 제 이름이에요. 됐어요?"

적당하게 둘러댈 수도 있었지만 그럴 정도의 여유가 그녀에겐 남아 있지 않았다. 사라졌던 미소가 희미하게나마 청년의 입가에 다시 떠올랐다.

"난, 선우활이라고 합니다. 알아두면 편할 겁니다."

그는 호텔 광장으로 오르는 언덕길로 차를 몰았다. 그 탓에 순간적으로 여자의 얼굴을 덮던 어두운 그늘을 발견하지 못했다. 남미현은 문고리를 잡고 있던 손으로 가슴을 쓸어내렸다. 선우활. 그 이름은 낯설지 않았다.

"남, 미, 현."

핸들을 바짝 꺾은 채로 액셀러레이터를 힘껏 밟아 언덕을 오르던 선우활은 나직하게 그녀의 이름을 중얼거렸다.

선우활은 호텔 주차장으로 들어가지 않고 산기슭 쪽에 붙어 있는 호텔의 지하 게임룸 입구에 차를 세웠다. 차가 서는 걸 보고 '포시즌'이라는 금박 글씨가 박힌 둥근 돌출 차양 아래 서 있던 보타이bow tie 차림의 젊은이 하나가 잽싸게 그에게로 달려왔다. 선우활은 차창을 손 한 뼘 정도 내렸다. 비를 맞으며 달려온 젊은이가 그에게 고개를 꾸벅 숙였다.

"상무님께서 웬일로……?"

"왜, 내가 오면 안 되는 곳이냐?"

"그게 아니라."

보타이는 얼굴에 흐르는 빗물을 손등으로 훔쳐내며 어색하게 웃었다. 그의 시선이 차안으로 날아와 뒷좌석의 여자에게 머물렀다. 그러곤 가느다란 눈으로 선우활을 보았다.

"프론트에다 연락할까요?"

"넘겨짚지 마."

젊은이의 얼굴이 금세 굳어지며 머쓱한 표정이 스쳐갔다.

"박 실장은?"

"회장님께서 급히 부르셔서 평창동으로 갔습니다."

평창동이라면 30분 전에 그가 여자를 태우고 나왔던 그 안가를 이르는 말이었다.

"언제?"

"한 삼십 분쯤 됐습니다."

선우활의 고개가 두어 번 갸웃거렸다.

"박 실장이 그러더냐? 회장님한테 간다고?"

"예."

이상했다. 회장이 박 실장을 직접 불렀다는 것도 그랬지만, 박 실장이 회장에게 간다는 말을 직접 똘마니에게 했다는 건 더 이상한 일이었다. 회장의 호출은 누구에게도 발설할 수 없는 일종의 기밀 사항이었다. 이상한 느낌이 지나기 무섭게 적잖은 불쾌감이 치밀었다. 박 실장은 자신의 휘하에 있었다. 자신을 제쳐놓고 회장과 독대를 한다는 건 자존심이 상하는 일이었던 것이다. 더구나 삼십 분 전이라면 그가 안가를 떠난 시각과 일치했다. 자신을 따돌렸다는 느낌을 지울 수 없었다. 자신을 배석시키지 않고 은밀히 전할 말이 있는 게 아니라면 있을 수 없는 일이라는 게 그의 생각이었다. 선우활은 한동안 핸들을 손바닥으로 툭툭 치며 생각에 잠겨 있다가 뒷좌석의 남미현에게로 고개를 돌렸다.

"박 실장이라고 아십니까?"

남미현이 고개를 저었다.

"키가 작고 뚱뚱한 체격에 곱슬머리, 보신 적 없어요?"

선우활이 재차 물었고, 남미현은 여전히 모르겠다는 듯 고개를 가로저었다. 선우활은 비를 맞으며 서 있는 보타이에게 손가락을 까닥거리며 다가오라는 신호를 보냈다.

"손님들은?"

"클로버에 있습니다."

"몇 명?"

"모두 넷입니다."

선우활이 어금니를 꽉 깨물었다.

"어떤 분들이지?"

젊은이는 비를 맞으면서도 언짢은 표정이 아니었다. 하지만 그의 과장스런 웃음은 싫은 기색을 지우려는 안간힘에 분명했다. 가끔씩 그의 시선이 뒷좌석으로 날아갔고, 그럴 때마다 남미현은 멍한 눈으로 그를 바라보았다.

"세 분은 지난 토요일에 오셨던 분들이고, 다른 한 분은 새로 오셨어요. 그 사람 출연하는 영화를 본 적이 있는데 실물이 훨씬 낫던데요?"

보타이는 말끝에 배시시 웃음을 다는 걸 잊지 않았다.

"영화? 배우야?"

"그럼요. 왜, 그 있잖아요. 〈부르지 않는 노래〉라는 영화에 가수로 출연했던 그 배우 말입니다."

"박영진?"

"예, 맞아요. 박영진, 그 사람 정말 근사하더라구요."

선우활은 여러 가지 뜻이 담긴 미소를 지으며 손가락 매듭을 똑똑 분질렀다.

"그 인간이 이제 드디어 여기까지 진출하셨구만."

"예?"

"십 분 후에 룸으로 내려갈 테니, 준비하라고 일러. 그리고 박 실장 오면 21번 슬롯에 앉아 있으라고 해. 오면 곧장 나한테 알리고."

"알겠습니다."

선우활은 주머니에서 지폐 한 장을 꺼내 차창 밖으로 내밀었다. 보타이는 얼른 받아 쥐고는 허리를 굽실거렸다. 창을 올린 선우활은 잠시 생각에 잠겼다가 남미현에게 몸을 틀었다.

"미현 씨께 좋은 구경 시켜드릴게요. 저와 만난 기념으로."

그의 말에 난처한 표정이 역력한 채로 그녀가 말했다.

"지금, 구경 같은 거 하고 싶은 생각이 없는데요."

남미현은 애써 얼굴을 펴며 선우활을 바라보았다. 핏발이 잔뜩 선 그녀의 눈에서는 금세라도 눈물이 떨어질 것 같았다. 그녀는 어디에라도 가서 눈을 붙였으면 싶은 눈치였다. 안가에서 나올 때부터 느끼고 있던 요의도 더 이상 참아내기 힘들었다. 더구나 선우활의 집요함은 거의 인내의 한계를 무너뜨릴 지경이었다. 화가 치밀어 올라 언제 폭발할지 몰랐다. 하지만 그렇게 된 뒤에 닥칠 일이 막연히 두려웠다. 그것은 감히 회장과 밤을 지낸 여자를 아무렇지 않게 다루고 있는 선우활이란 자의 태도 때문이었다.

"가보시면 생각이 달라질 겁니다. 그리고 오늘은 집에 들어갈 생각일랑 마십시오. 뭐, 그렇다고 딴 생각이 있는 건 아니니까 괜한 걱정할 건 없구요. 그리고 또 하나."

선우활은 잠시 말을 끊고 남미현의 안색을 살피고 나서 말했다.

"무슨 이유로, 어떤 경로로 이 세계에 발을 들여놓았는지 모르겠지만, 첫날 나를 만나게 된 건 분명히 미현 씨의 행운이라고 생각하십시오. 나라는 인간, 믿을만한 놈이니까."

자신에 찬 그의 말이 기이하게도 남미현의 마음을 편안하게 만들어주었다. 기왕에 이렇게 엮인 바에야 철저하게 매달려주자. 남미현은 무릎 위에 올려놓았던 손을 조그맣게 말아 쥐었다. 그리곤 입술을 야무지게 앙다물었다.

"화장실부터 썼으면 좋겠는데요."

여자의 말에 선우활이 환하게 웃었다.

선우활은 화장실을 다녀온 남미현과 함께 지하 계단을 따라 내려가다가 슬롯머신 게임기로 가득 들어차 있던 대형 오락실 출입구에서 왼쪽으로 꺾어져 사람 둘이 겨우 지나다닐 수 있을 정도로 좁은, 붉은 카펫이 깔린 복도로 들어섰다. 복도 양편으로 각각 여섯 개의 룸이 있는데, 평일에는 거의 비어 있지만 주말과 휴일에는 포커나 마작을 즐기는 회원들로 비는 시간이 거의 없었다. 그 방들은 불과 한 해 전만해도 한 번에 거의 천만 원 가까운 비용을 지불해야 할 정도로 '요란한' 술과 여인들의 비밀스런 향연이 벌어지던 곳이었지만, 그곳을 '관리'하던 전직 관료 출신의 이종훈이라는 작자가 의문의 죽음을 당하는 사건이 발생하면서 겉보기에는 전혀 퇴폐적이지 않은, 단순한 회원들 간의 친선을 위한 공간으로 탈바꿈했다. 그렇게 된 데에는 이종훈의 뒤를 이어 그곳을 관리하고 있는 전기호全企浩 회장의 다소 고집스런 일면이 작용한 때문이기도 했다.

선우활이 상무로 있는 서의실업의 대표 전기호. 그는 주먹 세계, 그러니까 뒷골목 두목들이 오직 몸으로 부닥쳐 일구어놓은 것과는 달리 피와 용기와 무모함, 다소의 행운과 불법, 그리고 권력과의 교묘한 결탁을 통해 난마처럼 뒤얽힌 그 세계로 어느 날 갑자기 뛰어 들어왔다. 그런 뒤에는 오직 세 치 혀만으로 어지러움을 평정하고 회장의 자리까지 차지했다. 그가 가진 고집이란 것도 바로 '세 치혀'의 위력을 유일하게 뒷받침해줄 수 있는 냉철하고 명석한 두뇌로부터 비롯된 것이었다. 그의 판단은 언제나 정확했는데, 그가 관리를 맡으면서 불과 석 달 만에 술과 여인의 은밀한 향연으로 벌어들이던 소득의 거의 배에 가까운 돈을 끌어 모았다. 물론 지하 오락실에서 거두어들이는 액수에는 비할 바가 못 되었지만, 오락실이 승부조작에 의한 거라면 룸의 개조에서 나온 수익은 다분히 아이디어 싸움에서 얻어낸 실적이었다. 하지만 단 일 년 사이에 보여준 전 회장의 업적을 감안한다면 이 룸들은 돈을 긁어내는 데 관한 한 피라미에 불과했다. 가령, 그 필요성에 비해 남들이 아직 감히 손을 대려고 생각조차 못하고 있던 경호산업을 벌여 그 방면의 수요를 독점하면서 벌어들이는 액수는 상상을 불허하는 규모였다. 개인 소장이 허용되지 않는 국보급 유물이나 수십억대의 예술품, 값을 매기기가 힘들 정도로 고가인 보석류 따위를 대신 보관해주고 가끔 매매도 주선하는 '서의 그랜드 머천트(SGM)'의 경우 그 규모를 아는 사람은 전기호라는 인물에 대해 숙연해지지 않을 수 없다. 이런 식의 예는 너무 많아서 과연 그 모든 것이 그의 머릿속에서 나왔다는 사실이 믿어지지 않았다. 국립대학을 나와 한때 고등학교에서 수학선생을 한 적이 있다는 매우 하찮은 사실이 어쩌면 이런 일들을 이해하는 데 도움이 될지도 모를 일이었다.

파크호텔의 지하 오락실 계단을 내려와 보송보송한 카펫 위를 걸어가고 있던 그때, 선우활이 바로 그 전기호 회장을 생각하고 있었다는 것은 의미심장한 일이었다. 더구나 회장과 하룻밤을 지낸 여자가 그와 동행하고 있었다.

"제가 꼭 있어야 하나요? 사실 지금 많이 피곤하거든요. 그리고 ……."

왼쪽 맨 끝 클로버룸의 금색 문고리를 쥐려고 손을 뻗던 선우활을 바라보며 남미현은 안으로 기어드는 목소리로 말했다. 이유가 뭔지도 모르면서 그를 따라오긴 했지만 몸을 가누기 힘들 정도로 피곤에 지쳐 있던 그녀는 애원이라도 하고 싶었다. 하지만 하려던 말을 끝내 우물거리고 만 것은 그런 식의 애원만이 아니었다. 그녀가 꺼내고 싶지 않았던 그 말은, 좀 전 차 안에서 선우활이 스스로 밝혔던 그의 부친에 관한 것이었다. 선우활은 그녀가 삼켜버린 그 말을 이미 간파하고 있기라도 한 듯 활짝 웃으며 남미현을 바라보았다. 그의 눈길에 끈끈한 뭔가가 짙게 녹아 있었다. 사실 그것은 두 사람 모두에게 느닷없고 정체 모를 무엇이었다. 무엇이 있는지도 모른 채 그저 깜깜한 어둠 속으로 발길을 옮기는 것 같은.

"미현 씨 지금 모습을 보니까, 서시라는 중국의 미녀 얘기가 생각나네요."

이건 또 뭔 뚱딴지같은 소린가. 남미현은 등을 타고 미끄러지는 땀을 느끼며 입술을 깨물었다.

"그녀는 배가 아파서 늘 미간을 찌푸리고 다녔는데 그 모습이 얼마나 아름다워 보였던지 동네 아낙들이 모두 흉내를 내고 다니다 결국 동네 남정네들을 모두 도망가버리게 만들었다는 얘기 말입니다. 하하하!"

남미현은 적잖이 놀랐다. 그런 고사를 알고 있을 만큼 지적인 구석이라곤 도무지 보이지 않는 사람이었기 때문이다. 더구나 그의 얘기가 자신을 빗대서 한 것이라 더 놀라웠다.

'이 사람은 날 놀리려는 것도 아니고, 또 아무 뜻 없이 여기까지 데려온 것도 아니야. 왜일까? 무슨 이유일까?'

그녀는 초조한 가운데서도 일말의 호기심이 일었다. 하지만 호기심을 풀어볼 생각은 미루고 싶었다. 그냥 쉬고 싶을 뿐이었다. 그런데도 왜 나는 이 사람을 계속 따라가고 있지? 그런 자신이 우습기까지 했다.

"지친 모습이 이렇게 아름다워 보이다니."

선우활은 또다시 농담처럼 뱉고 나서 천천히, 그리고 매우 조심스런 손길로 남미현의 뺨으로 손을 뻗었다. 뜻밖의 행동이었다. 그녀는 마법에 걸린 듯 그의 손길을 피할 생각을 하지 못했다. 그녀는 아득히 잦아드는 것 같은 정신을 부여잡기 위해 휘청거리는 다리에 힘을 넣었다. 뺨에 닿은 그의 손은 생각보다 따스했다. 그리고 무척이나 부드러웠다.

"예감이 좋은데요."

선우활이 그녀의 뺨에서 손을 떼어내며 말했다. 남미현이 취한 듯 그의 눈을 들여다보았다.

"무슨 예감이죠?"

"오늘의 게임. 그리고 미현 씨에 대한……, 아주 좋아요."

선우활은 한쪽 눈을 찡긋해 보이고는 클로버룸의 금박으로 덮인 문고리를 가볍게 돌렸다. 딸깍하는 소리와 함께 문이 열렸다. 문 틈으로 자욱한 담배연기가 새어나왔다. 연기를 쐬자 남미현은 현기증을 느꼈다. 속이 거북해지며 욕지기가 일었다. 다리에 힘이 빠져 몸을 가누기가 힘들었다. 그녀는 저도 모르게 룸 안으로 들어서던 선우활의 팔을 슬그머니 붙들었다. 선우활이 그녀를 보았다. 파리하게 질린 그녀의 얼굴에서 서늘한 한기가 피어나왔다.

"그냥 걸으세요."

자연스럽게 팔짱을 낀 것처럼 되어버린 두 사람은 그렇게 룸 안으로 들어섰다. 유리알이 쏟아질 것처럼 주렁주렁 매달린 샹들리에, 그 아래 초록빛 덮개의 사각 탁자, 한쪽 구석의 간이 라운지, 폭이 좁은 긴 테이블에 놓인 여러 개의 술병과 얼음통과 술잔들, 구석에서 냉기를 뿜어내는 에어컨, 출입문을 중심으로 좌우의 벽에 붙은 가죽 소파 – 룸 안으로 들어선 남미현의 눈에 그 모든 것들이 다투

듯 다가섰다.

"이게 누구셔?"

가벼운 탄성과도 같은 여자의 목소리가 갑작스레 드리워진 어색한 침묵을 밀쳐냈다.

"상무님이 어쩐 일로 여기까지? 그나저나 이게 얼마만이에요. 난 또 탈이라도 난줄 알았네."

소파에 앉은 네 사람의 남자들 틈에서 다리를 꼬고 앉아 있던 여자가 호들갑을 떨었다. 미어져 터질 것 같은 허벅지가 짙은 보라색 스커트 아래로 드러나 있었다. 마리 장. 서른일곱 살의 여우. 이미 게임 룸 출입을 통제하는 녀석에게서 선우활이 나타났다는 걸 전달받았음에도 그녀는 그의 출현이 전혀 뜻밖이라는 듯 눙을 치고 있었다. 선우활은 남미현의 허리를 가볍게 싸안고서 그녀를 소파에 앉히며 마리 장을 향해 한쪽 눈을 찡긋했다.

"탈이라도 나기를 바란 겁니까?"

선우활은 소파의 팔걸이를 붙든 채 쓰러지지 않으려고 안간힘을 쓰고 있는 남미현의 옆자리에 앉으며 마리 장에게 한마디 툭 뱉어냈는데 대뜸 그 여자가 활짝 웃었다.

"그거야 상무님께서 더 잘 아시잖아요? 호호호."

"내가 더 잘 안다? 뭘 말입니까. 내가 잘못되기를 마담이 학수고대하고 있다는 거? 아니면 내가 만날 사고나 치는 놈이라는 거? 어느쪽입니까?"

그렇게 내뱉으며 선우활은 마리 장의 푸르죽죽하게 가라앉은 눈시울을 정면으로 쏘아보았다. 젊었을 땐 그 여자의 미모를 그 어떤 여자도 따를 수가 없었다던 말이 생판 거짓말같이 느껴지는 건, 자주 마주치는 건 아니었지만 그녀를 볼 때마다 일어나는 감상이었다. 그만큼 마리 장이라는 여자의 생김새는 그녀의 나이보다 훨씬 더 깊고 넓게 망가져 있었다. 그런 여자가 아직 이 바닥에 남아 있는 이유를 생각하면 선우활은 피가 거꾸로 쏟아지는 것 같은 느낌이었다. 거기엔 다름 아닌 자신의 아버지, 바로 선우정규가 도사리고 있었다. 당신은 한때나마 그녀에게 존재했었을 여성으로서의 지극한 모든 것을 흡혈귀처럼 빨아먹었고, 더 이상 빨아먹을 게 없어져버렸을 때 겨우 일말의 죄책감을 팽개치지 못해 그녀를 이곳에 남겨놓은 것이었다. 선우활의 가슴 깊은 곳에 도사리고 있는 아버지란 존재에 대한 냉소는 바로 그런 우스꽝스럽기 짝이 없는 감상들의 오랜 누적이었다.

"대답하지 않아도 되죠?"

마리 장은 선우활에게서 일어난 마음의 동요를 읽기라도 한 듯 가볍게 반문했다.

"물론."

나이와는 상관없이 선우활도 닮았다면 닮은 사내였다. 농담을 주고받는 것 같았지만 두 사람의 시선은 마치 마주서서 줄을 당기듯 팽팽한 긴장을 유지하고 있었다. 마리 장의 붉은 입술이 짙은 갈색의 길고 가느다란 담배를 힘껏 빨았다가 뱉었다.

룸 안에 있던 네 명의 남자들은 새파랗게 젊은 한 사내와 노회한 중년의 여자가 나누고 있는 대화를 멍청하게 듣고 있었다. 뭔지 모를 서슬에 눌린 듯 그들은 피우던 담배를 슬그머니 재떨이에 비벼 껐고, 헛기침을 몇 번씩이나 과장스럽게 뱉어놓았다.

그런 표정들을 재빨리 읽고 있던 선우활은, 룸으로 들어오기 전에 이미 자신에 대한 얘기를 마리 장이 그들에게 어느 정도는 들려주었다는 것을 알 수 있었다. 입구의 보타이에게 자신이 온다는 걸 미리 알리게 한 덕분이었다. 선우활은 마리 장이 했을 말들을 상상해보았다. 분에 넘치는 찬사를 주절거렸든가, 그를 두려워하게끔 위악을 떨었을 것이다. 아니면, 둘 모두였든가. 룸으로 들어오기 전에 끌었던 시간이라면 그 정도는 충분할 터였다.

"댁이 그 유명한 선우 상무군요."

그런 예상을 증명이라도 하듯 이윽고 소파 끝자리에 앉아 있던 잘생긴 남자 하나가 천천히 일어나 선우활에게로 걸어오며 말을 던졌다. 남자의 얼굴에는 미소가 그득했다. 그가 영화배우 박영진이란 것을 단번에 알 수 있었다.

'서른 둘? 아니면 마흔 둘?' 묘한 얼굴이었다. 그의 얼굴은 젊음과 늙음을 공유하고 있었다. 선우활은 자기 앞으로 걸어와 불쑥 손을 내민 박영진의 미끈한 육체를 훑어보았다. 짙은 눈썹과 제대로 다듬지 않아 수북하게 자란 수염이 젊음의 야성을 드러내고 있다면, 완만하게 꺾인 턱의 골격과 두툼한 볼은 중후한 중년의 냄새를 풍기고 있었다. 선우활의 입꼬리가 가늘게 찢어졌다. '재수 없는 새끼.' 느낌이 좋지 않았다. 겉만 번드레하고 속은 깡그리 빈 존재들. 남들이 보는 앞에선 거들먹거리다가 단 둘이 되면 기가 팍 죽는 비겁한 족속들. 선우활은 박영진이라는 남자의 얼굴에서 그것을 읽었다. 그 순간 자신의 직감이 맞는지 틀리는지를 시험해보고 싶었다. 근데, 지금은 때가 아니야. 선우활은 어금니를 살짝 물었다.

"역시 백 번 듣는 것보다는 한 번 보는 게 낫군요."

"보니 어떻습니까?"

박영진의 말에 선우활이 맞받아 물었다. 박영진은 어깨를 한번 으쓱해 보이고는 세련된 포즈로 몸을 돌렸고, 술병들이 진열되어 있는 긴 테이블 쪽으로 걸음을 옮겼다. 아이스버켓 속에 비스듬히 꽂힌 와인을 집어 들어 코르크 마개를 경쾌하게 뽑아낸 박영진은 두 개의 잔을 채운 다음 양 손에다 들고 선우활에게로 걸어왔다. 그러곤 그 중의 하나를 쑥 내밀었다. 하지만 그 방향은 선우활이 아니라 옆에 앉은 남미현 쪽이었다.

"안색이 안 좋군요."

박영진은 당황한 듯 미간을 찡그리며 물끄러미 그를 올려다보고 있는 남미현의 코앞으로 포도주가 담긴 잔을 내밀고는 히죽 웃었다.

"레드 와인은 혈액 순환을 돕죠."

부드러움으로 위장된 그의 목소리에는 분명히 어떤 적의가 담겨져 있었다.

적의敵意.

그랬다. 그의 목소리와 행동에는 분명히 척후병의 철모를 향해 총구를 겨냥하고 있는 저격수의 냄새가 진하게 풍겨오고 있었다. 경계의 심리가 습기처럼 눅눅히 깔린 박영진의 온몸을 선우활은 칼눈으로 지켜보았다. 그의 적의가 선우활에게로 향해 있음은 두 말 할 필요도 없을 것이었다. '이런 맹랑한 놈을 봤나.' 서늘한 미소가 스치고 지나간 선우활의 얼굴이 딱딱하게 굳어 있었다. '까딱하면 걸려들겠

는걸.' 속으로 그렇게 중얼거리던 선우활은 남미현의 허리에 감겨져 있던 손을 스르르 풀었다.

"대단한 미인이십니다. 설마 영화판에 계신 분은 아니시겠죠?"

박영진은 감추지 않고 드러냈다. 기획된 수작이란 걸 감추지 않는 게 기분이 나빴다. 자칫하면 걸려들겠다는 생각을 한 건 그 때문이었다. 하지만 그것이 속이 뻔히 들여다보이는 수작에 불과하다는 사실은 경험에서 터득된 것이었다. 선우활이 룸으로 들어오기 전에 마리 장이라는 여자가 선우활에 대해 무언가를 떠벌였고, 거기에 박영진이라는 작자가 뭔가를 기획하고 있었다면 얘기는 맞아들어갔다.

박영진에 대해 선우활이 알고 있는 건 두 가지였다. 하나는 잘 나가는 배우라는 것, 그리고 다른 하나는 그가 전속되어 있는 〈시네마 아트〉의 실권자가 전기호 회장이라는 사실이었다. 문제는 후자였다. 전자는 자신이 신경 쓸 바가 아니었다. 어차피 배우로서의 박영진은 한계를 지니고 있었다. 탄탄한 연기력을 지닌 성격 배우와는 시작부터가 다른, 쓸 만한 영화제에서 주연상 한 번 타본 경력은말할 것도 없고 맡는 역할이라는 게 허접한 성애물에서 알몸을 드러내거나 액션만 난무하는 C급 사극에서 과장된 오버액션으로 일관하는 게 고작인 배우에 불과했다. 그럼에도 그가 아직 건재한 이유는 후자, 즉 서의실업의 회장들로부터 받는 비호 덕분이었다. 전기호 회장에게로 넘어온 뒤에도 여전히 특별한 보호를 받고 있다는 건 선우활로서는 신경 쓰이는 대목이었다. 그럴 만한 이유를 짐작 못할 것도 없었다. 전회장이 거느린 '두뇌 집단'(여기엔 선우활이 접근할 수 없었고, 관여하고 싶은 생각도 없었다)에 의해 은밀히 진행되고 있는 공

73

작 중의 하나인 이른바 성인 영상 산업에 박영진이 필요한 것이었다. 이름만 산업일 뿐 결국 포르노 제작이었다. 현역 배우가 출연하는 포르노. 박영진을 포기할 수 없는 이유의 처음이자 끝이었다. 프로 스포츠나 유흥업소에 대한 파격적인 규제 완화를 끌어다붙이며 군사정권이 공고해질 경우 유화정책의 일환으로 포르노 제작이 자유로워질 거라는 예상은 꽤 설득력이 있었다. 빠르게 움직이던 생각의 끈을 잡아채듯 선우활은 가볍게 머리를 흔들었다. 이제 선택할 필요가 있었다. 박영진이라는 작자에 대한 개인적인 경고에 그칠 것인지, 아니면 전 회장에 대한 일종의 시위를 명확히 드러내 보일 것인지.

선택은 쉽지 않았다.

석 달 전, 모 재야 단체의 지역 사무실을 아수라장으로 만들어놓고 돌아왔을 때의 일이 불현듯 선우활의 뇌리를 스치고 지나갔다.

"이 자식, 너, 감상주의자야?"

전기호 회장의 오른팔이라고 할 수 있는 황정만 전무의 손바닥이 선우활의 뺨에서 불을 뿜었을 때도 그는 두 가지 선택 사이에서 고민했었다. 그에게 문제가 되는 것은 언제나 그 '두 가지'였다. 비슷해 보이지만 완연히 다른 두 가지. 적당히 응징할 것이냐, 확실히 응징할 것이냐. 하지만 공격이든 응징이든 그 공격이나 응징의 대상이 회장과 얽혀 있을 경우엔 전혀 개인적이지 않다는 데 문제가 있었다. 결국 그가 늘 뽑아드는 카드는 "조금만 기다리자,"는 것이었다. 그날도 그랬다. 대공분실에 붙들려가 혹독한 고문을 받고 나온 지 불과 사흘밖에 되지 않은 그 재야단체의 지역 책임자는 선우활이 이끄는 해결사들의 습격에 놀라 혼절을 해버렸는데 선우활이 그를 병원에 입원시킨 게 문제의 발단이었다. 황정만 전무의 표현대로 그의 '감상주의'에 대한 엄중한 문책이 떨어진 것이다. 책임을 피하고 싶은 생각은 없었다. 하지만 그것이 전 회장의 뜻이었는지, 아니면 황전무가 내심 키워온 선우활에 대한 개인적인 분풀이였는지, 감이 잡히질 않았다. 그는 결국 정강이뼈에 금이 가도록 얻어맞아 주는 것으로, 언제나 그랬듯, 응징에 대한 선택을 포기해버렸다.

'뒤로 미루자? 이번에도?'

선우활은 고개를 숙인 채 속으로 그렇게 중얼거렸다. 속이 한껏 뒤틀렸다. 박영진이 내민 포도주 잔을 받을까 말까 망설이고 있는 남미현을 힐끗 바라보는 선우활의 눈에서 섬광 같은 빛줄기가 번쩍거렸다. 그것은 더 이상 선택의 기로에서 멈칫거리지는 않을 거라는 암시였다. '네 놈을 건드리는 게 회장에 대한 도발로 비쳐지더라도 하는 수 없다. 언젠가는 시작해야 될 게 아니냐.' 그런 생각을 하는 순간, 선우활의 몸이 움찔했다. 그것은 자신이 내린 결정이 과연 정당한 것인가에 대한 머뭇거림이 아니었다. 그것은 바로 남미현에게로 쏠리고 있는 이상한 감정 때문임을, 자신에게만큼은 감출 수가 없었다.

그것은 흔들림이었다.

스물일곱 해를 살아오면서 단 한 번도 일어나지 않았던 동요였다. 그것을 사랑이라고 표현한다면, 정작 그 대상은 지고지순하지도 않았고, 만난 시간이 너무 짧았으며, 더구나 회장의 여자라는 매우 위험한 사랑이었다.

"개 같군!"

낮게 깔린 선우활의 목소리가 은밀한 숨소리들로 가득한 실내를 가로질렀다. 그것은 그가 어떤 행동을 취할 것인가에 대한 충분하고도 적절한 신호였다.

"……."

그의 뇌까림이 의외로 무거웠던 탓인지 클로버룸 안에 있던 여섯 사람의 시선이 일시에 한곳으로 모여들었다. 그중에서도 선우활에 대해서는 누구보다도 잘 알고 있을 마리 장의 눈에 불안이 자박하게 깔려 있었다. 아까부터, 그러니까 박영진이 선우활의 이름을 불렀을 때부터 줄곧 남미현의 눈동자에도, 마리 장과는 또 다른 종류의 불안이 성에처럼 어려 있었다.

"박 선생."

서늘한 냉기가 뚝뚝 듣는 선우활의 목소리가 박영진의 얼굴로 날아갔다. 어느 정도는 사태의 진행을 예감하고 있었던 듯 박영진은 그 세련된 표정을 잃지 않은 채 선우활의 얼굴을 마주했다.

"여기서 영화 찍을 일 있소?"

선우활의 목소리는 더없이 차가웠다.

"허허, 무슨 농담을. 난 오늘 괜찮은 마작판이 열린다기에 왔을 뿐인데, 영화라니."

"마작?"

박영진의 고개가 위아래로 끄덕였다.

"파이[牌]를 만지작거리시겠다?"

"이래 보여도 터우즈[骰子] 던지는 솜씨는 충무로에서 알아주는 편이지."

"파이쭤[牌卓] 앞에서 골통깨나 썩혔다는 말씀인가?"

"하하하, 듣던 바대로 입이 아주 시궁창이구만. 상무 자린 그 주둥이로 걸어 올렸나?"

그건 위험천만한 대꾸였다. 하지만 그만큼 호락호락한 인물이 아니란 증거이기도 했다. 박영진이 선우활에 대해 갖고 있는 정보가 어느 정도인지는 몰라도, 그 정도로 맞받아친다는 건 분명히 대단한 선방이었다.

"영화 보는 게 취미는 아니지만 박 선생 출연하는 영화를 꽤 본 것 같은데, 그걸로 미뤄보자면 빨가벗고 아랫도리로 한다면 몰라도 어디 마작이란 게 영화 찍는 것 같을라고."

선우활의 말이 끝나기 무섭게 박영진의 얼굴빛이 변하기 시작했다. 선우활은 속으로 숫자를 셌다. 하나, 둘, 셋……. 선우활은 자신과 내기를 하고 있었다. 열을 셀 때까지 저 놈은 참질 못할 것이다. 만약 열까지만 참아낸다면 저 놈은 눈썹 하나 다치지 않고 이곳을 나갈 수 있을 것이다. 하지만 선우활은 결코 열을 셀 때까지 그가 참아내질 못할 거라는 데 걸었다. 과연, 선우활이 채 일곱을 헤아리기도 전에 박영진의 손이 움직였다. 박영진의 손에 들려져 있던 술잔이 선우활의 얼굴을 향해 끼얹어질 찰나였다. 그 움직임에 따라 소파에 파묻혀 있던 선우활의 몸이 가볍게 흔들렸다.

"미안하지만 난 와인을 좋아하지 않아."

축구선수가 태클을 하듯 선우활의 몸이 박영진의 다리 사이에 박혔다. 술잔을 선우활의 얼굴에 끼얹으려던 박영진은 허공을 향해 두 손을 허우적거리다가 나뒹굴었다. 술잔이 푹신한 카펫 위로 떨어지며 붉은 액체가 엎질러졌다. 운동깨나 한 모양인지 쓰러졌던 박영진은 재빨리 몸을 일으켰다. 하지만 이미 그의 뒤편으로 돌아가 있던 선우활의 구둣발이 박영진의 사타구니를 향해 날아든 뒤였다.

"윽!"

고개가 앞으로 쑥 빠지며 박영진의 관자놀이에 굵은 힘줄 하나가 시뻘겋게 일어섰다.

"박 선생 같은 약골을 상대한다는 게 체면이 아니지만, 일단 칼을 뺐으니 썩은 무라도 잘라야지 않겠소?"

선우활의 깡마른 주먹이 박영진의 턱에 날아가 박혔다. 이빨이 부서지는 소리가 들려왔다. 그건 결과가 훤히 보이는 게임이었다. 어릴 적부터 싸움으로 단련된 선우활에게 박영진은 너무도 허약한 상대였다. 그에게 싸움의 논리나 명분은 철저하게 개인적이었다. 대외적으로 정당하든 않든, 그가 하리라고 결정하는 순간, 치열하게 물고 늘어져 끝장을 보는 것이 선우활이 가진 명분이고 논리였다. 그에게서 승자가 되느냐 패자가 되느냐는 건 중요하지 않았다. 그것은 천성적으로 타고난 것이었다. 그의 혈관 속을 맥맥이 흐르고 있는 투쟁의 피, 그것은 미처 자신조차 알고 있지 못하는 아득한 과거로부터 연유하는 것이었다. 까맣게 모르고 있을 뿐 아니라 상상조차 불허하는 일들. 구십 고령의 조부가 생존해 있고, 당신이 한때 악명 높은 친일 형사였다는 것, 그러다 돌연히 일경日警의 수뇌들을 차례로 넘어뜨린 테러리스트로 변신했다는 것, 외아들에게 어릴 적부터 '독일 이데올로기의 신조'를 외우게 한 지독한 코뮤니스트였다는 것, 한반도에 전쟁의 폭풍이 휘몰아치고 깊은 상처만 남긴 채 더욱 확고한 분단 체제 속으로 함몰되었을 때 홀연히 남하하여 사십년 가까운 세월을 세상과 떨어져 은둔해버렸다는 것. 그런 것들을 알 까닭이 없는 선우활이었지만, 그 피는 감추어질 수 없었다. 불같은 승부욕과 그 욕망을 지배하는 특유의 논리는 스물일곱 살의 선우활을 만들어냈다. 또한 그것이 그로 하여금 80년대라는 이성과 광기가 갈피 없이 휘몰아치는 시대를 살아가게 하는 실체였다. 그런 점에서 조부의 테러리즘이 그에게서 부활한 건지 몰랐다. 그래서 피는 감출 수 없다는 말이 언제나 진리인 것은 아닌지.

박영진의 거구 위에 올라탄 선우활은 두 손으로 깍지를 끼었다. 그리곤 천천히 머리 위로 들어올렸다. 최후의 일격이 내려질 순간이었다. 피투성이가 된 박영진의 얼굴은 두려움으로 휩싸여 있었다. 그의 두 눈은 모든 것을 포기한 채 질끈 감겨져 있었다.

"사람 잘못 봤어."

룸 안에는 교교한 정적이 흘렀다. 선우활의 낮게 깔린 목소리는 그 정적을 전혀 깨뜨리지 않고 스며들었다.

"마작 패가 잘 보이지 않더라도 날 원망하지 마쇼. 그건 박 선생 당신이 만들어낸 일이니까."

선우활의 일격이 떨어지려는 순간, 남미현의 손길이 선우활에게로 건너왔다.

"그만하세요."

서늘한 냉기가 뚝뚝 듣는 선우활의 어깨에 떨어진 것은 차분하고 부드러운 목소리였다. 깍지를 낀 두 손을 한껏 위로 치켜든 그 자세 그대로 선우활은 얼어붙은 듯 정지했다. 그의 몸이 벌레를 만진 듯 움찔했다. 그녀의 목소리는 아직까지 선우활의 거친 청각으로 감지해본 적이 없었던 감미로운 모성母聲이었다. 마지막 결정타를 날려야 했을 선우활의 두 손이 천천히 내려왔다. 남미현이 소파에 묻었던 몸을 일으켰다. 선우활도 박영진의 쓰러진 몸 위에서 일어났다. 두 사람은 클로버룸을 빠져나왔다. 먼저 문밖으로 나왔던 남미현이 복도의 카펫 위를 걸어 계단 쪽으로 움직여갔다. 멀지 않은 곳에서 빗소리가 들려왔다.

"미현 씨."

선우활이 그녀를 불렀고, 그녀는 대답 없이 고개를 돌렸다. 두 사람의 시선이 엇갈렸다. 남미현은 그의 눈길을 피했다. 그녀의 목소리가 붉은 카펫 위로 빗물처럼 떨어지고 있었다.

"난 알아요. 당신이 누군지. 당신이 내게 원하는 게 무언지도. 하지만 그게 얼마나 무모한 건지, 결국 불가능할 거라는 것도 알아요. 당신은 외롭고, 나처럼 불행하죠."

선우활은 그녀의 낮은 말소리를 들으며 그녀에게로 조심스럽게 다가갔다. 미등의 초록빛이 좀 듯 떨어지고 있었다. 선우활은 그를 응시하는 그녀의 얼굴을 두 손으로 감쌌다.

"우린 아직 시작도 하지 않았소. 그런데 당신은 끝을 본 사람처럼 말하는군요. 그건 잘못이죠."

선우활의 음성이 떨리며 나왔다. 여자가 받았다.

"당신은 날 몰라요."

"몰라도 괜찮소. 지금부터 알아갈 거요."

"알게 되면 그땐 이미 늦을 거예요."

"두려워하지 말아요, 미현 씨."

"후회할 거예요."

"그렇지 않소."

그녀는 대답을 하려다 입을 다물었다. 지난밤 어떤 일이 있었는지, 자신이 누구의 지시에 의해 안가로 가 늙은이의 품에서 하룻밤을 지새웠는지, 그녀는 말할 수 없었다. 박영진이라는 사람의 입을 통해 선우활이라는 이름을 들었을 때, 그가 바로 전날 자신에게 지시를 내렸던 경찰 간부의 아들이라는 사실을 확신할 수 있었다. 그것이 그녀에게 내려진 피할 수 없는 운명임을, 그녀는 모르지 않았다. 가능하다면 이것으로 그와의 인연이 끝나주기를 바랐다. 하지만 그 또한 얼마나 무모한 바람인지 그녀는 모르지 않았다. 그것은 운명일 수도 있었다. 그래서였을까, 그녀는 선우활을 따라 억지로 이곳까지 왔을 때보다 훨씬 지쳐 있었다. 그대로 숨이 끊어질 것 같은 피로가 몰려왔다.

"언제나 내 직감을 믿어요. 어젯밤, 당신이 새장 속으로 날아드는 걸 보았을 때 당신이 내 운명에 포함된 사람이란 걸 알았어요. 난 세련된 사람이 아니지만 사랑은 알아요. 누구를 사랑할 건지, 그래서 내가 무엇을 해야 하는 건지, 무엇을 할 수 있는지, 왜 그래야 하는지, 이제 난 그런 것들을 깊이 생각할 거요. 나는 누구를 탓하는 따위의 짓은 할 줄 모르는 사람이요. 미현 씨가 누구와 잠자리를 같이 했는지, 과거가 어떤지, 그런 건 상관하지 않아요. 앞으로도 마찬가지요. 당신이 하고 싶은 대로 하세요. 거기에 관여하는 건 당신을 불편하게 하는 거니까. 단 하나, 날 외면할 생각은 하지 말아요."

섬뜩할 정도의 무서운 고백이었다. 남미현은 지금 그녀 앞에 서 있는 사내가 얼마나 순진하고, 그의 행동이 또 얼마나 무모한지에 대해 생각하고 있었다. 그의 말은 지친 그녀에게 무한한 위안일 수 있었다. 그러나 그것을 위안으로 받아들이는 순간, 그녀 자신도 이 사내도, 결국 막다른 골목으로 들어서는 꼴이 돼버릴 거란 사실을 그녀는 확연히 알 수 있었다. 선우활은 그녀의 불안을 감싸듯 여자의 작은 몸을 깊이 쓸어안았다.

＊＊＊

선우활이 파크호텔 게임룸에서 박영진이라는 배우를 흠씬 두들겨 주고 있던 그 시각, 평창동 안가의 이층 방은 깊은 침묵에 싸여 있었다. 블라인더로 차단된 창문으로는 빛 하나 새어들지 않았다. 방안은 한여름의 대낮답지 않게 칙칙한 어둠에 싸여 있었다. 하늘하늘한 연두색 커튼으로 막아놓은 침실과 둥근 등나무 의자 세 개가 일정한 간격을 두고 놓여 있는 널따란 거실 사이에 머리가 약간 벗겨지고 체격이 왜소한 50대의 남자가 석상처럼 버티고 서 있었다. 그는 올이 굵은 흰색의 나이트가운을 입고 있었는데, 끝자락에 물기가 묻어 있는 걸로 보아 막 샤워를 끝낸 듯했다. 가운 밑으로 드러난 종아리가 사내답지 않게 털이 없이 밋밋하고 가늘었다.

"앉으시죠, 회장님."

불안한 표정을 감추지 못한 채 두 손을 가지런히 앞으로 모아 연신 왼쪽 손바닥으로 오른쪽 손등을 훑어대고 있던 중년의 남자가 거실 가운데 버티고 서 있는 사내에게 비굴한 어조로 말했다. 회장이라고 불린 초로의 사내는 여전히 의자에 앉을 생각은 없는 듯 꼼짝하지 않았다. 그러다가 한참 뒤에야 그는 무겁게 입을 뗐다.

"황 전무, 지금부터 내가 하는 얘기를 잘 새겨들으시오. 그리고 이 얘기는 지금 이 방에 있는 우리 세 사람 외엔 누구도 알게 해서는 안 됩니다."

그러고는 회장이란 남자가 천천히 고개를 들었다. 그의 시선이 어둠 속을 꿰뚫고 나갔다. 허약해 보이는 몸피와는 달리 안광은 시퍼렇게 살아 있었다. 그의 눈빛을 마주하던 중년남자와 그보다 젊은 다른 한 남자의 얼굴이 딱딱하게 굳어지고 있었다. 황정만 전무와 박 실장이었다. 40대 중반으로 보이는 황 전무는 전기호 회장에게 달라붙어 그의 일거수일투족을 일일이 보좌하는 실세 중의 실세였고, 아직 30대인 박 실장은 파크호텔의 게임룸을 관리하는 책임자였다. 황전무가 지금 이 자리에 있다는 건 너무도 당연한 일이었지만, 박 실장은 의외였다. 있으려면 상무인 선우활이 있어야 했다. 정작 박 실장 스스로 납득하기 힘든 자리였다. 그래서 그는 그 자리가 더 불편했다.

박 실장으로선 서의실업의 창업 기념일이라든가, 연말에 딱 한 번 열리는 파티 석상이 아닌 자리에서 회장의 얼굴을 직접 대하는 일은 처음이었다. 박 실장에게 지시가 하달되거나 상부에 보고를 할 때면 언제나 상무를 통해야만 했다. 오전 열한 시경, 회장의 여러 비서 중 하나로부터 전화를 받았을 때부터 마음 한켠이 불안했다. 나이는 한

참 아래였지만 선우활에 대한 박 실장의 배려는 끔찍한 것이었다. 그건 직속상관에 대한 충성과는 달랐다. 굳이 말하자면 인간적인 유대감이라고 할 수 있겠지만, 정작 그는 죽어서도 갚지 못할 엄청난 '빚'을 선우활에게 지고 있었기 때문이다.

"상무님께는 아무 말씀 마시고……."

비서는 그에게 그런 토를 달았다. 선우활을 배제하고 그의 부하인 자신에게 직접 회장을 배알하라는 지시는 그에겐 엄청난 부담이었다. 그때 박실장이 떠올린 건 몇 주일 전 손이 근질거린다며 빠이[牌]를 만지면 좀 나을 것 같다고 했던 선우활의 말이었다. 나중에라도 평창동으로 회장을 만나러갔다는 사실이 그의 귀에 들어갔을 때 그가 느낄 실망이 적지 않을 거라는 건 자명했다. 하지만 박 실장이 두려워한 것은 그로부터 받을 질책 따위가 아니었다. 요 며칠 서의실업 안의 분위기가 전 같지 않다는 느낌을 받고 있던 터였다. 선우활의 부친인 선우정규가 지방의 한 골프장 인가 건으로 해당 공무원에게 뇌물을 준 사건에 휘말려 전격적으로 해임될 위기에 몰린 뒤부터 더욱 그랬다. 차제에 선우정규가 자진해 옷을 벗으려한다는 풍문이 떠돌고 있었다. 문제는 그가 옷을 벗는 게 뇌물수수 사건의 무마를 위한 게 아니라 서의실업의 회장 자리를 꿰차려는 거라는 악의적인 풍문과 맞닿아 있다는 것이었다. 물론 그건 박 실장이 염려해야 할 문제는 아니었다. 하지만 선우정규에 관한 그런 풍문들은 결국 그의 아들인 선우활의 신상과 결부되어 있었고, 선우활과 관계가 있는 거라면 박 실장도 완전히 자유로울 수가 없었다. 그래서 박 실장은 평창동으로 떠나기 전 게임룸 출입구의 똘마니에게 귀띔을 해두었던 것이다. 일부러 연락해서 알릴 건 없지만 혹시라도 선우활이 나타나면 자신이 평창동으로 갔다고만 일러두라고.

박 실장의 손바닥에 촉촉이 땀이 배어들었다. 오래 전의 한 때가 그의 눈앞으로 천천히 떠올랐다 사라졌다. 박 실장이 선우활에 졌다는 엄청난 '빚'이란 것. 무려 일곱 살이나 아래인 선우활에게 박 실장이 충성을 맹세하는 상황이 어떻게 가능한지를 설명하기 위해서는 80년대 초반의 어느 해 12월로 거슬러 올라가야 한다.

강원도 T시, 번화가의 룸살롱 '용궁'.

크리스마스 캐럴이 미친년 치맛자락처럼 휘몰아치는 눈보라에 실려 이리저리 몰려다니고 있었다. 크기는 여느 데보다 작았지만 탄광이 밀집되어 있는 도시의 번화가에는 하룻밤을 열락하기 위해 모여드는 사람들 무리로 언제나 붐볐다. 자정이 임박한 용궁의 사정도 별반 다르지 않았다. 좁은 복도 한가운데에는 팬히터의 푸른 불꽃들이 천장 아래로 주렁주렁 매달려 있는 알전구 빛과 어울려 한껏 열기를 뿜어내고 있었다. 흰 아크릴판 위에 '8'자가 굵은 고딕체로 패어 있는 룸으로부터 열에 들뜬 남녀의 교성이 무슨 조잡한 노랫가락처럼 들려왔다. 그 소리는 뽕짝거리는 밴드와 술꾼들이 합창으로 외쳐대는 고함에 가까운 노랫소리 사이를 빠져나와 용케 바깥에까지 들려왔다. 용궁의 출입문이 벌컥 열린 것은 두 개의 시계바늘이 맨 꼭대기에서 한가운데에 겹쳐져 있을 때였다.

"박준기, 나와!"

문짝을 걷어차며 안으로 들어선 것은 가죽 점퍼 차림을 한 거구의 사내였다. 그의 손에는 오십 센티미터 가량의 끝이 둔탁하게 휘어진 시퍼런 군도軍刀가 쥐어져 있었다. 한 번 휘두르면 목 몇 개는 간단히 베어질 것 같은 무시무시한 위용이었다. 마침 룸을 나가던 여종업원의 입에서 비명이 터졌고, 정전이 된 듯 밴드의 연주가 일순간에 멈추었다. 술꾼들의 노랫소리도 갑자기 사라졌다. 대신 여덟 개의 룸 안에서 웅성거리는 소리가 들려왔다. 군도를 든 가죽 점퍼의 눈길이 재빨리 룸의 입구를 훑기 시작했다. 갑작스런 적막이 뒤덮인 가운데서도 그때까지 여전히 들려오는 건 남녀의 애타는 신음소리였다. 8호실이었다. 가죽점퍼의 거구는 지체 없이 8호실의 문을 발로 걷어찼다. 문짝이 요란하게 부서지는 소리와 함께 문이 열렸다.

"개새끼!"

거구의 입에서 욕설이 터져 나왔다. 그가 열어젖힌 룸 안의 풍경은 기묘했다. 바지를 무릎 아래까지 까 내린 남자는 소파에 앉아 있었고, 짧은 스커트를 허리께로 걷어 올린 여자의 엉덩이가 그 위에 올라탄 형상이었다. 여자를 위에다 올려놓고 허리를 껴안고 있던 남자의 눈이 문짝이 젖혀지며 나타난 거구의 얼굴에 닿는 순간 물벼락을 맞은 쥐새끼가 되어버렸다.

"악!"

시퍼런 군도를 보고 기겁을 한 여자가 비명을 지르며 남자의 몸에서 떨어졌고, 까 내린 바지를 미처 추스르지도 못한 채 남자는 바들바들 떨어댔다. 아직 힘이 남은 남자의 양물이 덜렁거리며 움직였다. 어느새 용궁의 손님들이 복도로 모두 나와 그 기묘한 풍경을 웅성거리며 구경하고 있었다. 그들 중 누군가가 경찰이니 신고니 하는

소리를 소곤거렸지만, 그 소리를 듣고 날카롭게 고개를 돌려 째려보
는 가죽 점퍼의 눈빛을 받자 언제 그랬냐는 듯 움츠러들었다.

"으, 으 언제 와, 와 왔니?"

맨살을 드러낸 채 벌벌 떨고 있던 남자가 가죽 점퍼에게 더듬거리
는 소리로 묻고 있었다.

"여기 숨어 있으면 못 찾을 것 같았냐. 지옥 끝이라도 따라간다 그
랬지. 네 놈이 저지른 죗값이 얼만데 그새 또 냄비랑 붙어먹어? 오
냐, 다시는 그 짓 못하게 아예 좆대궁을 잘라주지."

가죽 점퍼의 손에 들려 있던 군도가 허공을 향해 치켜 올라갔다.
그 기세에 놀라 소파로 벌렁 나자빠진 남자가 두 손으로 자신의 사
타구니를 가리며 다급하게 소리를 질렀다.

"배, 배 백곰아! 그, 그 그건 오해야! 오, 오해라구! 네 마, 마 마누
라는, 아, 아 아니, 즈, 즈 제수씨는 내가 그, 건드린 게 아니야! 지,
지, 진태가 황 전무하고 짜고 그런 거라고. 나, 나 난 그저 시, 시, 시
키는대로 해, 했을 뿐이야, 미, 믿어주라, 배, 백곰아!"

박준기라는 남자는 새파랗게 질린 얼굴로 마구 더듬거렸다.

"조진태하고 황 전무?"

"그, 그래."

"이젠 모함까지 해?"

가죽 점퍼의 시뻘겋게 달아오른 눈빛이 이글거리며 타오르고 있
었다. 그는 발치에서 비굴하게 떨고 있는 남자의 말을 믿을 수가 없
다는 듯 도리질을 쳤다. 그러곤 들어 올렸던 군도를 힘차게 내려 그
었다. 허공으로 한줄기의 섬광이 번쩍였다. 구경꾼들의 입에서 비명

이 터져 나왔다. 그러나 남자가 재빨리 구석으로 몸을 굴리는 바람에 군도는 북, 하고 소파만 찢어놓았을 뿐이었다. 하지만 박준기라는 남자는 이미 독 안에 든 쥐였다. 어느새 한걸음 더 다가선 가죽점퍼의 칼끝이 남자의 목덜미를 세차게 찔렀다. 구경꾼들 사이에서 터져 나온 자지러지는 비명과 박준기의 입에서 비져 나온 신음이 얽혀들었다.

"으……."

핏줄기가 흩날려 벽지를 적셨다. 하지만 다행스럽게도 박준기는 잽싸게 얼굴을 틀어 치명적인 상처를 입지는 않았다. 그럴수록 백곰이란 자의 기세는 그악스러워졌다. 박준기는 더 이상 물러설 곳도 없었다. 더구나 그는 바지까지 엉거주춤 까 내린 상태여서 몸을 제대로 움직일 수도 없었다.

그때였다.

구경꾼들 속에서 누군가 튀어나와 치켜 올려간 백곰의 팔목을 틀어쥐었다. 군복을 입은 호리호리한 체격의 사내였다.

"목을 따려면 조용히 따야지, 이렇게 소란을 피워서야 쓰나."

팔이 꺾인 백곰은 군복 입은 사내를 쏘아보며 잡힌 팔목을 빼내려 했지만 왠지 힘을 제대로 쓰지 못했다. 그 사이 구석에 몰려 있던 박준기는 피를 뚝뚝 흘리면서도 잽싸게 몸을 굴렸다. 그는 유일한 탈출구인 군복 입은 사내의 사타구니 사이로 빠져나가려고 몸을 구겨 넣었다.

"이런 버러지를 봤나!"

백곰의 손목을 틀어쥐고 있던 군복의 사내가 틈을 비집고 달아나려는 박준기의 다리를 걸어 넘어뜨렸다. 그러고는 넘어진 남자의 목덜미를 군홧발로 꽉 눌렀다. 전광석화와 같은 솜씨였다. 한꺼번에 둘을 꼼짝 못하게 만든 솜씨는 예사롭지 않았다.

"이 친구 이거 안 되겠네. 사내새끼가 맞붙어 싸울 생각은 않고 도망질을 쳐?"

군홧발에 눌린 남자는 덫에 채인 생쥐마냥 버둥거렸다. 목덜미의 상처는 그다지 깊지 않았던지 더 이상 피가 솟지는 않았다. 팔목이 비틀린 채 잡혀 있던 거구도 용을 쓰고는 있었지만 좀체 군복 입은 사내의 손아귀에서 벗어나질 못했다. 양상은 느닷없이 변해버렸다. 누가 누구를 상대로 싸움을 벌이고 있는지 모를 일이었다.

"헌병이야?"

백곰이란 자의 입에서 나온 물음에 군복 입은 사내가 피식거리며 웃었다. 백곰이 악을 쓰듯 다시 내뱉었다.

"헌병이면 괜히 끼어들지 마. 씨바, 이건 민간인들 일이야."

그때 구경꾼들 속에 섞여 있던 또 다른 군인 하나가 나섰다.

"이봐, 선우 중사. 그쯤 해두지."

그는 계급장도 붙어 있지 않은 군복을 입고 있었는데, 머리가 꽤 장발이었다.

"아닙니다. 얘들 이대로 뒀다간 누구 하나 황천길 가겠는데요. 그리고 싸우는 폼들이 영 아니올시다입니다. 오입질 하는 놈을 치사하게 시퍼런 칼을 쳐들고 덤벼들질 않나, 또 이 자식은 쥐새끼처럼 빠져나가고."

군복 입은 사내가 뒤를 돌아보며 장발 군인에게 말을 건네는 사이 그의 손아귀에 잡혀 있던 백곰이 반대편 주먹으로 사내의 가슴팍을 후려갈겼다. 갑작스런 기습을 받아 움찔하던 군복의 가느다란 몸이 한순간 휘청거렸다. 그러나 군복은 이내 몸을 한 번 굽혔다가 펴며 거한의 옆구리로 발길을 날렸다. 도망질을 치던 남자의 목덜미를 누르고 있던 군화의 뭉툭한 끝이었다. 백곰의 옆구리를 가격한 그의 군화는 다시 바닥에 엎드린 남자의 목덜미로 정확하게 내려왔다. 구경을 하고 있던 용궁의 손님들 입에서 탄성이 터져 나왔다. 그게 끝은 아니었다. 군복의 주먹과 발이 차례로 백곰의 가슴과 배와 얼굴로 한 차례씩 날아들었다. 어쿠, 어쿠, 하는 소리가 찢어져 피가 배인 백곰이란 자의 입에서 새어나왔다. 그럴 때마다 계급장도 달지 않은 장발 군인의 표정이 찔끔찔끔 일그러졌다.

"못 말릴 사람이야. 물 만난 고기니 오늘밤 안으로는 안 끝나겠군."

장발 군인은 피식 한 번 웃고는 구경꾼들을 헤치고 술집을 빠져나갔다. 어찌할 바를 모른 채 구경꾼들 사이에 끼어 발을 동동 구르고만 있던 용궁의 주인 여자가 문밖으로 나서는 장발 군인을 쪼르르 따라나서며 호들갑을 떨었다. 하지만 그녀의 목소리는 긴요한 비밀이라도 털어놓듯 낮고 은밀했다.

"저저기, 보안대장님. 이 난리를 두고 그냥 가시면 어떻게 해요. 저 가죽 잠바가 맞아죽으면 전 물장사 고만둬야 한다구요."

"왜?"

"저 치가 나즉부터 날 찾아와서는 우리 조카 내노라고 얼마나 성화 부렸는데요."

주인 여자는 바짝 마른 입술을 혓바닥으로 핥아대며 조바심을 쳤다. 그러고는 더욱 목소리를 낮추었다. 여주인이 속삭이는 말을 듣고 있던 장발 군인의 표정이 순간 일그러졌다. 그는 여자의 얼굴에 침이 튈 정도로 얼굴을 바싹 디밀었다.

"몇 놈이었는데?"

여자가 손가락 두 개를 군인의 얼굴 앞에다 폈다.

"저 가죽 잠바 입은 놈하고 같이 왔었단 말이지?"

"그럼요."

"신분증을 봤어?"

"봤다마다요."

장발 군인은 잠시 생각에 잠겼다가 눈을 치뜨며 여자에게 재삼 확인하듯 물었다.

"제 입으로 대공수사관이란 말을 했다고?"

"그럼요. 탄광 이름꺼정 또박또박 댔어요. 반장이 누구고, 폭동이 어떻고……."

장발 군인의 손바닥이 거칠게 여자의 입을 틀어막았다. 그러고는 턱으로 룸살롱 안을 가리켰다.

"지금 그 사람들 저 안에 있어?"

"아뇨, 못 봤어요."

여자가 고개를 저었다.

"돈 준 것 있어?"

"누구한테요? 그 수사관들한테요?"

여자가 목에다 턱을 바싹 갖다 붙이고는 아무 말이 없자 장발 군인이 아래윗니를 갈아대며 씨팔, 하고 뱉어냈다.

"그놈들은 수사관이 아냐. 제 입으로 그런 신분을 떠벌리고 다니는 병신이 어딨어. 그런 놈들은 모두 가짜야. 줬어? 돈 줬냐고?"

"예에……."

여자는 영문을 모르겠다는 듯 멍한 얼굴이 되어 말끝을 흐렸다. 장발 군인의 눈빛이 날카롭게 빛났다.

"얼마?"

"이백, 하고 팔십. 제가 가지고 있던 거 탈탈 털어서 줬어요. 아무리 말썽만 부리는 조카라도 목숨을 떼버리겠다는데 그냥 보고 있을 수만 없잖아요. 더구나 그 험한 일을 꾸미고 있는 줄은 까맣게 몰랐구요. 벌써 도망치라고 일렀건만 계집하고 지랄을 치느라고."

"시끄러! 이 여편네야, 이 바닥에서 닳고 닳은 여자가 어찌 그리 어수룩해? 그렇게 빤한 속임수에 넘어가?"

"속다니, 뭔 말씀이세요?"

"잔말 말고 그 수사관이란 새끼 다시 나타나면, 젠장 다시 나타날 일도 없겠지만, 아무튼 나타나면 술이나 잔뜩 먹여놔. 괜히 꼬치꼬치 캐묻지 말고. 그리고 나한테 전화해. 알겠어?"

여자는 벼락이라도 맞은 듯 한참이나 고개를 끄덕이며 장발 군인의 얼굴만 멍하니 쳐다볼 뿐이었다. 그 사이 룸 안에서는 벌써 결판이 난 듯 왁자한 분위기도 가라앉아 있었다. 선우 중사라는 군인의 발치 아래 두 남자가 널브러져 있는 모양이 눈발 사이로 드러났다. 장발 군인의 얼굴에 흐릿한 미소가 어렸다가 지워지고 있었다. 그는 술집 안을 가리키며 여자에게 물었다.

"저기 바지 까 내린 자가 당신 조카야?"

여자는 눈살을 찌푸리며 고개를 끄덕였다. 그녀의 입에서 한숨이 빠져나왔다. 장발 군인의 말이 이어졌다.

"삼층에 방 하나 비워둬. 선우 중사하고 저 두 녀석 데리고 올라가 있을 테니까, 아까 내가 한 말 잊지 말고."

장발 군인은 여자의 대답도 듣지 않고 술집 안으로 걸음을 뗐다. 여자는 여전히 불안한 어조로 장발 군인의 뒤통수에다 대고 물었다.

"선우 중사님한텐 별 탈 없을까요?"

"고양이 쥐 생각하네. 저 인간 아버지가 누군데 탈이 나."

장발이 뒤를 돌아보며 씩 웃었다.

룸살롱이 들어 있는 건물은 3층짜리였다. 지하는 만화가게, 일층은 용궁, 2층과 3층은 여관이었다. 장발 군인과 선우활 중사가 백곰이란 자와 용궁 주인 여자의 조카라는 박준기를 3층으로 끌고 간 것은 2층 객실의 대부분이 방음 시설이 제대로 되어 있지 않기 때문이었다. 그나마 308호실을 택한 것은 문만 열면 밖으로 통하는 비상 계단과 맞붙어 있는 까닭이었다. 방 한쪽 구석에 파김치가 되어 아무렇게나 처박혀 있던 두 남자는 그들의 눈치를 힐끔힐끔 살피고 있었다. 백곰이란 자의 몰골은 그야말로 꼴불견이었다. 군도까지 들고 설쳐대던 조금 전의 모습과는 달라도 너무 달랐다. 그래도 그는 옆에 붙어 있는 박준기를 발길로 연신 밀쳐댔다. 선우활은 군용 스키 파커를 둘둘 말아 머리에 베고 드러누운 채로 담배를 피워 물고 있었다.

"형님 말씀은 그러니까 저 자식이 간첩이라는 얘깁니까?"

그는 장발 군인을 올려다보며 말했다. 나직나직 읊조리던 장발 군인의 얘기가 끝나고 한참이나 지난 뒤였다. 선우활이 저 자식이라고 한 건 박준기를 가리키는 것이었다.

"간첩이 아니라, 불순분자."

"엎어치나 메치나. 암튼, 저 백곰이란 놈은 저 자식을 잡으러온 형삽니까? 그럼 내가 잘못한 거네요. 저 자식이 저놈한테 죽어도 내버려뒤야 하는 건데 말이죠."

선우활의 말에 어이가 없다는 듯 장발 군인은 피식 웃고 말았다. 선우활이 담배 끼운 손가락 두 개를 방구석에 처박혀 있는 박준기를 향해 뻗었다.

"야, 너!"

가죽 점퍼가 화들짝 놀라며 선우활을 바라보았다.

"너 말고, 인마 너."

목덜미에 피가 눌러붙은 박준기가 벽에 붙어 비스듬히 기울어져 있던 몸을 힘겹게 곧추세웠다. 그에게 선우활이 내뱉었다.

"너, 여기 파업 일으키려고 침투했어? 너 인마, 간첩, 아니 불순분자야?"

선우활의 말을 듣고 어이가 없다는 듯 박준기는 입꼬리를 비틀기만 할 뿐 대답은 하지 않았다. 대신 백곰이란 자가 아니꼽다는 듯 퉁명스런 목소리를 뱉어냈다.

"이 자식은 뚫업니다. 뚫어! 아시죠? 계집년 거시기……."

"네 놈한테 물은 거 아니야. 이봐 박가, 네 입으로 말해봐. 아니면 아니다, 기면 기다."

선우활의 말에 가죽점퍼가 머쓱해 등을 벽에다 도로 붙였다. 박준기는 목덜미를 손바닥으로 누른 채 몸을 앞으로 숙였다. 그리곤 제법 당차게 말했다.

"댁이 내 목숨 건져준 건 고맙소만, 그런 어거지는 안 통합니다. 내 죄라면 이 자식 애인하고 하룻밤 잤다는 거, 그것도 다 사정이 있었지만, 그거 밖에 없어요. 여긴 내 고향이고, 이모가 여기 사시니까 잠시 들른 것뿐입니다. 파업이니 뭐니, 간첩이니 뭐니, 그런 거 나하고 아무 상관도 없는 얘깁니다."

"짜식, 쥐새끼처럼 도망칠 때하고는 영 딴판인데. 그 기백으로 저 놈하고 맞붙을 일이지 아깐 왜 도망을 쳐?"

선우활의 말에 자존심이 상한 듯 박준기는 눈에 힘을 주며 그를 째려보았다. 그 눈빛이 예사롭지 않았다. 그러나 선우활은 그 눈빛 뒤에 감추어진 속임수를 읽고 있는 중이었다. 그것은 그늘진 세계에서 살아온 자만이 느낄 수 있는 동물적인 감각이었다. 얼마 있지 않아 선우활의 그 안테나에 뭔가가 포착되었다. 그럼 그렇지, 선우활은 속으로 중얼거리며 눈을 감았다 떴다. 박준기가 뭔가를 숨기고 있다는 냄새를 맡았을 때, 그는 사흘 동안 잠도 제대로 못 자고 눈보라 휘몰아치는 거리를 쏘다닌 보람이 있구나, 하고 속으로 쾌재를 불렀다. 그는 누운 채로 고개를 돌려 장발 군인을 올려다보았다.

"형님, 우리 이럴 게 아니라 한 놈씩 맡죠. 마담한테 돈 받아 처먹었다는 놈이야 어디 다시 나타날 리 있겠어요?"

어쩐 일인지 장발 군인의 얼굴에 불쾌한 빛이 스치고 지나갔다.

"군복 입고 있을 땐 그 형님이란 소리 좀 뺄 수 없어? 선임하사라고 불러. 아무리 당나라 군대라도 그렇지."

"웬일로 화를 다 내슈? 좋아요, 정 그렇다면 내 깎듯이 선임하사님이라고 불러드리죠. 그건 그렇고, 내가 저 박가 놈을 옆방으로 데려갈 테니 가죽 잠바를 맡으시죠."

선우활의 말을 듣고 난 장발 군인도 뭔가 짚이는 데가 있다는 듯 미간을 좁히며 고개를 까닥해 보였다. 그러자 선우활이 한 손으로 턱을 괴며 몸을 돌렸다. 그러고는 나직한 소리로 말했다.

"저 두 놈을 족치면 이번 사건의 실마리가 잡힐 것 같거든요."

"어떻게?"

"글쎄, 이건 제 직감인데요."

선우활은 뭔가를 잠시 생각하다가 몸을 천천히 일으켰다. 그러고는 집게손가락과 가운뎃손가락을 쑥 내밀며 고개를 숙였다. 벽에 붙어 있던 두 사람의 시선도 선우활의 까닥거리는 손가락으로 일제히 떨어졌다.

"탈영한 남 일병이 여기로 잠입했다면, 벌써 삼 일 동안 뒤졌는데 발견을 못했다는 건 우리한테도 한계가 있다는 얘깁니다. 저 두 놈 중에 박가란 놈이 만약 우리하고 똑같은 목적을 가지고 여기로 왔다면."

"같은 목적?"

장발 군인의 눈빛이 날카롭게 빛나며 선우활의 말을 잘랐다.

"그럼 저 백곰이란 놈은 뭐야?"

"그건 위장일 수 있죠."

"위장? 하지만 자네 눈으로도 봤다시피 목숨 걸고 싸웠잖아."

"물론 저도 봤죠. 두 놈 사이에 얽힌 일은 사실인 것 같아요."

"사실인데 어떻게 위장이라는 거야."

"말하자면, 사실은 사실인데 위장이다 이겁니다."

"그러니까 자네 말은 두 놈이 여자 하나를 놓고 벌였던 싸움은 진짠데, 진짜 목적은 다른 데 있다?"

"바로 그거죠."

선우활이 펼쳤던 두 손가락으로 방바닥을 톡톡 쳤다.

"용궁 마담의 조카라는 저 박가 놈이 그 목적을 가지고 있다?"

"역시 선임하사님이 다르시군요, 히히."

선우활이 펼쳤던 두 손가락을 반대편 손바닥으로 슬쩍 가리며 기묘하게 웃었다. 장발 군인은 속으로 뜨끔한 듯 그의 웃음을 바라보며 입꼬리를 비틀었다. 굉장한 놈이야, 라는 뜻이었을까.

"좋아. 만약 그렇다면, 차라리 부대로 저놈들을 끌고 가는 게 낫지 않을까?"

"저도 그 생각을 하긴 했지만, 시간상으로도 문제가 있고, 저놈들 배후를 생각해봐도 좋을 건 없겠어요. 어차피 저놈은 우리한텐 적이 아니라 동지가 아닙니까."

"동지? 그 재미난 표현이군."

장발 군인은 선우활의 말을 듣다말고 껄껄 웃었다. 동지와 적. 그 표현은 매우 적절했다. 만약 박준기란 자가 숨기고 있는 모종의 일과 그들이 사흘 동안 찾아 헤매고 있는 그 일이 같은 거라면, 다시 말해 한때 운동권의 핵심 인물이었다가 학적 변동자로 군대에 끌려

와서도 여전히 그 '반동 성향'을 버리지 못한 채 좌충우돌하던 한 청년이 급기야 탈영을 했고, 그 탈영한 목적이 T시를 중심으로 은밀하게 추진되고 있던 대규모 폭동을 막후 지원하기 위한 거라면, 그리고 바로 그 탈영병을 찾아내는 일이 박준기라는 자와 선우활 일행의 공통된 임무라면, 그들은 분명히 동지일 것이었다. 또한 그들의 공통의 적은 바로 그 탈영한 병사, 즉 남기현南基賢이라는 청년일 것이었다.

선우활은 장발 군인과 백곰이란 자를 남겨 놓고 방구석에 처박혀 피가 엉긴 목덜미를 손바닥으로 누르고 있던 박준기를 옆방으로 데려갔다. 박준기는 선우활의 서슬에 이미 질려버린 탓인지 별로 반항하는 기색도 보이지 않고 순순히 그를 따라갔다. 307호실 문을 따고 안으로 들어간 선우활은 불을 켜지 않은 채 우선 텔레비전부터 켰다. 그러고는 볼륨을 한껏 키워놓고 다짜고짜 박준기의 정강이를 걸어차버렸다. 그때까지 목덜미를 싸안고 있던 박준기의 두 손이 얼른 무릎으로 내려왔다. 선우활은 틈을 주지 않고 박준기의 등을 발꿈치로 찍었다. 박준기는 어쿠, 하는 비명을 지르며 개구리처럼 방바닥에 납작하게 엎어졌다. 텔레비전에서는 외국 포르노 비디오가 상영되고 있었는데, 박준기의 비명소리는 남녀가 엉겨 붙어 미친 듯 교성을 질러대는 소리에 묻혀버렸다. 엎어진 박준기의 옆구리를 세차게 걸어차자 그의 몸은 데굴데굴 방구석으로 굴러갔다.

"날 속이려고 들었다간 오늘이 네 제삿날이다."

몸을 잔뜩 옹송그리며 신음소리를 토해내고 있던 박준기의 멱살을 바투 쥐며 선우활이 서늘하게 내뱉었다. 텔레비전에서 쏟아지고 있는 불빛이 선우활의 등 뒤에서 햇살처럼 번졌다. 박준기의 기는 완연히 꺾여 있었다.

"속이는…… 거…… 없습니다."

숨도 제대로 쉬지 못하던 박준기가 간신히 대답했다.

선우활의 얼굴에 싸늘한 미소가 어렸다가 지워졌다. 그는 재빨리 생각을 굴렸다. '만약 이 자식이 단순한 깡패 나부랭이에 불과하다면?' 그는 고개를 가로저었다. 그럴 리가 없어, 그런 뜻이었다.

"단도직입적으로 묻겠다."

선우활의 번득이는 눈빛과 박준기의 겁에 질린 눈빛은 너무도 대조적이었다.

"남기현이 어디 있어?"

벌레처럼 오므라들어 있던 박준기의 몸이 꿈틀거렸다. 선우활은 박준기의 변화를 놓치지 않았다.

"다시 묻지. 남기현이 찾고 있는 거 맞지? 그를 왜 찾나?"

여전히 박준기는 입을 떼지 않았다. 아니, 입을 떼지 못했다. 뗄 수가 없었다. 죄다 털어놓아야 할 것인지, 아니면 버텨야 할 것인지, 박준기는 그것을 생각하고 있는 중이었다.

"마지막으로 묻는다. 여기 왜 왔어?"

소름끼칠 정도로 차가운 음성이었다.

***

이미 사람들로 하여금 역사의 놀라운 반전을 충분히 겪게 만들었던 1980년대가 시작되고 몇 년이 지난 어느 해 겨울의 지방신문 사회면 한 귀퉁이에 실린 일단짜리 기사에 관심을 가진 사람은 그다지 많지 않았다. 세상일이란 다 그런 거라고 얘기해버리면 거기에 묻어 있는 비밀과 그 비밀의 의미와 중요성이 티끌처럼 사라져버리는, 그런 일. 그 사건도 그랬다. 누군가가 변사체로 발견되었다는 다소 험악한 내용이었지만, 거기에 어떤 '중요한' '의미'가 '비밀스럽게' 숨어 있는지를 아는 사람도, 관심을 기울이는 사람도, '없었다'고 표현해야 할 만큼 많지가 않았다. 그 변사체가 변사체가 되기 이전에 가죽 점퍼를 입고 있었다는 것, 자신의 애인을 겁탈한 자에게 칼을 들고 덤벼들었다는 것, 어떤 군인에 의해 급소를 맞아 죽었다는 것, 그 자는 이름보다는 백곰이라는 별명으로 더 많이 불렸다는 것 등등. 물론 그런 것들은 그의 죽음과 함께 영영 묻혀버렸다. 또 하나, 그 백곰이란 자가 저승으로 가기 얼마 전 또 한 사람이 그보다 앞서 이승을 떠났다는 사실도. 그의 이름이 남기현이었다는 사실도.

그로부터 일주일 뒤, 선우활 중사는 허탈한 기분이 되어 C시로 가는 버스 뒷좌석에 앉아 있었다. 그의 주머니에는 전방 ○○부대로 가라는 전출 명령서가 들어 있었다. 느닷없는 일이었지만 그 이유를 짐작하지 못할 것도 없었다. 사건을 해결한 것은 자신이었지만, 배신을 당했다는 기분은 별로 들지 않았다. 세상일이란 다 그런 거 아닌가: 그의 생각은 아주 간결했다.

선우활이 C시의 버스 터미널에 내린 것은 짧은 겨울해가 이미 기울어져버린 시각이었다. 그는 전출 명령서에 적힌 부대가 있는 H읍으로 가는 버스 시간표를 확인한 다음 터미널 2층의 다방으로 올라갔다. 창가 자리에 말끔하게 신사복을 차려입은 남자가 앉아 있다가 문을 열고 들어서는 선우활을 보자 벌떡 일어났다. 그러고는 허리를 깊이 숙였다. 와이셔츠 밖으로 드러난 그의 목덜미에 두툼한 파스가 붙어 있었다.

"오랜만입니다."

"상처는 좀 어떠슈?"

"많이 나았습니다."

"그래, 무슨 볼일로 날 찾았소?"

"우선 자리에 앉으시죠."

"그럽시다."

신사는 선우활에게 자리를 권했고, 선우활은 들고 있던 얼룩무늬 가방을 의자 위에다 획 집어던지곤 털썩 주저앉았다. 불량기가 잔뜩 어린 태도였다. 아직 동안의 이미지가 고스란히 남아 있는 그의 얼굴은 고작 스물에서 두어 살쯤 더 지난 정도로 보였다. 그런데도 그가 보여주는 방만하고 오만한 기품은 신산한 세월의 깊이가 깊숙이 내재되어 있는 그런 것이었다. 신사는 자리에 앉자마자 안주머니에서 명함 한 장을 꺼내 그에게 내밀었다.

"서의실업 기획실, 실장 박준기?"

선우활은 탁자 위에 놓인 명함으로 고개를 쑥 디밀고는 명함에 박힌 금박 글씨를 장난스럽게 읽었다.

"깡패들 잔뜩 끌어 모아놓고 실업이라니, 낯짝 부끄럽게시리."

선우활이 툭 뱉어낸 말에 박준기는 어색하게 웃음을 머금다가 조심스럽게 입을 뗐다.

"저, 아버님 존함이 혹시⋯⋯?"

선우활의 얼굴이 굳어졌다.

"혹시 정자 규자 쓰시는 어르신이 아니십니까?"

"니미럴!"

선우활은 박준기의 입에서 나온 이름을 듣고는 더러운 욕설이라도 들은 양 군화발로 탁자 다리를 걷어차버렸다. 요란한 소리를 내며 탁자가 들썩거렸다. 손님들의 시선이 한꺼번에 쏠렸다. 박준기는 몸 둘 바를 몰라 엉거주춤 의자에서 일어나 선우활에게 팔을 뻗었다. 선우활은 박준기의 팔을 걷어내며 소리를 질렀다.

"그래서? 뭘 어쩌자고?"

선우활은 불쾌감을 감추지 않았다. 그는 주먹을 불끈 쥐었다가 펴며 의자 등받이 깊숙이 몸을 묻었다.

"죄송합니다. 저는 그저, 그 어르신의 자제분인가 아닌가 확인하려던 것뿐이었습니다."

박준기는 당황한 낯빛이 되어 변명을 늘어놓았지만, 속으로는 '애비하고는 영 딴판이구만,' 하고 중얼거리고 있었다. 먼발치에서 본 것에 지나지 않았지만 선우활의 아버지, 즉 선우정규와 선우활은 첫인상부터가 판이하다는 것이 박준기의 판단이었다. 그에게는 그의 아버지에게서 풍겨 나오는 모사꾼의 음험한 분위기도 없거니와 은인자중의 기품과는 너무도 거리가 멀었다. 큰 소리 한 번 내지 않는 아버지에 비해, 그 아들은 빽하면 소리를 지르고 닥치는 대로 걷어차버리는 다혈질이었다. 달래고 구슬러서 뭔가를 해결하는 것이 아니라 이것저것 가릴 것 없이 족치고 주먹을 휘둘러 단번에 끝내버리는 것이 선우활이 가진 태도였다.

박준기는 며칠 전 T시의 일을 상기하며 가볍게 몸을 떨었다. 황천길로 가버린 '백곰'도 막무가내라면 첫손에 꼽히는 놈이었지만, 선우활에는 비할 바가 안 되었다. 박준기가 서울로 올라가 선우활의 얘기를 꺼냈을 때, 황정만 전무가 폭소를 터뜨리며 했던 말도 그런 것이었다.

"그 친구한테 걸렸었구만. 목숨 구한 것만도 다행인 줄 알게."

더구나 그의 아버지가 서의실업의 뒤를 봐주고 있는 경찰 간부라는 얘기를 들었을 때, 박준기는 아연해질 수밖에 없었다. 박준기가 선우활을 찾아온 것은 그 같은 사실을 알고 난 뒤 정식으로 인사를 해야겠다는 생각이 든 때문이었다. 단순히 목숨을 구해줬다는 것에 대한 인사가 아니라, 오래잖아 어떤 식으로든 선우활로부터 도움을 받을지 모른다는 데서 생겨난 본능적인 행동이었다. 그러나 막상 그를 찾아오긴 했지만 처음부터 면박을 받다보니 어떻게 해야 할지 박준기는 갈피를 잡을 수가 없었다.

"난 부대로 들어가봐야 합니다. 별일 아니면 이만 일어나겠소."

선우활은 자리에서 벌떡 일어났다. 커피를 쟁반에 받쳐오던 종업원 아가씨가 멀뚱히 그들을 바라보았다. 박준기는 뭔가 결심을 한 듯 의자에서 일어났다.

"형님!"

그는 무릎을 꿇으며 고개를 숙였다.

"푸하하하!"

선우활은 박준기의 행동이 너무도 같잖고 어이가 없어 웃음을 터뜨리고 말았다. 그의 웃음소리에 사람들이 일제히 눈길을 그쪽으로 돌렸다. 그러나 박준기는 아랑곳하지 않고 고개를 반뜩 들었다.

"제가 여기 온 건 형님의 거두심을 받기 위해서였습니다."

그의 목소리는 낮았지만 기개가 서려 있었다. 자신보다 십여 세는 아래일 것이 분명했지만 박준기가 선우활에게 그렇게 할 수 있었던 것은 그를 그렇게 길들여온 그 세계와 무관하지 않았다. 복종과 신뢰, 힘의 우위를 보았을 때 아무런 거리낌 없이 발동되는 무모함, 바로 그것이었다. 그것이 가능했던 것은, 우선은 어쨌든 선우활이 자신의 목숨을 구해주었다는 사실이었고, 그 다음은 박준기 자신을 완전히 지배해버렸다는 생각이 들 정도의 선우활이 지닌 힘의 우위였다. 그러나 박준기가 느끼고 있는 선우활의 힘이란, 단순한 힘이 아니라 그를 둘러싸고 있는 정신적 기운을 포함하는 어떤 능력이었다. 그것은 마력이었다. 정의라든가 자유 정신, 혹은 불굴의 의지라는 말이 함유하고 있는 것과 비슷한 마력.

"일어나세요."

선우활은 언제 그랬냐는 듯 웃음을 거둔 얼굴로 발치에 엎드린 박준기에게 말했다.

"박 실장님의 뜻을 받아들이죠. 하지만 난 아직 군인입니다."

웬일로 선우활은 선선히 박준기의 생각을 받아들이려 했다. 감복한 듯 박준기가 여전히 무릎을 꿇은 채로 그렁그렁 물기가 어린 눈으로 선우활을 올려다보았다.

"자주 찾아뵙겠습니다. 그리고 형님이 제대할 날을 손꼽아 기다리겠습니다. 그때는 절 잊지 말아주십시오."

선우활은 박준기의 그런 마음을 이미 간파하고 있었다. 처음 박준기로부터 만나고 싶다는 전갈을 받았을 때, 그리고 그가 내민 명함에서 서의실업이라는 네 글자를 보았을 때, 박준기라는 인물이 갖고있는 내밀한 성향을 짐작할 수 있었던 것이다.

어쨌든, 우습게도 그날 이후로 선우활과 박준기는 의형제가 되었다. 물론 나이가 많고 적고는 상관없이 선우활이 형님으로, 박준기가 아우로.

***

전기호 회장의 뜻밖의 부름을 받고 평창동 안가의 어두운 이층 거실 한가운데 서 있던 박준기 실장의 뇌리를 스치다 멈춘 영상은 아주 오래 전의, 이마 새파란 청년 선우활이었다. 박 실장은 불안을 삭여보려 애썼다. 선우활과의 사이에선 아직 작은 부딪침 한 번 없었다. 그런데 그 선우활에게는 아무런 소리도 하지 말고 회장을 면담하라는 지시는 박준기로서는 부담이라는 단어가 모두 수용할 수 없을 만큼 육중한 무게를 가진 위협이었다. 게임룸의 똘마니에게 언질을 해놓고 온 것이 그나마 잘한 일이라고 박준기는 내심 자위하고있는 중이었다.

"머지않아 정부로부터 모종의 조치가 내려진다는 정보가 입수되었소."

어둠 속에 꼿꼿하게 서 있던 회장의 입에서 나지막한 소리가 나오기 시작했다.

"요지는 숙정. 그 첫 조치는 권력형 축재자들의 뒤통수를 치는 게 될 거요. 우리한테도 불똥이 튄다는 건 명약관화, 그러니 우회 작전을 모색해야 하겠지."

살얼음을 딛는 것 같은 기분이 되어 바짝 얼어 있던 박준기는 전 회장의 입에서 하나하나 읊어지고 있는 말들을 어떻게 이해해야 할지 몰랐다. 억대의 보석류와 고서화, 국보급 유물 따위를 대리 보관해주고 매매 알선까지 전담하는 서의 그랜드가 정부로부터 조치가 내려지고 본격적으로 수사가 시작될 경우 틀림없이 타격을 입을 거라는 것이 전 회장이 던진 얘기의 골자였다. 그러나 이런 것은 아무리 서의실업에서 잔뼈가 굵은 박 실장이었지만 듣지 않는 것만 못했다. 전임회장이었던 이종훈이 살아 있을 때만 해도 감히 상상조차 할 수 없었던 일이었다. 그렇다고 갑자기 달라진 것은 없었다. 차라리 이종훈 회장 때보다 훨씬 서열을 중시한 것이 전기호 회장으로 바뀐 뒤의 서의실업의 행태였는데 말이다. '뭔가 이상해.' 박준기는 회장의 말소리를 하나하나 새겨듣고 있었지만 생각의 한쪽은 끊임없이 일어나는 의문으로 줄달음치고 있었다. 먼저, 서의실업의 인적 구성상 선우활을 중심으로 한 소위 해결사 그룹의 일원인 자신을 왜 이 자리에 불렀는가? 그 다음, 이종훈 회장 시절의 서의실업이 중시한 사업은 일부 비리 경찰이 직접 해결하기 껄끄러운 사건들을 막후 지원 형식으로 해결해주고 대신 그들의 비호 아래 엄청난 수익이 보장되는 마약이나 금괴의 밀수 같은 것들이었는데 전 회장의 취임과 함께 거기엔 일체 관여하지 않을 뿐 아니라 이름만 그럴듯한 무

슨 그랜드니 영상 사업단, 혹은 수입이야 만만찮았지만 사실상 단속
과의 끝없고 피곤한 전쟁에 다름 아닌 도박장 운영 따위에 왜 훨씬
열을 올리고 있는가? 한때 시국 사건과 관련된 인력 동원이 빈번했
다가 최근엔 왜 거의 끊겼는가? 서의실업의 실질적인 핵심 그룹인
'서의연구소'를 담당하는 책임자인 황정만 전무의 직속 부하인 조진
태 부장을 왜 선우활 상무의 휘하로 배속시켰는가? 교외 지역인 파
크호텔을 제외하고 서의실업이 관할하고 있는 중심가의 R호텔과 G
호텔의 게임룸과 I시와 S시의 호텔 게임룸과의 실질적인 공조가 끊
긴 것은 물론이고 금족령까지 내려진 것은 무엇 때문인가? 그 다음
과, 또 그 다음······. 박준기의 의문은 꼬리에 꼬리를 물고 이어졌다.
자신의 의문이 너무 깊은 곳까지 이르고 있다는 생각이 든 순간, 박
준기는 자신을 추스르기 시작했다. 서울대 재학생 하나가 대공분실
목욕탕에서 질식사한 사건이 일어난 뒤부터 시국의 상황은 표나게
일그러지기 시작했고, 그 여파가 서의실업의 핵심부에 변화의 물결
을 요구하게 되었다는 사실은 알 만한 사람은 다 알고 있는 일이었
다. 지난 선거 때의 공과功過는 이미 물 건너간 형국이었다. 전 회장
의 돌연한 출현과 그의 지나칠 정도로 신중한 태도가 오히려 돋보일
정도였다. 그러나 박준기는 다시 한 번 자신을 추슬렀다. '이건 내 소
관이 아니다.' 그는 입안에다 사탕처럼 그 말을 천천히 녹이며 회장
의 말에 귀를 기울였다. 그러나 한번 떠오른 의문의 소용돌이와 그
거친 물굽이 속에 던져져 있는 선우활의 영상은 뇌리에서 좀체 떠나
지 않았다.

박준기가 평창동 안가를 빠져나왔을 때는 추적거리는 장맛비 속으로 어둠이 들어차고 있었다. 푸른 가로등 불빛 속으로 검은 빗금을 그리며 떨어지는 빗줄기를 바라보는 박준기의 낯빛은 너무도 창백했다. 핸들을 쥐고 있는 손의 감각이 제대로 살아 있는 것 같지가 않았다. 에어컨을 틀지 않았는데도 살갗에 소름이 돋아 올라 수그러들 줄을 몰랐다.

"파크호텔의 게임룸은 잠정 폐쇄한다. 박 실장은 별도의 지시가 있을 때까지 호텔에는 얼씬도 하지 마라. 지금 이곳 새장을 나가는 순간부터."

회장의 낮지만 칼날 같은 목소리가 그의 귀를 쟁쟁 울렸다. 그것은 자신의 목을 날리겠다는 신호임을 박준기는 본능적으로 알아챘다. 그것은 '알아서 기어라'는 의미가 아닌, '넌 이제 쓸모가 없다. 그러니 좀 없어져 줘야겠어'라는 말에 다름 아니었다. 물론 그렇게 말한 것은 아니었다. 그러나 문밖을 나서던 박준기의 어깨를 툭 치며 하던 황 전무의 말은 그로 하여금 최악의 상상을 하도록 만들기에 충분한 것이었다.

"남기현이를 기억하나? 그 참, 우습게 되었어. 대의멸친이라는 말, 자네 혹시 아는가?"

남기현, 그를 모를 까닭이 없었다. 아침부터 내내 선우활이 마음에 걸렸는데, 이제 그 이상한 조짐은 실체를 드러내려 하고 있었다. 남기현이 누군가. 그는 이미 수년 전에 자신의 손에 죽임을 당한 자가 아닌가. 운동권의 핵심 인물이었고, 학적 변동자로 군대로 끌려갔지만 그 '못된' 성향을 버리지 못하다가 끝내 '의문사'라는 굴레를 스스로 짊어진 인물이었다. 그러나 더 정확히 말하자면 그것은 의문사가 아니라 실종이었다. 아무도 아는 이 없는 마당에 드러난 거라곤 그가 지니고 있었던 낡은 수첩 하나뿐이었으니까. 그것이 그를 증명할, 그의 실종에 대한 유일한 증거였다. 그는 여전히 군무이탈자였고, 행방이 묘연한 실종자일 뿐이었던 것이다. 그런데 이제 와서, 왜? 왜 그 남기현이 문제가 되는가?

'선우활에게 알리지 않고 나를 불렀던 이유란 게 결국 나를 위협하려는 의도였음이 분명해. 정작 내게 필요한 얘기는 아무것도 없었잖아. 게임룸을 폐쇄한다거나 당분간 코빼기도 보이지 말라는 지시 따위야 전화 한 통화면 간단히 해결될 일이 아닌가. 선우 상무에게 비밀로 하라는 얘기는 나 자신의 앞날을 그에게도 상의해서는 안 된다는 말이고. 그렇다면 결국 나를 부른 건, 나를 제거하기 위한 것 말고는 아무것도 아니야.' 박준기는 생각할수록 머리가 빠개지는 것 같았다. 가속 페달을 밟으며 빗속을 뚫고 나가다가 급하게 브레이크를 걸었다. 차가 심하게 흔들리며 길가에 멈추었다. 윈도 브러시가 닦아낸 유리창 너머로 짙은 어둠이 쌓여 있었다. '대의멸친? 대의를 위해서는 친족까지 없애버린다? 이건 또 무슨 개 같은 소린가?' 박준기의 해석은 정확했다.

대의멸친大義滅親. 춘추전국시대의 그 처절한 암투의 세계를 가장 극명하게 드러내고 있는 말. 그것은 서의실업을 위해서 박준기를 거세하겠다는 뜻이었으며, 나아가 선우활까지 멸하겠다는 해석이 가능했다. 두 사람 사이에 공고하게 쌓여 있던 의리와 정을 송두리째 무너뜨리겠다는 암시였던 것이다.

박준기는 차를 다시 도로 위로 올려놓았다. 헤드라이트 속으로 떨어지는 빗줄기가 제법 굵어지고 있었다. 그는 어떻게든 선우활에게 연락을 취해야 한다는 결심을 굳혔다. 큰길에서 벗어나 외곽도로를 타고 오르는 좁은 편도 일차선 도로로 접어들며 박준기는 어디로 전화를 먼저 넣어야 할 것인가를 생각하고 있었다. 쏘다니는 걸 좋아하지 않는 선우활의 성격상 이 시간이면 그의 거처인 오피스텔에 있을 거라는 생각이 들었다. 박준기는 가로등이 환한 공중전화 부스 옆의 갓길에다 차를 세웠다. 늦은 시각인데다 비가 내리고 있어서인지 지나가는 차는 별로 없었다. 차에서 내린 박준기는 주머니에서 동전을 꺼내 전화 부스 안으로 들어갔다.

신호가 길게 울렸다.

한 번, 두 번, 세 번…….

"삐이, 지금은 전화를 받을 수 없습니다. 메시지를 남겨주십시오."

박준기는 잠시 망설였다. 그는 간단한 인사라도 남기려고 생각했지만 포기했다. 어차피 당장 통화를 할 수 없다면 소통의 흔적을 남기지 않는 편이 나을 거라는 판단 때문이었다. 그는 재발신 버튼을 누른 채 잠시 생각에 잠겼다. 그 순간, 선우활이 게임룸에 있을지도 모른다는 생각이 불현듯 들었다. 며칠 전부터 마작을 해야겠다고 노래를 부르고 다니던 것을 떠올린 것이다. 박준기는 게임룸으로 직접 전화를 하지 않고 똘마니들이 기거하는 숙소로 일단 전화를 넣었다. 신호는 금방 떨어졌다. 그런데 어쩐 일인지 전화를 받은 것은 똘마니가 아니라 선우활이었다. 박준기는 그의 목소리를 듣자마자 안도의 한숨부터 내쉬었다.

"상무님, 박 실장입니다."

박준기의 목소리가 가늘게 떨렸다. 선우활은 그를 찾고 있었다는 듯 반갑게 인사를 했다.

"어떻게 된 일입니까? 거기 어디요?"

"호텔 못 미처 외곽도로 중턱입니다. 그런데 어쩐 일로 그 방에 계십니까?"

"젠장, 오랜만에 힘 좀 썼더니 피곤해서요. 한숨 자고 막 일어나던 참이었어요. 그런데 평창동엔 무슨 일로?"

박준기는 자신이 안가로 갔다는 걸 선우활에게 귀띔해둔 것이 역시 잘한 일이라는 생각이 들었다. 이럴 때 그에게 속였더라면 어쩔 뻔했는가 싶었다. 박준기는 수화기를 반대편 손으로 바꾸어 쥐며 다소 마음을 놓았다. 길게 한숨을 뽑아내고 나니 눌렸던 가슴이 조금은 트이는 것 같았다. 그는 눈길을 들어 부스 밖을 내다보았다. 전화 부스의 창유리를 때리는 빗줄기 너머로 외곽도로의 경사길을 비스듬히 미끄러져 내려오는 레미콘 차가 보였다.

"사실은 그것 때문에 전화를 드렸습니다. 지금 시간이 나시면 상무님을 뵈었으면 싶은데요?"

"그런 일이라면 여기로 오실 일이지 외곽도로엔 뭣 하러 갔어요?"

"그게…… 그렇게 됐습니다."

"전화로는 곤란하다?"

선우활도 이상한 느낌이 들었는지 그렇게만 말하고는 자신이 거기로 갈 테니 기다리라고 이르고는 전화를 끊으려했다. 그때였다.

"어, 저 새끼가!"

수화기를 타고 욕설이 섞인 박준기의 말이 들려온 것이다.

"무슨 일이요?"

박준기는 아무 말도 하지 못한 채 입만 딱 벌렸다. 외곽도로의 경사길에서 쏜살같이 내려오던 레미콘 차가 갑자기 전화 부스 쪽으로 달려오기 시작한 것이다.

"에잇, 씨팔!"

박준기는 헤드라이트 불빛이 쏟아져오는 바깥을 바라보며 다급하게 소리를 질렀다. '올 것이 왔다.' 그 생각이 박준기의 머릿속을 벼락처럼 때리며 지나갔다. 그는 수화기를 내던지며 공중전화 부스의 출입문을 세차게 끌어당겼다. 문이 젖혀지자 빗줄기 속에서 폭발하듯 요란한 엔진 소리가 들려왔다. 레미콘 차에서 쏟아져 나온 전조등 불빛은 황급히 움직이는 박준기의 몸을 유린하듯 비추었다. 공중전화 부스에서 튀어나온 그는 뒤편 숲기슭에 설치된 시멘트 방벽 위로 몸을 날렸다. 그러나 너무 서두른 나머지 발이 방벽의 머리 부분에 걸려 뒤로 벌렁 나자빠지고 말았다. 그 사이 레미콘 트럭은 벌써 공중전화 부스 가까이로 육중한 차체를 들이밀고 있었다. 그 순간, 박준기는 요란한 엔진 소리 너머에서 가느다랗게 들려오는 선우활의 음성을 들었다.

"무슨 일이요? 왜 그래? 박 실장!"

너무도 짧은 순간이었다. 그러나 그 짧은 순간은 느릿하게 흘러갔다. 자신이 지나온 장면들이 하나하나 그의 망막을 스치며 지나갔다. 박준기는 눈을 질끈 감았다. 떨어지는 빗방울을 헤치며 뜨거운 눈물 한줄기가 흘러내리고 있었다.

"끼익!"

레미콘 차의 바퀴에서 불꽃이 튀었다. 육중한 차체의 앞머리가 공중전화 부스를 부서뜨리고는 이내 박준기의 작은 몸을 사정없이 덮쳐버렸다.

얼마나 지났을까.

외곽도로에 교교한 정적이 깔려 있었다. 부서진 공중전화 부스의 밑둥치에서 비어져 나온 전선에서 간간이 치직거리는 소리를 내며 스파크가 일어나곤 했다. 앞부분이 심하게 찌그러진 레미콘 차는 숲 속으로 길게 불빛을 드리운 채 비스듬하게 기울어져 있었고, 그 아래쪽에는 피투성이가 된 남자의 시신이 동강난 나무토막처럼 무참하게 꺾여 있었다. 사체에서 배어나온 붉은 피가 빗물에 섞여 흘러내리고 있었다.

외곽도로를 따라 긴 불빛이 올라온 것은 그로부터 채 10분이 지나지 않은 때였다. 요란한 정지음을 내며 차가 멈추었다. 거기서 내린 것은 선우활이었다. 그는 눈앞에 펼쳐진 장면을 보면서 어금니를 깨물었다. 어떻게 된 일일까. 그의 머릿속은 빠르게 움직였다. 그러나 이내 잡히려던 가닥은 쉬 끊어졌다. 그는 빗줄기를 맞으며 무참히 쓰러져 있는 박준기의 사체를 내려다보다가 불빛을 쏟아내고 있는 레미콘 차를 올려다보았다. 운전석은 비어 있었다. 그는 수화기 속에서 흘러나오던 박준기의 마지막 육성을 기억하려고 애썼다. 그것은 지금의 상황을 짐작하게 만드는 유일한 단서였다. 어, 저 새끼가. 그건 그가 뭔가 다급한 상황을 인식했다는 얘기였다.

"사고가 아니야."

선우활은 그렇게 중얼거리며 박준기의 사체를 내려다보았다.

"무슨 얘기를 하고 싶었던 걸까? 왜 날 만나자고 했던 걸까?"

선우활은 박준기의 사체를 안아 올렸다. 머릿속은 혼란스러웠다. 빗줄기가 얼굴을 때렸다. 박준기와의 추억들이 빗물에 씻겨 내려가고 있었다. 그것은 그와 맺은 추억의 끝이 아니라 시작이었다.

3. 음모의 그늘

나는 지금도 그곳에 서 있는지 모른다. – 솔제니친, 〈수용소군도〉

제4공화국 시절에 정부 요직을 맡으며 인생 항로가 바뀐, 철학자이며 교육자였던 한 대학교수가 있었다. 그저 L씨라고만 해두자. 그가 70년대 후반에 저술한, 이념에 관한 어느 저서에 보면 이런 논지의 글이 나온다. 〈이데올로기란 이론적이기보다는 실천적이고, 보편적이기보다는 상황적이고, 분석적이기보다는 포괄적이다. 다시 말해 이데올로기란 인간과 세계에 대한 앎이 아니라 삶 그 자체이며, 보편적인 진리로 작용하는 것이 아니라 삶을 위한 하나의 방편이 되고, 가치중립적인 분석적 명제이기보다는 가치를 완전히 초월할 수 없는 정보적 명제이다.〉 모르긴 해도, 이 말을 대하는 순간 적잖은 사람들이 "왜 이렇게 말한 것일까?" 하고 묻게 될 것이다. 그리고 그 물음에 대해 답하는 일은 L씨의 이념에 관한 이러한 사고방식이 그에게 어떻게 구체화되었을까, 라는 물음으로 충분히 환치될 수 있음을 확인하게 되는데, 그것은 그의 이 같은 발언이 이념에 대한 학문적 탐구보다는 경험으로부터 끌어낸 것이 분명하거니와, 이 말은 학자였던 그가 정치판으로 끌려들어온 이유와 까닭을 어느 정도는 정

115

확하게 가늠토록 만든다. 특히 이념이란 진리에 대한 앎이 아니라 삶 자체라는 진술은, 많은 사람들, 특히 예민한 감성을 지닌 20대의 대학생들로 하여금 그토록 이념을 중요시하게 만든 이유라는 지적에 다름 아니다. 어쩌면 L씨는 그들을 '이념의 노예'라고까지 표현하고 싶었을지도 모를 일이다. 그리하여 그는 은근하고도 끈질긴 정치판의 유혹을 끝내 거절하지 못하였는지 모른다. 왜냐하면 L씨는 자신이 체득한 이념의 볼썽사나운 꼬락서니를 더 이상 간과하고 있을 수만은 없었을 것이므로. 그가 가르쳤고 역설했던 진리 탐구가 이념이라는 무서운 놈에게 유린당하고 있는 형국이 그를 두렵게 만들었으므로. 그래서 결국 L씨는 자신의 뛰어난 철학적, 교육적 견식에 대한 사람들, 특히 제자들의 오래고 튼튼했던 신망을 기꺼이 포기했다. 그는 그들이 하나같이 독재자라고 불렀던 세력에 유입되었다.

L씨의 경우와 흡사한 한 예가 바로 수인樹鱗 윤달진尹達鎭 선생의 경우일 것이다. 물론 이 둘 사이에는 현격한 차이가 존재한다. 우선 L씨가 정부 여당 쪽에서 정치 생활을 시작했다면 윤달진 선생은 야당이었고, 정치 전면이 아닌 막후의 위치였다. 그리고 L씨가 정치판에 뛰어들면서 강단을 떠난 반면 윤 선생의 경우 일주일에 여섯 시간으로 줄어들긴 했지만 꾸준히 강의를 계속하고 있었다. 그가 강단을 떠나지 않은 것은 세간의 평가처럼 당신 자신이 언제든 정치판으로부터 발을 뽑을 구실을 마련해둔 것이라기보다는 스스로 학자임을 포기하지 않으려는 안타까운 몸짓으로 봐야 할 것이다. 어찌되었든 이런 뚜렷한 차이에도 불구하고 L씨와 윤달진 선생을 동일한 시

선으로 바라보게 만드는 것은, 그들의 정치적 종막終幕과 무관하지 않다. 물론 L씨가 80년대가 시작되고 얼마 되지 않아 급작스럽게 정치적 도정에서 벗어난 반면, 윤선생의 경우 거의 90년대가 시작될 시기까지 정치적 생명을 이어가긴 했다. 그러나 그들의 정치적 종막은 그들이 꿈꾸었던 모든 것을 고스란히, 그야말로 한낱 '꿈'으로 돌려놓은 채 스러져갔다. 한 사람은 학자로서의 모든 지위를 박탈당하는 쓰라림을 당하며 세인들로부터 자취를 감추어버렸고, 다른 한 사람은 스스로 이 땅을 떠나버림으로써 의도적 단절을 선택했다. 학자와 정치가라는 이질적 관계에서 생겨난 좌절과 환멸은 그들의 공통분모였다.

***

1980년대가 기울고 있던 어느 날, 윤달진 선생의 외아들이며 소설가인 윤완은 창밖을 내다보며 깊은 사념에 잠겨 있었다. 겨울로 접어들기 시작한 정원은 낙엽들로 수북했다. 대문 입구에서 차고 지붕 위까지 길고 넓게 드리워져 있는 등나무에서도 연신 잎사귀들이 떨어지고 있었다. 누렇게 탈색한 작은 이파리 몇 개가 바람에 날려 유리창에 부딪치곤 했다. 윤완은 프린터에서 뽑혀져 나오는 소설 원고를 물끄러미 바라보다가 책상 위에 놓인 전화의 수화기를 집어 들었다. 불광동 처가에다 전화를 넣을 생각이었다. 아내는 벌써 열흘째 처가에 머물고 있었다. 두 번의 유산 끝에 어렵게 다시 아이를 가지게 되자 임신 6개월째부터 그는 아예 아내를 처가에다 맡겼다. 아내도 장모도 그의 생각에 동의하는 눈치라 망설일 필요도 없었다.

신호가 떨어지자 노년으로 접어든 굵직한 남자의 목소리가 느릿하게 수화기를 타고 들려왔다. 윤완의 장인인 나우성 씨였다. 그는 꽤 이름난 사학 재단(그의 이름을 딴 우성학원 재단)의 이사장이었고, 윤완의 집안에 그 누구보다 애정을 가진 사람이었다. 윤완은 의자 등받이에 깊이 묻었던 등허리를 펴며 턱을 괴었던 팔을 풀었다.

"아버님, 저 완입니다."

아들이 없는 나우성 씨의 집안에서 윤완은 아들이나 다를 바 없었다. 윤서방이라는 호칭 대신 이름을 대거나 장인어른이라는 호칭 대신 아버님이라 부르는 것도 그런 이유에서였다.

"윤 서방? 그래, 어멈이 궁금해서?"

나우성 씨는 윤완의 전화에 반색을 했다.

"그간 안녕하셨습니까."

"그럼, 그럼. 혜진이도 별 탈 없어. 어젠 제 어미하고 병원엘 갔다 온 모양인데 자리도 좋고 유산 가능성도 없다더구만. 헌데, 사돈어른께서 불편하시겠어?"

"아, 아닙니다. 일 봐주시는 아주머니가 계시니까."

"그나저나 수인 선생께서 요즘 심기가 편찮으시지? 한번 들른다 해놓고 통 시간이 나질 않아서 말이야."

나우성은 사돈이 되는 윤달진을 꼭 아호에 존칭까지 붙여 수인 선생이라 불렀다. 윤완으로선 장인의 그런 태도가 언젠가부터 부담스러워지기 시작했는데, 그런 까닭이 작용한 탓에 윤완은 장인과 통화하는 게 그다지 즐겁지가 않았다. 윤달진 선생이 당신과 절친했던 한 야당의원의 밀입북 사건에 연루되었다는 혐의를 받고 있는 이즈음에는 더욱 그랬다. 검찰에 자진 출두 해서 혐의가 다소 풀리긴 했지만, 여전히 느낌은 좋지 않았다. 어쩌면 세간의 풍문처럼 당신의 정계 진출이 천추의 한이 될 거라는 기분 나쁜 조짐의 시작인지 몰랐다.

"그런데 말이야, 수인 선생께서 정계를 은퇴하실 거라는 말이 있던데, 자네 생각은 어떤가?"

귀가 얇은 편인 윤완의 장인은 은근슬쩍 묻는 듯했지만 단도직입으로 묻는 거나 다름없었다. 장인의 속을 모를 윤완이 아니었다. 윤달진 선생을 사돈으로 맞은 것이 가문의 영예라는 생각을 조금도 양보한 상태는 아니었지만, 바로 그 때문에라도 나우성은 윤달진의 귀추에 민감해질 수밖에 없었던 것이다. 윤완은 어떻게 대답해야 할지 잠깐 동안 망설였다. 아버지에 관한 얘기를 장인과 나눈다는 게 좋을 건 없었다. 그것도 집안일이 아니라 정치 관계의 일이라면 더욱. 하지만 발뺌할 구실이 없었다. 수화기를 든 채로 망설이던 윤완이 창밖으로 눈길을 돌리며 소리 나지 않게 한숨을 내쉬었다.

"너무 신경 쓰지 마세요, 아버님. 엄밀히 따져서 아버진 정치인이 아니라 학자가 아닙니까. 그러니 정계 은퇴라는 건 처음부터 맞는 말이 아니지요."

말은 그렇게 했지만 윤완은 가슴 한구석이 허전하게 뚫리는 느낌을 지울 수 없었다. 개인적으로는, 대학 강단에서 영문학을 가르치는 '교수 윤달진'이 아니라 독재 정권과 맞부딪쳐 싸우는 투사로서의 '수인 선생'을 훨씬 자랑스럽게 여기는 쪽이었다. 윤완이 고등학교를 다닐 무렵 무르익기 시작했던 아버지의 정치적 영향력이 – 객원이니 막후니 고문이니 하는 객관적 거리를 지닌 수식어가 따라다니긴 했지만 분명히 그건 정치적 관계를 의미했다 – 시간이 지날수록 곤핍하고 난감한 지경으로 아버지를 몰아가고 있었지만, 그것까지 윤완에게는 당신에 대한 자랑스러움에 다름 아니었다. 어쩌면 그것은 학자적 품위에 휩싸여 있던 그의 집안에 대해 윤완이 느끼고 있던 일종의 갑갑함을 해소할 수 있는 유일한 빌미였을지도 몰랐다. 어릴 적부터 서재의 책들 속에 묻혀 있던 아버지를 보며 막연히 느껴왔던 무거움은 70년대의 암울한 시간들을 지나오면서 그에게 '학자의 은둔은 비겁함'이라는 등식과 연결되고 있었다. 〈전환시대의 논리〉니 〈베트남 전쟁〉과 같은 반체제적인 글들을 읽으며 그가 키워왔던 모종의 반역은 분명히 그의 아버지, 윤달진에게로 향해 있었다. 당신과 함께 대학을 다녔던 적지 않은 사람들이 독재에 항거하는 글을 발표하다가 강단에서 쫓겨나고 때로는 영어囹圄의 몸이 되었을 때, 윤완의 눈에 비친 서재에 묻힌 아버지의 모습은 고리타분하고 갑갑한 선비의 껍질일 뿐 아무것도 아니었다. 그러다가 아버지의 대학 동기이자 온갖 고초를 다 겪으며 야당 정치인으로 살아온 황병수黃丙修 의원의 끈질긴 권유에 의해 아버지가 제일 야당의 고문직을 수락했을 때, 윤완의 가슴 한자락에 고름처럼 엉겨 붙어 있던 갑갑함은 눈 녹듯 사라져버렸다.

그러나 인생은 유전流轉하고, 진리는 시간 앞에 무기력한 존재일 뿐이었다. 이제 당신의 회의는 깊어지고 세상의 풍문은 훨씬 강도 높게 흉흉해지고 있었다. 또한 세상의 음험하고 간특한 품성을 조금씩 알아가면서 윤완에게도 많은 생각의 변화가 일어났다. 그것은 고스란히 아버지의 세계에 대한 인식의 전환을 불러왔고, 불행하게도 '수인 선생'이 아니라 강단에 서 있는 평범한 '윤달진 교수'의 쪽으로 애정의 경사가 이루어지고 있다는 것을 그 자신 부인할 수 없었다. 그러나 더 불행한 것은 그 위치마저 위협받고 있는 당신의 현재였다. 계획적이고 의도적인 당신의 추락의 조짐은, 눈을 뜨고 보기 힘든, 문자 그대로 목불인견目不忍見이었다.

"심려 놓으세요. 곧 잠잠해지겠죠."

윤완은 장인 나우성 씨에게까지 위기의 정치인으로 인식된 아버지의 현실에 다시 한 번 착잡함을 느끼며 일상적인 안부말만 몇 마디 던져놓고 수화기를 내렸다. 장인과의 통화가 끝나고 프린터가 인쇄를 마쳤을 때는 이미 초겨울의 짧은 해가 완연히 기울어져 있었다. 희미한 푸른 저녁빛이 스멀스멀 창가로 몰려와 눈빛을 밝힐 즈음 점심마저 걸렀던 배에서 꼬르륵거리는 신호가 들려왔다. 아내가 불광동 처가로 떠난 뒤엔 그렇게 끼니를 거르는 횟수가 자꾸 늘어났다. 윤완은 컴퓨터를 종료시킨 뒤 이층 서재를 나섰다. 아래층 거실 소파에 비스듬히 앉아 졸고 있던 가사도우미 아주머니가 인기척에 놀란 듯 눈을 번쩍 뜨며 계단을 내려오고 있는 윤완을 올려다보았다. 그리곤 엉거주춤 자리에서 일어났다.

"선생님께선 늦게나 돌아오실 모양이에요."

"전화를 하셨어요?"

"도련님 뭐하냐고 물으시기에 작업 중이라 했더니 그렇게만 전하라고 하셨어요. 바꿀 걸 그랬나요?"

"아니에요. 이제 가보셔야죠."

"글쎄, 그렇긴 한데…… 사모님께서 안 계시니까."

"오늘은 밖에 나갈 일이 없으니까, 걱정 마세요. 참, 어머니한테서는 연락이 없었나요?"

"이런, 깜박할 뻔했네요."

그제야 뭔가 생각난 듯 아주머니는 앞치마 주머니 속으로 손을 집어넣고는 조그마한 종이쪽 하나를 꺼냈다. 그리곤 그것을 윤완의 앞으로 쑥 내밀었다. 전화번호 같아 보이는 일곱 자리의 숫자가 적혀 있었다.

"여기가 어딘가요?"

"거기루 전활 넣어달라고 하시던데요."

"어머니가요?"

"아뇨, 이모님이셨어요."

"이모가요?"

윤완은 고개를 갸우뚱하며 종이쪽에 적힌 전화번호를 다시 한 번 훑어보았다. 하지만 종이에 적힌 번호는 이모가 경영하는 미송유지美頌油脂의 사무실 전화번호는 아니었다.

"언제쯤 전화가 왔었죠?"

"선생님 전화 받고 반 시간쯤 지났을 때니까, 네 시 반쯤 됐었나요?"

"바꿔주시지 그랬어요."

"바꿔주겠다고 그랬죠. 근데 무슨 일인지 도련님더러 밤 9시 20분에 전활 넣어달라고 말씀하시곤 곧장 끊어버리셨어요."

"9시 20분?"

윤완은 잠시 생각에 잠겼다가 전화번호가 적힌 종이쪽을 접어 바지주머니에 찔러 넣었다. 9시도 아니고, 9시 반도 아니고, 9시 20분이라는 게 기이했다. 아주머니가 잘못 들었을 수도 있다는 생각이 들었지만 그래도 기이한 건 마찬가지였다.

"알겠어요. 그만 가보세요."

윤완은 뒷주머니에서 지갑을 꺼내 택시비를 하라며 만 원짜리 지폐 한 장을 도우미 아주머니의 손에 쥐어주었다. 아주머니는 몇 번 거절을 하다가 지폐를 말아 쥐고는 앞치마를 벗어 주방 싱크대 옆에 걸어놓은 뒤 현관에 놓인 검정 비닐백을 들고 밖으로 나갔다. 윤완은 그녀의 뒷모습을 물끄러미 바라보며, "아홉 시 이십 분?"이라고 중얼거렸다. 철대문이 걸리는 소리가 들려올 때까지 윤완은 멍하니 서 있었다. 9시쯤도 아니고, 9시 30분도 아닌, 9시 20분이란 시각이 다시 한 번 의문을 불러왔다. 한참을 서 있다가 그는 거실 벽에 붙은, 추가 기다랗게 늘어뜨려진 괘종시계를 올려다보았다. 이모가 부탁한 시각에서 꼭 세 시간 전인 6시 20분이었다.

긴요한 일이 없었던 윤완은 거실의 소파에 등을 묻었다. 9시 20분까지 기다리는 건 지루하기 짝이 없는 일이었다. 왜 하필이면 9시 20분이지? 그런 의문에 매달리는 것도 지겨웠다. 윤완은 몇 번이나 거실 벽에 붙은 괘종시계를 쳐다보았고, 그럴 때마다 겨우 10분 아니면 15분이 흘러가 있을 뿐이었다. 과일 몇 개와 빵조각으로 저녁식사를 대신하고 나자 8시가 되었다. 그는 기다리는 데 진력이 나고 말았다.

"걸어볼까?"

그런 생각이 들자 참기가 힘들었다. 그는 몇 번이나 망설이던 끝에 수화기를 집어 들었다. 누군가 전화를 받으면 잘못 건 양 시치미를 떼면 그뿐이라고 생각했다. 하지만 그 순간, 왠지 꼭 시간을 지켜야 할 것만 같은 기분이 강하게 들었다. 뜻밖의 세무조사에 시달리고 있던 이모의 그즈음 처지가 새삼스럽게 윤완에게 망설임을 강요하고 있었다. 그제야 그는 며칠 전 이모를 만났을 때의 초췌한 모습이 떠올랐다. 언제나 쾌활하고 얼굴에서 웃음기가 가시지 않던 이모였다. 현미송玄美頌이라는 이름만큼이나 고운 목소리로 노래도 잘 부르던 그녀에게 드리워진 어두운 그늘은 뜻밖이었다.

일본에서 귀국해 지금의 미송유지라는 비누회사를 설립한 것은 윤완이 중학교를 다니던 15년 전이었다. 그것이 그녀를 처음 본 때였다. 낡은 앨범 속에서 윤완의 어머니와 함께 찍은 몇 장의 사진을 통해 본 게 고작이었다. 그녀는 서른다섯 살의 완숙한 여인이었다. 이제 50대로 들어선 그녀가 여전히 그때의 아름다움을 간직하고 있는 건, 그녀의 말대로 아직껏 남자의 시달림을 받지 않은 때문인지도 몰랐다. 그녀는 명색이 결혼을 한 적이 없는 처녀였다.

그런 생각을 하며 수화기를 만지작거리던 윤완이 종이쪽에 적힌 번호를 차례대로 꾹꾹 눌렀다. 호기심이 망설임을 이긴 거였다. 하지만 신호음만 울릴 뿐 아무도 전화를 받지 않았다. 수화기를 내렸다가 집어 들고는 다시 한 번 번호를 눌렀다. 마찬가지였다.

"추리소설 읽는 기분인데?"

윤완은 입꼬리를 찍 올리며 중얼거렸다. 그는 찜찜한 기분인 채로 수화기를 내려놓고 다시 등을 소파 깊숙이 묻었다. 고개를 돌려 벽시계를 보았다. 약속한 시각까지는 한 시간이나 남아 있었다. 그는 아침나절에 읽었던 신문을 집어 들어 하릴없이 활자 사이로 눈길을 던졌다.

정부와 여당은 북한에서의 민주화와 체제 개방을 유도하는 방향으로 대화를 주도하고 북한 문제에 대한 총괄적인 연구 조사 기능을 통일원이 전담키로 결정했다. 한국은행의 발표에 의하면, 올해 국내 기업의 해외 투자 건수는 10월말 현재 297건, 5억4천6백만 달러. 한미 간 제4차 섬유 협상이 3일간 과천 정부청사에서 개최되어 섬유 협정 연장 문제를 협의하고 협상 회담 마지막 날에는 쿼터 구조와 연증가율 등 일부 조항에 잠정 합의할 예정이다. 박쌍룡 주유엔대사가 한국은 다수의 유엔 회원국 정부로부터 지지를 받고 있기 때문에 지체 없이 유엔에 가입되어야 한다고 밝혔다.

윤완은 시시콜콜 활자를 확인하던 눈길을 갑자기 거두어들이며 신문을 소리 나게 접었다. 주머니에서 전화번호가 적힌 종이쪽을 다시 꺼내 들었다. 한참동안 종이에 적힌 전화번호를 들여다보고 있다가 소파에서 벌떡 몸을 일으켰다. 그러고는 잽싸게 몸을 놀려 이층으로 오르는 계단을 뛰어올랐다. 서재 문을 거칠게 잡아당긴 윤완은 컴퓨터가 놓인 책상 앞으로 다가가 의자에 몸을 앉혔다. 전원을 켜고 모니터에 화면이 뜨기를 기다리는 그 짧은 시간이 꽤나 지루하게 느껴졌다. 도스 화면에서 전화번호를 입력해놓은 파일을 찾아 커서를 옮겨놓은 뒤 엔터 키를 쳤다. 토토토토, 하는 경쾌한 음향이 들려오면서 줄무늬 빗금이 그어진 화면이 떠올랐다. 윤완은 들고 있던 종이쪽을 모니터에 붙어 있는 집게에다 끼워놓고는 커서를 이동시켜 파일 속에 담긴 전화번호를 하나하나 확인하기 시작했다. 번호순이 아니라 철자순으로 입력한 탓에 번호를 확인하는 일은 여간 번거로운 것이 아니었다. 약 10분이 소요된 끝에 전화번호를 모두 확인할 수 있었다. 그러나 파일 안에는 엇비슷한 번호조차 발견되지 않았다. 윤완은 페이지업 키와 페이지다운 키를 반복해 누르며 몇 번이나 파일 속의 번호들을 오르내렸다. 어느 순간, 커서를 움직이던 윤완의 손길이 딱 멈추었다.

선우활, 715-433×, 그린랜드 오피스텔 1109호.

윤완은 책상 위에 놓인 자명종 시계를 바라보았다. 8시 반이 되어가고 있었다.

"이 친구라면 혹시……."

별 이유 없이 그의 갑갑하던 마음이 풀어지는 것 같았다. 책상구석에 놓여 있던 전화기를 끌어다 번호를 누르자 두 번째 신호음이 울리고 난 뒤 수화기를 타고 흘러나온 건 뜻밖에도 선우활의 것이 아닌 여자의 목소리였다.

"저어, 거기가 혹시, 그린랜드……."

"네, 맞습니다."

여자의 목소리는 차분했다. 어쩌면 선우활의 누나가 오피스텔에 들른 건지도 모른다는 생각이 들었지만 윤완이 기억할 수 있는 목소리와는 같지 않았다.

"선우 상무와 잘 아는 사람인데요, 그 친구 지금 있습니까?"

대답이 없었다. 대신 수화기를 타고 뭔가 대화를 나누는 소리가 들려왔다. 하지만 알아들을 수는 없었다. 잠시 뒤 예의 그 낯선 여자의 목소리가 들려왔다.

"지금 외출중이신데, 실례지만 누구시라고 전해드릴까요?"

"아 예, 전, 윤완이라고 합니다."

또다시 침묵이 흘러갔다. 윤완의 짐작으로는 선우활이 곁에 있는 듯 느껴졌다. 뭔가 전화를 받을 수 없는 사정이 있을 거라는 생각이 뒤이어 일어났다. '이 친구한테 언제 여자가 생겼지? 그답잖게 왜 전화를 피할까?' 몇 가지 의문이 일고 있는 사이 수화기를 타고 들려오는 음성이 바뀌었다. 쇳소리가 약간 섞인 남자의 목소리, 선우활이 분명했다. 아무 일 아니라는 듯 밝은 톤이었다.

"형이유?"

"무슨 꿍꿍이수작이야?"

"웬일이슈, 이 늦은 시간에?"

"누구야? 도둑장가라도 든 거야?"

윤완은 선우활에게 여자가 생겼다는 게 믿어지지가 않았다. 멋대가리라곤 눈곱만큼도 없는 친구가 여자라니. 윤완은 키득키득 웃으며 말했다.

"그래, 사랑을 하게 됐다 이거지?"

"빈정거리지 마슈. 나란 놈도 한구석엔 낭만을 꽤 쟁여두고 있으니까. 소설가씩이나 되는 양반이 그걸 모르나."

"어떻게 날 감쪽같이 속였지? 대체 얼마나 된 거야?"

"속인 게 아니라."

선우활은 거기서 말을 뚝 끊어버렸다.

"근데 용건이 뭐유?"

"뭘 좀 확인할 게 있어. 전화번혼데, 네가 알 것 같아서 말이야."

"몇 번인데?"

윤완은 모니터 집게에 꽂힌 종이쪽에 적혀 있는 번호를 하나하나 읽어주었다.

"칠구이에 팔이공육."

윤완의 말이 끝나기가 무섭게 선우활이 외마디를 질렀다.

"그거!"

"알아?"

"알지."

"어딘데?"

"근데 형이 그 자식 번호를 어떻게 알고 있어?"

"그 자식?"

이유를 알 수 없는 두려움이 한순간 윤완의 몸을 감쌌다. 이모에게 뭔가 좋지 않은 일이 일어난 게 틀림없었다. 윤완은 호흡을 가다듬고 침착하게 말했다.

"아는 게 아니야. 누구 번혼지 모르니까 너한테 전화한 거 아냐."

"그래, 그렇지. 그거, 조진태라고, 그 자식 사무실 번호야."

"조진태?"

"그 자식을 형이 어떻게 알우?"

"아는 게 아니라고 그랬잖아. 아무튼, 얘기하자면 복잡해. 그 조진태라는 사람이 뭐하는 양반이지?"

"내가 데리고 있는 놈이요. 지금은 아니지만. 대체 무슨 일인데 그래요?"

윤완은 수화기를 붙든 채로 생각에 잠겼다. 지난 3,4년 동안 선우활을 알고 지내면서 윤완은 서의실업이란 회사가 어떤 곳인지 어렴풋이나마 알고 있었다. 그런데 자신의 이모가 그쪽과 연관되어 있을지도 모른다는 사실은 놀라운 일이 아닐 수 없었다.

"너 혹시, 현미송이라는 이름 들어본 적 있어?"

윤완은 넌지시 물었다.

"현미송? 여자 같은데? 몰라. 들어본 적 없어. 누군데?"

"우리 이모. 미송유지라고, 꽤 괜찮은 비누회사를 경영하고 계시는데 요즘 좀 곤란을 겪고 있거든. 세무조사가 닥쳐서."

"그런데 조진태 사무실 전화번호는 난데없이 뭐유?"

선우활의 물음에 대답을 하지 못한 채 윤완은 자명종 시계를 바라보았다. 9시가 가까워져가고 있었다.

"20분쯤 뒤에 이 번호로 전화를 넣어달라고 이모가 내게 메모를 남겼어. 너무 궁금해서 너한테 알아보려던 참이었지."

"9시 20분?"

"응."

선우활은 한동안 말이 없었다. 그러다가 불쑥 말했다.

"전화하지 말아요."

"왜?"

"아, 글쎄. 내 말 들어."

"그럼 나더러 어떻게 하라고?"

"내가 지금 당장 그 자식 사무실로 가볼게. 여기서 멀지 않으니까.

10시 전에 내가 형한테 전화할 수 있을 거야. 그때까지 꼼짝 말고 전화기 앞에 붙어 있어요. 알았지? 전화하지 마, 알았지?"

윤완은 마치 선우활이 앞에 있기라도 한 듯 고개를 주억거렸다.

윤완과 통화를 끝내자마자 오피스텔을 빠져나온 선우활은 지하 주차장으로 내려가려다가 발길을 돌렸다. 차를 끌고 가는 것보다는 택시를 타는 게 여러 모로 나을 거라는 판단이었다. 손목 시계를 보았다. 9시 10분이 지나고 있었다. 윤완의 이모라는 미송유지 사장 현미송과 조진태, 선뜻 연결되어지지 않는 관계였다. 거기엔 분명 뭔가 있을 것이었다.

"뭘까?"

도로 공사로 4차선이 2차선으로 줄어든 탓에 마포대교에서 쏟아져 나온 차량들이 꼼짝없이 발이 묶여 있었다. 선우활이 탄 택시도 그 속에서 오도 가도 못한 채 끼어 있었다. 미터기에 붙은 전자시계의 숫자가 퍼덕거리다가 20으로 넘어가고 있었다. 이러다간 조진태 사무실까지 가는 데 30분은 족히 걸릴 듯싶었다. 선우활은 뒷좌석 등받이에 몸을 묻은 채 손가락으로 앞이마를 살살 긁어댔다. 조바심이 인다는 증거였다. 그러면서도 그의 머릿속은 정교한 관계도를 그려내고 있었다.

박준기 실장의 느닷없는 사고사로 인해 서의실업 내에서 선우활의 위치가 흔들리는 사이 그의 휘하에 있던 조진태가 새로운 사업체로 독립해서 빠져나갔다. 이름하여 서의 하이츠. 콘도미니엄을 비롯한 대규모 위락 시설물 건설에 서의실업이 손을 대면서 새롭게 생겨난 조직이었다. 두 해 전 여름에 일어났던 박준기 실장의 느닷없는 사고가 서의실업 내에서 계획적으로 꾸며진 음모일 거라는 막연한 추측은 선우활로 하여금 알게 모르게 몸을 사리게 만든 반면, 그해의 대선 이후 제6공화국이 탄생하는 과정에서 보여준 전기호 회장의 눈부신 활약으로 인해 서의실업은 과거의 영화를 고스란히 누리게 되었다. 한동안 폐쇄되었던 오락장과 도박장이 다시 활발하게 운영되었지만 선우활은 그쪽에서도 밀려난 상태였다. 애초부터 전 회장의 오른팔인 황정만 전무의 휘하였던 조진태가 잠시 선우활의 밑으로 들어와 있었지만 조진태로 하여금 독립된 조직의 최고 관리직을 맡기자 선우활의 활동 범위가 제한됐다. 그런 일에 연연해 할 선우활이 아니었지만, 그는 은인자중을 택했다. 이유는 두 가지였다. 하나는 죽은 박준기 실장과의 우정이었고, 다른 하나는 이제 그만이 시시껄렁한 생활을 청산하고픈 것이었다. 그러나 그 두 가지 모두 선우활에게는 상당한 짐이었다. 박 실장의 죽음과 관련된 진상을 파헤치는 것도, 스스로 서의실업을 떠나려는 것도, 하나같이 회장에 대한 반역에 다름 아니었다. 선우활의 은인자중에는 그런 이유들이 분명히 작용하고 있었지만 그러나 사실 그건 사소한 일이었다. 그를 움츠리게 만든 이유는 다른 곳에 있었다. 바로 남미현, 갈수록 깊어가는 그녀와의 사랑에 있었던 것이다.

더 이상 택시 안에 갇혀 차량 소통이 좋아지기를 기다렸다가는 낭패를 보겠다는 판단을 내린 선우활은 천 원짜리 한 장을 기사에게 던져주고는 차에서 내렸다. 택시에서 내린 선우활은 차량들 꽁무니에서 쏟아져 나오는 제동등 불빛과 배기가스로 가득한 도로를 가로

지르며 뛰기 시작했다. 대형 크리스마스트리가 세워진 G호텔을 지나 스카이라인이 네온 불빛과 정교한 각을 이루며 드러난 도회의 중심을 선우활은 바람처럼 빠져나가고 있었다.

그렇게 10분쯤 달려 나간 뒤, 턱에 닿는 거친 숨을 몰아쉬며 선우활이 발길을 멈춘 곳은 셔터가 굳게 내려진 철공소들과 이제 막 제시간을 만난 듯 불을 밝힌 누추한 시장통의 선술집들이 밀집한 도회의 뒷골목이었다. 선우활은 시장통이 끝나는 곳에 서 있는 5층짜리 잡종빌딩의 어두운 뒷모습을 날카롭게 쏘아보았다. 그는 그 건물의 뒷벽에 붙은 철제로 된 비상계단 앞으로 재빨리 다가갔다. 지나가는 사람은 아무도 없었다. 황구 한 마리가 차가운 아스팔트 바닥에 콧구멍을 댄 채 킁킁거리며 지나가고 있을 뿐이었다. 개가 선우활을 물끄러미 올려다보며 천연덕스럽게 꼬리를 설렁설렁 흔들었다. 선우활이 구둣발로 가볍게 땅바닥을 때리자 개는 슬그머니 골목 안으로 사라졌다.

"조진태."

선우활은 비상계단의 난간을 부여잡으며 싸늘하게 내뱉었다. 사내놈의 것치고는 지나치게 얇은 입술과 고집스러움을 그대로 드러내는 빠글빠글한 곱슬머리, 사악한 기운이 느껴지는 찢어진 눈을 떠올리며 선우활은 가볍게 몸서리를 쳤다. 몸에 짝 달라붙은 가죽 점퍼의 깃을 세워 목을 가렸다. 그러곤 그의 전매특허라고 할 수 있는 검정 가죽 장갑의 아귀를 맞추며 빈틈을 꼭꼭 눌렀다. 비상계단이 끝나는 곳에 이르렀을 때 몹시 차가운 바람이 그의 귓불을 스치며 지나갔다. 그는 천천히 비상문의 손잡이를 안으로 바짝 당기며 비틀었다. 소리 없이 문이 열렸다. 벌어진 틈 사이로 안을 들여다보았다. 복도 천정에 붙은 붉은 미등 불빛이 좀 듯 떨어지고 있었다. ㄱ자로 꺾인 복도 끝에 팔짱을 낀 채 비스듬히 벽에 붙어 서 있는 똘마니 하나가 보였다. 조진태의 방이었다. 선우활은 소리를 죽여 비상문을 열고는 복도 안으로 몸을 들이밀었다. 뒤꿈치를 들고서 한껏 소리를 낮춘 그는 비상문 바로 가까이에 있는 화장실 안으로 들어섰다. 잠시 생각을 하다가 변기가 있는 칸막이 안으로 들어가 물을 내리는 레버를 발로 꾹 밟았다. 이내 "쏴아," 하는 물 빠지는 소리가 났다. 물을 내리는 소리를 듣고 이상하게 여긴 똘마니가 얼마 있지 않아 기신기신 화장실 안으로 들어왔다.

"누구야?"

선우활은 변기 뚜껑을 덮고 그 위에 몸을 웅크린 채 숨을 죽였다. 똘마니의 그림자가 문 아래쪽을 가리고 있었다. 문으로 바짝 다가서는 것을 느낀 선우활은 힘껏 문을 밀었다. 어이쿠, 하는 외마디를 지르며 나가떨어진 녀석은 바닥에 코를 박았다. 재빨리 녀석의 등 뒤에 올라탄 선우활은 양손의 검지를 불룩하게 세운 뒤 주먹을 쥐고는 빠져나오려고 꿈틀대는 녀석의 양쪽 관자놀이를 꿀밤을 먹이듯 힘껏 내리쳤다. 녀석의 머리가 화장실 바닥으로 힘없이 떨어지며 몸이 축 늘어졌다. 혼절한 녀석의 허리띠를 풀어 몸을 묶어놓은 뒤 선우활은 입에다 재갈을 물리려고 녀석의 양말을 벗겨냈다.

"으, 씨…… 냄새."

고린내가 풍기는 양말 두 짝을 단단히 말아 녀석의 입에다 쑤셔넣고 화장실을 나서던 선우활이 주춤했다. 조진태의 방 출입문이 막 열리고 있었던 것이다. 화장실로 도로 들어간 선우활은 고개만 빠끔히 내민 채 복도 끝을 훑었다. 조진태와 악수를 나누는 건장한 체격을 한 남자의 얼굴이 어딘가 낯이 익은 듯했다. 신사복을 깨끗하게 차려입은 남자는 고급스런 검정 외투를 손에 들고 있었는데, 언뜻 보기에도 상당한 지위에 있는 인물인 것 같았다. 하지만 서의실업에 속한 사람은 아님이 분명했다. 조진태는 연신 그 신사를 향해 머리를 주억거렸다. 그러면서 주위를 둘러보았는데, 똘마니를 찾는 게 분명했다.

"이 자식이 어딜 갔지? 그 새 못 참고……. 의원님 모셔드려야 한다고 그만큼 일러놨는데, 에잇!"

두 손을 비비며 투덜거리는 조진태의 어깨를 신사가 툭툭 쳤다.

"조 군, 그만 됐네. 그나저나 난 자네만 믿네."

"이거 죄송하게 됐습니다. 저라도 모셔드렸으면 좋겠습니다만, 저 늙은 여우가 언제 어떻게 재간을 부릴지 몰라서……. 조카라는 녀석한테서도 아직 전화가 걸려오지 않은 터라."

"아까도 말했지만 이건 예삿일이 아닐세. 자칫하다간 쓸데없이 문제를 키울 소지가 있으니 각별히 신경을 쓰게나."

"염려 붙들어 매십시오. 회장님께서도 특별한 당부 말씀이 계셨고, 또 제가 누굽니까. 이 조진태, 한 목숨 바쳐 의원님께 충성을 다하겠습니다."

비굴함이 잔뜩 묻어 있는 조진태의 과장스런 몸짓에 비위가 상한 듯 선우활은 입술을 자근자근 씹었다. 조진태가 의원님이라고 부른 신사도 그런 행동이 눈에 거슬린 듯 미간을 잔뜩 찌푸렸다. 가르마가 깊게 드러난 신사의 얼굴이 천정에서 떨어지는 불빛에 불그레하게 드러났다. 그 순간, 선우활은 그의 얼굴을 알아보았다. 그것은 까마득한 시간 전의 한 영관장교의 얼굴과 겹쳐졌다. '도都 대령!' 분명했다. 그 의원이란 자는 선우활이 보안대에 근무하던 시절 모시던 상관이었다. 탈영병 남기현 사건을 해결하자마자 전투부대로 선우활을 쫓아버렸던 장본인. 도남욱, 그래, 저 작자가 전역한 뒤 국회의원이 됐다고 그랬었지. 헌데 저 인간이 무슨 일로 여기를 왔을까? 선우활은 뭔가 추접한 일들이 벌어지고 있음을 느꼈다.

도남욱이 조진태의 배웅을 받으며 복도 끝으로 사라져버리자 텅 빈 복도엔 잠시 교교한 정적이 깔렸다. 얼마 있지 않아 조진태가 다시 나타났고, 아까처럼 두리번거리다가 문을 열고 방으로 들어갔다. 선우활은 발걸음을 재게 놀려 조진태가 들어섰던 방문 앞으로 다가섰다. 방안에서 조진태의 것임에 분명한 고함소리와 함께 책상을 내려치는 소리가 들려왔다. 뒤이어 들려온 여자의 목소리는 의외로 또랑또랑했다.

"당신들이 뭐하는 사람들인데 나한테 이래라 저래라 하는 거요? 세무조사를 하면 장부로 족한 거지 왜 날 여기까지 끌고 와서 함부로 대하냔 말이요!"

노크를 하기 위해 문 쪽으로 건너가던 선우활의 주먹이 우뚝 멈추었다. 윤완의 이모라는 여자의 당찬 목소리에 주춤한 것이다. 혀가 짧은지 발음이 정확하지는 않았지만 여자의 목소리는 전혀 주눅이든 게 아니었다. 선우활은 테이프를 리와인드시키듯 그녀의 말을 재빨리 되새겼다. '세무조사는 장부로 해야지 사람은 왜 붙들어 왔냐?'

그녀의 말은 결국 조진태란 녀석이 세무조사원을 사칭하고 있다는 뜻이었다. 그런데 뒤이어 무슨 소리가 들렸고, 그건 분명 따귀를 올려붙이는 소리였다. 누가 누구의 뺨을 후려친 것인지는 몰랐지만 선우활은 더 이상 지체할 수 없었다. 그는 노크를 생략하고 거칠게 손잡이를 비틀었다.

문이 활짝 열리며 드러난 풍경은 사태의 추이를 적나라하게 보여주고 있었다. 선우활의 입이 저도 모르게 벌어졌다. 여자의 고개가 책상 깊숙이 처박혀 있었고, 조진태는 무슨 일을 하려는지 막 혁대를 풀고 있었다. 느닷없이 문이 열리자 현미송과 조진태의 얼굴이 동시에 선우활을 향해 돌려졌다. 재빨리 혁대의 쇠고리를 채우는 조진태의 손길이 허둥거렸다.

"자네가 웬일이야."

"자네? 세상 참 많이 변했구나."

선우활의 입가에서 싸늘한 미소가 어렸다.

"지나다가 들렀지. 조 형 얼굴이 보고 싶어서 말이야."

"근신 기간이 아직 끝나지 않은 걸로 아는데, 이렇게 함부로 나다녀도 되는 거야."

조진태는 경계의 눈빛을 늦추지 않은 채 책상 옆을 돌아 회전의자에 몸을 우겨넣었다.

"근신? 그 무슨 개뼈다귀 같은 소리야. 내 발로 내가 걸어 다니지 못한다면 이 선우활이는 죽은 거나 진배없어."

"그 소리 한번 잘했다. 그래, 넌 이미 죽은 목숨이야. 오늘로 넌 끝장이다. 지금 당장 여길 나가지 않는다면."

조진태는 지지 않고 맞받았다. 그의 말은 상부에 보고를 하겠다는 뜻이었다. 아니나 다를까 조진태의 손이 전화기 쪽으로 건너갔다.

"서두를 건 없어. 곧 나갈 테니까."

선우활의 눈길이 책상 앞에 허물어져 있는 현미송에게로 건너갔다. 자신에게 닥친 일이 무엇인지 갈피를 잡지 못하는 표정이었다. 뜬금없는 선우활의 출현으로 인해 그녀는 더욱 당황한 듯 보였다. 선우활은 불안한 눈길로 그를 바라보고 있는 현미송에게로 천천히 다가갔다.

"완이 형 이모님 되시죠?"

선우활이 책상 앞으로 다가가며 그녀에게 말을 건넸다. 그러자 조진태와 현미송은 동시에 몸을 움찔했다.

"절 아세요? 절 본 적이 있던가요? 우리 완이와 아는 사이에요?"

껄렁한 청년 하나가 자신을 알아본 것에 감격한 듯 현미송은 50줄의 중년 여자답지 않게 소녀처럼 눈빛을 반짝이며 물었다. 하지만 그 눈빛 안에는 두려움이 끈끈하게 녹아 있었다. 선우활은 대답 대신 고개를 끄덕이며 한쪽 눈을 찡긋했다.

"이모님께선 절 잘 모르시겠지만, 전 잘 압니다. 이모님 회사에서 만든 비누만 벌써 십 년째 쓰고 있는 걸요. 저희 집 식구들 모두."

선우활은 그렇게 농을 쳤고, 현미송은 얼굴을 활짝 폈다. 그녀의 흰 얼굴에 손바닥 자국이 시뻘겋게 도드라져 있었다. 조진태는 선우활이 여자를 알아본 것이 놀라운 듯 의자에서 몸을 벌떡 일으켰다. 그의 손아귀에는 어느새 짧은 장죽杖竹 하나가 들려 있었다. 아직 한 번도 맞붙어본 적은 없었지만 조진태의 검도 실력이 상당한 수준이라는 건 익히 아는 사실이었다. 그의 장죽 쓰는 솜씨는 이태 전 선거 운동이 한창일 무렵 K시의 야당 지구당을 급습해 선거 지원에 나섰던 운동권 학생들을 상대로 한 차례 발휘된 적이 있었다. 과장된 풍문 속에는 그 장죽이 학생들의 쇠파이프를 부러뜨렸다는 얘기도 끼어 있었다. 선우활은 마치 그 장죽이 자신의 머리와 어깨로 날아들기라도 한 듯 몸을 움찔거렸다.

"우리 완이가 전화를 하기로 했었는데 아직 연락이 없어요. 혹시 청년이 무슨 전갈이라도……."

"아 예, 그 때문에 제가 왔어요. 완이 형은 뭐 원고가 많이 밀렸다나, 그래서 절 보냈습니다. 이모님을 모시고 서초동 집으로 오라던데요?"

선우활은 시침을 뚝 뗀 채 능청을 떨었다. 현미송의 얼굴에 잠시 당혹감이 스치고 지나갔다. 조카인 윤완에게 전화를 넣으라고 한 건 자신을 데려가라는 게 아니라 미송유지의 전무이사인 김만두 씨가 9시 반에 서초동 집으로 찾아갈 것이니까, 그 편에 자신이 맡겨둔 비밀 장부 하나를 주라는 말을 하려던 것이었다. 그리고 9시 20분이라고 시각을 정한 것은 애초에 전화를 걸었던 4시 반 무렵과 마찬가지로 그 시각이 조진태와 도남욱이 밀담을 나누기 위해 방을 뜰 시각이라는 걸 현미송이 미리 알고 있었기 때문이었다. 물론 4시 반에 전화를 걸었다는 사실을 조진태에게 들켜버리는 바람에 사태가 그녀에게 매우 불리하게 되고 말긴 했지만. 선우활은 현미송의 얼굴을 스치고 지나간 당혹스런 기운을 재빨리 눈치 챘다. 말 못할 사정이 있음이 분명했다. 더 늦기 전에 조진태의 사무실에서 빼내야 한다는 건 자명했다. 뒤의 일은 나중에 생각해도 될 것이었다.

"허튼 수작하지 마!"

사태가 묘하게 돌아가고 있음을 눈치 챈 조진태는 장죽을 가슴팍 앞에 꼿꼿이 세우며 소리를 질렀다. 선우활은 현미송의 겨드랑이에 팔을 집어넣고는 그녀의 몸을 일으켰다. 그러곤 그녀를 문 쪽으로 슬슬 밀며 가죽 장갑을 낀 오른손을 조진태의 장죽처럼 꼿꼿이 치켜세웠다. 일전불사의 태도였다.

선우활은 장죽을 뽑아든 조진태의 기세에 적잖이 위압당한 상태였다. 조진태를 수하에 거느리고 있던 때의 어느 날 회식 자리에서 술이 거나하게 취한 조진태가 거들먹거리며 내뱉은 말이 있었다. 삼살三殺의 법이라고 했던가. 살도殺刀, 살술殺術, 살기殺氣의 법. 그럴듯한 얘기였다. 빗겨치기와 받아치기와 되돌려치기로 자신을 겨누고 있는 상대의 '칼'로 하여금 공격의 기회를 잃게 하는 것이 살도, 끊임없이 자신의 칼이 곧은 선을 유지하여 상대가 '기술'을 걸어올 틈을 주지 않는 것이 살술, 전신에 기력을 가득 채워 상대가 치려는 순간을 제압하고 상대로 하여금 공격하려는 '기세'를 꺾는 것이 살기, 조진태의 거들먹거림인즉, 그 삼살의 법을 익히면 백전불패라는 거였다.

"젠장!"

선우활은 그 말을 떠올린 자신이 한심하다는 듯 코웃음을 내뱉었다. 조진태의 가늘게 찢어진 눈이 차가운 독기를 뿜어내고 있었다. 꽉 다문 입가의 미소에 소름이 끼쳤다. 가슴을 두 쪽으로 베어놓은 듯 정확하게 한가운데에 치켜세워진 검은 장죽은 미동도 없었다. 그것은 곧 날카롭게 벼린 칼이었다. 선우활은 왠지 모를 두려움을 느꼈다. 마구잡이 싸움질로 단련된 자신에 비해 지금 그의 앞에 버티고 서 있는 조진태라는 자는 격투의 본질을 터득한, 이를테면 자기보다는 분명 한 수 위였다. 짤막한 장죽 하나로 모든 빈틈을 메우고 있는 자세부터 여느 싸움꾼과는 달랐다. 정면으로 부딪친다면 문밖으로 발 한 짝도 옮겨놓지 못할 게 뻔했다. 그러나 맷집에는 자신이 있었다. 우습게도 그것만이 지금, 조진태와 맞설 수 있는 유일한 근거였다. '흔들어놓자. 저 꼿꼿한 장죽 끝을 떨리게 하자.' 선우활은 순간적으로 그렇게 생각했다. 최면술사의 일정하게 움직이는 손끝처럼 조진태의 장죽 끝을 응시하고 있으면 있을수록 선우활은 더욱 위축될 뿐이었다. 그렇다면 그의 완강한 기를 흔들어놓을 필요가 있었던 것이다. 허허실실이라는 말도 있질 않는가. 조진태가 삼살의 법을 터득해 자신의 기를 꺾으려 한다면, 선우활로서는 일부러 빈틈을 보여주어 그가 꺾으려는 기를 아예 보여주지 않는 것이다. '독설, 그것만큼 효과 있는 미끼도 없지.' 선우활은 경직된 몸을 천천히 이완시켰다.

"썩은 작대기 하나로 천하의 선우활에 대항하겠다고 덤비는 조 형의 배포는 알아줘야겠군."

선우활의 움직임을 따라 조진태의 장죽도 매끄럽게 움직여갔다. 여전히 그의 장죽 끝은 미동도 없었다. 앞으로 한 족장足長 날카롭게 뻗어 나온 조진태의 발꿈치가 살짝 들어 올려졌다. 공격의 찰나였다. 그때 또 선우활의 독설이 터져 나왔다.

"학생들 골통을 부서뜨리는 정도로 실력 운운하던 꼴이 여간 민망

하지 않았는데, 오늘 아주 본때를 보여주지."

선우활의 작전이 맞아떨어졌는지 조진태의 장죽 끝이 파르르 떨렸다. 살짝 들어 올린 조진태의 발이 가볍게 허공을 차며 선우활을 향해 미끄러져오고 있었다. 선제공격이었다. 예상된 절차였다. 선우활은 슬쩍 몸을 틀었다. 그것으로 조진태의 장죽을 피할 수 있으리라 생각했다. 그러나 눈 깜작할 순간에 조진태의 장죽은 방향을 틀었고, 선우활의 옆구리가 출렁거렸다. 창자가 찢어지는 것 같은 통증이 엄습해왔다.

"……!"

선우활은 비명을 지르지 않기 위해 어금니를 세차게 깨물었다. 관자놀이로 굵은 땀방울이 미끄러져 내렸다. 아까처럼 가슴 한복판으로 정확히 돌아가는 조진태의 장죽을 보며 선우활은 피식 웃었다. '이제 시작이다.' 그러면서 선우활은 몸을 느슨하게 풀었다.

"허허, 제법 매맛이 따끔하군. 이제 내 차롄가?"

선우활은 그의 뒤에 착 달라붙어 있던 현미송을 문가로 물러나게 한 뒤 잽싸게 조진태의 왼쪽으로 몸을 움직였다. 그러곤 책상 위로 펄쩍 뛰어올랐다. 이내 조진태의 장죽이 선우활의 다리를 겨냥하며 날아들었다.

"픽!"

둔탁한 음향이 선우활의 허벅지로부터 터져 나왔다. 다리가 끊어지는 것 같은 아픔이 느껴졌다. 조진태의 장죽은 정확했다. 그것은 목표가 움직이는 대로 자석처럼 따라가 붙었다. 책상 위로 뛰어올라가며 그 반동으로 조진태의 목덜미를 겨냥했던 선우활의 발이 몇 차례 연거푸 그가 휘두른 장죽에 무참히 꺾였다. 급기야 책상의 각진 가장자리에 등을 부딪치며 선우활의 몸이 사무실 바닥으로 곤두박질쳤다. "쿵," 하는 둔탁한 음향이 실내를 울렸다.

"천하의 선우활도 한물갔구나. 그 나이에 동작이 그렇게 굼떠서야 어디 저격수란 소릴 듣겠나, 하하하!"

조진태는 바닥에 넘어졌다가 일어서는 선우활의 허리와 배, 가슴에 차례로 일격을 가하고는 통쾌하게 웃음을 터뜨렸다. 문가에 서서 오들오들 떨고 있던 현미송은 어찌할 바를 모른 채 두 손으로 얼굴을 가리며 연신 비명을 질러댔다. 그러나 간신히 몸을 굴려 조진태가 앉아 있던 회전의자 뒤에서 몸을 일으킨 선우활은 가죽 장갑을 낀 손등으로 허리를 툭툭 쳤다. 그의 독설은 아직 살아 있었다.

"조진태가 내 자리를 넘본다는 소문은 익히 들었는데, 과연 내 후계자로 안성맞춤일세. 어디 마무리 시험을 해볼까?"

"원하신다면!"

조진태는 선우활의 독설을 일축하며 더욱 세찬 기세로 장죽을 꼬나들고 덤벼들었다. 그러나 이번엔 회전의자를 방패삼아 좌우로 비껴나는 선우활을 조진태의 장죽은 제대로 맞춰내지 못했다. 공격할 틈을 넓히기 위해 조진태는 거치적거리는 책상 한쪽을 들어 올려 벽쪽으로 밀어붙였다. 책상다리가 시멘트 바닥을 긁는 소리가 요란하게 실내를 울렸다. 그 순간 선우활은 회전의자 밑에 달려 있는 바퀴를 이용해 조진태에게 의자를 잽싸게 밀며 기합 소리를 질렀다. 그의 구둣발이 허공을 박차고 날아간 것과 주춤하던 조진태의 장죽이 맞받아 휘둘려진 것은 거의 동시였다.

"윽!"

누군가의 입에서 그런 외마디가 터져 나왔다. 조진태의 장죽이 그의 손을 떠나 공중에서 핑그르르 돌다가 구석의 캐비닛을 둔탁하게 때렸다. 조진태는 한동안 엉거주춤한 자세로 가만히 서 있었다. 그의 무릎이 힘없이 꺾어지기 시작했다. 입술 밖으로 검붉은 핏줄기 하나가 흘러내렸다. 그의 뒤쪽에 가 있던 선우활의 발등이 조진태의 귀밑을 걷어찼다. 앞으로 꺾어지던 조진태의 몸이 왼쪽으로 쏠리며 맥없이 쓰러졌다. 끝이었다. 기묘한 자세로 쓰러진 조진태는 꼼짝하질 않았다.

"가시죠."

선우활은 문가에 서 있던 현미송을 바라보며 씩 웃었다. 그녀는 그저 멍하니 선우활을 바라보고 있을 뿐이었다. 그러다가 정신을 수습한 현미송은 손가락으로 캐비닛을 가리켰다.

"저 안에, 장부들이 있어요."

선우활은 캐비닛 쪽으로 걸어가 손잡이를 비틀었다. 하지만 문은 열리지 않았다. 비밀번호를 알 수 없다면 헛일이었다. 선우활은 캐비닛을 가리키며 현미송에게 물었다.

"저 안에 들어가 있는 장부가 이모님 회사 겁니까?"

현미송이 여전히 문가에 선 채로 고개만 끄덕였다. 그녀의 눈길이 선우활과 조진태를 분주하게 오가고 있었다.

"세무조사를 나왔던 사람들이 누구였어요? 이 사람들이었나요? 그게 언제였어요? 여기 끌려오신 건 언제죠?"

"여기 온 건 오늘 정오 무렵이었어요. 세무조사관이 들이닥친 건 사흘 전 저녁 7시경이었고요. 자금 운용을 담당하는 김 이사가 사흘 전 그 시각에 형부댁으로 전화를 했었죠. 이 사람들이 여기로 날 데리고 온 뒤에야 조사관들이 이 사람들이라는 걸 알았어요."

"형부댁이라면 서초동에 있는 완이 형 집을 말하는 건가요?"

"네, 그래요."

그제야 선우활은 뭔가 알 것 같다는 듯 고개를 주억거렸다. 그리곤 벌떡 일어났다.

"캐비닛 번호를 알 수가 없으니 장부는 여기 두고 가셔야겠습니다. 이젠 짐작하셨겠지만, 이 사람들은 세무조사완 관계가 없으니 별 탈은 없을 겁니다. 그만 가시죠. 지체하다간 무슨 일이 또 닥칠지 모르니까."

선우활은 추수 끝난 논바닥의 허수아비처럼 쓰러져 있는 조진태의 엉덩이를 발로 툭 건드리고는 피식 웃었다. 여전히 조진태는 꼼짝하지 않았다. 현미송은 불안한 눈길로 선우활을 바라보았다.

"저 사람…… 혹시?"

선우활이 또 한 번 어색하게 웃으며 현미송을 바라보았다.

"쉽게 끊어질 목숨이 아닙니다. 이 자식 바지가 젖어서 웃었던 겁니다."

그의 말대로 조진태의 바지 앞이 흥건하게 젖어 있었다. 그제야 현미송은 어색하게 웃으며 선우활을 따라 문밖을 나섰다.

서초동 윤완의 집으로 가는 택시 안에서 현미송은 연신 선우활을 힐끔거렸다. 새삼스럽게 이 의문의 사나이가 궁금하기 짝이 없었던 것이다. 샌님 같기만 하던 조카에게 이런 친구가 있다는 게 믿어지지가 않았다. 차가 강변로로 진입하고 있을 무렵 선우활이 현미송에게 불쑥 물었다.

"아까 말씀하신, 완이 형이 갖고 있다는 비밀 장부라는 건 뭡니까?"

선우활로부터 비밀 장부의 정체가 뭐냐는 말을 듣는 순간 현미송은 뜨끔했다. 급한 나머지 하지 않아도 될 얘기까지 해버렸다는 뒤늦은 후회가 일었다. 그녀는 대답을 잊은 채 차창 밖으로 눈길을 돌렸다. 선우활이 슬그머니 그녀의 손을 잡았다. 현미송이 께름칙한 표정으로 그의 얼굴을 마주했다.

"이모님, 다른 뜻이 있는 건 아닙니다. 제가 알고 싶은 건 그 장부의 내용이 아니라 어쩌다 그 사람들에게 걸려들었냐는 겁니다. 이모님이나 완이 형 같은 분들은, 그 사람들이 어떤 부류들인지 짐작도 하지 못할 겁니다. 그 사람들은…… 말하자면 경찰보다 더 무서워요. 물론 그 장부에 대해 말씀해주시든 안 해주시든 그건 이모님의 선택입니다. 하지만 이거 하난 알아두셔야 할 거에요. 어차피 그 사람들에게 한번 찍힌 이상 다시 발을 뺀다는 건 불가능하다는 거 말입니다."

선우활이 말을 하는 동안 현미송의 얼굴은 점점 굳어져갔다. 자신의 손을 끌어 잡고서 위안인지 협박인지 모를 얘기를 늘어놓고 있는 수수께끼의 청년이 자신에게 적인지 동지인지 도무지 알 수 없었다. 어떻게 생각해보면 자신을 끌고 갔던 그 사람들과 눈앞의 이 청년이 한패거리인지 모른다는 생각도 들었다. 그래서 결코 속마음을 털어놓을 수도 없고 털어놓아서도 안 되는 적인 듯싶었다. 하지만 윤완의 이름을 거명하는 걸로 봐서는 그렇게 짐작하는 것이 너무 엉뚱하다는 것도 부인할 수 없었다. 그녀는 당황스러웠다. 그러나 지금 그들은 서초동 윤완의 집으로 가고 있지 않은가. 믿어야 한다. 현미송은 그렇게 결론을 내렸다.

"죄송하지만, 조금만 참아주시겠어요? 사실……."

현미송은 머뭇거렸다. 그 머뭇거림의 이유를 선우활은 이미 간파하고 있었다. 충분히 그럴 수 있다고 그는 생각하고 있었다.

"생면부지의 젊은이가 마음에 드시지도 않을 뿐더러 믿을 수도 없으시겠죠. 이해합니다. 좀 있다 완이 형을 만나보면 모든 게 풀리겠죠. 하지만 거듭 말씀드리는데, 전 이모님 회사와 그들의 관계에 대해서는 관심이 없습니다. 단도직입으로 말씀드리면 제 관심은 그 사람들과 저와의 일입니다. 예전에도 그랬고 지금도 마찬가지지만, 그 사람들과 전 떼려야 뗄 수 없는 관계에 있습니다. 그래서 더 그 사람들이 왜 이모님 회사에 세무조사를 빙자해 쳐들어갔고, 어째서 이모님을 납치까지 했는지에 대해 알 필요가 있는 겁니다."

선우활의 말이 끝나자 현미송은 알 듯 말 듯한 표정으로 더듬거리며 말문을 열었다.

"그, 그러니까…… 청년도 그 사람들 같은 깡……."

현미송은 차마 말을 잇지 못했다. 선우활이 희미하게 웃었다.

"깡패죠. 하지만 보통 깡패하곤 다릅니다. 서울대학 나온 놈들도 있고, 장교 출신에, 유학까지 다녀온 놈들도 있어요. 학교 선생까지 해먹은 먹물도 있고. 물론 저처럼 불학무식한 건달도 있고요. 세상이 그런 거 아닙니까? 죄 지은 놈 감방 보내놓고 그보다 더 지독한 짓을 하는 법관도, 우리 같은 놈들 동원해서 상대 후보 작살내놓고 금배지를 단 어르신도, 다 깡패죠. 아무도 그렇게 부르진 않지만, 하는 짓은 더 지독한 깡패죠."

선우활의 말에 윤완의 이모는 한층 마음이 놓이는 듯했다. 생각보다 진지한 구석을 선우활에게서 발견한 때문이었다. 지금 당장은 아니더라도 그의 말대로 서초동 집에만 가면 일이 어떻게 된 건지 다 말하리라, 하고 그녀는 생각했다. 하지만 뭔가 일이 잘못되어 가고 있다는 것을 깨달은 것은 반포대교를 지난 차가 P호텔이 있는 쪽에서 신호가 바뀌기를 기다리며 사거리에 잠시 정차해 있을 때였다. 자신이 얼마나 무식한지에 대해 주절주절 떠드는 선우활의 우스갯소리를 듣고 한참을 웃다가 문득 신호 대기를 하고 있는 건너편의 검정색 세단을 발견한 순간이었다. 차 앞쪽 번호판이 자연스럽게 그녀의 눈에 들어온 것이다. 경기 3바 554X.

"저건!"

그녀의 짧은 외마디와 함께 신호가 초록색으로 바뀌고 이내 택시가 출발했다. 택시는 신호 대기로 정차하고 있던 까만색 슈퍼살롱 옆을 스쳐갔다. 그다지 속도가 빠른 것은 아니었지만 대로상이라 멈추라고 할 수도 없었다. 그녀가 다시 한 번 확인한 그 차는 분명히 김만두 이사 소유의 자가용이었다. 이 시간에 김 이사의 차를 거기서 발견한다는 건 있을 수 없는 일이었다. 약속대로라면 그는 서초동 그녀의 형부 집에 있어야 했기 때문이었다. 몇 개의 생각들이 그녀의 머릿속에 혼란스럽게 떠올랐다. 맨 먼저 떠오른 것은 뒤늦은 후회였다. 그건 형부인 윤달진을 끌어들이지 말았어야 했다는 것이었다. 그는 대학교수였지만 어찌되었던 야당의 실세 중 한 사람이었기 때문이다. 하지만 그건 어쩔 수 없는 일이기도 했다. 비밀 장부에 기재된 가장 큰 덩치의 비자금이 제공된 것은 형부와 M당이었던 것이다. 뒤이어 떠오른 것은 김만두 이사를 서초동으로 보낸 것이었는데, 그의 차를 뜻하지 않게 이런 시간에 거리에서 만나고보니 여간 꺼림칙하지 않았다. 그 비밀장부는 글자 그대로 비밀로 묻어두어야 할 것이었다. 더구나 자신과 김 이사만이 알고 있는 비밀 장부를, 그것도 가장 안전하다고 생각한 형부의 집에다 두었음에도 불구하고 굳이 김 이사가 자신의 집으로 옮겨놓아야 한다고 우긴 것은 생각해보면 이상한 일이 아닐 수 없었다. 왜 그 생각을 이제야 하게 되었는지, 후회가 밀려들었다. 그런 생각이 일단 들자 김만두 이사에 대한 의심이 꼬리를 물고 이어졌다.

그는 미송유지의 창업 때부터 15년간 자신과 함께 고락을 같이한 사람이었다. 몇 번 잠자리를 한 것은 사실이었지만 그렇다고 그것이 흠이 될 수는 없는 일이었다. 어찌 보면 그것은 그녀의 유혹이었을 뿐이었다. 자연스러운, 일종의 연애였다. 그는 엄연히 한 가정의 충실한 가장이었고, 그 가정을 버리고 자기에게로 달려올 만큼 자신을 사랑하지 않는다는 것을 그녀는 알고 있었다. 그리고 그것을 알았을 때 그녀는 그와의 관계를 정상적으로 돌려놓았다. 연인이 아닌, 사주와 회사 간부의 관계로. 그런데 2년 전부터 김 이사는 틈을 보이기 시작했다. 그렇다고 그들의 관계가 지난 세월의 그것과 달라진 것은 아니었다. 그는 탁월한 자금 운용자였다. 가령, 자금이 여유가 있을 때 부동산 쪽으로 눈길을 돌리는 게 어떻겠냐는 제의를 그녀가 한 적이 있었는데, 그때 그는 완강히 거부의 표시를 보였었다. 끊임없는 재투자와 적절한 벤처 비지니스의 모색만이 자금 압박이 곧 닥치면 금융기관으로부터 신뢰를 얻을 수 있는 유일한 길이라는 것이었다. 그런데 야당인 M당에 대한 정치자금 제공을 제의한 것은 바로 그였다. 이제 와 생각하면, 그것은 분명히 틈이었다.

"정치란 협잡이다, 그 협잡의 가장 큰 몫을 담당하는 자는 바로 나 같은 경영자, 아니 부패한 장사꾼이다,"라고 말하며 정치판과 얽힌 뇌물 수수와 비자금 조성 경위를 밝히며 양심선언을 했던 한 건설회사의 사주가 자신의 집무실에서 다량의 약물을 복용하고 자살을 한 사건이 신문에 대서특필된 것이 그해 늦가을이었다. 그 사건은 정치판은 물론이고 재계에도 적잖은 파문을 일으켰는데, 풍문은 구구했다. 특별검사가 선임되어 사문화死文化된 것이나 다름없는 정치자금법을 아예 없애버리고 새로운 도덕률을 정립하는 것이 선결 과제라고 거창하게들 떠벌이는 가운데, 그 건설회사 사주의 사인이 자살이 아닌 타살이라는 사실이 조심스럽게 거론되기 시작했다. 하지만 너무도 당연하게 그의 죽음은 자살로 종결되었고, 얼마 뒤 전국을 휩쓴 대선 열기 속으로 그 사건은 흔적도 없이 사라져버렸다. 그 무렵, 김만두 이사는 현미송에게 M당에 대한 정치자금 제공을 제의했다. 생뚱맞은 일이었지만 김 이사의 논지는 확고했다. 요컨대, "정치자금의 제공은 벤처 비지니스를 위한 가장 확실한 벤처 캐피탈"이라는 거였다. 왜 하필이면 M당이냐고 그녀가 물었을 때, 그는 거기에 사장의 형부, 즉 윤달진 선생이 관련되어 있기 때문이라고 말했다.

그 이후로 40대 후반의 착실한 중소기업 경영자였던 현미송은 흔들리기 시작했다. 만약 김 이사가 "이혼을 생각 중"이라는 말만 하지 않았다면 그녀는 그의 말을 아예 듣지 않은 것으로 해버렸을지도 모른다. 그는 어디서 들었는지 M당의 자금 위기와 연계해 윤달진 선생이 깨끗한 정치자금을 모금하는 방법을 다각도로 검토 중이라는 얘기를 꺼냈다. 그리고 윤달진 선생이 찾으려는 방법은 '순진한 발상'에 지나지 않으며 결국 실효를 거둘 수 없을 거라는 예견까지 다소 위압적으로 덧붙였다.

"우리가 발을 뺄 구실은 충분히 마련해두겠습니다. 저와 가까운 몇몇 중소기업들의 자금 운용 결정권자들의 의견도 수렴이 되었구요. 이건 꼭 M당의 집권 가능성을 염두에 두고 있다는 말씀은 아닙니다. 돌아가는 추세로 보자면 더욱 그렇습니다. 이건 일종의 시험입니다. 어차피 사장님이나 미송유지를 위해서, 그리고 저를 위해서도, 사세는 확장되어야 합니다. 하지만 조급할 필요는 없습니다. 이건 그저 하나의 포석일 뿐입니다. 우리들의 미래를 위해서 말이죠. 어차피 이 사회에서 기업은 정치와 손을 잡지 않고서는 클 수가 없습니다. 이건 상식입니다. 당장 지난해 '유니스' 건만 해도 그렇지 않습니까. 고작 상품의 이름이 다른 제품과 유사하다는 이유로 우리가 가지고 있던 특허권까지 빼앗겼어요. 제가 은밀히 알아본 바로는, D 화장품의 '유니맥스'는 제품의 성능과는 상관도 없는 정치 공작의 결과였습니다. 우리가 희생된 거죠."

김 이사의 발언은 사실이었다. '유니스'는 샴푸와 비누를 일체형으로 만든 간편한 세제용품으로 미송유지에 특허권이 인정되어 막

본격적인 생산에 돌입하려던 제품이었다. 그런데 유사 제품인 '유니맥스'를 생산하고 있던 D화장품으로 인해 모든 게 물거품이 되고 말았다. 여당측에 거액의 정치자금을 제공한 D화장품은 의기양양하게 '유니스'의 특허권 파기를 주안으로 하는 소송에서 잇따라 미송 유지에 패배를 안겨주었던 것이다. 그러나 정작 김만두 이사가 제안한 정치자금 제공을 물리칠 수 없게 만든 것은, 일견 주변 상황과 주도면밀한 김 이사의 구상을 현미송 자신이 도저히 물리칠 수 없었기 때문이었지만, 거기에는 매우 사적이며 감상적인 인자因子가 작용하고 있는 것도 부인할 수 없었다. 그것은 이미 오래전에 삭혀버렸다고 생각했던 김 이사에 대한 덧없는 연정이었다. 그녀는 결국 자신의 결정을 김 이사에게 최종적으로 전달할 곳으로 대치동의 H호텔 '전망 좋은 방'을 선택함으로써 한낱 개인적 감정에 무릎을 꿇고 만 것이다.

그날은 늦은 가을의 우울한 비가 내리고 있었다. 서북쪽으로 내려다보이는 능선의 푸른 이끼 같은 잔디가 비에 젖고 있었다. 도회를 물들이는 화려한 네온과 질주하는 차들에서 내뿜는 붉은빛이 빗물이 흘러내리는 창밖으로 영화의 한 장면처럼 은은하게 빛나고 있었다. 창가에 서서 위스키소다를 입술에 적시던 현미송은 지나온 시간들과 그 시간들 속에 점점 희석되어가던 자신의 모습을 꿈결처럼 회억하고 있었다.

일본에서 태어나 일본인인 줄 착각하며 살았던 어린 시절. 화려함의 뒤켠에서 어쩔 수 없는 반도의 미개한 족속으로 되몰리며 어리둥절해 했던 학창 시절. 더 이상 일본인으로 행세할 수 없다는 사실을 절감하고 갑작스레 조총련과 손을 잡는 바람에 애써 쌓아올렸던 아버지 현우균玄禹均의 '세계주의'가 덧없이 허물어지고, 갑작스럽게 민단民團으로 전향하는 바람에 또 한 번 이데올로기의 희생자로 기록되며 쓸쓸히 자살을 선택해버렸던 그 아버지의 유골을 들고 한국을 찾은 것이 13년이라는 긴 세월 전의 그녀였다. 그때 그녀는 서른다섯 살이었다. 일찍 윤 씨 가문과 결혼하여 귀국했던 언니와 형부 윤달진과 함께 살며 아버지의 유산을 바탕으로 만든 것이 미송유지였다. 김만두 이사는 윤달진 선생과 매우 가까웠던 한 대학교수의 소개로 알게 된, 대학에서 경제학을 가르치던 말단 전임강사였다. 그는 평소 사업을 하고 싶었지만 가진 것이 없노라며 현미송의 사업에 참가하고 싶다는 의견을 피력했었다. 현미송이 선뜻 그를 선택한 것은 뛰어난 식견도 아니었고 안목이나 사업 수완에 대한 가능성 따위도 아니었다. 나이는 그녀와 동갑이었지만 벌써 아이가 셋이나 딸린 가난하고 보잘것없는 남자라는 사실에 끌렸다고 말한다면, 아마도 백이면 백 모두가 웃을 것이다. 하지만 현미송이 그를 선택한 것은 바로 그 이유였다. 어쩌면 일본에 살 때 겪었던 오토리 기요다카大鳥淸隆와의 처음이자 마지막이었던 그 사랑을, 바로 김만두라는 남자를 통해 재현하고 싶었는지도 몰랐다. 김만두란 남자의 빨아들일 것 같은 눈빛과 창백하다 못해 푸른 물이 들을 것 같은 낯빛은 그 오토리라는 이름의 일본인 화가를 빼다 박은 듯 닮아 있었다. 가난도, 보잘것없는 가장이라는 사실도, 더구나 온몸에 배어 있는 슬픔의 여운도 꼭 같았다. 그래서 기꺼이 그를 유혹했었다. 하지만 결국 오토

리가 그랬듯 김만두 또한 영원한 동반자는 아니었다. 그녀에게 미망
迷妄이란 운명과도 같았다.

2년 전의 그 밤, 현미송이 김만두 이사와 나누었던 그 시간들은
지난 13년에 걸친 그와의 자질구레한 사랑치레에 대한 결산인 동시
에 새로운 시작이었다. 그녀는 그렇게 생각하고, 그렇게 믿었다. 아
니 그것은 젊은 날 못다 이룬 일본인 화가와의 사랑까지 송두리째
복원하고 싶었던 그녀의 마지막 욕망이라고 해야 옳을 것이었다. 이
미 나이는 50대를 향해 치닫고 있었다. 그래서 그때의 밤은 그녀에
게 무겁고 엄숙했다. 그러나 그 무거움과 엄숙함은 거추장스러웠다.
비까지 내리고 있질 않았던가. 그녀는 기꺼이 자신을 내던지고 싶었
다. 한순간의 이루지 못한 사랑으로 인해 주부라는 여자로서의 가장
평범한 삶을 가질 수 있는 기회를 영영 잃어버린 대신 새로이 찾아
든 사랑만큼은 잃고 싶지 않았다. 더구나 혼곤한 감상에 젖도록 모
든 것은 그녀를 부추기고 있었다. 얼마 있지 않아 인생의 황혼기로
접어든다는 사실조차 까맣게 잊은 채 그녀는 김 이사의 늙어가는 육
체 속에 자신을 묻어버렸다. 더 이상 빛나는 눈동자를 가진 것도 아
니었고, 창백하던 얼굴에는 세월과 일이 가져다준 붉은 황혼의 그림
자가 드리워져 있는 그였지만 그녀는 눈을 꼭 감은 채 젊은 그를 떠
올리려고 애쓸 뿐이었다. 그것은 자신을 끊임없이 복원시키려는 안
타까움에 다름 아니었다. 연약한 불길이 거친 입김을 받아 점점 붉
게 타오르는 것을 느끼면서 그녀는 이미 정치자금이니 사업이니 하
는 따위는 잊어버린 뒤였다.

한순간의 거친 소용돌이가 끝났을 때 그녀에게 몰려온 것은 어김

없이 허망한 회한이었다. 실오라기 하나 걸치지 않은 알몸으로 침대
에서 빠져나온 그녀는 창가에 서서 술잔에 남아 있던 위스키를 단숨
에 털어 넣었다. 눈알이 빠질 것 같은 동통이 엄습했다. 여전히 비는
내리고 있었다. 그러나 더 이상 그것은 감상에 젖을 만큼 감미롭게
느껴지지는 않았다. 자신의 늙어가는 육체를 비추고 있는 유리창을
깨부수고 싶었다.

"날 사랑했던가요?"

그녀의 목소리는 낮고 음산했다. 거기엔 물방울을 튀기는 것 같던
젊은 날의 음성은 티끌만큼도 남아 있지 않았다. 늙는다는 건 얼마
나 추한 것인가. 자신에게 사랑이라는 낱말이 도무지 어울리지 않는
다는 걸 왜 몰랐던가 싶었다. 가정을 가진 남자와의 사랑, 불륜, 그런
말들이 최소한의 의미를 가지기에도 이미 그녀는 너무 늙어 있었다.
마흔여덟. 비로소 그녀는 그 나이가 지닌 완강한 거부감을 소름끼치
도록 인식하고 있었다.

"사랑?"

김 이사는 침대에 누운 채로 천정을 바라보며 담배연기를 길게 내
뿜다가 자조하듯 내뱉었다. 그 역시 그 말이 얼마나 어울리지 않는
가를 잘 알고 있었다. 그것이 마지막이었다. 그와 맺은 오랜 관계의
청산이었다. 새로운 시작이라고 믿었던 자신의 어리석음을 뼈저리
게 인식하도록 만든 날이기도 했다. 그 뒤는 명료했다. 그녀는 미친
듯 사업에 매달렸다. 김 이사의 의도대로 M당에 대한 정치자금은
은밀하게 제공되었고, 그 사실을 형부인 윤달진에게만큼은 숨기려
했던 그녀의 의도 역시 철저하게 무산되어버렸다. 첫 자금이 제공되

고 얼마 있지 않아 윤달진에게는 비밀로 해달라고 했던 약속은 깨끗이 어긋났던 것이다. 그 약속을 어긴 사람이 바로 김만두 이사라는 사실을 현미송은 눈치조차 채지 못했다. 하지만 설사 그녀가 그 사실을 알았다고 한들 뭐가 달라질 수 있었을지.

80년대의 마지막 해, 11월 9일.

선우활과 함께 택시를 타고 서초동 윤달진 선생의 집으로 향하던 때로부터 사흘 전, 그러니까 미송유지의 대표이사 현미송의 집무실로 여덟 명의 까만 정장을 입은 사람들이 들이닥쳐, 그들 중에서 나이가 가장 들어 보이는 금테 안경의 남자가 접대용 테이블 위에 감청색 가죽 가방을 내려놓으며, "이 회사에 있는 모든 장부를 지금 당장 이곳으로 가져오시오. 우리들은 세무조사를 나왔소," 라고 말하며 말보로 한 개비를 꺼내 물던 그날, 그리고 장부를 가져오자마자 다짜고짜 나머지 일곱 명의 남자들이 가벼운 물잔이라도 들어 올리듯 현미송을 납죽 들어 회사 건물 밖으로 끌고나와 검정빛 그랜저에 태워 마포 뒷골목의 5층짜리 잡종건물 속으로 데려갔던 바로 그날. 그날에 대해서는 다른 종류의 한 사실을 거론할 필요가 있다. '다른 종류의 한 사실'이라고 했을 때의 '다른'이란, 기실 현미송 본인과 그녀와 혈연으로 얽힌 많은 사람들, 그리고 결코 그녀와 무관하지 않은 또 다른 많은 사람들의 앞날에 대해 결코 '다르지 않다'는 의미를 포함하고 있다. 이제 그날에 대한 한 사실을 거론하는 것은, 희한하게도, 그로부터 서너 달쯤 뒤 미국에서 출간되고 그로부터 일곱 달 뒤에 한국의 한 유수한 경제신문사 출판국에서도 번역 출간된 미국의 저명한 사회학자가 쓴 미래학 서적 속에 담긴 다음과 같은 진술과 무척이나 관련이 깊다.그 저서의 제목은 〈파워 시프트POWER SHIFT〉. 우리말로 옮기면 〈권력이동〉이다.

"1989년 11월 9일, 미국 웨스트버지니아의 블루필드에서 한 여교사가 기쁨의 눈물을 흘리고 있었다. 전 세계의 수백만 사람들이 그녀와 기쁨의 순간을 함께 나누고 있었다. 그들은 TV 화면을 통해 베를린 장벽이 허물어지는 것을 지켜보았던 것이다. 완전히 한 세대에 걸쳐 동독인들은 28마일 길이의 이 장벽을 넘으려다가 투옥되거나 불구가 되거나 사살되곤 했다. 이제 그들은 장벽을 통과하여 눈을 번쩍이면서 흥분에서 문화 쇼크에 이르는 온갖 것들을 얼굴에 드러낸 채 서독으로 건너가고 있었다. 이윽고 망치가 등장했다. 그 결과 한때 베를린을 양분했던 장벽의 잔해가 오늘날에는 기념석과 기념 시멘트 조각이 되어 수많은 가정의 벽난로 위에서 먼지를 뒤집어쓰고 있다."

베를린 장벽의 해체, 즉 동서냉전의 완전한 종식에 앞서 빙하기 이전에 생존했던 공룡보다 훨씬 '공룡스런' 소비에트 연방의 붕괴를 몰고 온 그 사건이, 지구상의 미미한 존재일수밖에 없는 한국에서, 그것도 50대에 접어든 한 여성 중소기업 사주를 둘러싼 인간들의 삶에 매우 심각한 영향을 미쳤다고 말한다는 건 어쩌면 지나친 과장일지도 모른다. 그러나 베를린 장벽이건 동서냉전이건, 소련이건 뭐건, 그런 것들을 들먹이지 않더라도 현대사 속의 한국이라면, 그리고 현대사를 일구어가고 있는 한국인이라면, 누구나 그 이념이라는 굴레를 쓰고 있을 수밖에 없다. 허나 지금 하려는 것은 그런 거창한 것이 아니다. 중요한 것은 '적'에 대한 개념이다.

적敵.

화합할 수 없는 관념상의 대척對蹠. 공동의 이익을 결코 나눌 수 없는, 그래서 필연적으로 대결만이 존재할 수밖에 없는 그런 관계. 무관심조차 허락되지 않는, 가장 정면적正面的이고 반사적反射的인 관계. 이것이 적이다. 이것이 적에 대한 인간들의 의식이다.

택시 안에서 현미송이 생각하고 있던 것은 바로 적에 관한 것이었다. 한순간에 일어난 생각이었다. 방금 전 교차로에서 보았던 검정색 세단으로부터 김만두 이사와의 지나간 시간들을, 어쩔 수 없이 그와 관련된 자신의 지난 삶을 반추하던 생각의 고삐가 한순간 '적'이라는 낱말로 수렴되고 있었던 것이다. 적은 종종 자신의 내부에 존재하는 법이라는 말을 어디서 보았던가? 현미송은 느닷없이 뇌리에 떠오른 그 낯익지도 낯설지도 않은 낱말과 김만두 이사를 연결시키며 진저리를 쳤다. 만에 하나라도 그가 적이라면!

"그런데 왜!"

현미송은 자신도 모르게 소리를 꽥 질렀다. 그 소리에 놀란 사람은 운전대를 잡고 차량의 홍수 속을 빠져나가던 운전기사와 그녀의 옆자리에 앉아 골똘히 생각에 잠겨 있던 선우활뿐만 아니라 소리를 지른 현미송 자신도 포함되어 있었다. 그녀는 룸미러 속의 운전기사에게 겸연쩍게 웃어주었고, 선우활의 시선은 슬쩍 피했다.

"무슨 생각을 하고 계셨습니까?"

선우활은 눈길을 피하는 현미송의 옆얼굴을 바라보면서 물었다.

현미송은 선뜻 대답하지 않았다. 그녀는 가볍게 고개를 흔들고는 택시 운전기사의 시트 머리받이를 손으로 짚으며 몸을 앞으로 숙였다.

"저기 주택가 입구에서 세워주시겠어요?"

운전기사가 우측 깜빡이를 켜면서 천천히 길가에 차를 세웠다. 차가 멈추자 요금을 치르려고 주머니에 손을 넣었던 현미송이 두 손을 펼치며 어깨를 으쓱했다. 지갑을 그들에게 털렸다는 걸 그제야 깨달은 것이다. 선우활이 얼른 가죽 점퍼 속에서 지갑을 꺼내 택시 요금을 치렀다.

밤이 꽤 이슥했지만 주택가 입구에 위치한 유흥가의 불빛은 불야성을 이루고 있었다. 현미송은 주변을 한번 둘러보고는 이내 골목 속으로 뛰듯이 걸어갔다. 선우활이 그녀의 뒤를 따랐다. 현미송이 발길을 멈추고 대문 우측에 붙은 초인종을 누른 집은 골목이 거의 끝나고 다시 T자형의 다른 골목으로 이어지는 곳에 위치한 아담한 2층 양옥이었다. 초인종이 붙어 있는 기둥 위쪽에 '윤달진'이라는 원목으로 된 문패가 붙어 있었는데, 그 문패의 우측 하단에 조그맣게 '완'이라는 글씨가 덧붙여져 있었다.

선우활은 대문에서 멀찍이 떨어져 어둠에 싸인 집을 올려다보았다. 커튼에 가려진 2층 방에만 불이 켜져 있었다. 얼마 있지 않아 현관에 불이 들어왔고 탈칵, 하며 고리가 벗겨지는 소리가 들려왔다. 자동 문고리가 열리기 무섭게 현미송은 안으로 몸을 들이밀며 소리를 질렀다.

"완이 있니?"

끝이 갈라진 목소리가 애처롭게 어둠 속으로 흩어졌었다.

"김 이사님이 가져가셨는데?"

윤완은 장부에 대해 다그치듯 묻는 현미송을 멀뚱하게 바라보며 잔뜩 주눅이 든 목소리로 말했다. 역시 그였구나. 현미송은 서초동으로 오면서 교차로에서 보았던 그 차가 김만두 이사의 자가용이었음을 새삼스럽게 확인하며 손으로 이마를 짚었다. 윤완은 현관 밖에 우두커니 서 있다가 안으로 들어서는 선우활을 반갑게 맞이했다. 10시 전까지는 자기에게 전화를 해줄 거라고 말해놓고 통 소식이 없어 걱정을 하고 있던 참이었다. 약속한 시간에서 거의 한 시간이나 지났지만 이모를 무사히 집까지 데려온 것만으로도 다행이다 싶었다.

"괜한 일 시킨 것 같다."

"아니, 뭘."

가죽 점퍼 주머니에 찔렀던 손을 쑥 내밀어 윤완의 손을 마주잡아 흔들며 선우활은 건조한 목소리로 대꾸했다. 손으로 이마를 짚고 있던 현미송이 선우활을 돌아보았다. 선우활이 출현하면서부터 의문이 풀리는 게 아니라 더 많은 의문이 꼬리를 물고 이어지는 것 같은 느낌이 들었다. 현미송과 눈이 마주치자 선우활이 씩 웃었다.

"형, 오랜만이유."

"그래, 이게 얼마만이냐. 어서 들어와."

윤완은 그렇게 말하면서도 신발을 벗고 안으로 들어서는 선우활과 그때까지도 현관에 선 채로 멍하니 선우활을 보고 있는 현미송을 번갈아 바라보았다.

"이모도 어서 들어오세요."

그제야 현미송은 단화를 던지듯 벗으며 마루로 올라섰다. 주방으로 가서 냉장고에서 물병을 꺼내 차가운 물을 한잔 들이켜고 나오던 현미송이 윤완을 보며 물었다.

"언니는?"

그러자 윤완은 그런 걸 왜 자기에게 묻느냐는 듯 고개를 저었다.

"어디 가셨는지 몰라?"

현미송이 재차 묻자 그제야 뭔가 안 좋은 일이 있구나 싶었다.

"그걸 저한테 물으시면 어떻게 해요. 도우미 아줌마 말로는 이모한테 가셨다던데."

"나한테? 그 아줌마가 그래?"

"뭐 꼭 그렇다고 말한 건 아니었지만 난 당연히 그렇게 생각하고 있었지. 다른 말이 없었으니까."

현미송이 고개를 갸우뚱했다. 그러다가 선우활의 눈치를 살폈다. 선우활은 어디서부터 얘기를 꺼내야 할지 생각하는 중이었다. 윤완은 현미송과 선우활 사이에 오가는 눈빛을 주시하다가, "참, 김 이사님은 왜 그러시지?" 하고 뜬금없이 말했다.

"뭐가?"

현미송이 소파에 묻었던 몸을 화들짝 일으키며 물었다.

"놀라긴. 아무래도 무슨 일 있는 것 같네? 도대체 무슨 일이에요? 둘 다 왜 말을 자꾸 피하는 거야?"

선우활은 입술을 한번 쩝, 하고 다시며 손가락 끝으로 코를 만지작거렸다. 현미송이나 선우활이나 둘 모두 먼저 얘기를 꺼내려하지 않았다. 그럴수록 윤완의 궁금증은 더욱 커져갔다. 이모를 만나러 갔을 거라고 믿고 있던 어머니는 도대체 어디로 가셨는지, 9시 20분에 전화를 하라고 메모를 남겨놓았던 이모는 왜 서의실업에 갔었는지, 그리고 선우활은 마치 이모가 위기에 처했으니 자기더러는 전화를 하지 못하게 하고 왜 직접 거기로 갔는지, 거기서 도대체 무슨 일이 벌어졌는지, 이모네 회사의 김 이사는 어째서 기다리지도 않고 이모가 맡겨놓은 장부를 챙겨서 부리나케 가버렸는지, 그런 것들이 하나같이 의문스러웠다. 그런데도 누구 하나 설명해줄 생각은 않던 것이다. 긴 침묵을 견디지 못한 건 선우활이었다. 성격상 그 정도의 시간을 참아낸 것도 용했다.

"이모님, 이젠 말씀해주시죠?"

선우활이 그렇게 묻자 새삼 고민어린 표정을 지으며 현미송이 고개를 숙였다.

"그게……."

한숨부터 푹 내쉬었다.

"지금으로선 곤란하군요. 아까하고는 생각이 좀 달라지기도 했지만, 사실 내가 꼭 댁에게 물어보고 싶은 게 있어요. 왠지 그것부터 풀어야 할 것 같군요. 그래야 내가 대답을 들려주어야 할지 말아야 할지 판단이 설 것 같거든요. 미안해요."

현미송은 선우활이라는 사나이의 정체에 대해 의심의 한 자락을 놓지 못하고 있었다. 그건 십 수 년을 치열한 경쟁 속에서만 살아온 사업가로서는 어쩌면 당연한 태도일지 몰랐다. 이 사나이가 아무리 조카와 호형호제하는 사이라 할지라도 하나도 남김없이 의심의 먼지를 털어낼 수는 없는 노릇이었다. 그것 역시, 조금 전 김만두 이사에 대해 가졌던 '적'의 개념과 다르지 않았다. 적은 종종 내부에 존재하는 법이라는 금언. 그것으로부터 그녀는 결코 자유로울 수 없었다. 더구나 이 사나이는 세무조사원을 사칭해 그녀를 납치했던 조직과 무관하지 않다고 스스로 말하지 않았던가. 그것이 기만일 수도, 미끼일 수도 있다는 게 그녀로선 정말 하고 싶지 않은 의심이었다.

"궁금하신 게 뭡니까?"

조금의 주저도 없이 선우활이 입을 뗐다. 선우활의 당당한 태도를 보며 현미송은 믿음과 위압 사이를 오갔다. 그녀는 맞은편 소파에 허리를 세운 채 앉아 있던 윤완을 한 번 바라보고는 입을 뗐다.

"선우활 씨라고 했던가요?"

"말씀 낮추세요."

선우활은 고개를 끄덕이며 대답했다. 윤완은 의아한 눈길로 두 사람을 번갈아 바라보았다. 왠지 끼어들지 말아야 할 것만 같았다.

"댁은 그 사람들과 어떤 관계죠? 그리고 왜 날 구했어요?"

선우활은 한동안 현미송의 얼굴을 정면으로 쏘아보다가 굳게 다물고 있던 입을 뗐다.

"이모님께서 절 의심하는 건 당연한 일입니다."

현미송의 몸이 가볍게 움찔했다.

"완이 형한테는 이미 한 말이지만, 이모님께서 끌려갔던 그곳은 제가 속해 있는 조직의 하부 조직입니다. 일테면…… 구체적인 건 지금 말씀드릴 계제도 아니고, 설명해도 쉽게 이해하실 수 없을 거고, 아무튼, 전 그 조직과 무관하지 않습니다. 하지만 그들이 하는 일과 제가 하는 일이 항상 연결되어 있는 건 아닙니다. 어쩌면 이번 일로 인해 제게 돌아올 불이익이 상상할 수 없을 정도로 클지도 모릅니다. 지금쯤 그곳은 벌집을 쑤셔놓은 것 같을 겁니다. 제 목숨을 따 버리라고 지시가 내려졌을 테죠. 이모님을 구해준 것에 대해 제게 감사할 생각이라면 그 생각부터 고쳐먹는 게 좋을 겁니다. 제가 조진태의 사무실로 들어선 순간, 이모님을 구해주고 말고 하는 것은 의미가 없어진 거죠. 이미 말씀드렸지만, 그건 그들과 저의 싸움입니다. 제게도 그들에게 풀어야 할 개인적인 원한이 적질 않고 빚도 두둑하니까요. 이 정도면 이모님의 궁금증을 다소나마 풀어준 겁니까?"

선우활의 대답을 듣고 나서도 현미송은 여전히 의문을 풀지 못했다. 아니, 오히려 더 큰 의문 하나가 뜬금없이 솟아올랐다. 그녀가 바로 코앞에서 목격했던 선우활과 조진태라는 사람의 격투 장면에서 그 두 사람에 얽힌 개인적인 감정과 선우활이 겪고 있는 조직과의 알력의 깊이는 어느 정도 짐작이 갔던 바였다. 그러나 그렇다고 의문이 풀린 건 아니었다.

"한 가지만 더 묻죠."

선우활은 고개를 묵묵히 끄덕였다.

"댁은 우리 형부, 그러니까 완이 아버님이 뭐하시는 분인지 모르고 있는 것 같았는데, 그게 어떻게 된 일인지 설명해줄 수 있나요? 나로서는 댁이 우리 완이와 매우 가까운 사이라고 믿어지는데……."

"저는 제 아버지에 대해서도 잘 알지 못합니다."

현미송의 말이 채 끝나기도 전에 말을 자르며 선우활이 냉소적으로 뱉어냈다.

"그 양반이 뭐하는 사람인지, 뭘 생각하고 있는지……. 같은 겁니다. 알 필요가 없으니까요. 알려고 하지도 않았고, 알고 싶지도 않아요. 완이 형이 저에 대해서 잘 모르고 있는 거나, 제가 완이 형이 소설가라는 정도만 알고 있을 뿐이라는 거나 마찬가지죠. 그런 건 알려고 해서 다 알아지는 것도 아니고, 알지 못하는 게 더 나을 때도 있고요. 다만 완이 형의 아버님에 대해서는 일부러 피했다고 하는 편이 더 적절할 것 같군요. 저로서는……."

선우활은 거기서 말을 끊었다가 건너편의 윤완을 지그시 바라보고는 다시 말을 이었다.

"완이 형을 다치게 하고 싶지 않습니다. 그래서 의도적으로 거리를 유지한 겁니다. 사실 제게 있어서 완이 형은 마음을 털어놓을 수 있는 유일한 사람입니다."

선우활의 눈빛이 가라앉고 있었다. 현미송은 선우활에 대해 품었던 의혹을 그쯤에서 접어두자 했다. 언젠가는 모두 풀릴 기회가 올 것이고, 지금 당장 그런 의문들을 푼다 해도 눈앞에 닥친 상황에 대한 적절한 해답이 될 수 있을 것 같지도 않았다.

"이제 제가 말씀드릴 차례군요."

현미송의 얼굴이 딱딱하게 굳어졌다. 그녀는 조카조차 알고 있지 못한 사실을 밝힌다는 게 여간 껄끄러운 게 아니었다. 여간한 충격에도 쉽사리 흔들리지 않을 거라는 믿음이 있기는 했지만 그렇다고 해도 그들의 앞날에 큰 장애가 될지 모를 사실을 밝힌다는 게 부담스러웠다. 그러나 터놓고 얘기하는 편이 더 나은 방법이 될지 모른다는 심정도 조금쯤은 있었다. 그렇게 되기를 빌면서 그녀는 조심스럽게 말을 시작했다.

"완이도 잘 듣거라. 이건 내 문제이기도 하지만, 윤 씨 집안과 무관하지 않기 때문이다."

그녀는 바짝 마른 입술을 혀로 한 번 핥아내며 선우활을 일별한 뒤 말을 이었다.

"아직은 어느 것 하나 분명한 게 없어요. 선우활 씨의 도움으로 세무조사는 거짓이라는 게 드러났지만. 그런데 왜 그들이 세무조사원을 사칭했을까요? 그게 가장 큰 의문 중의 하나예요. 물론 선우활 씨는 지금 우리가 완이에게 맡겨놓았다가 조금 전 김 이사가 찾아갔다는 그 장부에 대해 알고 싶겠죠. 그건……."

현미송은 손가락으로 자신의 이마를 덮고 있는 웨이브가 진 머리카락을 쓸어 올렸다.

"그건 2년 전부터 작성하기 시작한 비밀 장부예요. 쉽게 말하면 비자금의 조성 경위와 그 쓰임새를 한눈에 알아볼 수 있는 장부라고 할 수 있죠. 거기에 관해서는 나와 김 이사, 단 두 사람밖에 알지 못해요."

현미송의 말을 듣고 있던 윤완은 적잖이 놀란 듯 눈을 휘둥거리며 몸을 앞으로 내밀었다.

"이모, 그게 정말이에요?"

현미송의 고개가 천천히 끄덕여졌다.

"그렇다면 세무조사를 사칭했던 그 사람들도 그 비밀 장부를 알고 있었다는 얘긴가?"

윤완이 제기한 의문에 현미송은 난감한 듯 고개를 흔들었다.

"그걸 모르겠어. 날 납치까지 한 걸 보면 알고 있었던 것 같기도 하지만, 알고 있었다고 해도 정확히는 아닌 것 같아. 정확히 그 사실을 알고 있었다면 처음부터 내게 그걸 물었어야지. 그런데 그게 아니었거든. 짐작이지만 뜻은 다른 데 있었던 것 같아."

"다른 데라면?"

"모르지. 그게 뭔지."

두 사람의 주고받는 말을 듣고 있다가 선우활이 혼잣말처럼 나지막이 중얼거렸다.

"비자금 조성이란 건 어느 회사건 다 하는 거죠. 다만 그 자금이 어디에 쓰였는가, 그게 문제죠."

당연하면서도 날카로운 지적이었다. 윤완도 같은 생각이었다. 두 사람의 시선이 현미송에게로 향했다. 잠시 머뭇거리던 현미송은 마음의 결정을 내린 듯 칼로 베듯 말했다.

"우리 회사의 비자금에서 가장 큰 규모는 M당에 정치자금으로 제공된 부분이야."

그녀의 말이 떨어지기 무섭게 윤완은 소파에서 벌떡 일어났다. 그의 얼굴이 핏빛을 잃어갔다. 선우활이 일어나 그의 팔을 붙들어 자리에 도로 앉혔다. 윤완의 바싹 마른 입술이 심하게 떨렸다.

"완이 형 아버님도 알고 계십니까?"

선우활이 묻자 현미송의 고개가 힘없이 끄덕여졌다. 그 모습을 보며 윤완은 넋이 나간 사람처럼 입을 벌렸다. 그의 입은 한동안 다물어지지 않았다. 눈가에 이슬이 맺히고 있었다. 아버님도 그걸 알고 있었다니…… 다른 사람이 아닌 수인 선생이……. 윤완은 비정한 정치 세계와 그 세계에 녹아 있는 부도덕성을 마치 처음 목격한 사람처럼 가슴이 쓰렸다. 타락이란 정치를 형용하는 당연한 수식어라는 걸 모를 리 없는 그였다. 하지만 그는 배신당한 첫사랑의 소년처럼 서글펐다.

윤완을 바라보는 선우활의 눈빛 속에는 싸늘한 조소가 어리고 있었다. 그것은 지금 윤완이 느끼고 있는 절망의 인식과는 달랐다. 오히려 그 반대였다. 그는 순간적으로 자신의 아버지, 선우정규를 떠올리고 있었다. 그의 눈빛에 숨겨진 조소는 그들 모두를 향하고 있었다. 현미송의 처신과 윤달진 선생의 묵인과 자신의 아버지인 선우정규의 행동 반경, 그리고 윤완의 순진하기 이를 데 없는 절망까지, 그것들은 하나같이 선우활에겐 조소의 대상이었다.

"당연하죠. 이미 오래전에 우리들의 시선은 교정될 필요가 있었습니다."

선우활이 내뱉듯 말했다.

"그렇다면 이제 뭔가가 분명해지는군요."

선우활의 말에 현미송과 윤완이 숙였던 고개를 들었다. 그들의 시선이 선우활의 입으로 향했다.

"조직은 이모님이 작성한 그 비밀 장부에 대해 이미 모든 걸 알고 있었네요."

선우활의 단언에 현미송의 몸이 가늘게 떨렸다. 낭패한 기운이 그녀의 얼굴을 훑고 지나갔다. 그건 윤완도 마찬가지였다. 선우활은 두 사람의 얼굴을 번갈아 바라보며 마치 노련한 형사처럼 말했다.

"몇 가지 추리가 가능합니다. 우선 김 이사란 분이 의심이 가는군요."

167

그 말에 현미송의 고개가 저절로 끄덕여졌다. 그녀의 눈앞으로 김만두의 늙어가는 얼굴이 처연하게 떠올랐다가 지워졌다.

"비밀 장부에 관해서는 오직 두 사람만 알고 계시다고 그러셨는데, 우리 조직과 관련되어 있다면 당연히 두 분 중 한 분이겠죠. 이모님이 아니면 김 이사. 이모님이 아니니, 그럼 김 이사겠군요. 조직과 김 이사가 어디까지 관계를 맺고 있을까요? 그런데 그건 또 다른 의문을 낳게 되죠."

"M당의 누군가가 조직과?"

선우활의 말을 듣고서 윤완이 슬그머니 의문을 제기했다. 선우활이 고개를 끄덕였다.

"김 이사와 M당의 누구, 그리고 조직. 이 셋 사이에 연결 고리가 있음이 분명해. 그렇지 않고서는 맥이 닿질 않아."

"그러면 이제 어떻게 해야 하는 거지?"

윤완이 걱정스런 표정을 지으며 선우활을 보았다. 그의 얼굴에 스치는 의미심장한 웃음을 발견하곤 저도 모르게 전율을 느꼈다. 대체 무슨 일이 일어나고 있는 것일까? 저 미소는 무슨 뜻일까? 윤완은 누군가 차가운 손길로 자신의 맨 몸을 만지는 것 같은 서늘함을 느끼며 부르르 진저리를 쳤다.

4. 낡은 수레바퀴에 깔린 사마귀

링 위에서 싸우는 권투 선수보다 그것을 열심히 구경하는 관중들이 더 잔인한 법이다. - 무하마드 알리

1990년대 초.

당랑거철螳螂拒轍이라는 고사성어가 있다. 수레가 가는 길을 사마귀가 막아선다는 의미다. 옛 중국, 제齊나라의 장공莊公이란 자가 사냥을 나갔는데 웬 벌레 한 마리가 다리를 쳐들고 수레바퀴를 향해 다가오고 있었다. 그걸 보고 기이하게 여긴 장공이 말몰이꾼에게 물었다. "저것이 무엇이냐?" 그러자 말몰이꾼이 대답했다. "저것은 사마귀라는 놈입니다. 저 놈은 나아갈 줄만 알았지 물러설 줄을 모르는 놈입지요. 그래서 제 힘만 믿고 적을 가볍게 아나이다." 말몰이꾼의 말을 듣고 장공이 고개를 주억거리며 말했다. "저 벌레가 만약에 사람이었다면 제법 큰일을 벌였겠구나." 그러고는 수레를 돌려 사마귀를 피해 가게 했다.

***

80년대의 마지막 겨울이 폭설과 함께 스러지고 있었다. 교통경찰들이 체인을 감지 않은 차는 모두 왔던 길로 되돌려 보내던 대관령 강릉 쪽 고갯길을 쥐색 지프 한 대가 제법 기세 좋게 내려가고 있었다. 운전석에 앉은 남자는 필터까지 바짝 타들어간 담배를 꼬나물고는 연신 가속페달과 브레이크로 바쁘게 발을 움직였다. 그 옆자리에 앉은 젊은 여자는 폭설로 뒤덮인 바깥을 무심히 내다보며 말이 없었다. 그녀는 가끔씩 카세트에다 테이프를 갈아 끼우곤 이내 눈길을 다시 차창 밖으로 돌렸다. 차가 고개를 거의 다 내려가 도로 우측의 붉은 벽돌 건물을 지나면서 속력을 내기 시작하자 남자는 새 담배에 불을 붙이기 위해 시거 잭을 밀어 넣었다. 여자가 방금 갈아 끼운 테이프에서 쇼팽이 잔잔하게 흘러나왔다.

"미현 씨, 피아노 칠 줄 알아요?"

선우활이 물었다. 남미현이 선글라스를 벗었다.

"아뇨. 오빠가 제법 그럴듯하게 피아노를 쳤었죠."

무심코 오빠를 들먹인 것에 스스로도 놀라며 그녀가 몸을 움찔했다. 톡, 소리를 내며 시거 잭이 튀어나오자 선우활이 담배에 불을 댕겼다. 그러고 나서야 그녀에게 물었다.

"오빠가 있었어요?"

남미현은 짧게 한숨을 뱉어내며 여전히 창밖을 내다보았다.

"우리 집은 너무 가난해서 다 클 때까지 피아노를 구경도 못했어요."

그러곤 손가락으로 코끝을 살짝 건드리고는 말을 이었다.

"제가 대학교 입시를 치른 날 오빠는 제게 술을 사줬어요. 광화문에 있는 조그만 카페였는데, 거기 피아노가 있었어요. 카페로 들어설 때부터 오빠가 피아노를 자꾸만 훔쳐보고 있다는 걸 알았어요. 사람들이 하나둘 빠져나갈 때쯤 오빠는 피아노 앞으로 걸어갔어요. 그러곤 건반을 조심스럽게 두드렸죠. 깜짝 놀랐어요. 피아노를 그렇게 가까이서 본 건 우습게도 그게 처음이었는데 오빠가 연주를 하고 있었던 거죠. 쇼팽이었어요. 눈물이 날 정도로 아름다웠어요. 연주를 마치고 수줍어하면서 자리로 돌아오는 오빠한테 어떻게 된 일이냐고 물을 수가 없었어요."

"왜요?"

"그냥 물을 수가 없더군요."

그녀는 당시를 회상하듯 눈을 가늘게 뜨며 윈도 브러시가 눈발을 닦아내고 있는 앞유리를 바라보았다.

"미현 씨 오빠를 왜 아직 못 봤지?"

"이 세상 사람이 아니니까요."

남미현이 씁쓸하게 웃으며 대답했다. 선우활이 새삼스럽게 남미현을 바라보았다. '알 수 없는 여자야.' 그녀를 안 지가 벌써 2년이었다. 길다면 꽤 긴 시간이었다. 그런데도 그녀를 알고 있다고 함부로 말할 수 없는, 2년은 아직 짧은 시간일 수밖에 없었다. 굳이 숨기려한 건 아니었지만 두 사람은 서로에 대해 굳이 알려고도 하질 않았다. 그런 점에서 둘은 비슷했다. 하지만 선우활은 무엇이든 그녀에게 털어놓고 싶었다. 단, 그녀가 자신의 얘기를 털어놓는 순간에. 그런 기회는 쉽게 오지 않았다. 그런데 이제 그 기회가 온 것일지 모른다고 그는 생각했다.

"미현 씨는 오빠를 무척 좋아했나 봐요?"

"사랑했었어요."

선우활의 입술이 삐죽이 밀려나왔다.

"오빠 같은 사람을 만나면 언제든 결혼할 거라고 생각하곤 했었죠."

삐죽이 밀려나왔던 입이 무심히 벌어졌다 닫혔다. 고속도로 진입로와 시내로 들어가는 길로 나누어진 교차로에 길게 차들이 늘어서 있었다. 브레이크 등의 붉은 빛이 흰 눈발 속에 선연히 빛나고 있었다. 선우활은 앞차의 꽁무니에서 멀찌감치 차를 정지시키고는 담뱃불을 재떨이에다 비벼 껐다. 남미현은 벗어서 손에 들고 있던 선글라스를 다시 꼈다.

"이런 거, 물어도 되는지 모르겠어요."

선우활이 조심스럽게 남미현을 보며 말했다. 남미현이 고개를 돌렸다. 선우활이 입맛을 쩝, 하고 다셨다.

"관두죠."

"아니에요. 물어보세요. 당신에겐 뭐든 대답해주고 싶어요. 그동안은 잘 묻질 않았으니 대답할 기회도 없었죠."

미현은 선선히 말했지만 선우활은 선뜻 입을 떼지 못했다. 하지만 그녀의 뜻이 자신과 같다는 생각이 들자 굳이 주저할 이유도 없었다.

"기억하고 싶진 않겠지만, 그 오빠가 언제, 어떻게……?"

이미 예상하고나 있었다는 듯 남미현은 잠시 망설이다가 가볍게 미소를 머금으며 입을 뗐다.

"벌써 칠팔 년 세월이 흘렀어요. 오빠가 대학을 다니다가 군에 입대한 때였죠."

남미현의 착 가라앉은 음성을 들으며 선우활은 묵묵히 고개를 끄덕였다.

"그맘때 저도 군에 있었죠. 어쩌면 아는 사람일지 모르겠네요. 이름이 어떻게 됩니까?"

"우린 어질 현賢자 돌림이었어요. 제가 미현, 오빠가 기현."

신호가 바뀌자 차들이 움직이기 시작했다. 무심코 가속페달을 밟다가 선우활은 급하게 브레이크 페달을 꽉 밟았다. 차가 눈길 위에서 심하게 비틀거렸다.

"남기현?"

선우활은 등줄기를 타고 땀방울 하나가 서늘하게 미끄러지는 것을 느꼈다. 오싹한 한기가 음습해왔다. 남기현南基賢. 세상에는 하고 많은 사람들이 있고, 그중에는 같은 성, 같은 이름을 가진 사람 또한 무수히 많을 것이다. 그러나 지난 2년 동안 애틋하게 사랑의 감정을 품어왔던 여자의 입에서 옮겨진 한 남자의 이름은 그에게 결코 낯설지도 않았고, 같은 이름을 가진 다른 사람이라는 생각도 들지 않았다. 아니, 분명 그가 알고 있는 그 사람의 이름이었다. 그의 기억 속 어느 자리에 꼭꼭 숨어 있던 몇 개의 이름들 중 하나임에 틀림없었다. 이름이 낯익다거나 기억 속에 묻어둔 것이라고 해서 충격을 주는 것은 아니다. 오히려 낯익은 옛 사람의 이름을 듣는다는 것은 추억이라는 장치를 통해 충분히 아름답게 걸러질 수 있을 것이다. 하지만 지금 그의 귓속을 파고든 그 이름은 달랐다. 일단 기억에서 들추어진다면 곪고 썩은 상처처럼 거기서는 추악한 냄새가 진동할 것이기 때문이었다. 그래서 그 이름은 들추어질 게 아니라 꼭꼭 숨어 있어야만 했다. 가능하면 오래도록. 가능하다면 영원히. 그러나 이제 더 이상 감출 수는 없었다. 남미현의 입에서 나온 그 이름 석 자를 듣지 않은 것으로 해버릴 수는 없는 일이었다.

선우활이 갑자기 브레이크를 밟는 바람에 뒤따라오던 차들이 연신 클랙슨을 울려댔다. 선우활은 룸미러를 한번 쳐다보고는 천천히 가속페달을 밟았다. 차가 앞으로 밀려나가기 시작했다. 가늘게 비치던 눈발은 교차로를 지나면서 제법 굵어지고 있었다. 방향은 이곳으로 내려오면서 가기로 했던 T시 쪽이 아니었다. T시로 가려면 교차로에서 좌회전을 해 고속도로로 진입했어야 했다. 그러나 옆자리에 앉았던 남미현은 그 사실을 지적하지 않았다. 그녀는 오빠의 이름을 듣는 순간 눈에 띄게 달라진 선우활의 표정을 읽으며 가슴 한쪽이 빈 것 같은 느낌이었다. 그것은 그녀가 이미 예감했던 것이었다. 언젠가는 이런 날이 올 거라고 그녀는 생각하고 있었던 것이다. 더 정확히 말하자면 선우활이 그녀에게 접근하던 그때부터 그 예감은 시작되었다고 해야 옳았다.

"쉬었다 갑시다."

선우활이 짤막하게 내뱉었다.

두 사람이 서울을 떠나 이곳으로 내려올 때엔 해결해야 할 분명한 '무엇'이 있었다. 그러나 남미현의 입에서 흘러나온, 이미 오래전에 죽은 한 남자의 이름이 들먹여지는 순간에 그 '무엇'은 뒷전으로 물러나 버렸다. 카세트에 쇼팽의 테이프를 꽂고, 가녀린 숨결과도 같은 피아노 선율이 흘러나오고, 지나가는 말로 피아노를 칠 줄 아냐고 선우활이 묻고, 그리고 남미현이 오빠의 이름을 말했을 때, 두 사람 사이에 놓여 있었던 지난 2년의 시간들은 전혀 다른 쪽으로 방향을 틀고 있었다. 그러나 그 방향이 어디로 향해 있는지, 그리고 어떻게 또 다른 방향으로 바뀌게 될 것인지는 누구도 알 수 없는 일이었다. 미래를 내다보는 일이란 인간의 능력 밖의 것이다. 그러나 분명한 것은, 한 남자의 이름이 들먹여졌다는 것이고, 그 이름은 두 사람의 관계를 어떻게든 곤혹스럽게 만들 것이라는 사실이었다.

새로 나온 교차로에서 좌회전 신호를 받아 지프가 방송국 곁을 스쳐갈 무렵, 남미현은 눈을 지그시 감았다. 그녀의 기억을 갈퀴로 긁듯 시간들이 지나가고 있었다. 선우활을 처음 만났던 2년 전의 비오는 여름날이 지나가자 어둡고 습기 찬 지하실 방이 엄습해왔다. 그것은 거슬러 오르기에는 너무도 숨이 찬, 아주 오래 전의 시간이었다. 그녀의 오빠가 거기 있었다.

80년대 초반, 중공군의 한 비행기 조종사가 낡은 미그기를 몰고 왔던 그날이었다. 지상을 향해 지하실 방의 손바닥만큼 뚫린 창으로 맑고 높은 가을 하늘이 내다보이던 날이었다. 거기서 그녀는 그녀의 오빠가 부르는 나지막한 노랫소리를 듣고 있었다.

"이대로 세상이 멈추었으면 좋겠어, 오빠."

그녀는 부질없이 중얼거리고 있었다. 오빠의 낮은 노랫소리는 곰팡이가 핀 벽으로 조금씩 조금씩 스며들어갔다. 언젠가는 아름다운 날들이 올 거야, 아아, 그 날이 오면, 그 날이 오면, 오월의 찔레꽃은 붉게 피어오르고, 슬픔의 비가 그치고 무지개가 피어날 테지.

다음날 새벽, 오빠는 빡빡 깎은 머리 위에 챙이 긴 야구 모자를 쓰고 기차역으로 갔다. 그리고 겨울이 왔다. 사회과학관 긴 언덕을 내려오며 고개를 돌리면 터널을 빠져나온 좌석버스 위로 낮게 가라앉은 회색빛 하늘이 흔들리는 게 보였다. 하얀 먼지가루처럼 파닥거리며 눈발이 떨어지고 있었다. 그때 그녀의 손에는 '군사우편'이라는 푸른 도장이 찍힌 얇은 편지가 들려 있었다.

건강하게 지내고 있다, 미현아…….

그 말은 거짓말일 거라고 그녀는 생각했다. 그렇게 한 해가 지나고 다시 겨울이 올 때까지 그녀는 몇 번 더 오빠에게서 온 편지를 받아볼 수 있었다. 간혹 편지지에는 작은 구멍들이 숭숭 뚫려 있거나, 글자들이 매직펜의 검정 잉크로 지워져 있곤 했다. 겨울이 더 깊어졌을 때, 그것마저 다시 오지 않았다. 더 이상 그녀는 오빠의 편지를 받을 수가 없었다. 탈영을 했고, 실종되었다는 소식이 전해졌다. 더이상 그녀는 학교에 남아 있을 수 없었다. 졸업을 하려면 일을 해야 했다. 법무사 사무실에서 타이프를 치기도 했고, 서점에서 일을 하기도 했다. 밤 시간에는 햄버거 가게에서 일했다. 다시 가을이 왔을 때 웬 남자가 그녀를 찾아왔다.

김규철金圭哲이라고 했다. 오빠의 친구라고 했던 그 사람은 수배자였다. 겨울이 올 때까지 그는 그녀의, 지상이 반쯤 보이는 방에서 숨어 지냈다. 어느 날, 밤이 늦어 집으로 돌아온 그녀가 매캐한 연탄가스 냄새가 스며나는 문을 열었을 때, 마른 새우처럼 웅크린 두 사람을 보았다. 공사장에서 가슴을 다쳐 벌써 일 년 가까이 꼼짝없이 누워 지내던 그녀의 아버지와 김규철이라는 남자. 한 사람은 가슴의 통증으로부터 영원히 해방되었고, 다른 한 사람은 고달픈 도피의 나날로부터 벗어난 것이었다. 이상하다고 여겨질 만큼 그녀의 마음에 요동이 일어나지 않았다. 깊고 깊은 물바닥에 가라앉아 있는 것 같았다.

하지만 그것이 끝이 아니었다. 김규철의 죽음은 그녀에게 쓰디쓴 고통을 안겨주었다. 격렬한 '용공 분자'였던 오빠로 인해 맛보았던 그 지긋지긋한 '대공분실'에 다시 가야만 했다. 철렁거리는 쇠사슬 소리와 주전자에서 부어지는 차가운 물줄기, 가슴을 압박해오는 남자의 거친 손바닥과 목구멍을 태우는 단내, 하복부를 찔러오는 뭉툭한 것들. 그것들로부터 그녀를 끌어내준 자가 있었다. 콧수염이 부드러운 중년의 남자였다.

그는 신사였다. 마음만 먹으면 자신의 정조 따위는 쓰레기 취급 당할 수도 있을 거라고 남미현은 생각했었다. 그러나 그는 그녀의 몸에 손가락 하나 대지 않았다. '꽤 높은 양반'이라는 막연한 느낌만을 가져다준 그를, 그녀는 사흘 뒤에 다시 만났다. 도심이 한 눈에 내려다보이는 어느 호텔의 스카이라운지에서였다. 그는 눈처럼 하얀 수북한 콧수염을 검지로 매만지며 그녀에게 말했다. 그녀는 금박이 둥글게 입혀진 고급스런 찻잔 속에서 차갑게 식어가는 커피를 내려다보며 그의 저음을 받아냈다.

"자네 아버지의 일은 유감스럽게 생각하네. 이 시대가 낳은 비극이지."

그녀는 그 신사의 말이 채 끝나기도 전에 바스락거리는 소리를 들었다. 흰 편지 봉투였다. 그는 벗어서 의자 팔걸이에 걸쳐두었던 검정 외투 안주머니에서 그것을 꺼내 그녀의 앞으로 내밀었다. 그녀가 고개를 슬며시 들었다. 봉투의 왼쪽 상단에 '개인 전용個人專用'이라는 네 글자가 한자로 찍혀 있었고, 그 아래에 그보다 약간 작게 또 다른 한자가 박혀 있었다. 그녀는 그 글자를 속으로 뇌었다.

鮮선, 于우, 正정, 圭규.

그의 이름인 듯했다. 그녀는 그 봉투 안에 들어 있을 내용물을 가늠해 보았다. 돈일까? 돈이라면, 저 사람이 왜 내게 주는 것일까? 그녀는 돈 이외엔 달리 예상되는 것이 없었다. 그의 낮은 음성이 다시 들려왔다.

"이걸 받아두게. 자네와 난 거래를 하나 해야 하니까. 이건 그 거래에 대한 계약서인 셈이지. 그런데 유감스럽게도 자네에겐 거부할 아무런 권리가 없어. 하지만 지나치다고는 생각하지 말게. 자네가 여자만 아니었다면 이런 권리 따위를 들먹일 필요도 없을 테니까."

거기서 그 신사는 잠시 말을 끊었다. 그는 말을 고르고 있었다. 그녀는 여전히 고개를 숙여 눈동자를 커피잔 속에 붙박아놓은 채로 묵묵히 앉아 있었다. 그가 다시 입을 뗀 것은 꽤 긴 침묵이 지나간 뒤였다. 그 사이 라운지에 가득 퍼져 있던 클래식 기타의 선율이 바이올린으로 바뀌어 있었다. 귀에 익었지만 무슨 음악인지 생각나지 않았다. 그녀의 눈앞으로 몇 사람의 얼굴이 긴 해그림자처럼 드리워졌다가 차츰 지워졌다. 모두 죽은 사람이었다. 아버지와 오빠, 그리고 김규철. 갑자기 그녀는 혼자가 되었다는 사실을 실감했다. 그리고 슬픔이 밀려왔다. 눈물방울이 양탄자 위로 똑, 떨어졌다.

"자네에게 용기를 좀 줄까?"

그의 음성이 훨씬 부드러워져 있었다. 그녀는 주머니에서 손수건을 꺼내 눈가에 맺힌 물기를 훔쳐냈다.

"이 세상에 통용되는 상식이란 거, 그걸 믿지 말게. 그런 것들이 때론 아무런 소용이 없을 때가 있어. 소용이 없을 뿐 아니라 더러는 그걸 믿는다는 게 치명적일 때가 있어. 선택하려고 들지 말게. 선택이란 늘 갈등을 동반하니까. 다시는 그런 거친 곳에서 만나지 않았으면 좋겠어."

그녀는 천천히 고개를 들었다. 슬며시 고개를 든 남미현을 지그시 바라보던 신사의 입가에 미소가 어렸다. 그러나 거기에서 남미현이 본 것은 비애였다. 그는 그녀를 비웃지 않고, 슬퍼해주었다.

"내가 누구인지, 왜 자네를 그곳에서 끌어내주었는지 궁금할 테지. 나도 처음엔 그걸 잘 몰랐다네. 그런데 이젠 좀 명확해지는군."

신사는 입가에 어렸던 쓸쓸한 기운을 걷어내며 식은 찻잔을 들어 입술을 적셨다. 그를 만약 여느 길거리에서 마주쳤다면, 혹은 우연히 들른 찻집 같은 데서 보게 되었다면 참으로 마음씨 좋은 중년의 남자쯤으로 여겼을 거라고, 미현은 생각했다. 그만큼 그의 인상은 부드러웠다. 그러나 그 부드러움 속에 어떤 무서움이 숨어 있을지는 모를 일이었다. 그런 생각이 밀려들자 등이 서늘해졌다.

"자네 눈은 참 예쁘구만. 자네보다 몇 살 위긴 하지만 나한테도 딸이 하나 있지. 나하고 가까이 있는 게 싫다고 멀리 떠나버린 녀석이지만. 그 녀석도 눈이 참 고왔지. 자네의 그 눈이……."

그는 말끝을 흐렸다. 그의 말은 남미현의 눈 때문에 그녀를 구해준 것이라는 뜻인 듯했다. 알 수 없는 일이었다.

그녀에게는 계약을 거부할 어떤 권리도 없다던 신사의 말처럼, 그녀가 미처 생각할 겨를도 주지 않고 신사는 자리에서 일어섰다. 그녀는 딱딱하게 굳은 얼굴로 그를 바라보았다. 신사는 의자 팔걸이에서 외투를 벗겨내어 팔에 두르고는 카운터 쪽으로 걸어갔다. 그가 문밖으로 사라질 때까지 남미현은 꼼짝없이 자리에 앉아 있었다. 신사가 자리를 뜨고 거의 한 시간 동안 그녀는 라운지의 둥근 유리창 너머로 도심의 풍경을 내려다보며 앉아 있었다. 아무 생각도 들지 않았다. 도시에 짧은 겨울 해가 스러지고 있었다. 태운 종이의 재가 가루가 되어 바람 속에 날리듯, 어둠이 가루져 쌓이고 있었다. 그녀는 집으로 돌아가는 버스 안에서 신사가 주었던 봉투의 내용물을 확인했다. 백만 원짜리 수표 열 장. 그리고 아래쪽에 '도장을 찍으라'는 뜻의 '인(印)'자가 인쇄되어 있는 백지 한 장이 들어 있었다. 다음날 그 신사에게서 전화가 걸려왔고 그녀는 전날의 그 호텔 스카이라운지로 갔다. 신사 대신 깔끔하게 양복을 차려입은 젊은 남자가 나와 있었다. 그녀는 그에게 자신의 도장을 찍은 백지를 건네주었다.

이듬해 봄 학기에 그녀는 복학을 했다. 등록금을 내고 나머지 돈으로 조그마한 아파트로 이사를 할 수도 있었다. 방 하나에 작지만 거실도 딸린. 그녀는 다시 학교를 다닐 수 있게 된 한 해 동안, 늘 감시를 당하고 있다는 강박감으로부터 벗어날 수 없었다. 신사에게서는 더 이상 아무런 연락도 오지 않았고, 이렇다하게 감시의 낌새를 느낄만한 정황도 일어나지 않았다. 그 신사의 말처럼, 그의 곁을 떠나버렸다던 딸의 눈이 그녀의 눈과 닮았기 때문에, 단지 그 이유만으로 그녀를 지옥 같은 고문실로부터 꺼내주고 그녀에게 학비까지 제공했던 것일까. 아니면 아버지와 오빠, 오빠의 친구라던 김규철이라는 청년, 그 세 사람의 죽음과 어떤 식으로든 관련이 있는 것일까. 그들의 죽음에 일말의 죄책감 같은 걸 갖고 있는 사람일까. 혹시 그 신사는 그들의 죽음에 대해 보상을 해주어야 할 만큼 세 사람과 긴밀하게 관계하고 있었던 것일까. 답이 내려질 수 없는 온갖 질문들이 그녀의 머릿속을 휘저었다. 그녀는 마음 한구석에 깔린 유쾌하지 못한 느낌을 걷어낼 수 없었다. 언제 어디서 다시 자신을 옭아맬 사슬이 다가올지 모른다는 생각과 세 사람의 죽음에 대한 기억은 흉몽처럼 그녀를 짓눌렀다. 자신이 지금 어떤 돈으로 학교를 다시 다니고, 그런 자신의 삶이 도대체 어떻게 엮여가고 있는지, 혼란스러울 뿐이었다.

4학년 봄 학기가 찾아왔다.

일 년이 지났지만 불편한 마음은 여전했다. 차라리 선우정규란 신사로부터 연락이 오기를 기다렸다. 그녀는 내심 '프락치 생활'을 감수할 생각이었다. 그녀의 생각은 어떤 한쪽으로 점점 틀을 잡아가고 있었다. 그런 일이 아니고서는 그런 사람들이 자신을 다시 학교로 돌려보낼 이유가 없을 거라는 생각이 굳어져가고 있었다. 자신의 주변에서 그런 예들을 목격하자 그녀의 생각은 더욱 확고해졌다. 그로부터 아무런 연락도 없고, 특별히 감시의 낌새도 없는 상황이 그녀를 조급하게 만들고 있었다. 한편으론 '다른 일'이 그녀를 기다리고 있을지 모른다는 생각도 들곤 했다. 물론 그게 무언지를 알 수는 없었다.

새로 들어간 아파트와 도서관을 다람쥐 쳇바퀴 돌듯 오가는 무료한 생활이었지만, 그녀의 내부에는 확실히 변화의 조짐이 일고 있었다. 그 변화의 시작은, 우연히 도서관에서 대출한 한 권의 책에서부터 비롯되었다고 할 수 있었다. 그녀의 전공이 영문학이었던 때문도 있었지만 우연히 서가에서 발견한 그 책의 제목에 이끌린 바가 컸다. 그 책은 1940년에 처음 출간되어 큰 파문을 일으킨 바 있는, 문학평론가로 활동하다가 10여 년 전에 세상을 떠난 미국인 학자 에드먼드 윌슨의 〈핀란드역으로〉라는 페이퍼백 원서였다. 표제로 사용된 핀란드역이란 핀란드 철도선의 종착지인 소련의 레닌그라드에 있는 역을 가리키는 것으로, 러시아 혁명의 선봉장이었던 레닌은 1917년 봄 오랜 망명 생활을 끝내고 러시아로 귀국할 당시 핀란드선 철도를 타고 그 역에 도착해 많은 군중들로부터 열렬한 환영을 받았는데, 그 책은 바로 레닌이라는 한 인물의 혁명 정신과 사회주의 실천성을 밝혀내는 데 온전히 바쳐지고 있었다.

남미현은 그 책을 조금씩 읽으며 두꺼운 노트에 우리말로 옮겨놓았다. 그러면서 길고 외로운 시간들을 견디어나갔다. 그 봄의 어느 맑은 오후, 그녀는 마지막 줄을 번역하며 몸을 가늘게 떨었다. 그것은 책에서 맛볼 수 있었던 한 인간의 격렬하고 다채롭고 기구한 생애 때문이 아니었다. 그것은 어쩌면 두꺼운 책 한 권을 모두 번역해내었다는, 아주 사소한 사실 때문이었다. 하지만 누추한 삶으로부터 자신을 견뎌낼 수 있게 한 것은 조심스럽고 정성스럽게, 그리고 쥐가 비누를 갉아먹듯 야금야금 번역하며 얻은 사회주의 혁명가의 삶, 그 자체라고 할 수밖에는 없을 것이었다. 어쩔 수 없이 그녀는 그 책을 읽으며 오빠를 떠올려야만 했다. 그의 죽음이 어떤 의미를 지니고 있는 것인지, 프랑스혁명에서 러시아혁명까지의 그 난급한 시대와 그들이 겪고 있는 1980년대 중반의 그것이 어떻게 비교될 수 있는지, 그녀는 단 한 순간도 그 생각을 놓을 수가 없었다. 그것이 그녀에게 일어난, 결코 적지 않은 변화였다.

그녀는 자신이 번역한 노트를 언제나 들고 다녔다. 보여줄 사람도 없었고, 누구에게 보여주고 싶지도 않았지만 그녀는 그것을 보물처럼 지니고 있었다. 그러던 어느 날, 한 여학생이 그녀를 찾았다. 이름이 박정미라고 했다. 그녀보다 두 살이 아래인 영문학과 3학년생이었다.

"언니라고 불러도 되죠?"

인근 Y대학에서 열리는 연합 시위로 인해 하루 종일 강의실마다 칠판에 휴강이라는 큼지막한 글씨가 씌어져 있던 날이었다. 텅 빈 강의실 창가에 앉아 푸르게 일어서는 잔디밭을 내려다보고 있던 그녀는 유난히 머리카락이 까만 안경 낀 여학생이 다가와 말을 붙이는 걸 보며 문득 두려움을 느꼈다. 여자대학이었기 때문에 당연히 여학생뿐이라는 사실도 잊어먹은 채, 이제 여자가 접근하는구나, 하고 생각했던 것이다. 그러나 자신을 소개하는 박정미의 말을 듣고 나서야 지나친 반응을 보인 게 오히려 머쓱했다.

"몇 번 도서관에서 뵌 적이 있어요. 언젠가 언니가 자리를 비운 틈에 훔쳐보기도 했고요. 그래서 그 책을 봤어요. 당연히 번역한 것도 봤죠. 놀라웠어요."

귀여운 얼굴에 붙임성 있는 말씨의 박정미를 보며, 남미현은 오랜

만에 환하게 웃을 수 있었다. 그러나 그녀의 마음속에 깔린 일말의
경계심은 좀체 풀리지 않았다.

"그거, 그냥 공부삼아 해본 거예요. 딴 뜻이 있었던 건 아니에요."

남미현의 어줍은 변명을 들으며 박정미는 환하게 웃었다.

"딴 뜻이라뇨?"

"아, 아니, 그저."

그날 이후로 가끔 학교에서 그녀는 박정미를 만났다. 구내식당에
서 함께 점심을 먹기도 했고, 영화 구경도 함께하는 사이가 되었다.
하루는 최루탄 가루를 뒤집어쓰고 눈물로 범벅이 된 얼굴로 박정미
가 강의실로 들어온 적이 있었다. 그때도 남미현은 텅 빈 강의실을
혼자 지키고 있었다. G. D. H 콜의 논문을 읽고 있을 때였다. 얼른
책을 감추었지만 갑작스레 뛰어든 박정미는 이미 복사한 논문의 표
지를 훑고 난 뒤였다. 그녀가 예의 그 환한 웃음을 얼굴 가득 그려냈
다.

"언니는 사회주의에 대해 관심이 많은가 봐요? 조지 더글라스 하
워드 콜, 맞죠?"

"하지만 이 사람은 극렬주의자는 아니야. 이론가일 뿐이지. 그리
고 이 사람은 페비언(FABIAN:점진적 개혁을 주장하는 사회주의자)
이야, 잘 알겠지만."

대뜸 그렇게 반박을 하긴 했지만 어색하기 이를 데 없었다. 굳이
박정미에게 자신의 행동을 변명해야 할 이유가 없었던 것이다. 박정
미는 의미 있는 표정을 지으며 한참이나 그녀를 바라보았다.

"언니, 남자 친구 있어요?"

갑작스런 질문에 미현이 어리둥절한 채 멍하니 있자 박정미는 "없죠?" 하고 못을 박았다. 남미현은 고개를 저었다.

"그럼 남자 하나 소개해줄까요? 이러고 있을 게 아니라 쇠뿔도 단김에 빼랬다구, 가요 우리."

박정미는 멍해 있는 남미현의 팔을 잡아끌었다. 그것이 남미현에게 일어난 두 번째 변화, 그 시작이었다.

남미현이 다니는 E여대에서 굴다리 쪽으로 내려가다 S극장이 있는 건물의 5층에 작은 사무실이 하나 있었다. 얼핏 보아 소규모 영업소쯤으로 보이는 그 사무실에는 전동 타자기가 놓인 철제 책상 하나와 잇대어 두 개의 책상이 나란히 붙어 있었다. 구석에는 소형 냉장고가 있고, 유리 덮개가 씌워진 길고 낮은 탁자 주변에 그다지 고급스러워 보이지 않는 비닐 소파가 놓여 있었다. 거기까진 여느 사무실과 다를 바가 없었다. 오히려 왠지 여느 사무실과 다르게 보이지 않으려고 애쓴 흔적마저 느껴졌다. 사무실 오른쪽 구석에 붙은 문하나를 열고 안쪽으로 들어가자 서너 평 정도의 방이 하나 나왔는데 거기에 가득 꽂힌 책들을 보는 순간, 그런 느낌이 확연해졌다. 복사기와 종이들, 그리고 다섯 개의 책상마다에 놓인 컴퓨터 다섯 대는 벽을 가득 메우고 있는 책들과 빈틈없는 조화를 이루고 있었다. 한 남자가 열심히 컴퓨터 자판을 두드리고 있다가 문을 열고 들어서는 남미현과 박정미를 돌아보았다. 검정 뿔테 안경을 손가락으로 밀어 올리며 눈살을 가늘게 뜬 그 남자는 박정미와 무척 닮아 보였다. 의자에서 일어나더니 미현에게로 다가와 손을 쑥 내밀었다. 미현은 그

손을 한참이나 내려다보았다. 엮여드는 것 같은 느낌에서 벗어날 수
없었다. 그 손을 잡는다는 게 뭔가 깰 수 없는 약속을 하는 것만 같
았다. 그리고 그녀는 두 사람의 얼굴을 떠올려야 했다. 선우정규라
는 신사와 죽은 오빠. 그리고 자문했다. '이 사람은 누구 편일까?'

"박정욱이라고 합니다. 정미한테서 얘기 많이 들었습니다."

그는 박정미의 오빠였다. K대학 대학원에서 정치학을 전공하고
모교인 K대학과 D대학에서 강의를 하고 있는, 나이는 스물아홉이었
다. 얼핏 가벼워 보이는 인상이었지만 말씨가 부드럽고 그녀를 대하
는 태도가 정중해서 믿음이 가는 사람이었다.

"정미한테 들은 대로 상당히 미인이시군요."

"그렇지, 오빠? 영화배우 같지?"

남미현의 팔에 팔짱을 낀 채로 박정미가 날아갈 듯한 목소리로 맞
장구를 쳤다. 그녀를 바라보는 박정욱의 눈길이 예사롭지 않았다.
미현은 그의 얼굴을 슬쩍 외면하며 박정미에게로 고개를 돌렸다. 그
녀가 한쪽 눈을 찡긋했다. 단순히 그녀의 오빠를 소개하기 위해 자
신을 이곳으로 데려온 게 아니라는 사실은 알았지만, 무슨 이유인지
는 집어내기 힘들었다. 박정욱이 미현에게 의자를 권하는 사이 박정
미는 슬그머니 문을 열고 나갔다. 미현은 새삼스레 방 안을 둘러보
았다. 예사롭지 않은 기운이 느껴졌다. 무거움보다는 은밀함이었다.

"사실, 전 오래 전부터 미현 씨를 알고 있었습니다."

박정욱이 담배를 꺼내 물며 다소 딱딱한 어조로 말했다. 미현이
눈을 둥그렇게 떴다. 하지만 그녀에게 박정욱의 얼굴은 전혀 낯선
것이었다. 박정욱이 담배연기를 길게 내뿜고는 말을 이었다.

"미현 씨 오빠 되는 기현이, 그 친구를 잘 압니다. 개인적으로 무척 아꼈던 후배였지요. 노선이 달라, 가까워지지는 않았지만."

순간 미현의 가슴에 자괴감이 밀려들었다. 오빠에 대해 너무도 아는 게 없었다.

묘한 인연이었다. S대 법대생으로 운동권에 깊이 몸담았던 남기현에 대해 박정욱은 속속들이 알고 있었다. 그의 죽음에 이르기까지의 과정도 물론. 그녀는 박정욱에게서 그녀가 미처 몰랐던 놀라운 사실들을 들을 수가 있었다. 전혀 귀에 익지 않은 한 단어가, 그 놀라운 사실들을 수렴하고 있었다.

아이제나흐EISENACH.

박정욱이 이끄는 이른바 '집단'의 별칭이었다. 인원 구성은 다양했다. 소설가인 조曹모, 영문학을 전공하여 한국 주재 외국 금융회사 C은행에서 일하는 추秋모, 재일동포 2세로 S대에서 국문학을 전공하는 김金모, K대학 경영학과를 졸업하고 H그룹 기획실에 근무한다는 황黃모, 그리고 박정욱, 그렇게 다섯 명이었다. 그들의 공통점은 모두가 남자라는 것과 나이가 모두 스물아홉 동갑이라는 것, 그리고 집안이 부유하다는 것 등이었다. 다른 또 하나의 공통점이라면, 사회주의에 대한 지대한 관심이었다. 하지만 그 관심은 단순히 이론으로서의 그것이었지 실천적이거나 운동성과는 일정 부분 거리를 두고 있었고, 그것이 기존의 운동권과 뚜렷이 차별되는 점이었다. 거기까지 설명을 마치고 난 박정욱은 박정미가 내온 차를 마시며 아이제나흐에 대해 설명하기 시작했다.

"이 이름을 왜 붙이게 되었는지, 그리고 얼마만큼 이 이름과 우리의 관심사가 맞닿는지는 요령 있게 설명되기 힘듭니다. 사회주의사에 뚜렷이 등장하는 부류니 우리가 가진 관심으로부터 전혀 동떨어진다고 볼 수는 없겠지만, 그렇다 해도 그 이름을 우리 그룹에 갖다 붙인 건 그저 그 이름의 어감이 괜찮다는 것 이상은 아닐 듯합니다. 그래서 그저 그렇게들 부르고만 있을 뿐, 다른 의미는 없습니다."

그러고 나서 그는 아이제나흐와 관련된 부수적인 설명에 들어갔다. 그의 얘기를 들으면서 남미현은 그가 뭔가 숨기고 있다는 것을 어렴풋이나마 느꼈다. 물론 막연한 예감일 뿐이었다. 그런 생각을 하며 남미현은 박정욱의 말에 빠져 들어가고 있었다.

"사회주의에 대한 마르크시스트적 해석은 1848년의 〈공산당 선언〉에 의해 완전한 형태로 선포되지만 그 해의 혁명들이 실패로 돌아가면서 사회주의 자체가 빛을 잃게 되죠. 1850년대 영국의 인민헌장운동을 통해 어니스트 존스는 사회주의의 재건을 모색하지만 그것마저 시들해집니다. 그런 한편으로 사회주의 사상과 운동의 중심지였던 파리는 나폴레옹 3세의 억압 하에서 대부분의 핵심자들이 추방당하거나 투옥을 당하고 결국 거의 정지 상태에 빠져들고 말죠. 1860년대의 독일이 지도적 위치를 가지게 된 것은 당연한 결과로 볼 수 있습니다. 이 지점에서 마르크스주의자와 라살레주의자의 탄생이 이루어지게 되는 겁니다. 마르크스와 라살레의 추종자들 사이에 노동 계급의 통제를 놓고 격렬한 다툼이 일어나게 되죠. 두 분파의 쟁투의 핵심은 국가라는 형태에 대한 사회주의적 논리와 태도에 있었습니다. 마르크스는 자본주의 정부를 싸워서 타도해야 할 '적'으로 간주하는 반면, 라살레는 국가란 성인 남자의 선거권 확립에 의해 사회적 진보 기구로 변형시킬 수 있는 장치로 파악했죠. 그 다툼의 과정에서 독일 사회주의는 결국 분열되었고, 라살레주의에 대한 다른 한 분파, 즉 베벨과 리프크네히트가 이끈 것이 바로 '아이제나흐'였습니다."

사회주의의 성립 배경에 대해 간략하게 설명을 하고난 박정욱은 남미현을 지그시 바라보며 다른 한 얘기를 꺼냈다.

"사실, 미현 씨에게 드리고 싶은 얘기는 따로 있습니다. 정미한테서 미현 씨 얘기를 들었을 땐 지금 제가 생각하고 있는 얘기를 들려주어야 한다는 데 추호의 주저도 없었지만, 막상 이렇게 대하고보니 좀은 망설여지는군요. 하지만, 이건 미현 씨가 알아야 하고, 그래야 정작 우리가 미현 씨에게 부탁할 일도 이루어질 수가 있습니다."

어렵게 운을 뗀 박정운이 담배 한 개비를 다 태우고 나서야 꺼낸 얘기는 바로 미현의 오빠 남기현의 죽음에 얽힌 사실이었다.

"잘 아시겠지만, 기현이는 삶을 포기하는 심정으로 군대에 갔습니다. 하지만 그건 진정한 포기라고 할 수는 없었지요. 가족과 사회 중 어떤 걸 선택할 것인지에 대한 고민을 포기한 것에 불과했으니까요. 군대에 갈 무렵 만나 술을 한잔 할 때였는데, 그 친구가 그러더군요. 한 3년 썩고 나오면 시선이 교정될 거고, 그땐 이를 악물고 돈을 벌었으면 좋겠다고요. 후회하더라도 상관없다고요. 그런데 그 친구가 죽었어요. 명목상으론 실종된 거죠. 인원 통제가 엄격한 군대에서 실종이란 건 설득력이 없지요. 우리가 알아봤더니, 기현이 그 친구는……."

거기서 박정욱은 잠시 말을 끊고 미현의 표정을 살폈다. 그러나

미현은 이미 박정욱의 다음 말을 충분히 알 수 있었다.

"말씀하세요. 어차피 제게 들려줄 얘기라면."

미현은 차분한 표정으로 박정욱을 보았다. 그의 안면이 조금 일그러져 있었다.

"살해된 겁니다."

박정욱은 비수를 찌르듯 말했다. 이미 예상하고 있던 말이었지만, 그녀의 고개가 툭, 하는 소리가 날 정도로 힘없이 떨어졌다. 한동안 무거운 침묵이 흘러갔다. 한참 뒤 미현은 물기로 젖은 눈을 들어 박정욱을 바라보았다.

"누구에게 죽임을 당했는지, 그것도 알고 계시겠죠?"

박정욱의 고개가 천천히 위아래도 끄덕였다.

"의문이 몇 가지 남아 있긴 하지만, 기현이를 죽인 사람을 알고 있습니다."

"그게 누구죠?"

"그 사람의 이름은, 박준기라고 합니다."

물론 미현으로서는 전혀 낯선 이름이었다.

"뭐하는 사람이었나요? 군인이었나요?"

"아닙니다. 우리가 알아본 바로는 폭력 조직의 조직원이었습니다. 하지만 그가 속한 조직은 단순한 폭력 집단이 아니었어요."

박정욱은 미간을 찌푸리며 말했다. 남미현은 문득 선우정규의 얼굴을 떠올렸다 지워냈다. 그러곤 박정욱의 다음 말을 기다렸다.

"박준기라는 사람은 하수인에 불과할지 모릅니다. 그렇게 보는 게 정확하겠죠."

"살인을 교사한 사람은 누굽니까?"

미현은 서서히 진정되는 자신을 느꼈다. 여러 번 품었지만 그 말의 무서움 때문에 애써 지워버렸던 한 단어를 그녀는 떠올리고 있었다. 복수였다. 대상이 명확해진다면 충분히 가능한 일이었다.

"하나일 수도 있고, 여럿 일 수도 있습니다. 우선 말씀드릴 수 있는 건, 서의실업이라는 조직입니다."

"서의실업?"

미현은 고개를 갸웃하며 그 생소한 이름을 몇 번 되뇌었다. 그녀의 표정을 살피며 박정욱이 조심스럽게 입을 뗐다.

"박준기가 속해 있는 서의실업이라는 곳은 매우 은밀한 조직입니다. 간단히 말하면 권력이 암암리에 묵인하고 있는 테러 집단이라고 할 수 있죠. 어디까지나 우리의 추측입니다. 하지만 이미 많은 재야 운동권이 그들로부터 피해를 입어왔다는 사실은 숨길 수 없습니다. 운동권 학생이나 수배자, 혹은 재야 인사들 중에 적지 않은 실종의 배경에는 대부분 그 조직이 관련되어 있죠. 연전 한 재야 단체에서 정부여당과의 커넥션을 입증할 자료를 손에 넣었지만 흐지부지되고 만 사례가 한 번 있었는데, 그 단체의 담당자가 정부 산하기관으로 옮기면서 자료 자체가 사라져버렸습니다."

박정욱의 말은 남미현에게 의문 하나를 던졌다. '아이제나흐'는 어떻게 이런 내밀한 사실들을 캐낼 수 있었는가, 하는 것이었다. 남미현이 묻기도 전에 박정욱이 그 대답을 하고 나섰다.

"서의실업은 상당 부분 우리와 비슷합니다. 모든 곳과 연결되어 있지만 모든 곳과 차단되어 있고, 구성원들이 조직 이외의 그 누구와도 조직과 관련된 비밀들을 만들지 않는다는 점에서 그렇습니다. 우리는 서의실업이라는 조직을 곧잘 '아이제나흐'와 빗대서 얘기하곤 하는데, 가령 우리가 확보하고 있는 정보와 자료는 분명 외부로부터 유입된 것이지만 그 외부가 어디인지는 아무도 모른다는 겁니다. 다시 말해 우리가 확보하는 자료는 분명히 외부에 근거하고 있으면서도 그 어떤 특정한 누군가가 제공하는 게 아니라는 뜻입니다. 미현 씨도 머지않아 충분히 알게 되겠지만."

"어렵네요."

미현은 박정욱의 말을 이해할 듯하면서도 이해할 수 없었다. 박정욱이 자신에게 결정적인 걸 숨기고 있기 때문이라고밖에는 판단할 수 없었다. 박정욱은 침을 한 번 깊이 삼키고는 가볍게 웃었다.

"단도직입으로 말씀드리죠."

박정욱은 손가락 끝으로 이마를 긁고는 눈동자의 검은자위를 기묘하게 좌우로 비틀며 경계의 눈빛을 만들어내고는 목소리를 한껏 낮추었다.

"선우정규라는 사람, 미현 씨에게 접근한 적이 있죠?"

미현의 몸이 움찔했다. 고개를 빼고 그녀를 지그시 바라보고 있는 박정욱의 눈을 그녀는 새삼스럽게 응시했다. 그의 여동생인 박정미가 단지 같은 과의 선배이기 때문에 그녀에게 접근한 게 아니라는 사실은 이미 증명되고도 남았다. 조금 전 박정욱의 입에서 나왔던 '부탁'이라는 단어가 떠올랐다. 그녀는 어떤 파워게임에 휘말리고 있다는 느낌을 강하게 받았다. 선우정규 혹은 서의실업과 박정욱 혹은 아이제나흐 사이에 벌어지고 있는. 하지만 박정욱이란 사람이 선우정규와 그녀의 관계를 알고 있다는 사실만으로도 미현은 깊은 구렁텅이로 빨려드는 것 같은 느낌이었다. 치욕스러움과 함께 더 이상 어디로 숨을 곳이 없다는 고립감이 엄습해왔다.

"발가벗겨진 느낌이네요. 절 동정하나요? 아니면 절 경멸하나요? 도대체 절 왜 여기로 데려온 거죠?"

미현은 박정욱을 쏘아보았다. 그녀의 목소리가 높아져 있었다. 그러나 박정욱의 얼굴에는 아무런 표정의 변화도 나타나지 않았다.

"그런 거 없습니다."

"그럼 박정욱 씨가 왜 제게 관심을 기울이는 거죠? 박정욱 씨가 아니면 아이제나흐라는 집단의 관심인가요? 제가 무슨 프락치라도 되는 줄 아시나부죠?"

남미현의 언성이 점점 높아지자 박정욱의 표정도 굳어져갔다. 그는 담뱃갑을 만지작거리다가 그녀의 입을 틀어막듯 말했다.

"미현 씨가 꿈꾸는 세계는 뭡니까? 노동판에서 고생만 하다가 가스 중독으로 돌아가신 아버지와 젊은 날 혁명가를 꿈꾸다가 비명에 가버린 오빠를 가진 한 여자가 꿈꿀 수 있는 세계는 뭡니까? 아무도 만나지 않고, 밖으로 통하는 문을 모두 걸어 잠그고, 한물간 사회주의자의 저서나 번역하는 걸로 미현 씨의 세계를 일궈가는 게 꿈입니까?"

박정욱은 마치 대답을 기다리고 있는 듯 잠깐 말이 없다가 말을 이었다.

"그게 아니죠. 그건 미현 씨의 꿈일 수가 없어요. 그렇지 않나요?"

박정욱의 말은 무척 위압적이었다. 그만큼 당했으니 그만큼 저항

할 필요가 있지 않느냐, 그러지 않고 뭘 하고 있느냐, 라고 다그치고 있었다. 미현은 그의 말을 이해할 수는 있지만 수용할 수는 없었다.

"저더러 지금 투사가 되라고 설교하는 거예요? 그래요. 투사가 될 수도 있어요. 하지만 왜 저여야 하는 거죠? 박정욱 씨와 이 집단이 저 대신 해줄 수는 없나요? 오빠를 죽였다는 서의실업이란 곳과 여기가 같은 곳이라면, 가능한 일이잖아요. 그렇지 않아요?"

남미현의 말에 박정욱은 고개를 젖히며 웃음을 터뜨렸다. 그러곤 어느새 웃음을 거두며 박정욱이 미현을 응시했다.

"말씀 잘 하셨어요. 바로 보셨습니다. 여기가 바로 그런 일을 하는 곳입니다."

그의 표정에는 자신감이 흘러넘쳤다. 지나치다 싶을 정도로. 그리고 못을 박듯 내뱉었다.

"그 일을 실현하자면 미현 씨가 필요합니다. 미현 씨가 없으면 실현할 수 없는 일이니까요."

지프가 해안 도로로 접어들자 보이기 시작한 바다의 거친 물굽이를 마주하며 남미현은 소스라치듯 5년 전의 기억으로부터 되돌아왔다. 박정욱과 아이제나흐와의 관계는 여전히, 기이하면서도 은밀히, 진행되고 있었다. 마치 선우정규와 그의 아들인 선우활이 맺고 있는 관계처럼. T호텔로 오르는 오르막길 초입에서 선우활은 차를 멈추었다. 그리곤 그녀를 지그시 바라보았다.

"난 당신에 대해 아는 게 하나도 없다는 걸 참으로 다행스럽게 생각했었는데, 이젠 그렇지가 않군요."

호텔 입구에서 해안 쪽에 위치한 한 군인 초소에서 방한모를 깊숙이 눌러쓴 군인 한 명이 그들을 바라보며 묘한 웃음을 날렸다. 남미현은 그 군인을 보며 씁쓸히 웃었다.

"커피가 마시고 싶어요."

미현이 선우활을 돌아보며 말했다. 선우활은 좌측 깜빡이를 넣고 오르막길을 올랐다. 눈을 하얗게 뒤집어쓴 대숲을 지나자 곧 널따란 호텔 주차장이 나왔다. 고급 승용차 몇 대가 세워져 있었다. 주차한 지가 꽤 되는 듯 차의 지붕에는 눈이 잔뜩 얹혀 있었다. 두 사람은 차에서 내려 이층의 커피숍으로 향했다. 호텔 커피숍은 덩그렇게 비어 있어 난방이 잘 되어 있는데도 괜스레 추위를 느끼게 했다. 창가에 자리를 잡고 앉자 머리를 짧게 깎은 남자 종업원이 다가와 물이 담긴 유리잔을 내려놓았다.

주문한 커피가 나올 때까지 십여 분쯤 걸린 듯싶었는데, 그동안 두 사람은 아무런 얘기도 나누지 않았다. 두 사람의 시선은 거대한 반원을 그리며 펼쳐져 있는 망망한 바다에 닿아 있었다. 해안을 따라 하얀 파도가 거칠게 몰려와 모래밭을 덮었다 밀려났다 했지만, 바다 멀리는 그저 잔잔할 뿐이었다. 삶도 저렇지 않을까, 하고 남미현은 문득 생각했다. 가까운 곳에서는 언제나 자질구레한 일상의 소용돌이가 일지만, 삶의 저 먼 곳은 언제나 평온하다. 하지만 그 평온해 보이는 곳으로 가까이 가면 다시 평온은 사라지고 거친 물굽이가 나타날 것이다. 그것을 확인하기 싫은 사람은, 아니 그 법칙을 아는 사람은, 그래서 관망과 관조를 즐긴다. 가능하면 삶의 중심으로 가려하지 않는, 일종의 비겁함이다. 문득 그녀는 처음 대학에 입학했을 때 교양 영어를 가르쳤던 젊은 시간강사가 읊어주던 존 메이스필드의 시를 기억했다. 그 시에는 이런 구절이 늘 반복되어 나왔다.

"나는 다시 바다로 가야겠네(I must down to the seas again)."

시 속의 바다는 희부연 안개와 동트는 새벽을 거느리고 있었고, 물거품 날리는 바람 세찬 날에도 들리는 건 갈매기 울음소리뿐인, 안온하고 달콤한 바다였다. 그러나 지금 그녀가 바라보는 바다는 그렇지 않았다. 삶의 거친 파도가 끊임없이 밀려왔다 밀려가는, 한시도 멈춤 없이 출렁이는 바다였다. 이데올로기와 희생, 사랑과 죽음과 암투와 모략, 음모, 더러운 정사, 상처가 넘실거리는, 안온함과 달콤함은 어디서도 찾아볼 수 없는 인생의 거친 중심, 그 바다에 지금 그녀는 서 있었다. 미현의 시선이 선우활을 향했다.

"절 사랑하시나요?"

미현은 선우활의 눈을 정면으로 바라보며 물었다. 대답 없이 선우활의 고개가 끄덕끄덕 움직였다. 그녀의 목소리가 커피잔 속으로 떨어졌다.

"그럼, 전 어떨까요. 당신은, 제가 당신을 사랑하고 있다고 생각하세요?"

"잘 모르겠소."

선우활의 대답에 미현은 희미하게 웃었다.

"미현 씨가 날 사랑하고 있다는 확신이 든 적은, 아직 단 한 번도 없었다고 해야 옳을 겁니다."

선우활은 다소 힘없는 목소리로 말했다.

'당신은 너무 솔직해서 탈이야.' 그녀의 눈빛은 그런 말을 하고 있었다. 2년 동안 내내 그랬었다. 그는 단 한 번도 그녀를 속인 적이 없었다. 어쩌면 별달리 속마음을 털어놓지 않았으니 속였다거나 속이지 않았다거나 하는 것 자체가 무의미할지도 몰랐다. 하지만, 미현으로서는 박정욱을 통해 선우활에 대한 정보들을 충분히 알고 있는 처지였으므로 그가 속이는지 그렇지 않은지를 어느 정도는 판단할 수가 있었다. 그런 점에서 선우활의 솔직함은 남미현으로 하여금 많은 것을 망설이게 하는 이유가 되었다. 박준기의 죽음에 대한 그의 개인적인 복수심조차 그랬다. "이 남자는 오빠를 죽음으로 내몬 깡패의 죽음을 복수하려 한다." 미현은 선우활을 볼 때마다 그 말을 속으로 중얼거렸다. 그럴 때마다 어이가 없었다. 그러곤 차라리 난마처럼 얽힌 이들의 관계를 모두 털어놓고 싶은 충동을 느끼곤 했다. 남미현의 오빠를 죽인 박준기, 그 박준기를 죽인 서의실업에 대해 복수의 칼을 갈고 있는 선우활, 그리고 그가 사랑하는 남미현, 이들의 관계는 아주 선명했지만, 지극히 모호했다.

침묵을 먼저 깬 것은 선우활이었다.

"미현 씨는 박준기를 알고 있었습니다. 그렇죠?"

선우활의 물음에 남미현은 선선히 긍정의 표시를 보냈다. 왠지 모를 슬픔이 그녀의 가슴을 지그시 눌렀다. 어쩌면 여기서 자신의 생이 마감될지 모른다는, 두려움이기도 하고 연민 같기도 한 것이 밀려들었다. 피하고 싶지는 않았다. 지난 2년간 선우활로부터 분에 넘치게 받아온 사랑에 대해 어떻게든 보답을 하고 싶었다. 그것이 죽음이어도 상관없었다.

서의실업 회장을 부추겨 박준기를 제거하던 바로 그날, 공교롭게도 선우활은 그녀와 처음으로 맞닥뜨렸고, 그녀가 미처 다른 계획에 돌입하기도 전에 선우활은 넘기 힘든 장애물이 되고 말았다. 하지만 박준기의 죽음과 함께 그와 절친했던 선우활이 서의실업에 의혹을 품기 시작한 것과 회장이 총애하는 여자를 넘보고 있다는 것이 맞물리면서 오히려 남미현은 언제든 어디로부터라도 발을 뺄 수 있는 구실을 마련한 셈이었다. 그런 점에서 선우활은 장애물이 아니라 오히려 든든한 보호막이 되어주었다. 선우활이 그렇게 만든 점도 있었지만, 그가 조직의 일선에서 물러나게 된 것은 남미현의 입김이 작용한 때문이었다. 그 정도는 눈치로 때려잡을 수 있는 선우활이었다. 그러나 이 여자를 얼마나 사랑하고 있는가. 이 여자를 위해 바칠 수 있는 최고의 것은 무엇인가. 그저 아슬아슬한 하룻밤의 정사로 만족할 수 없는 그 무엇. 그것이 사랑이고, 그 사랑을 위해서라면 목숨이란 어쩌면 너무도 하찮은 것일지 모른다. '하지만, 대체 이 여자의 정체는 뭐지?' 선우활은 어느 한 곳 흠잡을 데 없이 완벽한 남미현의 얼굴을 바라보며 그렇게 스스로에게 묻고 있었다. 서의실업의 전 회장이 정부情婦로 삼았던 여자들은 수없이 많았다. 서의실업이 보유하고 있는 영화사를 통해 전 회장에게 제공된 배우들의 숫자는 결코 적은 것이 아니었다. 그러나 그들 중에 유독 남미현만은 달랐다. 비록 지방대학이지만 전임강사로 임용될 만큼 명석하다는 것도 어느 정도는 작용했을 것이다. 하지만 그런 것들은 이제 더 이상 선우활의 관심이 될 수 없었다. 그녀가 남기현의 동생이라는 사실, 즉 그와는 피를 나눈 형제와도 같았던 박준기로부터 살해를 당한 남자의 피붙이라는 사실, 이제야 그것을 알게 되었다는 것이 안타까울 뿐이었다. 아니, 그 사실을 미리 알았다고 해도 지금과 다르지는 않았을지 모른다. 그녀를 처음 본 순간부터 일기 시작한 흔들리는 감정을 시간의 순서가 좌우할 수는 없는 노릇이었다. 다만, 그녀가 스스로 밝혀놓은 비밀의 한 자락, 꽁꽁 숨어 있었어야만 했던 그 사실이 그녀의 입을 통해 발설되었다는 게 안타까울 뿐이었다. 그것까지 남미현이 의도한 것이라고 생각할 수는 없었다. 하지만 그건 의도한 것이나 마찬가지였다. 이제 사실을 알고 난 이상, 이제껏 그녀에게 철저하게 속아왔다는 비애를 떨쳐버릴 수는 없었다. 그건 지독한 쓸쓸함이었다.

"미현 씨에 대해서 무엇부터 알아야 하는지, 그것조차 모르겠군요."

선우활은 어디서부터, 어떤 것부터 그녀에게 물어야 할지 몰랐다.

"제 스스로 당신에게 말해줄 수는 없어요. 이건 게임이니까요. 묻는 말에는 대답을 피하지 않겠어요. 하지만 당신이 묻는 것에만 대답하겠어요."

미현은 주저하지 않고 말했다. 그녀의 표정은 싸늘했고, 말소리는 더없이 차가웠다. 그런데도 그녀에게로 향하는 선우활의 감정은 조금의 흔들림도 없었다. 그런 자신이 우스웠다. 강의가 없는 주말이면 그의 오피스텔에서 함께 지냈던 그 숱한 밤들이, 그녀의 몸짓들이, 모두가 거짓처럼 느껴졌다. 선우활은 눈을 깊이 감았다가 떴다.

"오빠를 죽인 자가 박준기라는 사실을 알고 있었습니까?"

남미현의 고개가 까닥거렸다. 선우활은 숨소리를 죽이며 한숨을 내쉬었다.

"누구에게서 들었습니까?"

"오빠의 친구 분이었어요. 이름은 말씀드릴 수가 없어요."

"그럼 박준기의 죽음과도 무관하지 않겠군요."

"더 자세하게 말씀드리죠. 박준기는 제가 죽였어요."

선우활은 그녀가 거짓말을 하고 있다는 걸 알 수 있었다. 박준기는 레미콘 차에 깔려 죽었고, 그녀가 그런 차를 운전할 수 없다는 건 너무도 간단한 사실이었다.

"미현 씨가 죽였다는 건 무슨 뜻입니까? 혹시 회장에게 박준기를 죽여 달라고 부탁이라도 했다는 건가요?"

남미현의 고개가 천천히 끄덕여졌고, 서서히 숙여졌다. 선우활은 둔기로 뒤통수를 얻어맞은 것 같이 멍했다.

서의실업의 전기호 회장이 총애하는 여자. 그녀를 사랑한다는 건 위태로운 고공 줄타기와 다를 바 없었다. 몸의 균형을 잃어버리는 순간 그를 기다리는 것은 죽음을 향한 추락뿐이었다. 선우활은 그 아슬아슬한 줄타기를 2년간이나 지속해왔고, 무시로 추락에 대한 두려움이 일긴 했지만 단 한 순간도 피하고 싶은 생각은 가져보지 않았다. 어쩌면 그랬기 때문에 자신이 사랑하는 여자가, 그 여자를 사랑하는 일보다 훨씬 위험하다는 사실을 간과하게 만들었을지 몰랐다.

선우활은 창밖으로 눈길을 한 번 던졌다가 외투 주머니에 손을 찌르며 맞은편의 미현을 멍하니 바라보았다. 땀이 촉촉이 밴 손바닥에 싸늘한 금속 물체가 닿았다. 손가락 두 마디 정도밖에 되지 않는 접이칼. 그러나 어떤 생명도 따버릴 수 있는 치명적인 무기. 그는 손가락을 타고 오르다가 온몸에 싸늘한 소름을 돋아 올리는 그 금속 물체를 손에서 놓았다.

"아직 이르다."

그렇게 중얼거리며 그는 주머니에서 손을 빼냈다. 이제 어떻게 물어야 할까? 무엇을 물어야 할까? 때로 사랑만큼 살아가는 데 장애가 되는 것도 없을 거라는 생각이 뜬금없이 솟아올랐다. 사랑하기 때문에 헤어져야 한다는 신파는 그래서 옛날이나 지금이나 뭇 남녀의 가슴을 눈물로 젖게 하는 것이다. 사랑을 송두리째 부인할 수 있는 크나큰 죄악이 있다 해도 결국 사랑의 힘을 능가하지는 못한다. 사랑한다는 그 사실이 죄악일 때에 비로소 사랑의 힘은 소멸한다. 하지만 그것은 진정 소멸일까. 결국 사랑하는 사람은 그것을 되풀이하여 묻다가 이별이라는 선택에 자신을 맡겨버릴 것이다. 그렇지 않다면, 이별에 다름 아닌 또 다른 방법을 찾을 것이다. '죽음?' 선우활은 문득, 조금 전 싸늘한 한기를 느끼게 했던 그 금속 칼의 감촉과 이별, 죽음 따위의 어휘를 자신과 연결시켰다. 그리고 다시 물었다. 과연 지금은 그 선택을 하기에 적당한 시간인가를. 대답이 왔다. 아직은 일렀다.

"더 이상 묻지 않겠소."

선우활은 수수깡을 꺾어버리듯 가볍게 내뱉었다.

"왜죠?"

왜 갑자기 자신에 대해 일기 시작한 의문을 포기해버리는가, 그런 엉뚱한 질책이었다. "당신이 나를 죽여버린다고 해도 어쩔 수 없는 일이에요." 그런 대사를 읊조리는 연극배우의 몸짓처럼 지금 남미현의 표정은 얼마간 과장을 담고 있었다. 얼굴빛은 상기되어 있었고, 목소리는 가느다랗게 떨렸다.

"더 이상 확인받고 싶지가 않네요. 지금은 그럴 때가 아니란 생각이 들 뿐입니다. 다른 뜻은 없어요."

선우활이 가라앉은 음성으로 말하는 동안 미현의 표정에는 기묘한 웃음기가 어리기 시작했다.

"제가 떠날까봐서요? 아니면 당신이 절 떠나게 될까봐? 그것도 아니라면 더 엄청난 비밀을 아는 게 두려운가요."

"비밀?"

선우활은 남미현의 말끝에서 그 한 단어를 꽉 움켜쥐었다. 비밀. 그렇다. 그것이라면 하나의 방법이 될지도 모른다. 그 비밀이 무엇인가에 따라 폭로든 더 깊숙한 은폐든, 선택하면 될 것이다. 제 스스로 비밀이라는 말을 골라냈을 땐, 그것을 감당할 수 있는 자신만의 방법이 있기 때문이 아닐까. 순간적으로 뇌리를 스치고 지나가는 그런 생각들을 추스르면서 선우활은 두 팔을 탁자 위에 올리고는 몸을 앞으로 숙였다.

"우리 이렇게 합시다."

선우활의 말에 남미현은 저도 모르게 섬뜩함을 느꼈다. 자신이 조금 전에 "이건 게임이에요."라고 말한 것과 지금의 선우활의 반응은 그와 그녀 자신의 관계가 앞으로 어떤 식으로든 놀라운 변화를 가져올 거라는 사실을 예감케 했다. 그러나 그건 지금 당장 일어난 예감은 아니었다. 2년 전 선우활을 처음 만났을 때, 아니 어쩌면 박정욱이 이끄는 아이제나흐에 정식 회원으로 가입하면서 손바닥을 벌려 귀밑에다 대고서 'O. P'라는 것을 읊조렸을 때부터 그것은 시작되었을 것이다. 왜냐하면 그녀가 아이제나흐에 가입하게 된 배경에는 선우정규라는 인물이 개입되어 있었고, 선우활은 다름 아닌 그의 아들이기 때문이었다. 그 사람에 대한 배신, 혹은 억누를 수 없는 반발, 혹은 그가 쳐놓은 덫으로부터 탈출할 수 있는 최후의 조건, 그것이 바로 그녀로 하여금 O. P에 대한 맹서를 가능하게 한 것이었다.

Obeidence Provision, 복종 조항服從條項.

1945년에 종언을 선언했다고 많은 사람들이 믿었던, 그러나 유럽 소수의 인텔리들 사이에서는 종언이 아니라 또 다른 맹아萌芽라고 두려움에 찬 신음을 뱉게 만들었던 '오후午後의 전사戰士'. 히틀러의 죽음으로 광기의 민족주의는 사라지고 바야흐로 이데올로기의 투쟁으로 줄달음치고 있을 때, 독일의 뮌헨과 스위스의 장크트 갈렌, 오스트리아의 인스부르크, 묘하게도 직각 삼각형의 세 꼭짓점을 이루는 그곳에서 복종 조항에 뜨거운 피를 뿌리며 맹서하는 목소리들이 있었다. 이름 하여 네오나치즘의 싹틈이었다. 그리고 공포는 시작되었다. 오후의 전사와 새로운 나치즘, 아이제나흐와 남미현. 그 사이에 놓인 복종 조항. 그것은 1977년의 폴란드를 지체 없이 상기시킨다. 레흐 바웬사가 이끄는 지하 노동조합 발트해 연안 자유노조 위원회가 그다니스크의 합의를 극적으로 이끌어내고 솔리다리노슈치 결성의 합법화를 이루기까지 칠흑의 어둠을 꿰뚫는 한줄기의 섬광처럼 존재하였다가 사라졌던 엑스 특공대의 화려한 전설. 한 남자가 나타난다. 머리칼을 귀밑에서 거의 정수리까지 바짝 치켜 깎은 그 남자가 입고 있는 제복의 곳곳에는 하켄크로이츠를 변형한 휘장이 장식되어 있다. 누군가 "퀘스틸리히!"하고 나직한 소리로, 그러나 아주 선명하게 반복해 속삭인다. 그 속삭임은 호수 위에 돌을 던졌을 때 퍼져나가는 동심원처럼 남자를 중심으로 에워싸고 있는 회원들 사이로 조금씩 퍼져나간다. 남자의 길고 검은 가죽 장화가 나무로 된 단을 구른다. 한순간 적막이 찾아온다. 남자의 격앙된 목소리가 적막을 뚫고 들려온다.

"기울어진 인류의 역사, 그 오후가 시작되었다. 빛바랜 전쟁의 광기는 더 이상 우리들의 이상 위에 군림하지 못한다. 민족과 국가라는 거창한 구호 앞에 희생된 역사의 오전은 이제 접어두자. 새로운 동기로 새로운 역사는 기록되어질 것이다. 새로운 과정이 역사서의 책갈피를 장식할 것이다. 그대들이여, 나치는 망령에 불과하였다. 모든 제도와 율법들, 지금까지의 적과 동지의 개념, 존재의 철학, 그것들은 한낱 불씨에 불과했다. 인간 개개인의 성실함을 무시하는 죄악의 씨앗이었다. 민족과 국가의 개념, 적과 동지의 철학이 바뀌어야 할 운명의 시간이 우리 앞에 당도해 있다. 새로운 진보의 역사, 그 오후를 장식하라!"

모든 이념의 사투는 끝나고 남은 것은 새로운 세계의 건설과 그렇게 건설된 세계에서 누리는 전쟁 없는 평화로운 삶이라는 역설은 밤이 새도록 계속된다. 회원들은 그 누구도 지쳐 쓰러지지 않는다. 그들의 가슴은 한없이 뛰어오르고, 결국 그것은 모든 억압을 버텨낸다. 유토피아에 대한 희망은 어떤 마약보다 강력하다. 그러나 마약이란 결국 인간의 폐망을 구경하기 위해 존재하는 간특한 이유일 뿐이다. 그것을 아는 자는 불행하게도 그 남자뿐이다. 그 남자는 나타났던 길로 사라진다. 그는 누구인가. 어쩌면 그는 거대한 역사의 수레바퀴를 가로막으며 나타난 한 마리의 미친 사마귀는 아니었을까. 이 세계의 역사에 나타났다 사라져간 수많은 야심가, 선동가, 몽상가들과 같은.

남미현은 선우활을 바라보며 사마귀를 떠올렸다. 그만이 아니었다. 자신의 오빠 남기현도, 권력의 시녀자리에 앉아 모종의 변신을 꿈꾸는 선우활의 아버지 선우정규도, 그들에게서 빠져나오지 못하게 그녀의 등을 떠밀고 있는 박정욱도, 그와 얽힌 사내들도, 그들과 얽힌 그녀 자신도, 모두 한 마리의 사마귀일지 모른다는 생각이 그녀의 머릿속을 채웠다.

"이제 진짜 게임이 시작된 건가요?"

미현이 선우활을 보며 물었고, 선우활이 입꼬리를 찢으며 고개를 끄덕였다. 호텔 커피숍의 바다처럼 넓은 통유리 너머, 바다 저 먼 곳은 여전히 움직임 하나 보여주지 않은 채 잔잔했다. 진정한 격동을 깊고 깊은 심연에 감춘 채로.

제2부

적들의 사랑

5. 사막, 낙타, 검은 태양

나는 거리를 두고 사람들을 사랑해야 할까보다.
가까워지면 그들을 증오하게 되니.
— 주세페 마치니

비밀. 숨겨져 있는 사실. 인간의 세계는 바로 이 비밀로 지탱된다. 비밀을 영원히 깊디깊은 암흑 속에 가두려는 자와 어떻게든 그것을 까발려 공개하려는 자 사이의 긴장, 이 정치적 관계가 결국 인간 사회를 유지하게 만들었다고 한다면 억측일까? 아니다. 이 관계로부터 자유로울 수 있는 인간은 아무도 없다. 가령, 아주 작은 단위의 사회인 가족을 들여다보자. 거기에는 남편과 아내, 부모와 자식 간의 비밀이 존재한다. 저마다 말할 수 있는 사건의 한계를 가지고 있다. "당신에게, 네게, 혹은 우리에게, 도대체 무슨 일이 벌어지고 있단 말인가?"라는 의문은 남편이든, 아내든, 자식이든, 누구나 가지는 의문이다. "아버지는 어떤 사람일까?" 혹은 "내 아내는 무슨 생각을 가지고 저렇게 말하고 행동할까?", 아니면 "저 녀석은 무슨 꿍꿍이속으로 만날 제 방에 틀어박혀 있는 거지?" 따위의 의문들. 더러는 그 의문이 아주 자연스럽게 풀리기도 한다. 잘 돼가는 집안이라고 할 경우

흔히 그런 분위기다. 하지만 그렇다 해도 다음과 같은 질문으로부터 자유롭지는 못하다. "저 녀석이, 당신이, 그이가, 부모님께서, 도대체 왜 저렇게 속을 까발려 보이는 걸까?" 끝이 없다. 이것은 '비밀'이라는 단어가 가지는 가장 예리하면서도 섬뜩하고 괴상망측한 특징이다. 캐고 나면 곧 또 다른 의문의 구렁텅이가 존재하는.

이런 얘기가 있다.

4세기에서 19세기까지, 거의 천 오백 년 가까이 아프리카 곳곳을 지배하던 흑인 왕국은 대략 10여 개에 이른다. 인도양 남단의 섬 마다가스카르에서 시작해 모모다바 왕국, 루바, 콩고, 그리고 거대한 에티오피아, 그 서쪽의 다르푸르, 카넴, 다호메이 등등. 그런데 아프리카 북부를 거의 대부분 차지하고 있는 거대한 사막 사하라는 아프리카 대륙을 이야기할 때 빼놓지 않고 거론되던 기묘한 전설 하나를 숨겨놓고 있는 비밀의 모래덩이다. 현대 프랑스의 작가 르 클레지오가 가졌던 "사막의 자유로운 인간들은 영원히 사라지지 않으리"라는 확신도 어쩌면 그 비밀로부터 연유하고 있을지 모른다. 사하라는 원래 풍요로운 초원이었다. 어느 날 태양의 신으로부터 추방당한 자가 흉측한 몰골로 변해 초원의 풀더미 위에 던져졌다. 등에는 혹이 솟아 있고, 목과 다리는 가늘어 걷기에 힘겨웠다. 낙타였다. 낙타의 등에 솟아 있는 혹에는 신의 분노가 들어 있었다. 그것을 모르는 최초의 인간들이 기괴한 이 짐승의 혹을 칼로 찢었다. 거기에 보물이 들어 있을 거라는 거짓 예언자의 말을 믿고서. 그런데 그 혹, 아니 태양신의 분노가 열리자 너무도 뜨거운 열기가 사하라의 초지를 덮어버렸다. 한순간에 사하라는 사막으로 변해버렸다. 비밀의 개봉은 곧 죽음이었다. 드넓은 초원이었던 사하라가 한순간에 사막으로 변해 버린 그날, 하늘은 하루 종일 어두웠다. '검은 태양'이 솟아 있었기 때문이다. 아프리카의 비밀은 곧 사막의 비밀이었다. 태양신의 분노 는 절대로 캐어서는 안 되는 것이었다. 동쪽의 홍해로부터 서쪽의 대서양까지 장장 5천 6백 킬로미터, 북쪽의 지중해와 아틀라스 산맥 으로부터 남쪽의 니제르강과 차드호수를 잇는 1천 7백 킬로미터, 그 거대한 사막과 사바나와 스텝의 건조는 풀뿌리 한 올조차 남겨놓지 않았다. '죽음의 땅'이라는 뜻을 가진 사하라, 그곳에서 살아남으려 는 인간의 욕망은 낙타의 찢어진 혹을 꿰매려 애썼던 오랜 시간들과 그 시간들이 봉해놓은 비밀의 문으로부터 다시금 타오를 수 있었다. 지금도 그 비밀의 전설을 믿고 있는 아프리카 사람들에게 사하라는 곧 세계 전체이며, 그 세계는 영원히 봉인된 비밀 그 자체인 것이다. 그 비밀이 깨어지는 순간 죽음은 다시 닥쳐올 것이며, 하늘에는 영 원히 지지 않는 검은 태양이 떠오를 것이다.

남미현은 바다의 기슭을 핥는 파도 소리를 들었다. 그리고 그것은 지금 자신의 가슴을 캔디처럼 빨고 있는 한 남자의 혓바닥에서 녹아 내리는 소리였다. 비밀을 묻어두자, 비밀은 비밀로 묻어두자고 그녀 는 몇 번이나 뇌었다. 하지만 그럴수록 폭로에 대한 욕망은 캔디에 서 녹아내리는 당분처럼 끈적거리며 흘러내렸다. 그리고 모든 비밀 은 문을 열었다. 사하라의 비밀, 낙타의 혹을 찢었을 때 뿜어져나온 분노의 모래바람처럼 죽음이 오고 있음을 그녀는 느끼고 있었다. 그 러나 전설은 인간의 정신을 억압하는 것이기도 하지만 구제하기도 한다. 그녀가 모든 비밀의 문을 열었을 때, 그 비밀을 고스란히 받아들인 한 남자는 그 비밀의 문을 걸어 잠글 수 있는 강력한 자물쇠를 주었다. 그리고 그는 여벌의 열쇠를 모두 사막 속에 묻어버렸다. 그리고 남은 단 하나의 열쇠를 그는 자신의 목구멍 속으로 삼켜버렸다.

"검시대 위에 나를 눕히고 내 배를 갈라내기 전에는 아무도 비밀을 캘 수 없을 거야. 내 뱃속의 위액들이 그 열쇠를 녹여버릴 때까지 난 살아 있을 거니까. 비밀은 영원히 비밀로 남게 될 거야. 내가 당신에 대한 사랑을 버리고 살아갈 수 없다는 것을 알았을 때, 우리의 게임은 막을 내렸어."

그는 노련한 배우처럼 그렇게 읊고는 그녀의 팔을 끌어 입을 맞추었다. 커피숍에는 아무도 없었다. 거대한 바다로부터 차단된 유리창과 몸을 움직일 때마다 탁자에 부딪쳐 찰랑거리는 유리잔, 저 혼자 타들어가는 담배의 파리한 연기뿐이었다. 그녀는 자신에게 얽혀 있는 모든 것을 떨쳐내고 단 하나에만 자신을 붙들어둘 것을 다짐했다. 가능할지는 알 수 없었다. 가능하지 않을 거라는 속삭임이 그녀의 귀를 간지럽혔다. 하는 수 없었다. 그는 거대한 사막이었다. 그녀는 그 사막을 건너가는 낙타였다. 그는 그녀의 등에 붙은 혹을 찢어내고 스스로 사막이 되는 고통을 겪었지만 낙타를 버리지는 않았다. 그는 자신이 찢은 낙타의 등을 자신의 손으로 꿰맸다. 그래서 그녀는 살아남을 수 있었다. 그에게 남은 것은 저 하늘에서 영원히 어둠을 뿌리게 될 검은 태양과 맞서는 일뿐이었다.

지루할 정도로 집요하고도 길었던 한 번의 정사가 끝났을 때 온몸

구석구석에 남아 있던 욕정의 찌꺼기보다 정신의 벽을 끈적이며 달라붙어 있던 관념의 찌꺼기들이 먼저 말끔히 사라졌다. 미현은 땀방울이 맺힌 이마를 손등으로 가리며 안으로 잦아들어가는 한숨을 조심스럽게 뱉어냈다. 아스라이 사라져가던 놀빛은 잠시 눈길을 돌린 사이에 컴컴한 어둠이 삼켜버린 듯 갑자기 어두워졌다. 맥이 풀어지며 주체하기 힘든 피로가 엄습했다. 잠이 쏟아졌다. 잠의 늪으로 빨려들어가면서 잠에 빠져들기 시작하고 있다는 사실을 또렷이 인식할 수 있었다. 잠을 자려는 자신과 그것을 묵묵히 지켜보는 자신이 따로 존재했다. 아득한 곳으로 곤두박질치듯 현기증이 몰려오다가 온몸이 경련을 일으키며 떨렸다. 그러곤 자신의 몸속으로 누군가 손을 집어넣어 신경들을 빼내버린 듯 아무런 감각도 느껴지지 않았다.

얼마나 지났을까.

전화벨이 약하게 울리는 소리가 들려왔다. 벌레의 울음소리 같았다. 눈을 뜬 것은 미현이었다. 그녀는 아무것도 걸치지 않은 채 얇은 시트자락으로 아랫도리만 가린 선우활을 바라보며 손등으로 몇 번 눈을 비볐다. 벨이 끊겼다가, 잠시 뒤 다시 울렸다. 그녀는 침대 곁 콘솔 위에 놓인 수화기를 집었다. 프런트였다.

"남미현 씨 되십니까?"

그녀는 친절한 남자의 목소리를 들으며 호텔방 구석에 놓인 오디오 캡에서 야광으로 빛나는 시계를 보았다. 3:40에서 3:41로 막 넘어가고 있었다.

"어떤 남자분께서 서류 봉투를 맡겼습니다. 급한 일이라고 하시기에 실례를 무릅쓰고 전화를 넣었습니다."

프런트의 남자 종업원은 미안하다는 말을 몇 번이나 반복했다.

"그분 성함이?"

남미현은 짚이는 데가 있어 물었다. 한동안 머뭇거리던 종업원의 목소리가 다시 들려온 것은 종이를 구기는 듯한 바스락거리는 소리가 들려온 뒤였다. 봉투를 확인하는 듯했다.

"겉봉에 박정욱이라고 씌어져 있는데요."

역시 그랬다. 미현은 비밀을 죄다 털어놓고 난 뒤의 후련함을 온전히 즐기기도 전에 밀려온 두려움의 시간에 실망감을 느꼈다. 너무도 짧은 시간에 사라져버린 행복이 몸에 익은 불안으로 바뀌는 것을 그녀는 느꼈다. 어디서부터 미행을 당한 걸까? 처음부터? 그 사람은 어디까지 알고 있을까? 박정욱이란 사람은 어쩌면 자신의 행적에 대해 모든 것을 알고, 모든 것을 예감했을지 모른다고 미현은 생각했다. 그에게서 가장 최근에 받은 지령은 그녀가 전임강사로 일하고 있는 충남 T시의 한 사립대학 정치학과 교수의 동향과 관련된 것이었다. 아이제나흐의 분석에 따르면 40대 초반의 정丁모 교수는 그곳 출신이며 여당의 핵심인 김金모 의원으로부터 대선에 관한 모종의 부탁을 받은 상황이었는데, 그 부탁을 수락했을 때 취해줄 수 있는 조건은 부교수로의 승진이었다. 김 모 의원은 그 대학 재단의 실력자로 알려져 있어서, 정 교수는 그 부탁을 뿌리치지 못할 것이라는 분석이었다. 그럴 경우 고조되어 있던 야당의 상승 열기에 어떤 식으로든 치명타가 될 우려가 있으며, 그것을 막는 것이 아이제나흐가 목적하는 바였다. 만약 남미현이 그 정 교수에게 접근해 늦가을에 열릴 예정인 지구당 대회에 참석하지 못하게만 한다면, 나머지는 아이제나흐에서 처리하겠다는 것이었다. 그리고 그 일은 성공적으로 진행되었다. 기회를 엿보던 남미현은 정 교수가 연구실로 들어서는 순간에 복도에 나타났었고, 가슴에 잔뜩 안고 가던 책들을 떨어뜨리는 연기를 한 끝에 그의 시선을 끌어 매우 자연스럽게 접근했고, T시와 정반대 쪽에 있는 남해안의 온천으로 여행을 떠났다. 사흘 뒤 열린 지구당 대회에 참석하지 않은 건 당연한 일이었다.

새로운 지령일 거라는 생각과 아직은 새벽이라는 생각이 동시에 일었다. 서류 봉투를 방으로 가져오겠다는 것을 만류하고는 전화를 끊었다. 그녀는 침대에서 내려와 조심스럽게 발걸음을 옮겨 옷장을 열었다. 그러곤 벗은 몸 위에 외투를 걸쳤다. 방을 나섰을 때 복도의 싸늘한 한기가 남미현의 목덜미를 날카롭게 파고들었다. 그녀는 깃을 세워 목을 가리고 엘리베이터가 있는 곳으로 걸음을 옮겼다. 복도에 깔린 카펫은 발걸음 소리를 기분 좋게 흡입하고 있었다. 그제야 그녀는 자신이 신발을 신고 있지 않다는 사실을 깨달았고, 돌아서다가 걸음을 멈추었다. 도어가 자동으로 잠겨버렸을 거라는 생각이 들었다. 눈을 질끈 감고는 머리를 흔들었다. 그녀는 이내 다시 돌아서서 엘리베이터로 걸어갔다. 하강키를 누르고 숫자판이 6에서 멈추기를 기다렸다. 박정욱이 이곳까지 왔을지 궁금했다. 만약 왔다면 그녀가 선우활과 함께라는 사실을 모를 리 없을 터였다. 그녀의 생각은 거기서 막혔다. 이해가 되질 않았다. 직접 왔을 리가 없을 거라는 생각이 뇌리를 스치고 지나갔다. 그렇다고 마땅히 떠오르는 얼굴은 없었다.

아이제나흐의 멤버들은 그림자처럼 움직였다. 실체를 드러내는 법은 없었다. 컴퓨터 디스켓으로 개인의 의사를 표현하고 그것을 모은 다음 돌려보았다. 이견이 있을 경우 다시 그것을 디스켓에 옮긴 뒤 제출한다. 디스켓의 윤독을 통해 몇 번의 토의 과정을 거친 다음, 사안에 따라 최종 정리를 하게 된다. 경제에 관한 거라면 한국 주재 외국은행에 근무하는 추秋가, 외국 문제 특히 일본과 관련된 것일 때엔 재일동포 2세이며 S대에 유학중인 김金이, 언론에 투고를 하거나 문학의 형식으로 드러낼 필요가 있을 때엔 소설가 조曺가, 기업에 관한 것일 땐 H그룹 기획실의 황黃이, 그리고 대학이나 정치 관계 문제일 때엔 박정욱이 각각 맡는 식이었다. 남미현에게 전달되는 내용의 경우에도 마찬가지였다. 사안에 따라 전달되는 봉투의 겉에 각각 그 이름들이 적혀 있었다. 프런트 종업원에 의하면 그 봉투에는 박정욱의 이름이 기록되어 있고, 그렇다면 학내외 문제가 아니면 정치와 관련된 문제일 것이다. 그러나 이런 시간에, 이런 장소에서 봉투를 전달받는다는 것은 예상 밖의 일이었다. 실체를 드러내지 않는 그림자. 어쩌면 지금의 상황은 가장 그들다운 것일지 몰랐다.

엘리베이터로 들어서는 순간 바닥에서 느껴지는 차가움으로 그녀는 정신이 번쩍 들었다. 엘리베이터가 경쾌한 음향과 함께 멈추었다. 가벼운 경련이 스치고 지나갔다. 엘리베이터 문이 열리고 텅 빈 로비를 건너 정면으로 바라보이는 프런트 안에 노란색의 사각 종이 봉투를 든 종업원이 그녀를 뚫어지게 바라보고 있었다. 로비에는 아무도 없었고, 네 개의 기둥에 달라붙은 조그마한 조명만이 여린 불빛을 내고 있을 뿐이었다. 그녀는 차가운 로비 바닥을 가로질러갔다. 종업원의 시선이 아래를 향하고 있었다.

"그건가요?"

프런트로 다가간 남미현은 종업원이 들고 있는 봉투를 바라보며 조그맣게 물었다. 종업원이 그녀의 맨발을 내려다보고 있다가 낮게 웃으며 그녀에게 봉투를 건넸다. 손가락으로 만져보았다. 제법 두툼했다. 겉봉 우측 하단에 정말 '박정욱'이라고 씌어 있고, 그 아래에 한자로 된 그의 사인이 있었다. 남미현은 알몸에 걸친 외투의 앞섶을 단단히 여미며 종업원을 바라보았다.

"저, 마스트 키를 좀 빌릴 수 있을까요?"

종업원이 의아한 눈길을 던졌다.

"보시다시피."

그녀는 손가락으로 맨발을 가리켰고, 그제야 종업원은 그녀가 열쇠를 가지지 않았다는 걸 알았다. 그는 프런트 탁자 밑에서 여러 개의 열쇠가 달린 열쇠뭉치를 꺼냈다. 그 뭉치들 속에서 605호라고 씌어 있는 열쇠를 벗겨내 그녀에게 내밀었다. 그런 다음 얼른 다른 서랍을 뒤져 호텔 라벨이 찍힌 고동색 슬리퍼를 탁자 위에 올려놓았다. 남미현은 설핏 웃음을 흘리고는 한쪽 손으로 외투의 앞섶을 거머쥔 채 슬리퍼를 감싸고 있는 종이띠를 뜯어냈다. 종업원을 향해 고개를 까닥해 보이고는 슬리퍼에다 발을 끼워 넣었다. 차가운 대리석을 디디고 있던 발이 금세 따스해졌다. 그녀는 다시 엘리베이터가 있는 곳으로 돌아서서 로비를 건너갔다.

뒤쪽에서 종업원의 긴 하품소리가 들려왔다. 엘리베이터 쪽으로 걸어가던 그녀는 로비 중앙의 기둥에 붙은 둥근 소파에 앉았다. 그러곤 슬쩍 눈길을 호텔 입구의 회전문 쪽으로 던졌다. 회전문 밖으로 어둠에 싸인 대나무 숲이 보였다. 프런트 반대편의 입구 우측 선물 코너가 불이 꺼진 채로 덩그렇게 놓여 있고, 그 너머의 유리창에 어둠이 차갑게 달라붙어 있었다. 파도 소리가 그쪽에서 아스라이 들려왔다. 남미현은 소파 깊숙이 등을 묻고 봉투의 입구를 열었다. 그때였다.

"미현 씨!"

마치 차가운 뱀의 몸을 만졌을 때 느낄 수 있는 섬뜩함이 실린 그목소리는 그녀의 왼쪽, 키가 큰 야자나무와 고무나무, 잎이 무성한 행운목 화분들 사이에서 들려왔다. 그녀는 거기에 사람이 있을 거라고는 생각치도 못했다. 그녀의 귓속으로 뱀처럼 기어들어온 그 목소리는 박정욱의 것이었다. 그녀는 순간적으로 우측 프런트 쪽으로 고개를 꺾었다. 남자 종업원은 의자에 앉았는지 머리 윗부분만 살짝 보일 뿐이었다. 그녀는 고개를 반대편으로 돌렸다. 기둥 위에서 내려오는 낮은 촉광의 불빛을 받아 반짝하고 빛나는 뿔테안경이 그녀의 눈에 빨려들 듯 들어왔다. 그 안경알 속에서 가느다랗게 찢어진 까만 두 눈이 반짝였다. 그것은 기묘하게도 박정욱의 실체이면서 동시에 그림자였다. 미현은 소리를 죽이며 폐부 깊숙한 곳에서 한숨을 끌어냈다. 그녀는 봉투를 쥔 손으로 외투의 깃을 끌어올렸고, 다른 손으로는 다시금 외투의 앞섶을 여몄다. 화분의 나뭇잎들이 바스락거리며 흔들렸다. 기둥에 등을 바싹 붙인 채로 박정욱이 그녀에게로 다가왔다. 그것 역시 뱀처럼 이물스러웠다. 그는 아무 말도 하지 않았다. 하지만 조심스럽게 다가온 박정욱의 차가운 손이 남미현의 외투 속으로 기어들어왔다. 미현은 움직일 수가 없었다.

"도대체 왜 이러는 거예요?" 그렇게 말하고 싶었지만 입술이 떨어지지가 않았다. 그녀의 외투 속으로 기어든 박정욱의 차가운 손은 한순간 움찔했다. 그러나 이내 그것은 다시 움직였다. 유두를 건드리며 지나가던 그의 손가락이 명치께로 옮겨갔다. 그리곤 그녀의 아랫배를 훑기 시작했다. 그녀는 온몸이 얼어붙는 것 같았다. 그것은 뱀이 온몸을 휘감는 것과 같은 전율을 느끼게 했다. 그녀의 손이 외투 겉에서 박정욱의 손을 움켜쥐었다. 들고 있던 종이봉투가 로비 바닥에 떨어졌다. 파삭, 하는 소리에 그녀는 고개를 오른쪽으로 꺾어 프런트를 노려보았다. 여전히 종업원의 정수리만 보일 뿐이었다. 그녀는 박정욱의 손을 걷어내며 바닥에 떨어진 종이봉투를 집어 들었다. 그러나 박정욱의 손은 제지하는 남미현의 힘을 다시 밀쳐내며 그녀의 아래쪽을 향해 기어들어왔다. 뱀처럼. 머리칼이 주뼛거리며 일어섰다. 이럴 수는 없다. 능욕이다. 다른 남자도 아니고 박정욱의 것이라면 더욱. 하지만 그녀의 의식을 무너뜨리기라도 하듯 그의 손은 어느새 그녀의 사타구니 속으로 빨려들고 있었다. 박정욱의 입에서 가느다란 숨소리가 뿜어져 나왔다. 그의 손아귀에 억제할 수 없는 욕망이 움켜져 있음을 미현은 느꼈다. 그의 손가락이 예리한 아픔을 동반하며 그녀의 몸속을 찔러왔을 때 그녀는 소파를 박차고 일어났다. 뱀의 손길이 빠르게 떨려났다. 그녀는 돌아보지 않은 채로 엘리베이터를 향해 뛰었다. 슬리퍼가 벗겨지는 것을 느끼는 순간, 찰캉, 하는 소리가 들려왔다. 종업원이 빌려준 열쇠가 로비 바닥에 떨어지는 소리였다. 그녀는 열쇠를 집어들 생각도 하지 못한 채 엘리베이터의 승강 버튼을 눌렀다. 엘리베이터의 문이 열리고 그녀는 그 속으로 빨려 들어갔다. 그러곤 잠금 버튼을 눌렀고, 6층의 숫자판을 거칠게 두드렸다. 문이 닫히려는 순간, "잠깐만요, 키가 떨어졌어요!" 하는 남자 종업원으로 목소리가 들려왔다. 미현은 엘리베이터 문이 닫히는 틈새로 로비 중앙의 화분 숲을 노려보았다. 검은 그림자 하나가 숲 속에 몸을 숨기고 있었다.

문이 닫히고 엘리베이터가 움직이기 시작했다. 그녀는 마치 더러운 것이라도 묻은 양 알몸을 싸고 있는 외투를 미친 듯 털어댔다. 눈알이 빠질 듯 아파오면서 굵은 눈물줄기가 흘러내렸다. 엘리베이터가 6층에 멈추고 문이 열리기 무섭게 그녀는 뛰쳐나와 605호실을 향해 달려가기 시작했다. 한쪽 발에 끼워져 있던 슬리퍼가 벗겨져나갔다. 복도를 울리는 쿵쿵거리는 요란한 뜀박질 소리가 그녀의 귓속으로 고스란히 밀려들고 있었다. 미현은 눈물로 범벅이 된 얼굴로 605호실의 초인종을 마구 눌러댔다. 그러다가 주먹을 쥐고서 미친 듯 문을 두드리기 시작했다.

선우활이 벌겋게 충혈된 눈을 비비며 문을 땄을 때 미현은 무너지듯 그의 품속으로 무너졌다. 거친 울음소리가 그녀의 온몸에서 터져나왔다. 억제하려 애쓸수록 울음은 더욱 거칠어져갔다. 선우활은 그녀의 몸을 쓸어안고 침대로 데려갔다.

"무슨 일입니까?"

선우활이 조심스럽게 물었다. 그 목소리는 그녀의 울음소리에 이내 묻혀들었다. 한동안 그녀의 울음은 그치지 않았다. 격렬하게 몸을 뒤채며 우는 바람에 그녀를 감싸고 있던 외투가 열리고 알몸이 드러났다. 희미한 미등 아래 드러난 그녀의 어깨를 선우활은 시트를 끌어다 감쌌다. 그때까지 그녀의 손아귀에 쥐어져 있던 종이봉투가 방바닥에 떨어졌다. 선우활의 시선이 바닥으로 꽂혔다.

"아니에요."

선우활이 봉투를 집으려고 허리를 숙이자 미현이 몸을 기울였다. 그러나 그땐 이미 선우활의 손이 봉투를 집어 올린 뒤였다. 봉투를 그녀에게 건네주며 자연스럽게 그의 눈길이 겉봉에 머물렀다. 그는 겉봉에 쓰인 이름을 발견했다. 그가 희미하게 웃었다.

"놀라운 사람들이군."

그의 입가에 어렸던 미소는 오래 머물지 않았다.

"미현 씨가 지금 울고 있는 까닭은 뭡니까?"

그녀는 입을 다물고 있을 수밖에 없었다. 지금으로서는 무엇을 어떻게 얘기해야 할지 알 수 없었다. 미현의 침묵이 꽤 길게 이어진 뒤 선우활이 다소 침통한 어조로 물었다.

"그들이 날 독살이라도 하라던가요?"

선우활의 입에서 나온 그 말에 남미현은 눈물로 범벅이 된 얼굴을 들었다. 그녀의 몸은 여전히 떨리고 있었다.

"그럴지도 모르죠."

그녀는 자조하듯 대꾸했다. 선우활은 시트에 감싸인 남미현을 훑어보고는 종이봉투를 얼굴 높이로 들어올렸다.

"이거, 내가 봐야겠어요."

미현의 고개가 힘없이 흔들렸다. 하지만 그건 거부의 표시가 아니었다. 일이 이렇게 된 이상 그녀에게는 그럴 명분이 없었다.

"미현 씨가 보지 말라면 그렇게 할게요. 어떻게 할까요?"

그녀의 말에 선우활이 봉투의 겉봉을 손가락으로 톡톡 치면서 물었다.

그녀의 얼굴이 아래위로 끄덕거렸다.

"한 가지만 약속해주세요."

선우활은 미현의 얼굴 한 쪽을 가리고 있던 헝클어진 머리카락을 거두어주었다. 그녀가 낮게 한숨을 내쉰 뒤 말을 이었다.

"거기에 만약, 조금이라도 당신에게 해가 되는 내용이 적혀 있다면 제게 보여주지 마세요. 약속하시겠어요?"

선우활은 코에 물이 들어간 듯 찡했다. 우습게도 그것은 지난 2년 동안 단 한 번도 들어보지 못했던, 그래서 미치도록 듣고 싶었던 그 어떤 고백보다 감동적이었다.

"약속하죠."

선우활은 눈시울이 뜨거워지는 것을 느끼며 대답했다. 그는 미현을 가만히 안아 침대 위에 눕히고는 구석에 놓인 의자에 앉아 봉투를 뜯었다. 두툼한 서류의 맨 앞장에 그의 눈길이 멎었다. 그는 당황한 듯 봉투에서 뽑아낸 서류의 맨 앞장으로 얼굴을 바싹 디밀었다가 탁자 위에 놓인 스탠드를 켰다. 쏟아져 나온 붉은빛 속에서 그의 손길이 가늘게 떨리고 있었다.

제목: 선우활에 관한 보고서

작성자: 박정욱

작성일자: 1989년 12월 4일

두툼한 보고서를 쥔 선우활이 침대에 누운 미현을 슬쩍 바라보았다. 그녀는 누운 채로 그를 가만히 바라보았다. 눈물자국이 그녀의 얼굴에 선명하게 남아 있었다. 그는 그녀에게 활짝 웃어주었다. 그러곤 보고서의 앞장을 넘겼다. 기가 막힌 사연들. 아직 그의 귀에 닿은 적이 없던 말들. 자신에게 얽힌 기묘한 인연의 끈들. 박정욱이란 자가 작성한 보고서의 내용들은 선우활로 하여금 깊이 모를 아득한 곳으로 가라앉게 만들었다.

'1962년, 충청도 Y읍 출생.'

그렇게 시작되는 선우활에 대한 보고서는 여백이 거의 없는 빽빽한 편집 상태로 A4용지 마흔 장을 가득 채우고 있었다. 보고서를 다 읽고 났을 때 바다로 향한 창문을 가리고 있던 연둣빛 커튼이 붉게 물들어 있었다. 뻐근한 눈두덩을 손바닥으로 비비며 선우활은 침대 쪽으로 눈길을 돌렸다. 남미현은 아기처럼 몸을 웅크린 채 잠이 들어 있었다. 선우활은 조심스럽게 의자에서 일어나 보고서가 들어 있던 봉투와 탁자 위에 놓여 있던 라이터를 집어 들었다. 그리곤 바다 쪽으로 난 베란다의 문을 열고 밖으로 나섰다.

수평선에 낮게 드리워진 회색의 하늘과 우윳빛으로 빛나는 아득한 바다의 끝에서 아침 해가 떠오르고 있었다. 그는 소리 나지 않게 베란다의 문을 닫고 심호흡을 했다. 한동안 그는 일출을 보며 폐부 깊숙이 바닷내음이 밴 공기를 빨아들였다. 그러나 숨통은 트이지 않고 오히려 체한 듯 꽉 막혀왔다. 그는 천천히 베란다 바닥에 주저앉았다. 보고서의 맨 앞장을 찢어 그 끝에다 라이터를 댔다. 몇 번 불길이 일었다가 꺼지곤 했고, 그럴 때마다 다시 불을 붙였다. 날아가지 않도록 베란다 구석에다 종이를 한 장 한 장 찢으며 불을 옮겼다. 종이는 수북이 재를 남기며 타들어갔다. 마치 아침을 맞아 잠을 깬 새의 첫 비상처럼 그것들은 요란하게 퍼덕거렸다. 다 타들어간 종이는 재가 되어 바람에 이리저리 날렸다. 그 재처럼 그의 마음도 흩어져 날리고 있었다.

〈선우활에게는 친부가 있다. 이름은 선우장鮮于將. 선우활의 의부인 선우정규와는 인척 관계가 아니다. 기이하다고 표현할 수밖에 없는 인연이 존재할 뿐이다. 선우활의 친부인 선우장은, 그의 부친이며 선우활의 조부인 선우명鮮于明에게서 어릴 적부터 사회주의 교육을 받아왔다. 사회주의자로 변신하기 전, 선우활의 조부인 선우명은 1934년부터 7년간 일본 경찰에서 형사로 일하였다. 그는 1940년 6월, 민족주의자며 청년 실업가였던 윤인근尹仁權을 체포하는 공로를 인정받아 제8대 조선 총독 미나미南次郎로부터 훈장을 받을 기회가 주어졌지만 바로 그때 경찰에서 물러났다. 경찰직에서 물러난 그는 사회주의자가 되었다.〉

박정욱이 작성한 보고서 중에서 바로 그 부분이 지금 불길이 되어 타오르다가 천천히 재로 변해갔다. 선우활은 까맣게 변하여버린 재속에서도 아직 완전히 지워지지 못한 글씨 자국을 발견하고 어금니를 사려물었다. 그의 뇌리 속에 생생히 살아 퍼덕이는 박정욱의 보고서가 마치 채 지워지지 않은 잿더미 속의 글씨처럼 되살아나고 있었다.

***

1940년 여름.

마흔 살의 생일날, 선우명鮮于明은 칠흑 같은 어둠 속에서 남산으로 오르는 좁은 길 옆 소나무 숲에 몸을 숨기고 있었다. 아침에 먹은 절편에 체해 점심과 저녁을 굶은 탓도 있었지만 어두워졌는데도 좀처럼 수그러들지 않는 열기 탓에 금세 쓰러질 것처럼 현기증이 일었다. 게다가 모기들이 떼를 지어 맨살을 파고드는 통에 이중의 고통을 겪고 있었다. 하지만 잠복을 풀 수는 없는 일이었다. 그의 선임인 이시하라는 정보가 그다지 믿을만하지 않다는 이유로 일찌감치 철수령을 내렸고, 그 바람에 대원들은 죄다 퇴근해버린 뒤였다. 하지만 선우명은 포기할 수 없었다. 얼마나 별러왔던 기회인가. 겉으로는 젊은 나이에 엄청난 재산을 상속받은 그저 돈독 오른 장사꾼으로 위장한 채 뒤로는 은밀하게 독립군의 군자금을 대주는 한편 금서로 되어 있던 박은식의 〈독립운동지혈사〉와 〈한국통사〉 그리고 신채호의 〈조선상고사〉 따위의 책들을 국내로 반입해 등사를 뜨거나 대담하게도 인쇄까지 시도하고 있던 윤인근尹仁槿. 철저한 보안으로 증거를 확보할 길 없던 그 윤인근이 드디어 그가 쳐놓은 그물망에 걸려들 찰나였다. 거기에는 총독부에서 관리하고 있는 조선문인협회 소속의 소설가 최이락崔二樂의 공로가 톡톡했다. 그는 일본에 협력하기를 거부하는 문인들을 포섭하거나 그들의 이름을 도용해 일본 제국과 천황에 충성을 다짐하는 소설들을 발표하는, 말하자면 실체가 철저히 숨겨진 유령작가였다. 그가 선우명이 거느리고 있는 끄나풀 중 가장 확실한 수하라는 사실은 이시하라도 제대로 알지 못하는 일이었다. 얼마 전 그 최이락으로 하여금 상하이上海에서 밀반입한 박은식의 〈안중근 의사 일대기〉를 들고 윤인근을 찾아가게 했는데, 거기서 인쇄에 관한 일체의 경비를 제공해줄 것을 요청했고, 바로 오늘 남산에서 은밀히 만나 자금을 제공하기로 약조를 받아놓았던 것이다. 그 덫에 치일 것이라는 확실한 보장은 물론 없었지만, 최이락이 거의 9할은 장담할 수 있다고 큰소리를 친 걸로 보아 이제 남은 건 시간이 해결해줄 것이었다.

희미하게 빛을 뿜고 있던 달도 기울고 교교한 적막과 칠흑 같은 어둠만이 남산의 소나무 숲을 뒤덮고 있을 때, 좁은 길을 조심스럽게 걸어오는 소리를 선우명은 들을 수 있었다. 그는 허리에 찼던 애기 주먹만한 권총을 조용히 빼들었다. 발자국소리는 점점 가까이에서 울려왔다. 발걸음소리가 멈추고 검은 그림자가 사방을 두리번거리고 있었다. 그때 선우명은 앞으로 쑥 몸을 내밀었다. 그림자가 움찔하더니 물었다.

"최 군인가?"

"윤 선생님이십니까?"

약간 상기된 목소리로 선우명이 되물었다. 그러나 그 목소리가 최이락의 것이 아니란 걸 눈치 챈 듯 윤인근은 잽싸게 몸을 날려 왔던 길을 뛰어 내려가기 시작했다. 순식간의 일이었다. 하지만 일본식 권법으로 단련된 선우명에겐 아무것도 아니었다. 단숨에 내리막길을 달려간 선우명은 윤인근의 앞을 가로막으며 중지와 검지를 날카롭게 곧추세우고는 윤인근의 명치를 찔렀다. "윽!" 하는 소리와 함께 윤인근이 무릎을 꺾었다. 선우명은 재빨리 윤인근의 관자놀이에 권총을 갖다 댔다.

선우명으로부터 일격을 당한 윤인근은 숨이 막히는 것 같았다. 자신을 공격한 자가 최이락이 아니니, 뭔가 심각한 사태가 벌어지고 있다는 사실을 직감했다. 그야말로 낭패였다. 그러면서 그 최이락이란 자를 너무 쉽게 믿어버렸다는 자책감이 물결처럼 덮쳐왔다. '이 일을 어쩐다?' 윤인근은 겨우 트여오는 숨통으로 조금씩 밤공기를 빨아들였다. 열기로 가득 찬 밤공기가 빨려들면서 그의 머릿속이 빠르게 움직였다. '이놈은 대체 누구지? '최이락이란 놈과는 무슨 관계일까? 혹시 형사?' 그러다가 질문은 원점으로 돌아갔다. '왜?' 하지만 그렇게 물을 필요가 없었다. 윤인근이 스스로에게 던졌던 물음에 대해 어둠 속의 사내는 하나도 빠짐없이 대답을 해주고 있었다.

"윤 선생. 허튼 수작은 안 하실 줄 압니다. 이걸 단순한 습격이라고 생각하시면 곤란해요. 나는 7년 동안의 형사 생활을 모두 걸고 선생을 추적해 왔으니까. 지금쯤 선생은 최이락이란 자를 무척이나 원망하고 있을 테지? 허지만 그놈을 너무 미워하진 마시오. 그놈도 다 제 살 방도를 구한 것뿐이니까."

어둠 속의 사내는 윤인근의 관자놀이로부터 권총을 떼어냈다. 그러나 윤인근은 긴장을 늦추지 않은 채 어둠 속에 잔뜩 몸을 웅크렸다. 하지만 도망칠 틈이라곤 눈을 씻고 봐도 없었다. 도대체 자신을 노린 자가 누구인지, 그것을 안 뒤에야 무슨 방도를 강구해볼 수 있을 것이었다. 어둠 속에서 다시 말소리가 들려왔다.

"정의니 애국이니 하는 따위를 갖다 붙이고 싶진 않소. 우린 다 같은 조선인입니다. 어쩌면 그놈이나 저나 지금 우리가 처한 위치를 감안하지 않는다면 선생을 가장 존경하는 인물로 생각하고 있을지

도 모르오. 왜놈들에게 더럽게 빌붙어 살지 않아도 될 팔자를 타고
났다면 말입니다. 정의니 애국이니 하는 따위가 관여하기엔, 최이락
이나 나나 너무 불쌍한 인간들이오. 가난하게 태어나 여전히 가난
속에 살고 배운 것도 하나 없고. 거기에 비하면 선생은 얼마나 행복
합니까. 같이 나라를 잃었으면서도 어떤 자는 그 잃은 나라를 되찾
겠다고 발버둥을 치는데, 또 어떤 놈은 그런 자를 밀고하고 잡아넣
어야 입에 풀칠이라도 하니, 과연 불행한 놈과 행복한 분의 차이는
자명하지 않습니까."

　윤인근은 어둠 속의 사나이가 토해내는 달변에 놀라지 않을 수 없
었다. 7년간이나 자신을 추적하였다는 사실과 이제 그 추적의 결실
을 맺고 있다는 사실에 대단한 자부심을 가지고 있음에 분명한 어
둠 속의 사나이는 동시에 그 사실로부터 적잖은 죄책감을 느끼고 있
다는 것, 그리고 그 죄책감으로부터 벗어나기 위해 합리적인 논리를
찾으려 하고 있다는 것도 동시에 분명했다. 윤인근은 어둠 속의 사
나이가 누구인지 한층 더 궁금해졌다. 그는 필시 최이락 같은 조무
래기와는 다를 것이 분명했다. 윤인근이 "댁은 누구요?" 하고 단도직
입으로 물었다.

　"나?"

　어둠 속의 사나이는 자조적으로 되묻고는 통쾌하게 웃기 시작했
다. 아무에게도, 아무 것에도, 거리낄 것이 없다는 태도였다. 한동
안 어둠 속으로 사나이의 웃음소리가 흩어져가다가 서서히 잦아들
었다. 숲에서 불어온 한줄기 바람이 웃음이 잦아든 그의 얼굴을 스
치고 지나갔다. 사나이는 품속에서 무언가를 꺼내 입에 물었다. 그

리곤 다황을 그었다. 파리한 불꽃이 한순간 어둠을 꿰뚫으며 피어올랐다. 잠시 일었다가 사라진 불꽃 속에서 윤인근은 사나이의 모습을 순간적으로나마 확인할 수 있었다. 그러나 그의 눈에 남은 건 우습게도 사나이가 입고 있는 아랫도리가 꽉 조인 당꼬바지였다.

"내가 누구냐고 물었소?"

담배연기를 길게 뿜고 난 사나이는 다시 입을 뗐다. 윤인근은 말없이 어둠을 응시할 뿐이었다.

"대답해드리지."

사나이는 담뱃갑에서 한 개비를 꺼낸 뒤 땅바닥에 주저앉은 윤인근에게로 몸을 낮추었다. 그러곤 들고 있던 담배를 그에게 내밀었다. 윤인근이 그것을 천천히 받아 쥐었다. 그가 피워 물었던 담배 끝으로 불을 옮겼다. 불이 붙은 담배를 한 모금 깊이 빨아들이는 순간의 그 짧고 희미한 불빛 속에서 사나이의 검은 눈동자가 반짝이는 것을 윤인근은 보았다. 그것은 마치 어둠에 잠긴 강물이 출렁일 때 일어나는, 있는 듯 없는 듯한 반짝거림과 같았다.

"제 이름자를 선생 같은 분께 말씀드릴 수 있게 되어서 대단한 영광입니다. 제 이름은 선우명이라 합니다."

자기의 이름을 마치 더러운 오물이라도 되는 양 뱉어내고 나서, 사나이는 뭔가에 기분이 상한 듯 거칠게 몸을 일으켰다.

"제기럴!"

사나이는 피우던 담배를 땅바닥에 던져버리고는 구둣발로 자근자근 비벼서 불을 껐다. 어둠 속에서 "일어나!"라는 말이 들려왔다. 윤인근은 천천히 몸을 일으켰다. 이대로 그를 따라간다는 건 섶을 안고 불 속으로 뛰어드는 꼴이라는 것을 윤인근은 잘 알고 있었다.

"이보시오. 선우라고 했소?"

어둠 속임에도 사나이의 눈빛은 날카롭게 빛났다.

"댁은 실수를 하는 거요, 지금. 날 잡아가서 넘기고 나면 댁이야 그만이지만, 난 그곳이 어떤 데인지를 알만큼 아는 사람이오. 난 고문을 이겨낼 만큼 튼튼한 몸도 아니고, 그걸 견뎌낼 강한 정신의 소유자도 아니요. 고문이란 게 뭐요? 결국 없는 얘기를 지어서까지 털어놓아야 한다는 거 아니겠소. 왜놈들이야 얼씨구나 하겠지만 댁은 뭐가 되는 거요? 내 진술의 태반이 엉터리란 건 나중에라도 탄로가 날 것이 뻔한데, 그렇게 된다면 댁은 결국 그들의 문책으로부터도 자유로울 수 없지 않겠소?"

교묘한 언술이었다. 듣기에 따라서는 도피를 구하는 말일 수 있었지만, 확실히 허점을 찌르고 있었다. 하지만 선우명은 대뜸 코웃음부터 쳤다. 그토록 위대해 보이던 사람이 한순간 초라하기 짝이 없는 존재로 보인 것이다.

"윤 선생, 지금 나를 회유하자는 겁니까? 내가 그런 변설에 넘어갈 거라고 믿은 겁니까? 그랬다면 크게 오산을 하셨습니다그려."

선우명의 내지르는 말에 윤인근이 고개를 크게 끄덕였다. 마치 깨끗이 포기해버린 것 같은 표정이었다.

"그럼, 가봅시다."

그렇게 말하고는 윤인근은 앞서서 휘적휘적 걸었다. 선우명은 재빨리 그의 오른팔을 낚아채 자신의 왼팔과 수갑으로 결합시켰다. 찰칵, 하는 단발음이 어둠 속에 울렸다가 잠겨들었다.

같은 날, 채 아침이 밝아오기 전.

높다란 천정에서 바닥으로 길게 드리워진 삼밧줄 끝에 온몸이 피범벅이 되어 축 늘어진 윤인근이 매달려 있었다. 새벽 두 시경 선우명으로부터 윤인근을 인계받은 요다 형사는 무려 세 시간 동안 그를 반쯤 죽여 놓았다. 일본 육군대학을 졸업하고 관동군 헌병사령부에서 초급장교를 지내던 시절, 중국의 군벌인 장작림張作霖의 아들 장학량張學良이 이끄는 국공합작군에 체포되었다가 왼쪽 무릎 아래가 잘려나가면서도 탈출에 성공해 경찰 중 가장 악명 높은 '고문 기술자'로 변신한 요다, 살아서 지옥을 경험하고 싶은 놈이면 언제든 자기를 찾아오라고 떠벌이던 자였다. 하필이면 그자에게 윤인근을 인계하게 될 줄은 선우명으로서도 예상하지 못했다. 선임인 이시하라의 경찰학교 후배이며, 고문이 아니라 끈질기고 조리 있는 신문訊問으로 자백을 유도하는 소문난 사사끼가 원래는 당직이었다. 그런데 그의 임신한 아내가 때마침 산통産痛을 호소한다는 연락을 받고 당직을 요다에게 대신 맡겨놓고 떠나버리는 바람에 그야말로 산통算筒이 깨져버린 것이다. 요다에게 윤인근을 넘겨놓은 선우명은 집으로 돌아가는 발길이 떨어지지 않았다. 그걸 일말의 양심이라고 한다면 우스운 얘기겠지만, 그때 선우명은 분명 그 비슷한 걸 느끼고 있었다.

'버텨라…… 제발…….'

조선놈의 저 끈질기고 당당한 기품을 야차 같은 왜놈 앞에서 보여주어라. 우습게도 선우명은 그런 부질없는 중얼거림을 속으로 뱉었다. 윤인근이 누구인가. 조선에서 둘째가라면 서러워할 대지주의 아들로 열일곱에 와세다대학 경제학부에 입학해 1년 만에 팽개치고 귀국하여 그의 아버지로부터 〈조선물산〉을 인수받아 5년 만에 대전, 대구, 해주, 평양에 그 지부를 신설하고 당시 열기에 차 있던 '물산장려운동'의 기수가 되었던 인물이었다. 그러면서도 일제로부터 어떤 제재도 받지 않은 것은 완벽하게 '법'의 테두리 속에서 일을 진행시키는 그의 수완 때문이었다. 그의 그런 수완을 역설적으로 증명해주는 것이 바로 〈인해당印海堂〉이라는 종로의 허름한 도장가게라고 할 수 있다. 거기서 그는 은밀히 금서禁書를 찍어낸 것이다.

윤인근이 찍어낸 금서 가운데에는 귀중한 자료가 될 만한 것들이 손으로 꼽을 수 없을 정도로 많았다. 그중에서도 식민지 치하의 지식인들에게는 물론, 드러내놓고 일제에 적대감을 표시할 수 없었던 일반인들에게까지 충격을 안겨준 것은 〈학살의 진상〉이라는 책자였다. 3.1운동 당시의 여러 학살 사건을 파헤친 보고서의 일종인 〈학살의 진상〉에는 일제에 의해 자행된 끔찍한 학살 사건이 적나라하게, 극화의 형식으로 수록되어 있었다. 간단히 몇 가지만 살펴보자.

우선, 제암리堤岩里 학살 사건.

1919년 4월15일, 일본 육군 중위 아리다有田俊史가 이끄는 한 무리의 일본 군경이 만세 운동이 일어났던 경기도 수원의 제암리로 와서 기독교도와 천도교도 30여 명을 교회당 안으로 몰아넣은 후 문을 잠그고 집중 사격을 퍼부어 몰살했다. 교회당에 갇힌 절망의 순간에 한 부인이 창밖으로 안고 있던 아이를 내놓으며 아기만은 살려달라고 애원했지만 일본 군인은 그 아이마저 잔인하게 찔러 죽인 그 만

행의 순간이 삽화로 그려져 처참함을 더한다. 총알을 퍼부은 일본군들은 교회당을 불태우고 난 뒤 다시 무고한 양민 28명을 학살했다. 그것도 모자라 그들은 인근의 채암리采岩里로 몰려가 민가 31채를 방화하고 39명의 생명을 도륙한다. 스코필드라는 선교사가 그 광경을 목격하고 사진 촬영까지 한 다음 '수원에서의 일본군 잔학 행위에 관한 보고서'를 작성하여 본국인 미국으로 보내 국제 여론화시킨 것으로 유명한 사건이다.

다음은, 정주定州 학살 사건.

정주군의 군민들은 장날인 3월 31일, 만세 운동을 하기로 정하고 이를 준비하던 중, 거사 계획이 일본 경찰에 탐지되어 그 주동자들이 체포되자 이에 자극받은 5천여 명의 군중들이 시위를 벌였다. 일경들은 군대를 동원하여 시위 군중을 향해 무차별 사격을 가했고, 120여 명이 목숨을 잃었다. 항일운동의 본거지인 오산학교와 교회가 불에 탔다. 지도자였던 이승훈, 이명룡, 조형균 선생의 집이 부서진 것도 그때였다.

밀양密陽 학살 사건.

3.1운동이 일어나자 밀양에서는 1만 3천여 명이 봉기했다. 일본군은 동네의 앞뒤를 완전히 막아놓고 무차별 총격을 가했다. 노인과 부녀자들이 포함된 당시의 사망자는 150명이 넘었다.

평안남도 사천砂川에서 73명의 희생자를 냈던 '사천 학살 사건'과 평안남도 강서江西의 옥천교회 신도를 중심으로 만세 운동이 벌어졌다가 43명의 희생자를 냈던 '강서 학살 사건', 평안남도의 '맹산 학살 사건', 경상도 합천군 일대의 강양면, 대정면, 상백면, 백산면, 가

회면, 삼가면, 초계면 등지에서 적게는 수 명에서 많게는 40여 명에 이르는 희생자를 냈던 '합천 학살 사건', 그리고 전라도 남원의 '남원 학살 사건'에 이르기까지, 그 처절하고 피비린내 나는 죽음의 현장이 〈학살의 진상〉에 생생히 옮겨져 있었다. 언론이든 출판이든 그 자유와 권리가 극도로 제한받던 그때, 거의 모든 장애를 뛰어넘고 때로는 어쭙잖은 문화 정책을 조롱하며 "당대에 실천하지 않는 지성은 살아 있으나 죽었다"고 말할 줄 알았던 그 윤인근이 지금, 절대절명의 위기에 처한 것이다.

이시하라가 출근을 하고, 선우명이 윤인근의 체포에 관해 막 보고를 올리던 때였다. 성냥개비를 이빨로 자근자근 깨물며 기묘하게 절름거리는 걸음걸이로 요다가 그에게 다가왔다. 그의 흰 반팔 셔츠에는 시뻘건 핏방울이 아직 마르지도 않은 채 묻어 있었다.

"요다, 벌써 한 건 올린 건가?"

이시하라가 미간을 찡그리며 물었다. 그의 눈길이 선우명에게 날아들었다. 그로서도 요다는 섬뜩한 인물임에 분명했다. 손톱 밑을 바늘로 찌른다거나 수건을 덮씌운 얼굴에 고춧가루가 든 물을 붓는 따위의 고문 방법은 요다라는 인물에게는 구태의연할 뿐 그다지 잔인한 것도 아니었다. 요다가 즐겨 쓰는 고문은 따로 있었다. 언젠가 이시하라는 그 장면을 한번 목격한 뒤, 그것만은 막아야 한다고 서장에게 특별히 청원까지 했었다. 어쩌면 요다는 그것을 윤인근에게 실행했을지도 몰랐다. 아니, 그는 틀림없이 그렇게 했을 것이다. 이시하라도 그렇게 짐작했고, 옆에 서서 바지에 찌른 두 손을 바짝 틀어쥐고 있던 선우명도 그랬다. 그것은 바로 남자의 양물에 전선을 연결해놓고 발전기를 돌리는 고문이었다.

"형님, 저 자식 아주 약골이던데요? 거시기는 제법 쓸 만해 보였지만, 하하하!"

이시하라를 늘 형님이라고 부르는 요다의 면상을 선우명은 갈겨버리고 싶었다.

"그래도 포상은 요다 네 몫이 아니다. 잡아들인 공로는 이 친구에게 돌아가야 한다. 이의 없지?"

이시하라는 손가락으로 선우명을 가리키며 요다에게 말했다. 요다는 그런 포상 따위는 바라지도 않는다는 듯 의자에 걸터앉으며 절룩거리는 다리를 반대편 다리 위에 올려놓으며 기분 나쁘게 웃었다. 그의 시선이 선우명에게로 날아갔다.

"포상? 흐흐, 실컷 받아라. 제 동포를 잡아다 요절을 내게 만들었으니, 네가 받는 상이란, 네가 받는 벌과 같은 거지."

선우명은 요다의 그 표독스런 말을 부인하고 싶지 않았다. 부인할 수도 없었다. 자신은 지난 7년 간 그런 짓만 골라서 해왔다. 상도 수없이 받았고, 보상금도 두둑이 챙겼다. 그럴 때마다 들려오던 동포를 팔았다는 말은 우스웠다. 자식들 옷 해 입히고 요깡을 사 먹일 수 있으면 그만이었다. 두둑이 용돈을 쥐어주는 건 재밌는 일이었다. 매국노 따위의 같잖은 소리를 듣는다거나, 죽어서 극락가기는 틀려먹었다거나 하는 소리에 주눅 든 적은 한 번도 없었다. 오직 살아갈 뿐이었다. 그러면서 그는 언젠가 그 빚을 몽땅 갚을 날이 있을 것이라는, 어쩌면 별 희망 없는 역전의 기회를 노리고 있었다. 그렇게 되

는 날, 요다 같은 인간은 가라테로 단련된 자신의 손끝에서 비명 한
번 지르지 못하고 목숨을 내놓아야 할 것이다. 그는 하릴없이 그렇
게 중얼거리곤 했다. 그때가 언제일까? 어쩌면 그다지 멀지 않을지
몰랐다.

"주시는 상은 기꺼이 받아야죠. 그게 황국신민의 도리가 아니겠습
니까."

선우명은 싸늘한 목소리로 내뱉었다. 그러곤 시뻘겋게 달아오른
요다의 눈동자를 후벼 팔 듯 노려보고는 취조실을 빠져나왔다.

정의란 무언가. 애국이란 무엇인가. 피곤한 몸으로 귀갓길에 오른
선우명은 그 묻고 싶지 않은 질문을 스스로에게 던졌다. 의외로 빨
리 대답이 왔다. "지금 네가 행하고 있는 그 반대편의 것. 그게 정의
고 애국이지." 선우명은 제 마음 속으로부터 기어 나온 그 대답을 마
주하며 희미하게 웃었다. 그것이 자신이 내린 대답이라고 순순히 믿
을 수는 없었지만, 틀린 것은 아니었다. 그러나 그래서 어쨌다는 말
인가. 조국이란 것이 내게 해준 건 아무 것도 없었다. 태어나서 철이
들 무렵에 조국은 이미 내 몫이 아니었다. 일본을 조국이라고 해도
아무런 하자가 없었다. 그들의 속국이 되어 있는 조국이란 것. 그것
보다는 그 속국을 지배하고 있는 일본이 훨씬 위대해 보였다. 그런
그에게 애국이란 당연히 일본에 대한 충성에 닿아 있었다.

그런데!

마흔 살, 불혹不惑의 나이에 이르자 전에 없던 변화가 꿈틀거리기
시작했다. 그 어떤 미혹迷惑에도 흔들리지 않는다는 나이에, 그 나이

에 이르러 비로소 흔들리고 있었던 것이다. 왜? 그건 바로 윤인근이라는, 자신보다 한 살밖에 더 먹지 않은, 그러나 모든 사람들로부터, 심지어 일본인들로부터도 존경의 대상이 되고 있는 인물, 바로 그 사람 때문이었다.

"그가 왜?"

선우명은 그렇게 되물어 보면서 자신의 집이 보이는 골목 안으로 걸음을 옮겼다. 골목 끝에서 한 떼의 아이들이 뛰어놀고 있었다. 누군가 나무로 만든 칼을 높이 들고 다른 아이들을 호령하고 있었다. 그의 외아들 장將이었다. 서른 살에 그 아이를 낳았을 때, 그는 주저 없이 장군이라는 이름을 붙였다. 우두머리가 되어달라는 간절한 소망이, 거친 욕망이 담긴 이름이었다. 그때 그의 심정은 자신은 결코 우두머리가 될 수 없다는 것이었다. 아무리 기를 써도 되지 않을 그 장군이라는 것, 그것은 그가 가질 수 있는 최상의 욕망이자 운명적인 한계였다.

"쯧쯧…… 이제야 그 실체를 알게 되다니…….'

선우명은 아이의 기세등등한 모습을 보면서 씁쓸한 기분이 들었다. "저 아이는 과연 장군이 될 수 있을까?" 자신에게 물었다. 될 수 없을 것이다, 라는 대답이 그의 머릿속에서 메아리쳤다. 자신과 마찬가지로 저 아이에게도 조국은 사라졌으므로. 장군이 되더라도 그는 결국 점령군의 장군일 뿐이다. 선우명은 조용히 침을 삼켰다.

"장군아, 장군아!"

그는 골목 안으로 들어서면서 아이의 이름을 여러 번 거듭 불렀다. 그러자 아이는 아버지를 알아보고 손에 들고 있던 긴 칼을 높이 치켜세우고는 달려왔다. 그것은 마치 적군을 향해 돌격하는 장군과 같았다. 그 모습을 보는 선우명의 가슴 한구석이 서늘하게 비어가고 있었다. 그것은 마흔 해의 생일을 지낸 자에게 일어난 명징한 돌변이었다. 달려온 아이를 선우명은 번쩍 들어 올렸다. 아이는 더 이상 부러울 게 없다는 듯 아버지의 팔에 안겨 골목 안의 아이들을 내려다보았다. 아이들은 모두 부러운 눈으로 그를 올려다보았다.

"너를 진짜 장군으로 만들어주겠다."

선우명이 팔에 안긴 아이의 눈을 지그시 바라보았다. 하지만 그의 목소리에는 열망보다는 회한이 훨씬 진하게 배어 있었다.

지난 밤 윤인근을 체포하기 위해 꼬박 밤을 샌 탓인지 선우명은 심한 피로감을 느꼈다. 거기다 요다 같은 악랄한 형사에게 윤인근을 넘겼다는 자책감까지 겹쳐져 정신마저 극도로 피곤했다. 그는 째깍거리는 괘종시계를 누운 채로 올려다보았다. 오전 10시가 지나고 있었다. 활짝 열어놓은 창밖으로 골목에서 뛰노는 아이들의 고함소리가 고스란히 밀려들어왔다.

"조센징, 넌 인마 조센징이야. 그러니 대일본 제국의 아들이며 용감한 전사인 내게 무릎을 꿇고 머리를 내놓아라!"

아들 장의 목소리를 듣는 순간 선우명은 목덜미가 뜨끈해졌다. 열 살짜리 아이가 내뱉을 수 있는 말이라고 믿어지지 않았다. 뒤이어 들려온 소리에 선우명은 그만 잠자기를 포기하고 말았다.

"퍽!"

호박이 터지는 소리 같았다. 아니 그것은 분명히 호박이 터지는 소리였다. 초가지붕 위에 달려 있다 무게를 이기지 못해 땅바닥으로 사정없이 굴러 떨어져 박살이 나는 소리. 그 소리를 감지하는 순간, 선우명은 벌떡 일어나 방문 앞에 내려진 발을 걷어냈다. 누군가 대문을 쾅쾅 두들기고 있었다.

"장이 아버지, 장이 아버지!"

어린 목소리가 선우명을 찾고 있었다. 그는 마루를 내려가 게다짝에다 맨발을 끼워 넣곤 마당을 가로질러 대문을 벌컥 열었다. 입이 딱 벌어졌다. 골목에는 아들 장을 포함해 모두 일곱 명이 있었다. 두 명의 아이는 이마에 붉은 동그라미가 그려진 띠를 두르고 있었는데 그 중의 하나가 아들 장이었다. 일본 무사를 흉내 내고 있음에 틀림없었다. 나머지 다섯 아이들 중 한 아이가 선우명의 집 대문 앞에 퍼질러 앉은 채 두 손으로 머리통을 감싸고 있었다. 머리를 감싸 쥔 아이의 손가락 사이로 검붉은 피가 흘러내리고 있었다. 아이는 소리를 내어 울 법도 한데 울기는커녕 겁에 잔뜩 질린 표정으로 연신 뒤에 서 있는 선우장을 힐끔거릴 뿐이었다. 대문을 두드렸던 아이가 뒤쪽을 손가락으로 가리켰다. 그 아이가 지목한 것은 아들 장이었다.

"네가 얠 이렇게 만들었어?"

화가 나기도 하고 어이가 없기도 해서 아들 장을 바라보는 선우명의 얼굴엔 희한한 웃음기가 어려 있었다. 아이의 머리통을 후려쳤을 것임에 틀림없는 나무칼을 쥔 채로 아랫입술을 삐죽이 내밀고 서 있던 장이 아버지의 눈을 날카롭게 째려보며 고개를 천천히 끄덕였다. 그제야 선우명은 다친 아이의 머리를 살펴보기 위해 허리를 굽혔다.

"아주 마음먹고 후려쳤구만."

혼잣말처럼 중얼거리는 선우명의 말소리가 쓸쓸했다. 그 순간 지난밤 윤인근에게 가해진 요다의 폭력을 떠올렸다. 선우명은 마치 초죽음이 된 윤인근을 대하듯 머리가 깨진 아이를 가만히 안아들었다.

머리를 다친 아이를 병원으로 데려가 치료를 해준 뒤 아이의 집으로 함께 가 그 부모에게 두둑한 치료비까지 건네준 선우명은 다시 집으로 돌아갈 기분이 들지 않았다. 입가에는 쓸쓸한 웃음이 떠나지 않았다. 그 웃음을 거두지도 않고 서린동瑞麟洞에서 종로1정목丁目 대로를 건너가고 있었다. 건너편 청진동淸進洞에서 '백파百芭'라는 술집을 경영하는 친구를 만나러갈 요량이었다. 그건 그에게 꼭 물어보고 싶은 게 있기 때문이었다.

선우명은 골목 안으로 발길을 옮기며 친구의 얼굴을 떠올렸다. 그를 만나겠다는 생각 역시 마흔 살이 되며 느닷없이 닥친 변화의 한 자락일지 몰랐다. 기실 그 변화의 조짐은 이미 오래전부터 시작되었다고 해야 옳을 것이다. 그러나 중요한 것은 왜 지금 이 순간에 그 변화의 기미를 극심하게 느껴야 하는가, 라는 것이었다. 그 이유는 비교적 분명했다. 윤인근과 아들 장, 그 둘 때문이었다. 한꺼번에 일어난 일련의 사건들이 그로 하여금 변화를 채근한 것이다. 요다의 손안에서 힘 한번 써보지 못하고 축 늘어져버린 윤인근과 일본 무사의 흉내를 내며 남의 아이 대갈통을 박살내버린 아들 선우장. 이 연결될 수 없는 두 개의 이질異質이 그의 생각 속에서는 빈틈 없이 손을 맞잡고 있었다.

잃어버린 조국을 되찾으려고 위험을 무릅쓴 윤인근은 일본 제국의 충복으로 하루하루를 살아가고 있는 그에게는 분명히 적이었다. 그러나 어쩔 수 없이 그 자신은 조선인이고 따라서 그가 일신을 빌붙이고 있는 일본 제국이라는 것은 아무리 부인해도 또한 어쩔 수 없는 적일 수밖에 없었다. 따라서 그 일본 제국의 무사 나부랭이를, 다시 말해 흉측한 적군의 장수를 자신의 아들이 흉내 내고 있다는 것은 스스로 적이 되겠다는 무모함에 다름 아니었다. 윤인근도 적이고, 자기 자신과 아들까지 적이 되고 마는 기묘한 상황 앞에서 선우명은 깊고 짙은 한숨을 뽑아냈다.

"젠장!"

그는 연신 머리를 흔들며 걸음을 옮겼다. 골목에서 벗어나자 다시 큰 길이 나타났고, 좌측으로 꺾어 쉰 걸음쯤 걷다가 종로소학교 앞길에 이르렀을 때 우측으로 재판소로 내려가는 골목이 보였다. 그 골목 입구에 두 개의 술집이 있는데 안쪽이 살롱 백파였다. 그 이름은 파초를 병적으로 좋아하는 친구의 이색 취미를 그대로 대변했다. 구상옥具常鈺, 그것이 친구의 이름이었다. 소학교를 마치자마자 부친을 따라 중국으로 건너가 뼈 빠지게 고생도 해보고 한때는 독립운동 단체에도 가담한 적이 있던 그는 모든 걸 정리하고 조선으로 돌아와 술집을 열었다. 참 기이한 것은 가난 때문에 중국으로 건너갔던 그가 별로 성공할 이유도 없고 성공한 것 같아 보이지 않았음에도 불구하고 조선으로 돌아와서는 근사한 살롱을 차렸다는 사실이었다.

아직 이른 시간이라 살롱의 문은 굳게 닫혀 있었다. 쇠불알만한 자물통이 채워진 출입구의 유리문에다 얼굴을 바짝 디밀고서 안을 들여다보고 있던 선우명은 어둠이 짙게 깔린 텅 빈 홀의 한쪽 구석에서 뭔가 반짝하고 빛나는 것을 보았다. 담뱃불이었다. 그런데 하나가 아니라 둘이었다. 순간 선우명의 후각이 무슨 냄새를 맡았다.

"누굴까?"

그는 홀의 구석을 더 잘 볼 수 있는 창문가로 천천히 발길을 옮겼다. 그러다가 그만 자물통을 건드리고 말았다. 철커덩하는 소리가 터져 나왔다. 순간 홀의 두 줄기 빛이 혼란스럽게 흔들리고 있는 게 보였다. 그는 잽싸게 창을 벗어나 골목 밖으로 뛰쳐나갔다. 그러곤 골목으로 꺾이는 담벼락에 붙어 서서 살롱의 출입구를 주시했다. 잠시 뒤, 술집과 연이어 붙은 이층집의 대문이 삐거덕거리는 소리를 내며 열렸다.

먼저 밖으로 나온 건 주인인 구상옥이었다. 그의 눈이 좌우를 천천히 살피고 있을 때 그 뒤에 한 신사가 나타났다. 빠짝 치켜 깎은 단발인 줄 알았는데 구상옥과 작별 인사를 나누며 옅은 회색의 올이 성긴 맥고모자를 벗었다 다시 쓰는 순간에 드러난 그 신사의 머리는 훤했다. 얼핏 대머리인 것 같았지만 중처럼 빡빡 밀어버린 배코짜리였다. 코밑에서 턱까지 입 주변을 둥글게 감싸고 있는 검고 무성한 수염은 배코로 밀어버린 머리 모양만큼이나 인상적이었다. "그럼 저자가?" 그 수염을 보는 순간 선우명의 뇌리에 한 인물이 번개처럼 스치며 지나갔다.

화렴和廉.

중국계 조선인으로, 나이는 마흔 셋. 독립운동가이며 공산주의 운동가. 1936년 중국 연안延安의 홍군육군대학을 졸업하고 팔로군 총사령부 작전 과장으로 있다가 포병 부대를 창설하여 단장으로 취임한 그 유명한 무정武亭의 막후에서 무술과 유격 훈련을 담당했던 사람. 1921년 이영에 의해 창설된 서울청년회라는 좌익 단체가 8년 뒤 해체되면서 중앙청년동맹에 흡수되었을 때 그 해체와 흡수의 과정에 깊숙이 개입했음은 물론, 조선 내의 거의 모든 좌익 단체에 연줄을 대고 있는 사통팔달의 인물이 바로 그였다. '꼬르뷰로 국내부'와 '화요회', 그리고 '북풍회'가 1925년 합동을 결의하고 김재봉에 의해 '조선공산당'이라는 결집체 속으로 모여들 때 그의 나이는 25세에 불과했다. 그러나 기세등등하던 조선공산당이 신의주에서 곧바로 해체되고, 2차 조공, 3차 조공에 이어 제4차 조공까지 그다지 실효를 거두지 못한 채 해체의 과정으로 돌입했을 때 그는 독자적인 노선을 선언하고는 감쪽같이 사라져버렸다. 그런데 무슨 연유로 화렴에 대한 기억이 선우명의 뇌리에 깊이 각인되어 있을까? 사실, 지금 그의 눈앞에 있는 화렴은 선우명으로서는 처음 대면하는 것이었다. 선우명이 일본 경찰에 투신했던 1934년 겨울, 그는 한 사람의 사진을 들여다보고 있었는데 그가 바로 화렴이었다. 그는 일경이 혈안이 되어 찾고 있던 수배자였던 것이다. 화렴이라는 사람이 조선으로 들어와 무슨 일을 하고 있는지는 아무도 몰랐다. 일본 경찰이 파악하고 있던 것은 1930년 이전, 그러니까 그가 모든 좌익계 세력들과의 연대를 청산하기 이전의 것들뿐이었다. 1934년까지 그 어떤 궤적도 표면에 나타나지 않고 있었던 것이다.

그는 하나의 풍문이고, 전설이었다. 그 중에서도 쿵푸의 달인이라는 것이 가장 전설다운 부분이었다. 풍문은 지나치게 그를 과장해 놓았는데, 가령 화렴의 나이가 당시 백 세가 넘었다거나, 절대로 총을 가지고 다니지 않는데 그 이유는 그런 걸 굳이 가지고 다닐 필요가 없다는 것 등의, 사실이 아닐 가능성이 무엇보다 컸지만 그래서 더 신비로워지는 것들이었다. 그는 오직 손과 발만으로 상대를 거꾸러뜨릴 수 있고, 마음만 먹으며 아주 쉽게 생명을 잃게 만들 수도 있다는 대목은 사실의 관계를 떠나 사람들의 마음을 흔들기에 충분한 이야기였다. 그런데 기이하게도 그 풍문들 속에는 그가 공산주의자라는 사실을 부인하는 것도 들어 있었다. 아무튼, 그는 사람들 사이에서 알게 모르게 과장되어 있었고, 그런 건 그다지 중요한 일이 아닌지 몰랐다. 적어도 선우명, 그에게만큼은. 화렴의 사진을 처음 보았던 1934년 겨울부터 지금까지, 단 한 순간도 그를 잊은 적이 없다. 화렴이란 자는 바로 전날 잡아들인 윤인근보다 훨씬 잡아보고 싶은 욕망을 일깨우는 인물이었다. 그것은 윤인근만큼이나 선우명의 마음에 존경의 마음을 일으키는 인물이라는 반증이었다. 그런데 그가 바로 코앞에 있었다.

선우명은 마른 침을 한번 꿀꺽 삼키고는 벽에다 등을 기댄 채 하늘을 올려다보았다. '어떻게 한다?' 절호의 기회임에는 틀림이 없었다. 그러나 화렴이란 존재는 그를 잡으려는 자의 그림자와 같은 존재다. 바로 곁에 있으면서도 잡으려 달려들면 꼭 그만큼씩 달아나 끝내 잡히지 않는 그림자. 하지만 선우명은 그림자 잡는 법을 이미 알고 있었다. 스스로 몸을 던지는 것이다. 그 스스로 그림자가 되는 것. 하지만 그것은 포획이 아니라 추락일 수도 있었다. 그림자를 포획하는 순간 자신의 존재 역시 그 속으로 함몰되어버릴 것이기 때문이다. 구상옥을 만나기 위해 살롱 백파로 발길을 옮겼던 이유가 무엇이었는지를 선우명은 새삼스레 떠올렸다. 그것은 함몰도 추락도 아닌, 선우명이라는 인간의 본연의 자리를 찾기 위한 것이었다.

'부딪쳐볼까?'

그런 생각이 순간적으로 일었다. 만약 지금 공격을 한다면 화렴을 체포할 수도 있을 것이었다. 그가 총알을 피할 수 있을 만큼 무술이 뛰어나다는 것은 믿을 수 없는 전설일 뿐, 선우명의 마음을 흔들지는 못했다. 그러나 체포하는 순간, 선우명 자신도 이제는 더 이상 다른 방법을 찾을 수 없게 되고 말 것이다. 일경의 개노릇이나 하면서 일생을 끝낼 수밖에 없을지도 몰랐다. 그런 점에서 화렴은 선우명의 운명을 거머쥐고 있는 존재였다. 몸과 그림자의 관계가 그러하지 않은가. 그가 구상옥을 찾아가려 한 것은, 다름 아닌 화렴과 같은 사람을 만나기 위해서였다. 그래서 이 땅을 떠날 수 있는 확실한 빌미를 구하려 했던 것이다. 지금 그 일이 성사의 순간을 맞고 있었다.

그는 손등으로 입술을 닦아냈다. 그러곤 깊이 숨을 들이쉬었다. 부딪쳐보자던 그의 생각은 점점 굳어졌다. 그를 체포하든가, 아니면 그로부터 어떤 식으로든 구원의 방도를 구하든가. 적어도 윤인근의 체포로 빚어진 알 수 없는 곤혹감은 다시 겪고 싶지 않았다. 윤인근의 경우, 선우명은 지나치게 체포하겠다는 일념으로만 무장되어 있었다. 그를 체포하는 것이 어느 정도의 실효성을 가지고 있는지에 대해 여러 각도로 짚어보지 못했던 것이다. 이제 그 윤인근을 체포한 공로로 경찰이면 누구나 받고 싶어 안달이 나 있는 총독의 표창까지 받을 것이다. 그러나 이 땅, 이 무기력한 조선이라는 나라는 가장 확실한 독립운동 후원자 한 사람을 잃게 되는 것이다. 훈장과 민

음의 상실 사이에 놓인 깊은 벼랑이 바로 선우명의 가슴을 공포에 비견할 만한 실망감에 젖게 했다. 그것은 죄책감 따위의 감상이 아니었다. 그가 품었던 최상의 희망, 절대의 희망이 한순간 절망으로 돌변해버린 것이다.

"잘 있었나?"

선우명은 결심을 굳히는 순간 곧 결행에 돌입했다. 그는 골목을 돌아 들어가며 곧장 살롱 앞으로 걸어갔다. 막 작별의 악수를 나누고 손을 떼려하던 화렴과 구상옥의 눈이 그에게로 쏠렸다.

"어, 자네, 웬일이야?"

구상옥이 금세 표정을 바꾸며 선우명에게로 몸을 돌렸다. 그러면서 화렴에게 나지막한 소리로 중얼거렸다. 중국말이었다. 화렴이 그의 앞으로 걸어오는 선우명에게 의미심장한 미소를 던졌다. 구상옥은 얼른 선우명에게 손을 내밀었다. 선우명은 그의 손을 마주 쥐고 있었지만 눈길은 화렴의 눈동자에서 떼지 않았다. 구상옥과 마주잡은 손을 풀며 선우명이 물었다.

"이분은 누구신가? 조선분이 아닌 것 같구만."

그러자 구상옥이 당황한 표정을 감추며 화렴에게로 눈길을 돌렸다. 그리곤 나직이 말을 건넸다. 이번엔 중국말이 아니었다.

"선생, 이쪽은 선우명이라고, 제 동무되는 사람입니다."

구상옥의 말을 듣고 화렴이 선우명에게로 손을 쑥 내밀었다. 선우명은 방금 구상옥이 화렴에게 건넨 중국말이 무슨 뜻인지 몹시 궁금했다. 물어볼까도 싶었지만, 아직은 때가 아니었다.

"이보게 선우, 이분과는 지금 막 헤어지려던 참이었네. 얼른 배웅을 하고 우린 안으로 들어가지."

구상옥은 선우명을 슬쩍 바라보고는 화렴과 다시 악수를 나누었다. 화렴은 별달리 조급한 행동을 보이지 않은 채 태연하게 그와 악수를 나누었고, 쓰고 있던 모자의 창을 가볍게 한번 들어보이고는 선우명이 들어왔던 골목을 향해 천천히 걸음을 떼어놓기 시작했다.

"화렴 선생!"

선우명이 신사의 뒷모습을 물끄러미 바라보고 있다가 툭 뱉었다. 중국계 조선인의 걸음이 멈추었다. 일순 골목 안의 공기도 얼어붙었다. 이건 누구에게 더 위험한 순간일까? 구상옥이 중국말로 옮겨준 말은 "리지앙(日警) 시앙시(刑事)," 일본 경찰이라는 것이었다. 화렴은 이미 준비를 하고 있었다. 그의 바지 주머니에는 언제든 던질 준비가 되어 있는 예리한 단도가 들어 있었다. 그러나 바로 그때 선우명에게도 여차하면 발사할 수 있는 권총이 있었다. 그걸 모를 리 없는 화렴이었다. 짧고 견고한 적막이 겨울의 한기가 깊게 드리워진 골목을 뜨겁게 휘돌았다. 화렴이 천천히 돌아섰다. 그의 얼굴에는 기묘한 미소가 어려 있었다. 선우명의 눈길은 화렴이 손을 찔러넣은 바지 주머니로 향해 있었다. 화렴의 주머니가 꼼지락거리고 있었다.

"이대로 헤어지기엔 좀 아쉽지 않습니까?"

선우명이 선수를 쳤다. 선우명의 말에 주머니 속에서 꼼지락거리던 화렴의 손길이 딱 멈추었다. '뭐지?' 그의 눈동자가 그렇게 말하고 있었다. 그러나 화렴 역시 닳고 닳은 사람이었다. 이미 자신의 다음 동작까지 꿰뚫고 있는 선우명에게 섣부른 공격을 가한다는 것이 무의미하다는 걸 알고 있었다.

"내게 볼 일이 있는 거요?"

화렴이 주머니에서 슬그머니 손을 빼내며 물었다. 선우명이 바짝 긴장하고 있던 구상옥을 바라보았다.

"자넨 예의를 모르는 사람이군."

구상옥의 눈이 둥그렇게 떠졌다.

"아, 난 말이야…… 자네가 날 보러 왔다고 생각했었지. 화렴 선생을 알고 있다곤 생각지도 못했지. 그래서 소개할 필요가 없다고 생각했을 뿐이라네."

구상옥이 말을 더듬으며 어쭙잖은 변명을 늘어놓았다.

"선생, 시간이 있습니까? 저와 술이라도 한잔 하실 수 있는지 모르겠군요. 사양하지 말았으면 합니다."

구상옥의 구차한 변명 같은 건 듣고 싶지 않았다. 그는 우두커니 서 있는 화렴에게로 다가갔다. 화렴이 천천히 고개를 끄덕였다.

"칼자루는 당신이 쥐고 있는 것 같군요. 그러니 내가 거절할 수는 없는 일이겠죠."

정확한 우리말이었다. 화렴은 살롱 앞으로 걸음을 옮겼다. 선우명의 입가에 싸늘한 미소가 어렸다가 지워졌다. 구상옥은 주머니에서 얼른 열쇠뭉치를 꺼내 살롱 입구에 붙은 자물통 구멍에다 그 중 하나를 밀어 넣었다. 그러면서도 그는 연신 화렴에게 중국말로 뭐라고 속삭였다. 화렴의 얼굴에서 희미한 웃음이 흩어지다가 구상옥에게 조선말로 말했다.

"자꾸 그러시면 우리 선우 선생께서 의심만 하시겠어요. 다 알아들을 수 있게 조선말로 합시다. 하하하!"

그의 말에 구상옥은 머쓱해져 선우명을 돌아보며 웃음을 흘렸다. 선우명이 그에게 한쪽 눈을 찡긋해 보였다.

세 사람은 구석자리에 놓인 둥근 탁자를 사이에 두고 둘러앉았다. 잠시 어색한 침묵이 오간 뒤, 화렴이 선우명에게 물었다.

"날 어떻게 알고 있는지 궁금하군요. 혹시, 날 체포하러 오는 길이었던가요? 그런 첩보라도 있었던가요?"

"체포라구요? 첩보라구요? 하하하, 천하의 화렴 선생을 나 같은 조무래기 형사가 체포라니, 당치도 않은 말씀. 그리고 그런 첩보가 들어올 성도라면 이미 천하의 화렴도 한물갔다는 얘기가 되는 거지요. 그건 비극이지요, 비극, 푸하하."

화렴이 운을 떼기 무섭게 선우명은 마치 칼을 쑤셔 넣듯 강하고 날카롭게 맞섰다. 그의 예민한 후각은 이미 화렴이 자신의 정체를 간파하고 있다는 냄새를 맡은 뒤였다. 그것은 화렴 역시 마찬가지였다. 조선 사람으로 일경에서 형사 노릇을 한다는 게 쉬운 일이 아니란 건 익히 아는 바였다. 화렴은 괜한 신경전을 벌일 필요가 없다는 결론에 도달했다. 화렴의 얼굴을 스치며 지나가는 희미한 미소를 낚아채며 선우명이 고개를 앞으로 쑥 디밀었다.

"그동안 어디 계셨습니까?"

뜻밖의 질문이었다. 그리고 그것은 이미 화렴의 체포 따위에는 관심이 없다는 표시이기도 했다. 그 순간, 화렴은 도대체 선우명이란 작자의 본심이 뭘까, 생각해보았다. 짚이는 구석이 있을 법했지만 서두르지는 않았다.

"여기저기, 이곳저곳."

화렴은 장난치듯 대답하고는 담뱃불을 댕겼다. 선우명의 고개가 흔들렸다.

"뭘 하시면서 여기저기 이곳저곳을 돌아다녔습니까?"

주방에서 구상옥이 위스키 병을 가슴에 안고서 두 사람이 앉아 있는 구석자리로 걸어왔다. 그의 양손에는 두툼한 유리잔 세 개가 들려 있었다. 잠시 구상옥 쪽으로 돌려졌던 선우명의 시선이 화렴에게로 다시 향했다. 그것은 대답을 기다리는 눈빛이었다. 화렴이 입 주변을 감싸고 있는 수염을 훑어내고는 예의 장난기어린 대답을 던졌다.

"이것저것, 이 일 저 일, 백수건달이 할 일이 따로 있겠소?"

그의 말에 선우명이 소리 없이 웃었다. 물론 제대로 된 대답을 기대하진 않았다. 그 때문이었을까, 오히려 장난을 빙자한 그의 대답에 실망한 눈치였다.

"이러면 얘기가 안 되겠군요."

선우명의 얼굴에 희미하게 남아 있던 웃음기가 사라졌다. 그것은 더 이상 장난을 치지 말자는 신호였다.

"선생, 내가 어제 거물 하나를 잡아들였는데 누군지 짐작하시겠습니까?"

선우명의 뜬금없는 말에 술을 따르던 구상옥의 손길이 순간적으로 떨렸다. 하지만 화렴은 고개를 약간 숙인 채 눈을 한 번 껌뻑거렸을 뿐 그다지 놀라지는 않았다. 알고 있구나. 그런 확신이 선우명의 뇌리를 스치고 지나갔다. 화렴이 조선으로 들어온 것은 나흘 전이었다. 그리고 바로 어젯밤, 그의 단도에 어떤 남자 하나가 비명을 지르지도 못한 채 이승을 떠났다. 최이락이었다. 헌데 그는 보기보다는 의리가 강했던지 자신이 빌붙어 있던 선우명이란 언덕에 대해서는 끝내 발설하지 않았다. 바로 그것이 오늘 선우명과 화렴의 조우를 가능하게 했다는 사실을, 물론 선우명은 알지 못했다.

"그 거물이란 자가 누굽니까?"

화렴이 술잔 하나를 집어 들며 침착하게 물었다. 선우명도 손가락 끝으로 유리잔을 집어 들었다. 그러곤 잔에 든 불그레한 액체를 입 속에다 탁 털어 넣었다. 그의 생각이 빠르게 움직여 나갔다. 대답을 들려주고 난 뒤에 나타날 화렴과 구상옥의 반응을 몇 가지로 예상하면서 선우명은 천천히 입을 뗐다.

"파평 윤 씨에 인자 근자를 쓰는 양반인데, 그 이름을 모르시지는 않겠지요?"

선우명의 눈길이 구상옥과 화렴 사이를 빠르게 오갔다. 그런데 뜻밖에도 두 사람은 놀라기는커녕 약속이라도 한 듯 그게 뭐 그리 대수로운 일이냐는 표정을 지어보였다. 선우명은 뒤통수를 얻어맞은 것처럼 멍했다. 그의 빈 술잔에다 술병을 기울이며 침묵을 지켜오던 구상옥이 입을 뗐다.

"선우 자네가 윤인근 선생을 체포했다는 말이지?"

선우명은 구상옥의 물음에 대답을 하지도, 고개를 끄덕이지도 않았다. 그러나 구상옥 역시 선우명으로부터 대답을 기대하지 않았다는 듯 곧바로 질문을 던졌다.

"그걸 알려주려고 설마 여길 찾아온 건 아닐 테지?"

구상옥의 눈빛이 날카롭게 번쩍였다. 곁에 앉은 화렴은 별다른 반
응을 보이지 않은 채 묵묵히 술잔을 찔끔찔끔 기울일 뿐이었다.

"꼭 그런 건 아니지."

선우명은 쓸쓸하게 웃었다. 그 순간 구상옥이 선우명의 손을 꽉
잡으며 낮게 속삭였다.

"뭔가 켕기는 게 있구만. 흔들리고 있어. 자네 같은 철면피가 한
잔 술에 얼굴을 붉히는 걸 보니. 사람이란 자기가 할 일을 좋든 싫든
묵묵히 해낼 때 아름다운 법이지. 지금까지 자넨 충분히 그렇게 해
왔어. 그런데 왜 갑자기 나타난 거야. 술집이 문을 열려면 아직 대여
섯 시간은 더 있어야 하는데, 왜 이렇게 이른 시간에 여길 찾아온 거
지? 동무의 우정이 필요했던가? 아니면 돈? 아니면 최이락처럼 나를
자네의 끄나풀로 만들고 싶어서?"

소름이 끼치도록 차가운 구상옥의 음성을 들으며 선우명은 마치
꿈을 꾸고 있는 듯했다. 이럴 수는 없었다. 이렇게 심한 말을 듣고도
장승처럼 가만히 있는 자신이 믿기지 않았다. 자신이 구상옥으로부
터 이런 대접을 받는다는 건 상상도 할 수 없는 일이었다. 하지만 구
상옥은 고삐를 늦추지 않고 다시 추궁해 들어왔다.

"윤인근이는 사실 내 손에 척결될 수도 있었지."

그 말에서야 비로소 선우명의 눈이 확 뜨여졌다. 뭔 뚱딴지 감자
까먹는 소리를 하느냐는 듯 선우명이 구상옥을 노려보았다. 화렴과
구상옥의 반응을 살피기 위해 윤인근의 체포라는 수를 던졌던 선우
명은 오히려 그들로부터 역습을 받은 꼴이 되고 말았다. 그 때문이
었을까, 윤인근에 대해 늘어놓고 있는, 그로서는 아직 들어본 적이

없는 구상옥의 말을 선우명은 멍하니 듣고 있었다. 구상옥의 입에서 흘러나오는 얘기는 윤인근이란 자에 대한, 아직껏 그의 귀로 들어본 적이 없는 것들이었다. 말하자면, 그것은, 비밀 같은 것이었다. 얼마나 믿을만한 것인지는 알 수 없었지만.

윤인근이 일본 경찰만이 아니라 좌익 세력들로부터도 표적이었다는 구상옥의 말은 일견 타당한 얘기였다. 이미 20여 년 전인 1918년, 하바롭스크에서 이동휘가 주축이 되어 박애(마다베이), 박진순(미하일 박), 이한영, 김립 등이 한인사회당韓人社會黨이라는 사회주의 단체를 조직하여 코민테른에까지 대표를 파견했을 때 일제에 강점 당한 이 땅은 두 개로 분열되기 시작했다. 그러나 코민테른이 건네준 지원금을 둘러싸고 이르쿠츠크파 고려공산당과의 마찰이 일어나면서 당수였던 이동휘가 중국 상해로 건너와 대한민국 임시정부의 초대 국무총리에 취임하고 그로부터 3년 뒤 한인사회당을 모체로 상해파 고려공산당을 결성하자 잠시 나라를 찾으려는 의지가 하나로 결집되는 양상을 보이기는 했다. 이동휘가 소련으로부터 지원받은 2백만 루블 중 40만 루블을 임의로 유용하여 물의를 빚고 상해를 떠나 시베리아에서 병사한 것은 1928년. 선우명에게 체포되어 한 잔악한 일인 형사의 고문에 의해 참담한 몰골로 변해버린 윤인근, 그의 나이 23세 때의 겨울이었다. 누군가 청년 윤인근을 찾아와 꼬르뷰로[고려국高麗局]의 일원이 되어줄 것을 청하였던 적이 있었다. 그가 누구였던가? 바로 방금 전 윤인근은 척결 대상이었다는 말을 흘려놓았던 구상옥, 그였다. 그리고 그의 배후에 화렴이 있었다.

"선우 자네가 일본 경찰의 정식 형사가 되고 싶어 그들의 끄나풀

노릇을 하고 있을 때 난 윤인근을 만난 적이 있었지. 내가 그를 왜 찾아갔을까?"

선우명의 손을 슬며시 부여잡은 구상옥은 손길에 힘을 넣었다.

"말해주지."

그는 선우명의 대답을 기다리지도 않은 채 코를 한번 실룩거린 뒤 말을 이었다.

"난 꼬르뷰로에 가입해줄 것을 윤인근에게 요청했었지. 정식으로 가입하기가 싫다면 그의 재산이라도 이용하고 싶었던 게 솔직한 심정이었지. 자네도 알다시피 그는 엄청난 재산가가 아닌가. 그러나 그건 결국 노동자를 착취해 긁어모은 것이고 그들을 위해 다시 써야 한다는 건 당연한 사실이었지. 그런데 윤인근, 그 인간은 일언지하에 거절했어. 왜? 우리가 사회주의자였기 때문에? 후후, 천만의 말씀. 그는 자신의 재산을 빼앗기고 싶지 않았던 거야."

구상옥의 얼굴이 일그러졌다. 그러나 그 얼굴을 바라보고 있는 선우명의 심정은 몹시 혼란스러웠다. 우선 구상옥이 사회주의자라는 사실 때문에 그러했다. 그걸 까맣게 모르고 있었던 자신이, 이렇게 나타나 어쭙잖게 껍죽거리고 있었다는 사실에 아득해질 뿐이었다. 그래서인지 윤인근에 대해 느끼는 구상옥의 질긴 증오가 오히려 덤덤하게 느껴졌다. 그러나 윤인근에 대한 구상옥의 증오는 의외로 깊었다. 그것은 이데올로기의 문제도 아니었고, 윤인근이 자신의 요청을 거부했기 때문도 아니었다. 구상옥의 눈에 비친 윤인근은 오직 재산 박탈을 염려하는 한낱 졸부의 꼬락서니였고, 조국에 대한 애정이나 독립 투쟁 따위는 자신이 졸부가 아님을 내세우기 위한 거창한 변명에 불과하다는 것, 바로 그 때문이었다.

"구 형, 좀 심한 거 아니요?"

선우명이 겨우 그답지 않게 어눌한 말투로 묻자마자, 구상옥의 눈시울이 격렬하게 실룩거렸다. 마치 한대 치겠다는 듯 주먹을 들었다가 테이블을 쾅하고 내리쳤다. 그러곤 더욱 싸늘한 표정을 지으며 뱉어냈다.

"심하다고?"

그의 눈초리를 바라볼 수 없어서 슬쩍 화렴에게 눈길을 돌리자 기다렸다는 듯 이번엔 화렴의 독설이 시작되었다. 그들은 마치 포위망에 들어온 여우를 바라보며 "제내로 걸려들었어" 하고 미소짓는 노련한 사냥꾼들 같았다.

"선우명 씨. 당신은 민족주의자라는 허울을 쓰고 살아온 한 인간을 체포하기 위해 온갖 노력을 기울였을 뿐이오. 그 대가가 뭐요?"

이건 또 무슨 개뼈다귀 같은 소린가.

"이제 조금 있으면 당신은 희대의 변절자를 구경하게 될 거요."

"변절자?"

선우명은 그 변절자라는 말이 누구를 지목하는지 알 수 없었다. 물론 화렴이 지목한 것은 윤인근일 터였다. 화렴이 윤인근을 변절자로 지목하는 건 논리상 맞았다. 하지만 선우명으로서는 그 사실을 인정할 수도 없고 인정해서도 안 되었다. 윤인근이 변절자라니, 윤인근이 변절자가 될 것이라니!

"지나친 예상이군요."

선우명은 그렇게 맞섰지만 자신이 없었다. 화렴의 얼굴에 얄미운 미소가 드리워지고 있었다.

"이 사람 아직 정신을 못 차리고 있구만. 그래 가지고 경찰에서 버티고 있다는 게 믿어지지가 않는걸."

완전한 역전이었다. 선우명은 어쩌다 사태가 이 지경에 이르렀는지 이해할 수 없었다.

"선우 형사, 당신은 허깨비를 쫓고 있었소. 아니, 윤인근이 같은 사람은 누가 하더라도 한번 본때를 보여줄 필요가 있는 인간이었지. 하지만 내가 말하는 건 당신이 그 윤인근을 쫓던 이유란 게 지나친 비약이었다는 말이오. 좋소. 그거야 시간이 그대 앞에 여실히 보여줄 테니 더 이상 거론할 필요도 없지."

화렴은 찔끔거리던 위스키 잔을 목구멍에다 톡 털어 넣고는 재떨이 속에 담겨진 담배꽁초를 여러 개 집어냈다. 그것들을 위아래로, 좌우로, 흩어놓고는 말을 이었다. 그의 손가락은 맨 위쪽에서 아래쪽으로 차례로 움직여 갔다.

"여기 윤인근이 있소. 그리고 여기가 도장가게 인해당 지배인으로 있는 방홍모. 그 다음이……."

화렴의 눈이 선우명에게로 건너왔다.

"이게 누군지 알겠소?"

화렴의 손가락이 닿은 곳에 담배꽁초 하나가 뎅그렇게 놓여 있었다. 그것은 마치 생명이 붙어 있는 것만 같았다.

"모르겠소? 후후, 모르시겠지."

그렇게 내뱉던 화렴의 눈길이 구상옥에게로 건너갔다. 그러자 구상옥은 품에서 사진 한 장을 꺼내 선우명 앞으로 내밀었다. 어둠에 묻힌 사진의 주인은 누구인지 확인하기 힘들었다. 선우명이 멍하니 사진 앞으로 고개를 내밀자 구상옥이 성냥을 그었다. 팍, 하고 일어나는 불빛에 젊은 남자의 얼굴이 드러났다. 선우명의 입이 천천히 벌어졌다.

"이건."

"알아보겠어?"

"이 사람이 왜?"

선우명은 테이블 위에 놓인 사진을 와락 집어 들며 고개를 발딱 들었다. 그 사진 속의 인물은 바로 최이락이었다. 선우명의 숨겨진 심복. 그 최이락을 화렴이나 구상옥이 어떻게 알고 있는가. 아니, 그 최이락이 윤인근과 무슨 관계를 맺고 있기라도 했단 말인가. 선우명의 머릿속은 마구 엉킨 실타래처럼 복잡해졌다. 그는 그 헝클어진 실타래를 풀어내기 위해 생각을 모았다.

최이락을 윤인근에게 접근시킨 것은 선우명 자신이었다. 그것은 윤인근을 잡아들이기 위한 덫이었다. 최이락으로 하여금 상해에서 구입한 박은식의 〈안중근 의사 전기〉 국내 출간 자금을 윤인근에게 요청하도록 시켰다. 그리고 최이락이 놓아준 함정 덕분에 윤인근을 체포할 수 있었다. 최이락과 윤인근의 관계라면 그 이상도 그 이하도 아니었다. 그런데 지금 화렴의 얘기는 무엇이란 말인가?

그의 설명에 따르면 진상은 이렇다. 어느 날 최이락이 선우명에게 한 가지 제안을 했다. 뭐든 혐의를 씌워 윤인근을 체포하고 싶어 한다는 걸 잘 알고 있던 최이락이 묘한 미끼를 던진 것이다. 즉, 상해에서 박은식이 쓴 금서를 하나 갖고 왔으니 그 출판과 자금 동원을 윤인근에게 은근슬쩍 부탁을 하자는 것이었다. 만약 성사가 된다면 최이락은 빠지고 선우명이 전면에 나타나 윤인근을 꼼짝없이 만든다는 발상이었다. 선우명이 쾌재를 부르지 않을 도리가 없었다. 허나 바로 거기에 또 다른 덫이 있음을 천하의 선우명도 까맣게 모르고 있었는데, 두 개의 덫이 엇갈린 채 한꺼번에 설치된 셈이었다. 하나는 최이락이 윤인근의 밑에서 오랫동안 일을 하며 경찰의 동향을 살펴오고 있었다는 것. 다른 하나는 최근 최이락이 십여 년 전부터 윤인근을 표적으로 삼아왔던 구상옥과 화렴이 속해 있는 사회주의 테러조직 '흑조회黑潮會'에 걸려들어 있었다는 것. 그렇다면 박은식의 금서 출판에 관련된 덫을 최초로 구상한 것은 흑조회라는 얘기였다. 그 덫은 일거에 몇 마리의 눈먼 새를 낚아챌 수 있었다. 그 덫에 윤인근은 물론이고 선우명까지 발을 들이밀고 있었던 것이다. 그리고 흑조회의 구상옥과 화렴은 덫의 흔적을 지우기 위해 전날 밤 최이락을 깨끗이 없애버렸다.

"최 군이 윤인근 선생과 이미 오래 전에 교통하고 있었다는 말입니까, 그럼?"

설명을 듣고 난 선우명이 얼떨떨한 표정으로 묻자 화렴이 묵묵히 고개를 끄덕였다.

"어떻게 말입니까?"

"당신은 최이락을 얼마나 알고 있소?"

화렴이 선우명의 묻는 말에는 대답하지 않고 되물었다. 선우명이 고분고분, 그러나 떠듬거리며 말했다.

"가난한 문학도였어요. 조선 문협의 회원이었고. 그리고…… 내일에 많이 협조해준 사람이었어요."

"협조? 어떤 식으로?"

"그건."

선우명은 한동안 말없이 머뭇거리기만 했다. 최이락을 알게 된 것은 3년 전이었다. 조선 문협에서 조선의 문학 작품을 일본어로 번역하는 일을 맡고 있던 소설가 정 모로부터 최이락을 소개받았다. 1934년에 설립된 조선 역사 연구 단체인 '진단학회震檀學會'를 와해시키기 위한 공작의 일환으로 기관지인 〈진단학보〉를 면밀히 검토하는 작업에 최이락이 동원되었는데, 그 공작이 비집고 들어갈 틈이 없다는 사실을 발견하고 흐지부지된 뒤, 최이락은 선우명의 끄나풀 노릇을 하게 되었던 것이다.

"내 말 잘 들으시오, 선우 형사."

그렇게 운을 뗀 화렴은 예의 이리저리 흩어진 담배꽁초들을 가리키며 얘기를 시작했다.

"여기, 윤인근의 밑에서 인해당의 운영을 맡던 방홍모란 사람, 이 사람이 누구냐, 쉽게 말해서 채권 장수요. 한때 동척東拓에 근무한 적이 있었던……."

한번 얘기를 시작한 화렴은 윤인근의 비리에 관한 한 박통한 사람이었다. 그의 말을 어디까지 믿어야 할지는 난감한 문제였지만 선우명은 줄곧 멍한 기분이 되어 미처 자신이 파악하지 못했던 윤인근의 과거에 귀를 놓을 수밖에 없었다.

1908년, 일본이 조선의 경제를 독점하고 자본을 착취하기 위해 설립한 특수 국책회사, 이른바 '동척'이라고 줄여 부르는 동양척식회사東洋拓殖會社. 을사조약(강압성을 비판하는 뜻으로 '을사늑약乙巳勒約'이라 부르며 공식 명칭은 '한일협상조약')이 체결된 후 일본은 조선의 산업 자본을 키우고 개발한다는 명목으로 제국회의에서 회사설치 법안을 통과시켜 자본금 1천만 원으로 한성부(지금의 을지로입구)에 본점을 두고 회사를 발족시킨다. 주요 업무는 토지 매수. 그결과 1913년까지 무려 4만7천여 정보의 토지를 사들이고 이듬해에는 농공은행農工銀行에서 거액을 융자받아 전라도와 황해도 일대의비옥한 논과 밭을 강제로 매입한다. 그야말로 조선의 땅을 공식적이고도 합법적으로 식민화시키는 것이었다. 1920년대 초중반에 이르렀을 때 동척이 소유한 토지는 6만여 정보. 회사 창립 때 현물출자형식으로 차압당했던 정부 소유지 1만7천여 정보를 합하면 어마어마한 규모였다. 이렇게 강점한 토지는 '반도인'들에게 소작을 주었고 5할을 상회하는 고율의 소작료를 챙기는 한편 춘궁기에 대여한곡물에 대해서도 2할 이상의 고리를 붙여 추수기에 환수했으니 소작인들은 애써 지은 작물을 괴물의 아가리에 몽땅 털어 넣는 꼴이었다. 궁핍에서 벗어날 길이 없었다. 이러한 착취는 농민들의 원성을샀고 급기야 나석주에 의해 동척 사원이 사살되고 회사는 폭탄 세례를 받는다. 그러나 그건 한낱 미풍에 불과했다. 줄기차게 사세를 넓혀온 동척 본사를 동경으로 옮기고 조선에 17개의 지점을 설치하는한편, 만주, 몽고, 동러시아, 중국, 필리핀, 남양군도, 말레이반도, 태국, 심지어 브라질에까지 무려 52개의 지사를 설립하여 경제 침략의마수를 세계로 뻗치게 된 것이다. 그런데 조선의 내로라하는 거부인 윤인근과 그의 집안은 동척의 마수로부터 어떻게 자신들의 재산을 고스란히 유지할 수 있었을까. 이 의문에 대한 해답이 바로 윤인근의 정체를 풀 수 있는 열쇠였다. 화렴은 한마디로 간단히 설명해버렸다.

"동척 사업에 가장 철저히 협조한 인물이 바로 윤인근의 부친이었소."

결국 부친의 철저한 협조에 힘입어 윤인근이 소유한 방직회사를 비롯한 모든 회사는 물론, 그들이 소유한 전량의 토지에 단 한 뼘의 손해도 입지 않았던 것이다. 윤인근의 가족사를 설명해나가던 화렴이 잠시 말을 끊고는 선우명을 바라보며 묘하게 웃었다. 선우명은 그의 웃음 속에 담긴 의미를 헤아려보려 했지만 불가능했다. 윤인근의 불온한 과거를 전혀 알지 못한 주제에 한 거물 독립운동 후원가를 체포했다고 까불어댄 자신을 비웃는 듯한 화렴의 웃음을 선우명은 마냥 지켜보고 있을 수 없었다. 그렇지 않아도 상해 있던 기분이 한껏 잡쳐버렸다. 화렴의 눈길을 피하며 테이블 위에 늘어져 있는 담배꽁초를 물끄러미 내려다보던 선우명은 몇 개의 의문을 동시에 떠올렸다.

'화렴은 왜 조선으로 다시 왔는가?'

'내가 지금 그를 만났다는 건 무슨 운명의 장난인가?'

'윤인근의 비밀은 어디까지 믿어야 할까?'

'구상옥은 화렴과 어떤 관계를 맺고 있는 것일까?'

하지만 쉽게 답을 내릴 수 있는 것들이 아니었다. 어쩔 수 없이 그 대답은 화렴이 내릴 수밖에 없고, 그가 내려주어야만 정확한 답이라고 할 수 있었다. 선우명은 자신의 처지가 막다른 골목으로 내몰리고 있다는 느낌에서 벗어날 수가 없었다. 그때, 마치 자신의 생각을 훤히 꿰뚫고 있다는 듯 화렴이 손을 뻗어 선우명의 손을 잡았다. 땀이 밴 손은 의외로 부드러웠다.

"선우 형. 지금 같은 모습은 형씨에게 영 어울리지 않아요."

선우명 씨에서 선우 형사로 넘어갔던 호칭이 형으로 바뀌어 있었다. 친근감이 들도록 유도하고 있다는 걸 뻔히 알면서도 정작 선우명은 이물스러움조차 느낄 수가 없었다. 땀방울이 미끄러지던 등줄기에 소름이 쫙 끼쳤다.

"선우 형이 이런 모습을 보이고 있으니 갑자기 얘기를 더 이상 하고 싶은 생각이 나질 않구려."

"아, 아니요, 선생. 계속해주시오."

선우명은 화렴에게 잡혀 있던 손을 빼내며 황급히 저었다. 그 모습을 옆에서 지켜보고 있던 구상옥이 입맛을 쩝, 하고 다셨다.

"이보게."

그의 팔이 선우명의 어깨 쪽으로 다가왔다.

"우린 지금 자네를 동정하고 있네."

"동정?"

구상옥의 고개가 천천히 끄덕거렸다.

"자네의 처지와 생각, 행동 하나하나까지 자네는 크게 빗나가고 있어. 윤인근의 체포는 자네가 둔 최악의 수였어. 물론 그건 자네의 세계에서는 최선의 수일 수도 있지. 하지만 거기에 매달린다면 자네는 이제 더 이상 돌이킬 수가 없게 돼. 내 말을 믿고 싶지 않겠지만,

우리는 그걸 알고 있어. 불을 보듯."

"우리?"

선우명의 눈길이 구상옥에게서 화렴의 얼굴로 재빨리 움직였다.

"갑자기 선우 형에게 이런 얘기를 들려주고 싶어지는군요. 바로 이완용에 관한 것이오. 그 자의 이름도 입에 담고 싶지 않지만. 허기야 나보다는 당신이나 구 형이 훨씬 더하시겠지?"

화렴은 입꼬리를 비틀며 선우명을 바라보았다. 이완용, 갑자기 그 매국노 얘기는 왜 꺼내는 것일까. 선우명은 이리저리 옮겨 다니는 화렴의 말에 여전히 넋이 빠져 있었다.

"이완용의 아들 이명구가 죽은 내력은 알고 계실 테지요?"

화렴은 테이블 위에 놓여 있던 담배꽁초 중에서 제법 긴 놈 하나를 집어 성냥을 그어 불을 붙이며 선우명에게 물었다.

이완용의 아들이 죽은 내력, 그걸 모를 리가 없었다. 황현黃玹의 〈매천야록〉에 나와 있는 이완용의 패륜 행위를 읽으며 진저리를 친 기억이 새로웠다. 선우명은 가만히 고개를 끄덕였다. 이완용의 아들 이명구에게는 임任씨 성을 가진 처가 있었다. 이명구가 일본으로 유학을 떠나 있는 동안 이완용은 그녀를 범했다. 범했다기보다는 시아버지와 며느리가 간통을 저질렀다는 표현이 합당할 것이다. 어느 날, 일본에서 귀국한 이명구는 두 사람이 알몸으로 껴안고 누워 있는 장면을 목격하게 된다. 극심한 충격을 받은 이명구는 가슴이 찢어지는 비통함을 느껴야만 했다. '집과 나라가 망하였으니 어찌 죽지 않을 수가 있으랴家與國俱亡, 不死何爲!' 이명구가 집을 뛰쳐나와 자살을 하면서 남긴 절망어린 유언이었다. 아들의 비통한 죽음 뒤에도 이완용은 며느리였던 임씨를 첩처럼 끼고 살았다. 눈앞의 헛된 욕망을 좇으며 살아가는 이완용 같은 자에게는 나라를 팔아먹은 매국노라는 수식어도, 한 집안을 패륜의 구렁텅이로 몰아넣는 파락호 破落戶라는 수식어도, 그저 초연의 대상이 될 뿐이었다. 즐거울 것도 없고, 모르는 것도 아닌 얘기를 선우명에게 차분히 들려준 화렴은 또 하나의 매국노인 민긍익의 얘기까지 잇달아 들려주었다. 민긍익, 그 역시 이완용에 못지않은 파락호였다. 첩의 소생인 딸과 동거하였고 거기다 아이까지 낳았으니.

"선생!"

선우명은 자신이 못된 패륜아가 된 것 같은 기분이 되어 화렴의 눈을 응시했다.

"왜 이런 얘기를 내게 들려주는 겁니까. 난 지금 윤인근 선생의 얘기만으로도 한없이 혼란스럽소."

화렴의 고개가 천천히 끄덕거렸다.

"난 지금 선우 형에게 우리들의 적이 누구인가를 말해주고 있는 거요."

화렴은 테이블 위에 놓인 담배꽁초를 주섬주섬 챙겨 재떨이에 도로 집어넣으며 말했다.

"우리들의 적?"

선우명이 낮은 목소리로 되물었다. 적이라니? 적이란 누구인가? 적이라고 부를 수 있는 자는 누구인가? 자신의 이익에 반하고, 자신이 딛고 서 있는 곳의 반대편에 서 있는 사람? 그런 사람이 속해 있는 집단? 그게 적인가? 그러나 적이란 그런 식으로 간단하게 구

분될 수 있는 한 사람, 혹은 한 부류가 아니란 것을 선우명은 잘 알고 있었다. 우선, 조선을 식민지로 삼아 30여 년 동안 참혹하게 유린하고 있는 일본은 분명히 '적'이었다. 그 실체는 '일본 파시즘'이었다. 전근대적인 천황제天皇制를 그대로 유지하면서 전체주의적인 결속[파쇼]을 사상의 중추에 두고 있는 일본 파시즘. 제1차 세계대전이 끝난 후 일본은 급속한 성장을 보였으나 방직과 군수공업에만 집중된 불구의 산업체계를 갖고 있었다. 그래서 세계 대공황이 밀어닥치자 일본 경제는 퇴락했고 노동자와 농민의 빈곤은 심각한 상태에 이르렀다. 거기다 기존 정치 단체의 부패와 사회주의 운동의 확산, 그리고 중국에서 일어난 혁명의 여파로 일본 국내의 불안은 고조되어갔다. 결국 국내외의 난급한 상황은 일본 군부에게 쿠데타의 빌미를 제공했다. 파시스트 세력이 성장하게 된 것이다. 군부를 중심으로 한 세력들은 국가 개조를 통해 위기를 타개하자는 기치를 들고 나왔다. 거기서 만주사변이 일어나고 중국 본토 침략이 본격화되었다. 1932년 5월 15일, 소위 5.15 사건이라는 청년 장교들의 권력을 향한 진입이 시작된다. 정당정치를 부정하고 군부 관료의 주도권을 확립함으로써 일본 파시즘은 당당히 권력을 쟁취한 것이다. 그들은 일본 국민의 무의식적 결속을 상징하는 천황에 대한 충성의 극대화를 통해 일본인들의 의식과 생활을 획일화하고 일본 민족의 우월성과 대동아 공영권 건설을 강조했다. 그것은 결국 전쟁의 불가피성을 주장하는 것이었다. 전쟁에 대한 교묘하고 섬뜩한 미화美化였다. 그들은 독일의 나치와 이탈리아의 파시스트와 연대 동맹하여 제2차 세계대전이라는 끔찍한 역사를 창출하기에 이른다. 어쩌면 일본, 혹은 일본의 전체주의는 그들의 군홧발 아래 신음소리조차 제대로 내지 못한 채 굴욕을 당하고 있던 조선에게 단순한 '적'의 개념으로 파악되기에는 너무도 엄청난 힘이었다. 적이란, 그 존재를 인식하고 대등한 힘으로 맞설 수 있을 때에만 그렇게 부를 수 있는 것이기 때문이다. 그런 점에서 일본은 '적'이라고 부르기에는 너무 벅찬 '괴물'과 같은 존재였다. 어쩌면 적지 않은 조선의 선각자와 지식인들이 그 괴물의 수하에 들어가 기꺼이 종노릇을 하게 된 이유도 그 거대한 힘, 거기에 있었는지도 모를 일이다. 포섭이나 회유나 협박이 아니라, 스스로 거대한 힘 앞에 무릎을 꿇은 것이다. 그러나 '적'의 또 다른 유형은 먼 곳에 있지 않았다. 그는, 혹은 그들은, 조선 안에 있었다. 바로 조선을 조국이라고 생각하며 살아온 사람들이었다. 왜국倭國이라고 얕잡아 불렀던 일개 섬나라에게 유린당해버린 반도의 땅에 '적'은 풀뿌리처럼 자생하고 있었던 것이다. 그 시작은 언제부터였을까? 내부에 존재하는 '적'의 뿌리를 캐는 일은 결코 쉽지 않다. 그러나 분명하게 짚어낼 수 있는 것은 광무 9년, 서기 1905년의 을사조약이 체결되면서 나타난 다섯 명의 '적'이 아닐까. 소위 을사오적乙巳五賊이라고 경멸하여 불렀던 그들. 을사조약을 찬성하거나 묵인함으로써 조선을 일본에 넘겨버린 다섯 사람, 내부대신 이지용, 군부대신 이근택, 법부대신 이하영, 학부대신 이완용, 농상공부 대신 권중현. 당시 수상직에 있던 참정대신 한규설과 탁지부대신 민영기의 반대에도 불구하고 조약은 체결되었다. 이들 중 조선 왕가의 본관인 전주 이씨는 이지용, 이근택 둘이나 있다. 그들은 고종 즉위 때 각각 문과에 급제하여 관로에 오른 인물이었다. 그들은 조국에 앞서 자신이 일구어야 할 종사宗社에 스스로 오점을 찍었다. 자기 자신이 자기 자신의 '적'이 되어버린 것이다. 이런 사단은 비단 그 다섯 명에게 국한될 수 없었다. '내부의 적'은 그 이후로 다투어 출몰했다. 융희 4년(1910)의 한일병합은 또 다른 내부의 적을 탄생하게 만든 사건이었다. 을사조약으로 조선을 보호국화하고 통감 정치를 실시하던 일본은 안중근 의사의 이토 히로부미伊藤博文 저격 사건을 계기로 조선의 식민지화에 더욱 열을 올렸다. 1910년 여름, 일본은 '병합 후의 대한對韓 통치 방침'을 결정하고 한국의 경찰권을 일본에 위임한다는 각서에 조인하게 하여 경찰권을 강탈한다. 제3대 조선통감으로 임명된 데라우치寺內正毅가 병합 공작을 진행하면서 내부의 적도 출현하기 시작했다. 통감 관저로 불려가 병합 조약의 구체적인 안건을 밀의한 조중응趙重應이 그 하나였고, 이완용의 지시로 어새御璽를 훔쳐내 날인한 윤덕영尹德榮이 다른 또 하나였다. 어찌 그뿐이었으랴. 마치 시간은 적의 출현을 기다리고 있었다는 듯 하나씩 둘씩 내부의 적을 쏟아냈다. 어쩌면 지금 느닷없이 적에 관해 몰두하고 있는 선우명같은 하찮은 인물도 거기에 속해 있을지 모른다. 아니, 선우명 자신은 지금 그런 생각을 분명히 하고 있었다.

"흐······!"

바람에 날리는 갈댓잎처럼 머리를 건들건들 흔들어대던 선우명이 힘없이 웃었다. 그의 얼굴에 가뭄의 황토길 위를 쓸고 가는 파삭한 먼지바람 같은 메마른 표정이 떠올랐다. 그 표정을 지켜보고 있던 화렴과 구상옥은 한동안 입을 떼지 않았다. 간혹 골목을 지나가는 인력거의 삐걱거리는 소리가 들려오곤 했다. 선우명의 눈앞에 윤인근의 얼굴이 떠올랐다가 천천히 사라졌다.

"화렴 선생. 이제 전 어떻게 해야 하는 겁니까?"

선우명이 쓸쓸하게 묻자 이내 화렴의 얼굴에 만족스런 웃음이 어렸다. 득의의 미소를 바라보는 선우명의 심정은 그저 착잡할 뿐이었다. 윤인근을 체포하여 요다의 고문실로 밀어 넣고 이른 아침 집으로 돌아왔던 선우명. 일본 무사의 흉내를 내던 아들 장의 놀이를 지켜보면서 뜬금없이 우울해졌던 그. 내심 자신의 미래를 상의하려는 생각을 갖고 살롱 백파로 구상옥을 찾아갔다가 우연히 마주친 화렴이라는 중국계 조선인 사회주의자, 그에게서 전해들은 윤인근의 비밀과 막막하게 가슴을 짓누르는 적론敵論.

선우명은 짓눌렸던 가슴이 조금씩 열리는 것 같은 느낌을 받았다. 그것은 미래와 관련된 것이었다. 그리고 그것은 필연적으로 아들 장의 불안한 장래와 연결되어 있었다. 장군으로 키우겠다는 생각으로 일말의 주저도 없이 장군 장 자를 써 이름을 지어줄 때만 해도 그런 불안은 생각할 수도 없었다. 이제 장의 나이 열 살, 일본 무사의 흉내를 내며 골목대장으로 군림한 장이었다. '한낱 허상일 뿐이란 말인가.' 선우명은 도리질을 쳤다. 도쿠가와 이에야스의 자랑스런 이야기를 자장가처럼 들려주었었다.

"선우 형!"

화렴이 수염을 손바닥으로 쓸어내며 그를 바라보았다. 그러곤 빈 담뱃갑을 뜯어 은박지를 테이블 위에 펼쳤다. 그 위에 만년필로 뭔가를 써내려가기 시작했다. 구상옥이 자리에서 일어나 출입구 쪽으로 걸어갔다. 그는 안쪽에서 잠근 문고리를 확인하고는 다시 자리로

돌아왔다. 화렴은 은박지 뒤쪽에다 몇 가닥의 구불구불한 줄을 긋고
는 그 중간 중간에 차례차례 이름들을 적어 넣었다.

"전차 선로가 아닙니까?"

은박지를 내려다보고 있던 선우명이 묻자 화렴은 고개를 끄덕였
다. 전차 선로는 모두 네 종류였다. 청량리에서 동대문, 종로, 남대문
을 지나 용산역에 이르는 것이 그 하나고, 종로에서 서대문으로 갈
라져 마포에 이르는 것이 그 두 번째. 세 번째의 것은 종로에서 광화
문으로 빠져 효자동에 이르는 것. 그리고 마지막 네 번째는 동대문
에서 을지로 황금정에 닿는 것이었다.

선우명은 화렴이 왜 전차 선로를 상세하게 그리는지 알 수 없었
다. 그러나 묵묵히 화렴이 그려나가는 지도를 내려다보았다. 화렴은
청량리에 있는 관립학교와 공립중등학교, 아현리阿峴里의 공립중등
학교를 자신이 그린 지도 위에다 표시했다. 그의 만년필 끝은 다시
광화문 쪽으로 돌아왔고 태평로의 경성부 청사와 경성일보사, 그리
고 소공동 일대의 조선호텔과 도서관, 조선은행 본점과 중앙우체국
등을 차례로 표시해 나갔다. 그러다가 화렴이 고개만 까닥 들어 선
우명을 보았다.

"이 길은 다 알고 있죠?"

그렇게 묻고는 대답을 기다리지 않고서 다시 지도 위로 고개를 박
았다. 그의 만년필 끝은 지도 위를 빠르게 움직여나가기 시작했다.
그는 경성 일원을 종횡무진 움직여가며 콩알만 한 점들을 찍었고,
그 점들에는 각각 숫자가 차례로 적히기 시작했다.

선우명이 백파를 나왔을 때는 이미 밤이 이슥해 있었다. 밤하늘을 뒤덮은 은하수의 흰 가루들이 골목으로 들어서는 그를 총총한 눈으로 내려다보고 있었다. 그는 눈길을 들어 은하수를 한참이나 올려다보다가 주먹을 쥐고 뒷머리를 가볍게 쳤다. 그러고는 멀리 자신의 집 창호에서 새나오는 불빛을 묵묵히 바라보았다. 그것은 평소의 안온함은 완전히 지워진 채 초라하고 적막했다.

"삶의 행로가 이렇듯 가볍게 바뀌어도 되는 것인가."

술을 제법 많이 마신 것 같았지만 취기는 남아 있지 않았다. 윤인근을 체포하기 위해 꼬박 새웠던 지난밤이 거짓말처럼 느껴졌다. 하루 사이에 일어난 일이었건만 그랬다. 화렴의 용의주도한 그물에 걸려든 것 같은 느낌을 지울 수 없었지만, 그렇다고 기분이 나쁜 건 아니었다. 사실, 그에게서 은박지 뒤에 그려진 지도를 건네받을 때만 해도 찜찜했었다. 그러나 그것을 건네주며 화렴이 일침을 가하듯 어떤 사람의 얘기를 들려주었을 때, 선우명은 더 이상 그런 느낌에 빠져들지 않았다.

김상옥金相玉과 종로경찰서 폭파 사건.

화렴이 그에게 들려준 얘기는 굳은 땅에 박힌 말뚝과 같았다. 주저하던 선우명의 마음을 단단히 틀어막아버린 것이었다. 자신들보다 열 살 가량 많은 김상옥이란 사람은 노동을 하며 고학을 한 항일투쟁가였다. 3.1운동이 일어난 1919년 4월, 그는 혁신단革新團이라는 단체를 조직하고 그해 12월, 그 단체 산하에 암살단을 조직했다. 이듬해 여름, 그는 미국 의원단이 입국할 때를 노려 암살 계획을 세웠으나 사전에 발각되어 그해 가을에 상해로 망명을 떠났다. 그 후 그는 의열단의 단원이 되었고 한 해 뒤 7월에 은밀히 귀국해 군자금을 모아 돌아왔다. 1922년 12월에 다시 귀국한 그는 치밀한 사전 준비를 끝내고 이듬해 1월 12일, 종로경찰서에 폭탄을 던지고 도피한다. 닷새가 지난 17일, 경찰은 추적 끝에 그가 은신하고 있던 집을 포위하였으나 쉽게 걸려들지 않았다. 다무라田村라는 일본인 형사를 사살하고 다른 두 명에게 부상을 입힌 뒤 남산으로 피신했다. 일본 경찰은 군대까지 동원해 그를 추적하였지만 끝내 체포하지 못했다. 하지만 한동안 변장을 하고 효제동 은신처에 숨어 지내다 결국 발각되어 무장 경찰 1천여 명과 세 시간이 넘는 대치 끝에 자결로 최후를 선택했다.

김상옥이 종로경찰서를 폭파하고 그 뒤에 벌인 숨막히는 도피와 추격전은 선우명으로 하여금 많은 생각들을 하게 만들었다. 결국 그것은 선우명 자신의 모습을 비추어볼 수 있는 거울과 같았다. 그 거울에 비친 자신의 몰골이 추하고 일그러져 있음은 당연한 것이었다.

"그렇게 하지요."

선우명은 화렴에게 그렇게 말해줌으로써 지나온 과거의 시간들을 한꺼번에 보상받고 싶었는지 모른다. 더불어 그것은 앞날에 대한 다짐을 그 자신에게 내린 것인지도 몰랐다. 그는 도대체 무엇을, '그렇게 하겠다'고 화렴에게 말했던 것일까?

***

파도가 희부연 포말을 만들어내며 해안의 바위에 부딪쳐 잘게 부서지고 있었다. 호텔 베란다에 우두커니 선 채로 묵묵히 바다를 내려다보고 있던 선우활의 얼굴로 차디찬 바람이 몰아쳐왔다. 그는 딱딱하게 굳은 손바닥으로 세수를 하듯 얼굴을 씻어 내렸다. 까칠하게 돋아난 수염뿌리가 손바닥을 찔렀다.

"믿을 수가 없어."

그의 입술이 약간 벌어지며 그런 소리가 중얼중얼 나왔다. 말소리는 휘몰려온 바람 속으로 이내 묻히고 말았다. 그의 귓속으로 다시 바위에 부딪쳐 깨지는 파도소리가 밀려들었다. 수평선 위로 두껍게 띠처럼 깔려 있던 회색 구름이 발갛게 피어오르고 있었다. 파르스름한 여명이 조금씩 물러나면서 마치 파란 물 위에 붉은 물감 한 방울을 떨어뜨린 것처럼 점점 붉은 기운이 번져가고 있었다. 가슴이 서늘하게 비어갔다. 그 빈 가슴 속으로 기이한 감회가 차곡차곡 들어차기 시작했다. 자신이 보잘 것 없고 하찮기 짝이 없는 존재라는 생각이 들 때가 있었다. 자신의 삶이 이 세상을 살아가는 다른 많은 사람들의 것에 비해 너무도 무가치하다는 생각을 할 때가 있었다. 그럴 때에는 어떤 용기도 위안도 소용이 없었다. 닥치는 대로 살아버리겠다는, 막무가내의 삶의 철학만이 그를 지탱해주었다. 그것이 아니고서는 버텨낼 수가 없었다. 자학에 다름 아닌 그 무모함은 어디서 비롯된 것이었을까? 선우활의 입가에 쓰디쓴 미소가 흘러내리고 있었다. 그것은 그 물음에 대한 답이기도 했다.

'내게 이런 할아버지가 있었고, 기억에도 없는 이런 아버지가 있었단 말인가? 정말일까? 믿어도 되는 얘기일까? 만약 이것이 사실이라면, 아버지는 왜 내게 들려주지 않았을까? 어쩌면 이것이 사실이

기 때문에 아버지는 숨기지 않았을까? 누나는 이 얘기들을 알고 있을까?'

그의 뇌리를 스치고 지나가는 의문들은 조금 전 잿더미로 변해 바람에 날려가버린 그 문서 속의 낯설고 믿을 수 없는 얘기들 때문이었다. 자신의 집안에 얽힌 내력. 하찮고 보잘것없이 살아가는 생이라고 자학하게 만들었던 이유들을, 바로 그런 기이한 집안의 내력이 송두리째 날려버릴 수 있을 것이라는 생각이 들었다. 만약 자신의 할아버지라는 선우명이란 사람, 그리고 그의 아들이며 자신의 진짜 아버지인 선우장이라는 사람이 정말 존재했다면! 그 생각을 하는 순간, 선우활은 섬뜩해졌다. 이유는 두 가지였다. 박정욱이란 자는 그것들을 어떻게 낱낱이 알아낼 수 있었는가, 그 문서를 왜 남미현에게 전달하려 했는가.

박정욱, 아이제나흐, 남미현, 그리고 지나간 시간 속의 사람들.

선우활은 몇 개의 의문을 간직한 채, 또 다시, 재로 변해 날아가버린 과거의 시간 속으로 건너갈 수밖에 없었다.

6. 죽음을 부르는 노래

깎아지른 절벽을 앞서 오르던 알피니스트가 삐끗 발을 헛디딘다. 눈 깜짝할 사이에 그는 허공 아래로 미끄러져 떨어진다. 그 아찔한 순간, 자일을 몸에 묶고 그의 뒤를 따르던 다른 알피니스트의 몸이 휘청거린다. 뭔가를 잡고 싶었으나 암벽으로 이루어진 절벽에서 잡을 거라곤 없다. 툭, 투둑, 자일을 일정한 간격으로 암벽에 고정시켜놓은 핀들이 힘없이 뜯겨져 나가다가 한순간, 두 사람은 직벽을 벗어나 허공에 대롱대롱 매달리고 만다. 절체절명의 순간 두 사람의 뇌리를 거의 동시에 스치며 지나는 물음이 있다. "우린 살 수 있을까? 희망이 있을까?" 나는 이 이야기를 어느 알피니스트로부터 전해 들으면서 전율을 느꼈다. 이유는 죽음과 삶의 기로에 서게 된 사람은 '자기 자신의 목숨'이 아니라 '함께한 누군가의 목숨'을 걱정한다는 사실 때문이었다. 둘 다 살아날 수 없다는 건, 둘 중 하나만 살아난다는 건, 결코 '희망'이 될 수 없다는 사실은 당연한 일이면서도 동시에 충격이었다. 물귀신처럼 타인을 죽음의 늪으로 끌어내리는 세상사, 그 엄연한 현실에서 타인에 대한 배려 따위는 쉽게 포기되고 기각되질 않는가. 더구나 죽음을 목전에 둔 상황이라면. 나 하나 목숨을 부지하기도 벅찬데. 나는 종종 이념의 논쟁에 휘말릴 때면 이 이야기를 떠올리곤 한다. 그래서 매번 "둘 다 살아남지 못한다면 정작 하나도 제대로 살지 못한다,"는 결론에 도달하면서 씁쓸해진다. 이념에 종사하는 사람은 한번쯤 암벽을 타볼 필요가 있다. 물론 파트너가 있어야 한다.

1941년 10월.

러시아의 접경에서 시작해 동남쪽으로 한 줄기를 뚝 떼놓고 내달려 중국의 동북 상단을 지붕처럼 덮고 서남쪽을 향해 장중하게 쏟아져온 안링[安嶺]산맥, 그 메마른 고산지대가 먼지를 툭툭 털듯 토산土山들을 급하게 떨구어 놓은 베이징[北京] 북부. 거의 탈진한 세 사람의 인민혁명군이 쥐수염 같은 약초 뿌리를 깨물며 막 쏟아지기 시작한 폭설을 망연히 바라보고 있었다.

지린[吉林]에서 선양[瀋陽]을 거쳐 우회 철로를 따라 베이징까지 오는데 꼬박 이레가 걸렸다. 거기서 장위안[張垣]까지는 걷기도 하고 어쩌다 우차牛車를 얻어 타기도 하며 이동이 가능했지만 육로를 통해 몽고로 들어갈 계획을 실행하기 위해서는 관동군의 트럭이라도 탈취하지 않으면 안 되었다. 그렇게 한다면 중국과의 접경 지역인 사안산다의 동북 소로를 따라 넉넉잡고 사흘이면 울란바토르에 이를 것이다. 모스크바로부터 내려온 '위대한 지령'을 접수해야 하는 곳이 바로 그곳이었다. 그 임무를 띠고 장도에 올랐던 동북인민혁명군의 후신後身인 동북항일연군東北抗日聯軍의 첩보단 소속 세 군인은 장위안에서 일군日軍의 트럭을 탈취하던 중에 오히려 사지로 내몰리고 말았다. 벌써 열흘 전의 일이었다. 이미 '위대한 지령'의 접수는 물 건너간 형국이었다. 본부가 있는 만주로 되돌아갈 길도 완전히 봉쇄되어버린 상황에서 그들은 결국 안링산맥을 선택할 수밖에 없었다. 북동 방향으로 길을 잡아 적당한 곳에서 남동쪽으로 내려간다면 하얼빈[哈爾濱]으로 들어갈 가능성이 남아 있었던 것이다. 하지만 누구도 장담할 수는 없었다. 가도 가도 황폐한 고산뿐이었다. 거기다 메마른 먼지바람은 살을 에는 듯 차가웠다. 만일을 위해 준비해왔던 약초 뿌리도 바닥을 드러내고 있었다. 사막에 다름 아닌 메마른 산악에서 잡아먹을 짐승도 있을 턱이 없었다. 가끔씩 그들의 먼발치에 나타났다가 슬그머니 사라지는 것은 흰 것보다 훨씬 눈부신 잿빛 늑대였다. 잡아먹기는커녕 언제 놈들에게 잡아먹힐지 걱정을 해야 할 형국이었다.

"군관 동무, 이러다 늑대 밥이 될 것 같구만요. 베이징으로 돌아갑시다."

내리는 눈발을 손바닥으로 받아 말라붙은 입술을 축이던 사내 하나가 사십대로 보이는 혁명군 장교를 물끄러미 바라보며 입을 뗐다. 왕인발王仁髮이라는 이름답게 머리 모양이 일품인 중국인 전사의 목소리는 완연히 풀이 죽어 있었다. 치명적인 것은 아니었지만 장위안에서 탈취한 일군의 트럭이 전복되었을 때 어깨를 심하게 다친 또다른 전사 주공수周恭秀는 열흘 동안의 강행군 덕분에 한쪽 어깨가 옆구리까지 주저앉아 있었다. 거기다 제대로 치료를 하지 않아 생긴 염증으로 어깨 쪽의 얼굴 반이 퉁퉁 부어올라 시꺼멓게 죽어 있었다. 반대편 어금니로 약초 뿌리를 씹고 있는 몰골이 차마 눈을 뜨고 볼 수가 없었다. 거뭇하게 돋아 오른 수염에 자꾸만 달라붙는 눈발을 걷어내며 장교가 왕인발의 눈을 지그시 바라보았다. 그리곤 그의 눈길이 주공수에게로 건너갔다가 되돌아왔다. 장교의 눈동자에서 한순간 날카로운 빛이 뿜어져 나왔다. 품 안으로 들어갔던 장교의 손이 천천히 뽑혀져 나왔을 때 왕인발과 주공수의 눈이 휘둥그레졌다. 장교가 품에서 뽑아든 건 권총이었다. 그들의 낯빛이 창백하게 변했다.

"선우 동무…… 이거…… 왜 이러시오?"

장교의 손에 들린 차가운 권총의 총구를 바라보며 얼굴을 일그러뜨린 채 더듬거리며 말을 뱉어낸 것은 왕인발이었다. 뒤이어 어깨가 문드러진 주공수가 비틀거리며 바닥에서 몸을 일으켰다. 그의 입에서 벽력같은 목소리가 터져 나왔다.

"더러운 조선놈!"

그러나 그들을 향해 권총을 겨눈 장교의 얼굴에는 조그마한 동요도 없었다. 그는 이미 각오가 서 있었다.

"미안하오."

안전장치를 풀고 방아쇠에다 검지를 걸며 혁명군 장교는 다소 비감에 찬 목소리를 토해냈다. 그때까지 왕인발과 주공수는 덤빌 엄두를 내지 못한 채 멍하니 격발의 순간을 기다릴 뿐이었다. 정작 덤비려 해도 그럴 힘이 그들에게 남아 있을 턱이 없었다.

"왕 형, 그리고 주 군……, 난 이미 오래전부터 더러운 조선놈이었소. 하지만 그 오명을 씻어내기 위해 여기까지 왔었소. 그러나 이제 또다시 그 더러운 이름을 뒤집어써야 한다는 게 괴롭소. 부디 날 용서하시오. 저승에서 만나거든 날 실컷 능멸해주시오."

장교의 입에서 흘러나온 그 말을 들으며 왕인발은 지그시 눈을 감았다. 그의 눈가에 맺힌 주름이 부르르 떨렸다. 그는 아예 무릎을 꺾으며 돌아앉았다. 그러나 주공수는 여전히 어깨를 무너뜨린 채 서 있었다. 그의 눈시울이 벌겋게 물들어 있었다. 돌아앉은 왕인발의 등으로부터 희미한 말소리가 들려왔다.

"당신이 처음 우리에게 왔을 때부터 난 알아보았소. 당신 같은 인간은 진정한 혁명군이 될 수 없다는 것을 말이오. 위기의 순간이 닥쳐오면 국가나 조직보다는 먼저 개인을 위해 어떤 추악한 배신도 감행할 수 있는 인간이란 걸 당신의 눈빛에서 보았었지."

왕인발의 얼굴이 천천히 되돌아왔다. 그의 낯빛은 어느새 온기를 회복하고 있었다. 그러나 그의 눈동자가 온전히 되돌아서기 전에 권총은 불을 뿜었다.

"탕!"

총알은 왕인발의 뒷머리를 뚫고 지나갔고 그의 목구멍에서 붉은 피가 흩뿌려졌다. 거의 동시에 얼굴을 일그러뜨리며 서 있던 주공수가 몸을 날렸다.

"탕!"

장교의 권총은 다시 요란한 소리를 냈다. 턱, 하고 숨이 막히는 소리와 함께 주공수의 몸이 그 자리에 고꾸라졌다.

"국가…… 조직…… 개인……."

쓴 웃음이 흘러내리던 장교의 입에서 그런 소리가 흘러나왔다. 국가와 조직과 개인. 한 인간의 존재를 설명하기에 그런 어휘들은 공허하기 짝이 없다. 예전에도 그랬고 지금도 그러했으며 앞으로도 그럴 것이다. 종로경찰서 형사계에서 오욕의 세월을 견뎌온 그였다. 중국계 조선인 테러리스트를 만나 인생의 행로를 바꾸었다. 전차역 습격, 경찰서 습격, 헌병대 습격에 이어 일경과 일군의 수뇌 암살 척결, 그리고 미련 없이 조국을 떠났다. 가족을 이끌고 이국異國으로 건너온 그는 동북혁명군 첩보대 군관이 되었다. 그러나 이제 무엇인가. 그는 자신에게 묻고 답했다. 나는 이제 아무 것도 아니다. 그저 개인인 나일 뿐이다. 친일 형사도, 테러리스트도, 혁명군 군관도 아닌, 시간의 흐름에 따라 나이를 먹고 그렇게 사위어가다 죽어갈 한 인간일 뿐이다.

중국공산당 만주성위원회의 무장 부대인 동북인민혁명군東北人民革命軍이 조직된 것은 1933년 가을이었다. 당시 만주에는 지청천池靑天이 이끄는 한국독립군과 양세봉梁世奉의 지휘하에 있던 조선혁명군이 있었다. 그 두 무장 조직은 일본군의 대토벌 작전에 밀려 중국 본토로 퇴각하고 있었지만 조선인들은 일본군들에 저항하며 자생적인 자위 부대를 조직했다. 농민들의 빈번한 봉기에 호응하여 항일 유격대가 생겨난 것도 그 결과였다. 이들은 일본군과 맞서 싸우면서 동만주 지역에 항일 투쟁의 근거지를 확보하고 동북인민혁명군의 결성에 영향을 미친다. 이것은 만주 지역에 뿔뿔이 흩어져 있던 무장 세력의 결집을 의미했고, 그 주력은 남만주의 제1군과 동만주의 제2군이었다. 이들이 펼친 작전의 핵심은 식민 통치 해방을 위한 '국내 진공 작전國內進攻作戰'이었다. 1935년 2월, 제1군 1사단장 이홍광李紅光의 주도하에 평북 흥남의 동부를 공격하는 성과를 거둔다. 동북인민혁명군이 동북항일연군으로 확대 개편된 그해 7월, 코민테른 7차 대회에서 제국주의 파시즘에 대응하여 반파쇼 인민전선과 식민지에서의 민족통일전선 방침이 천명됨에 따라 중국공산당으로부터 국민당에 대해 소모적인 내전을 종식하고 통일된 항일 전선을 구축하자는 제의를 받았다. 이념의 행복한 결합이었다. 그것은 이념이란 때에 따라 얼마든 초월할 수 있다는 증거였다. 그 후 동북항일연군의 조선인 무장 부대들은 활발한 유격활동을 전개한다. 조국광복회와 함께 국내 진공 작전을 펼치면서 거둔 가장 눈부신 성과는 무엇보다 1937년의 보천보普天堡전투였다. 무정武亭의 팔로군에 입단해 눈부신 활약을 보이기 바로 직전의 화렴을 신화적 인물로 만들어준 바로 그 전투. 하지만 1940년 이후의 항일연군은 관동군과 만주군을 앞세운 일본군의 대대적인 토벌 공세에 직면하여 활동이 극도로 위축되었고 결국 시베리아 쪽으로 속절없이 옮겨가야만 했다. 선우명이 종로경찰서의 극악한 형사 요다의 목을 비틀어버리고 가족을 이끌고 만주로 떠나 화렴의 천거에 의해 혁명군 첩보대 군관이 된 것은 그나마 하얼빈을 중심으로 정보 활동의 근거지를 마련하던 무렵이었다. 선우명에게 맡겨진 주요 임무는 두 해 전 국내에서 결성된 '경성 코뮤니스트 그룹[京城 COM-GROUP]'과의 연대를 위한 연락책이었다. 이관술, 이순금, 김상룡, 권오직, 김응빈, 이인동 등 종전의 파벌을 초월하여 조직된 콤그룹은 대전형무소에서 출감한 박헌영을 중심으로 한층 강화된 일제의 탄압 속에서 활동하고 있었다. 이들이 오래지 않아 조선공산당 재건의 핵심이 된 것은 두 말 할 필요가 없다. 선우명의 운명이 또 다른 행로를 맞게 된 기로가 또한 거기에 있었다. 조국이 해방을 맞기 전에 콤그룹의 거의 대부분이 일경에 검거될 무렵 박헌영은 경찰에 쫓기는 신세가 되어 전남 광주의 허름한 벽돌 공장에 인부로 은신해 있었다. 조선 공산주의 운동의 대부격인 박헌영朴憲永과 일제하 종로경찰서의 말단 형사로 음지에 숨어 독립운동가의 천적노릇을 한 적이 있던 선우명의 관계는 대체 어떤 맺음으로 이어졌던 것일까? 이를 알기 위해서는 우선 박헌영이라는 거물을 추적할 필요가 있다.

박의 나이는 선우명보다 한 살이 위인, 1900년생. 청년 실업가로 조선의 거부이며 조선 독립을 지원하는 가장 강력한 후원자로 거짓 위세를 떨쳤던 친일파 윤인근과는 동갑. 고향은 충청도 예산. 그는 3.1운동이 일어나던 해에 경성고보를 졸업하고 상해로 건너가 이르쿠츠크파의 고려공산당에 입당한다. 3년 뒤 모스크바에서 열린 극동인민대표자 회의에 참석한 후 김단야, 임원근과 함께 국내 침투를 시도하다가 신의주에서 체포되어 두 해 남짓 수감된 적이 있었다. 출옥 후 그는 조선일보와 동아일보에 기자로 취직했고, 1925년에는 조선공산당과 고려공산당 청년회를 조직했다. 그러나 창당 반 년 만에 조선공산당은 와해되고 그는 다시 일경에 체포된다. 이때 그는 미치광이 흉내를 내어 병보석으로 풀려나자마자 소련으로 건너가버렸다. 거기서 그는 아시아 공산주의자들을 육성하는 모스크바공산대학에서 2년의 교육을 받으며 완전한 코뮤니스트의 길로 접어든다. 그러나 재차 국내 침투를 시도하던 그는 다시 체포되었고, 대구형무소에서 풀려난 것은 1939년. 그런 그가 조선공산당 재건을 위해 은밀히 공작을 펼치던 아지트가 바로 전남 광주 백운동의 허름한 벽돌공장이었다. 거기서 몇 번의 위기를 벗어나며 8.15해방을 맞이한 그는 이번엔 미군정에 의해 체포령이 내려지자 그걸 피해 입북, 금강정치학교에서 게릴라를 양성하는 일을 하게 된다. 하지만 그와 뜻을 같이했던 김삼룡과 이주하 등 소위 '남로당' 핵심들이 미군정에 체포되면서 위기를 맞던 와중에 6.25가 터진다. 난세일수록 그 난세에 얽혀 있는 인물의 생은 지난하기 마련이다. 그 지난한 삶의 종막은 극선極善이나 극악極惡, 둘 중의 하나일 수밖에 없다. 박헌영도 예외는 아니었다. 결국 길고 지루한 내전이 끝나가던 1953년 여름, 그는 권력을 쥐고 있던 김성주(김일성)에 의해 '반란 음모'라는 뻔한 덫에 걸려 형장의 이슬로 사라졌다. 그의 군사재판이 열린 것은 1955년 12월. 죄목은 미국 국제첩보국[CIC] 요원인 선교사 언더우드와 접선했다는 것(1919년)과 일경에 체포된 후 조직을 배신하여 밀정 행위를 했다는 것(1925년), 그리고 해방 후 미국에 매수되어 지나친 극좌 투쟁으로 혁명 역량을 파괴하였으며 반당종파주의자로 6.25 당시 남한에 50만 명이 넘는 당원이 전시 태세를 갖추고 있다는 허위 보고를 했다는 것 등이었다. 그러나 박헌영으로 하여금 꼼짝없이 사형을 받게 만든 것은 기실 '김일성 정권의 전복을 꾀한 쿠데타 음모'라는 혐의였다. 그러나 박헌영이 꾸몄다는 그것이 음모인지, 아니면 한때 사회주의 혁명 전선에 함께 서 있던 김일성이 박헌영을 제거하기 위해 꾸며낸 음모인지는 알 수 없는 일이다. 1945년의 봄과 1955년의 겨울, 이 10년의 시간대에 걸친, 격렬한 공산주의자였던 박헌영의 삶과 죽음 사이에 바로 선우명이라는 한 초라한 개인주의자가 개입되어 있었다. 즉, 박헌영이 일경의 치밀한 그물망을 빠져나갈 수 있었던 1945년 봄에도 선우명의 도움이 있었고, 그로부터 10년 뒤 쿠데타 음모죄로 생을 마감하였을 때 그 군사재판의 증언자로 나서 영원히 이승을 떠나게 만든 것도 바로 선우명이었던 것이다. 남로당 연락책으로 선우명 역시 목숨을 내놓아야 할 위기에 처했던 순간, 늘 그래왔듯 선우명은 '개인'으로 돌아섰다. 하지만 그것은 개인으로 돌아선 것이 아니었다. 그저 '삶'으로 돌아선 것일 뿐이었다.

몇 날이 지난 초겨울 저녁.

평양 모란봉 인근 공산당 고급 당원들의 연립주택 제15호. 대문을 나서던 선우명은 고개를 돌려 낡은 고동색 문기둥에 붙은 보위국 간부 장열張烈의 문패를 묵묵히 올려다보았다. 20여 채가 넘는 이층 적산가옥敵産家屋을 개조해 당원들의 거처로 쓰고 있는 집들 중에서 그래도 쓸 만한 장열의 집에서는 싸늘한 북풍 속에서도 따스한 온기가 피어올랐다. 페치카 굴뚝에서 솔솔 피어오르는 연기 때문인지도 몰랐다. 하지만 다다미방을 온돌로 급조한 탓에 난방은 시원치 않았다. 장열의 집을 들어설 때부터 느꼈던 온기의 정체는 따로 있었다. 그것은 바로 가족이었다.

해방 전 중국과 조선을 돌아다니던 동안, 아들 장과 아내를 제대로 돌보지 못했던 그였다. 그러나 한번 박힌 장군에의 집념은 아들의 가슴에서 한 번도 떠난 적이 없었던 모양이었다. 화렴의 집에 맡겨놓았던 선우장은 이미 그로서도 더 이상 관여할 수 없는 철저한 공산주의자가 되어 있었다. 스물다섯 살의 청년으로 성장한 아들 장은 인민군 장교로 전선에서 혁혁한 공로를 세웠다. 어쩌면 정말 그의 이름처럼 장군이 될지도 몰랐다. 하지만 그런 아들을 지켜보는 선우명의 마음은 착잡하기만 했다. 박헌영을 사지로 몰아넣는 데 결정적인 증언을 했다는 것도 이유 중의 하나였음은 두말할 필요가 없었다. 끈질기게 이어지는 배반의 삶이었다. 그것은 오래전 윤인근을 체포해 극악한 고문 형사의 손에 넘겼던 씁쓸한 과거를 어쩔 수 없이 회상하게 만들었다. 그는 그렇게 살아온 것이다.

민족을 배신한 파렴치한의 오명을 한순간에 벗어나려 했던 그는 점점 더 깊은 오명을 뒤집어쓰게 된 꼴이었다. 민족도 조직도 개인도, 어느 하나 부여잡을 수 있는 대상이 아니었다. 그는 그저 그때그때의 상황과 환경에 적응해 연명하는 벌레에 다름 아니었다. 그렇게 생각하고 싶지는 않았지만 결국 존재하는 모든 이는 그에게 적이었다. 그들은 언제든 그가 쓰러뜨려야 할 대상일 뿐이었다. 언제든 배신을 결행해야 할 대상이었다. 결국 언젠가는 자기 자신으로부터도 돌아서야 할 것이라는 데까지 생각이 미쳤다.

"이대로 놔둔다면 내 미래는 자명하다네. 결국 난 스스로 목숨을 끊어버리고 말걸세. 그건 내 의지만이 아니라 나를 둘러싸고 있는 세계의 요구이기도 하지. 하지만 죽는 게 두려운 건 아니야. 내가 두려워하는 건 결국 내가 내 자식까지 사지로 몰아넣지 않는다고 보장할 수가 없다는 거야. 난 나를 믿을 수가 없네. 차라리 왜놈들의 충직한 개 노릇을 할 때가 나았던 것 같으이. 그때는 거짓 행복이라도 누릴 수 있었으니까. 그런데 이젠 아니야. 내가 조국을 위한답시고 그 거짓 행복으로부터 뛰쳐나왔을 때, 나는 더 이상 나 자신조차 믿을 수 없게 돼버렸네. 거듭되는 배신과 살상, 아, 난 여기 이대로 있다는 것만으로도 한없이 불행해. 내가 죽음을 선택해버린다면 그 죽음까지 배신이 될지 몰라. 그게 두려워. 그래서 난 지금 사라지려고 하네. 부디 도와주시게."

보위국 간부 장열 앞에 던져놓았던 자신의 말은 더할 수 없이 통렬한 고백이었다. 이전에도 없었고, 앞으로도 없을, 얼굴이 화끈거려 참을 수 없는 참담한 회한이었다. 그렇게 쏟아놓았건만 그의 가슴에는 여전히 모멸스런 기운이 앙금처럼 남아 있었다. 선우명은 맨 위쪽 단추에 큼지막한 별이 박힌 소련제 검정 외투의 앞섶을 여며 목덜미를 파고드는 찬바람을 막았다. 그러고는 어둠이 빼곡히 들어찬 어둠 속으로 빠르게 걸음을 옮겼다. 바람에 쓸려온 잔설 조각이 양털 바지에 부딪쳐 탁탁 소리를 냈다. 그 소리에 이어 단단히 조여 맨 단화의 발굽소리가 따랐다. 그의 머릿속은 마치 시간이 흐를수록 점점 더 짙어가는 어둠처럼 깜깜해져가고 있었다. 그 흑암 속에서 마치 희미한 등불처럼 좀 전에 있었던 일들이 되살아났다.

"장 형, 우리 장이를 부탁하오. 이것이 살아서 내가 장 형에게 하는 마지막 부탁이오. 그리고……."

장열을 찾아가겠다고 생각한 것은 선우명의 처지에서 떠올릴 수 있는 유일한 묘안이었다. 박헌영의 죽음 이후 이른바 남로당 분자들 중에서 살아남은 자는 단 한 명도 없었다. 처음부터 남로당과 관계를 맺고 있었던 건 아니었지만 어쨌든 선우명 역시 그들의 수괴를 사지로 몰아넣는 데 일조를 한 사람임에는 틀림이 없었다. 박헌영의 처단으로 전쟁의 패배를 교묘히 수습하고 더 엄청난 무력 독재의 기틀을 다듬어가던 김일성 정권에게 선우명은 이용해먹기 딱 좋은 인물이었지만, 언제까지나 뒤통수를 쓰다듬어줄 수는 없었다. 1급 간첩 교육대인 금강정치학교의 교무관이라는 직책을 맡고 있던 선우명은 언제 어떤 위기가 닥쳐올지 몰랐다. 그런 위기 의식이 최고조에 이른 것은 지난 가을이었다.

당직을 서던 그가 우연히 교무실에 들른 정치훈련국장에게서 전해들은 섬뜩한 귀띔은 선우명의 동물적 감각을 자극했다. 그에게 씌워진 혐의는 적지 않았다. 종로경찰서 형사 출신이라는 것, 동북항일연군의 군관 시절 소련으로부터 내려온 '위대한 지령'의 접수에 실패하고 함께 임무를 띠고 몽고로 향하던 중국 병사들을 사살했다는 것도 혐의에 당연히 포함되어 있었다. 그러나 정작 그의 목을 조이는 가장 섬뜩한 올가미는 박헌영의 쿠데타 음모를 거짓 증언했다는 사실이었다. '거짓인 사실'과 '사실인 거짓'이라는 딜레마에 빠진 것이었다. 그것은 자신의 삶을 뒤돌아볼 때면 언제나 존재하는 늪이기도 했다. 필생의 업으로 삼았던 윤인근을 체포했을 때도 그랬었다. 그는 이미 목숨을 걸고 잡아들일 필요도 없는 사람이었던 것이다. 그때부터 그가 쏜 화살은 방향도 없이 이리저리 꺾이고 곤두박질치다 쓸 데 없이 치솟곤 했다. 과녁은 처음부터 없었다. 그는 처음부터 화살이 과녁을 향하고 있지 않았다는 사실을 알지 못했다. 단지 "재수 없다"는 넋두리로 흘려버리기에는 너무도 모진 운명의 장난이었다. 언제나 예상치 못한 곳으로 흘러가던 그의 운명은 급기야 그를 공산주의자로 만들었다. 그러나 그는 여전히 운명의 이지러진 행보를 눈치 챌 수 없었다. 사람의 생명을 파리 목숨처럼 여기게 된 것도, 따지고 보면 자신의 의지와는 아무런 상관 없는 일이었다. 테러리스트라는 허울은 어쩌면 그런 것의 가장 엄정한 증거일지 몰랐다. 하지만 그를 지탱시킨 것은 위기를 극복하는 능력이었다. 위기라고 여겨지는 순간 자신이 어떤 처신을 해야 하는지 판단하는 데 그보다 탁월한 사람은 없었다. 판단보다는 그 판단을 관철시키는 데 훨씬 뛰어난 사람이 바로 그였다. 그리고 조금의 주저도 하지 않았다. 그것이 철저하게 그의 행복한 안주安住의 기회를 유린했던, 그 운명에 대한 유일한 저항이었다.

장열은 선우명의 마지막 선택을 정말 '마지막'으로 만들어버릴 수 있는 사람이었다. 그는 해방이 된 이듬해 소위 민전民戰이라 불린 좌익통일전선인 "민주주의민족전선"의 일원으로 활동한 바 있었고, 6.25 한 해 전 북조선 민전에 흡수 통합된 뒤 월북하여 요직을 거쳤다. 그의 배경에는 고인이긴 했지만 허헌許憲이라는 막강한 인물이 있었다. 일본 메이지대학[明治大學] 법과 출신으로 신간회 중앙위원장과 보성전문학교 교장을 지냈으며 해방 후에는 건준(건국준비위원회)의 부위원장과 남조선 민전 수석의장, 남조선 노동당 초대 위원장을 역임하고 1948년 월북하여 최고인민회의 제1기 대의원에 선출되어 의장직을 맡았던 사람, 그 막강한 인물 허헌. 그가 김일성대학의 총장이 되고 '조국통일민주주의전선' 의장을 거쳐 최고인민회의 의장에 재직하던 중 병사하기까지, 바로 장열은 그 허헌이 가장 아끼는 수하 중의 하나였다. 허헌이 죽은 지 4년, 장열은 과거의 후광을 고스란히 업은 채 북조선의 가장 영향력 있는 조직의 고급 간부가 되어 있었다. 나이는 선우명과 동갑인 쉰다섯. 그에게는 선우명의 아들 선우장과 동갑인 장사준張史俊이라는 청년 장교 아들이 있었다. 선우명으로 하여금 장열이라는 마지막 카드를 뽑게 만든 것은 바로 그것이었다. 자신의 아들인 선우장과 장열의 아들인 장사준이 전선에서 군관으로 목숨을 함께했던 전우라는 것, 그것이었다. 그 한 가지 이유로 서열의 엄청난 차이를 넘어서서 두 사람 사이엔 존칭어가 필요하지 않았다. 장열은 대인大人이었다. 선우명은 직감으로 그것을 알았다. 자신을 찾아온 선우명이 어떤 사람인가를 이미 알만큼 알고 있던 장열은 지루하고 장황한, 그러나 처연하기 이를 데 없는 고백을 듣고 나서 두 말 하지 않고 황해도 해주행 출장 증명서를 즉석에서 끊어주었다. 단 한 번만 입을 뗐을 뿐이었다.

"내 아들에게서 선우장이라는 청년의 이름을 귀에 못이 박히도록 들었더랬지. 난 잠시 그 청년이 댁의 아들이라는 사실에 의아함도 가졌지만, 이제는 아니오. 난 그 청년을 만난 적이 있소. 그리고 조금 전에야 그 청년이 아버지를 가장 존경한다는 말을 기억했소. 그리고 그 아이가 왜 그런 말을 했는지도 알 것 같소. 아들을 위해서 당신이 사라진다는 그 말을 나는 믿고 싶소. 그래서 나는 당신이 어디로 가는지를 묻지 않는 거요. 당신의 아들은 걱정하지 마시오."

오직 그 말뿐이었지만, 장열은 선우명이 가졌던 미련들을 모조리 떨어낼 수 있게 해주었다. 그 순간, 한 해 전 지병으로 앓아오던 폐결핵으로 이승을 떠나버린 아내가 떠오른 것은 예사롭지 않은 일이었다. 그러나 지금, 어둠 속으로 잠겨드는 선우명의 몸에는 힘이 없었다. 터덜거리는 발걸음은 더 이상 예전의 거칠 것 없이 당당하던 발자국 소리를 만들어내지 못했다. 선우명은 골목을 빠져나와 야산 앞에 세워진 해방기념탑 앞에서 잠시 발길을 멈추었다. '조선 민족 해방 기념'이라고 세로로 쓴 구조물 위에는 무언가를 외치듯 오른팔을 니은(ㄴ)자로 구부린 한 소년의 동상이 세워져 있었다. 선우명은 마치 그 소년이 아들 장인 듯 오래도록 올려다보았다.

***

눈이 내리고 있었다. 선우명은 황해의 차디찬 해풍이 쓸려갔다가 휘몰려 돌아오는 쓸쓸한 풍광을 묵묵히 바라보았다. 수평선에 닿아 있는 하늘빛은 짙은 회갈색이었다. 눈자락이 흩날리는 바다에 해가 지고 있었다.

"어디로 가시오?"

조각배나 다름없는 20톤짜리 자그마한 어선의 선주라는 허연 수염의 늙은이가 지그시 바다로 향해 있는 선우명의 시야에 들어왔다. 선우명은 아무런 대답도 하지 않았다. 대답할 말이 없었다. 어디로 갈 것인지 자신으로서도 알 수가 없었다. 그는 슬그머니 고개를 돌려 화톳불 속으로 마른 장작개비를 집어넣고 있는 노인을 바라보았다. 그 노인의 등 뒤에서 눈바람을 맞으며 요란하게 펄럭이는 플래카드가 보였다. 굵은 붓글씨체로 쓴 검은 글씨가 도드라져 보였다.

환영, 동부 독일 수상 오토 그로테블.
위대한 수령 김일성 주석을 접견하기 위해 친히 북조선을 방문한
오토 수상을 전 인민은 진심으로 환영합니다.

선우명은 피식 웃었다. '저 사람은 내게 뭘까?' 본명인 김성주金成柱보다는 항일 독립투쟁가인 김일성金日成 장군으로 더 알려진 사람. 그것이 날조된 것이라는 사실을 알만한 사람들은 다 알고 있었지만 어쨌든 그는 한반도의 반을 고스란히 손아귀에 쥔 권력자였다. 임자생壬子生이라니 자신보다 열한 살이나 아래였다. 그것만으로 이미 자신의 시대가 아니라는 사실을 그는 절감할 수 있었다. 청년 군관

들 사이에서 김일성의 전력에 대한 의구심이 커져가고, 한때 토지개혁으로 절대 다수의 빈농들로부터 얻었던 지지가 소모적인 전쟁의 수행과 그 실패로 인해 흔들리고 있었지만 그것은 처음부터 문제가 되지 않았다.

시대는 변하고 있었다. 우익과 좌익이라는 이념의 틀 속으로 급격히 매몰되어가면서 사람들은 점점 자신이 디디고 있는 이 땅에서 허깨비가 되어가고 있다는 것을 감지하고 있었다. 아니, 감지조차 하지 못한 채 하루하루를 허겁지겁 먹고살 뿐이었다. 해방은 되었으나 이민족에 의한 타의적이고 의존적인 해방에 불과하다는 것은 많은 지식인들뿐 아니라 선우명 같은 권력의 수혜자들에게도 회의와 절망과 허무감을 안겨다주었다. 그것은 수백만의 무고한 인민의 목숨을 앗아간 소모적인 민족 전쟁의 선두에 섰던 사람들에게 더욱 크게 작용했다. 전쟁 같은 극단적인 수단에 의해서라도 남과 북으로 갈라진 조국을 하나로 묶을 수 있으리라 여겼던 그들에게 돌아온 건 결국 분단이라는 확고한 현실이었다. 해방은 아직 해방이 아니라는 사실의 인식. 북은 북대로, 남은 남대로, 소련과 미국으로부터의 유린의 흔적은 깊고 엄청난 상처로 남아 있었다. 끝나리라 여겼던 암울한 이데올로기 쟁투 속으로 오히려 한걸음 더 깊숙이 들어가버린 것이다. 어쩌면 그 쟁투란 시작은 있으나 끝은 존재하지 않는 것일지 모른다.

그런 점에서 1945년 11월의 신의주 우익 반공 학생들의 시위는 타의적인 이념 분쟁의 분명한 시작일 수 있었다. 하지만 처음부터 그것은 씨알이 먹히지 않는 시시껄렁한 사건일 뿐이었다. 오히려 북한의 권력층으로 하여금 내부 단속이라는 빌미를 제공했다. 공산당 정보국의 조작극일지 모른다는 소문은 싸락눈처럼 녹아버렸다. 대신 적기赤旗를 휘날리며 미국 괴뢰 정부하에서 신음하는 남조선 인민들을 해방시켜야 한다는 명제만 훨씬 강도 높게 휘날렸을 뿐이었다. 그리고 10년이 지났다. 그 10년은 강산을 바꿔놓기는 했지만 인간의 의식, 그리고 이념의 몸은 바꿀 수 없었다. 그래서 떠난다는 것은, 별 의미가 없는 것일지 몰랐다. 그러나 떠나지 않고서는 결국 죽음뿐인 상황, 거기에 떠밀려 결국 선우명은 발길을 옮길 수밖에 없었다. 그래서 그의 결행, 그의 망명은 모든 것으로부터의 탈출이었다.

하지만 그도 한 인간일 수밖에 없었다. 차디찬 무덤 속에 누워 있을 죽은 아내와 장군을 만들기 위해 온 생애를 바쳤지만 한 치 앞의 운명도 가늠할 수 없게 되어버린 그의 아들 장, 그 두 사람의 영상이 거친 바다의 시퍼런 물굽이 속에서 일렁이고 있었다. 그 둘의 영상이 그의 가슴을 출렁이게 했다. 그는 울컥 무언가를 토해냈다. 뱃전에 몸을 구부린 채 그는 속엣것을 게워냈다. 토해내도 자꾸만 꾸역꾸역 기어 나왔다. 선우명의 행동을 물끄러미 바라보고 있던 선주는 주머니에 찌른 손을 꼬물거렸다. 주머니에는 그에게서 건네받은 지폐가 들어 있었다. 떠나지 못하고 있는 선우명을 이해하겠다는 듯 해풍에 삭은 목소리를 털어냈다.

"이보우, 간다는 사람은 얼릉 가야지 자꾸 밍기적거리믄 가슴만 다치지. 여편네도 없구 제사 봐줄 자슥도 피붙이도 없다는 사람이 뭘 그리 주착마즌 미련이 많우? 날래 떠나라우, 앙?"

허나 매몰찬 노인의 목소리는 점점 커져가는 선우명의 오열 속으로 묻혀들었다.

***

1956년 2월.

충청남도 공주에서 대전으로 가는 군용 트럭을 빌어 타고 계룡산 동북 끝자락의 공암에서 내린 50대 중반의 한 남자가 힘겹게 산을 오르고 있었다. 제법 A급으로 보이는 검정물 들인 야전잠바는 공주장에서 새로 구입한 것이었다. 남자는 오진만이라는 본래의 이름보다는 무쇠코라는 별명으로 더 알려진 땅꾼이었다. 그가 사철 중 유독 겨울에만 땅을 뒤지는 데다 꼭 혼자서만 움직였으므로 그 고집을 싸잡아 그런 별명이 붙은 것이다. 산삼 캐는 것보다 어렵다는 백사를 무려 일곱 번이나 잡았던 것도 따지고 보면 다 그 고집 덕이었다. 이번에도 그는 지난 초순에 산속으로 들어갔다가 잡은 백사를 공주의 거상 윤치후에게 넘기고 돌아오는 길이었다. 그의 등에 달라붙은 검정 배낭에는 남은 겨울을 넘길 양식과 옷가지들이 들어 있었다.

"슷발 놈으 새키."

그는 목구멍 속에 착 달라붙어 있던 가래를 잔뜩 모아 탁 뱉어내고는 그렇게 혼잣말로 씨불거렸다. 그러곤 야전잠바 앞섶의 불룩한 주머니에서 럭키스트라이크 한 개비를 꺼내 물고 라이터를 켰다. 새로 돌을 간 탓인지 라이터의 불은 단숨에 훨훨 피어올라 담배 끝을 태웠다. 맛있게 한 모금을 들이켜 내뿜은 담배 연기가 풍성한 입김에 섞여 무성하게 흩어졌다. 그러나 그의 찡그린 인상은 좀체 펴지지가 않았다. 그는 윤치후의 솟을대문 집에서 보았던 이마빡이 새파란 젊은 순경 놈을 떠올리고 있었다.

윤치후 밑에 빌붙어 푼돈께나 뜯어먹는다 싶었더니 과연 치사하고 야비하기 짝이 없는 놈이었다. 잡은 백사 일곱 마리 중에서 다섯 마리나 거래했던 인연으로 윤치후와 가깝게 지냈건만 그 윤 부자는 어디서 그런 예의도 모르는 후레자식을 밑에다 두었는지, 생각을 하면 할수록 기분이 똥 밟은 듯 구렸다. 계룡산 어디에 있느냐, 지난번 산불이 난 곳과 비슷한 지역인데 혹시 당신이 한 짓이 아니냐, 말도 안 되는 얘기를 꺼내 위압을 준 것은 그만두고라도 빨치산 잔당이 아직도 계룡산에 출몰한다는 보고가 있는데 그놈들과 내통의 기미가 있을지 모른다며 조사를 해야겠다고 덤비는 데는 당할 재간이 없었다. 결국 오진만, 아니 천하의 고집쟁이 무쇠코는 그 새파란 순경 놈에게 백사 값으로 받은 7백 원 중에서 절반인 3백5십 원을 바치고서야 공주를 떠날 수 있었다. 하도 궁금해 사통팔달인 공주장의 장국밥집 주인에게 그 순경이 대체 어떤 놈이냐 물었더니 식당 주인은 대답을 하기 전에 혀부터 내둘렀다. 그러곤 그놈의 내력을 속삭여주는데 과연 기가 막힌 위인이었다. 시작은 윤치후가 지지난해 민의원 선거에 나섰을 때 그 사람이 뒤를 봐주었다는 것이었다. 거금을 들여 자유당 공천을 받고 그보다 몇 배나 되는 돈을 물 쓰듯 썼어도 윤치후가 고배를 마셨던 건 선거 자금의 대부분을 그 순경놈이 갈취한 때문이라고 알만한 사람들은 다 알고 있었지만 정작 윤치후는 오히려 그놈을 감싸고돌았다는 거였다. 그는 이미 윤치후의 급소가 어디인지를 정확히 짚고 있었던 것이다.

"그 순경놈 이름이 뭐요?"

"공주 사람으로 그 치 이름을 모르는 사람은 없지."

"그러게 그 이름이 뭐냐고요?"

"선우정규."

나이는 스물 넷. 6.25가 났을 때 군대에 끌려갔다가 상관들이 줄줄이 전사하는 바람에 얼결에 소대장까지 진급했는데 휴전과 함께 제대한 뒤 빈둥빈둥 지내던 그는 과거의 이력 덕분에 공주 부근의 태봉이라는 조그만 마을 지서에서 순경 노릇을 할 수가 있었다. 그러던 그가 공주로 전근을 오자마자 윤치후에게 접근했다. 일개 순경이 접근하기에 윤치후라는 인물은 감히 건드릴 수 없는 막강한 위세를 지닌 인물이었지만 선우정규는 윤치후의 급소를 정확히 간파하고 있었다. 바로 윤치후가 일제 강점기의 친일파 족보를 가졌다는 사실이었다. 해방과 함께 그동안의 삶을 부끄러이 여겨 스스로 목숨을 끊은 윤인근이 바로 그의 사촌형이었다. 그리고 윤인근의 아들이며 전쟁 발발과 함께 미국으로 유학을 떠난 윤달진에게 돌아갈 유산을 그가 관리하고 있었는데, 실은 관리가 아니라 가로챘다는 게 바로 선우정규란 스물다섯 살짜리 새파란 순경이 노리는 급소였다. 선유정규가 그런 급소를 찾아낸 것은 1948년 제헌국회에서 설치한 특별기관인 반민특위(반민족행위특별조사위원회)의 파기되지 않은 한 문건에서였다. 어쩐 일인지 그것이 지서의 캐비닛 속에 잠자고 있었던 것이다. 거기엔 윤치후의 사촌형인 윤인근의 과거가 고스란히 기록되어 있었다. 자살한 윤인근이 공주에 수만 평의 땅을 가지고 있었는데 그것을 몰수해야 한다고 반민특위 특별 검사들이 주장했지만, 한 해 뒤인 1949년 8월 22일 국회에서의 특위 폐지안 결의로 결국 특위가 유명무실해져버리자 덕을 본 건 윤치후였다. 시골장에서 굴비 장사로 근근이 생계를 꾸려나가던 윤치후가 졸지에 거부가 된 것이다. 선우정규는 독한 알코올로 옷을 적신 뒤 단신 윤치후의 집으로 쳐들어갔고, 그의 숨통을 죄는 모험에 돌입했다. 그리고 그 모험은 대단한 성공을 거두었다.

계룡산 땅꾼 무쇠코가 꼼짝없이 당할 정도라면 선우정규라는 자의 됨됨이가 얼마나 간악한지는 자명할 터였다. 그런데 그것이 머지않아 일어날 한 가족사의 엄청난 변혁의 서막에 불과했다는 사실은 누구도 짐작할 수 없는 일이었다. 그건 '기묘한 인연'이라는 막연한 수식만이 설명 가능한 일일지 모른다.

그 시작이 바로 1956년 2월이었다.

오진만이라는 이름을 가진 땅꾼 무쇠코가 럭키 스트라이크를 입에 문 채 잔설이 수북하게 쌓인 산 속의 땅바닥에 코를 박은 채 죽은 것은 다른 한 인간의 새로운 삶의 시작이었다. 새로운 삶을 시작한 이는 바로 지난해 겨울 거의 탈진하여 서천 황교 해안에 도착했던 선우명이었다. 황교 해안에서 장항선을 타고 하행하던 석탄차에 올라타 당도한 곳은 군산. 거기서 부두 노동자로 일하다 검문 나온 경찰을 피해 논산으로 피한 그는 곧장 계룡산으로 들어갔다. 그에게는 자신의 신분을 위장할 적당한 사람이 필요했다. 그것만이 도망자로 살지 않을 수 있는 유일한 방도였다. 그 필요에 죽음으로 보답한 것이 바로 무쇠코였다. 희한하게도 나이가 비슷한 것은 물론이고 생김새 또한 그냥 봐서는 다르다는 걸 알 수 없을 정도로 닮아 있었다. 무쇠코의 품에서 나온 주민증의 사진을 굳이 갈아 끼울 필요가 없을 정도로. 그렇게, 지루하게 이어져 온 선우명의 삶은 오진만이라는 새로운 이름의 인생으로 갈아탔고, 선우명이란 존재는 깊은 은폐의 늪으로 가라앉았다.

오진만으로 탈바꿈한 선우명이 맞은, 새로운 한 해의 첫가을.
공주서 순경 선우정규는 무척이나 궁금한 게 하나 있었다. 그것은 근자에 무쇠코가 공주장에 통 얼굴을 비치지 않는다는 사실이었다. 활동 시기인 겨울이 오기 전까지는 가끔씩 시장의 장국밥집에서 막걸리께나 퍼마신다던 그가 벌써 일 년이 가까워오는데 코빼기도 보여주지 않았고, 비로소 선우정규의 발달된 후각이 뭔가 이상한 기미를 감지한 것이었다. 수입을 뜯어먹어 얼굴을 감춘 걸지 모른다는 생각도 들었지만 영 뒤끝이 찜찜했다.
"뭔가 있어."
그는 무쇠코 영감을 떠올릴 때마다 늘 그렇게 주절거리곤 했다. 그러던 어느 날, 부통령 장면張勉 박사의 저격 사건으로 뒤숭숭해진 민심을 비껴나 오랜만에 산행에 나섰다. 물론 그 산행으로 그를 끌어낸 미끼는 세 개의 계절이 바뀌는 동안 코빼기도 비치지 않는 무쇠코 오진만의 묘연한 행적이었다. 천성적으로 궁금한 걸 캐내지 않고서는 잠을 못 이루는 그에게 그건 제대로 된 미끼였다.
용수천龍秀川 상류 계곡을 중심으로 서쪽의 계룡 산지와 동쪽의 우산 산지로 갈라진 곳에서 서쪽 주봉인 상봉上峯에서 연천봉延天峯

으로 미끄러지는 험준한 산악을 오르다가 해가 기울기 시작하면서 선우정규는 비교적 낮은 산맥을 타고 하산을 하고 있었다. 헌데 그는 가볍지 않은 상처를 입은 상태였다. 향적산香積山 일대의 장벽에서 발을 헛디뎌 접질린 바람에 걸을 때마다 발목이 시큰거려 애를 먹고 있었다. 하산길이라 디디는 발을 제어하기 힘들어 통증이 더했다. 가을산을 넘어가는 긴 해거름이 아름다웠지만 그 풍광에 넋을 놓고 있을 수가 없었다. 해넘이는 아프도록 빨랐다. 결국 인적이 있을 리 없는 그곳에서 선우정규는 오도 가도 못하는 지경에 빠지고 말았다. 해가 완전히 떨어지자 순식간에 어둠이 밀려왔고, 디딜 때마다 외마디가 비어져 나오는 발목으로 겨우 길을 더듬어 계곡을 타고 내려가기 시작했다.

한 시간쯤 지났을까.

오히려 산이 점점 깊어가는 것 같아 낙담을 하고 있던 그의 눈앞에 소록소록 연기를 피어 올리는 조잡한 통나무집이 하나 나타났다. 영험한 산으로 정평이 난 계룡산에는 그렇게 깊은 곳에 암자를 짓고 수행을 하는 불자들이 많은 터라 그런 곳의 하나겠거니 생각을 하며 안도의 숨을 내쉰 그는 집밖에서 주인을 불렀다.

"누구 계십니까?"

이내 거적으로 막아놓은 문을 빠끔 들추며 나타난 것은 수염이 수북하게 입가를 덮고 있는 초로의 남자였다.

"뉘시요?"

칼칼한 목소리로 묻는 남자의 등 뒤에는 긴 나뭇대 위에 비스듬히 걸린 등잔이 타고 있었다. 산초기름 냄새가 확 풍겨왔다. 조금씩 발을 앞으로 옮겨가던 선우정규가 희미한 등잔 불빛을 등지고 있는 노인의 얼굴을 확인하는 순간 안도의 한숨을 길게 내뿜었다.

"아이고, 오 영감님!" 하고 소리를 지를 뻔한 짧은 순간, 선우정규는 자신의 눈앞에 있는 노인이 무쇠코 오진만과 어딘지 모르게 다르다는 생각이 들어 입을 틀어막았다. 오진만이라기엔 키가 조금 더 컸고 목소리도 달랐던 것이다. 노인이 그를 알아보지 못했다는 게 무엇보다 명백한 증거였다.

"산행을 나왔다가 발을 다쳤습니다."

선우정규는 환하게 미소를 지어보이며 노인을 바라보았다. 그러나 노인은 불쾌한 낯빛을 만들며 좀체 들어오라는 소리를 하지 않았다. 엉거주춤 서 있던 선우정규가 성큼 한걸음 앞으로 다가섰다.

"하룻밤만 신세를 좀 지겠습니다."

선우정규는 가로막는 노인의 손을 짐짓 밀치듯 거두며 움막 안으로 들어가버렸다. 뒷덜미에 노인의 따가운 눈길을 의식한 탓인지 선우정규는 괜히 목소리를 높였다.

"고맙습니다요."

노인이 머무는 집은 말이 통나무집이지 사람 하나가 겨우 들어가 마음대로 움직이기조차 힘들 정도로 협소한, 마치 감옥의 독방 같은 곳이었다. 나무가 흔한 곳이라 제법 그럴듯하게 지을 만도 했을 터인데 나무를 짜 맞추기가 귀찮았던지 아니면 재주가 없었던지 터의 삼분의 일쯤은 움집마냥 땅을 파 아래로 처지게 지어놓은 것도 집을 더 볼썽사납게 만들었다. 하지만 나무의 귀를 맞추고 사이가 뜬 데는 꼼꼼하게 흙을 빚어 메워놓은 탓에 깊은 산골의 추위를 대충이나

마 막을 것 같아 보였다. 그래서인지 안으로 들어서자 추위는 그다
지 느껴지지 않았다.

"어르신께선 여서 뭘 하십니까?"

접질린 다리를 슬그머니 뻗다가 선우정규는 노인의 째려보는 눈
빛을 마주하고 슬그머니 다리를 꺾었다. 노인은 꼿꼿하게 허리를 세
우고는 벽에 걸어둔 바가지를 벗겨내서는 한쪽 구석에 놓인 나무통
에 집어넣었다. 선우정규는 궁금한 듯 모가지를 노인의 뒤쪽으로 쭉
빼고는, "밥 지으실라구요?" 하고 물었다. 노인의 동작이 주춤하더니
김빠지는 소리가 피식 들려나왔다.

"밥 얻어먹을 생각이라면 달님 있을 때 얼른 하산해."

매몰차게 하대를 하며 내뱉은 노인의 서슬에 선우정규는 몸을 움
찔했다. 깐깐한 노인네구만. 들리지 않게 중얼거리던 선우정규는 특
유의 날카로운 눈빛을 반짝였다. 이런 몸으로 도로 밖으로 나간다
는 건 말도 안 되는 얘기였다. 그렇다고 제대로 챙겨먹지 않아 거지
밥 달라는 소리를 외쳐대고 있는 뱃속을 마냥 비워둘 위인도 아니
었다. 좁아터진 곳이긴 해도 편안하고 뜨뜻하게 대접받으며 하룻밤
을 묵고 가야만 직성이 풀릴 것이고, 만에 하나 그게 성사되지 않는
다면 산중의 이런 노인네 하나쯤 쥐도 새도 모르게 모가지를 꺾어버
리지 않을 거라고 장담 못할 그였다. 하지만 제 하고 싶은 대로 살아
왔던 그였건만 생각하고는 달리 지금 뒤통수를 보이며 돌아서 있는
노인네로부터 은근히 아지 못할 위압 같은 걸 느끼고 있었다. 처음
부터 말을 놔버리는 것도 그러했지만, 몸놀림 하나하나가 노인의 그
것이라기에는 뭔가 수련의 흔적이 남아 있는 듯 보였던 것이다. 계

룡산 도사라는 게 이런 노인네를 말하는 건가 싶어 고개를 주억거리며 새삼 노인의 등판을 주시했다. 그의 나이 이제 겨우 스물다섯. 초라한 시골 지서에서 이파리 두 개짜리 경사 노릇이나 하고 있었지만 배포만큼은 천하에 둘째가라면 서러워할 그였다. 노인이 아무리 뻗대어도 자신의 나이와 술수와 변덕을 당해낼 재간이 있을 턱이 없으리라, 하고 입을 삐죽이 내밀며 낮게 웃었다.

"어떡하겠소? 가겠소? 딱 봐서 알겠지만 여긴 둘이 누우면 한 놈이라도 편할 수가 없어."

노인은 마치 선우정규의 속마음을 꿰뚫고 있다는 듯 단숨에 기세를 눌렀다.

"사람이 다쳐서 왔는데, 어인 구박입니까, 헛참!"

선우정규는 어이가 없다는 듯 노인을 올려다보며 소리를 버럭 질렀다. 그때였다. 눈 깜짝할 사이였다. 뒤주 같은 나무통에 몸을 숙이고 있던 노인의 몸이 획 하고 바람 가르는 소리를 내며 돌아서는가 싶더니 어느새 힘이 잔뜩 들어간 두 손으로 선우정규의 목덜미를 누르는 것이었다.

"어디서 소릴 질러!"

노인의 입술이 움직여지지도 않았는데 이빨 사이에서 그런 소리가 새나왔다. 선우정규는 뒷벽에 등을 세차게 찍혀 눌려 옴짝할 수가 없었다. 목이 점점 조여지면서 정신이 아득해졌다. 느닷없이 공격을 받은 충격 때문만이 아니었다. 노인네를 너무 얕잡아봤다는 자책이 뇌리를 때리며 지나갔다. 죄송하다는 말을 하고 싶었지만 목덜미를 누르고 있는 노인의 손아귀는 요지부동, 그 힘은 여간한 것이 아니었다. 하체를 누르고 있는 노인의 무르팍도 무술을 익힌 사람임을 여실히 증명해주고 있었다. 팔을 움직이려 해도 말을 듣지 않고, 몸을 놀려보려 해도 꼼짝할 수가 없었다. 이대로 노인네가 좀 더 눌러버린다면 목숨 떠나는 건 시간 문제일 것만 같았다. 이윽고 눈알이 튀어나올 것 같은 동통이 엄습해왔다. 시뻘겋게 달아오른 노인의 눈동자는 좀체 그를 놓아줄 것 같지가 않았다. 그러나 무슨 생각이 었는지 노인은 갑자기 팔에서 힘을 풀었다. 그러나 하체를 누른 무르팍만은 여전히 꼿꼿했다.

"댁이 정말로 산을 타다가 다친 사람이라면 잠자코 눈이나 붙이다가 떠나구려. 내게 이러니저러니 묻지도 말고, 앞으로 닥칠 겨울 날 걱정이 태산인 노인네한테 양식꺼정 뺏어먹을 생각은 애저녁에 말고. 야박하다는 생각, 것두 팽개쳐. 이마빡이 새파라니 한두 끼 굶는다고 뒈지진 않아."

선우정규는 꼼짝없이 노인네의 위압에 눌려버리고 말았다. 한 마디 한 마디 내뱉는 말 속에 담긴 단어나 어투가 보통의 인생을 살아온 사람의 것이 아니었다. 겨우 노인의 완력으로부터 풀려났건만 아직 목덜미에는 묵지근한 아픔이 실려 있었다. 얼마나 심하게 곤욕을 당했는지 접질린 발의 통증은 한동안 온 데 간 데 없었다.

"어르신."

한참동안 흙벽에 등을 붙인 채로 꼼짝없이 앉아 있던 선우정규가 입을 달싹거렸다. 노인은 아무 것도 묻지도 말고 잠자코 있다가 날이 밝으면 떠나라고 했지만, 그의 삿된 인품이 그렇게 놔둘 리 만무였다. 하지만 언제 또 노인의 완력이 터져 나올지 몰라 그로서도 경

301

계하는 태세를 늦추지는 않았다. 아니나 다를까 선우정규의 입이 떨어지자마자 노인의 날카로운 눈매가 침침한 등잔불을 활활 일구듯 일어섰다. 금세 배시시 웃음을 짓고 있는 선우정규의 얼굴을 보자 노인도 그만 실소를 머금고 말았다.

"올해 몇인가?"

"제 나이 말씀입니까?"

선우정규가 되묻자 노인의 고개가 슬금슬금 끄덕였다.

"스물다섯입니다."

노인이 드러눕자 약간의 틈새가 생겨 선우정규는 몸을 옹송그려 붙이며 제 나이를 쓸데없이 쾌활한 목소리로 읊었다. 노인이 목침으로 뒷덜미를 받치다가 훅, 하고 짧게 한숨을 뱉어냈다. 그러곤 안으로 깊숙이 숨을 들이마시고는 무슨 말인가를 중얼거렸다. 선우정규는 노인의 말을 들으려고 잔뜩 귀를 기울였지만 알아들을 수 있는 말은 없었다. 간간이 누군가의 이름을 부르는 것도 같았지만 그 역시 또렷하게 알아들을 수 있는 것도 아니었다.

밤이 이슥해지자 불기라곤 없는 집 안은 해거름녘과는 달리 깡깡 얼어붙는 듯했다. 선우정규는 아까부터 아래윗니를 다닥거리며 떨고 있었다. 노인은 이름도 모를 풀로 담근 김치 하나로 밥 한 주발을 다 비울 동안 정말 선우정규에겐 한 술도 권하지 않았다. 꿀꺽꿀꺽 침만 새기다보니 주린 배는 더욱 얇아졌고, 이글거리던 분통도 비굴함으로 바뀌어버린 지 오래였다. 괜히 노인의 비위를 거스르면 내일 아침에도 쌀 한 톨 씹어보지 못할 거란 생각을 백 번도 넘게 한 그였다. 노인은 춥지도 않은지 빛바랜 군용 모포 한 장을 요로 깔고 그 위에 반듯이 드러누워 천정을 바라보는 자세 그대로 꼼짝하지 않았다. 단련의 깊이를 느끼게 하는 자세였다. 가느다란 눈꺼풀을 껌벅이다가 깊이 감기를 여러 번, 노인이 뜬금없이 입을 열었다. 시선은 여전히 천장에 박아놓은 그대로였다.

"이마빡에 모자 자국이 깊어."

노인을 주시하고 있던 선우정규가 몸을 움찔했다. 언제 그런 것까지 살폈을까. 그저 나이 많아 할 일 없는 노인네가 산중에 살 거니 생각했다간 당해도 크게 당할 것 같았다. 정말 도사인가, 하는 생각도 들었다가 지워졌다. 선우정규가 잠시 뜸을 들이고 있는 사이 노인은 여전히 미동도 하지 않은 채 입만 달싹였다.

"군인인가, 경찰인가?"

선우정규의 얼굴에서 핏기가 가셨다. 둔기로 머리통을 얻어맞은 것 같은 충격이 뒤미처 일어났다. 무쇠코 오진만이 지난 겨울 이후로 코빼기도 비치질 않기에 계룡산 산행을 작정한 것이었지만 이렇게 호되게 당하게 될 줄은 꿈에도 몰랐다. 이 너른 산속에서 체구도 조막때기만한 노인네를 만나 당하고 있는 봉변이 좀체 믿어지지 않았다.

"왜 대답이 없어?"

목침을 벤 노인의 옆얼굴이 불뚝 튀어오를 듯이 소리를 내뱉었다.

"아, 예…… 실은, 군복 벗은 지가 얼마 되질 않구만요."

엉겁결에 뱉어낸 말이었지만 진득한 계산이 깔려 있었다. 마음 한구석에는 노인의 정체에 대한 짙은 의구심이 일어났다. 풍문 속에 떠도는 유격대 잔당에게 걸려든 건 아닌가 하는 두려움도 뒤이어 일어났다. 하지만 노인의 나이는 적게 잡아도 쉰은 넘어 보였다. 유격대일 리는 없다는 계산이 잡혔다. 그럼 누굴까? 선우정규는 허리를 받치고 있던 배낭을 슬금슬금 사타구니께로 끌어 붙였다. 여차하면 그 안에 넣어가지고 온 무기를 쓸 요량이었다.

"전쟁엔 나갔었던가?"

노인이 물었고 선우정규가 고개를 끄덕이며 작은 소리로 "예," 하고 대답했다.

"제대한 건 언젠가?"

뭐라고 대답을 해야 할지 선우정규는 머리를 굴렸다. 이마에 새겨진 모자 자국까지 간파해낸 노인네에게 어설픈 거짓말을 늘어놓았다간 십중팔구 봉변을 당할 게 뻔했다. 그렇다고 제 입으로 경찰에 입문했노라고 말하는 것은 노인의 정체를 캐는 데 이로울 게 없다는 계산이 뇌리를 스치고 지나갔다.

"지난 여름이었습니다."

노인의 감겨 있던 눈이 확 뜨여졌다.

"산행이 취미는 아닌 것 같은데, 안 그런가?"

노인은 다 떠봤자 실눈인 가느다란 눈동자를 거칠게 부라리며 선우정규를 노려보았다. 선우정규는 그 모양이 우습기는 했지만 워낙 당한 처지라 웃음이 나오질 않았다. 더구나 노인의 물음은 하나같이 대답하기가 수월하지 않았다. 자신이 지닌 비밀을 조금이라도 들키지 않으려는 것과는 달리 상대는 모조리 파헤쳐내려는 태도였다.

"무슨 말씀이신지?"

선우정규는 적당히 얼버무리고 노인의 다음 말을 기다렸다. 시간이 지나면서 그의 머릿속도 웬만큼 정돈되어가고 있었다. 계속 당하고 있을 수만은 없었다. 노인에게선 분명 냄새가 났다. 처음 맡아보는, 아주 야릇한 비밀의 냄새. 그는 저도 모르게 침을 꿀꺽 삼키며 마른 입술을 혓바닥으로 핥았다.

"산 많이 타본 솜씨라면야 그깟 발 좀 삐었다고 오도 가도 못하진 않지."

"그야, 그렇죠만, 워낙 날도 어두워지고 해서."

"그러니 입일랑 닥치고 잠을 청하든가, 아님 내 입 아프게 묻기 전에 뭔 볼일이 있어서 이런 델 찾아온 것인지 내력을 밝히든가."

못을 박듯 던져놓는 노인의 빈틈없는 말솜씨에 선우정규는 전율을 느꼈다. 감당하기 힘든 고단수였다. 마치 노련한 형사의 날렵하고도 섬뜩한 솜씨와 같았다. 그렇게 생각한 순간 선우정규는 정말 노인네의 전직이 형사는 아니었을까 싶었다. 그러자 그의 머릿속으로 엉뚱한 상상 하나가 나래를 폈다. 일제 강점기에 일경의 형사였던 한 노인네가 해방이 된 뒤에 도피 행각을 벌이다가 급기야 계룡산으로 숨어들었다. 그렇게 상상하자마자 선우정규는 피식 웃고 말았다. 일제 때 일본 경찰에 속해 있던 자들이 도피 행각을 벌일 이유라곤 적어도 반민특위가 유야무야되고 만 뒤에는 있을 턱이 없었다.

"실은."

더 이상 말을 돌려댈 필요가 없다는 생각이 든 선우정규는 될 대로 되라는 심정으로 운을 뗐다. 노인의 얼굴이 슬쩍 비틀어지는 듯하더니 도로 천정을 향했다.

"어르신 연세쯤 되는 노인 한 분을 알고 있습죠. 향적산 어드메에

305

사신다는 건 아는데 워낙 찾아뵌 지가 오래 돼서 어디가 어딘지 헤매다가 발을 삐걱했습죠. 어르신께서 보시긴 제대로 보셨습니다요, 후후."

선우정규의 얄찍하니 웃음 치는 눈길이 분주하게 노인의 안면을 훑고 있었다. 조금이라도 표정의 변동을 놓치지 않겠다는 암팡진 눈길이었다. 그러면서 그는 다시 조심스럽게 입을 뗐다.

"낭패다 싶어서 삔 발을 질질 끌고 내려오다가 어르신 집을 발견하고 얼마나 기뻤는지, 잠시 착각꺼정 했습죠."

"착각?"

노인의 눈시울이 실룩거렸다.

"어르신께서 문을 열고 나타나시는데 어쩜 그리도 닮으셨던지. 하마터면 영감님, 하고 와락 달려들 뻔했습니다요."

자신의 말에 노인의 몸이 움찔하는 것을 선우정규는 놓치지 않았다. 그동안 미동도 없던 노인이 몸을 움찔했다는 건 그에겐 상당히 고무적인 반응이었다.

"날 닮았다고?"

"예."

선우정규는 재깍 대꾸했다. 노인의 입이 손가락 한 마디쯤 벌어졌는가 싶더니 도로 다물어졌다. 그러곤 생각에 잠긴 듯 눈을 깊이 감아버렸다. 노인의 눈까풀 위에서 등잔불 그림자 조각이 먼지가 떨리듯 파르르 흔들렸다. 한번 의심하기 시작하면 의심은 꼬리를 물고 일어나는 법이다. 그래서? 왜? 어떻게? 노인이 보여준 급작스런 변동의 기미에 그런 의심들이 꼬리를 물고 계속 일어나고 있었다.

'만약 이 노인과 무쇠코 영감이 어떤 식으로든 관련이 있다면?'

의심의 맨 마지막 꼬리에 그런 의문 하나가 매달려 있었다. 그러자 그의 머릿속이 분주하게 움직였다. 어떤 물음을 던질 것인가. 단도직입으로 무쇠코 영감을 아느냐고 물을까? 그렇게 던져볼까? 그러다가 만약 이 노인네가 몸을 사려버린다면? 아니야. 괜히 자극할 필요는 없지. 선우정규는 한 손으로 가슴을 누르며 마음을 진정시킨 뒤 드러누운 노인의 옆얼굴로 빙긋이 미소를 던졌다. 진국을 짜낼 때는 너무 급하게 비틀면 안 되는 법. 은근하고도 지그시 누르고 죄어야 하는 법.

"참, 어르신."

선우정규가 부르자 노인의 눈이 도로 뜨여졌다.

"도민증은 잘 챙겨두셨겠죠?"

뜬금없이 묻는 선우정규를 얼굴을 돌려 노려보는 노인의 눈이 날카롭게 빛났다. 그러나 선우정규는 대수롭지 않다는 듯 빙긋이 웃으며 말했다.

"이런 데 사실수록 증명서 챙겨두시는 거 소홀히 하시면 안 된다는 말씀을 드리는 겁니다. 실은 제가 아는 영감님도 그 증명서 땜에 고생 무지하셨거든요. 자칫하다간 빨갱이로 몰려 옴짝 못하고 영창 갈 판이었죠."

선우정규의 내심은 산중에 사는 사람의 아픈 곳을 찌르자는 것이었다. 아니나 다를까 도민증 운운하는 소리에 노인의 위세는 다소 꺾인 듯 보였다. 한번 당긴 오라를 놓치지 않으려는 듯 선우정규는 과장스레 노인의 곁으로 바싹 다가앉았다.

"어르신 도민증 좀 보여주시겠습니까?"

손을 난짝 내미는 선우정규의 태도가 여간 밉살스러운 게 아니었지만 노인은 아무 소리도 하지 않았다. 조금 전 같았으면 불같은 호통이라도 쳐서 냉큼 손바닥 거두라고 했을 것이었다. 확실히 노인의 태도는 달라져 있었다. 그게 또 선우정규를 고무시켰다.

"증은 뭐하게? 내 건 틀림없으니 괘념치 마."

그렇게만 쏘아붙이고 노인은 반대편으로 돌아누웠다. 그러나 선우정규의 눈에 노인의 그런 태도는 또 다른 의심을 불러일으킬 뿐이었다.

"지금 갖고 계신 게 언제 발급받은 것입니까?"

노인은 대답하지 않았다. 그것이 선우정규에겐 두 가지 상반된 의미로 읽혔다. 하나는 귀찮으니 그만 자라는 신호였고, 다른 하나는 노인이 가진 도민증에 무슨 문제가 있을 거라는 반증이었다. 선우정규는 후자에 마음의 점을 찍고 싶었다.

"세상이 여간 시끌벅적합니까? 해가 바뀌자마자 특무대장 김창룡이가 총 맞아 죽었지요, 신익희 선생은 대통령 유세를 하다 이리에서 급서했지요, 비상계엄이 내려졌지요, 잘나가던 자유당이 대통령 선거 끝나고 나서 우왕좌왕하지요, 급기야 지난달엔 장면 부통령께서 절명까지, 휴우."

선우정규가 무슨 심보로 세상 돌아가는 터수를 풀어놓는지 아는 듯 모르는 듯 노인은 돌아누운 몸을 움직이지 않았다.

"날더러 도민증 내놓으라는 심보가 뭔가? 내가 장면인가 뭔가 하는 작자를 죽이기라도 했다는 거야?"

"원, 끔찍한 말씀두. 장면 박사야 전상붕이라는 놈의 총에 맞았다는 건 세상이 다 아는 사실인데."

"그럼 내 도민증을 달라는 이유가 뭐야?"

"어르신두 참. 여기 산중에서 오래 사시다보면 세상 돌아가는 경황에 어두운 건 당연한 일 아닙니까. 혹 갱신할 때가 됐는지 좀 봐드리려고 그러죠."

선우정규의 말을 듣고 난 뒤 또 한참이나 노인은 말이 없었다. 돌아누워 표정을 살펴볼 수는 없었지만 선우정규는 노인의 얼굴에 드리워지는 등잔불 그림자의 일렁이는 모양을 통해 노인의 마음이 뭔가 흔들리고 있음을 알아챘다. '때를 놓쳐선 안 된다.' 선우정규는 한번 더 비틀어보기로 작정을 했다.

"아침나절에 산을 오르는데 땅꾼 두엇이 투덜거리며 산을 내려가더라구요. 뭔 일인가 싶어 물었더니 바로 그 도민증을 갱신하지 않아서 큰 봉변 당할 뻔했다고."

능청스러운 거짓말이 그의 입에서 술술 흘러내렸다.

"알았어, 그만해!"

노인은 목침에서 머리를 번쩍 들며 자리에서 일어나 앉았다. 그러곤 등잔걸이 옆에 반듯하게 놓인 시꺼먼 나무함 곁으로 무릎걸음으로 가더니 뚜껑을 벗겨냈다. 선우정규는 목을 쭉 빼고 그 나무함 안을 넌지시 들여다보았다. 함은 제대로 짜서 만들었다기보다는 대충 나무를 후버 파서 모양새만 잡아놓은 상자였다. 상자 안엔 뭘 싸 넣었는지 몰라도 풀지 않은 채 둘둘 말아놓은 자그마한 괴나리봇짐이 하나 들어 있었고, 돌아다닐 때 다리에 차는 무명 감발이며 길목버

선 따위가 들어 있었다. 그리고 낡기는 했지만 손바닥 크기만 한 붉은색 표지의 책인지 공책인지 모를 두꺼운 종이뭉치가 보였다. 노인은 바로 그것을 함 안쪽에서 집어 들었다. 종이뭉치로 보이는 두툼한 그것은 수첩이었다. 산중에 홀로 사는 노인의 물건치고는 제법 값이 나가 보였다. 선우정규는 나무함 안을 들여다보고 있다가 노인이 수첩을 꺼내고는 뚜껑을 닫자 얼른 벽에다 등을 기댔다. 노인은 두툼한 수첩을 손바닥 안에 넣고 꼼지락거리며 망설였다. 어디서 새파랗게 젊은 놈이 하나 기어들어와 평지풍파를 일으키는지, 아마도 그런 생각을 하고 있을 터였다. 곱지 않은 시선을 고스란히 받으며 선우정규는 꼼짝하지 않았다. 노인의 망설임을 나름대로 곰곰 뜯어 읽고 있는 그의 시선에서 마른 불꽃이 일었다. 노인과 선우정규 사이에는 긴장으로 팽팽해진 침묵이 도저한 강물처럼 놓여 있었다.

이윽고 노인의 손가락이 수첩의 앞표지를 넘겼다. 그 모습을 지켜보던 선우정규가 꿀꺽 소리가 나도록 침을 삼켰다. 노인은 수첩 안에 끼워져 있던 도민증을 집어 들고는 선우정규 앞으로 쑥 내밀었다. 그것을 내미는 노인의 손끝이나 그것을 받아 쥐는 선우정규의 그것이나 똑같이 미세하게 떨렸다.

"여기 있네. 얼른 보고 확인만 해. 갱신인지 뭔지 할 때가 되었는지 아닌지."

노인의 입이 힘들게 떼어졌다. 그건 마치 체념과 같았다. 그래서였을까, 노인의 입가에서 희미하게 어색한 미소가 어렸다가 지워졌다. 노인의 증명서를 받아 쥔 선우정규의 얼굴이 딱딱하게 굳어져 갔다. 노인이 건네준 증명서 속의 자그마한 흑백사진은 분명히 무쇠코 영감의 것이었다. 그리고 증명서의 성명란에도 오진만吳晉萬이라는 세 글자가 달필의 펜글씨로 씌어져 있었다. '그럼 이 노인네는 대체 누구지?' 증명서를 들여다보며 애써 표정을 만들어내지 않으려는 안간힘에도 불구하고 선우정규의 얼굴에는 얼핏 동요의 그늘이 드리워지고 있었다. 오진만의 증명서를 자신의 것이라며 내보인 노인. 말 한 마디, 동작 하나에까지 비밀스런 냄새가 풍겨 나오는 노인. 도대체 이 노인의 정체는 무엇일까? 머릿속을 채우는 뿌연 의문의 안개를 걷어내려고 선우정규는 손을 천천히 휘저었다. 그러나 안개의 입자들은 손의 흔들림을 따라 위치만 바꿀 뿐 오히려 더 짙어갔다. 그 순간, 선우정규는 무언가 확실한 사실 하나를 부여잡았다. '오 영감은 죽었어!' 곧이어 다른 하나의 사실이 확연하게 떠올랐다. 그것은 무쇠코 오진만을 죽인 자가 바로 가짜 증명서를 소지하고 있는 이 노인이라는 것이었다. 그렇지 않고서는 지금의 이 상황을 설명할 길이 없었다.

"이상이 없네요."

선우정규는 아무 일 없다는 듯 노인에게로 증명서를 쑥 내밀었다. 그때, 노인의 손이 그의 손목을 틀어잡았다. 노인의 손에서 수첩이 툭 떨어졌다. 그 위로 선우정규가 건네준 노인의 증명서, 아니 오진만의 죽음을 증명하는 도민증이 떨어졌다.

"어르신."

선우정규의 목소리가 낮게 떨리며 입술을 빠져나왔다. 그의 손아귀를 틀어쥔 노인의 손에 점점 힘이 들어갔다. 등잔불에 어린 노인의 얼굴이 마치 죽은 자의 그것처럼 잿빛으로 스러져가고 있었다.

노인이 무겁게 입을 뗐다.

"공평치가 못해."

선우정규가 의아한 시선으로 노인의 눈을 바라보았다.

"넌 내 증명서를 봤는데 난 아직 네 놈이 누군지 모르잖아."

노인의 목소리는 깊은 바닥에 깔려 있었다.

"저, 저 말입니까요?"

선우정규는 말까지 더듬으며 노인의 손아귀로부터 손을 빼내려고 힘을 넣었다. 그러나 도무지 뺄 수가 없었다. 안간힘을 쓸수록 노인의 손아귀에는 더욱 거센 힘이 더해졌다.

"아, 아니, 이거 왜, 왜 이러십니까, 자꾸. 전…… 그저…….."

선우정규의 손아귀를 틀어쥔 반대편 손이 어느새 그의 품속을 더듬어나갔다. 두툼한 털조끼의 앞주머니 속으로 들어갔다 나온 노인의 손이 이내 셔츠 안쪽에 붙은 속주머니 속으로 기어들어갔다. 몸을 이리저리 틀며 저항을 했지만 막무가내인 노인의 손길을 벗어날 수 없었다. 주머니에는 아무 것도 없었다. 곧바로 노인의 손길이 바지 주머니를 뒤지기 시작했다. 그러는 동안 선우정규는 허리를 받치고 있던 배낭을 자꾸만 엉덩이로 감추려고 애썼다.

"네 놈 눈빛이 너무 익숙해. 나도 한 때는 그런 눈빛을 가지고 있었지. 그래서 잘 알아."

노인의 꽉 잠긴 목소리가 음산하게 비어져 나왔다. 섬뜩했다. 눈빛 운운하는 노인의 말이 심상치가 않았다. 바지 주머니에서도 아무 것도 발견하지 못한 노인은 선우정규의 허리에 붙어 있는 배낭으로 시선을 던졌다.

"그거, 이리 건네."

노인은 턱으로 배낭을 가리키며 말했다. 노인의 손아귀에 꼼짝없이 잡힌 팔뚝에 으스러지는 것 같은 통증이 느껴졌다. 그러나 배낭만은 안 된다는 듯 선우정규는 엉덩이를 움직여 노인의 손이 닿지 않도록 벽 쪽으로 밀어댔다. 그때 노인의 손길이 선우정규의 뒤편으로 휙 꺾어져 들었다.

"윽!"

노인의 손이 막 배낭의 고리를 잡으려는 순간 선우정규가 몸을 비틀며 발바닥으로 노인의 가슴팍을 세차게 걷어찼다. 손아귀를 틀어잡고 있던 손이 쑥 빠지며 노인이 벌렁 뒤로 나자빠졌다. 그러나 그 다음 순간 선우정규도 비명을 지르며 도로 그 자리에 주저앉고 말았다.

"젠장!"

노인을 걷어찬 발이 하필이면 다친 쪽이었던 것이다. 자빠져 있던 노인의 몸이 날렵하게 일어섰다.

"목숨을 재촉하는구나."

노인의 얼굴이 바짝 다가섰다. 가슴을 걷어차이고도 끄떡없이 일어서는 노인을 선우정규는 두려운 눈으로 올려다보았다. 오진만의 증명서로 위장하고 있는 노인의 정체가 더더욱 궁금해지는 순간이었다.

"꼼짝 마, 영감!"

배낭의 앞섶을 거의 뜯다시피 하며 열어젖힌 선우정규는 그 속에서 45구경 리볼버를 재빨리 꺼내들었다. 그러곤 격철을 오른쪽 손바

닥의 두툼한 살집으로 걸어 젖혔다. 철컥, 하는 소리가 움집 안의 교
교한 정적 속으로 빠르게 흩어졌다. 노인의 움직임이 일순간 멈추었
다. 그러나 그의 눈빛만은 이글거리며 타오르고 있었다.

"경찰이지? 그렇지?"

노인의 낮은 음성이 토해졌다. 그의 맨발바닥이 방바닥을 조심스
럽게 훑으며 움직여갔다.

"허튼 짓 하지 마, 영감."

방아쇠 속으로 끼워진 선우정규의 바른쪽 집게손가락이 곧 안으
로 당겨질듯 팽팽해져 있었다. 바닥을 끌던 노인의 발이 멈추었다.
움집 안은 다시 천근같은 침묵이 흘렀다. 팽팽한 긴장이 두 사람 사
이에 드리워진 냉기를 한층 더 차갑게 얼리고 있었다. 한순간 노인
이 몸의 힘을 죄다 풀어놓으며 바닥에 털썩 주저앉았다. 노인을 향
해 총신을 겨눈 채 웅크린 자세로 앉아 있던 선우정규가 화들짝 놀
라며 게걸음으로 벽 쪽에다 바싹 몸을 붙였다.

"내 짐작이 맞았군. 넌 경찰이야. 그렇지?"

선우정규를 노려보는 노인의 눈에는 이미 어떤 경계의 빛도 남아
있지 않았다. 그것은 마치 뭔가를 체념한 사람의 그것과 같았다.

"어떻게 냄새를 맡았지?"

노인이 묻고 있었다. 그러나 선우정규는 노인이 묻고 있는 말이
무슨 뜻인지 정작 알 수가 없었다.

"오…… 영감은?"

선우정규는 다친 발을 조심스럽게 뻗으며 노인에게 물었다. 그의
손에 들린 권총은 여전히 노인의 몸을 겨냥한 채였다.

"그 불쌍한 노인네 말인가?"

"당신이 아니었다면 그다지 불쌍하지도 않았겠지. 죽이지만 않았다면."

"죽이다니? 그 오 영감인가를, 내가?"

"잡아떼도 소용이 없어, 더 이상 날 속이진 못해."

"내가 자넬 속여서 뭐해 먹게. 같잖은 놈. 내가 누군지 알면 기겁을 할 놈이. 피라미 같은 놈."

"당신이 누군지 모르겠지만 날더러 피라미라고 한 건 곧 후회하게 될 거야. 당신 목숨은 내 손가락 하나에 달려 있어. 난 지금 내 손가락 하나도 건사하지 못할 정도로 지쳐 있어. 언제 이놈의 손가락이 꼼지락거릴지 모른단 말이지."

"지지리 궁상이로구나. 그 따위 같잖은 위협은 옛날에 내가 잘 써먹던 수법이지. 아직도 그런 게 통하나, 하하하!"

노인의 태도는 조금도 위축되지 않았다. 그는 선우정규가 겨누고 있는 권총이나 협박조의 말 따위는 아예 대놓고 무시해버렸다.

"소용없는 짓이야. 총 따위를 겨눈다고 달라질 건 없어. 날 쏴 죽일 텐가? 그렇다면 어디 한번 쏴봐."

노인은 선우정규를 향해 가슴을 불쑥 내밀며 조소에 찬 말을 뱉어냈다. 그 서슬에 눌린 듯 선우정규는 총구를 겨냥한 채로 꼼짝하지 않았다.

"난 영감이 뭐하는 사람인지, 이런 깊은 산중에 왜 은둔해 있는지, 아무 것도 아는 게 없어."

"그것 참 이상하군. 그렇다면 왜 날 찾아왔나?"

"영감을 찾아온 게 아니라, 아까도 말했지만 난 오 영감을 찾고 있었어."

"오진만? 그렇다면 제대로 찾았군."

노인은 농담을 하듯 웃음까지 머금으며 말했다. 선우정규는 왼손으로 배낭을 두툼하게 구겨 다친 다리를 괴었다.

"영감이 오진만이 아니라는 건 이미 증명된 사실이야. 오진만은 왜 죽었지? 당신은 누구야?"

"오진만은 죽지 않았어. 여기 이렇게 버젓이 살아 있는 사람을 왜 자꾸 죽었다고 말하는 거야."

"농담하자는 거야, 지금?"

"농담이 아니야. 난 오진만이고, 넌 그걸 믿어야 해."

"좋아, 그럼."

선우정규는 자신을 오진만이라고 우기는 노인과 더 이상 입씨름을 하고 싶지 않다는 듯 들고 있던 권총을 천천히 끌어올려 노인의 얼굴을 향해 정면으로 겨누었다. 그러곤 방아쇠에 걸린 검지를 안으로 바짝 꼬부리기 시작했다. 방아쇠의 안전장치가 풀려나는 미세한 소리가 정적 속으로 빨려들고 있었다. 선우정규의 눈을 노려보고 있던 노인의 눈동자가 총구로 옮겨가고 있었다. 마치 사팔뜨기의 눈처럼 쏠린 모양이 우스꽝스러웠다. 선우정규가 싸늘하게 뱉었다.

"마지막으로 묻지."

노인의 침묵. 뒤이은 선우정규의 낮고 무거운 음성.

"당신은 누구요?"

선우정규의 목소리에 가느다란 파장이 일었다. 그러나 노인은 일말의 미동도 없이 입을 뗐다.

"넌 믿고 싶지 않은 모양인데, 내 이름은 오진만, 나이는 오십, 세상이 싫어서 산속으로 들어온 지가 올해로 10년째. 아직 장가를 못들었으니 처자식이 있을 리 없고."

"못 말릴 영감탱이로구만!"

선우정규는 노인의 말을 자르며 거칠게 내뱉었다.

"빨치산 잔당, 맞지? 아니면."

권총을 쥔 선우정규의 손에 더욱 힘이 가해지고 있었다.

"간첩?"

선우정규의 외마디 같은 목소리가 터져 나오는 순간, 노인의 충혈된 눈빛이 날카롭게 빛났다. 그러곤 한 번 비트는가 싶더니 노인은 몸을 낮추며 손을 재빨리 뻗었다. 바람 가르는 소리와 함께 노인의 손이 선우정규의 팔을 거칠게 후려쳤다.

"탕!"

권총이 천정을 향해 불을 뿜었다. 지푸라기가 부수수 흩어졌다. 노인이 몸을 일으키면서 선우정규의 가슴팍을 향해 발길을 날렸다. 휙 바람 가르는 소리와 함께 선우정규의 몸이 꺾였다. 그야말로 섬광 한 줄기가 어둠 속으로 떨어지듯 짧은 순간이었다.

밤이 깊었다.

메고 온 배낭으로 뒷머리를 받친 채 좁은 방 한가운데에 누워 있는 선우정규의 입에서는 연신 가느다란 신음소리가 비어져 나오고 있었다. 그의 눈두덩은 시퍼렇게 멍이 들어 부어올라 있고, 왼쪽 볼따구니는 피멍이 들어 있었다. 그뿐이 아니었다. 호되게 당한 흔적이 목덜미며 셔츠 밖으로 드러난 가슴 언저리에 수없이 나 있었다.

"함부로 총 같은 거 겨누는 게 아니야. 장난을 치려도 사람 골라가면서 해야지."

옆에서 권련을 말아 훅 하고 내뿜는 노인의 얼굴이 연기에 잠시 흐려졌다. 선우정규는 꼼짝없이 누운 채로 그 모습을 망연히 올려다보고 있었다. 그는 간신히 입을 뗐다.

"영감님, 저란 놈의 천성이 워낙에 그렇습니다. 궁금한 건 도무지 배겨내길 못하지요. 이 정도로 패대길 쳐주셨으니, 이제 말씀 좀 해주세요."

"허허, 그놈 참 질기구만."

노인은 어이가 없다는 듯 헛웃음을 흘리며 선우정규를 내려다보았다.

"네 이름이 뭐냐?"

노인이 그렇게 묻자 선우정규는 얼굴을 일그러뜨리면서도 밝은 목소리를 냈다.

"성은 선우고, 이름은 정규라고 합니다."

"선우?"

노인의 얼굴이 순간 굳어졌다. 기이한 인연이로구만, 하는 알아듣기 힘든 목소리가 노인의 입에서 흘러나왔다.

"내 짐작한대로 넌 경찰이야, 그렇지?"

노인이 다시 물었다. 선우정규의 고개가 희미하게 끄덕거렸다. 그 모습을 보면서 노인은 피우던 권련을 까만 종지에다 비벼 끄며 눈을 한번 감았다가 떴다. 그러곤 무언가를 회상하듯 눈을 들어 천장을 보았다.

"나도 한때는 총질하며 살던 적이 있었지. 누구를 위협하고 죽이고. 그래야 내 목숨이 붙어 있었으니까. 근데 이젠 아니야."

노인의 눈길이 선우정규를 향했다.

"올해 몇이냐?"

"나이, 말입니까?"

"스물다섯이라 그랬던가?"

선우정규는 부어오른 볼을 매만지며 힘겹게 입을 뗐다.

"예, 스물다섯입니다."

"처자식은?"

"작년에 장가를 들었지만 아직 자식은 없습니다."

선우정규의 말을 듣고 노인은 고개를 가볍게 끄덕였다.

"내 자식 놈보다 한 살이 적구나."

"아드님이 있습니까?"

노인의 시선이 흔들리는가 싶더니 날카롭게 눈을 치뜨며 선우정규를 노려보았다.

"다시 말해둔다만, 내가 널 살려두는 건 더 이상 내 손에 피를 묻히고 싶지 않아서다. 날이 밝아 여기를 뜨면 너와 난 남남이다. 알겠느냐?"

노인의 말소리가 무겁게 떨어졌다.

다음날.

선우정규가 노인의 귀틀집을 나선 것은 마치 눈이 내린 듯 온 산이 하얗게 서리를 덮어쓴 새벽이었다. 동녘이 붉은 천을 드리우듯 발그레하게 젖어가던 아침이 지날 무렵 그는 산 아래 마을의 허름한 국밥집에서 선짓국에 밥을 말아 게걸스럽게 퍼먹고 있었다. 누렇게 바랜 한지가 다닥다닥 붙어 있는 국밥집의 출입문 유리창 밖으로 검게 웅크린 그림자 하나가 어른거리는 것을 발견하고 눈길을 들었다. 옆구리에 신문뭉치를 끼고 있는 꾀죄죄한 소년이었다.

"주인장!"

선우정규는 국밥 속으로 숟가락을 찔러 넣으며 화목난로 곁에서 꾸벅꾸벅 졸고 있는 거무튀튀한 여주인을 불렀다. 40대로 보이는 뚱뚱한 체구의 여자가 게슴츠레하게 눈을 뜨며 선우정규를 바라보았다.

"신문 하나 사주슈."

"망할 놈으. 댁은 손이 없수 발이 없수?"

시큰둥해진 주인이 면박을 주자 선우정규는 어이가 없다는 듯 픽 웃어버렸다.

"돈이 없수."

노인에게 호되게 두들겨 맞은 온몸이 욱신거렸다.

"신문 살 돈도 없는 자가 국밥은 어찌 먹을 생각을 했어?"

"그참 여편네 말뽄새 하고는."

"보아하니 내 큰놈 또래겠구만 혓바닥이 시궁창일세. 엇다 하대가 일쑤야?"

여자의 응수에 눌린 듯 그는 도로 국밥 그릇에다 코를 박았다.

"오늘이 며칠이우?"

국밥을 푹 퍼서 우적우적 씹으며 여주인에게 물었다. 계룡산으로 들어갔다가 나온 게 고작 하루 사이의 일이건만 마치 몇 달이나 지난 것처럼 느껴졌다.

"이마빡이 새파란 놈으 새끼가 말끝마다 하대를 하고 지랄이야."

국밥집 여주인은 곱지 않은 눈길로 선우정규를 힐끗거리며 묻는 말에 대답은 않고 난로 곁으로 몸을 바짝 디밀었다. 그러곤 탁자 위에 팔을 올려 턱을 괸 채로 눈을 감아버렸다.

"젠장헐, 별 게 다 날 무시하려드누만."

선우정규는 입맛이 떨어진다는 듯 게걸스럽게 퍼먹던 국밥그릇을 훌쩍 떠밀어버리곤 숟가락을 탁자 위에다 소리 나게 내려놓았다. 난로가의 여주인이 눈을 번쩍 뜨며 선우정규를 쏘아보았다. 여자가 또 뭐라고 거친 말을 쏟아놓을 기세를 보이자 선우정규는 얼른 나무의자를 뒤로 밀쳐내고는 배낭을 집어 들고 일어나 휘적휘적 출입문 쪽으로 걸어갔다.

"이보오, 밥 다 먹었으믄 계산을 허야지."

이북 사투리가 묻어나는 여자의 말소리가 곱지 않았다. 그러나 선우정규는 들은 둥 만 둥 출입문을 열었다. 문밖에 웅크리고 앉아 있던 신문팔이 소년이 벌떡 일어났다. 소년의 옆구리에 끼워진 신문뭉치 속으로 선우정규의 손이 쑥 들어갔다가 신문 한 장을 뽑아냈다. 그때 뒤에서 수선스런 발자국 소리가 들려오더니 여주인의 손이 선우정규의 바지춤을 움켜쥐었다.

"내 말이 안 들리우?"

선우정규가 여자의 손을 뿌리치며 윗도리 주머니에서 지갑을 꺼내 펼쳐들며 여자의 코앞으로 쑥 내밀었다가 접었다. 경찰 신분증이었다.

"나, 공주서 순사야, 니미럴."

신문팔이 소년이 그를 힐끔 보고는 저만큼 달아났다.

"마수걸이부터, 에잇!"

국밥집 여주인의 울울한 목소리를 뒤로한 채 선우정규는 들고 있던 1956년 11월 10일자 신문을 펼쳐들며 절뚝절뚝 정류장을 향해 걸음을 옮겼다.

7. 3년 6개월이라는 시간

"옛날 일은 다 잊어버렸어," 라는 말을 곧이곧대로 믿어서는 안 된다. 옛날 일을 다 잊을 수는 없기 때문이다. 그럼에도 불구하고 그렇게 얘기하는 사람은 분명 덫을 준비하고 있기 때문이다. 한번 그 덫에 치이면 당신은 영원히 '역사의 미아'가 되고 만다.

사람은 어떤 특정한 시간대를 정해놓고 "자, 이제부터 이렇게 저렇게 살아야지," 하면서 사는 건 아니다. 다시 말해 사람이 살아간다는 것은 이전의 사람들이 살아왔던 것처럼, 살아 있으므로 어쩔 수 없이 자신에게 존재하는 시간이라는 관념의 영역을 살아갈 뿐이다. 그렇게 살아감에도 불구하고 특별히 어떤 시간대가 유독 자신의 삶에 중요했다거나 의미가 있었다거나 불행했다거나 하는 생각이 들곤 한다. 그때는 바로 그 중요하고 의미 있고 불행했던 시간대를 지나간 뒤의 *그*가 고개를 쑥 빼고 돌아보았을 때이고, 운 좋게도, 혹은 운이 나쁘게도, 그때가 확연히 보인다. 바로 그것을, 즉 되돌아보아 유독 뭔가 있어 보이는 그 시간이 바로 '역사'다.

이 논법이 그다지 틀리지 않다면, 결국 역사란 어떤 이가 어떤 필요에 의해 되돌아본 결과일 것이고, 그것은 모든 이에게, 그리고 모든 시간에 똑같이 적용되는 것이 아니다. 모든 역사는 사적 역사다. 그 사적인 역사란, 가령, 어떤 이가 모종의 역모를 도모하다 참살을 당한 뒤 몇 십 년간 침묵을 지키던 이가 어떤 계기에 비밀의 일단을 폭로함으로써 드러나는 식이다. 그리하여 '역사'는 언제든 다른 '역사적인 무엇'에 의해 대체될 수 있는 '어떤 유동적인 사실'일 뿐이다. 따라서 "도대체 누가 어느 때에 뭘 했었는가가 왜 그렇게 중요한가?"라고 물을 수 있는 것은 꼭 역사회의론자만의 권리는 아니다. 그러니 수많은 사람들이 함께 살아가고 있는 지금이라는 이 시간대가 과연 자신과 얼마나 깊은 관련을 가지고 있는지, 세월이 흐른 뒤 누군가가 지금을 지적하며 그 역사적 의미를 부각시키는 따위는 하등 대단한 일이 아니다. 이런 짓은 별 것 아닌 것을 뭔가 있는 것처럼 쑤석거리며 의미를 부여하고 싶어 안달을 부리는 정치꾼들의 작태와 같다. "정의는 반드시 승리한다"거나 "사邪는 반드시 정正으로 돌아선다"는 식의 낭만적 사고방식에 젖는 것은 그렇게 믿고 싶은 인간의 연약하고도 광포한 심성의 발로에 불과한 것이다.

시간은 흘러가는 것이다. 그 흐름 속에서 과거와 현재와 미래는 상대적 기준점일 뿐 아무런 의미도 가치도 없다. 지금의 '나'라는 존재가 과거의 '나'와 미래의 '나'로 분리되어 세 개의 '나'가 되는 것도 아니고, 그렇게 될 수 있는 것도 아니듯, 역사도 마찬가지다. 지금 바라보고 있는 강물의 물이 방금 전 바라보았던 그 물이 아님은 자명하지만 누구나 지금의 이 물을 강물의 물이라 한다. 중요한 것은 강물이 바라보이는 곳에, 지금, 당신이 앉아 있다는 사실이다. 강물 위로 쇠똥더미가 떠내려 오고 있다. 당신은 그것이 지나가는 것을 보고 있다. 조금 뒤, 강물의 저 아래쪽에 앉아 있는 누군가가 위쪽에서 떠내려온 쇠똥더미를 본다. 그리고 그들은 각자 집으로 돌아가 쇠똥더미가 떠내려온, 제가 본 그 강물을 쓰기 시작한다. 당신의 진술과 당신의 아래쪽에 있던 사람의 진술 중에 어떤 것이 진실인가를 따지는 건 무의미하다.

　1956년 12월에서 1960년 5월까지, 만 3년6개월이라는 시간 동안 어떤 곳에서 무슨 일이 일어났을까, 라는 물음에 대답하는 것은 중요하지 않다. 그때 무슨 일이 있었는지를 그저 얘기할 뿐이다. 이 얘기가 누구에게는 아주 중요할 수도 있지만 또 누군가에게는 코웃음거리에 지나지 않을 수도 있는 것이다.

　1956년 12월. 추사 김정희의 100주기를 맞이해 추념전시회가 열렸고, 삼척시멘트공장의 6백여 노동자가 체불된 임금 지급을 요구하며 쟁의를 벌였고, 국회 부의장에 이재학李在鶴 씨가 당선되었다. 이집트에 주둔하고 있던 영국과 프랑스군이 보따리를 쌌다. 이 네 가지 사건이 존재하는 1956년 12월은 여러 가지 연표들에 산재한다. 몇 가지는 중복되어 있지만 또 몇 가지는 제각기 기록되어 있으며, 몇 개는 누락되어 있기도 하다. 다만, 특이한 것은, 한반도 북쪽 공화국 연표의 12월 22일자에 '주시경 탄생 80주년 기념식 거행'이라는 것이 있다는 사실이다. 남한의 연표에는 빠져 있는 역사적 사실이다. 주시경 선생은 굳이 북한에서만 탄생 기념식을 가져야 할 인물도 아니고, 좀 더 꼼꼼히 살펴보면 분명히 그날 남한에서도 주시경 선생의 탄생 80주년 기념식을 거행했다는 기록이 있을 법하지만, 어찌 되었든 국내의 내로라하는 출판사에서 출간한 역사 연표 속에는 분명히 빠져 있는 역사적 사실이다. 당연히, 그 연표에서 빠져 있을 수밖에 없는 또 다른 어떤 일이, 1956년 12월 25일에 일어났다.

공주 M동 소재의 창신교회(지금은 그 자리에 유명의류 회사의 대리점이 있는 3층짜리 건물이 들어서 있다). 희미하게 여명이 돋을 무렵, 예배당 뒷마당 구석에 지어진 허름한 가건물. 그 교회의 목사가 사택으로 쓰다가 지난해 환갑을 지내면서 아들집으로 이사를 간 뒤로 죽 비어 있었다. 수요일 저녁이나 일요일 예배가 끝나면 집사를 비롯한 재직회 사람들이 모여 회의도 하고, 젊은 신자들이 모여 성경 공부를 하거나 찬송가를 함께 부르는 용도로 쓰이곤 했다. 전날 밤 늦도록 성탄절 새벽송 순회를 하고 온 성가대원 아홉 사람 중 다섯은 집으로 돌아가고 네 사람이 화롯가에 모여앉아 순회를 돌며 얻어온 팥죽을 데워 나누어 먹으며 두런두런 이야기꽃을 피우고 있었다. 둘은 남자고 둘은 여자였다.

남자 둘 중 하나의 이름은 정인혁丁仁赫이었다. 평양 태생으로 해방되던 해 우석대학교 의학부(고려대학교 의과대학의 전신)에 입학하여 가족과 떨어져 지내던 그는 6.25가 발발하면서 북한에 남아 있던 가족과 생이별을 한 처지였다. 그해 그의 나이는 서른 살이었다. 전쟁 중 군의관으로 징집되었다가 휴전이 되고 한 해 뒤 제대했다고 알려져 있었다. 무슨 이유에선지는 모르겠지만 복학을 하지 않고 창신방직(창신교회 목사의 형이 운영하는 섬유회사)에서 경리 사무를 맡아보고 있었다. 그런 인연으로 창신교회를 다녔고 거기서 성가대원으로 활동하고 있었다.

정인혁은 팥죽이 담긴 반합에서 몇 숟갈을 퍼 옆에 앉은 여자의
그릇에다 덜어주었다. 그러곤 희미하게 웃음을 건넸다. 여자도 말없
이 그릇을 내밀고는 낮게 웃었다. 현미정玄美晶. 스물 셋의 나이답지
않게 얼굴 가득 삶의 어두운 그늘이 짙게 드리워진 모습이다. 미국
에 유학중인 공주 갑부 윤치후의 조카 윤달진과 최근 혼담이 오가고
있는 처지인 그녀는, 실은 국적이 일본으로 되어 있었다. 그녀의 부
친 현우균玄禹均은 일제 강점기에 일본으로 건너가 귀화한 사람이었
다.

밤새 자라 코밑과 턱에 짙은 수염 자국이 나 있었지만 일렁이는
촛불에 어린 정인혁의 얼굴은 깎아놓은 듯 수려했다. 반듯한 콧등을
타고 흐르던 어둠자락이 한순간 튀어 올라 이글거리는 눈빛에 잠겨
들었다. 지난밤 내내 노래를 부른 탓에 꽉 잠긴 그의 목소리가 현미
정의 귓속을 무겁게 울렸다.

"미정 씨, 당신과 함께 기도를 드리고 싶습니다."

그러곤 가만히 몸을 일으켰다. 들고 있던 반합을 난롯가에 내려놓
자 곁에 앉았던 남자가 정인혁을 물끄러미 올려다보며 졸린 듯 눈을
비볐다.

"형님, 집으로 가시게요?"

정인혁은 잠시 머뭇거리다 대답했다.

"아니, 예배당에 가보려구. 조금 있으면 사람들이 몰려들 텐데, 그
전에 먼저 복 좀 받을려구 말이야, 허허."

어색한 웃음이 떠오르는 그의 눈길이 고개를 숙인 채 팥죽그릇을

들고 있는 현미정의 야윈 어깨를 스쳐갔다. 그는 한 손을 가볍게 들어 후배인 남자에게 흔들어 보이곤 문을 열고 밖으로 나섰다. 차가운 새벽 공기가 콧속으로 밀려들어왔다. 그는 저도 모르게 숨이 탁 멈추는 것 같은 느낌을 받았다. 그러자 저릿한 기운이 온몸으로 퍼져갔다. 아랫도리가 풀 먹인 옷깃처럼 빳빳해져 있었다. 인혁은 눈을 깊이 감으며 입술을 달싹였다.

"주여."

참회일까. 그의 입술을 비집고 빠져나온 그 소리가 차가운 허공을 건너와 자신의 귓속을 갑갑하게 틀어막는 것을 그는 생생하게 느꼈다. 그는 아직 어둠이 그득한 뒷마당을 가로질러 예배당의 뒷문으로 걸어갔다. 그러곤 손잡이를 끌어 당겼다. 그때 뒤쪽에서 가건물의 문이 삐걱거리며 열리는 소리가 들려왔다. 그는 손잡이를 잡은 채로 고개를 돌렸다. 푸른 새벽빛 속에 현미정의 실루엣이 마치 안개에 잠긴 듯 희미하게 드러나고 있었다.

정인혁은 예배당으로 들어서는 뒷문을 가만히 열었다. 강당에 꽉 들어차 있던 어둠이 끼얹히듯 몰려왔다. 그는 성가대원들의 의자가 놓여 있는 강당의 측면으로 발을 들여놓았다. 문밖에서 타박타박 걸어오는 발자국소리가 들려왔다. 그 소리는 한순간 마치 신의 계시를 전하러오는 천사의 날갯짓처럼 느껴졌다. 가벼운 현기증이 일었다. 그는 성가대 의자에 등을 기댔다. 그때 예배당의 뒷문이 열리고 현미정이 들어섰다. 그녀가 회당 안으로 들어서자 정인혁은 재빨리 뒤쪽의 문을 닫아걸었다. 그러곤 그녀를 와락 껴안았다.

회당 안의 교교한 정적 속으로 입술이 미끄러지는 소리가 섞여들었다. 어둠보다 더 짙고 단단한 어둠조각이 조금씩 그 어둠을 깨트리고 있었다. 타오르는 화톳불 같은 열기가 단단하게 뭉쳐진 어둠조각에서 뿜어져 나오고 있었다. 완강하게 쓸어안은 남자의 두 팔에 몸을 맡긴 여자의 가녀린 두 팔 역시 남자의 등을 휘감으며 조였다. 그것은 낭떠러지로 떨어지지 않으려고 나무뿌리를 움켜쥔 자의 안간힘을 닮아 있었다. 인혁의 손길이 미정의 치맛자락을 걷어냈다. 눈부신 광채와도 같은 환상. 아득한 깊이 속으로 똑똑, 한 방울씩 떨어져 내리는 동굴의 낙수와 같은 환청. 정인혁의 뜨거운 손길이 자신의 치마를 밀어올리고 두꺼운 내의를 걷어내며 살 속을 파고드는 것을 느끼며 현미정은 그런 환상과 환청을 경험하고 있었다.

아버지의 권유로 윤달진이라는 사람과의 결혼을 위해 한국으로 돌아왔지만, 정작 그 남자는 얼굴조차 볼 수 없었다. 그녀의 아버지 현우균과 윤달진이라는 남자의 아버지 윤인근은 오래전부터 형제처럼 지낸 사이라고 했다. 조선이 일본에 강점당한 뒤 세계주의자로 자처하다 조선의 지식인들로부터 매국노라는 오명을 얻고 솔거하여 일본으로 건너갔던 현우균과, 청년 실업가이며 그 역시 나라 없는 조국의 희생물로 전락하여 변절자라는 이름을 견디지 못해 해방과 함께 쓸쓸히 자결로 생을 마감해버렸던 윤인근, 그 두 사람 사이에 드리워진 의식의 끈은 어쩌면 필연적이었을지 몰랐다. 젊은 시절 일본 유학중 만났던 두 사람은 처음부터 그런 의식의 공유자였다. 유학생들 중 조선의 독립을 위해 투쟁하는 부류와 굳이 황국신민으로서가 아니라 세계의 변화하는 조류에 동조해야 한다는, 자칭 세계주의적인 의식을 가진 부류로 나누어져 있을 때 윤인근과 현우균은 후자에 속해 있었다. 그렇게 맺어진 두 사람의 관계는 일제 강점기 30여 년 동안 줄곧 이어져 오다 한 사람은 일본인으로 다른 한 사람은 불귀의 객으로 각각 이 땅에서 사라져간 것이다. 현우균은 그의 두 딸 중 큰 딸인 현미정과 윤인근의 외아들인 윤달진의 혼사를 추진하여 그들의 우정을 이으려 했고 그래서 딸을 한국으로 보낸 것이다.

현미정이 내전의 상흔으로 볼품사나워진 한국땅으로 들어온 것은 지난봄이었다. 그러나 가을이면 미국에서의 유학을 끝내고 돌아오리라던 윤달진은 겨울이 깊어졌지만 돌아오지 않았다. 뜻에도 없던 민며느리가 되어 혼담의 당사자인 윤달진의 귀국을 기다리며 그의 큰아버지인 공주 거부 윤치후의 별당에 기거하던 현미정은 무료한 시간을 달래기 위해 늦여름부터 근처의 창신교회를 다니기 시작했고, 거기서 성가대 지휘자인 정인혁을 알게 되었다. 정인혁이 그러했듯 현미정 역시 첫 순간부터 그에게 매료되었다. 그녀에게 있어 정인혁은 세상에 태어나 사랑을 느낀 최초의 남자였다. 하지만 이룰 수 없는 사랑임을 둘 모두 알고 있었다. 그래서 더 애틋하게 몰두한 것인지 몰랐다.

의자 위에 위태롭게 걸쳐진 그녀의 아랫도리로 선득한 차가움이 달라붙었다. 그러나 이내 정인혁의 달아오른 맨살이 닿자 그녀의 몸은 뜨거운 물을 끼얹은 듯 빠르게 데워졌다. 인혁의 목을 휘감은 그녀의 팔에 힘이 배어들었다. 그녀의 몸속으로 기어드는 육중한 무게와는 달리 몸은 한없이 가벼워지며 허공을 날아가는 듯했다. 거세할 수 없는 욕망이 타는 듯한 갈증을 몰아왔다. 인혁의 두 팔이 그녀를 들어 올리며 입술을 더듬었다. 까슬까슬한 수염이 그녀의 얼굴을 찔렀다. 싫지 않았다. 더욱 아프게 찌르기를 그녀는 바랐다. 아픔까지 감미로웠다. 스물세 해 동안 마치 그 아픔을 바랐던 것처럼.

성탄절 새벽 예배당에서 일어난 거칠고 격렬한 한 순간의 정사는 정인혁과 현미정 두 사람의 영혼을 한동안 어지럽혔다. 해가 바뀌고 1957년 1월이 거의 다 지나갈 무렵까지 두 사람은 그날의 그 거칠고 격렬했던 순간을 끊임없이 재현했다. 그런 나날은 두 사람의 갈피 없는 영혼을 위무라도 하듯 계속되었다. 뜨거운 불길에 기름을 붓듯 그들의 사랑은 치열하게 타올랐다. 두 사람은 그들의 관계가 어떻게 끝날지를 처음부터 알고 있었기 때문에 그토록 격렬하게 타오르도록 내려버려 둔 것이었는지도 몰랐다.

그때 연표 속의 역사는 무엇을 기록하고 있었는가.

유엔총회에서는 유엔 감시하의 통한統韓 총선거를 결의했고, 유도회儒道會의 분규가 격화되었고, 인천유류보급창의 노동자 4백여 명이 부당한 해고에 항의하여 농성에 들어갔으며, 훗날 언론직필의 자존심을 대변하게 되는 관훈클럽이 결성되고, 청마 유치환을 초대 회장으로 시인협회가 발족한다. 무장 독립운동의 대명사인 지청천의 죽음은 그 달 보름의 일이다. 장택상張澤相을 비롯한 야당의원들은 이승만에 대한 경고 결의안을 발의했고, 동서냉전의 주역인 중공과 소련의 수뇌가 만났음을 역사의 또 다른 한 페이지는 기록하고 있다. 누군가에게는 중요했을 그 사실들이 또 누군가에게는 그저 흰 종이에 찍힌 잉크자국에 지나지 않았다. 많은 경우, 역사의 표면에 나타나지 않은 것들일수록 사회의 변동사를 훨씬 거칠게 자극한다. 물론 그 자극 역시 느낄 필요가 있는 자에게만 느껴지겠지만.

격동의 몇 달이 지나갔다.

***

봄이 왔고, 개나리가 피었다가 지고, 철쭉이 발간 얼굴을 내비치며 여름이 오기를 기다리고 있었다. 원산 부근, 바다와 산이 기차선로처럼 나란히 뻗어 있는 마을. 산 너머로 길게 황혼을 만들며 해가 지고 난 시각. 정치원 휴양소 제 8호실. 붉은 알전등 불빛이 방 한가운데로 떨어지고 있었다.

"장 형. 내가 정히 묻고 싶은 게 있소. 사실로 대답해주시겠소?"

희미하게 웃고는 있지만 미간에 잡힌 굵은 주름은 말하는 자의 마음이 그리 가볍지만은 않다는 것을 보여주고 있었다. 세 개의 단추가 달린 풀색 양복에 흰 남방셔츠를 받쳐 입은 말쑥한 차림새의 남자가 이마에 흘러내린 머리칼을 가볍게 쓸어 올리며 막 담배에 불을 붙이는 맞은편의 사내를 응시했다. 담배를 피워 문 사내가 바로 양복 입은 남자로부터 '장 형'이라 불린 사람이었다. 북한 노동당 최상위 서열인 장열의 장남 장사준이었다.

"장 형이라니, 우리는 엄연히 형제인데 호칭이 이상하잖우?"

농담처럼 받는 사내의 목소리도 그다지 밝지는 않았다. 사내는 양복 입은 남자가 무슨 말을 꺼낼지 이미 알고나 있는 듯한 태도였고, 그 내용이 그다지 즐겁지 않으리라는 것 또한 짐작한 듯했다.

"내가 장 씨 집안에 입적을 했기로 선우라는 성을 버릴 수는 없잖소. 선우장이 장명준이가 되었다고 어디 터럭 하나 살갗 하나 바뀌었소?"

양복 입은 사내가 목소리를 높였다. 그러자 담배를 빨아 길게 연기를 내뿜던 사내가 손을 내저었다.

"누가 뭐라오? 허나 아직 선우장이라는 이름을 잊어먹지 않고 있다는 건 그리 좋은 징조가 아닌 것 같구만."

사내도 정색을 하며 목소리의 톤을 살짝 높였다.

"장 형이 아무리 그렇게 말하여도 나는 선우장이오. 장형이 장사준이라는 이름을 가지고 있듯이 말이오. 형제가 되기엔 우린 너무 오랜 친우라오."

양복 입은 남자, 그러니까 선우장은 '친우'라는 말에 힘을 주며 한숨을 쉬듯 말을 끊었다. 힘에 겨운 표정이 역력한 그의 얼굴이 일그러지고 있었다. 그 모습을 담배 연기 사이로 바라보고 있던 사내, 즉 선우장과는 전장의 동료였으며 지금은 자신의 집안에 입적된 선우장의 형으로 되어 있는 장사준이 재떨이에 담배를 비벼 끄며 고개를 숙였다가 들었다.

"난 선우장이라는 사람은 모르오. 그는 죽었지. 내가 아는 사람은 장명준. 그이는 바로 내 아우라오. 그리고 그는 지금 내 앞에 있어. 바로 너이야. 왜 그걸 인정하지 못해?"

답답하다는 듯 입술을 앙다문 장사준은 마치 한 대 칠 것처럼 주먹을 쥐었다. 마주 앉은 선우장이 고개를 흔들었다.

"좋아요."

그는 뭔가를 결심한 듯 어금니를 꽉 깨물며 고개를 들었다.

"형, 그렇지만 난 사실을 알고 싶소. 지금 난 악몽 같은 소문에 시달리고 있단 말이요. 형도 그걸 알지 않소. 그러면서 왜 날 구해주지 않는 거지?"

"그래 그래, 인정하지. 허지만 네 말대로 넌 이미 알고 있어. 그러니 알고 있는 걸 확인한다고 뭐가 달라지겠어."

"아니야. 난 알고 있지 않아."

선우장은 가슴을 주먹으로 치면서 장사준의 앞으로 디밀었다.

"탄광으로 갔다거나 정치범 수용소로 갔다는 건 나도 믿질 않아요. 허지만 남파됐을 거라는 소문만은 결코 무시해버릴 수가 없단 말이요. 그렇다고 당국에다 그걸 문의할 수도 없질 않소."

선우장의 질문에 잠시 멍해진 듯 장사준은 한동안 말없이 그의 얼굴만 바라보고 있다가 힘겹게 입을 뗐다.

"내게 너무 기대하진 마. 그건 우리 아버지에게도 마찬가지야."

선우장의 눈길이 장사준의 입술에 머물렀다. 장사준이 아랫니로 윗입술을 한번 깨물고는 말을 이었다.

"네 말대로 네 아버진 탄광이나 수용소로 가신 건 아니야. 그리고 물론 남파된 것도 아니고."

"그럼?"

"믿고 싶지 않겠지만 네 아버지는 실종되셨어. 시체가 발견되지 않았을 뿐이지 사실은 사실이야. 당국이 너의 입적을 허락해준 것도 바로 그 때문이지 않겠어?"

장사준의 되물음을 들으며 선우장은 고개를 가로저었다.

"실종? 그걸 나더러 믿으라구? 아니야. 아니야. 아버진 내게 어떤 위대한 인간보다 위대했어. 그 위대한 인간이 실종되었다구? 바다에서? 그렇게 허무하게? 내게 마지막 작별의 말씀도 없이? 위대한 인간이 되라는 말 한마디 남기지 않고? 아니야, 그럴 수는 없어. 남파되신 거야. 그게 아니라면 그렇게 홀연히 자취를 감출 수가 없어."

어떤 게 진짜일까. 그는 다시 고개를 흔들었다. 사실이란 때로 그 어떤 모호한 것보다 훨씬 사실답지 않다는 것을, 선우장, 아니 이제는 애국 투사이며 위대한 조선인민공화국 정치보위부의 최고급 간부의 한 사람인 장열 집안의 둘째 아들 장명준은 뼈저리게 느끼고 있었다. 아버지 선우명은 어느 날 갑자기 바람에 쓸려가는 안개처럼 사라져버렸다. 보위국 청사로 장열의 부름을 받고 갔을 때 "넌 이제부터 내 아들이다. 묻고 싶은 것이 있으면 세월에게 물어라. 언젠가는 대답해줄 것이겠지만, 그렇지 않다고 해서 실망해서는 안 된다."는 밑도 끝도 없는 말을 들어야만 했다. 그리고 그는 무엇에 홀린 듯 보위국 청사를 빠져나와 일 년이 넘게 침묵했다. 그것이 어느 날 갑자기 종적을 감춰버린 아버지를 위하는 길이라고, 그는 무턱대고 믿고 싶었던 때문이었다. 그러나 이제 더 이상 버텨낼 수가 없었다. 그 조짐은 봄과 함께 찾아들었다. 박헌영, 허가이許哥而로 대표되는 연안파와 소련파 종파분자의 완전한 숙청이 이루어진 상태였지만 김일성 계열의 조직원들은 당내의 안정적 다수파를 유지하기 위해 은밀히 공작을 하고 있던 때였다. 그런데 뜻밖에도 고창익高昌翼이란 자가 선우장을 찾아온 것이다. 그는 자신의 신분을 밝힐 수 없을 뿐 아니라 굳이 알려고 하지 말라는, 협박인지 당부인지 모를 말부터 뱉어내고는 다짜고짜 아버지 선우명의 얘기를 꺼냈다. 선우장은 그 고창익이란 자가 보위국 사람이라고 막연히 짐작할 뿐이었다.

그때가 5월 초입이었다.

지난 4월 하순의 일주일간 진행되었던 조선노동당 제3차 대회에서 소위 사회주의의 기초 건설을 완성하기 위한 제1차 5개년 계획이 수립되고 당의 집체적 지도 방식에 관한 문제와 통일 정책이 토의되었으며 사회주의 경제 건설의 기본 노선을 5개년 계획 기간 안에 관철할 것이 강조되었다. 이 대회에서 김일성은 2월에 소련의 최고 권력자로 등극한 흐루시초프의 스탈린 비판과 평화 공존 노선을 수정주의로 규정하고 마르크스—레닌주의 원칙에 대한 거부라며 정면으로 반박하고 나섰다. 그 발언은 박헌영과 허가이의 숙청과 함께 사라지긴 했지만 그 여독이 남아 있을지 모르는 당내 종파 분자에 대한 완전한 척결을 암시했다. 또한 그것은 김일성이란 독재 권력자의 동물적 감각이 포착한 정확한 판단이었다. 석 달 뒤에 드러난 한 사건이 여실히 말해주겠지만, 아무튼 그때는 아직 봄이었다.

보위부원으로만 막연히 짐작될 뿐인 고창익이란 자가 왔다가 떠난 뒤 선우장, 아니 장명준은 심각한 고민에 빠져들었다. 도대체 무슨 의미인지 알아낼 수 없는 물음 때문이었다.

"내가 장 동무를 찾아온 건 온전히 사적인 거요. 그래서 소속을 밝히지 않는 것이니, 별다른 상상은 하지 마시오. 군이 따져보자면 장 동무 의향을 타진해보자는 것이지만. 단도직입으루다 말하지요. 장 동무, 군복 벗을 생각 없소?"

너무도 어이없는 질문이었다. 그의 멍한 표정을 보며 고창익이 웃음을 날렸다. 선우장에게는 군복을 벗는다는 건 상상해본 적이 없는 일이었다. 장군이 되어야 한다는 것을 주문처럼 외어왔다. 이제

스물여섯. 그 주문이 부질없음을 알만한 나이였지만, 최소한의 것만
은 아직 그에게서 지워지지 않았다. 장군이 된다는 가능성이 얼마나
미미하고, 그래서 거의 불가능하다는 사실을 오히려 자꾸만 일깨우
고 있었지만, 결국 그에게 남아 있는 최소한의 의미는 아버지와 맺
은 무언의 약속이었다. 어쩌면 그것은 이름이라는 굴레 때문인지 몰
랐다. 장군 장將. 그러나 이제 그것마저 무의미해지고 말았다. 더 이
상 그의 이름도 아니었다. 성도 바뀌었고, 이름도 사라져버렸다. 아
버지가 그렇게 사라져버렸듯이. 그 사라짐이 다시 태어남이라고 아
무리 되뇌어봐도 거기에 적응할 수 없었다.

"왜 나는 아직 장군을 꿈꾸고 있을까. 김일성 같은 장군? 후후, 어
디 그가 장군이기나 하단 말인가."

혼잣말처럼 그렇게 중얼거리다 섬뜩하게 다가서는 어둠을 느끼며
전율하곤 했던 게 몇 번이던가. 장군이란 결국 허상일 뿐이었다. 누
구를 위한 장군인가. 장군이란 개인적인 욕망에 불과한 것이 아니던
가. 인민을 위한 것이라면, 장군이 아니더라도 좋았다.

장사준을 만나기 위해 이틀간의 휴가를 받고 원산행 기차에 몸을
실었을 때, 그는 스멀거리며 기어 올라오는 유혹을 억제할 수 없었
다. 그것은 바로 고창익이 던졌던 그 유혹의 미끼를 덥석 물어버리
는 것이었고, 그 자신 오랫동안 보물처럼 간직했던 소중하고 위대한
꿈 하나를 던져버리는 포기에의 유혹이었다. 군복을 벗는다는 것은
바로 장군이 되겠다는 꿈의 포기와 동일했던 것이다.

"명준이. 지금 내가 해줄 수 있는 말은, 일 년 전 아버지가 네게 했
던 그 말과 똑같다."

장사준은 새 담배에 불을 붙이며 지그시 선우장을 바라보았다. 선우장은 허탈한 듯 쓸쓸한 표정으로 웃고는 한숨을 토했다.

"형은 아주 철저한 사람이지. 지난겨울 이후론 줄곧 날 명준이라고만 불렀소. 미안한 일이지만, 난 명준이라는 이름을 들을 때마다 그렇게 부르는 사람을 죽여버리고 싶었소. 난, 명준이가 아니오. 내 이름은 장, 선우장이란 말이오."

장사준의 표정이 일그러졌다. 그 표정을 보며 선우장은 낮게 가라앉은 음성으로 말했다.

"아버지를 찾아 나설 거요."

그의 말이 귓속으로 밀려드는 순간 장사준의 입술에서 담배가 떨어졌다.

"그게 무슨 말이야?"

장사준은 고개를 앞으로 디밀었다.

"세월에 물어보라고 그러셨지 않소? 그래요, 난 그렇게 하기로 했소."

선우장은 어금니를 깨물며 짓씹듯 내뱉었다. 선우장의 눈가에 물기가 매달려 있었다. 곧 떨어질 것처럼 위태롭게.

선우장이 장사준을 원산 부근의 정치원 휴양소에서 만나고 돌아온 날로부터 정확히 3개월 뒤, 인민군 제10보병사단 소속 군관 장명준 앞으로 전역 명령서와 함께 금강정치학교의 입교 명령서가 날아왔다. 황해도 사리원으로 파견 나가 있던 장명준, 즉 선우장은 곧바로 의주의 사령부로 귀대를 했고 그날로 군복을 벗었다. 그 이틀 뒤, 선우장은 귀에 익은 한 남자의 이름이 적힌 쪽지를 군관 막사에서 점심을 먹고 있다가 받아들었다. 거기에는 용암포에서 기다린다는 전갈이 적혀 있었다. 그 쪽지를 보낸 사람은 바로 지난 초여름 그를 찾아왔던 사람, 고창익이었다. 그 쪽지를 받자마자 그는 부식차를 타고 의주에서 용암포로 내려갔다. 용암포에서 고창익을 만난 선우장은 그와 함께 다사도로 이동했다. 깊은 어둠이 내려져 있었다. 철썩이는 파도소리가 마치 꿈결처럼 그의 귀를 적셨다.

"장 동무."

고창익은 발동선 선실 바닥에 깔린 두툼한 매트리스 위에 길게 눕혔던 몸을 일으키며 선우장을 바라보았다. 벌써 세 번이나 토한 탓인지 그의 눈은 동굴처럼 움푹 들어가 있었다. 껌벅거리는 퀭한 눈을 마주하고 있던 선우장도 치밀어 오르는 멀미를 누르며 침을 꿀꺽꿀꺽 삼켰다.

"장 동무, 남반부 시절이 생각나오?"

느닷없이 출신 성분을 따져 묻는 고창익을 선우장은 경계의 눈으로 쏘아보았다. 하지만 황해도 서부지역 보위부원인 고창익이 그렇게 묻고 있다는 건 단순한 물음이 아니라 다음 말을 던지기 위한 미끼라는 것을 선우장은 훤히 알고 있었다. 선우장은 피식 웃었다.

"뭘 그런 걸 다 묻습니까? 난 전쟁 때 말고는 남조선 구경을 한 적이 없소. 내 아버지가 누구인지 모르시지 않을 텐데요."

짐짓 비아냥거리듯 내뱉는 선우장의 말에 고창익은 쓸쓸히 웃을 뿐이었다. 거친 물굽이가 발동선을 번쩍 들었다가 내려놓았다. 두 사람은 울컥하고 치미는 욕지기를 동시에 느꼈다. 고창익이 손바닥으로 입을 틀어막으며 허리를 꺾었다. 배는 여러 번 거듭해서 요동을 쳤다. 두 사람은 대화를 나눌 수가 없었다. 한참 지난 뒤 파랗게 질린 안색으로 고창익은 매트리스 위에 다시 몸을 뉘었다. 그는 입가로 흘러내린 침을 손등으로 닦아내며 눈동자만 선우장에게 돌렸다. 선실은 퀴퀴한 냄새로 가득했다.

"장열 동지의 둘째 아들 장명준, 그게 마음에 드오?"

고창익은 선우장의 아픈 구석을 찔러왔다. 선우장은 대답하지 않았다. 대답할 말이 없었다. 장명준으로서의 삶이란 선우장에게는 무의미할 뿐이었다. 하지만 그런 걸 얘기해 무엇하는가.

"내가 왜 자꾸 묻는지 모르겠소?"

고창익이 착 가라앉은 음성으로 다시 물었을 때에야 선우장은 뭔가 있다는, 심상찮은 예감을 받았다. 금강정치학교의 입교 명령서를 받았을 때 어느 정도는 짐작하고 있던 것과는 또 다른 무엇. 어쩌면 남파교육의 배경에 대한 의문이 풀릴 거라는 생각이 들었다. 배는 거친 물굽이를 헤치며 어둠을 뚫고 나갔다. 선우장은 여리게 깜박이는 전등 불빛 아래 해쓱한 얼굴로 누워 있는 고창익을 내려다보며 알 수 없는 비애를 느꼈다. 닦아도 연신 침이 흘러내리는 50대 중반의 연약한 남자였기 때문만은 아니었다. 그는 고창익으로부터 아버지의 모습 한 자락을 보고 있었다. 사위어가는 인생의 주름, 투쟁의 깃발에 싸여 있다 어느 순간 돌아보았을 때, 그 깃발이 일으켜내는 작은 바람에도 온몸이 흔들리고 있음을 깨달았다면, 결국 그 사람은 무엇을 할 수 있었을까. 실종이라는 말에 갇혀버린 한 사람의 운명이 마치 투명한 유리를 뚫고 찔러오는 햇살처럼 선우장의 망막에 아프게 맺혔다. 선우장은 고창익의 침이 번진 입술을 한없이 내려다보았다. 몇 번의 요동 끝에 배의 움직임이 점점 빨라지고 있었다. 고창익이 아랫배를 움켜쥐듯 손으로 누르며 천천히 입을 뗐다.

"실은," 잔주름이 가득한 고창익의 눈가에 그늘이 덮였다. 선우장은 그의 앞에 앉은 채로 묵묵히 그를 내려다보았다.

"나도 남반부 출신이오."

날카로운 바늘 끝이 살갗을 찔러왔다. 선우장은 몸을 움찔하며 마른 침을 삼켰다.

"전라도 나주엔 일흔 되신 부친과 누이동생이 있소. 별탈이 없었다면 조카들도 이젠 장성해서 일가를 이루고 있겠지."

고창익의 쉰 목소리가 발동기 소리에 가려졌다 드러났다 했다. 그는 반듯하게 누운 채로 일정한 간격으로 흔들리고 있는 전등을 따라 눈동자를 움직였다. 그러다가 다시 입을 떼면 예의 그 쉰 목소리가 조금씩 떼어지듯 흘러나왔다.

"내 나이 올해 쉰 넷이오. 전쟁이 끝나고 두 해 동안 금강학교에서 교육을 받았더랬지. 하지만 마지막 순간에 자의반 타의반, 남파는 무산되었소."

선우장이 의아한 눈길을 던졌다. 고창익은 힘겹게 눈을 껌벅이며 다시 말을 이었다.

"당은 나의 충성도와 출신 성분을 맞바꾸려 하지 않았소. 결국 그건 어차피 내 가족들을 남파의 볼모로 잡혀야 한다는 괴로움을 덜어준 셈이 되었지만, 한편으론 나를 혼란에 빠뜨리고 말았소."

"혼란이라면?"

선우장은 고창익이 느꼈던 혼란에 대해 어느 정도 짐작은 갔다. 간첩으로 남파된다는 사실이 당에 대한 절대적인 충성을 의미하는 것이라면 그것이 거부되었다는 것은 그만큼 당이 그를 신뢰하지 않는다는 증거였다. 그렇다면 그가 느낀 혼란은 당연한 귀결이었다. 가만히 선우장의 눈을 올려다보고 있던 고창익이 내던지듯 말했다.

"장 동무의 친아버지가, 지금은 오히려 부럽소."

선우장의 아버지 선우명의 실종을 두고 부러운 일이라고, 침울한 목소리로 말하는 보위부원 고창익은 뜻밖에도 많은 얘기를 그에게 털어놓았다. 금강정치학교에 입교하는 것은 수년에 걸친 남파 교육을 받는다는 것을 의미하는 동시에 머잖은 장래의 어느 날 남반부 해방을 위해 간첩활동을 할 것이라는 분명한 시사였다. 선우장이 거기에 뽑혔다는 사실이 그가 지닌 정치 의식의 주체적 순혈을 고스란히 반증하고 있다는 것을 모를 리 없을 고창익이 그에게 반동적 기미가 다분한 얘기들을 털어놓는다는 것이 그를 당황스럽게 만들었다. 선우장은 이렇다 할 대꾸를 하지 않은 채 묵묵히 고창익이 들려주는 얘기들에 귀를 놓을 뿐이었다.

고창익의 마음이 흔들리기 시작한 것은 이른바 8월종파사건이 일어난 지난해 여름부터였다. 무덥던 여름의 한 날, 조선노동당 중앙위원회 전원회의는 반당반혁명적 종파 음모 책동이라는 살벌한 사건 하나를 발표했다. 즉, 연안파와 소련파가 소련공산당 20차 대회의 테제를 앞세워 일부 지방당 조직원들을 동원하여 중앙당의 정책을 비판하고 당내의 민주와 자유를 주장하는 동시에 사회주의로 나아가는 이행기에는 흐루시초프의 소련이 선택한 수정주의가 절대 필요하다는 것이었다. 그것은 김일성 정권에 대한 정면 도전이었다. 민주주의에서 사회주의로 넘어가는 데 프롤레타리아 독재란 인민 정권에 대한 당의 전횡에 다름 아니며 그것은 반드시 혁파되어야 한다는 그들의 주장에 대해 김일성 계열의 독재 세력은 피의 숙청을 전제로 강력하게 대응했다.

"반당반혁명 세력들은 교조주의에 반대한다는 구실을 내세워 수정주의의 늪에 빠짐은 물론 급기야 우익 투항주의로까지 전락했다. 이에 우리는 교조주의와 수정주의를 다 같이 반대하며 그 뿌리에 있는 종파주의를 배격한다."

이것이 최창익, 박창옥, 윤공흠 등을 반당 종파 분자로 규정하여 출당 처분을 내리게 한 김일성 사상의 배경이었으며, 8월종파사건의 결말이었다. 이 사건을 계기로 북한은 중앙당 집중 지도라는 명목을 내세워 반종파 투쟁을 전개했고, 각 종파 지도 세력의 투옥과 연금, 그리고 연안파와 소련파에 대한 투쟁을 종결하기에 이르렀다. 그것은 곧 정치지도부를 김일성 휘하로 단일화시키겠다는 의지의 천명이었다.

연전 박헌영과 남로당 출신들이 쿠데타 음모 사건으로 숙청당할 때 고창익은 그의 출신 성분으로 인해 위기를 맞았으나 항일 투쟁 경력과 때마침 남파 교육을 받고 있었다는 사실이 감안되었지만, 곧이어 터진 종파 사건의 여파로부터 결국 자유롭지는 못했다. 그것은 엉뚱하게도 당시 문예부에서 활동하고 있던 고창익의 둘째 처남이 은밀히 연안파와 소련파의 사회주의적 투쟁을 역사적으로 거론하는 소설을 집필하고 있다가 당국에 발각되면서 고창익에게까지 여파가 미쳤던 것이다. 그런 애기 끝에 고창익은 결론을 내리듯 툭 뱉었다.

"이제 선택해야만 할 거요, 장 동무."

선우장은 감았던 눈을 번쩍 떴다.

"선택, 이라고 말씀하셨습니까?"

불길한 예감이라도 든 듯 선우장은 미간을 찡그리며 고창익의 창백한 얼굴을 내려다보았다. 고창익은 고단한 표정으로 가만히 누운 채 눈만 껌벅였다. 그의 얼굴은 그가 내뱉은 많은 말들에 담긴 정서를 고스란히 담고 있었다. 더 이상 그것은 사회주의 투쟁에 젊은 날을 바쳤던 사람의 얼굴이 아니었다. 그것은 사상의 거처가 사라져버린 자의 낭패한 몰골일 뿐이었다. 그 누구도 동지가 되어줄 수 없는 어두운 골짜기에 버려졌음을 직감할 때, 그 사람은 바로 지금의 고창익과 같은 모습을 하고 있을 것이다. 어디에 소속된다는 것은, 저속하게 표현해 비빌 언덕이 있다는 것은, 그렇지 못한 상황에 놓인 사람에 비해 번민의 양과 질에 현격한 차이를 드러낸다. 목숨을 부지할 수 있는 가능성의 크기가 달라지며, 침묵하더라도 최소한 그 침묵의 의미를 헤아려줄 누군가는 있게 마련이기 때문이다. 소속이 있다는 것, 집단에 속해 있다는 것은 그 자체로 안위를 보장한다. 적과 동지의 개념이 가장 극명하게 드러나는 경우가 바로 인간의 집단화다. 그때 적이란 자신의 소속을 가장 의미 있고 분명하게 제시해주며, 동지란 자기 자신의 것 이상의 가치를 발휘해준다. 흥미로운 것은 아나키스트들조차 '어디에도 소속되지 않는다'는 의지의 관철을 위해 아나키스트 '그룹'을 형성한다는 사실이다. 고창익은 자신이 속해 있어야 하고, 당연히 속해 있으리라고 믿었던 바로 그 집단으로부터 현저히 먼 거리에 떨어져 있다는 사실을 절감하고 있었다. 선우장은 그 사실을 지칠 대로 지친 그의 얼굴에서 읽을 수 있었다.

"물론 장 동무, 아니, 선우 동무는," 고창익은 가래가 그렁그렁한 목소리로 말하기 시작했다.

"물론 살아오면서 많은 선택을 했어야만 했을 테지. 하지만 이때까지의 그것은 적어도 앞날의 인생에 심대한 영향을 미칠만한 건 아니었을 게야. 그렇지 않나?"

고창익의 비틀어지는 눈길을 선우장은 외면했다. 고창익은 한쪽 입술을 멋쩍게 들어 올렸다가 다시 말을 이어갔다.

"하지만 이제부턴 그렇지 않을게야. 자네 앞에 놓인 많은 것들 중에 하나를 골라내는 순간, 그것은 자네에게 남아 있는 날들을 온통 지배할걸세."

발동선의 속도는 완연히 느려졌다. 그만큼 소음도 작아졌다.

"기왕 말씀하실 거라면, 좀 구체적으로 들려주시오."

선우장은 짜증 섞인 목소리를 냈다.

"구체적? 좋아."

고창익은 눈을 감았다가 뜨며 게워 올리듯 내뱉었다.

"가령, 결혼 같은 게 있지. 얼마간의 교육 기간이 지나고 나면 당은 자네에게 결혼을 종용할걸세. 그때 자넨 어떻게 할 텐가?"

고창익의 물음에 선우장은 마치 벌레를 만진 듯 몸을 움찔했다. 뜬금없이 결혼이라는 말을 꺼낸 고창익을 선우장은 망연한 눈길로 내려다보았다. 그의 얼굴에 일렁이는 흐린 전등 불빛 때문에 마치 아득히 먼 거리에 놓인 사람처럼 보였다. 결혼이라는 말만큼이나 멀고 아득한.

"무슨 뜻이오?"

선우장은 저도 모르게 떨리는 목소리로 물었다. 고창익이 왜 그 말을 꺼냈으며, 그의 말대로 교육 기간 중에 당이 정말로 결혼을 종용한다면 그 또한 무슨 이유에서인지 모를 그는 아니었다. 되물은 것은 단지 그 낯선 단어 때문이었다. 결혼.

"몰라서 묻는 건 아니겠지?"

고창익은 얼굴을 그에게로 비틀며 한껏 눈을 떴다.

"결혼을 하지 말라는 말씀을 하고 싶은 거요?"

때가 끼어 탁한 잿빛을 띠고 있는 매트리스 위에서 고창익의 고개가 미미하게 흔들렸다.

"가능한 일은 아니겠지. 하지만," 고창익은 혓바닥으로 입술을 축인 다음 나직나직 말을 이었다.

"북이든 남이든, 이 땅에서 살아간다는 일은 쉽지 않아. 나는 많이 봐 왔어. 처자를 떼버리고 월북한 사람, 혹은 여기다 가족을 두고 내려갔던 공작원들. 그들 모두를 불행했다고 한다면 그 사람들에게 너무 미안한 일이겠지만, 아니야, 이제 와서 나 또한 그 사람들과 한 부류일 수밖에 없으니 분명해져. 불행해. 그 삶은 참으로 불행해."

고창익의 목소리가 서늘하게 그의 귓전으로 떨어졌다. 선우장은 아버지를 생각하고 있었다. 고창익의 말처럼 당신 역시 불행한 사람의 하나일 수밖에 없다면 그 불행은 결국 온전히 당신 혼자만의 몫은 아니었다. 선우장은 가슴이 갑갑해졌다. 두 사람 사이에는 오랫동안 대화가 오가지 않았다. 발동선의 낮아진 엔진 소리와 느린 움직임이 그들의 침묵을 엿듣는 것 같았다. 그러던 어느 순간 배는 더이상 나아가지 않았다. 천천히 위아래로 움직일 뿐이었다. 어딘가에 닿은 모양이었다.

고창익이 힘겹게 몸을 일으키며 선우장에게로 손을 내밀었다. 선우장은 거칠지만 야윈 그의 손을 두 손으로 감싸 쥐며 물기 어린 그의 눈을 지그시 바라보았다. 갑판으로부터 몇 개의 발자국 소리가 나지막이 들려왔다. 그 소리 사이를 고창익의 목소리가 뚫고 들려왔다. 그것은 마치 신의 말을 옮겨주는 천사의 속삭임처럼 비현실적으로 느껴졌다.

"사람들은 운명을 피할 수 없는 거라고 말하지. 하지만 그 운명이란 실은 자기 자신이 만든다는 걸 사람들은 몰라. 그래서 피할 수가 없는 거지."

묘한 반어로 이루어진 그의 말은 선우장의 마음에 무겁게 쌓였다. 운명을 자기 자신이 만들고, 그래서 거기에 얽매일 수밖에 없다면, 앞으로 자신에게 닥칠, 아니 스스로 만들어나갈 그 운명은 어쩌할 것인가? 1957년의 늦은 여름, 그는 그 대답하기 힘든 의문을 싸안으며 몸을 떨었다.

AFKN-TV가 매일 네 시간씩 방송을 시작한 것은 1957년 9월 15일의 일이다. 그것이 미국의 문화식민적 착점이라는 비난이 그때에도 일어났음직한데 연표의 어디에도 그런 언급은 없다. 그보다 2개월 앞서 있었던 유엔군 사령부의 서울 이동(원래 동경에 있었다)과 주한 미군의 원자무장화原子武裝化 착수 발표가 어떤 이에게는 일제 강점으로부터의 한반도 해방이 전적으로 외세에 의한 것이고, 그로 인해 한반도의 앞날 또한 외세로부터 자유롭지 못한 엄정한 증거임이 아프게 인식되었겠지만, 남한에서건 북한에서건 그런 정치적 견해는 그다지 유용한 덕목이 되지 못했다. 한국의 유엔 가입안이 안보리 상임위원국인 소련에 의해 거부당한 것이 9월이었고, 10월의 어느 날 한민족 지식인의 우상에서 반민족적 배덕자로 전락했던 육당六堂 최남선崔南善이 해방 후 은거하며 안타까운 명예 회복을 도모하다 쓸쓸히 유명을 달리했다. '무산 대중을 위한 체제'라는 논문이 서울대 문리대 교지에 게재되며 일어난 필화 사건은 그 해 세밑의 일이었다.

그렇게 1957년, 정유년은 저물어갔다.

그리고 1958년 새해가 밝고 열흘쯤 지난 날, 한반도가 음울한 이데올로기의 상처로부터 결코 자유로울 수 없다는 증거를 제시하는 듯한 사건이 일어난다. 이름 하여, 진보당 사건. 진보당 위원장 조봉암을 위시한 간부 7명이 간첩 혐의로 구속된 것이다. 조봉암과 진보당, 이 둘의 운명을 뜯어보고 있으면 한반도의 비극이 아주 선명하게 보인다.

죽산竹山 조봉암曹奉岩은 강화에서 태어나 농업학교를 졸업하고 일제 때 군청에서 일하다 3.1운동에 참여한 혐의로 1년간 복역한다. 이후 일본 중앙대학에 진학해 정치학을 공부하던 중 비밀 결사 조직인 흑도회黑濤會에 참여한다. 그때 처음 사회주의 이념을 접했지만 그의 목표는 독립 쟁취를 위한 항일 운동이었다. 그는 조선청년총동맹, 중앙공산당의 간부를 거쳐 공산청년회 대표로 모스코바의 코민테른 총회에 참석하기도 했다. 소련의 '동방노력자공산대학'에서 2년간 수학하고 중국 상해에서 ML(마르크스-레닌)당을 조직하여 활약하다가 일경에 체포되어 신의주 형무소에서 7년간 복역하기도 했다. 출옥 후 인천에서 지하 운동을 하다 다시 검거되었으나 해방과 함께 출감, 조선공산당의 주요 간부직을 맡지만 그는 1946년 남로당의 박헌영에 대한 충고 서한을 공개하면서 공산당에서 탈당하고 우익 진영으로 급선회한다. 운명의 행보란 참으로 예측할 수 없다는 확연한 시사였다. 거기에 먼 훗날 간첩이라는 어처구니없는 굴레를 쓰게 되는 또 다른 운명의 행보가 담지되어 있었으니, 그 종막에 진보당이 있었다.

제헌국회의원이며 초대 농림부 장관까지 지낸 그가 2,3대 대통령 선거에서 연속으로 고배를 마시면서 1956년 창당한 것이 바로 진보당이었다. 민주당 창당 과정에서 배척된 서상일, 박기출 등 혁신 세력이 주축이 되어 결성된 진보당은 설익은 민주 이념과 내부의 혼란으로 와해의 길을 걷게 되고, 유병진 판사의 사려 깊은 판결에도 불구하고 시대의 한 거인 조봉암이 형장의 이슬로 사라진 것은 한 개인의 비극에 앞서 한 시대의, 그리고 당대의 한반도가 겪은 비극이기도 했다.

조봉암이라는 시대의 거목을 쓰러뜨리는 것으로 막을 내린 진보당 사건은 단지 1958년 벽두에서 이듬해 여름의 한 시간대를 섬광처럼 훑고 지나간 사건만은 아니었다. 그것은 많은 사람들을 그보다 훨씬 오랜 세월 동안 아픔과 괴로움으로 시달리게 만들었으며, 한반도를 이데올로기의 각축장이라는 냄새 고약한 고름덩어리로 응축시킨 상징적 사건이었다.

　조봉암에게 내려진 사형 선고는 악법도 법이라는 소크라테스의
운명적 발언이 수천 년의 법률사를 끈질기게 따라다니고 있음을 증
명한 사건일지도 모른다. 선고가 끝난 상태에서 마지막 절차로 남아
있던 대통령의 확인과 형의 집행이라는 찰나에 불과한 틈바구니에
서 변호인단은 정치적 구명의 가능성을 타진하며 재심을 청구했고,
이승만에게 충성할 것을 다짐하는 성명을 내자는 굴욕적인 생각이
묘안이 될 수도 있던 상황에서 옥중의 조봉암은 흔연히 자신의 생명
을 던져버린다.

　"나는 비록 법 앞에 죽음의 몸이 되었다고 하여도 나의 조국 대한
민국에 대한 충성은 스스로 의심할 수 없다는 것을 밝힙니다. 과거
의 우리 동지들은 현실의 포로가 되지 말고 우리의 이념을 살리기
위해 노력하시기를 바랍니다."

　구명의 희망이라는 보따리를 돼지우리 속으로 던져버리는, 죽음
에 초연했던 한 거인의 고변이었다. 결국 사형을 선고했던 대법관
김갑수는 재심청구가 이유 없다는 기각 결정을 내렸고, 대통령은 선
고를 확인했고, 7월의 마지막 날 법무장관 홍진기가 사형의 집행을
승인하는 절차를 마쳤다.

　역사라는 이름의 허상은 부지런하고도 뻔뻔스럽게 살아 있다. 살
아서 그 무엇보다 활발하게 꿈틀거리며 약진한다. 천연덕스럽게 반
복하면서도 한순간도 지루함을 제공한다는 데에 대한 반성을 하
지 않는다. 왜일까? 역사와는 달리 사람들은 죽어가고, 그들의 기억
은 턱없이 짧고 연약하며, 무지는 더없이 깊고 넓기 때문이다. 인민

의 의식은 얕고, 기억은 부실하며, 의지는 박약하다. 그렇지 않다면 어떻게 대놓고 악덕과 사악을 자행하는 무리들을 향해 번번이 박수를 치거나 비겁자처럼 돌아설 수는 없는 일이다. 결국 역사란 그 역사의 시간을 삶이니 인생이니 하는 것들로 살아낸 인간들이 만든 신기루와 같은 존재다. 얕은 의식과 부실한 기억과 박약한 의지로 만들어놓은, 존재하지 않지만 존재하는 것으로 인식되는, 거짓의 형상, 그것이 버젓이 역사라는 이름으로 살아 있었고, 살아가고, 살아갈 것이다.

그렇게 시간은 흘러가고, 어느 공간에서는 또 무슨 일인가가 벌어지고 있었다.

1959년 가을.

남한의 정치 권력이 조봉암을 처형하고 기꺼이 종신 집권의 행로에 돌입해 있던 무렵, 최신형 소형 무장선武裝船 한 척이 황해의 어둠을 조심스럽게 헤쳐 나가고 있었다. 침침한 바다의 안개를 뚫으며 해안경비대의 여윈 서치라이트 줄기가 불길 속으로 뛰어드는 나방의 마지막 날갯짓처럼 힘없이 흔들리고 있었다. 반들거리는 반사광을 없애기 위해 잔뜩 얼굴에 바른 위장크림 덕분에 거의 윤곽을 알아볼 수 없는 남자에게 카키색 보위원복 차림의 키가 훌쩍 큰 사내가 낮지만 위압적인 목소리를 건넸다.

"장 동무, 주목하시오."

남자의 가슴팍에 꽂힌 사내의 손가락이 그 위압적인 목소리를 이겨내지 못하는 듯 파르르 떨렸다. 그는 손가락으로 몇 번 더 남자의 가슴을 찔러대고는 무겁게 입을 뗐다.

"경애하는 수령 동지께 감사해야 하오. 동무의 과업은……."

사내의 목소리를 가로막듯 파도소리가 그 위를 덮쳤다.

그 가을, 황혼이 수평선을 따라 길게 드리워진 거무스름한 구름 안에서 발갛게 타오르고 있을 즈음 황해도 옹진반도 부근 휴전선 접경지역의 기린도를 떠난 장명준, 아니 선우장은 새벽별들이 깊은 잠에 빠져 있을 시각 소형 무장선을 타고 충청도 수역인 고군산군도의 맨 서쪽 섬 말도를 지나고 있었다. 선우장은 그의 남파 담당 책임자인 정치보위부 군관이 내쏘는 눈길을 담담한 표정으로 마주하고 있었다. 그러나 그 담담한 표정 뒤에는 어둠 속에 가려져 있지만 끝없이 뭍을 향해 쏠려가는 물줄기처럼 숱한 상념들이 떼를 지어 몰려가고 있었다.

박상희朴尙姬. 아직 당신이나 여보라는 호칭으로 불러보지 못한 그 이름이 선우장의 귀청을 막막히 울렸다. 보통 키에 푸를 정도로 창백한 얼굴을 가진 여자였다. 먼저 말을 건네기 전에는 입을 떼지 않는, 수줍음으로 온통 싸여 있던 여자. 종지를 엎어놓은 것 같던 작고 흰 젖가슴이 그의 눈시울을 가만히 덮으며 밀려왔다. 그로 하여금 스물여섯 해만에 처음으로 남자임을 알게 해주었던 그녀가 이제는 언제 다시 기어 나오게 될지 모르는 깊은 흑암 속에 존재했다.

지난해 여름, 운명을 하나하나 뜯어내 보여주는 것처럼 서늘하게 들려주던 보위부원 고창익의 말처럼 남파 교육이 한창 무르익어 갈 무렵 당은 그에게 결혼을 접수할 것을 요청해왔다. 요청은 곧 명령이었다. 이제 올 것이 왔구나, 하는 식의 어처구니없는 감회가 들지 않은 것은 의외였다. 그는 되도록 주어지는 모든 것을 거부하지 않으리라 다짐했다. 박상희와 결혼을 했다. 한 번의 유산 끝에 그녀는 다시 임신을 했다. 그녀가 임신 6개월이 되었을 때 그에게 최초의 시련이 왔다. 그녀와 헤어져 있어야 한다는 것이었다. 그러나 그것은 무척이나 자연스러운 일이었다. 남파를 위한 볼모. 산악 유격훈련을 위해 평북 후창 지역으로 교육지를 이동한다는 통보를 받았다. 교육 중에 아내의 해산 소식을 받으려니 했다. 그러나 그로부터 2개월 뒤, 그러니까 박상희가 산달에 들어선 9월 초순, 선우장은 갑자기 남파 시기가 잡혔다는 말을 들었다. 남파되기 전 당연히 면회가 이루어질 줄만 알았던 그는 모의 남파 훈련에서 기준 점수를 받지 못하는 바람에 그녀를 만날 수가 없었다. 그런데 두 번째 남파 실습으로 알았던 것이 실제 남파 상황이 되어버렸다. 그건 모의 남파와 실제 남파를 남파자로 하여금 가늠할 수 없게 하려는, 이미 정해진 수순이었다. 그 사실을 안 것은 무장선에 올라타고 어두운 황해의 물굽이를 헤쳐 나가고 있을 때였다.

아내가 해산의 고통을 치르고 있을지 모른다는 생각이 들 즈음 선우장은 파랗게 일어서는 박상희의 영상을 부여잡을 듯 슬그머니 손을 뻗었다가 거두었다. 왠지 그녀를 다시 만날 수 없을 것 같다는 불길한 예감이 그림자처럼 그의 의식에 드리워졌다. 그는 허전한 웃음 한 조각을 바람에 날려보냈다. 그러곤 나직이 중얼거렸다.

"인국아."

그의 입에서 흘러나온 그것은, 바로 미래의 아이에게 지어줄 이름이었다. 어질 인仁, 나라 국國. 남파 담당 책임자의 말은 계속되고 있

353

었지만 선우장의 귀에는 아무 것도 들리지 않았다. 그는 군관의 눈을 멍하니 들여다보며 잠시 끊겼던 상념 속으로 다시 내달려갔다.

인국이라는 이름을 지은 것은 박상희가 입덧을 시작하던 지난 초여름이었다. 한번 유산을 경험한 터라 의무 담당자로부터 전해들은 조심해야 할 여러 사항들을 곰곰이 생각하던 중이었다. 그때 갑자기 아이의 이름을 지어야겠다는 생각이 들었다. 태어나기 전에 미리 용품을 마련하거나 이름을 지으면 불길하다는 얘기를 들은 적이 있었으므로 인국이라는 이름을 지어놓고도 선우장은 혼자만의 생각 속에 묻어두었다. 인국이라고 태어날 아이의 이름을 지은 데는 이유가 있었다. 그는 그와 그의 아버지가 살아온 한반도를 염두에 두고 있었다. 어젊이 사라져버린 나라. 한반도를 그는 그렇게 생각했고, 그런 생각에 미래의 아이에게 인국이라는 이름을 붙이고 싶었다. 평북 산악지역으로 유격훈련을 받기 위해 이동했다가 마침 그 지역 보위부로 전출온 고창익이 면회를 왔을 때, 그에게 그런 심중을 털어놓았다. 8월종파사건의 여파에서 간신히 풀려나 격오지 담당관으로 밀려난 고창익은 많이 늙어 있었다. 그 모습에서 선우장은 어쩔 수 없이 또 아버지 선우명을 보았고, 마치 아버지에게 손자 이름을 지었다고 말하듯 심중을 털어놓은 것이다.

"어진 나라라, 선우 동지의 그 뜻이 퍽이나 반동적이구만."

농담처럼 던지는 메마른 고창익의 목소리는 고스란히 쓸쓸함으로 전해졌다. 선우장은 변명이라도 하듯 말했다.

"사상이라는 데 젖어드는 때가 따로 있나 보오. 열혈 동지의 성품은 결국 십대에 갖추어지는 것이고, 스무 살이 넘으면 그것을 지탱하기 위해 애써 노력하지 않으면 안 되는 것 같소. 살다보면 사상보다 더 소중한 것들이 자꾸 생겨나니 말이오. 국가는 그렇지 않은 것 같소. 더구나 가정이란 걸 꾸리고보면 결국 국가라는 것이 가정을 불려놓은 것이란 생각이 들거든요. 동병상련이랄까, 이심전심이랄까, 뭐 그런 말이 여기에 통하는 건 아닌지. 제가 어진 나라를 꿈꾸는 게 반동인지는 몰라도, 결국에는 인민을 위한 나라라는 게 어진 나라를 말하는 것 아니겠소."

아이의 이름을 짓는 배경에 그런 뜻이 있음을 고창익은 이미 선우장의 첫마디를 들으면서 깨달았다. 그래서였는지는 몰라도, 고창익은 거기에 대해 입을 다물었고 몇 마디 안부를 묻고는 돌아갔다. 가면서 그는 예전에 들려주었던 것과 똑같은 섬뜩한 말을 남겼다.

"선택은 언제나 힘겨운 법이지. 하지만 그걸 피해갈 수는 없어."

지금 선우장은 고창익의 그 말을 떠올리고 있었다. 힘들지만 피해갈 수 없는 선택. 해풍의 차가운 손길이 목 언저리를 훑으며 지나가자 선우장은 길게 한숨을 뽑아냈다. 사랑하는 모든 것을 떼어놓고 온 사람의 한숨은 길고 깊었다.

***

1959년 12월. 충청남도 대전.

경찰서 서쪽 담벼락을 따라 국도로 내려가다 좌측으로 꺾인 좁은 골목 안, 굵고 투박한 글씨체로 쓴 여인숙 입간판 하나가 희끗한 눈발을 뒤집어쓰고 있었다. 자정을 넘긴 탓인지 칠흑같은 어둠이 사위를 덮었고, 어디에도 소리 하나 들려오지 않았다. 간혹 그 어두운 세상이 귀를 가진 듯 이명같은 '우웅' 하는 긴 파장이 정적을 가만가만 디디며 울려나왔다. 허나 그 역시 소리는 아니었다. 지나치게 조용하면 정적도 그런 소리 아닌 소리를 내는 법이다. 어둠이 짙으면 그 어둠보다 더 짙은 어둠 아닌 어둠이 허깨비처럼 존재하듯.

한밭여인숙 118호실.

기역(ㄱ)자로 꺾어진 곳의 구석방. 이어폰을 귀에 꽂은 한 사내가 이불을 뒤집어쓴 채 앞에 놓인 단파 라디오를 무슨 원수처럼 쏘아보고 있었다.

"오천이백이십팔, 구천육백구십사, 삼천공사십삼, 이천사백칠십육."

평양발 에이스리(A3) 무선 단파 방송이었다. 평양의 국제 방송이 자정에 끝나고 나면 잠시 높은 템포의 음악이 흐른다. 그러곤 수분 동안의 공백. 그 뒤 카랑한 여자 아나운서의 고성이 천 단위로 된 네 자리 숫자를 읊기 시작한다.

지난 9월 서산 안면도에 남파의 첫발을 디뎠던 선우장은 그동안 홍성과 청양, 서천, 부여 등지에서 네 차례에 걸쳐 현지 공작원과 접선을 시도했으나 모두 실패했다. 처음에는 에이스리 방송의 청취에 문제가 있는 것이 아닌가 의심이 들었다. 하지만 다른 교육 과목도 그랬지만 난수표 암호 해독에는 탁월한 능력을 발휘했던 그였다. 암호 방송을 통해 북으로부터 다섯 번째 지령을 받았을 때에야 그는 지난 네 번의 접선 실패가 남쪽 적응 과정이라는 사실을 알게 되었다. 얼마 뒤인 11월 중순, 다섯 번째 지령에서 부여받은 접선 장소는 논산 육군훈련소 부근의 '을지'라는 다방이었다. 그 다방으로 가면서도 선우장은 줄곧 자신에게 내려진 지령을 잘못 해독하지는 않았을까 걱정하고 있었다. 접선 대상자인 현지 공작원이 바로 훈련소 교육대에 근무하는 현역 군인이었기 때문이다.

이불을 뒤집어쓰고 있는데도 외풍이 심해 목덜미께로 스며드는 찬기운에 몸이 오슬오슬 떨렸다. 선우장은 이어폰을 타고 흘러드는 암호 방송의 내용을 곧바로 해석해내면서도 수행해야 할 임무를 물을 마시듯 천천히 음미하고 있었다.

"개나리술 있습니까?"

바짝 치켜 깎아 귀밑이 파란, 서른 살 가량의 남자가 다방을 들어와 카운터의 40대 여주인에게 물었다. 구석자리에 앉아 막 입에 담배를 물고 성냥을 그으려던 선우장의 귀가 번쩍 띄었다. 두툼한 외투에 싸여 있는 온몸이 불을 맞은 듯 화끈해지면서 곧이어 소름이 오스스 돋아 올랐다. 재빨리 카운터를 훑어본 선우장의 시선에 다방 여자의 턱이 자신을 향해 까딱하는 모습이 잡혔다.

"진달래술은 있어도 개나리술은 없지요."

그녀의 목소리가 텅 빈 실내를 울렸다. 날카로운 눈빛이 다방 안의 침침한 조명 사이로 빠르게 건너왔다. 이내 그 눈빛은 지극히 선량하게 변했고, 뚜벅뚜벅 다가오는 구둣발자국 소리는 전혀 다급하지 않았다.

"오래 기다리셨습니까?"

유순한 성품이 도드라져 보이는 목소리였다. 얼마만인가. 선우장은 잠시, 지난 3개월간의 고립감이 칼로 저미듯 아프게 다가왔다. 안면도에 홀로 떨어져 어선을 타고 뭍으로 들어올 때의 그 떨림, 밥집으로 들어가는 것이 겁나 고작 한 끼만으로 하루를 때워야 했던 날들, 접선이 계속 실패한 뒤 흉몽까지 꾸게 만들었던 암호 방송 청취. 그런 것들이 생생하게 떠올랐다. 가장 참아내기 힘든 건 외로움이었다. 볼모로 잡힌 꼴이 되어버린 아내 박상희가 미치도록 그리웠다. 이제는 태어났을 아이의 얼굴이 실제로 보기라도 한 듯 환하게 눈앞에 그려질 때는 밀쳐내기 힘든 육중한 힘이 가슴을 눌렀다. 그런 외로움은 정치학교 입교를 명령받았을 때부터 그의 마음 한구석에 자리했던 '무언가'를 흐릿하게 탈색시켰다. 그 무언가는 바로 남쪽 어딘가에 계실 아버지 선우장을 만나야 한다는 사실이었다. 외로움은 무엇보다 절실했던 그 사실까지 아주 멀리 밀쳐버렸다.

군복을 입지 않았지만 한눈에 군인임을 알아볼 수 있는 모습이었다. 바짝 치켜 깎은 머리카락을 손바닥으로 쓱 훑어 올린 남자는 검지 끝으로 콧등을 가볍게 쓸었다. 무슨 말인가를 먼저 건네주었으면 싶었지만 선우장의 눈만 지그시 바라볼 뿐 말이 없었다.

"수고가 많으시죠?"

선우장이 멋쩍은 웃음을 띠며 물었다. 긴장한 탓인지 목소리가 꽉 잠겨 있다가 가느다랗게 새어나왔다. 남자는 점퍼 밖으로 길게 빠져나온 셔츠 칼라를 만지작거리며 빙긋이 웃었다.

"이 짓도 얼마 남질 않았습니다."

'이 짓?'

순간적으로 선우장은 목줄기가 뻣뻣해지는 것을 느꼈다. 남자가 말한 '이 짓'이라는 게 무엇을 뜻하는지 헷갈렸다. 공작원 생활을 말하는 것이라면, 남자의 태도는 무척이나 경솔했다. 금세 얼굴이 굳어진 선우장을 바라보며 남자는 뭘 그리 심각하게 생각하느냐는 듯 툭 뱉었다.

"제대 특명을 받았습니다. 11월 말 패스지요."

"아."

그제야 선우장은 한숨을 쉬며 마주 웃었다. '짓'이란 건 군대 생활을 두고 한 말이었다. 하지만 선우장은 좀체 남자에게 말을 건넬 수가 없었다. 긴장감으로 오히려 얼굴이 더 굳어지기만 했다. 남자는 그런 낌새를 챈 듯 신문지에 싼 두툼한 뭉치 하나를 내밀며 "그럼 이만," 하고는 자리에서 일어났다. 그것이 다섯 번 만에 이루어진 접선이었다.

막 에이스리 방송이 끝나고 단파 라디오를 끈 선우장은 담배를 피워 물었다. 그의 귓속으로 싸락눈이 여인숙 문창호를 타탁타탁 때리는 여린 소리가 밀려들었다. 군용 담요를 몇 장 누벼 만든 깔깔한 요 위에 몸을 뉘며 훈련소 앞 을지다방에서 만났던 남자를 생각했다. 서른 살 나이에 어울리지 않게 눈 밑에 소복이 돋아난 살은 푸르게 죽어 있었다. 마치 병이 있는 듯한 얼굴이었다. 거기서 어떻게 그토록 맑은 웃음이 흘러나올 수 있는지 의심이 들 정도였다.

"고현구라고 합니다."

종이뭉치를 건네주고 곧장 일어나 다방을 나서던 남자가 무슨 일인지 선우장이 앉아 있는 곳으로 다시 돌아와 묻지도 않은 제 이름자를 들려주었다. 고현구. 물론 귀에 익은 이름은 아니었다. 그러나 얇은 입술과 사선을 그려놓은 듯 길게 패인 볼은 이름만큼 낯설지 않았다. 고현구라는 남자는 한동안 우두커니 선 채 선우장을 내려다보았다. 무슨 말인가 꼭 하고 싶은 눈치였다. 하지만 그는 끝내 아무 말 없이 돌아섰다. 등을 보인 고현구는 다방으로 들어설 때의 여유 있는 모습과는 거리가 멀었다. 그는 카운터에 앉아 있던 마담에게 가볍게 고개를 끄덕여주곤 문을 밀고 밖으로 나갔다. 고현구가 떠나고도 한참 동안 선우장은 다방을 나서지 못했다. 시간이 흐를수록 고현구란 남자가 그의 의식 깊은 곳에서 안개처럼 피어올랐다. 이상한 일이었다. 그러던 어느 순간, 고현구의 얼굴 위로 또 다른 얼굴 하나가 겹쳐졌다. 초췌한 모습을 한 초로의 남자, 바로 고창익이었다.

'그렇다면?'

언젠가 고창익이 지나가는 말로 그랬었다. 남쪽에는 누이와 전쟁 때 죽은 형의 아들이 살고 있다고. 그렇다면 고현구는 고창익의 죽은 형의 아들인지 몰랐다. 그런 그가 현지 공작원 노릇을 하고 있는 거라면, 얘기의 앞뒤는 그럴듯하게 맞아떨어지는 셈이었다. 만약 고창익 동지의 조카라는 게 사실이라면, 다방 문을 나서다가 돌아와 그에게 묻고 싶었던 건 어쩌면 북에 있는 작은 아버지의 안부가 아니었을까. 선우장이 식어가는 찻잔을 앞에 놓고 망연히 상념에 빠져 있을 때 카운터에 앉아 있던 마담이 다가와 낮게 속삭였다.

"장명준 씨. 이제 대전으로 가셔야겠소. 여기 머무를 장소와 청취해야 할 방송 일자가 적혀 있어요."

여자는 손바닥 반쪽만 하게 접혀진 흰 종이쪽을 탁자 위에 올려놓고는 돌아섰다. 선우장이 그녀를 불렀다.

"저기."

여자가 고개만 돌려 선우장을 보았다.

"아까 그 동지, 다시 만날 수 있을까요?"

"왜요?"

"아, 아는 사람인 것 같아서."

선우장의 말에 여자의 눈초리가 심상찮은 기운을 띠었다. 그러곤 "그런 데 신경 쓰지 마세요," 하며 고집스런 목소리를 뱉어냈다.

그런데 그 고현구를 다시 만난 것이다. 이틀 전이었다. 일본의 니가타新潟 부두를 출발한 북송 교포 제1진 975명이 청진항에 도착해 검열을 마치고 좀 더 세밀한 성분 조사를 받기 위해 수십 개 조로 나뉘어져 배치되었다는 소식과 함께 남조선에서 활동하고 있는 공작원들이 그들 북송 교포의 남한 거주 친인척들에 대한 포섭 활동이 그다지 실효를 거두고 있지 못하며, 따라서 주도면밀한 활동을 펼쳐 제2진에는 더 많은 남조선 거주민들을 포함시켜 하루빨리 이미 북송된 교포들과 상봉의 기쁨을 나눌 수 있도록 해야 한다는 독촉 지령이 에이스리 방송을 통해 전해진 바로 그날이었다.

선우장이 새벽잠에 빠져 있던 시각, 한밭여인숙 118호실의 띠살문이 가만히 흔들리고 있었다. 바람소리려니 생각하며 이불을 끌어 덮던 선우장은 한순간 화들짝 놀라며 이불을 걷어찼다. 얼른 권총이 있는 베개 안으로 손을 밀어 넣으며 몸을 웅크린 채 문 쪽을 노려보았다. 다시 문이 흔들렸다. 귀에 익은 목소리가 선우장을 부르고 있었다.

"장명준 씨, 주무세요?"

단번에 그 목소리의 주인이 고현구라는 것을 알 수 있었다. '접선일까?' 그럴 리가 없었다. 그런 지령은 받은 적이 없었다. 그럼 무엇 때문에 고현구가 찾아온 걸까? 천천히 일어나 문고리를 벗겨냈다. 검정물을 들인 군용 점퍼를 걸친 까치머리의 고현구가 찬바람을 막기 위해 깃으로 목덜미를 가린 채 문밖에 서 있었다. 예의 그의 맑은 웃음이 얼굴 가득 흘러내렸다. 그의 등 뒤에는 아직 시꺼멓게 가라앉은 겨울 신새벽의 어둠이 덩치 큰 짐승처럼 웅크리고 있었다.

그날 고현구가 선우장을 찾아온 것은 그의 짐작대로 접선이 아니었다. 지난 11월 논산 을지다방에서 접선한 이후 꼭 한 번이라도 만나고 싶었노라고 고현구는 첫 마디를 뗐다. 선우장 역시 자신도 그러했다고 털어놓았다. 사실 공작원 간의 그런 사적인 만남은 있을 수도 없고 있어서도 안 되는 매우 위험한 일이었다. 물론 그런 걸 두 사람 모두 모를 리 없었다. 그래서 더욱 그들은 오랫동안 헤어져 지낸 죽마고우인 듯 설레고 반가웠다. 생각하면 할수록 기묘한 해후였다. 과연 고현구는 북한에 있는 고창익의 조카였다.

이틀 전의 그날, 두 사람은 고현구가 점퍼 주머니에 찔러 넣고 온 증류주를 나눠 마셨고 오전 중에 벌써 얼근히 취해 있었다. 고현구가 두 살이 위였으므로 선우장은 형이라고 부르고 싶다고 했지만, 그는 굳이 친구로 사귀자고 했다. 그래서 둘은 곧 말을 텄고 가슴 한 구석에 밀쳐두었던 이런저런 얘기들을 주고받았다. 고현구가 공작원 일을 한 지 두 해 남짓 된다는 것, 고창익의 형인 고현구의 아버지가 미군 군속으로 일할 때 간첩 혐의를 받고 CIC(미군방첩대)에 체포되어 어쩔 수 없이 이중간첩 노릇을 했으나 의문의 죽음을 당하게 되었다는 것, 그로 인해 고현구가 장기 복무를 하게 된 내막 등등.

고현구와 다시 만나기로 한 것이 바로 오늘이었다.

같은 형제에게 총부리를 겨눈 동족상잔의 비극으로 시작한 1950년대도 끝나가고 있었다. 한 연대가 끝나고 다른 한 연대가 시작된다는 사실은, 인간을 전면에 내세우기 전에 먼저 역사적인 무엇을 들먹이기 좋아하는 사람에겐 그 시대를 설명하는 데 다른 어떤 것보다 월등한 소재가 된다. 결과론인 것이 빤하지만, 그 결과론만큼 또 완벽하고 훌륭한 설명도 없는 법이다. 그런 사람들이 즐겨 쓰는 어법을 빌려 얘기하자면, 민족의 커다란 비극으로 시작된 1950년대의 끝은 1960년대라는 또 다른 비극의 시작이었다. 장기 집권이 이 나라의 태평성대를 의미한다는 착각 속에 빠져 있던 이승만과 그의 수하에 있던 권력층을 송두리째 마굴 속으로 몰아넣어버린 3.15부정선거가 그랬고, 그 결과로 일어난 4.19혁명과 이듬해의 5.16쿠데타가 그러했다. 이런 것들이 1950년대만큼이나 비극적인 또 한 연대를 시작하게 만든 것이라면, 그 이유는 자명해진다. 역시 결과론이겠지만 부정선거라는 대악수를 두기 바로 직전의 완착은 조봉암 척결과 진보당 말살이라고 할 수 있을 것이다. 그것은 민주주의의 가장 기본적이고 본질적인 요소라고 할 수 있는 사상의 자유에 대한 완강한 거부였거니와 집권당 스스로가 그 사건을 통해 민주주의는 물론이고 어떠한 개혁 의지도 없음을 자백해버린 엄청난 자충수였던 것이다. 그것이 바로 비극은 비극으로 끝이 나고 또 다른 비극을 잉태하며, 비극을 잉태했으니 태어날 것이 비극인 것은 너무도 당연하다는 논리를 증명했다.

그 1950년대가 거의 끝나가고 있을 무렵, 역사를 거론하기 좋아하는 사람의 관심과는 아무런 상관도 없는, 아니 관심을 기울일 만한 시간적·공간적 거리에 있지도 않았던 어떤 두 사람의 만남과 너무도 급작스런 헤어짐이 있었으니, 이것 역시 비극이라고 하지 않을 수 없었다. 그 두 사람 중 한 사람은 북에서 고도의 첩보 훈련을 받고 남파된 간첩이었고, 다른 한 사람은 현지에서 그와 비슷한 임무를 수행하는 공작원이었다. 선우장과 고현구. 그런 일이 아니고서는 아무리 좁은 땅덩어리라 해도 평생 만날 수 있을까 싶은 두 사람. 하지만 조국의 비극적인 행보는 이들을 만나게 했다.

단파 라디오로 암호 방송을 청취하고 그날 받은 지령에 대해 곰곰 생각에 잠겨 있던 선우장은 왠지 자꾸만 오줌이 마려웠다. 누군가 곧 들이닥칠 것만 같았는데, 그는 이틀 전 느닷없이 술병을 꿰차고 나타났다가 속마음을 털어놓고 친구가 된 고현구였다. 그런데 그가 왜 선우장의 방광을 죄고 있는 것인가. 바로 방금 청취를 끝낸 에이스리 암호 방송에서 떨어진 난감한 지령 탓이었다.

"삼팔사공, 삼둘육칠, 삼둘팔구……"

그것은 아무리 뜯어봐도 빠져나갈 구멍 없는 '살해 지령'이었다. 그 대상은 '칠이육사, 오삼공구, 칠육오팔', 바로 고현구였다. 문밖에서 인기척이 느껴졌다. 이불 속에서 빠져나온 선우장은 거짓말처럼 오줌을 지리고 말았다. 단 몇 분, 아니 단 몇 초 뒤의 자신이 무슨 행동을 취할지 모른다는 게 얼마나 불행한 일인가, 하고 그는 생각했다. 문고리를 벗겨내는 선우장의 손길이 차가운 물에 담갔다 빼낸 것처럼 감각이 없었다. 문을 조심스럽게 열어젖히고 나타난 사람은 역시 고현구였다.

"장 형, 아하, 이젠 선우 형이라고 불러야지."

선우장보다는 장명준으로 알고 있던 탓에 고현구는 너스레 떨듯 그렇게 한 마디를 던지고는 사람 좋게 웃었다. 선우장은 차마 그의 얼굴을 보지 못한 채 문지방을 넘어 오는, 앞코를 엉성하게 꿰맨 고현구의 양말을 엉거주춤한 자세로 내려다보았다. 고현구는 몸을 한번 떨고는 아랫목의 이불 속으로 쑥 들어와 앉았다.

"뭐해? 빨리 문 닫고 이리 들어오지 않구."

그제야 선우장은 버릇처럼 깜깜한 어둠 속을 한번 휘둘러보고는 문을 닫았다. 저도 모르게 길고 깊은 한숨이 흘러나왔다. 등 뒤에서 고현구의 목소리가 날아들었다.

"무슨 일 있어?"

고현구가 앉아 있는 쪽으로 돌아서는 선우장의 마음 갈피가 한순간 흔들렸다. 자신의 처지가 오히려 고현구보다 곤혹스럽다는 생각이 들었다. 차라리 아무 것도 모른 채 죽음을 당하는 편이 까닭모를 죽음의 총구를 들이미는 것보다 훨씬 낫다는 논리가 그의 가슴 속을 서늘히 파고들었다.

"일은, 무슨."

머리를 느리게 흔들며 선우장은 손바닥으로 가슴을 쓸었다. 고현구는 펑퍼짐한 야전잠바 겉주머니에서 소주병을 빼내며 예의 그 맑은 웃음을 던졌다. 고현구가 이빨로 뚜껑을 따고 먼저 나팔을 불었다. 붉은 알전구 불빛이 고현구의 목 언저리로 떨어졌다. 입가로 흘러내린 소주를 손등으로 닦아내며 고현구가 병을 내밀었다. 병을 받아들자마자 선우장은 목구멍 속으로 들이부었다. 꿀꺽꿀꺽하는 소리가 계곡을 타고 흘러내리는 청명한 물소리처럼 귓속을 파고들었다. 술병을 입술에서 떼자 얼굴 전체가 타는 듯 화끈거렸다. 선우장은 어금니를 꽉 깨물며 눈을 감았다. 사위는 죽은 듯 고요했다. 술병은 이내 바닥을 드러냈지만 알코올 냄새는 오랫동안 방안을 떠돌았다. 왠지 고현구도 입을 굳게 다물고 있었다. 시간은 멈춤 없이 지나갔다.

"선우 형."

"저."

두 사람이 거의 동시에 상대방의 얼굴을 보며 입을 뗐다. 가벼운 웃음이 지나갔다. 선우장의 고개가 가만히 흔들렸고, 고현구의 눈빛이 처연하게 건너왔다.

"혹시, 아버님께서," 하며 먼저 입을 뗀 것은 고현구였다. 선우장은 자신의 귓전을 스치고 지나간 고현구의 말이 아득한 곳에서 들려왔다가 천천히 되돌아가는 메아리처럼 여운을 남기며 맴돌고 있다는 생각이 들었다. 그러고도 한참이나 지나서야 고현구의 말 속에 '아버님'이라는 단어가 끼어 있었음을 깨달았다.

"고 형."

선우장이 고현구를 쏘아보았다.

"지금 뭐라 그랬소?"

얼굴을 바싹 들이미는 선우장을 멀뚱히 건너다보는 고현구의 시선은 그가 지금 하려는 말의 심각성과는 정반대로 매우 차분했다. 고현구는 입맛을 한번 다시고는 한숨을 내쉬었다. 입김이 길게 뿜어져 나왔다.

"숨길 게 뭐가 있소."

고현구는 마치 제거 지령을 알고 있기라도 하듯, 그래서 마지막 말을 남기듯 뱉어냈다. 그러나 선우장으로서는 이미 고현구에 대한 제거 명령 따위는 안중에도 없었다.

"지난 밤 여기를 다녀간 뒤에 곰곰 생각해봤지. 장명준이 선우 형의 본명이 아니라는 걸 떠올리니 내 머릿속이 복잡해지더군. 어느 순간에 나는 복잡한 실타래의 끝을 찾아냈어. 그러자 뭔가 술술 뽑혀 나오더라구. 의문이 풀려나더란 말이야."

"고 형, 쉽게 말합시다."

선우장은 바싹 마른 입술을 혓바닥으로 핥고는 어금니를 꽉 깨물었다. 고현구는 여전히 침착한 어조로 말했다.

"을지다방 진 마담을 기억하시겠지."

선우장의 고개가 천천히 끄덕여졌다. 고현구가 말을 이었다.

"사실 진 마담은 내가 포섭한 여자야. 내가 교육대 선임하사로 전출온 뒤 한동안 그 여자와 살림을 차린 적이 있는데, 알고 보니 고향이 온천 있는 용강 부근이더구만."

길고 긴 사설 한 자락으로 갈피 없는 신세 한탄을 늘어놓을 듯 고현구는 슬그머니 등을 차가운 벽에다 기대고는 천정으로 눈길을 던졌다.

평남 용강이 고향인 진순이라는 여자는 1.4후퇴 때 남하하며 유일한 혈육인 언니와 헤어졌다고 했다. 부산, 대구 등지의 다방에서 일하던 그녀가 논산 군교육대 부근으로 흘러든 것은 3년 전. 한 해 뒤 육군 중사인 고현구를 만났다. 외로움 때문이겠지만 북의 현지 공작원인 줄을 알 리 없던 그녀는 언니를 만나게 해줄 수 있다는 고현구에게 포섭되었고, 실제로 월북해서 언니를 만나면서부터 공작원 활동을 본격적으로 하기 시작했다. 그런데 어느 날 술이 잔뜩 취한 그녀가 고현구에게 자신의 얄궂은 사연을 털어놓았는데, 대구에서 논산으로 오기 전에 공주에 잠시 머문 적이 있었다는 얘기며 그때 '밤일' 하나는 끝내주는 노인을 만나 살림을 차렸다가 가타부타 말도 없이 떠나버리는 바람에 '그냥 처박혀 노인네 수발이나 들 신세'를 팽개치게 되었다는 얘기, 그리고 '무쇠코'라는 별명의 그 노인네가 죽었다는 소문을 듣게 되었다는 것들이었다. 고현구의 낮고 차분한 목소리는 어둠이 꽉 찬 동굴 속으로 한줄기 아침 햇살이 비쳐들 듯 선우장의 귓속으로 선명하게 박혀들고 있었다.

"무쇠코라는 나이 많은 땅꾼이 누군가의 손에 죽임을 당했다는 소리는 진 마담이 공주를 뜨기 두 달쯤 전에 들었다고 그랬지."

그 소문의 발설자는 그녀가 일하던 공주 어느 다방을 뻔질나게 들락거리던 경찰서 순경이었다. 어느 날 누구한테 얻어맞은 듯 얼굴이 몹시 일그러져 다방 문을 들어선 그 순경이 투덜거리는데, 계룡산까지 찾아갔다가 무쇠코 영감을 죽인 자를 코앞에서 놓치고 말았다고 분통을 터뜨렸다는 거였다. 그리고 두 달쯤 지났을 때 그 순경이 다방에 들렀기에 그녀가 넌지시 물어보았더니 "무쇠코 영감을 죽인 자가 산중으로 더 깊이 숨어 들어가버려서 찾을 수가 없었지만 의심한 대로 성씨가 나하고 같다는 건 알았어," 하고 말했다는 거였다.

"진 마담 얘기는 뭡니까? 그리고 고형 얘기는 또 뭐구요? 도무지 수수께끼도 아니고, 좀 시원하게 말해주시오."

선우장은 미간을 잔뜩 찡그리며 고현구를 노려보았다. 그러나 고현구는 더욱 느릿느릿 눈길을 주고는 도로 천정 쪽으로 돌렸다.

"수수께끼. 풀기가 아주 까다로운 수수께끼. 하지만 이제 곧 풀어줄 테니 잘 들어요."

선우장은 고현구의 말에 평생의 운명이 결정나기라도 한다는 듯 애처로운 시선을 던졌다.

"진 마담에게 무쇠코라는 땅꾼의 죽음을 들려준 그 순경의 이름이 선우정규라고 하더군."

"선우정규?"

이게 무슨 낮도깨비 같은 이름인가. 낯선 이름과는 달리 흔하지 않은 그 선우라는 성씨에서 그는 아지 못할 두려움을 느꼈다. 그러곤 혼잣말로 중얼거렸다.

"선우정규라는 순경이 찾고 있다는 사람의 성씨가 자기와 같다고 했다면, 그러면, 선우?"

그때 고현구의 시선이 천천히 건너왔다. 선우장이 그의 눈길을 낚아채며 재빨리 되물었다.

"누구요? 그 순경이 찾고 있다는 사람이 누구요? 선우라는 성씨를 가진 사람이 누구요?"

"선우명."

고현구는 칼로 내려치듯 짧게 대답했다. 그 순간 선우장의 얼굴은 얼음처럼 굳어지고 말았다. 선우명. 얼마나 그리웠던 이름인가. 그것은 다른 어떤 존재보다 높고 귀한 이름이었다. 당신이 아무 말 없이 떠나버렸을 때 느껴야 했던 절절한 외로움이 차가운 바람처럼 그의 목덜미를 훑었다.

"계룡산이라고 했소? 거기가 어디요? 그럼 아버님이 거기 계신다는 말이오?"

선우장은 한순간 높아지는 목소리를 누르며 물었다. 차가운 벽에 기댔던 등을 떼어내며 고현구가 바싹 얼굴을 디밀었다.

"선우 형, 이제 우리, 거래를 합시다," 하고 말하는 고현구의 태도는 조금 전과는 완연히 다른 것이었다. 고현구는 이미 살해 지령이 떨어졌다는 사실을 알고 있었다. 처음에 그는 도망을 치려고 생각했었다. 그러나 그 지령의 접수자가 선우장이라는 것을 알고는 마음을 바꾸었다. 어차피 이 땅에서 도망은 위험한 도박일 수밖에 없다는 것을 그는 누구보다 잘 알고 있었다. 선우장이 지령 접수자라는 사실은 그에게는 천행과 같았다.

"거래, 라니?"

선우장은 고현구의 돌변한 태도에 놀라면서도 시침을 뗐다. 고현구가 던진 거래라는 말의 의미를 파악하지 못할 건 없었다.

"선우 형도 살고, 나도 살고."

고현구의 목소리가 떨렸다.

"선우 형은 당의 명령을 충실히 수행하는 것이고, 나는 이 땅에서 영원히 숨어버릴 기회를 갖는 것이고."

"숨다니?"

"몰라서 묻는 건 아니겠지?"

선우장은 고현구의 서슬에 입을 다물었다. 그는 이미 자신의 앞날을 추스를 많은 계획들을 가지고 있는 듯했다. 그 순간에 왜 조선민주주의 인민공화국 형법의 한 조항이 그의 뇌리를 스치고 지나가는지 알 도리가 없었다.

"조선 민족으로서 제국주의의 지배 밑에서 그와 야합하여 우리 인민의 민족 해방 운동과 조국의 통일 독립을 위한 혁명 투쟁을 탄압, 박해하였거나 제국주의자들에게 조선 민족의 이익을 팔아먹은 것과 같은 민족 반역 행위를 한 자는 사형 및 전부의 재산 몰수형에 처한다. 정상이 가벼운 경우에는 10년 이상의 노동 교화형 및 전부의 재산 몰수형에 처한다."

민족 해방 투쟁을 반대하는 범죄를 명시한 형법 제3장 제2절 제52조. 그것은 모든 정치원, 공작원, 나아가 인민 전체의 사상적 족쇄를 의미하는 강력한 상징이었다. 자신은 지금 '제국주의자에게 민족의 이익을 팔아먹는 반역 행위'를 저지르고 있는 것이나 진배없다는 생각이, 우습게도 그 순간 떠오른 것이다. 선우장은 고개를 흔들었다. 모든 것이 그의 의지는 물론이고 존재하는 모든 법칙들과도 유리되어 있는 것 같았다.

"참 이상합니다."

선우장은 다소 여유 있는 미소까지 띠며 고현구를 바라보았다. 그에게 몰아닥친 혼란이 오히려 그를 편안하게 만들었다. 고현구도 묘한 웃음을 흘리며 되물었다.

"뭐가 이상하오?"

"내가 지령을 받은 건 두어 시간 전 방송에서였는데, 고 형은 이미 오래 전에 알고 있는 듯하니 말입니다."

"아, 그거, 킥킥!"

고현구는 장난스럽게 키득거렸다. 한동안 그렇게 웃던 그가 정색을 하며 선우장을 바라보았다.

"공작원 생활로 아까운 청춘 시절을 다 보낸 나요. 그런 건 말이지, 툭 하면 뒷집 호박 떨어지는 소리지, 킥킥."

그렇게 내뱉은 고현구는 주머니에서 꼬깃꼬깃하게 접힌 쪽지를 꺼내 그에게 내밀었다. 고현구는 선우장에게 그의 아버지 선우명이 숨어 지내는 계룡산의 거처로 가는 길을 상세하게 적어놓은 쪽지를 건네주고, 대신 자신에 대한 암살 지령 임무를 완수했다는 거짓 보고를 북에 타전하겠다는 약속을 받자 곧장 자리에서 일어났다. 무거운 짐을 부려놓은 짐꾼처럼 고현구는 손바닥을 툭툭 털고 일어서다가 뭔가 할 말이 남은 듯 아랫입술을 빼물고는 한동안 방안을 서성거렸다.

"고 형, 난 지금 제 정신이 아니오. 그렇게 망설이지 말고 할 말 있으면 후딱 합시다. 난 도무지 나 자신을 이해할 수가 없어요. 인민과 당을 배신했다는 자괴감이……."

선우장이 벌겋게 상기되어 떨리는 음성으로 빠르게 말하다가 말끝을 사렸다. 그의 손아귀에는 고현구가 건네준 종이쪽이 꼭 쥐어져 있었다. 계속된 접선의 실패 끝에 느닷없이 공작원과의 반당적 거래까지 하고 만 자신이 마치 귀신에 홀린 듯 여겨졌다. 아내 박상희와 태어나기도 전에 헤어져야만 했던 아들 인국의 얼굴이 늦가을 빈 땅에 차갑게 엎드린 무서리처럼 눈시울을 덮었다. 불안스레 서성이던 고현구가 그를 내려다보았다. 붉은 알전구에서 쏟아져 나온 불빛이 고현구의 등에 온통 쏟아져 쳐다보는 선우장의 눈에는 검붉은 그림자만 그득했다.

"이 말은 하지 않으려고 했는데."

고현구가 잠시 말을 끊었다가 단단히 결심한 듯 말을 이었다.

"작은 아버지께서 돌아가셨습니다."

"예? 고창익 동지가?"

선우장은 놀라움에 입이 다물어지지 않았다. 고현구의 눈이 날카롭게 빛났다.

"연천 서북쪽을 흐르는 역곡천 부근의 구대동이라고 했습니다."

"아니, 거긴 무슨 일로?"

"남하를 하시려고 했던 모양입디다."

"남하를?"

그때 선우장의 뇌리를 스치는 것이 있었다. 한때 남파 교육을 받은 적이 있었으나 마지막 단계에서 보류되었다고 고창익은 말해준 적이 있었다. 그렇다면 간첩으로 남파되다가 사고를 당했다는 말인가. 고현구는 그 생각을 읽기라도 한 듯 딱 잘라 말했다.

"사살당하셨습니다."

"예에? 어떻게?"

고현구는 대답하지 못했다.

"가족들과 함께 넘어오시려 했던가요?"

"혼자셨어요."

선우장으로서는 믿을 수도 없었고 믿고 싶지도 않았다. 고창익은 왜 월남을 하려 했던 것일까. 가족은 옴짝달싹 못하게 만드려는 볼모라고 말해준 것은 바로 고창익 자신이었다. 그런 그가 왜 가족을 떼어놓고 월남을 결심했던 것일까.

"그리고, 선우 형!"

고현구는 늘 입고 다니던 야전잠바 주머니에 손을 깊이 찔러 넣으며 처연한 시선으로 선우장을 내려다보았다. 그의 눈동자를 마주하는 순간, 선우장은 가슴이 철렁 내려앉는 것을 느꼈다. 불길한 예감. 그런 것은 언제나 한 치의 빈틈도 없이 적중하는 법이다. 고현구는 자신이 그런 불길한 예감을 확인시켜주는 장본인이 된다는 사실이 몹시 싫은 듯 한참이나 뜸을 들이다가 입을 열었다.

"부인께서."

"제 아내 말입니까?"

고현구의 고개가 가만히 위아래로 움직였다.

"아내에게 무슨?"

"돌아가셨……."

고현구의 목소리가 채 이어지기도 전에 선우장의 몸이 힘없이 무너졌다.

생명, 목숨, 삶. 이런 관념어들은 그들이 지닌 본래의 의미인 생명, 목숨, 삶이라는 가치를 발휘하기 위해 기꺼이 하나의 단어에 포획된다. 그 단어는 바로 시간이다. 시간에 포획되는 순간 그들은 유한과 무한으로 갈라지고, 사람들에게 비로소 인정되며, 또한 그들을 인정함으로써 사람들은 생명과 목숨과 삶을 실질적으로 지니게 된다. 비로소 죽음, 소멸, 사라짐의 의미와 가치를 알게 되기 때문이다. 그러나 이런 논리는 비단 생사존멸生死存滅에만 해당되는 것은 아니다. 슬픔과 기쁨, 아름다움과 더러움, 집착과 일탈 같은, 인간에게 존재하는 모든 대척의 관념들에 관여한다. 그것은 모두 시간에 의해서 완성된다. 오랜 시간이 지난 뒤 슬픔은 기쁨이 되고, 추한 것은 아름다워지며, 애타게 거머쥔 것도 놓여난다. 때로 시간은 무기와 같다. 우리를 보호해주지만 우리 자신을 쏘아버릴 수도 있다.

3년 6개월.

이 시간은 매우 단순하다. '고작'이라는 말로도 수식되고 '엄청난'이라는 말로도 형용될 수 있지만, 수치로서의 3년 6개월은 뻔하다. 그 속에 놓여 있을 때엔 몰랐던 그 단순함은, 그것을 벗어나는 순간 자명해진다. 그 시간대에 누구는 살아 있었고, 그 시간대 속에서 누군가는 죽는다. 그 3년 6개월의 맨 마지막 순간인 1960년 1월 하순의 어느 날에도 그랬다. 그날, 한 남자와 한 여자가 이 세상으로부터 사라졌다. 선우장의 거짓 보고에 의해 죽음과 삶의 관계가 새로이 시작된 두 사람, 즉 고현구와 진순이는 열차를 타기 위해 서울역에 있었다. 이틀 뒤가 구정舊正이었으므로 귀성 승객들로 서울역 구내는 인산인해를 이루고 있었다. 개찰을 끝내고 플랫폼을 향하던 두 사람은 뒤쪽에서 밀려드는 인파에 휩쓸려 들어갔다. 그때 갑자기 계단의 나무 난간이 부러졌다. 사람들이 한꺼번에 쏠리며 떨어지기 시작했다. 여기저기서 비명이 터졌다. '서울역 구내 집단 압사 사건'으로 알려진 그날의 죽음들 속에는 어이없게도 고현구와 진순이가 들어 있었다. 두 사람은 종로1가의 '명해당'이라는 도장가게에서 열흘 전 은밀히 부탁해놓았던 위조 증명서를 찾아오던 길이었다. 그것으로 새로운 삶을 살아갈 수 있으리라고 굳게 믿었을 것이겠지만, 그 믿음의 실행 가능성과는 아무런 상관없이 그렇게 서둘러 생을 마감한 것이다.

그리고 그 보름 전.

고현구로부터 아버지의 은둔처를 전해 받았던 선우장은 공주에 머물고 있었다. 아버지를 찾아가기 전에 꼭 만나야 할 사람이 있기 때문이었다. '자수하여 광명 찾자'라는, 이제는 낯익은 문구가 나붙은 전신주를 지나가며 그는 씁쓸하게 웃었다. 삭풍이 훑고 가는 길 위로 잔설이 날렸다. 그는 시장통의 국밥집에서 배를 채운 뒤 주인에게 물어 경찰서의 위치를 알아냈다. 자수를 생각하고 있었다. 그것은 오랜 고민 끝에 내린 결단이었다. 그러나 만약 고현구로부터 "아이를 낳고 산후 조리를 하다 급성 폐렴으로 세상을 떴다"는 아내의 소식을 듣지 않았다면 생각조차 하지 못했을 일이었다.

3년 6개월은 그렇게 마지막 그림자를 드리우고 있었다.

***

하나의 3년 6개월이라는 시간이 끝난다는 것은 또 다른 3년 6개월의 시작을 의미한다. 그 또 다른 3년 6개월의 시간은 앞서 있었던

3년 6개월이 그랬듯, 그 안에 수없이 많은 사건들을 잉태하고 출산한다. 가령…….

　선우장이 아버지와 상봉하기 위해서는 선우정규라는 경찰관이 필요했다. 그러기 위해서는 자수를 해야만 했다. 그는 선우정규를 찾아가 자수를 했다. 선우정규는 그 '굴러온 호박'을 조심스럽게 안아서 영악한 수완을 발휘해 여러 가지로 요리를 만들었다. 선우정규는 선우장을 정착시켰고 그는 또 그 덕분에 상당한 지위를 확보할 수 있었다. 얼마 뒤 선우장은 그의 주선으로 결혼까지 했고, 딸 하나와 아들 하나를 얻었다. 딸의 이름은 연娟이었고, 아들의 이름은 활活이었다. 그리고 선우장은 '오진만'으로 위장되어 있던 아버지 선우명과 함께 살았다. 그러나 그 생활도 오래가진 못했다. 북에서 남파된 저격조에 의해 선우장과 그의 새로운 아내는 세상을 뜨고 말았다. 그 충격으로 아버지 선우명은 또 다시 산으로 들어갔고, 자식이 없던 선우정규는 선우장의 딸 연과 아들 활을 자신의 호적에 입적시켰다. 떠나버린 선우명을 찾아나서는 따위의 '어리석은 짓'은 결코 하지 않았다. 그리 길지 않은 시간 속에 일어난 한 가계의 운명의 소용돌이는 그러나 하루해가 떨어지듯 아주 간단히 또 다른 시간 속으로 잠겨들었다. 3년 6개월, 혹은 4년 7개월, 혹은 5년 8개월 속으로.

8. 인간 조건

"인간의 경우 일반적으로 전체보다는 부분이 더 위대하다,"고 고대 희랍의 철인 아리스토텔레스는 말했다. 이 혜언에서 '위대하다'는 단어를 다른 것으로 바꾸면 어떻게 될까. 가령, '위대함' 대신 '사악함'이란 단어를 집어넣는다면. 즉, "인간의 경우 일반적으로 전체보다는 부분이 더 사악하다." 이 말은 얼마나 옳을까?

"기묘한 인연이군."

윤완은 혼잣말을 중얼거리며 컴퓨터 자판이 얹힌 책상 아래쪽 여닫이를 안으로 쭉 밀어 넣고는 도르래가 달린 의자를 뒤로 밀었다. 그러곤 손에 들고 있던 두꺼운 책을 덮으며 새삼스럽게 책의 표지를 물끄러미 바라보았다. 〈인간조건〉, 앙드레 모루아. 푸른색 바탕이어선지 희고 굵은 명조체의 표제 글씨가 튀어나올 듯 도드라져 보였다. 인간은 대체 어떤 존재인가? 인간이라는 이름을 갖는 데 필요한 조건이란 과연 어떤 것일까? 사실 이런 물음들은 대답으로부터 자유롭다. 무수한 답이 가능하다는 점에서. 하지만 굳이 '인간의 조건'이라고 말하는 데는 다른 의도가 있을 수 있다. 그것은 바로 최소한의 인간적인 조건, 예컨대 양심 같은 것을 갖추지 않아서는 인간이라는 이름을 가질 수 없다는 식의 논리를 역설하려는 것이다. 따라서 '인간 조건'은 '인간이 갖추어야 할 최소한의 조건'을 의미한다.

하지만 그렇게 의미를 부여해놓더라도 시원치는 않다. 오히려 더 부담스러워질 수도 있다. 인간들 중에 그 '최소한의 조건'을 확실히 갖추었다고 자부할 수 있는 인간이 몇이나 될지 알 수 없기 때문이다. 결국 인간에게 존재의 조건을 따진다는 것은 그 존재의 의미를 전적으로 박탈하겠다는 무섭고 완고한 위협에 다름없다.

거기까지 생각이 미치자 윤완은 오히려 마음이 무거워졌다. 계간 문예지 〈문학세계〉의 편집부로부터 원고지 300매 내외의 중편소설을 써달라는 청탁을 받고 여러 가지 궁리를 하다가 뜬금없이 〈인간조건〉이라는 앙드레 모루아의 소설을 떠올렸었다. 그래서 아주 오래 전에 읽은 적이 있던 그 소설을 서가에서 빼내 펼쳤다가 첫 문장을 대하는 순간 무언가 깊은 암시 같은 것을 받은 것이다. 1920년대 중국의 혁명 운동 와중에 장개석 공산당을 탄압하는 과정을 그린 〈인간조건〉은 서양인인 작가의 동양에 대한 식견과 안목에 감탄할만한 그 무엇인가가 분명히 있지만, 그보다는 극한 상황에 내몰린 한 인간의 의식을 집요하게 그려내는 치열한 작가 정신을 대할 때 비로소 이 소설의 진가를 발견하게 된다. 그런데 그 첫 문장을 대하는 순간, 섬뜩한 무언가를 느끼고 한동안 멍한 상태가 된 데에는 다른 이유가 있었다. 그것은 자신이 어찌하여 '인간의 조건'이라는 제목으로 소설을 쓰려했는가라는 바로 그것이었다.

"모기장을 걷어 올릴 것인가? 아니면 모기장 위에서 그대로 찔러버릴 것인가?"

바로 그 부분이었다. 테러리스트인 첸[陳]이란 자가 잠에 빠진 정적政敵을 앞에 두고 그를 어떻게 죽일까를 망설이는 장면이다. 그것을 읽는 순간, 자신이 생각한 소설의 첫 문장도 그와 같을 수밖에 없다는 생각을 했다. 그래서 "기묘한 인연이군," 하고 중얼거렸던 것이다. 그는 의자를 창 쪽으로 돌리고는 눈길을 밖으로 던졌다. 한 청년의 모습이 떠올랐다.

1990년 1월.

정치판의 기류가 심상치 않았다. 언론들은 늘 그래왔던 것처럼 저마다 조심스럽게 무언가를 진단하고 있었다. 그러나 늘 그래왔듯 언론의 속성일 뿐이라고 치부해버리기에는 그 심상찮은 정치판의 움직임에 대한 진단에는 퀴퀴한, 뭔가가 썩고 있는 시궁창 냄새가 났다. 의자에 깊이 등을 파묻은 채 이층 작업실의 창밖으로 눈길을 던지고 있던 윤완은 새벽이 물러가며 풀어놓은 푸른 빛깔의 아침 안개가 마치 그 이상스런 기류인 것처럼 느껴지기도 했고, 그 기류가 어느 쪽으로 어떻게 흘러갈지에 온통 촉각을 곤두세우고 있는 언론의 모습처럼도 느껴졌다. 그는 어제 낮에 있었던 일을 가만히 더듬어보기 시작했다.

지난해 발표했던 그의 단편소설 하나가 T신문사에서 주관하는 문학상의 후보에 올라 있다는 얘기를 전해준 그곳 문화부 기자가 그 일로 그를 만나고 싶다고 했었다. 그래서 그는 〈문학세계〉의 중편소설 청탁에 맞추려면 아직 꽤 일자가 남아 있기도 했거니와 그동안 바깥출입을 통 하지 못했다는 생각에 약속 시간보다 한 시간이나 일찍 집을 나섰다. 약속 장소로 정한 T신문사 부근의 D호텔까지는 전철을 이용한다면 늦어도 3,40분이면 족했다. 그래서 그는 시간이 배이상 걸리는 시내버스를 일부러 택했다. 헌데 기이하게도 그날따라 체증 한 번 일으키지 않았다. 그래서 버스가 D호텔 건너편에 닿았을 때는 고작 35분밖에 걸리지 않은 시각이었다.

버스에서 내린 그는 오히려 벙벙한 기분이 되어 몇 걸음 앞에 놓인 지하도 입구를 물끄러미 바라보며 한동안 정류장에 서 있었다. 한참이나 그러고 나서야 그는 지하도 쪽으로 걸음을 옮겼다. 계단 입구에 찌그러지듯 엎드린 걸인의 때 낀 플라스틱 바구니에 천 원짜리 지폐 한 장을 내려놓고 그는 다시 계단을 밟아 내려갔다. 감청색의 두꺼운 파카를 입은 학생인 듯 보이는 청년이 계단을 올라오고 있었다. 그는 내려가던 길이었으므로 자연스럽게 그 청년의 모습을 유심히 볼 수가 있었다. 청년은 마치 팬터마임 배우처럼 왼손에 들고 있던 가방을 가슴께로 들어 올려 오른손으로 고리를 벗겨내고는 그 안에서 8절지 크기의 종이 한 장을 꺼내 그에게 건네주었다. 그 움직임은 그가 계단을 내려가고 그 청년이 맞은편에서 계단을 올라오는, 불과 오륙 초 가량의 짧은 시간 안에 이루어진 일이었다. 쑥, 하는 소리를 내며 가방에서 꺼낸 종이가 그의 손에 쥐어지는 순간에도 청년은 전혀 걸음을 멈추지 않았다. 그러나 윤완은 무슨 몹쓸 물건이라도 만지듯 얼른 그 종이를 떨어뜨렸고, 청년에게로 고개를 돌렸다. 청년의 맑은 눈이 화살처럼 윤완의 눈을 찔러왔다. 그 다음 순간 청년은 재빨리 허리를 숙여 윤완이 떨어뜨린 종이를 집어 들었고 남은 계단을 성큼성큼 밟아 올랐다. 그때 그는 얼굴이 화끈하게 달아오르는 것을 느꼈다. 그러고 나서 다시 계단을 내려가기 위해 돌아섰을 때 그의 눈앞으로 짤막한 문구 하나가 들이닥쳤다.

"공안정국 웬 말이냐!"

공안정국. 그것은 청년이 건네주려 했던 종이 속에 씌어져 있었음이 분명했다. 지난해 3월에 있었던 문익환 목사의 방북사건이 정부에 의해 밀입북으로 규정되고 그에게 지령 수수, 잠입 탈출의 혐의가 적용돼 실형이 언도되면서 공안정국이라는 말은 사람들의 귀에 익숙해지기 시작했다. 전국민족민주운동연합(전민련)의 주요 간부들이 연행되고 그들 중 몇이 구속되는 과정에서 그 이전 한 재벌 그룹의 총수가 사사로이 북한을 방문한 것과 견주어 형평에 어긋난다는 세간의 비판이 있었지만 그런 불평은 곧 숨을 죽였다. 결국 '공공 사회의 안녕과 질서유지를 위한 정국'을 이르는 공안정국이라는 말은 '때에 따라 그 해석이 달라질 수 있다'는 자괴감을 심어주는 데 충분히 일조했으며, 또한 그런 것에 대한 야유이기도 했다. 그러나 그 야유를 조롱이라도 하듯 공안정국의 철퇴는 무차별하게 휘둘러졌다. 그 무차별한 휘두름은 수배자였던 광주의 한 사립대학 교지 편집장이 변사체로 발견되어 국회에서 진상 조사 특별위원회가 늦봄에 마련되면서 잠시 주춤하였으나 곧이어 서경원 의원 방북 사건, 임수경 평양축전 참가 사건 등이 터지면서 또다시 망령처럼 되살아났다. 독이 약으로 쓰일 때 그 효과는 엄청난 법이다. 한쪽의 극極은 반대쪽 극의 가장 확실한 존재 근거이자 이유다. 대결은 불가피했고, 싸움은 자명했다.

윤완은 무거운 발걸음으로 지하도 계단을 내려갔다. 분주하게 오가는 사람들 속에 묻혀 지하도를 건너며 몇 번이나 뒤를 돌아보았다. 그러나 한번 사라진 청년이 다시 올 리는 없었다. 천천히 계단을 밟아 지하도를 올라와서도 한참이나 건너편을 바라보고 서 있었지만 더 이상 청년의 모습은 보이지 않았다. 호텔 출입구로 옮겨놓는 그의 발걸음이 무거웠다. 에스컬레이터를 타고 이층에 있는 호텔 커피숍으로 가면서도 지하도 계단에서 보았던 그 청년의 모습을 지울 수가 없었다. 자동계단의 턱에 걸려 넘어질 뻔하고서야 흐트러진 정신을 수습할 수 있었다. 큰 고무나무 화분이 서 있는 입구에서 유리로 갇힌 커피숍 안을 물끄러미 바라보았다. 맨 안쪽 창가의 4인용 테이블에 그의 눈길이 멈추었다. 양복을 말끔하게 갖추어 입은 두 남자가 이마를 부딪칠 것처럼 가까이 대고 앉아 열심히 얘기를 주고받고 있었다. 둘 중 하나는 대학교 후배인 문화부 강성규 기자였다. 그와 나란히 앉은 남자는 처음 보는 얼굴이었다.

윤완은 바지 주머니에 두 손을 찌르고 두 사람이 앉아 있는 테이블로 걸어갔다. 그들은 윤완이 테이블 가까이 갈 때까지도 여전히 이마를 맞댄 채로 얘기에 열중해 있었다. 윤완은 입맛을 다시고는 의자에 앉았다. 그제야 두 사람의 시선이 동시에 건너왔다.

"어, 윤 선배!"

강 기자가 놀란 듯 벌떡 일어나며 손을 내밀었다. 윤완은 가볍게 그의 손을 쥐어주고는 힘없이 웃었다. 강 기자 옆의 남자가 앉은 채로 손을 내밀었다. 강 기자가 그를 소개했다.

"여기는 정치부 이문호 기잡니다."

낯설지 않은 이름이었다. 이문호의 손을 잡았다가 놓으며 윤완은 어디서 들었음직한 이름과는 달리 그 얼굴은 전혀 낯설다는 사실이 괴이쩍게 느껴졌다. 안경의 유리알 속에서 반들거리는 그의 눈빛이 예사롭지 않았다. 저 이름을 어디서 들었을까. 윤완은 아랫입술을 삐죽이 내밀며 고개를 숙였다. 기억을 되살리려 할 때 짓는 특유의 모습이었다.

"제 명함입니다."

이문호의 손이 숙인 그의 얼굴 앞으로 다가왔다.

"아, 예."

윤완은 가볍게 미소를 띠면서 이문호의 손가락에 집혀 있는 명함을 빼들었다. 이문호李汶昊. 한자로 적힌 그의 이름을 보고 나서야 비로소 막혔던 기억이 뚫렸다. 그런데 이번엔 가벼운 소름이 돋아 올랐다.

"기회주의 담론, 맞습니까?"

윤완이 고개를 들며 이문호에게 확인을 겸하여 물었다. 그는 T신문사에서 매월 발간되는 〈월간 공론〉이란 잡지에서 바로 이문호라는 기자가 쓴 글을 읽은 적이 있었던 것이다. 그의 기억이 제대로 된 것이라면 그 글의 제목이 바로 '기회주의 담론'이었다. 수정주의, 교조주의, 종파주의, 반레닌노선, 신트로츠키주의 등 좌우익의 기회주의를 각각에 해당되는 사례를 들어 재미있게 구성하고 소개하는 짧지 않은 글이었다. 오랜 공부의 흔적이 담겨 있기도 했지만 그 글을 읽고 놀랐던 것은 글쓴이의 뛰어난 필력이었다. 20대 초반에 등단해 이미 10년 넘게 창작을 해온 윤완의 판단으로는, 작가 특유의 주관성이 개입되기 마련인 문학적 서술에 비해 언론사 기자의 글은 훨씬 객관적이고 세심한 법인데, 오히려 이문호의 글은 상징과 비유가 허다히 사용되는, 말하자면 문학적 형식이 모범적으로 갖추어진 한 편의 소설을 읽는 것 같은 느낌을 주었다.

"정확히는 〈기회주의의 정치적 담론〉이었죠."

이문호는 부드러운 저음으로 대답했다. 그러나 윤완에게로 건너오는 그의 눈빛은 여전히 날카로움을 잃지 않았다. 윤완은 그의 시선을 슬쩍 피하며 옆에 앉은 후배를 바라보았다. 이문호의 글에서 받았던 감정이 결코 호의적인 것만은 아니었다는 사실을 그는 새삼스럽게 환기했다. 뭐랄까, 그것은 일종의 이질감이었다. 메시지를 전달하기 위해 이용된 세련된 감각의 글. 그것은 은테안경 너머로 뭔가를 노리며 빛나고 있는 그의 눈빛과 결코 다르지 않았다. 가령, 기회주의를 거론하는 진의가 보수적 견해를 관철시키기 위한 음험한 수법일지 모른다는 의심 같은 것.

"무슨 일로 날 만나자고 했어?"

윤완의 음성에서 다소 신경질적인 분위기를 느낀 듯 강성규는 서양 사람처럼 어깨를 으쓱해 보였다.

"윤 선배 소설이 유력한 수상 후보작이란 건 아실 테고, 그런데 그게……."

말끝을 흐리는 강성규를 윤완은 마뜩찮은 눈길로 바라보았다. 쥐어짜면 푸른 물이 뚝뚝 흘러내릴 것 같은 파란 빛깔의 짧은 치마를 입은 여자 종업원이 다가와 새까만 커피가 담긴 찻잔을 테이블 위에 차례로 내려놓는 동안 세 사람은 입을 다물었다. 마치 그렇게 하기로 약속이라도 한 듯 그들은 여자의 치마에서 쭉 뻗어 내린 미끈

한 다리와 그 다리를 온통 건강미로 출렁이게 만드는 갈색의 스타킹을 따라 종아리 쪽으로 시선을 옮겼다. 그러다가 그녀의 열 개의 손가락에서 빛나는 열 개의 매니큐어를 바라보았고, 거의 동시에 시선을 허공에다 던지는 순간 그것들은 묘하게 만났다가 풀렸다. 강성규가 침을 꿀꺽 삼켰다.

"맛있게 드세요."

종업원이 되돌아가자, 이문호가 바람 빠지는 소리를 내며 한마디 건넸다.

"있지 마라 해도 절로 있겠다."

강성규가 각설탕 껍질을 벗겨내며 의아한 눈길을 건네자 이문호는 아랫입술을 삐죽 내밀고 "맛이," 하고는 윤완을 건너다보았다. 윤완은 자신의 찻잔으로 고개를 떨궜다.

"내게 볼 일이 있는 사람은 이 기자 같은데요."

윤완의 말에 강성규는 뜨끔한 듯 얼른 찻잔을 들어 훌쩍훌쩍 커피를 마셨다. 옆에 앉은 이문호는 찻잔 속에 숟갈을 담갔다가 빼내며 은근한 미소를 베어 물었다. 그는 천천히 고개를 드는 윤완의 눈을 지그시 쏘아보았다.

"윤 형의 소설 얘기니 문화부 소관이죠. 사실 전 관여하고 싶은 생각이 추호에도 없습니다만."

이문호의 얘기가 채 끝나기도 전에 윤완은 고개를 설레설레 흔들었다. 이문호와 윤완 사이를 분주하게 오가던 강성규의 시선이 우뚝 멈추었다. 윤완이 찻잔을 들며 입을 뗐다.

"하지만 어쩔 수 없이 개입하게 됐다는 말을 하고 싶은 겁니까?"

"개입이 아니라 그냥 윗분의 부탁을 옮기려는 것뿐입니다."

"윗분?"

"짐작하실 텐데요."

이문호가 아니꼬운 시선을 던졌다. 윤완은 제 짐작이 빗나가지 않았음을 느끼고 있었지만, 그런 건 적중할수록 이로울 게 없었다. 그는 자꾸만 눈앞을 가로막는 아버지 윤달진의 얼굴을 지우려 애썼다.

"짐작이라니요. 나라는 사람 원래 문단 정치하고는 거리가 먼 사람입니다. 이 기자께서는 내가 이 기자에 대해 아는 것만큼도 날 모르시는 것 같은데, 안 그렇습니까? 내 소설 읽은 적 있습니까?"

강하게 받아치는 윤완의 태도에 이문호는 잠시 주춤했다.

"하, 이거."

그제야 강성규가 팔을 휘저으며 끼어들었다.

"윤 선배, 그게 아니구요. 여기 이 선배는 윤 선배 편이라구요."

"편?"

윤완의 미간이 일그러졌다. 사태가 묘하게 진행되어가고 있다는 걸 느낀 강성규가 빠른 어조로 윤완에게 그를 불러낸 이유를 설명하기 시작했다. 지난해 가을 윤완이 〈문예철학〉이라는 잡지에 발표한 〈노래를 가르치는 사람〉이라는 단편소설이 T신문사에서 주관하는 문학상에 후보로 올랐고 가장 유력한 수상 후보작이었다. 그 소설은 지난해 봄 우리 교육계나 정치권은 물론이고 사회 전반에 반향을 일으킨 전국교직원노동조합(전교조) 문제를 상당한 깊이를 가지고 접근한 소설이었다. 전교조의 참교육운동에 동참했던 한 사립중학교 음악교사가 졸지에 해임되어 교단을 떠난 뒤 그의 선배가 운영하는 음악학원에서 대중가수 지망생들에게 음악 기초 이론을 가르치며 생활하는 것을 다룬 그 소설은, 배경이나 주제가 당시의 정치적 현실을 빗대고 있음은 당연한 일이었다. 하지만 어찌된 일인지 문단 내에서는 그 소설에 대한 평문이 제대로 나오지 않았는데 그건 윤완이라는 작가의 기존 작풍과 무관하지 않았다. 그 소설의 내용상 평론이 나오려면 소위 운동권 문학을 선도하는 〈비평문학〉이나 〈문학과 실천〉같은 문예지일 터인데 윤완이 고수하고 있던 중도적 문학관이 걸림돌로 작용한 듯했다. 그것은 매우 미묘한 문제였는데 그 이유는 윤완의 아버지가 대학에 적을 두고 있긴 하지만 야당인 M당에 깊이 관여하고 있음에도 불구하고 정작 윤완 자신은 그런 것들과 무관한 작품 세계를 고집하고 있기 때문이었다. 그런데, 어느 날, 약속이라도 한 듯 갑자기 〈노래를 가르치는 사람〉에 대한 반응들이 한꺼번에 쏟아져 나왔다. 그 소설에 대한 문단의 반응은 크게 두 가지로 나뉘었다. 80년대의 암울한 정치적 현실을 정면에서 다루었다는 점에서 그 소설을 의미 있는 변신으로 파악하는 시선이 있는가 하면, 세기말의 난제들을 극복해야 할 시기인 90년대에 새삼스럽게 80년대의 비극에 묻혀 들어가는 구태의연한 작법이라는 통박도 있었다. 기이하게도 T신문사의 문학상에 관여하고 있는 평론가들은 모두 후자들이었는데, 어찌된 일인지 그때까지의 의견을 접고 그들은 〈노래를 가르치는 사람〉에게 문학상을 수여하려 하고 있었다.

"그럼 뭐가 문제인 거야?"

설명을 끝내고 숨을 고르던 강성규에게 윤완이 고개를 빼며 물었다. 윤완의 얼굴에는 피곤한 기색이 역력했다. 가능하든 않든 구태를 벗고 새로운 시대를 열어가야 할 90년대가 막 시작되었는데, 아직 이런 시답잖은 논의에 자신과 자신의 소설이 말려들어 있다는 게 피곤했던 것이다. 동구권의 몰락으로 운동권이라는 단어의 위력이 더없이 꺾여들고 있는 이즈음이었다.

"윤 선배, 황동수 선생 알죠?"

강성규는 엉뚱하게 노시인을 거명했다. 윤완의 고개가 흔들렸다. 얘기의 초점이 빗나가자 윤완은 맥이 풀려버렸다.

"그 친일파는 왜 들먹……," 하고 별 뜻 없이 내뱉던 윤완이 말끝을 흐렸다. 한순간 윤완은 벼락을 맞은 것처럼 아득해졌다. 몸이 뻣뻣하게 굳어졌다. 자신이 만들어놓은 덫에 제 발목이 걸려버린 것 같은 난감함이 엄습해온 것이다. 아니나 다를까, 마주 앉은 이문호의 입가에 씁쓸한 웃음조각이 매달렸다.

"제기럴."

윤완은 멋쩍게 실소를 남기며 한숨을 뽑아냈다.

"실은 화전 선생께서 우리 문학상에 깊이 관여하고 계십니다."

강성규는 잠시 뜸을 들인 뒤 입을 뗐다. 화전華田이 황동수 선생의 아호라는 건 알고 있었지만 그가 T신문사의 문학상에까지 관여하고 있다는 건 금시초문이었다. 하지만 얘기를 듣는 순간 문제가 무엇인지 명료해졌다. 황동수黃童修. 모두들 시인이라고 말하지만 그건 하나의 예우일 뿐이었다. 그의 성명 앞에 시인이라는 관형어를 붙여주는 것은, 춘원이나 육당, 파인, 미당으로 대표되는 문단 거물이 하나같이 친일 문학을 대표하고 있는 데 비해, 그들과 비슷한 연배에 비슷한 변절 경력의 소유자임에도 불구하고 해방과 함께 한글로 된 시

389

를 더 이상 쓰지도 발표하지도 않았다는 사실에 대한 분에 넘치는 배려였다. 언젠가 어느 일간지 기자 출신 저술가에 의해 그의 친일 문학 이력이 세상에 드러나면서 오히려 그의 그러한 입지는 훨씬 굳건해졌다. '그의 절필은 거룩한 참회'라는 거였다. 하지만 그것은 정치권과 언론, 심지어 문단 곳곳에 심어져 있는 '그의 사람들'이 기울인 피눈물 나는 노력의 대가일 뿐이었다. 친일 잔재의 추적에 일생을 걸었고 지금도 그 일에 매달리고 있는 적잖은 숫자의 정치학, 문학, 사회학 연구가들에 의해 화전 황동수란 이름은 수없이 거론되었지만 다른 친일파 인사의 자료들이 속속 드러난 데 비해 그의 친일 자료들은 점점 더 깊은 흑암 속으로 묻혀가는 상황이었다. 결국 그의 친일이 사실이긴 하지만 그것이 얼마만한 크기의 친일이었는지는 그저 '추정'에 불과한 실정이었던 것이다. 그러한 은폐를 가능하게 만든 것은 그의 엄청난 재력이었다. 타의 추종을 불허하는 그의 놀라운 인맥도 당연히 한몫을 했다. 그의 재력은 해방 후 수 개의 정권을 거치면서 철저하게 여당 편향성을 유지할 수 있게 만들었고, 간간이 터져 나온 그에 대한 비판은 한 지식인의 하찮은 과오를 침소봉대하여 정권 탈취를 노리는 야권의 음험한 술수로 귀착되곤 했다. 몇 해 전 기자 출신 정 아무개의 노작勞作이 한낱 가십으로 전락해버린 것도 그런 예의 하나일 것이다. 정 아무개 기자는 황동수의 태생부터 파고들어갔다. 가령, 황동수가 쓰고 있는 화전華田이라는 호는, 그가 친일 시인으로 날리던 시절의 이름인 요시무라 도슈[방촌동수芳村童修]에서 '방촌'이라는 성姓에 얼마나 집착하고 있는지를 역설하는 거라는 기자 출신 작가의 해석은 강렬한 펀치였다. 장수

황 씨 중에는 선조인 방촌厖村 황희 정승을 염두에 두어 그 음과 같은 일본식 성씨인 방촌芳村을 쓴 사람이 적지 않았는데, 황동수의 경우도 그랬다. 하지만 해방이 된 뒤에도 그 미련을 버리지 못해 '방', '촌'과 뜻이 비슷한 '화'와 '전'을 택했다는 것이다. 하지만 그 펀치는 상대의 턱을 빗나가면서 카운트 펀치로 되돌아오고 말았다. "기자답지 못한 허구적 발상과 자신의 위세를 확립하려는 음험한 술법"이라는 논지의 칼럼이 게재된 것이다. 칼럼의 필자는 정 아무개 기자의 대학과 신문사 선배이며 당시 보수 언론들에서 가장 빈번히 '모시던' 논설위원 출신의 작가였다. 그것으로 정 아무개 기자의 황동수 친일론은 기발한 창작품으로 전락하고 말았다.

실체가 확연하게 드러난 것은 아니었지만 알만한 사람은 이미 친일문학의 경력자로 인정하고 있는 황동수가 T신문사의 문학상에 깊이 관여하고 있다는 것을 알게 된 윤완은 또 다른 몇 개의 의문 속으로 발을 들여놓았다. 그 중 하나는 그가 관여하고 있다는 T신문사의 성격 문제였다.

80년 언론통폐합의 과정에서 한때 폐간의 위기에 몰렸다가 오히려 거대 언론 조직으로 급부상된 T신문사는 80년대 내내 정치적, 사회적 이슈였던 이념 문제에 관한 한 교묘한 태도를 유지하고 있었다. 그것은 군사독재정권의 유지에 치명타를 입힐만한 사건이 터졌을 때 가장 극명하게 드러나곤 했다. 즉, 어느 언론이고 다 같이 공세를 취하는 경우에는 T신문사 역시 강경한 자세를 유지했다. 그러나 운동권 인사의 의문사와 같은 미묘한 사건이 터질 때라든가 분신과 같은 일부 운동권 학생들의 과격한 운동성이 사회문제로 비화할 조짐이 보일 때엔 지체 없이 그 과격성을 물고 늘어지는 논조를 펴면서 보수적 여론을 주도했다. 심지어 공영방송의 토론 프로그램에 제공되는 정부 여당측 자료는 언제나 그들의 손에서 나왔다. 거액을 들인 문화, 예술, 스포츠 행사의 주관처는 언제나 그들이었다. 미국·소련·중국·일본·유럽의 언론사들과 차례로 제휴 관계를 맺은 것을 두고 가령 H신문 등이 "외국의 언론에 실리는 한국에 관한 기사는 이미 형평을 잃고 있다"라고 지적할 때 그들은 코웃음을 쳤다. 적지 않은 사람들이 거기에 힘을 실어준 것도 사실이었다. 거대 조직이란 언론이든 기업이든 한국 사회의 병폐와 단점을 책임질 수 있다는 오지랖을 가진 사람들의 숫자가 결코 적지 않았던 것이다. 거대 콤플렉스의 비극. 그들이 보유한 각종 매체의 판매량은 엄청난 규모로 늘어났고, 언제부턴가 T신문사는 상대하기 벅찬 막강한 권력이 되어 있었다.

"강 기자, 넌 가는 게 좋겠다."

말은 강성규에게 하고 있었지만 윤완의 눈길은 식어버린 커피잔을 만지작거리고 있는 이문호 쪽에 두고 있었다.

"아무래도 강 기자는 내게 시원하게 털어놓을 수가 없는 모양입니다. 이 기자께서 제대로 설명을 해주셔야겠습니다."

윤완의 말에 강성규의 순진한 얼굴이 발갛게 물들었다. 이문호의 고개가 끄덕끄덕 움직였다. 어떻게 할 거냐는 듯 이문호가 돌아보자 강성규가 어깨를 으쓱해 보이고는 자리에서 일어났다. 그러고도 한참이나 자리를 뜨지 않다가 테이블 밖으로 나서며 강성규가 "윤 선배, 미안해요." 하고 말했다. 뜬금없는 사과였다. 윤완은 그에게 머쓱한 미소를 던지며 한 손을 들었다가 놓았다. 단지 선후배 사이만이 아니라 윤완과 강성규 사이에는 문학에 대해 남다른 관심과 애정으로 결합되어 있었다. 사과는 그런 것들이 어우러진 상징적 표현인 셈이었다. 문학이 거래의 대상이 되고 있다는 데 대한.

강성규가 커피숍을 나가고 한참 동안 두 사람 사이에는 냉랭한 침묵이 흘렀다. 먼저 입을 뗀 것은 이문호였다.

"윤 형, 이번에 〈문학세계〉에서 소설 청탁 받으셨죠?"

윤완이 〈문학세계〉로부터 원고 청탁 받았다는 사실을 다른 사람도 아니고 정치부 기자인 이문호가 알고 있다는 건 지금껏 장황하게 거론된 일련의 사실들과 원고 청탁이 한통속으로 얽혀 있음을 시사하고 있었다. 윤완은 이문호에게 눈길을 주며 입을 뗐다.

"이 형이라고 불러도 되겠습니까?"

"아마 우리가 갑장일 것 같은데, 전 육공 년 쥐띱니다."

"그러네요. 저도 쥐띱니다."

둘의 입가에 희미한 미소가 어렸다가 지워졌다. 윤완은 찻잔 바닥에 깔린 식은 커피를 홀짝 마시고는 손등으로 입술을 닦았다.

"이 형께서 〈문학세계〉가 저한테 청탁한 것까지 알고 계시니까 하는 말인데, 부탁 하나 합시다."

윤완의 말이 무슨 뜻인지를 모를 바는 없었지만 이문호는 대답 없이 눈만 둥그렇게 떴다. 윤완은 마치 전의를 상실한 운동선수가 된 기분이었다. 굳이 얽혀들 필요가 없음을 알면서도 발을 뺄 수 없는 상황에 놓여 있다는 느낌, 그건 확실히 피곤한 일이었다.

"말을 돌리지 말고 시원하게 털어놔주세요."

"부탁이란 게 그겁니까?"

"예."

"그래요, 그렇게 합시다."

"그렇게 합시다가 아니라, 그렇게 해주셔야 합니다."

이문호가 웃었다. 하지만 윤완의 표정은 오히려 더 딱딱해졌다.

"이것부터 묻지요."

윤완은 테이블 위에 놓인 담뱃갑을 집어 들었고, 이문호가 라이터를 켰다.

"이번 문학상의 수상자로 제가 결정된 겁니까?"

단도직입으로 찔러오는 윤완의 물음에 이문호는 침착하게 고개를 끄덕였다.

"그런 셈이죠."

"모호한 대답 말고요."

"아, 그래요. 윤형이 수상자로 결정됐습니다."

이문호의 입가에 남아 있던 웃음이 가루로 흩어졌다. 윤완이 고개를 끄덕이며 담배 한 모금을 깊게 빨아들이고는 어금니를 꽉 깨물었다. 콧구멍으로 거칠게 연기가 뿜어져 나왔다.

"아까 강 기자가 화전 선생 운운한 것은 무슨 뜻입니까?"

그 물음엔 이문호도 선뜻 대답하지 않았다. 다그치듯 물었다.

"강 기자 말은 화전 선생이 문학상 수상자를 결정하는 과정에 개입했다는 것일 텐데, 맞죠?"

이문호의 고개가 끄덕끄덕 움직였다.

"결정에 반대한 겁니까, 아니면 찬성하는 쪽이었습니까?"

"찬성하는 쪽이었어요."

의외였다. 화전이 T신문사의 문학상 심사에 관여하고 있다는 사실을 전해 들었을 때 짐작했던 것과는 전혀 다른 것이라 윤완은 당황스러웠다. 친일 문학자에다 역대 집권당 세력에 붙어 있었던 자가 느닷없이 체제 비판적 성향의 소설에 문학상을 주자는 데 표를 던졌다는 건 고개를 갸웃할 일이었다. 그렇다면 뭔가 딴 듯이 있을 터였다. 뭘까? 윤완은 바짝 타들어간 담배를 깊게 빨았다. 안개처럼 자욱하게 퍼진 연기 사이로 윤완은 이문호를 건너다보았다. 동갑인 나이를 제외하면 도무지 가까이할 일이 없을 것 같은 사람이었다. 그러나 그의 생각은 얼마나 빗나간 것일까.

지금 자신을 건너다보고 있는 한 영민한 소설가의 눈길을 마주하며 5년여 정치부 기자로 단련된 이문호는 전혀 엉뚱한 생각에 잠겨 있었다. 당신은 내가 누군지 몰라. 이문호의 혓바닥에는 지금 그런 웅얼거림이 깔깔한 혓바늘처럼 돋아 있었다. 하지만 아직은 일렀다. 그걸 발설하기엔. 그리고 자신이 누구인지를 밝히는 건 순서가 아니었다. 아주 조금씩, 미량의 독을 적장敵將의 국그릇에 담아 천천히 독살하려는 암살자의 그것처럼, 이문호는 윤완에게 찔끔찔끔 정보를 흘려 넣을 뿐이었다.

"황동수 선생이 찬성 쪽이었다고요? 그건 아무래도 의외인데요."

"그렇게 생각할 수도 있죠. 하지만 꼭 그렇게 생각할 것만은 아닙니다."

"그럼요?"

윤완이 대뜸 물었다. 대화가 만약 투쟁의 도구라면 질문은 대단히 공격적인 자세다. 공격이 최선의 방어라는 싸움의 철칙에 준한다면, 끊임없이 묻는 쪽이 결국 승리할 것은 빤한 논리다. 그때 물음은 짧으면 짧을수록 좋다. 이문호와 윤완은 지금 그런 싸움을 벌이고 있었다. 이문호는 모호하게 대답함으로써 물음의 기회를 빼앗아 오려 했다.

"글쎄요, 황동수 선생께서 마음이 변하신 게 아닐까요?"

제기랄! 윤완은 필터를 태우고 있는 담배를 얼른 재떨이에 구기며 그 말을 속으로 짓씹었다. 대화의 주도권을 이문호가 틀어쥐고 있음을 그는 절감했다. 이기려는 건 무모했다.

"이 형, 저를 수상자로 결정하게 만든 화전 선생의 힘은 어디서 나오는 겁니까? 신문사의 힘이라고 해도 무방합니까?"

질문이 정확해야 정확한 대답을 얻을 수가 있다. 그런 점에서 윤완의 질문은 점점 문제의 핵심에 가까이 가고 있는 셈이었다. 이문호는 그 점이 매우 반가운 듯 다시 웃음을 입가에 띠웠다. 그것은 동지에게 보내는 우호의 표시를 닮아 있었다.

"화전 선생은 우리를 이용하고, 우리는 그 분을 이용하고 있는 셈이라고 할까요. 이 논리를 윤 형을 문학상 수상자로 결정하는 데 적용해보면 뭔가 자명해지죠."

윤완의 손이 다시 담뱃갑을 찾았고, 이문호의 손이 라이터를 더듬었다.

"제 소설을 화전 선생이 이용하고, 제 소설을 이용한 화전 선생을 신문사가 이용한다, 맞습니까?"

"하하하!"

이문호가 갑자기 웃음을 터뜨렸다. 은은한 실내악으로 가득 찬 커피숍 안이 한순간 출렁거렸다. 여기저기서 눈길들이 날아왔다. 윤완은 고개를 가볍게 흔들며 담배갑에서 한 개비를 빼들었다.

"무슨 이유일까요?"

잠시의 침묵. 말해도 될까? 이문호는 잠시 생각에 잠겼다. 이제 때가 온 것 같았다. 그런데, 윤완이라는 소설가는 과연 믿을만한 인간일까? 이문호는 그런 질문을 자신에게 던졌다. 그의 소설은 빠짐없이 읽었다. 거의 한 달 내내. 거기서 얻은 게 있었다. 윤완이란 작가는, 적어도 소설에서 만큼은 믿을만한 인간이었다. 그는 함부로 사회와 역사를 들먹이지 않는 작가였다. 그는 그의 소설에 등장하는 주인공들의 의식처럼, 사회와 역사라는 존재가 사회와 역사의 존재 가치를 설명해주지 않는다는 굳은 믿음을 갖고 있었다. 사회와 역사란, 그리고 그것들의 존재 가치란, 바로 그것들을 구성하고 있는 많은 개인들에 의해, 그리고 그 개인의 집요한 자의식과 성찰, 자기 자신을 향한 질문으로부터 비로소 작은 의미나마 가지게 될 뿐이라는 것을 윤완이라는 작가는 철저하게 인식하고 있었다. 그는 사회와 역사 따위에 관심을 가지지 않는 게 아니라 그걸 함부로 얘기하려들지 않을 뿐이고, 그런 것에 기대는 인간들의 정치적 기호嗜好를 지독하게 혐오했다. 이문호가 윤완의 소설에서 읽은 것은 그것만이 아니었지만, 그것이 전부나 마찬가지였다.

"윤 형."

이문호는 조금 전과는 전혀 다른 톤으로 윤완을 불렀다. 그의 목소리에는 미세한 떨림이 배어 있었다. 윤완의 눈길이 건너왔다.

"이제 싸움은 그만둡시다."

윤완이 입술에 물었던 담배를 천천히 손가락으로 뽑아냈다. 이건
또 무슨 수작인가. 이문호는 작심한 듯 말했다.

"저는 윤 형과 친구가 되고 싶소."

"거 좋지요, 후후."

윤완이 대수롭지 않은 듯 받았다.

"친구가 될 수 있을까요?"

이문호가 진지하게 물었다. 윤완은 좀 당황한 듯 이문호의 얼굴을
쏘아보았다.

"그렇게 되려면 나라는 인간이 누군지 말해야겠죠?"

이문호는 여전히 진지했고, 윤완은 여전히 당황스러움에서 풀려
나지 못했다. 뭐라고 대꾸해야 할지를 몰라 윤완은 멍하니 담배만
만지작거렸다. 이문호가 카운터 쪽으로 한 손을 들어 리필을 부탁했
다. 그러곤 윤완 쪽으로 다시 눈길을 던졌다.

"이종훈이라는 이름 들어본 적 있습니까?"

이종훈. 그 이름은 그리 오래 더듬을 필요도 없이 윤완의 기억에
떠올랐다. 그 이름을 떠올리게 만드는 가장 선명한 단어는 '혁명'이
었다. 사일구와 오일륙 그 둘을 모두 혁명이라고 말하는 사람은 이
땅에 존재하지 않지만, 그 둘을 모두 혁명이라고 생각하며 지낸 사
람은 있었다. 그런 자라면 둘 모두에서 영웅 대접을 받았던 사람일
것이다. 사일구에서도 영웅이었고, 오일륙에서도 영웅이었던 사람,
그 불가능한 것처럼 보이는 상황을 연출한 사람. 우리 정치사에는
그런 자들이 의외로 적지 않다. 그 중의 하나가 방금 이문호의 입에

서 튀어나온 그 이름, 이종훈이었다. 영웅의 삶과 변절자의 삶을 동시에 살아갈 용기와 술책과 영민함과 비열함을 동시에 갖지 않으면 안 되는 사람. 윤완이 눈살을 가늘게 모으고서 "혹시," 하며 이문호를 바라보자, 이문호가 쓸쓸한 미소를 달며 말했다.

"저의 선친이십니다."

3공화국 때 관계에 발을 들여놓았다가 유신시대가 개막되고 일년쯤 뒤부터 연이어 긴급조치가 선포되자 위험을 느낀 카멜레온이 몸의 색깔을 바꾸듯 발을 뺐던 사람, 이종훈李鍾薰. 보신을 위해 관계를 떠났다는 풍문이 지배적이었던 그가 그로부터 몇 해 뒤 의문사의 주인공으로 떠오를 때까지 철저하게 그 실체가 가려져 있었다. 박정희 정권으로부터 타의 추종을 불허하는 총애를 입었음에도 불구하고 하필이면 그 정권이 최대의 위기에 몰려 있을 때 그곳으로부터 그가 발을 뺐다는 사실은 반대 세력에까지 상당한 충격이었다. 극비에 붙여져 있었지만 그의 죽음과 함께 그의 관계 퇴진 후의 행보가 조금씩 드러나면서 그에 대한 풍문은 무성하게 가지를 치며 뻗어나갔다. 그중에서도 충격적이었던 것은 두 가지 사실이었다. 그 첫 번째 사실은 그의 갑작스런 퇴진이 장남의 죽음 때문이었다는 것이었다.

이문형李汶亨.

S대 법학과 3학년에 재학 중이었던 그는 당시 사법 고시 최종 면접을 남겨두고 있던 판사 지망생이었다. 하지만 그는 74년 4월의 긴급조치 4호를 선포하게 만든 소위 '민청학련사건'에 연루되어 있었다. 이미 역사가 "당시의 정부 당국이 단순한 시위 지도기관을 국가

변란을 목적으로 폭력 혁명을 기도한 반정부 조직으로 왜곡, 날조한 사건,"으로 규명하고 있는 이 사건은 잘 나가던 한 집안을 사굴로 몰 아넣었다. 10월유신을 합법적인 것으로 꾸미기 위해 실시한 국민투 표에서 91.9퍼센트의 투표율에 91.5퍼센트의 지지율로 '당당히' 독 재의 기틀을 마련한 박정희 정권은 당연하게도 많은 지식인과 학생 들의 거센 반발에 부딪쳐야만 했다. 유신 철폐를 외치는 시위가 끊 이질 않았고, 그에 맞서 정권은 속속 긴급조치를 선포하기 시작했 다. 일체의 헌법 개정에 관한 논의를 금지하는 1호와 2호를 기점으 로 박정희의 절명 이후 해제될 때까지 무려 4년간 모두 아홉 차례의 긴급조치가 선포되었다. 그런 와중이었던 1974년 봄. 학기가 시작되 면서 뜨겁게 달아오른 시위의 열기는 전국 대학생들의 반독재를 위 한 연합 시위로 번져갈 움직임을 보이고 있었다. 그 무렵 대학가에 는 '전국민주청년학생총연맹(민청학련)' 명의의 '민중 민족 민주 선 언'과 '민중의 소리' 같은 유인물들이 뿌려지고 있었다. 싸움의 논 리에만큼 작용과 반작용의 법칙이 철저하게 적용되는 예도 없을 것 이다. 한쪽 극이 내리뻗는 힘은 고스란히 다른 한 극의 치받치는 힘 을 만들어내는 법이다. 결국 독재 정부는 "공산주의자의 배후 조종 을 받은 민청학련이 점조직을 이루고 암호를 사용하면서 2백여 회 에 걸친 모의 끝에 화염병과 각목으로 시민 폭동을 유발했으며 정부 를 전복하고 노농정권을 수립하려는 국가 변란을 기도했다,"는 가공 할 조작의 내용을 특별 담화로 발표했다. 적잖은 숫자의 정치인, 교 수, 학생들이 비상군법회의에 송치되었다. '민청학련사건'과 '긴급조 치 4호'는 따지고 보면 인과관계에 놓여 있다. 긴급조치 제4호가 선포된 것과 박정희 정권의 민청학련사건 발표는 같은 날에 이루어진 것이다. 1974년 4월 3일이었다.

국민투표의 결과 엄청난 지지율을 획득하며 들어선 유신정권이 지식인과 대학생들에 의해 그 정당성이 가차 없이 반박당하자 당시의 정부는 위기 의식에 사로잡혀 있었다. 아무리 국민투표를 통해 합법적이라는 외형을 갖추기는 했지만 그 내부는 이전과 전혀 다르지 않은, 이미 15년이라는 긴긴 세월 동안 권력을 누려온 자들로 구성되어 있었기 때문이다. 권력에 누를 끼칠 세력의 준동을 완벽하게 차단시키기 위해서는 종교인이건 교수이건 학생이건 가릴 바가 아니었다. 전직 대통령과 일본인 두 명을 포함해 253명에 이르는 이 두 사건의 관련자 명단에서 빠져 있는 이름이 하나 있었다. 그것이 바로 지금 윤완의 앞자리에 앉아 있는 이문호의 형이며, 당시 권력의 상층부로부터 엄청난 총애를 받고 있던 이종훈의 맏아들 이문형이었다. 그러나 그의 이름이 명단에서 빠진 것은 이종훈의 배려에 의한 것이 아니라, 긴급조치 4호가 내려지던 그때 이미 그는 이 땅에 있지 않았기 때문이다. 그는 보름 전, 한 줌의 눈부시게 흰 가루가 되어 아버지의 고향인 충청도 어느 작은 마을 선산 주변에 뿌려진 뒤였던 것이다. 이문형이 왜 그런 신세가 되었는지에 대해서는 오직 그의 부친 이종훈만이 알고 있을 뿐이었다. 어쩌면 그의 아버지조차 제대로 사실을 알지 못할지도 몰랐다. 다만 이문형이 '민청학련사건'에 관련되어 있었던 것이 확실하기 때문에 그로부터 무언가 짐작이 가능할 뿐이었다. 타살이건 자살이건.

거기까지 얘기를 하고 난 이문호는 방금 종업원이 따라준 커피를

401

홀쩍 마셨다. 윤완은 좀 벙벙한 기분이 되어 그의 얼굴을 들여다보았다. 그러다가 문득 생각난 듯 입을 뗐다.

"돌아가신 형님에 대해서 제가 알고 있었던 건, 그럼 사실이 아니군요."

이문호의 눈길이 날카롭게 건너왔다. 윤완이 이문호의 형인 이문형의 죽음에 관해 알고 있는 것과 자신의 형이 어떻게 죽은 것인지 제대로 알 수 없다는 이문호의 발언 사이에는 명백한 차이가 있었다. 그것은 이종훈이 갑자기 관계를 떠난 뒤의 행보가 세간에 충격을 준 두 번째 이유와 맥을 같이하고 있었다. 결론부터 말하자면, 관계를 떠난 이종훈은 그 누구도 실체를 파악하지 못한 완벽한 베일에 싸여 있었는데, 그것은 바로 그가 〈서의실업〉을 창립하고 초대 회장에 취임했다는 사실이었다. 서의실업. 그것은 윤완으로서는 참으로 기묘한 인연이라고 밖에는 설명할 길 없는 존재였다.

5.16쿠데타 후 군정 기간 중 일어난, 소위 4대 의혹사건과 밀접한 관계를 가지고 있으며 그것이 마무리되어가고 있던 무렵, 군사정권은 향후 권력의 기반을 다지기 위해서 절대적으로 필요했던 것이 금권金權이었다. '검은 돈'이라는 이름으로 통칭되는 금권을 장악하기 위해 설립된 것이 바로 서의실업의 전신인 서의산업이었다. 여기에는 군사정부 시절에 일어난 '4대 의혹사건'과 밀접한 관계가 있다는 게 이문호 기자의 설명이었다.

4대 의혹사건의 맨 처음에 '증권 파동'이 있다. 쿠데타 후인 1962년과 63년에 중앙정보부는 대한증권거래소를 장악하고 주가 조작을 통해 엄청난 부당 이득을 챙긴다. 전직 행정처장과 관리실장 등이 농협중앙회장과 부회장에게 압력을 넣어 당시 농협이 보유하고 있던 인기주인 한국전력 10여 만 주를 시가보다 5퍼센트 싼 값으로 방출시켜 무려 8억여 환을 챙긴 다음 그것을 한 증권업자에게 제공해 증권회사를 설립하고 증권거래소의 총 주식 중 70퍼센트를 점유하게 한다. 그들이 자금을 대준 증권회사는 당연히 증권시장을 휘어잡았고 이에 증권거래소는 증권거래법과 사업 규정을 무시하며 불법 지원 하고 그 결과 그들이 보유한 주식의 주가는 천정부지로 뛰었다. 이에 군소 투자가들이 130억 환 이상의 손실을 입고 자살 소동을 일으키는 등 사회적 물의가 일어나자 급기야 이 사건에 연루된 중앙정보부 소속자들을 '특정범죄처벌에 관한 임시특례법' 위반 혐의로 군재에 회부하게 되지만 그들이 챙긴 엄청난 자금들이 얼마나 회수되었는지, 회수된 자금이 어떻게 쓰였는지에 대해서는 아무 것도 밝혀진 게 없다. 4대 의혹사건의 두 번째는, 중앙정보부가 외화 획득을 빙자하여 정부 자금으로 주한 미군의 종합 위락 시설을 마련해 그 중 상당 액수를 횡령한 '워커힐사건'이었다. 그 다음 역시 중앙정보부가 개입된, 일본제 승용차를 불법 반입한 뒤 이를 시가의 두 배 이상 값으로 국내 시장에 판매하여 거액의 폭리를 취한 '새나라자동차사건'. 마지막은 세칭 파칭코사건이라 불린 '회전당구사건'. 법적으로 금지되어 있던 도박 기계(회전당구기) 1백 대를 재일교포 재산 반입으로 세관원을 속여 들여온 다음 서울 시내 33곳에 당구장 개설을 승인하려 했던 사건이었다. 서의산업의 설립에 결정적 역할을 한 것은 네 번째에 해당하는 회전당구사건이었다. 하지만 앞의 세 사건과 무관하지 않은 것은 결국 소리 소문 없이 사라져버린 자금의 상당액이 서의산업의 설립에 사용되었다는 것이다.

윤완은 생각에 잠겼다. 이문호의 아버지가 서의실업 초대 회장인 이종훈이고, 그 맏아들이 이문형이라는 사실을 알게 되었다는 것은 윤완으로 하여금 뭔가를 자극했다. 그런 자극은 기이한 역정의 삶을 살아온 인간을 만났을 때, 더구나 그런 삶을 만들어낸 시대적 배경이 그가 사는 당대와 무관하지 않다는 사실을 느낄 때면 일어나곤 했는데, 그것은 곧 소설에 대한 욕망으로 이어졌다. 글로 써보고 싶다는 욕망. 지금이 바로 그런 순간이었다. 권력의 시녀로 일신을 꾸려온 부친을 가진 아들이 그 권력에 정면으로 저항하는 세력의 한 인물이었다는 것, 그리고 그 인물이 살았던 시대라는 것이 바로 자신이 살아온 당대였다는 것. 이 둘은 시대의 현실을 문학으로 정리하는 일을 숙명처럼 지고 사는 소설가의 욕망에 강렬한 불길을 지폈다. 하지만 지금 윤완을 생각에 잠기도록 한 데는 또 다른 이유가 있었다. 그것은 바로 선우활이었다. 군대 생활 중 만나 호형호제하는 사이가 된 선우활이라는 청년 역시 지금 맞은편에 앉아 기구한 한 가계家系의 운명을 서술하고 있는 이문호와 기이하게도 한 끈으로 얽혀 있었다. 그 운명의 끈은 바로 서의실업이었다.

그것 말고는 어떤 공통점도 가지고 있을 것 같지 않은 두 사람, 즉 한국 유수의 일간지 정치부 기자인 이문호와 오직 주먹 하나에 의지해 살아가는 천하의 건달 선우활은 마치 이명동인異名同人인 것처럼 착각을 일으키게 만들었다. 그런 생각이 들자 윤완은 갑자기 이문호에게 묻고 싶은 것이 있었다. 깊이 잠겨 있던 생각의 늪에서 발을 뺀 윤완은 고개를 들어 이문호를 보았다. 이문호의 선량하지만 날카로운 눈빛이 건너왔다.

"이 형, 혹시 이런 이름 들어보셨습니까?"

윤완은 애써 웃음을 지으며 가벼운 어투로 말했다. 이문호가 궁금한 듯 입술을 내밀었다.

"선우활이라고."

대답 대신 이문호는 입을 약간 벌렸다. 알고 있구나, 뭐 그런 의미가 담긴 표정이었다. 윤완은 빠르게 생각했다. 저 사람이 대답을 하기 전에 먼저 얘기를 꺼내야겠다.

"그 친구, 저와는 아주 막역한 사입니다. 일테면, 의형제죠."

여전히 궁금증을 가득 담은 표정이었지만, 이문호는 왠지 크게 놀라는 눈치는 아니었다. 이미 선우활과 자신의 관계를 알고 있는 것 같다는 짐작이 들었다.

"알고 계십니까?"

윤완이 물었다. 한동안 이문호는 고개를 숙이고만 있었다. 이윽고 그의 고개가 끄덕끄덕 움직였다. 이문호가 선우활에 대해 알고 있고, 그와 자신의 관계까지 알고 있다면, 이문호는 내게 적일까, 동지일까?

이문호로부터 대답이 나오는 데는 오래 걸리지 않았다.

"윤 형께서 선우 그 친구의 의형이라면, 우리 관계도 확실해지는군요."

이런 일도 있구나. 세상이 좁다더니, 그 말이 참 적절하다는 생각이 윤완의 뇌리를 스치고 지나갔다. 이제 궁금한 건 이문호와 선우활의 관계였다. 둘은 적일까, 동지일까. 그것을 묻기 전에 그는 마치 자신과 내기를 하듯 둘 중 하나를 택하고 싶었다. 하지만 가늠이 되지 않았다. 동지일 것 같지는 않았다. 하지만 그의 부친을 생각하면 적일 것 같지도 않았다. 뭘까? 적일 수도 있고 동지일 수도 있었다. 적이라면 적일만한 이유를 집어낼 수 있었고, 그 반대도 가능했다. 어느 쪽이었으면 좋을까? 물론 후자였다. 심장의 두근거림이 심상찮게 느껴졌다.

"윤 형."

이문호의 눈가에 묘한 웃음이 깔려 있었다. 그 웃음을 보며 윤완은 이문호가 선우활에게 적이 아닌 동지이며, 자신에게도 그럴 거라는 강한 암시를 받았다. 그런데 곧이어 터져 나온 이문호의 말은 의외였다.

"선우 그 친구는 묘한 사람이에요. 그 친구가 하는 짓과 그 친구에 대한 사람들의 생각이 열에 아홉은 상반되거든요. 윤 형과 그 친구가 의형제라는 사실도 그런 예 중의 하나구요."

이문호의 말을 듣는 순간, 윤완은 그와 똑같은 말을 했던 사람을 기억했다. 신기하게도 그 말을 해준 사람 역시 이문호의 지적에 부합했다. 형사 민영후였다. 수년 전 조폭들이 야당의 강동구 지구당을 습격했을 때, 그 주동자로 선우활을 지목하고 추적하던 민 형사 역시 그렇게 말했던 것이다.

"선우활이란 친구는 참 묘합니다. 순순히 제 발로 날 찾아왔는데, 뻔히 알고 있었지만 배후가 누구냐고 묻는 말에 지체 없이 대답하더라구요. 제 아버지라고. 그건 제 아버지가 경찰 고위직이니 그 배경을 들먹여 취조가 무의미하다는 걸 얘기하려는 게 아니라, 마치 제

아버지를 어떻게든 망가뜨리려는 속셈인 것 같더라구요. 뭐, 내가 더 이상 캐고 자시고 할 것도 없이 다음날로 기소 중지가 돼버리고 말았지만. 그 친구, 미워할 구석이라곤 눈곱만큼도 없는 놈이었어요. 그렇다고 연민 같은 게 일어나는 것도 아니고. 뭐랄까, 보통의 생각으로는 파악하기 힘든 인물이에요. 마치 관목 숲에 키가 큰 소나무 하나 서 있는 거 같은. 어디서나 눈에 띄어서 당장 잘려나갈 것 같지만 아무도 손을 대려하지 않는."

세상이 어수선하던 때였다. 총선을 앞두고 우후죽순처럼 정당이 생겨나던 무렵이었다. 그맘때, 한참이나 만나지 못했던 선우활이 갑자기 술을 한잔 하자고 그를 불러냈는데, 어지간히 마시고도 취하지 않던 그가 윤완을 보며 말했었다. 마치 그에 대한 세간의 우호적인 평에 대해 명쾌한 답을 내놓듯.

"아버지란 작자가 낯설어. 어떤 땐 내 아버지가 아닌 것 같단 말이야. 생각해봐요. 맨 정신으로 계단에 서 있던 제 딸을 밀쳐 다리를 분질러버리는 애비가 어디 있어?"

친아버지가 아닐지 모른다고 의심하는 데는 그만한 이유가 있었다. 그의 누나 선우연에게 가해진 아버지의 폭행은 결정적인 역할을 한 듯했다. 선우연은 그맘때 한창 시위에 열중해 있었다. 그런 딸을 설득하거나 타이르는 방법은 아예 찾으려 하지도 않고 "병신을 만들어버리겠어," 라고 소리를 지르며 계단에서 밀어버린 것이다. 선우활이 윤완을 만나러 왔던 전날 저녁에 일어난 일이었다.

이문호는 그것 역시 알고 있었다. 어느새 얘기의 방향은 그쪽으로 넘어가 있었다. 이문호는 한동안 서의실업과 자신의 아버지 이종훈,

그리고 선우활이 군에서 제대를 하고 서의실업에 가담하기 전의 상황들에 대해 얘기하기 시작했다. 어느 정도는 선우활에게서 들어 알고 있었지만 이문호는 정치부 기자답게 당시의 시대적 배경과 서의실업의 사업들이 어떻게 얽혀 있는지를 명료하게 설명해주었고, 그래서인지 마치 처음 듣는 얘기처럼 생생했다.

서의실업에 대한 이문호의 얘기를 듣는 동안 윤완은 이문호가 자신의 아버지와 선우활의 아버지 선우정규에 대해 지독한 반감을 가지고 있다는 사실을 여실히 느낄 수 있었다. 그의 형인 이문형이 죽던 해(1974년) 음력 설날 아침을 예로 들던 이문호는 유난히 목소리를 떨었다. 그것은 분노였다. 중학교 2학년생이었던 그는 그때의 일을 상세히 기억하고 있었고, 그 기억이야말로 그가 지금껏 어떻게 살아왔고 앞으로 어떤 무시무시한 일을 계획하고 있는지를 짐작하게 만들었다.

"오후였어요. 아침부터 몇 차례인지 모르게 사람들이 찾아와 아버지께 세배를 드리고 돌아간 뒤였죠. 뭣 때문인지 잔뜩 화가 나서 방에 틀어박혀 있던 형이 단성사로 영화 구경을 가자고 그러더군요. 내가 좋아하는 문희가 나오는 영화였는데, 난 아주 들떴죠. 그런데 문지방에 걸터앉아 구두끈을 매고 있던 형이 막 대문으로 들어선 40대 후반으로 보이는 남자를 힐끔 쳐다봤는데, 얼굴빛이 하얗게 질리더라구요."

문을 열고 들어선 사람은 바로 선우정규였다. 포마드를 잔뜩 발라 번들거리는 머리칼이 얼음조각처럼 떨어지는 겨울 햇살을 꺾어놓더라고 이문호는 문학적으로 표현했다. 가느다란 눈, 뭉툭한 코, 남자치고는 유난히 얇은 입술, 살집이 오른 볼, 하얀 피부.

"재수 없는 새끼."

그 남자를 향하고 있음이 분명한 형의 낮은 외침을 이문호는 또렷하게 들을 수 있었다. 그 남자의 뒤에는 레슬링 선수처럼 우람한 체격을 가진 청년 네다섯 명이 호위하듯 서 있었는데, 그 중 하나가 형이 앉아 있던 마루의 유리문을 조심스럽게 열었다.

"형님, 저 왔습니다."

남자의 목소리에서 쇳소리가 났다고 했다. 카랑하다 못해 쨍그랑거리는.

"들어오시게."

방안에서 아버지의 목소리가 들려왔다. 남자와 청년들이 마루로 올라섰다. 그때까지도 형은 여전히 구두끈을 매고 있었다. 어린 이문호는 형이 왜 그리 늑장을 부리는 건지 알 수 없었지만 왠지 빨리 매고 어서 극장에 가자고 말할 수가 없었다.

"어디 가려구? 그래도 설날인데 삼촌한테 세배는 하고 가야지."

마루로 올라서던 남자가 형에게 그런 말을 건넸다. 그때 픽, 하고 자전거 타이어에서 바람 빠지는 것 같은 소리가 형의 입에서 새어나왔다. 뒤이어 경멸로 가득 찬 형의 목소리가 날카롭게 뽑혀 나왔다고 했다.

"아버지가 삼대독잔데 어디서 굴러먹던 개뼈다귀가 나한테 삼촌이니 절 올리라고 그러는 거야?"

하얗게 질려 있던 형의 얼굴빛은 놀처럼 붉게 젖어 있었다. 그 붉은 얼굴은 그 자체로 한 덩이의 이글거리는 분노였다. 어린 이문호는 곧 무슨 일이 벌어질 것 같아 가슴이 조마조마했다. 아니나 다를까, 남자에게 미닫이문을 열어준 청년이 형을 향해 성큼 다가섰다. 그러나 형은 여전히 구두끈을 죄고만 있었다.

"이 새끼가!"

선우정규를 호위하고 있던 덩치 큰 청년들 중의 하나가 두툼한 주먹을 불끈 쥐고서 이문형을 내려치려는 자세를 취했다. 하지만 그러거나 말거나 아는지 모르는지 형은 여전히 뭉그적거리기만 했다. 청년의 주먹이 이문형의 뒷머리를 향해 날아가고 있었다. 허공을 가로지르고 있던 청년의 주먹을 선우정규가 팔을 뻗어 제지한 것과 침착하게 구두끈을 매고 있던 이문형이 뭐라고 주절거린 것은 거의 동시였다.

"그 주먹이 내 머리에 닿는 순간, 넌 죽은 목숨이다. 요즘 깡패는 위아래도 없구나. 두목의 아들이면 아무리 낮아도 너보단 높아, 건방진 새끼."

낮지만 꼿꼿한 힘이 느껴지는 목소리였다. 그런 담력이 어디서 생겨나온 것인지 모를 일이었다. "후후후." 손을 툭툭 털고 일어서는 형의 뒷모습을 물끄러미 바라보고 있던 선우정규가 가볍게 웃고 있었다. 그러나 눈앞에서 벌어진 그 살벌한 광경을 지켜본 어린 이문호는 엄청난 의문의 파도에 휩싸이고 말았다. 멍청히 구두끈을 매고 있던 형이 어떻게 뒤에서 주먹이 날아들고 있다는 걸 알았을까? 형은 왜 포마드를 바른 아저씨에게 그렇게 심한 말을 한 것일까? 깡패는 뭐고, 또 자신을 두목의 아들이라고 한 건 무슨 뜻일까? 그 말은 아버지가 깡패 두목이라는 말인데, 아버지가 깡패란 말인가? 이문호는 마치 지금도 그런 의문을 지닌 중학교 2학년생이기라도 한 듯 윤완을 바라보는 그의 눈동자는 순진하게 빛났다.

"그리고 꼭 한 달만이었어요. 형이 죽은 게."

이문호가 식은 커피 잔을 손바닥 안에서 빙글빙글 돌리며 말했다. 윤완이 조심스럽게 물었다.

"사인이 뭐였어요?"

"아까도 말했지만 그건 아버님만이 알고 계셨어요. 지금 생각해보면 아버님도 정확히는 알 수 없었을 거 같아요."

"왜 그렇게 생각해요?"

"그건……."

이문형은 죽은 지 이삼일 쯤 지난 뒤 강원도 C읍의 후미진 야산 기슭에서 발견되었다. 그 소식을 듣고 아버지가 내려간 것은 나흘째 되는 날이었다. 결국 아들의 정확한 사인에 대해 안다고 하는 건 억측일 뿐이다. 그것이 이문호의 짐작이었다. 한동안 생각에 잠겨 있던 이문호가 다시 입을 뗀 것은 서쪽으로 난 호텔 커피숍의 유리창 너머로 황혼이 져 내릴 무렵이었다.

"윤 형, 소설 쓰고 싶지 않으세요?"

그가 뜬금없이 물어왔다. 윤완은 그의 말이 무슨 뜻인지를 알 것 같았다. 그래서 미소를 띠며, "이 형네 집안을 말입니까?" 하고 물었다.

T신문사가 있는 빌딩의 호텔 커피숍에서 이문호를 만난 날로부터 사흘이 지나 있었다. 자정을 넘겼으니 나흘째로 접어들었다. 이문호

로부터 받은 제의에 대해 확답을 해야 할 시한이 만 하루를 남겨놓고 있었다.

이문호가 제의한 것은 모두 세 가지였다. 사실 그것은 제의라기보다는 윤완에게 내보이는 이문호 자신의 강렬한 희망이었다. 또한 강압에 가까웠다. 이문호의 제의는 물리치기 힘든 유혹이었다. 윤완이 앙드레 모루아의 〈인간 조건〉을 서가에서 뺐든 것은 결코 무의식적인 행위가 아니었다. 그의 마음속에선 이미 이문호의 제의를 받아들일 준비를 갖추고 있었던 것이다. 다만, 그 방법이 문제였다. 세련되게 이문호의 제의를 접수하는 방법, 그것이 쉽게 찾아지지 않았을 뿐이었다. 어쨌든, 그의 제의를 수락하든 않든, 그에게 자신의 의사를 통보해줄 시간이 코앞에 다가와 있었다.

이문호가 던진 첫째 번 제의는 수상을 거부하는 거였다. T일보사는 자신들이 주관하는 문학상의 수상작으로 윤완의 단편소설 〈노래를 가르치는 사람〉을 결정한 상태라고 했다. 남은 건 작가에게 정식으로 통보하는 것뿐이었다. 이문호가 윤완에게 수상 거부를 제의하면서 그 이유로 언급한 것은 바로 황동수였다. 비단 그가 친일의 이력을 가진 시인이고, 역대 권력에 결탁해온 문단 정치꾼이라는 것 때문만은 아니었다. 또한 황 선생이 이번 문학상뿐 아니라 T일보사의 경영에 상당한 실력을 행사하고 있기에 해당 신문사의 기자로서 그것이 못마땅하기 때문이라는 것도 수상 거부를 제의하는 실제적인 배경은 아니었다. 위의 몇 가지의 이유들만으로도 윤완에게 이문호가 그 같은 제의를 던질 충분한 이유가 될 수 있을 텐데도, 이문호는 엉뚱해 보이는 이유를 거론했다. 그것은 바로 "윤완의 문학을 위해서"라는 거였다. 그러나 그 엉뚱한 이유는 용의주도한 그의 설명에 의해 매우 합리적이고, 설득력 있는 이유로 변해갔다.

"만약 윤 형이 이번 문학상을 수상하게 된다면, 더 이상의 윤 형의 문학은 없습니다. 난 그렇게 생각합니다. 수상 이후에 취해질 우리 신문사와 황동수의 행보가 눈에 훤합니다. 찰스 디킨스였던가요. 시인이 정치를 위해 나팔을 불 수는 있어도, 그 나팔소리는 더 이상 시가 될 수는 없을 거라고요. 심하게 들릴지 모르겠지만, 윤 형의 수상은 디킨스의 말에 비유될 수 있습니다. 윤 형은 스스로 정치적 나팔수가 되고 말 겁니다. 신문사와 황동수는 충분히 그런 능력을 발휘할 수 있는 존재들이니까요."

이문호는 물을 만난 고기처럼 펄떡거리는 말들을 토해냈다. 그는 곧바로 두 번째 제의로 넘어갔다. 그것은 첫 번 것보다 훨씬 강렬했다. 이문호가 윤완에게 던진 두 번째 제의는 문학상의 수상 거부와 연결되어 있었는데, 거부의 의사 표시, 즉 어떤 방법으로 수상을 거부하느냐의 문제였다.

"우리 문단에선 수상이 결정된 후에 수상을 거부한 예가 많지 않죠. 물론 외국에서도 그렇긴 합니다만."

이문호의 속내를 제대로 파악하기가 힘들기도 했지만 뭔지 모를 찝찝함 때문에 윤완은 다소 힘없는 목소리로 말했다. 하지만 이문호는 처음부터 면밀하게 계획하고 있었던 모양인지 윤완의 말을 일소에 붙이며 강한 어조로 말했다.

"노벨상 수상을 거부한 사르트르의 경우는 매우 정치적이었어요. 라이벌인 까뮈가 자신보다 먼저 수상한 데 대한 반발이었다는 말도 있지만, 어디까지나 사르트르는 노벨상 그 자체를 하나의 이데올로기로 보았던 거죠. 수상 거부라는 행위 자체가 좌파의 속성을 대변한다고 사르트르는 생각했던 겁니다. 좌파란 게 뭡니까. 그건 기존의 것에 대한 비판이고, 기존의 질서에 비판을 가한다는 건 그만큼 본질을 향한다는 거죠. 상이란 공에 대한 찬사일 터인데, 그 공을 결정하고 찬사를 보내는 기존의 질서란 것에 그의 좌파적 성향이 반발하지 않을 수 없었죠. 질서를 유지하고 싶어 하는 세력들에 대한 저항이야말로 실존의 근본이라면, 사르트르가 노벨상이라는 엄청난 기존 질서의 힘에 정면으로 도전한 건 너무도 당연한 일이었죠. 그가 위대한 건 이상을 관념의 상태로 두지 않고 행위로 옮겼다는 사실입니다. 머릿속으로는 수많은 작가들이 수상을 거부했었죠. 하지만 그걸 실행에 옮긴 사람은 지극히 적은 수였어요."

아슬아슬한 논리의 외나무다리를 타고 있는 이문호의 언변에는 그러나 강한 힘이 내재해 있었다. 사르트르의 노벨상 수상 거부에 대한 그의 견해와 지금 윤완에게 닥친 T신문사의 문학상을 거부하는 것이 어떻게 연결되는지, 정작 윤완에게는 명료하면서도 모호했다. 이문호는 여전히 강한 어조로 말을 이었다.

"수상 거부가 좌파적 의지라고 해서 곡해하지는 마세요. 어찌 되었든 그것 역시 앞서 말한 것처럼 윤 형의 문학을 위해서일 뿐입니다. 이제 내 두 번째 제의의 본론을 말하죠."

거기서 이문호는 말을 멈추고 담배에 불을 당겼다. 한 모금 길게 연기를 빨아들인 뒤 이문호가 던진 말은 윤완의 흔들리는 마음을 충분히 압박하고도 남았다. 이문호의 두 번째 제의는 바로 '수상 거부의 변'에 관한 것이었다. 즉, 수상 결정이 여러 매체를 통해 공식적으로 발표가 되기를 기다린 뒤 곧바로 그 수상에 대한 거부의 의사를 발표한다는 것이었다. 그리고 그 거부의 의사 표시 속에는 문학상 수상이 결정되는 과정에 개입된 T신문사의 행태와 화전 황동수의 저의들이 반드시 들어가야 했다. 윤완은 한순간 이문호가 던진 제의의 복잡 미묘한 얽힘에 아연해졌다. 곧이어 나온 세 번째 제의에서, 그가 얼마나 주도면밀한 사람인가가 여실히 드러났다.

이문호는 자신의 세 번째 제의를 들려주기 전에 의미심장한 웃음 한 조각을 흘려놓았다. 그 웃음조각은 다시 여러 개의 작은 파편들로 나누어져 유리창을 타고 들어온 놀의 붉은 기운 속을 요정처럼 유영했다. 참으로 기묘한 정황이었다. 그것이 만약 이문호라는 한 남자가 지닌 마력이라면, 그건 분명 거역할 수 없는 마법의 힘이었다. 한 시대의 정치사적 질곡에 결박당했던 한 집안의 유일한 생존자인 그가 바로 그 결박의 사슬로부터 벗어나려는 의지를 용광로의 뜨거운 불길처럼 태우고 있었던 것이다. 그것은 단순한 복수의 일념이 아니었다. 자신의 고독을 청산하기 위한 애틋한 심정도 아니었다. 오히려 그 둘을 애써 떼어놓으려 하지 않았기 때문에 그 마법의 힘은 그의 것이 되어주었을지 모르는 일이었다. 윤완은 새삼스럽게 이문호가 쓴 적이 있던 정치 기사들을 떠올렸고, 특히 그 〈기회주의의 정치적 담론〉이라는 놀라운 소론을 기억했다. 그러자 마치 바로 이런 시간을 기다리고 있었다는 듯 그 소론 중의 어떤 구절들이 벼락처럼 뇌리를 때렸다.

'좌익이든 우익이든 그 일단에 서 있다가 어느 순간 자기가 디디고 있는 그 땅의 불확실함, 즉 자기의 미래에 대한 형언할 수 없는 두려움에 휩싸일 때, 기회주의는 더 이상 저 백과 흑 사이에 존재하는 덧없는 회색의 공간이 아니다. 그것은 바로 자기가 온힘을 기울여 성취하고자 했고, 그래서 성취했던, 자기 자신의 두 발이 굳건히 디디고 있던 좌, 혹은 우의 일단처럼, 너무도 명백하고 자유롭고 아름다운 또 하나의 극단적 좌표가 된다. 좌와 우와 함께 중도라는 좌표가 생겨나는 것이다. 중도가, 즉 기회주의적 지표가, 하나의 이데올로기가 되는 것이다. 그때 그가 취하는 이데올로기란 거의 대부분 '민족주의'라는 미명을 띠거니와, 설사 그것이 아니라도 좋다. 중요한 것은 벼랑에서 떨어지기 직전에 그가 보았던 것이 분명히 있었다는 사실이다. 그것은 바로 회색의 공간, 저 형언할 수 없이 경건하고 소망스러운 기회주의의 벼랑, 그 어느 한 지점에 그의 추락하는 몸무게를 충분히 지탱하고도 남을 만큼 튼튼히 꽂힌 한 그루의 소나무다. 아, 얼마나 가슴 벅찬 희열인가. 백범이 장부론丈夫論에서 말하였듯, 백 척의 간두에서 미련 없이 허공을 향해 한 발자국을 내디디는 순간 그는 비로소 대장부가 되는 것일진대, 그 추락하는 벼랑의 끝에 튼튼히 뿌리내린 소나무 한 그루가 있음을 미리 보고 있었음은 또 얼마나 뿌듯한 일이란 말인가.'

그 구절을 기억하는 순간 윤완은 소름이 돋았다. 그 소름 알갱이들이 채 가라앉기 전에 이문호의 세 번째 제의가 그의 입에서 흘러나왔다.

"수상 거부의 변을 발표한 다음 윤 형은 새로운 소설을 발표합니다. 이번에 원고 청탁을 받은 〈문학세계〉에 말이죠. 그 소설은……."

말을 하기 아까웠던 것일까. 거기서 잠시 말을 끊고, 오랫동안 윤완의 눈을 응시했다. 그러다 돌팔매질을 하듯 휙 던졌다.

"내가 내 아버지, 그리고 내 형에 대한 자료들을 제공하겠습니다. 물론 당시의 핵심을 짚어낼 수 있는 비밀 문건들도 함께. 윤 형께서 필요하다고 느끼신다면 난 언제든 윤 형에게 달려갈 수 있습니다. 내가 목격했던 것, 생각해왔던 것, 꿈꾸어왔던 것까지, 윤 형이 소설에 쓰고 싶은 거라면 주저 않고 제공하겠습니다."

그의 세 번째 제의는 바로 그것이었다. 요컨대 이문호의 집안에 얽힌 얘기를 윤완으로 하여금 소설로 쓰게 하는 것이었다.

주택가의 이마를 맞댄 지붕들 위로 긴 그림자를 드리우고 있던 푸른 새벽빛들이 조금씩 적홍색으로 변하기 시작했다. 그러다 지붕에 얹힌 붉은 기운들이 골목길 안으로 하나씩 떨어지면서 아침은 힘차게 밝아왔다. 넓지는 않지만 꽤 많은 나무들이 심어져 있는 정원도 완연히 훤해지고 있었다. 빈 나뭇가지를 흔드는 바람의 갈피가 그의 눈시울에 선연히 잡혀왔다.

"아."

꼼짝없이 의자의 등받이에 몸을 묻고 있던 윤완이 눈을 지그시 감으며 길게 한숨을 토해냈다. 가슴에 시꺼멓게 가라앉았던 괴로움이 먼지처럼 빠져나왔다. 그는 벌써 두 시간이 넘게 이문호를 생각하고 있었다. 물론 이문호가 던졌던 제의들 때문이었다. 문학상 수상을 거부하고, 강력한 수상 거부의 변을 발표하고, 곧바로 이문호의 가계에 얽힌 소설을 쓰고. 기가 막혔다. 생각 같아서는 듣지 않았던 것으로 되돌려버리고 싶었다. 그러나 처음부터 그것은 불가능했다. 이미 그의 제의를 거부한다는 게 불가능하다는 사실을 인정해버린 거나 마찬가지였다. 그의 제의에 닷새의 말미를 두고 대답을 미루었던 것이 그것을 증명했다.

'무엇이 문제일까? 그 사람의 제안에 문제가 있다면 무엇일까? 그의 발상 자체가 어처구니없는 것일까? 그럴 수도 있다.'

윤완은 이내 도리질을 쳤다.

'아니야, 그가 날 선택했을 땐 그만한 이유가 있을 거야. 날 왜 택했을까? 자기 집안 얘기를 왜 굳이 소설을 통해 세상에 알리려했을까? 왜 그가 직접 쓰려하지는 않았을까?'

윤완은 거기서 혼잣말을 멈추었다.

이문호가 직접 덤비지 않은 까닭에 의문을 가지는 순간, 석연치 않은 뭔가가 생각의 뒷덜미를 잡아챘다. 문제는 그의 제의를 수락하고 난 뒤, 그리고 이문호의 집안을 소설로 발표하고 난 뒤의 일이었다. 모든 일이 이문호의 계획대로 이루어지고 난 뒤에 그는 과연 깨끗이 물러날까? 바로 그것이었다. 윤완은 고개를 저었다. 자신의 의문이 그다지 중요한 게 아니라는 판단 때문이었다. 벌써 십여 년 소설만을 써온 그로서 이문호가 문제 삼을 수 없도록 소설 속에다 장치를 만들어놓기는 그리 어려운 일이 아니었다.

그런 부정과 긍정, 의문과 대답을 끌어내며 창가에 앉아 있던 윤완은 아침 햇살이 송곳처럼 꽂히는 골목길로 검은 승용차 한 대가 들어서는 걸 보고 천천히 몸을 일으켰다. 차는 윤완의 집 앞으로 미끄러져 들어왔다. 아버지 윤달진의 차였다. 그러나 차가 집 앞에 멈추고도 한참 동안 문은 열리지 않았다. 아래층으로 내려가려던 그는 창가에 그냥 머물러 있었다.

해가 바뀌고 며칠 동안 아버지를 볼 수 없었다. 정가의 움직임이 심상치 않다는 걸 피부로 느낄 수 있을 무렵부터 아버지는 자주 집을 비웠다. 어쩌다 마주쳐도 아버지는 당신 특유의 쓴웃음 한 조각조차 보여주지 않았다. 그 모습은 마치 어디로도 갈 곳이 없어져버린, 쓸쓸한 나그네를 연상시켰다.

아버지가 차를 집 앞에다 주차시켜놓고 초인종을 누르는 것을 확인하고 난 뒤에야 서재를 나선 윤완은 계단 중간쯤에서 발자국 소리를 듣고 돌아보던 어머니의 눈길과 마주쳤다.

"밤 새웠니?"

"예."

제법 멀리 떨어져 있는데도 어머니의 눈동자에 서린 핏발을 그는 확인할 수 있었다. 뜬눈으로 밤을 새운 게 분명했다. 계단을 다 내려갔을 때 현관문이 열렸다. 거실 한복판으로 먼지처럼 떨어지는 흐릿한 실내등 불빛 속으로 아버지의 창백한 얼굴이 드러나 보였다. 거뭇하게 돋은 수염자리가 탄가루를 문지른 듯 선명했다. 초췌함이 독한 냄새처럼 다가왔다.

"아버지."

윤완이 잰걸음으로 다가갔다. 방금 자신의 입에서 떨어져 나온 아버지란 단어가 처연한 기운이 되어 그의 귓속으로 되돌아왔다. 수인 윤달진. 6,70년대 도탄과도 같은 역사에 늘 빚을 졌다고 여겨온 당신. 절친한 벗들이 하나둘 자신들이 있어야 할 자리로부터 떨어져나가 모질고 아프고 누추한 자리 하나씩을 꿰찬 채 험악하게 살아가는 걸 볼 때마다 당신은 자신의 죄책처럼 괴로워했다. 처음부터 정치는 당신이 감당해낼 능력 이상의 것임을 알고 있었지만 결국 당신을 그곳으로 몰고 간 것은 바로 당신이 스스로 만들어낸 괴로움이었다. 그 괴로움은 청년 시절 미국 유학을 마치고 고국으로 돌아온 뒤부터 시작되었을 것이다. 어쩌면 그보다 더 이른 시간으로 거슬러 올라가야 할지도 모른다. 육이오로, 해방 정국으로, 혹은 일제 강점기로.

한낱 오해에 불과했지만, 친구들 사이에서 윤달진의 미국 유학은 전쟁을 피하기 위한 도피 행각일 뿐이었다. 그때 당신은 몇몇 절친했던 이들과 등을 돌려야만 했다. 거기에 악재로 작용한 것은 그의 아버지 윤인근의 친일 행적이었다. 반민특위의 활동이 아무리 정치적으로 유야무야 돼버린 상황이었지만 특위에서 밝혀놓은 사실의 그물로부터 빠져나갈 수는 없었다. 윤인근이 자신의 과오를 깊이 뉘우치며 스스로 목숨을 끊었다는 사실과 축적해두었던 재산 전부를 해방 정국에 내놓았음에도 불구하고 세상의 어느 한쪽도 결코 그를 서면恕免해주지 않았다.

오촌 당숙의 갑작스런 치부 과정이 윤인근의 죄책에 대한 세상의 불용서를 이끌어왔다고 해야 옳을 것이다. 그리고 그것이 윤달진으로 하여금 끝내 돌아서버린 벗들에 대해 한마디의 용서의 말도 구할 수 없게 만들었다. 당숙 윤치후. 이제 그는 그를 이용했던 한 경찰관에 의해 철저하게 패망한 채 이승을 뜬 지 오래였다. 벌써 강산이 두 번이나 변하는 세월이 지나갔다. 하지만 그가 남긴 죄악은 곳곳에 곰팡이처럼 포진하고 있었다. 윤달진은 그 곰팡이와의 처절한 싸움을 통해 세상을 살아가는 아주 작은 가치를 유지하고 있는 셈이었다. 거기까지 이르는 데만 해도 짚고 넘어가야 할 사건은 수없이 산재했다. 입이 아프도록 떠들어야 할 일, 사건, 모욕과 수치.

아버지 윤달진을 볼 때마다 윤완은 어쩔 수 없이 당신의 아픔을 공유해야만 했다. 정말 그것이 '공유'라면, 할아버지 윤인근으로부터 시작된 그 아픔의 근원은 벌써 3대를 잇는 셈이었다. 그런 것을 느낄 때면 윤완은 자신이 작가라는 사실에 극심한 자괴감을 느끼지 않을 수 없었다. 어찌 되었건 작가란 약한 자의 편이고, 약한 자의 아픔을 치유하기 위해 분투해야 하며, 그러기 위해 약한 자를 슬픔의 나락으로 몰아붙이는 세력들의 억압과 힘과 광기, 그리고 그들의 저열한 욕망과 맞서야만 했다. 하지만 어느 순간 돌아보니, 그 자신 작가로서 싸워야 할 적대적 위치에 서 있는 것은 다름 아닌 자기 자신이었다. 딜레마였다. 늪이었다. 빠져나오려 애쓸수록 더 깊은 곳으로 빨려드는 수렁이었다. 빠져나오고 싶었다. 누구도 자신이 빠진 수렁으로 구명의 줄을 던져주려 하지 않았다. 그렇다면 자명했다. 자신의 머리털을 한 올 한 올 뽑아내 밧줄을 만들어야만 했다. 그럴만한 시간이 주어진다면.

"완이 너 일찍 일어났다?"

늘 이 시간이면 밤샘 작업에 지쳐 자고 있을 거란 생각을 하셨던지 수인 선생은 외투를 받아드는 외아들을 빙긋이 바라보며 물었다.

"피곤하시겠어요? 벌써 일주일이 넘었잖아요, 아버지."

윤완은 슬쩍 아버지의 물음을 비껴났다. 학교일이 아니고서는 그다지 세세하게 물어본 적이 없었다. 언제나 그렇게 뭉뚱그리듯 물었다. 대답이 있으면 듣고 그렇지 않으면 의향이 없구나, 짐작할 뿐이었다. 그런데 어쩐 일인지 그날따라 수인 선생은 당신의 얘기를 하고 싶은 듯했다. 윤달진은 넥타이를 느슨하게 풀어내며 거실 중앙에 놓인 소파에 몸을 내렸다. 안타까움이 깃든 눈길로 내려다보는 아내에게 "차 한 잔 주구려," 하고는 마주앉은 윤완에게 묘한 질문을 던졌다.

"완이 너, 요즘 뭐 이상한 거 못 느꼈냐?"

평소 같았으면 "뭐 말입니까?" 하고 되물었겠지만 윤완은 아버지의 물음이 무슨 의미를 갖고 있는지를 모르지 않아 입을 다물었다. 무거운 겨울옷을 벗어버리고 산뜻하고 가벼운 봄옷을 입으려 하는 사람의 그것처럼 핼쑥한 안색에도 불구하고 아버지의 표정은 밝아 보였다. 그래서 위험해 보였다. 묘한 긴장감이 일었다. 아버지의 물음은 지난 세밑부터 일기 시작한 정치판의 이상한 기류를 빗대고 있었다. 뭐라고 대답해야 할지를 생각하던 윤완은 얼마 전 이문호가 했던 말을 기억하고는 슬쩍 각색했다.

"요즘 신문 보면 뭐가 뭔지를 모르겠어요. 기사들이 지나치게 경직되어 있다는 느낌이랄까요, 마치 기자들이 지뢰 지대를 지나가는 군인들 같아요. 뭔가 큰 게 하나 터질 모양인데."

말이 이어지는 동안 수인 선생의 입꼬리가 묘하게 올라갔다.

"작가의 상상력이냐?"

그 물음 역시 평소의 것은 아니었다.

"아버지."

윤완은 밝음과 어둠이 묘하게 겹쳐 있는 수인 선생의 얼굴을 뚫어지게 보았다. 사람의 생김새를 두고 귀골貴骨이다 천골賤骨이다 가리는 게 우습기 짝이 없다는 생각을 가진 그였지만, 당신의 얼굴을 들여다보고 있으니 거기에서 묘한 얼룩을 발견할 수 있었다. 관상은 타고나는 게 아니라 만들어진다는 말이 맞는 듯했다. 당신의 상호는 귀골이나 천골 중의 하나가 아니라 아픔을 견디는 사람의 그것이었다. 그것이 얼룩을 만들어내고 있었다. 상처를 입고, 그 상처를 치유하기 위해 분투하고, 그리고 이제 그만 상처도 치유도 다 던져버리고 싶다는 자포자기, 그런 것들이 얼룩으로 나타나 있었다. 어떤 것은 귀하게, 어떤 것은 천하게. 아들의 쏘는 듯한 눈길이 버거웠던지 수인 선생은 아내가 놓아준 찻잔을 덥석 집어 들었다. 그리곤 한 모금 훌쩍 마셨다.

"제게 하시고 싶은 말씀이라도……."

윤완이 말끝을 흐렸다. 밝았던 기운이 당신의 얼굴에서 지워지고 있었다. 찻잔을 내려놓고 손등으로 입술을 닦아낸 뒤 수인 선생이 입을 열었다.

"아홉 길 되는 산을 만드는데 한 삼태기의 흙을 길어오는 걸 게을리 해서 산을 이루지 못했다는 고사가 있지?"

수인 선생은 뜬금없이 구인공휴일궤九刃功虧一簣의 고사를 인용했다. 임금이 된 사람은 아침 일찍부터 밤늦게까지 천하의 정치를 힘써 행하지 않으면 안 되느니, 만약 작은 행동에서 신중함을 잃는다면 마침내 큰 덕을 손상시키고 말 것이다. 흙을 쌓아 산을 만듦에 한 삼태기의 흙만 보태면 아홉 길[구인九刃]에 이르게 되는데 마지막 한 삼태기[일궤一簣]의 흙이 모자라 이지러지고 말았다, 는 옛 얘기

- 〈서경〉 여오편旅獒編에 나오는 말 - 를 인용한 수인 선생을 윤완은 의아한 눈길로 바라보았다. 수상했다. 인용한 그 고사가 지금의 권력을 두고 하는 것인지, 아니면 수인 선생 자신을 두고 한 것인지, 판단이 서질 않았다. 하지만 지금의 정부를 빗댄 것이라면 한 삼태기의 흙을 보탠다고 해서 아홉 길이나 되는 큰 산을 이룰 수는 없을 것이었다. 그렇다면 뜬금없이 인용한 고사는 당신 자신을 향한 것이 분명했다.

"아버지 말씀은, 제 귀엔 정치에서 발을 빼시겠다는 것으로 들립니다. 맞나요?"

윤완의 물음은 조심스럽지만 단호했다. 수인 선생은 선뜻 답하지 않았다. 한순간 윤완은 자신의 해석이 지나쳤는가 싶었다. 다시 찻잔을 집었다 놓는 시간이 꽤나 길었다.

"왜? 그러면 안 되기라도 하느냐?"

윤완은 아버지의 되물음이 자신의 해석에 대한 긍정이라고 느껴졌다. 하지만 석연치가 않았다. 아버지가 왜 갑자기 정치에서 발을 빼겠다는 생각을 했는지 납득이 가질 않았다. 그렇게 만든 게 무언지 궁금했다.

이틀은 빠르게 지나갔다.

그 이틀 동안 윤완과 수인 선생 부자는 집밖으로 한 발자국도 나가지 않은 채 끝도 없이 바둑만 두었다. 가끔씩 화장실을 다녀오거나 윤완이 담배를 피우기 위해 바둑판을 떠나는 걸 제외하면 아침부터 늦은 밤까지 교교한 정적이 뒤덮인 넓은 거실에는 "딱, 딱!" 바둑판 위로 떨어지는 바둑돌 소리만이 들릴 뿐이었다. 두 사람이 나눈 대화라곤, "너무 깊숙이 들어온 것 아니냐," 하고 수인 선생이 물으면, "승부수라고 할 수 있죠," 라고 윤완이 응수하는 정도였다. 혹은 "너무 깊이 들어오신 거 같은데요," 하고 윤완이 말하면, "승부수란 깊숙이 들어가는 법," 하고 수인 선생이 답을 했다. 칙칙한 적요의 그림자 속을 수인 선생의 부인이 또 다른 그림자가 되어 아주 규칙적으로 오갔다. 그녀는 차를 내다놓거나 식사를 준비하거나 가끔씩 걸려오는 전화를 받았다. 수인 선생을 찾건 윤완을 찾건 대답은 한결같았다.

"지방엘 갔습니다. 언제 오는지 언질이 없었네요."

전화벨이 울리고 그녀가 수화기를 내려놓는 동안 두 사람은 마치 통화를 엿듣기라도 하듯 손길을 멈춘 채 바둑판을 응시했다. 윤완은 T신문사의 이문호가 전화를 걸어왔다는 걸 알면서도 받을 수가 없었다. 그가 던진 세 가지 제안에 답을 할 마음은 이미 사라지고 없었다. 지금은 오직 아버지 수인 선생의 일거수일투족에만 신경이 쓰일 뿐이었다. 문득문득 수인 선생께 상의하면 어떨까 하는 생각이 들곤 했지만, 그 역시 적당한 때가 아니라고 판단되었다. 수인 선생도 마찬가지였다. 자신이 왜 정치에서 발을 빼려 하는지에 대해 진지한 얘기를 나누고 싶었지만 왠지 모르게 말이 나오지 않았다.

그렇게 이틀이 지나고 밤이 왔다.

우상귀에서 시작해 중앙으로 길게 이어진 백의 대마가 흑에게 포획되어 옴짝달싹할 수 없는 처지임을 확인한 수인 선생은 허전하게 웃음을 날리며 한마디 툭 던졌다.

"이 대마가 꼭 누구 신세 같구면."

돌을 거두려던 윤완의 손길이 우뚝 멈추었다. 수인 선생의 그 말이 섬뜩하게 폐부를 찔러온 것이다. 가슴이 아팠다. 패배자의 넋두리처럼 들린다는 것에 화가 나기도 했다.

"최근에 선이 소식 들었냐?"

아버지의 말이 떨어지는 순간, 윤완은 가슴이 철렁하고 내려앉았다. 지난여름 이후로 소식이 완전히 끊겨버린 누나의 얘기를 다른 사람도 아니고 아버지의 입을 통해 들었기 때문이었다. 무덥던 여름 내내 누나로 인해 겪었던 아버지의 고초는 차마 말로 표현하기 힘든 것이었다. 윤완에게는 두 살 위의 누나가 있었다. 윤선尹善. E여대를 졸업하고 곧바로 미국으로 유학을 떠났다. 국내 전공이었던 법학을 버리고 뉴욕의 한 대학에서 학부부터 새로 다닌 그녀는 철학 공부를 시작했고 박사 학위를 취득하자 중국과 일본으로 다시 유학길에 올랐다. 그리고 뉴욕의 모교로 돌아온 그녀에게 동양철학사 강의가 주어졌다. 에드먼드라는 미국인과의 짧은 결혼 생활과 느닷없는 이혼은 그 뒤로 일어난 일보다는 차라리 덜 충격적이었다. 지난해 여름 그녀에게 정부로부터 갑자기 입국 금지 조처가 내려진 것이다. 그녀가 수차례에 걸쳐 한국 정부의 승인을 받지 않고 입북해 정치적 활동을 했다는 혐의 때문이었다. 당연히 수인 선생은 수사기관에 불려가 호된 문초를 받았다. 하지만 정작 그녀에게 씌워진 혐의는 그야말로 혐의 이상 아무 것도 아니었다. 정치 활동의 증거는 단 하나도 없었다. 더구나 그녀는 유엔무역개발회의(UNCTAD) 뉴욕 주재 미국측 연락사무관으로 근무하던 미국인과 결혼을 하면서 시민권을 취득한 상태였으므로 설사 그녀가 북한을 다녀왔다 해도 한국 정부로부터 입국 제재를 당할 이유가 없었다. 하지만 종교인, 학생, 국회의원, 작가 등 다양한 부류의 국내인들이 정부의 허가를 받지 않은 상태에서 북한을 방문하여 물의를 일으키고 있는 상황에선 어떻게 해볼 도리가 없는 형국이었다.

지난해 가을, 딸의 밀입북 후 정치 활동 지원이라는 혐의로부터 벗어나긴 했지만 수인 선생의 마음은 한시도 편하질 않았다. 도대체 어떻게 하다 이 지경까지 몰리게 되었는지 어이가 없었던 것이다. 수인 선생은 물론이고 그의 부인, 아들 윤완, 처제 현미송, 그 누구도 미국행 비행기를 탈 수가 없었다. 입국 비자가 번번이 거절되면서 윤선을 만날 수 있는 길이 완전히 차단되어버렸다. 언젠가 윤완이 그 사태를 두고 재판을 벌여야 하지 않느냐는 뜻을 내비쳤을 때 수인 선생은 "두고 보자,"는 말만 남겼을 뿐이었다. 행여나 미국에 있는 딸에게 누가 될까 두려웠던 때문이었다. 전화조차 자주 하지 않은 것도 그 때문이었다. 행여나 도청이라도 당해 괜한 꼬투리를 잡힐까 걱정이었던 것이다.

윤완의 가족들이 이런 상황에 처하게 된 실제적인 이유가 어디에 있는지 궁금하지 않을 수 없었다. 정원의 나무들이 물기를 잃어가던 늦가을, 일찍 집으로 돌아온 수인 선생은 가족들을 불러놓고 은밀하게 알아본 사실들을 털어놓았다.

"선이한테 남자가 생긴 모양이더라. 헌데 그 남자가."

허전한 웃음 끝에 시작된 수인 선생의 얘기는 그대로 믿기가 힘들 정도였다. '난감하다'는 게 그럴 때에 쓰이는 말이구나, 싶은 얘기였다. 에드먼드와 이혼을 하고 혼자 살며 대학에서 동양철학사를 강의하고 있던 윤선은 어떤 경로를 통해서였는지 몰라도 남자를 만났다고 했다. 몇 개월이 지난 뒤엔 사랑하는 사이가 되었다. 그 남자의 이름은 장인국張仁國. 유엔 주재 북한대표부에서 일하며 교육과학문화기구(UNESCO)의 일에 관여하는 젊은 인재였다. 거기까지도 문제였지만, 그 남자의 부친이 더 큰 문제였다. 윤완의 누나 윤선이 사랑하게 되었다는 남자의 아버지인 장사준張思俊은 북한 중앙당의 고위 간부였고, 몇 년 전 작고했다는 그의 할아버지 장열張烈은 퇴역 장성으로 생전에 김일성의 수족이나 다름없는 인물이었다는 것이다. 윤선이 사랑하는 사람이 하필이면 북한 출신의 남자였고, 게다가 고위직 관료의 아들이었다는 사실은 한국 정부로부터 시달림을 받기에 딱 좋은 빌미였다.

거기까지 알아낸 수인 선생은 제3국에서라도 그녀와 만나 자초지종을 알아보겠노라고 했지만, 거기엔 그들이 미처 간파해내지 못한 몇 개의 비밀이 숨어 있었다. 참으로 삶이란 알 수 없는 일이다. 알 수 없는 그 삶은 때로 과연 한 개인의 삶인가 싶게 크고도 넓고도 깊다. 그 크기와 넓이와 깊이는 그 삶이 존재하는 한 시대의 크기와 넓이와 깊이만이 아니라 그 삶 이전에 존재했던 시대의 크기와 넓이와 깊이까지를 아우른다. 불행한 것은, 아니 다행인 것은, 그 삶의 주인이나 그 주인과 관련된 모든 사람들이 그것을 전혀 눈치 채지 못한다는 사실이다. 그래서 그 삶은 가능한 것이다. 미리 눈치 챘다면 벌써 거두었을 것이고, 멈추었을 것이므로.

제3부

적은 없다

세상이 어둠에 휩싸여 있을 때, 그 세상이 어둠에 지배당하고 있다는 것을 알려
주는 것은 빛이다. 마치 개인이 세계에 함몰되어 있을 때, 억압이 그에게 자유
의 의지가 존재함을 알려주듯이.

비가 내리고 있었다.

벌써 사흘째였다. 그쳤는가 싶어 창밖을 보면 우연雨煙이 허옇게
덮인 흑인 밀집 구역 주택가의 지저분한 골목이 시선을 막았다. 그
녀는 지난 이틀 동안 다섯 번이나 공항엘 갔었다. 하지만 번번이 헛
걸음을 쳤다. 통화도 하지 못했다. 그녀가 세 든 낡은 7층짜리 아파
트, 조금만 비가 와도 물이 스며드는 맨 위층엔 아예 사람이 살지도
않았다. 아파트는 마치 중세의 저주받은 성을 연상시켰다. 전화는
수시로 끊겼고, 며칠이 지나도 고치러 오지 않았다. 그의 목소리를
듣지 못한 채 저주받은 성에 갇혀 지낸 사흘 동안, 그녀는 죽음과도
같은 고독에 치를 떨었다. 뱃속에 넣은 거라곤 한 끼에 사과 한 알과
미네랄워터 500밀리리터 한 병뿐이었다. 아무 것도 먹고 싶지 않았
다. 보고 싶은 사람을 보고 싶을 뿐이었다. 첫날 공항에서 허탕을 치
고 돌아오는 길에 사들고 온 파인애플 피자는 반도 더 남아 있었다.

메이저리그 올스타전을 텔레비전으로 보면서도 심드렁했다. 그와 함께였다면 분명히 그렇지는 않았을 것이다. 그녀는 문득, 고국에 있을 동생을 생각했다. 그녀에겐 소설가가 되지 않았다면 야구선수가 되었을 거라고 너스레를 떨 만큼 야구를 좋아하던 동생이 있었다. 못 본 지가 몇 년이 되는지 그녀는 헤아리기조차 어려웠다. 그리고 이젠 언제 고국으로 돌아갈 수 있을지 장담할 수도 없었다. 아버지, 어머니, 이모, 모두가 그리웠다. 하지만 그들에겐 죄스러운 일이었지만 진정으로 그리운 사람은 단 한 사람, 바로 그였다.

장인국.

사랑하는 가족들과의 만남을 차단시켜버린 장본인이라는 사실을 만회하기라도 하듯 모든 사랑과 모든 그리움을 그는 대신하고 있었다. 하루라도 그를 만나지 못하면 단잠은 불가능했다. 하루라도 그의 목소리를 듣지 못하면 극악한 환청이 그녀의 청각을 지배했다. 그의 부드러운 입술이 살갗에 닿으면 잠자던 온몸의 촉각은 불을 지핀 듯 일어섰다. 지독한 사랑의 열병이었다. 그래서였을까. 만난 지 한 해가 다 되어가는 지금까지 그가 적국適國의 남자라는 사실을 단 한 번도 실감하지 못했다. 그것은 단지 같은 민족이라는 것 때문이 아니었다. 이유는 오직 사랑뿐이었다. 그를 사랑했으므로 그에게서 어떤 적의도 느끼지 못했다. 그런 그를 사흘씩이나 보지 못했고, 그 사흘 동안 목소리도 듣지 못했다. 번번이 잠을 설쳤고, 당연히 온갖 환청이 그녀를 괴롭혔다. 거의 미쳐버릴 지경이었다.

하루 만에 돌아오리라던 시카고 여행에서 그는 사흘 동안이나 돌아오지 못하고 있었다. 물론 그의 자의가 아님을 그녀는 알고 있었다. 며칠 째 계속 내리고 있는 폭우 때문이었다. 비가 싫었다. 창문을 타고 흘러내리는 빗물이 보기 싫었다. 그러나 어쩔 수 없이 그녀는 다시 창 쪽으로 고개를 돌렸다. 비가 그치면, 언제든 공항으로 달려갈 것이다. 하지만 그녀를 놀리기라도 하듯 거뭇하게 어두워가는 할렘의 저녁은 비에 젖고 있었다. 그녀는 카펫 위에 놓인 리모컨을 집어 들기 위해 소파에서 몸을 일으켰다. 그때 가까운 곳에서 자동차가 멈추는 소리가 들려왔다. 그녀의 가슴이 뛰기 시작했다.

'그일까?'

그녀는 빗줄기가 조금씩 굵어지는 창밖으로 눈길을 던졌다. 하지만 카펫 위에서 움직일 줄 몰랐다. 확인하기 싫었다. 만약 그가 아니라면, 창밖으로 몸을 던져버릴지도 몰랐다. 그 과장스런 마음의 움직임이 두려웠다. 그는 비안개 저 너머에 아스라이 펼쳐진 프로스펙트 파크의 희미한 불빛들을 빨아들일 듯 바라보았다. 그녀의 눈시울이 촉촉이 젖어 있었다. 그때였다.

"까르르르!"

고장 난 자명종 시계가 울듯 아파트 출입구의 도어벨이 요란하게 울렸다. 그녀는 벽에 붙은 인터폰의 수화기를 들지도 않은 채 키 버튼을 꾹 눌렀다.

"그가 돌아왔어!"

그녀의 물기 어린 중얼거림이 파르르 떨리며 피어오르는 입김처럼 입술 사이로 새나왔다. 두 다리에 힘이 빠져나가 곧 쓰러질 것만 같았다. 이제 그는 엘리베이터 안으로 들어섰겠지. 그러곤 '4'라고 쓴 버튼을 눌렀을 거야. 비에 젖지 않게 품에 안은 선물꾸러미를 빙 긋이 내려다보고 있겠지.

엘리베이터가 멈춘 듯 "딩!" 하는 경쾌한 음향이 들려왔다. 복도의 카펫 위로 떨어지는 나직한 구두 발자국 소리가 푸슬푸슬한 땅 위로 떨어져 스며드는 물소리처럼 들려왔다. 그녀는 수선스럽게 머리칼을 쓸어 올렸다. 왜 미처 생각을 하지 못했을까. 괜스런 후회가 일었다. 그리 가까운 거리는 아니었지만 차를 렌트해서 달려오리라는 생각을 그러면 충분히 할 수 있다는 걸 짐작은 했었어야지. 그녀는 혀를 내밀어 입술을 축였다. 포옹과 키스, 그 황홀한 순간을 그녀는 아주 짧은 순간에도 미리 느꼈다.

"똑똑."

노크 소리가 들려왔다. 뭐라고 말할까. 왜 이렇게 늦었냐고 투정이라도 부려볼까. 아니야, 난 아무 말도 할 수 없을 거야. 도어 손잡이를 틀어쥐는 순간에도 수없이 많은 말들이 머릿속을 헤집어놓았다. 그녀는 힘껏 손잡이를 비틀었다.

문이 열렸다.

그녀의 상상은 완전히 빗나갔다. 문이 열리고 그녀의 눈길에 맨 처음 잡힌 것은 문 앞에 버티고 서 있는 남자의 셔츠에 박힌 조그마한 초록빛 악어 문양이었다. 그것은 눈이 아리도록 붉은 빛깔의 티셔츠 가슴팍에 조각한 듯 박혀 있었다. 그녀는 천천히 시선을 위쪽으로 옮겼다. 한참이나 올려다 봐야 할 만큼 큰 키의 남자였다.

"누, 누구시죠?"

문 앞에 버티고 서 있는 남자가 한 눈에도 한국인이라고 느껴진 듯 그녀는 한국말로 물었다. 짙은 실망감이 깃든 그녀의 목소리 속에는 느닷없는 방문객, 그것도 미국 생활이 몇 년쯤 지난 뒤부터는 차라리 미국 사람을 만나는 것보다 몇 배나 부담스러워졌던 동양인이라는 사실에 묘한 긴장감이 일었다. 예상대로 문 앞에 버티고 선 남자는 한국인이었다.

"윤선 씨, 맞습니까?"

40대의 얼굴을 하고 있었지만 입성으로 보아서는 이제 겨우 30대로 접어든 것 같은 남자가 묻고 있었다.

"저는 박영진이라고 합니다. 긴히 드릴 말씀이 있는데, 들어가도 되겠습니까?"

흔한 성에 흔한 이름이긴 했지만 도무지 아는 이름이 아니었다. 물론 그의 얼굴 역시 낯설었다. 여름인데도 무릎을 덮을 정도로 긴 코트를 입고 있는 걸로 보아 멋깨나 부리는 남자일 듯싶었다. 눈무덤이 시꺼멓게 죽어 있는 걸 제외하면 굉장한 미남이었다. 영화배우처럼. 그런 생각이 들자, 문득 박영진이라는 남자가 그리 낯설지만은 않았다. 그가 보낸 사람일까? 무슨 일이지? 그녀는 말없이 문 옆으로 비켜서서 그에게 들어설 자리를 마련해주고는 한숨을 뽑아냈다. 장인국이 아니라는 사실에 실망한 것도 잠시 그녀는 남자가 한 '긴히 드릴 말씀'이 무언지 조급해지기 시작했다. 좋지 않은 소식이 아니기만을 바랄 뿐이었다. 그런 얘기는 듣고 싶지 않았다. 그녀가 문을 닫아걸고 돌아섰을 때 남자는 막 코트를 벗어 방금까지 그녀가 앉아 있던 소파 위에 가만히 내려놓았다. 숙였다가 일어서는 남자의 손에 노란 사각봉투 하나가 들려 있는 게 보였다. 남자는 그것을 한 손에 들고 반대편 손바닥에다 툭툭 쳤다. 집안을 빙 둘러보고 난 뒤에야 남자는 그녀가 서 있는 쪽으로 고개를 돌렸다. 한쪽 입꼬리를 올리며 웃는 그의 표정이 무척 이물스러웠다. 그제야 그녀는 함부로 남자를 집안으로 들였다는 후회가 일었다. 도로 나가라고 하기엔 타이밍이 맞질 않았다. 무엇보다 장인국의 소식을 갖고 왔을지 모른다는 생각이 그녀의 머릿속을 어지럽혔다.

"박영진 씨라고 하셨던가요?"

그녀는 양쪽 팔을 교차시켜 몸을 감싸고는 좀 야멸친 목소리로 물었다. 남자는 입술을 삐죽이 내밀고는 어깨를 한번 으쓱해 보였다.

"뭐 하시는 분인지 여쭤봐도 되겠어요? 이왕 대답해주실 거면, 제가 잘 이해할 수 있도록 자세하게 해주세요."

그녀의 말투가 너무 매몰찼던지 남자는 뚱한 얼굴이 되어 얼른 입을 떼지 않았다. 남자는 비에 젖은 머리칼을 손가락으로 대충 털어내고는 주방 쪽을 흘낏 보았다.

"따뜻한 차 한 잔 마실 수 있겠습니까? 제가 사는 엘에이하고는 참 많이 다르네요, 여기 뉴욕 말입니다. 여름인데도 비가 오시니까 으스스한데요?"

주방 쪽으로 건너갔다 돌아온 남자의 시선이 그녀를 정면으로 쏘아보았다. 거실 한 구석에 켜놓은 여린 스탠드 불빛이 비껴 음영을 만든 탓인지 남자의 꺼멓게 죽은 눈무덤이 유난히 어두워 보였다. 헤로인 아니면 코카인. 그녀는 순간적으로 생각했다. 마약 상용자들의 눈무덤은 대부분 시꺼멓게 죽은 빛깔을 하고 있었다. 그런 생각이 들자 남자를 집안에다 함부로 들였다는 후회가 더욱 세차게 일었다. 도무지 장인국이 보낸 사람 같지 않았다. 그렇다고 그의 이름을 함부로 거명할 수는 없었다. 장인국과의 사이를 아직은 '이쪽'도 '저쪽'도 모르고 있는 상황이었다. 그녀는 남자의 시선을 피하며 주방 쪽으로 걸음을 옮겼다.

"커피 밖에 없어요."

여전히 그녀는 매몰찬 기운을 풀지 않은 채 말했다.

"땡규!"

남자는 과장스럽게 소리를 높이고는 의미를 알 수 없는 웃음을 터뜨렸다. 그녀는 선반에 얹힌 찻잔을 내려놓고 커피메이커의 주둥이를 기울이며 뒤를 힐끔 돌아보았다. 남자가 들고 있던 노란 봉투에서 뭔가를 꺼냈다. 그것은 라벨이 붙어 있지 않은 까만 비디오테이프였다.

"제 물음에 아직 대답하지 않으셨죠? 이제 해주시겠어요?"

커피잔을 박영진이 앉아 있는 소파 앞 테이블 위에 내려놓으며 윤선은 그의 눈을 똑바로 쳐다보았다. 박영진은 그녀의 말에 대꾸할 생각이 아예 없는 듯 커피를 후루룩 마셨다.

"많이 식었네."

짧게 내뱉는 그의 말에 서늘함이 묻어나왔다. 그 서늘함은 그녀를 쏘아보는 눈빛에서 더욱 확연히 느낄 수가 있었다. 순간 그녀는 두려움이 일었다. 박영진이라는 남자의 시꺼멓게 죽은 눈밑이 마약 때문이라는 예감이 굳어지면서 그녀의 두려움은 훨씬 강도를 높여갔다. 그녀는 한 발짝 뒤로 물러서며 날카롭게 소리를 질렀다.

"나가주세요! 겟 아웃…… 플리즈."

커피잔을 입술에서 떼어놓던 남자의 손이 허공에서 멈추었다. 어이없다는 듯한 표정이 그의 얼굴에 떠올랐다.

"왜 이러시나, 아가씨. 아 참, 아가씨가 아니지."

그는 빙글빙글 웃는 낯으로 슬그머니 일어나 그녀의 앞으로 걸어왔다. 그녀는 하얗게 질린 채 삼단 서랍이 달린 콘솔 쪽으로 뒷걸음질을 쳤다. 그 맨 위쪽 서랍에 리볼버 권총이 들어 있었다. 박영진이란 남자는 그다지 서두르지 않고 그녀에게로 다가왔다. 그에게서 시선을 떼지 않고 물러나던 윤선의 엉덩이에 콘솔이 닿았다. 재빨리맨 위쪽 서랍의 고리를 쥐고 힘껏 당겼다. 그러곤 몸을 틀어 권총을쥐었다. 차갑고 이물스러웠던 권총은 마치 온기를 지닌 작은 짐승처럼 따스했다. 그것이 자신을 지켜줄 유일한 물건이란 사실을 깨닫는순간 윤선은 손이 와들거리며 떨리기 시작했다. 안전고리를 벗겨내고 돌아서는데 언제 다가왔는지 박영진의 거친 손아귀가 그녀의 머리채를 움켜쥐었다. 눈 깜짝할 만큼 짧은 순간이었다.

"악!"

고개가 뒤로 젖혀지면서 그녀의 입에서 비명이 터졌다. 박영진의손이 권총을 쥔 그녀의 팔을 허리 뒤로 꺾었다. 뼈가 으스러지는 것같은 통증이 일었다. 눈물이 쑥 뽑혀 나왔다. 뒤로 꺾인 그녀의 얼굴위로 그의 얼굴이 덮치듯 내려왔다. 그의 눈빛이 이글거리며 타고있었다.

"왜 이리 성급하게 굴어. 볼일 마치려면 아직 시간이 엄청 남았는데. 하는 수 없지, 당신이 그렇게 서두르니 빨리 시작하는 수밖에."

문지르면 두꺼운 검정색 크레용이 묻어날 것 같은 어두운 목소리였다. 그녀의 머리채를 휘감았던 팔을 풀어내면서 박영진은 그녀의 뒤쪽으로 돌아가 그녀의 몸을 단단히 결박했다. 그러곤 그녀를 텔레비전이 놓인 쪽으로 번쩍 들고 갔다. 엄청난 힘이었다. 그녀는 옴짝달싹할 수 없었다. 박영진은 테이블 위에 놓아둔 테이프를 집어 들어 텔레비전 아래쪽에 있는 VCR에다 밀어 넣었다.

"저 비디오, 고장 난 건 아니겠지?"

소름끼치도록 서늘한 목소리였다. 소니사의 CM이 끝나자 곧이어 영화의 첫 장면 같은 것이 모니터에 잡혔다. 검은 화면에 '인디언 디스트로이어Indian Destroyer'라는 붉은 영문 글씨가 나타났다. 인디언 파괴자? 영화의 제목인 듯했다. "잘 봐 둬. 지금부터 우린 저기 나오는 것하고 똑같이 할 거니까," 라는 박영진의 말이 떨어지기 무섭게 여자의 과장스런 교성이 흘러나왔고, 벌거벗은 남녀의 성희 장면이 화면 가득 펼쳐졌다. 포르노 영화였다. 윤선은 박영진의 완강한 힘 앞에서 꼼짝할 수가 없었다. 뒤쪽에서 두 팔로 그녀를 껴안은 박영진은 천천히 소파에 앉았다.

"똑똑히 봐 둬. 저기 알만한 사람이 나올 테니까. 아직은 한 편에 8백 불짜리 싸구려 배우지만 그래도 엄연히 주연이지."

눈을 감으려던 그녀는 박영진의 말에 마법이라도 걸린 듯 오히려 두 눈을 크게 떴다. 깜깜한 밤하늘을 가르며 떨어지는 한 줄기 섬광처럼 그리운 이의 얼굴이 그녀의 망막에 떠올랐다가 사라졌다. 무슨 일인가 일어났구나. 그녀는 그렇게 생각했다. 박영진이란 남자의 정체가 뭔지는 몰랐지만, 이 버러지 같은 자의 느닷없는 출현은 자신의 연인인 장인국과 결코 무관하지 않을 것이었다. 여자의 본능적인 직감이었다.

텔레비전 화면을 가득 채우며 펼쳐지고 있는 남녀의 변태적인 몸짓과 과장스럽고 폭발적인 음악, 그리고 그 음향의 틈을 비집고 나오는 포르노 여배우의 교성이 이 난감한 상황에서도 그녀로 하여금 박영진이라는 남자가 '저쪽'이 아니라 '이쪽'의 사람이라는 확신을 주었다. '왜?' 뒤쪽에서 기묘한 자세로 껴안긴 그녀는 자신이 지금 처해 있는 상황이 불가항력적이라는 사실을 절감시켰다. 텔레비전 화면에는 거대하게 융기된 남성이 천천히 줌인되고 있었다. 그것은 여자의 흐느적거리는 사타구니를 향해 포신처럼 뻗어 있었다.

"그럼 우리도 시작해 볼까?"

박영진의 소름끼치는 목소리가 그녀의 뒷덜미로 쏟아졌다. 화면에 펼쳐진 포르노비디오는 지금 박영진과 그녀가 취하고 있는 자세와 꼭 같았다. 박영진은 그녀를 껴안았던 팔 하나를 풀어 그녀의 스커트 자락을 찢을 듯 걷어냈다.

"이러지 마세요."

소용없다는 것을 뻔히 알고 있었던 때문일까. 그녀의 목소리는 힘없이 떨렸다. 그녀는 있는 힘을 다해 몸을 비틀었다. 그러나 그 힘은 박영진의 한쪽 팔 힘에도 미치지 못하는 것일 뿐이었다.

"한 인디언 남자가 있었지. 그 녀석은 지금은 사라진 부족의 마지막 후손이야. 녀석의 애비는 신이 내린 엄청난 보화를 관리하던 마법사였지. 백인들에 의해 부족들이 몰살당하기 직전에 녀석은 애비로부터 그 보화를 넘겨받았어."

박영진은 마치 실제로 영화의 한 장면을 연출하듯 알 수 없는 소리를 지껄이기 시작했다. 그녀의 스커트 자락을 걷어낸 박영진의 손이 뱀처럼 그녀의 살갗 위를 기었다.

"녀석은 그걸 품에 안고 멀리 떠났지. 그런데 녀석이 간직하고 있던 게 뭐였는지 알아? 그건 바로 청춘의 샘이라는 물이 담긴 호리병이었어. 아무리 마셔도 마르지 않고, 마시면 영원히 죽지 않는 불사의 물. 녀석은 그걸 마시고 2백년을 살아왔어. 영원히 청춘인 채로. 그것은 백인들에 대한 녀석의 복수가 2백년을 이어왔다는 뜻이지. 헌데 그 복수의 방법이 뭔지 알아? 바로 당신이 지금 보고 있는 저것이란 말이야, 하하하하!"

박영진의 느물거리는 목소리는 다름 아닌 '인디언 파괴자'라는 포르노 영화의 내용을 들려주고 있었다. 그리고 그 목소리는 텔레비전에서 실제로 들려오고 있는 것처럼 실제와 환상의 경계를 무너뜨렸다. 그러나 그것은 환상이 아니었다. 감으려 해도 감겨지지 않는 그녀의 두 눈으로 물을 붓듯 포르노 필름의 붉은 빛이 쏟아져들었다. 섹스숍이 즐비한 밤거리에 네온사인이 명멸하고 있었다. 벌겋게 달아오른 남자들의 눈알이 현기증을 일으키며 밀려들었다. 섹스숍에서는 하루도 쉬지 않고 포르노 영화가 상영되고 있었고, 어떤 곳에는 영화가 그대로 실연되었다. 그런 곳은 언제나 붐볐다. 푸에르토리코 출신의 사회학도였던 콘치타라는 그녀의 여자 친구는 논문의 완성도를 높이기 위해 그곳을 출입하다가 치유 불능의 관음증 환자가 되었고, 결국 학교를 스스로 떠나버렸다. 그 콘치타를 마지막으로 본 것은 자유의 여신상이 보이는 이스트강 하구 푸에르토리코인 거주 지역의 초라한 모텔촌이었다. '비(V)'라는 별명을 가진 그 거

443

리. 그것은 자조적인 상징이었다. 손바닥을 밖으로 돌려서 손가락 두 개를 활짝 벌려 '비 사인'을 보이는 것은 승리를 의미하지만, 손바닥을 안쪽으로 돌려서 보여줄 때엔 경멸의 의미로 바뀐다. 그리고 그것은 여자의 성기를 뜻했다. 콘치타는 바로 그곳에서 자신의 몸을 팔며 승리와는 먼 삶을 살아가고 있었다. 윤선의 가물거리는 의식 위로 콘치타의 황폐한 그림자가 덮치고 있었다.

박영진이 켜놓은 텔레비전 화면 속의 두 남녀는 끝 모를 인간의 욕망, 거역할 수 없는 추락의 모험을 향해 숨 가쁘게 곤두박질치고 있었다. 그것이 어떠한 갈등도 주저도 없는 모험이었다면 지금 그녀가 해내고 있는 것은 모양만 똑같을 뿐 수많은 갈등과 한없는 주저 속에 진행되고 있는 모멸이었다. 온갖 혼란의 질료들로 가득했던 그녀의 머릿속이 점점 비어가고 있었다. 텔레비전 속 남녀의 숨 가쁜 교성이 고조되어 갈수록 그녀의 청각은 점점 마비되어갔다. 완강한 힘으로 조여 오는 박영진이라는 남자의 팔의 힘 속에서 그녀는 다 타버린 재처럼 힘없이 바스러지고 있었다. 통증은 그녀가 수용할 수 없는 무자비한 것이었다. 그래서 없는 것이나 마찬가지였다. 실제로도 아프지 않았다. 감각이 사라진 것 같았다. '인디언 파괴자'라는 포르노 필름 속 인디언 주인공으로 등장하고 있는 배우가 지금 그녀를 유린하고 있는 박영진이라는 사실을 몇 번이나 확인하면서 오히려 지금 자신이 처한 상황이 우스워지기 시작했다. 이것이 만약 적국의 남자를 사랑한 대가라면, 참으로 유치하기 짝이 없는 보복이란 생각이 들었다. 비포장도로를 질주하는 차를 탔을 때처럼 속이 메스꺼웠다. 텔레비전 뒤편 벽에 걸린 시계를 바라보았다. 시침과 분침은 시계를 정확히 반으로 갈라놓고 있었다.

오후 여섯 시.

미시건 호수를 따라 남동부로 완만하게 꺾인 호안 도로에서 시카고 하이웨이와 만나는 공단 지역. 거기서 다시 남쪽에 위치한 월프 호수를 가로지르는 접속 고가도로 아래, 하늘을 찌를 듯 솟아있는 무수한 굴뚝들 중에 유독 샛노랗고 굵은 것 하나만은 연기가 전혀 없었다. 그 옆으로 정유 공장들이 즐비해 있고 바늘로 찌르면 슉슉 거리며 바람이 빠져 어딘가로 날아가버릴 것 같은 원형 저장 탱크들이 오후의 비스듬히 기울어진 햇살을 통겨 올리고 있었다.

그 연기 없는 굴뚝 아래, 뒷머리를 바싹 깎은 키가 훌쩍한 동양인 남자가 벌써 여러 대째 줄담배를 피워 문 채 자신의 그림자를 밟으며 서성대고 있었다. 모양으로 봐서는 누군가를 기다리고 있는 듯했지만 좋이 한 시간은 지났건만 그에게 다가오는 사람은 아무도 없었다. 가끔씩 남풍에 쓸려온 정유 공장의 푸른 연기와 거뭇한 냄새만이 그의 머리 위를 휘돌다가 떠나곤 할 뿐이었다.

서른은 넘긴 것 같은데 섬약해 보이는 창백한 얼굴과 긴 목 때문인지 20대 중반으로 밖에 보이지 않는 그 남자는 유엔 주재 북한대사관 소속의 장인국이었다. 그가 뉴욕을 떠난 것은 사흘 전. 시카고로 온 것은 김일성대학의 3년 선배이자 외교학부 시절 문예 서클에서 문명文名을 날렸던 박명수朴明洙의 은밀한 청원 때문이었다. 그러나 사실 청원이라기보다는 일방적인 위협에 다름없었다.

"장 동지, 요즘 연애 사업 잘 진행되고 있소?"

귓속으로 나직이 찔러 넣던 박명수의 그 물음. 청천벽력과도 같은 말이었다. 몇 마디 더 하지 않았는데도 장인국은 박명수가 자신과 윤선이라는 남한 출신 대학 강사와의 관계를 알고 있다는 짐작을 할 수 있었다. 만약 박명수가 입만 뻥긋하는 날이면 자신의 앞날은 그야말로 먹구름이었다. 북한으로 소환되어 갈 것은 물론이고, 적잖은 문책이 따를 건 자명했다. 어쩌면 오지로 전보되거나 정치범 수용소로 보내질지 몰랐다. 하지만 정작 장인국이 걱정한 것은 자신의 뒤바뀔 처지가 아니었다. 윤선에게 어떤 위해가 닥칠지, 그게 더 부담스러웠다.

빠져나갈 구멍은 있었다. 정무원 외교부에 근무하다가 2년간의 특파 형식으로 유럽과 미주지역을 순회하고 있던 박명수가 자본주의의 달콤한 맛을 보면서 마약에 손을 댄 것이다. 당의 지원이 시원치 않아 경비의 상당 부분을 현지 조달하고 있는 상황에서 가장 손쉽게 주머니를 챙길 수 있는 것으로 마약 거래만한 건 없었다. 외교 특권으로 신분이 보장되는 점을 십분 발휘할 수 있기 때문에 오히려 현지인들로부터 은근한 추파를 받는 경우도 있었다. 그 은밀한 거래를 추적한 언론이 문제를 제기하는 경우도 있었지만 그런 게 오히려 마약 거래를 공공연한 행위로 인정해주는 구실을 해주기도 했다. 발각되지만 않는다면 고객은 얼마든 있다는 얘기였다. 특파 기간이 끝나 북한으로 돌아가면 어차피 그만이었다. 박명수가 거리낌 없이 빠져든 것도 그 때문이었다.

박명수는 독일을 거쳐 미국에 체류한 지 약 1개월쯤 뒤부터 '사업'을 시작했다. 주거래는 본거지인 뉴욕에서 이루어졌지만 외교관 신분을 가진 그는 미주의 거의 전 지역에서 활동하고 있었다. 그러던 어느 날 당에서 보낸 은밀한 전통 하나가 유엔 대표부로 날아왔다. 그맘때쯤 캐나다 몬트리올 부근에서 발생한 어느 현지인 마약 상습 복용자의 자살과 깊이 연루되어 있었다. 현지 경찰의 수사에 의해 조지라는 자살자의 주변 인물들이 'PARK'이라는 한국인 남자가 조지와 매우 가까운 사이였고 조지가 죽기 하루 전날에도 뉴욕에서 그가 찾아왔었다는 증언을 남겼다는 것이다. 당에서 온 전통의 핵심 내용은 바로 그 'PARK'이 박명수라는 확신을 가지고 있으며 거기에 대해 빠른 시일 안에 내사해서 보고하라는 것이었다. 당이 그런 긴급 전통을 보낸 데는 다른 몇 가지 이유가 있었다. 그것은 박명수가 경비를 조달하기 위해 마약 거래를 하다가 스스로 마약에 빠져들었다는 것과 자신의 과오가 드러나면 미국 내에서 잠적할 소지가 다분한 감상주의자라는 것, 그리고 때에 따라서는 미국 정부나 남한으로 망명해버릴 수도 있다는 것 등이었다. 그러나 캐나다인 조지의 마약 상습에 의한 자살 사건에 박명수가 연루된 데 대한 당의 의심은 대학 시절 동기 동창이며 대학여맹위원회 회장을 지냈던 당시 박명수의 아내 고인숙이 북한 내에서 일어난 반체제 음모 사건에 연루되어 구금되어 있다는 것과 깊은 관계가 있었다. 그 사실을 박명수가 숙지하고 있는지의 여부는 확실하지 않았지만 당으로서는 하루빨리 박명수를 북으로 송환하고 싶어 하는 눈치였다.

"휴우!"

장인국은 붉은 기운이 퍼져 있는 서쪽 하늘을 바라보며 길게 한숨을 뽑아냈다. 정말 박명수가 잠적해버린다면 그건 결코 작은 문제가 아니었다. 그로서는 윤선과의 관계가 밖으로 드러나지 않을 것이기에 다행이라고 생각할 수도 있었지만 그런 이유로 자위할 수만은 없는 문제였다. 대표부의 구성에 대폭 물갈이가 이루어질 것은 불을 보듯 뻔했다. 그렇게 된다면 윤선과의 관계도 끝이었다.

장인국은 윤선을 떠올렸다. 그녀와의 위험스런 밀회의 시간들이 꿈처럼 느껴졌다. 그녀와 있으면 조그마한 땅덩어리가 남과 북으로 갈려 있다는 상황이 그렇게 슬프게 느껴질 수가 없었다. 조국의 상황이 비극이라면 자신들의 처지만큼 그 비극을 잘 설명해줄 수 있는 것도 달리 없으리라는, 지극히 감상적인 생각이 그를 지배했다. 어쩌면 박명수의 처지 역시 자신들과 다를 바 없을지 몰랐다. 박명수나 그의 아내인 고인숙이나, 한때는 피를 나눈 형제처럼 가까웠던 사람들이었다. 대학 시절 밤새워 고리키를 얘기하던 일이 어제의 일처럼 느껴졌다. 후텁지근한 바람 한줄기가 목덜미로 날아들었다. 그때 "장 동지!" 하고 부르는 소리가 들려왔다. 박명수였다.

"뉴욕엔 벌써 며칠째 폭우가 쏟아지고 있다더군, 후후후."

때가 꼬질꼬질하게 묻은 와이셔츠를 팔꿈치까지 걷어붙인 박명수는 넥타이를 느슨하게 풀어내며 의미심장한 한마디를 던졌다. 그러나 야비하게 보일 법한 그의 웃음소리는 의외로 허전했다. 장인국이 알고 있는 박명수라면, 자신이 쓴 문장 하나를 고치기 위해 며칠 밤을 새웠던 그 박명수가 맞다면, 그 웃음이 야비할 수는 없었다. 하지만 그 웃음이 허전하게 느껴지는 것 역시 기분 좋은 일은 아니었다.

"박 선배."

장인국은 졸린 듯 거의 감겨져 있는 쌍꺼풀진 박명수의 눈을 이윽히 들여다보았다. 오래 전 그와의 추억 한 자락이 바람처럼 인국의 뇌리를 스치고 지나갔다. 머리통이 유난히 커 '거인'이라는 별명을 가지고 있던 대학여맹위원장 고인숙에게 박명수가 보낸 연애편지가 어느 날 되돌아왔다. 김일성대학 내에서는 최고의 미남으로 꼽히던 박명수가 최악의 추녀라고 할 수 있을 고인숙에게 퇴짜를 맞았다는 건 이해하기 힘든 일이었다. 그 편지를 받아 쥐고 기숙사로 돌아온 박명수는 며칠 동안 감기를 핑계로 두문불출했다. 함께 방을 쓰고 있던 학생들의 얘기로는 거의 잠을 자지 않고 뭔가를 쓰고 있다는 것이었는데, 과연 일주일이 지난 뒤 다시 나타난 박명수는 장인국을 보자마자 가방에서 두툼한 종이뭉치를 건네주며 그걸 고인숙에게 전해달라는 것이었다. 처음 박명수의 편지를 고인숙에게 전해준 것도 장인국이었으므로 그의 청을 거절할 수가 없었다.

박명수가 건네준 종이뭉치는 놀랍게도 한 편의 소설이었다. 장편까지는 안 되더라도 서너 개의 단편소설을 합쳐놓은 길이만큼은 실히 되고도 남았다. 그것을 건네받은 날 밤, 장인국은 대학 사로청 위원장과의 면담을 마치고 기숙사로 돌아와 지친 몸이었지만 박명수의 글을 읽어보았다. 적잖은 놀라움에 휩싸이고 말았다. 뭐랄까, 그것은 뛰어난 연애소설이었다. 카프(KAPF)의 사회주의적 리얼리즘의 순결한 전승자를 자처했고, 문예 서클의 지도 교수였던 리인범李寅範 선생도 인정한 박명수가 프롤레타리아 혁명의 소도구 이상의 구실을 할 수도 없고, 해서도 안 되는 남녀 간의 노골적 연애 감정을 짧지 않은 글 속에다 온통 도배를 해놓은 것이었다. 그뿐이 아니었다. 부르주아적 감상주의와 패배주의가 양념처럼 그 소설 속에 배어 있었다. 다음날 일찍 장인국이 그것을 되돌려주기 위해 박명수의 방을 찾아간 것은 당연한 일이었다.

"무슨 봉변을 당하고 싶어 이런 짓을 한 거요? 이걸 고인숙 동지에게 보여주겠단 말입니까?"

장인국이 큰 소리로 나무랐다. 고인숙이 여맹위원장이라서가 아니었다. 당성이 충성스럽기로 소문난 여자였기 때문만도 아니었다. 장인국으로서는 박명수의 태도 자체가 마음에 들지 않았던 것이다. 그런데 박명수의 대답이 걸작이었다.

"내가 왜 그 여자를 택한 줄 아니? 이 천하의 미남 박명수가 대학 최악의 추녀 고인숙을 내 여자로 만들려는 이유가 무엇인지 아니? 그건, 그 여자가 곧 당이기 때문이야."

박명수의 그 발언은 장인국에게 충격 이상의 것이었다. 한 여자에게 사랑의 감정을 전달했다가 퇴짜를 맞은 남자의 쓰라린 심정을 표현하는 것이라고 받아들일 수만은 없는, 뭔가 오랫동안 곰삭여두었던 회의懷疑의 토로라는 사실을 알 수 있었다. 장인국은 누가 듣기라도 했다는 듯 얼른 손바닥으로 박명수의 입을 틀어막았다.

"그럼 박 선배는 당을 향해서 비수를 던지겠다는 겁니까?"

"허허, 이 친구, 비약하지 마. 누가 비수를 던지겠다고 했던가."

"그게 그거죠."

"엉뚱한 상상 말게."

정색을 하며 장인국의 말을 가로막은 박명수는 한참 동안 창밖을 내다보다가 천천히 그에게로 눈길을 돌리며 입을 열었다.

"우리들의 앞날에 대해 생각해봤나? 난 말이야, 우리가 자꾸 작아지고 있다는 느낌이야. 장대한 포부를 지니고 대학에 들어왔지만, 그게 이룰 수 없는 꿈이란 걸 채 일 년도 되지 못해 알아버렸지. 일 학년 때 배웠던 문학, 역사, 당사, 심리학, 반수정주의학, 반교조주의학, 당사업교육학, 동의학, 신문학, 그 어느 것 하나 편협하기 짝이 없어. 주체 일념에 오로지 사로잡혀 있는 개론들은 젊은이로서 당연히 갖추어야 할 넓은 교양과 왕성한 지식욕을 십분의 일도 충족시켜 주지 못했다는 말이야. 내가 주석을 의심의 눈초리로 바라보기 시작한 것은 그때부터지. 주석은 인민 독재의 다른 표현일 뿐이야."

장인국은 가슴이 철렁 내려앉는 것을 느꼈다. 박명수는 너무나 어리석게도 지금 당을 부정하고 있었다. 이해할 수 없는 처사였다.

"바, 박 선배!"

더듬거리며 장인국이 입을 뗐다. 싸늘하게 식어버린 박명수의 눈빛이 건너왔다.

"지도위원회에 선배를 고, 고발하겠소. 나, 나로서는 그, 그렇게 밖에 할 수가 없소."

"고발? 인국이 네가?"

박명수는 가소롭다는 듯 장인국의 말을 일소에 붙였다.

"헛소리하지 말고 이 물건 고인숙 동지에게 갖다줘. 그리고 이 말 꼭 전해주게. 내 구애를 받아들일 수 없다면 그걸 지도위원장에게 직접 갖다주고 날 처형하라는 청원을 하라고. 이제 가봐!"

박명수에게 떠밀려 기숙사를 나온 장인국은 마치 꿈을 꾸고 있는 것 같았다. 도대체 박명수의 반당적 의도를 어떻게 해석해야 할지 갈피를 잡을 수가 없었다. 만약 그의 소설을 고인숙에게 전해줬다가 탈이라도 난다면 그땐 인국 자신조차 화를 면치 못할 것이었다. 더구나 박명수가 덧붙인 말까지 고인숙에게 그대로 옮긴다면. 상상하고 싶지도 않았다. 장인국은 죽음이 눈앞에 온 듯 두려웠다. 그러나 참으로 알 수 없었던 건 박명수의 태도를 반박할 수 있는 근거가 그에게 없다는 것이었다. 오히려 박명수의 말을 듣는 동안 속이 다 후련했다. 결국 장인국은 고인숙을 찾아가 박명수의 소설을 전해주었고, 뒷말까지 고스란히 덧붙여주고 말았다.

그녀 역시 기이한 여자였다. 혁명 전통의 순혈한 후손이며 열성 당원의 외동딸인 그녀. 기골이 남자 못지않게 장대하고 목소리마저 눈을 가리고 듣는다면 남자인지 여자인지를 분간하기 힘들었다. 시꺼멓고 두꺼운 송충이 눈썹에 가늘게 찢어져 한껏 치켜 올라간 눈매, 뭉툭하고 펑퍼짐한 코, 다물면 굵은 붓으로 한 일자를 죽 그려놓은 듯한 입술. 그 어느 하나 여자다운 곳이라곤 찾아볼 수 없는 얼굴이었다. 얼굴은 마음을 비추는 거울과 같다고 한 말이 사실이라면 과연 그 얼굴에 한 치의 빈틈도 없는 마음을 그녀는 갖고 있었다. 물론 그것을 확인한 것은 박명수의 소설 원고 뭉치를 들고 동편 강의실 3층에 있는 여맹위원회 사무실로 찾아가 그녀를 만난 뒤, 인국이 스스로 깨친 것이었다. 정확히 말하자면 그로부터 이틀 뒤, 언제 고민에 휩싸였나 의심이 들 정도로 티끌 하나 없는 맑은 얼굴로 다시 강의실에 나타난 박명수로부터 그녀에 관한 얘기를 전해들은 뒤였다. 고인숙은 박명수의 소설에 완전히 매료되었고, 그날로 박명수의 연애 신청을 받아들였으며, 더 깜짝 놀랄 일은 두 사람이 누가 먼저랄 것도 없이 결혼을 하자는 얘기를 꺼냈고 거기에 합의를 보았다는 것이었다. 그 말을 전하며 박명수는 매우 조심스런 표정으로 덧붙였다.

"이 사실을 아는 건 인국이 너뿐이다. 고인숙과 나는 어젯밤 피를 나누었다. 결혼을 하기로 했지만 우리는 영원히 남매의 인연으로 살아갈 것이다. 그것은 새로운 혁명을 위해서이고, 새로운 혁명의 시대를 위해서이다. 언젠가 너도 우리 사업에 참가해야 할 것이다."

느닷없고, 어이없고, 뜬금없던 그 말. 이해할 것 같으면서도 끝내 이해할 수 없었던 그 말. 그러나 박명수의 낮은 속삭임에서 장인국은 숨이 막히도록 짜릿한 쾌감을 느꼈다. 무언가 새로운 일이 벌어질 것 같은 느낌, 그것은 두려움을 닮은 설렘이었다.

그때로부터 꼭 15년이라는, 결코 짧지 않은 시간이 흘러갔다. 세월이라 불러야 할 그 긴 시간 동안 무엇이 새로워졌는가. 새로워지기는커녕 달라질 기미조차 없었다. 그러나 이제 15년이라는 시간의 끝에 이르러 너무도 급작스런 변화의 모습을 목도하고 있었다.

"형수님 소식은……."

하이웨이 건너편으로 미시건 호수 남쪽 호안에 둥글게 형성된 녹지의 푸른 빛깔이 어둠과 겹치면서 더욱 짙어지고 있었다. 장인국이 고인숙의 얘기를 먼저 꺼낸 것은 박명수가 행여나 윤선과의 일로 자신을 협박해올지 몰랐기 때문이었다. 그러나 박명수가 마약을 복용한 사실을 당에 보고하는 문제는 이미 장인국의 손을 떠나 있었기 때문에 그가 윤선과의 밀회 사실을 그 문제의 협상 조건으로 들고 나온다면 일은 오히려 곤란한 지경으로 빠져 들어갈 뿐이었다. 장인국으로서는 박명수를 구명해줄 어떤 빌미도 가지고 있지 못했던 것이다.

"그 여자, 이미 처형되었을 거야."

딱 부러지게 말하는 박명수를 바라보며 장인국은 난감한 한숨을 뽑아냈다.

"그래서 나는 돌아갈 수가 없다."

그렇게 단호하게 흘려놓는 박명수의 목소리는 몹시 처연하게 들렸다. 그는 이미 생의 많은 부분을 접어둔 듯 보였다.

"자결을 생각했었지. 하지만 그건 아니야. 내가 만약 자결을 해버린다면, 내가 꿈꾸어왔던 일의 작은 한 부분도 이루어내지 못하고 말테니까."

"자결이라니요, 선배답지 않게."

장인국은 벗어든 양복 윗도리 주머니에서 담뱃갑을 꺼내 박명수에게 내밀었다. 담배 한 개비를 집어내는 박명수의 손끝이 떨렸다. 장인국이 지포라이터를 켜 내밀었다.

"내가 왜 자결만큼은 하지 않으려는지 알겠나?"

박명수의 물음에 대해 선뜻 대답할 말이 떠오르지 않았다. 기실 그가 자살을 결행하지 못하는 이유보다는 자살을 생각했다는 것 자체가 의문이었다. 그동안 그가 쌓아왔던 명예들이라면 마약 복용 따위의 과오쯤은 쉽게 용서되리라는 것이 인국의 생각이었다. 입을 다물고 있는 장인국의 속마음을 읽기라도 한 듯 박명수는 허전한 웃음을 입가에 떠올렸다.

"인국이 넌 잘 몰라."

박명수는 담배 연기를 길게 내뿜었다. 연기는 이내 어둠 속으로 꼬리를 감추었다.

"내가 자결을 해버린다면 난 영원히 조선민주주의인민공화국의 얼빠진 개에 불과해지거든."

뜻밖의 독설이었다.

"무슨 뜻입니까, 박 동지."

"호칭을 함부로 바꾸지 마."

말문이 막힌 장인국을 박명수가 쏘아보았다.

"동지? 넌 그 호칭이 마음에 드나?"

"당과 인민을 배반하겠다는 말씀입니까?"

장인국은 모멸에 찬 박명수의 웃음을 외면하며 목청을 높였다.

"내 꿈은 아주 소박한 것이었어. 불란서에서 맨 처음 그렇게 느꼈지. 망망대해를 나 혼자 떠돌아도 두렵지 않을 거라던 그 꿈, 이 양키의 땅에선 너무도 작고 초라했단 말이야."

"자신을 속이지 마세요. 이 땅이 얼마나 썩어 있는지 선배는 충분히 목격했으니까요."

"넌 몰라."

"모른다구요?"

"그래, 넌 몰라."

"도대체 뭘 모른다는 말입니까?"

"말해줄까?"

멀거니 바라보고 있는 인국의 뺨이라도 후려치듯 박명수가 말했다.

"우리들, 인민들, 권력의 똥오줌으로 개칠을 하면서도 주체니 혁명이니를 부르짖는 조선민주주의인민공화국의 온갖 쓰레기들, 그것들이 모두 우물 안 개구리였다는 걸 말이야. 또 있어!"

박명수는 거침없이 말했다.

"사회주의, 공산주의, 프롤레타리아 혁명, 이 비열한 이데올로기의 잡티가 들어가 눈물을 질질 흘리면서도 단 한 번도, 진정으로 아파하지 않았던 우리들의 불감증. 아픔을 아픔으로 인식하지 못했던 신경마비, 넌 이걸 몰라."

박명수의 시꺼멓게 죽은 눈두덩을 타고 한 줄기 눈물이 흘러내리고 있었다. 장인국은 가슴이 서늘해지는 것을 느꼈다.

"넌 너 자신이 윤선이라는 여자를 왜 사랑하는지도 몰라. 너 자신을 모른단 말이야. 내가 가르쳐줄까?"

지독한 감상주의자. 그 말이 장인국의 입 끝에 맴돌았다. 그러나 그 말을 눌러 앉혔다. 그것은 자신이 뱉을 수 있는 말이 아니었다. 붉은 황혼을 토해내던 태양은 넓고 깊은 호수 속으로 완전히 잠겨버리고 짙푸른 어둠이 하이웨이의 긴 교각을 휘감으며 몰려들었다. 박명수의 모습도 조금씩 어둠에 지워져갔다.

"우리는 40여 년 전 우리의 아버지들보다 훨씬 지독한 상황에 처해 있어. 그들이 믿었던 자본주의의 붕괴 대신 이제 사회주의 혁명이 내려지는 깃발 신세가 되었으니까. 우리가 사랑했던 모든 것들이 절망으로 변해버렸어. 소비에트로 유학을 갔던 놈들, 동독으로 건너갔던 놈들, 구라파로 갔던 놈들, 아무도 돌아오지 않아. 심지어 중국으로 도망쳤다가 잡혀온 사람들조차 또다시 탈출을 시도하고 있어.

그런데 내가 왜 돌아가?"

박명수는 핵심을 찔러들어왔다. 마약 복용 따위는, 아니 자신이 목숨처럼 아끼고 사랑했던 고인숙의 반동적 음모와 그녀의 처형조차 그에게는 무의미한 듯 보였다. 그는 조선 인민으로서의 최소한의 양식까지 내팽개쳐버렸다. '이래선 안 돼.' 또다시 목구멍을 치받으며 올라오는 말을 장인국은 애써 눌렀다. 그것 역시 박명수에게 할 말은 더 이상 아니었다.

"제게 하고 싶은 말이 뭡니까?"

장인국이 조심스럽게 물었다. 열기가 누그러진 여름날 저녁 바람이 그의 귓불을 매만지며 지나갔다. 박명수는 손에 들고 있던 카키색 양복 윗도리를 걸치며 그에게로 다가왔다. 입김이 훅하고 느껴질 정도로 가까이 얼굴을 들이밀었다.

"사라지겠어."

"예에?"

예상은 하고 있었지만 직접 듣자 장인국은 소름이 오싹 끼쳤다.

"네 곁에 있을 거야. 물론 인국이 네가 여기 남아 있는 동안이겠지만."

"그게, 무슨 뜻입니까?"

되묻는 장인국의 목소리가 몹시 떨렸다.

"이 땅은 까만 대가리에 노란 피부를 가진 이방인 하나쯤은 숨겨주고도 남을 만큼 충분히 넓어."

인국은 대꾸할 말을 찾지 못했다.

"한국대사관에다 연락을 넣어봤었지. 긍정적인 언질을 주긴 했지만 그 사람들은 내게 바라는 게 너무 많아. 그리고 내가 남조선으로 간다는 건 지나친 도박이야. 그건 내가 택할 수 있는 마지막 선택일 뿐이야. 아직 그 정도는 아니거든. 이제 시작이니까. 그래서 난 이 방법을 택한 거야."

"선배!"

장인국은 어이가 없었다.

"정말 남조선 사람들을 만났어요?"

"만난 게 아니라 전화로."

딱 부러지게 내뱉는 품새로 보아 박명수는 오래 전부터 망명이나 잠적에 대해 고민을 해온 게 분명했다. 그때 장인국은 한 가지 의문이 솟았다.

"혹시 그 사람들한테서 제 얘기를……."

불안한 기운으로 묻자 박명수는 고개를 끄덕였다.

"제기럴!"

장인국의 구둣발이 거칠게 땅바닥을 찼다. 구두가 벗겨져 떼구르르 굴렀다.

밤 9시 30분.

한 시간 전 박명수와 헤어진 장인국은 오헤어국제공항으로 가 뉴욕행 비행기에 올랐다. 피곤이 겹쳐 눈을 감으면 곧 잠이 들 것 같았지만 머릿속은 찬물을 끼얹은 듯 명징했다. 어둠에 휩싸인 바다처럼 보이는 미시건 호수의 검은 수면을 내려다보며 그는 어둠 속으로 사라지던 박명수의 뒷모습을 떠올렸다. 그가 남긴 말들이 앞뒤도 없이 불쑥불쑥 솟아올랐다.

"날 위선자라 해도 상관하지 않아. 인국이 넌 그렇게 말하고 싶겠지. 하지만 이건 남이든 북이든, 조선에 태어난 놈이라면 누구에게나 해당되는 말이야. 헌데 나 같은 놈에게 위선이란 일종의 내력이지. 기억할는지 모르겠지만, 언젠가 인국이 너한테 큰아버지 얘기를 들려준 적이 있을 거야. 남조선 사람들이 '육이오'라고 부르는 '해방전쟁' 때 그분은 미군들에게 포로가 되었었지. 전쟁이 끝나고 그 분은 당연히 북으로 돌아오게 되었는데…….."

박명수의 큰아버지에 대한 얘기는 어슴푸레 기억에 남아 있었다. 그 얘기를 처음 들었던 때로부터 벌써 10여 년이 지났으니 기억이 희미해진 건 당연했는데, 새삼스레 들려준 그의 얘기는 마치 처음 들은 것처럼 놀라웠다.

박주억朴周億이라는 이름을 가진 박명수의 큰아버지는 해방전쟁 때 미군의 포로가 되어 거제도에 수용되어 있다가 포로 교환 때 북조선으로 돌아왔다. 그러나 박주억이라는 이름만 돌아왔을 뿐, 정작 사람은 아니었다. 다른 사람이 돌아온 것이다. 유일한 혈족이었던 박명수의 아버지는 당연히 그 사실을 당에다 알렸고 어쩐 일인지 그 때부터 박명수의 오그라들었던 집안은 펴지기 시작했다. 그리고 그 때부터 박주억이라는 이름을 가지고 북으로 돌아온 사람은 진짜 박주억이 되었다. 대대로 농민 집안의 자손이었던 박명수의 아버지는 함경남도 정평군 당군사위원회의 직할대인 군반항공郡反航空 대책위원회 소속의 중급 간부가 되었고 형편도 몰라보게 좋아졌다. 그러나 그로부터 3년 뒤, 그러니까 박명수가 유복자로 태어난 그 해 그의 아버지는 느닷없이 반혁명분자로 찍혀 자성군 중강진으로 끌려가 생사 불명의 처지가 되었다. 그때부터 박명수는 박주억으로 가장한 그의 큰아버지 손에서 자라났다. 만약 그런 인생의 느닷없는 역전이 없었다면 박명수가 김일성대학을 다닐 수도 없었고, 외교부에서 오랜 세월 간부로 지낼 수도 없었을 것이다. 그런 사실을 까맣게 모르고 있던 박명수는 가짜 박주억이 심한 간경변으로 죽기 며칠 전에야 그를 둘러싼 비밀을 알게 되었다고 했다. 즉, 진짜 박주억은 포로 석방 때 제3국을 택해 남미의 어딘가로 떠났고, 해방 후부터 남조선에서 혁명 분자로 활약하던 김도엽이란 자가 가짜 박주억이 되어 북으로 향하는 포로에 섞여 돌아왔던 것이다. 북조선 당국은 그런 사실을 눈치챌까봐 박명수의 아버지를 잠시 동안 회유하는 의미로 반항공대에 소속시켰고, 거기에 안주하던 그를 느닷없이 중강진으로 끌고가버렸다. 그리고 가짜 박주억은 죽기 전까지 주로 남과 북을 오가며 공작원 노릇을 해왔다.

박명수가 장인국에게 그의 가짜 큰아버지에 대한 얘기를 들려준 것은 자신이 처한 상황을 설명하기 위한 것이었다. 해방전쟁의 종막과 함께 일어났던 그의 집안에 얽힌 일들, 즉 진짜 큰아버지는 제3국을 선택해 인생의 행로를 완전히 뒤바꾸었고 느닷없이 김도엽이라는 자가 나타나 가짜 큰아버지로 행세하도록 한 것은 당의 존립 근거인 인민의 정체성을 유린하는 일이라는 거였다. 그것은 박명수로 하여금 당의 정체성을 의심하게 만들었으며, 당이란 인민을 위한 것도 인민의 것도 아닌 권력을 지속하고 도모하는 한낱 정치적 집단에 불과하다는 인식을 심어준 것이었다. 결국 그 정치 집단 속으로 돌아간다는 것은 박명수로서는 있을 수도 없고 있어서도 안 되는 일이었다. 하지만 장인국에서 있어 박명수의 변론은 당으로부터 내려진 비판에 대한 도피적인 발상에 지나지 않았다. 그래서 인국이 "선배 말대로 선배는 정말 못 말릴 위선자군," 하고 비아냥거렸을 때 박명수는 오히려 군말 없이 그걸 긍정했다.

"위선자의 특징이 뭔지 아나? 그들이 매달릴 수 있는 유일한 것이 자유라는 사실이야. 자유가 뭔가? 그건 사람이면 누구나 고유하게 가지고 있는 것이지. 그런데 그것이 어떤 선택의 조건이 될 때 비로소 고달파지는 거야. 남과 북, 어디에 있든 다른 쪽을 향해 걸어가야만 하는 운명에 놓인 자는, 그 운명을 뒤바꾸어놓을 이유로 비로소 '자유의 선택'이라는 명제를 자기 앞에다 두게 되는 거지. 나는 자유를 가지고 싶었어. 처음부터 내겐 자유가 없었고, 그래서 그걸 선택해야만 하는데, 그러면 결국 위선자로 전락한다는 말이지. 40년 전 나의 큰 아버지가 그랬듯이."

그의 말은 꽤나 사변적이었지만 알아들을 수 없지는 않았다. 그가 선택한 잠적이라는 방법이 자유를 획득시켜 줄 것이기 때문이라는 변론은 상당히 설득력 있는 것이거니와 장인국에게도 충격이며 한편으론 뿌리치기 힘든 유혹이었다. 마치 그런 그의 생각을 읽기라도 한 듯 박명수는 덧붙였다.

"윤선이라는 여자, 그 여자를 인국이 네가 왜 사랑하게 된 줄 아느냐고 내가 물었었지. 네가 대답을 하지 않았으니 내가 한번 말해볼까? 넌 수긍하려들지 않겠지만. 어쨌든!"

박명수의 말을 들으며 장인국은 자신에게 슬그머니 물었다. 나는 왜 그녀를 사랑하는 것일까? 그러나 대답은 내릴 수 없었다. 정말 그녀를 사랑하는 이유를 알지 못한다는 듯.

"네가 그녀를 사랑하는 건, 그 여자가 남반부 여자기 때문이야. 그렇지 않아? 지금은 수긍할 수 없을지도 모르지. 나중에라도 내 말이 옳다는 생각이 든다면, 그때 인국이 너 역시 위선자라는 사실을 깨닫게 될 거야. 그리고 너도 선택해야만 할걸? 자유를 말이야. 그 여자도 마찬가지지. 그 여자가 널 사랑한다면 그 여자 역시 자유를 선택의 조건으로 가질 수밖에 없게 돼. 이건 운명이야. 이 운명을 타고 나지 않은 자는 절대로 이해할 수 없어."

참으로 기이한 논리였다.

기류가 불안정한지 비행기는 몇 차례 아래위로 심하게 요동을 치다가 다시 잠잠해졌다. 몸집이 큰 흑인 여승무원이 "따뜻한 차를 드릴까요?" 하고 물어왔다. 인국이 눈길을 들어 그녀를 올려다보자 그녀가 "안색이 좋지 않고 눈꺼풀이 심하게 떨려서 물어본 거예요," 하고 친절하게 말했다. 장인국이 괜찮다고 말을 하자 그녀는 얼른 승무원 대기실 쪽으로 돌아갔다. 그러자 기다렸다는 듯 다시 박명수의 목소리가 고막을 울렸다. 헤어지기 직전에 한 말이었다.

"돈이 필요해. 많으면 많을수록 좋아. 그래서 인국이 널 여기까지 오라고 했던 거야."

손을 뻗쳐 머리맡의 미등을 켠 뒤 장인국은 좌석 등받이를 앞으로 끌어당기고는 조심스럽게 주머니를 뒤졌다. 옆자리는 비어 있었지만 행여나 누가 볼까봐 곁눈질까지 했다. 그의 손에 집혀 나온 것은 푸른 빛깔의 작은 종이 봉투였다. 헤어지면서 박명수가 건네준 것이었다.

"뭡니까?"

장인국이 그렇게 물었을 때 박명수는 콧김부터 뿜어냈다. 그것은 마치 인생을 마감하려는 자의 깊은 비감을 닮아 있었다. 그는 후회하고 있을지 몰랐다. 그가 태어나고 자라고 적지 않은 나이가 되도록 견뎌왔던 그의 조국이 결국 그의 꿈을 실현시켜 줄 수 없는 땅이란 것을 알고 죽음에 다름 아닌 배신과 잠적의 수순을 밟으려는 자신이 결코 달가울 수는 없을 것이었다. 그는 한동안 입을 꾹 다물고 있다가 입술을 달싹였다.

"그 봉투 안에 유엔 본부에 있는 사물함 열쇠가 들어 있네. 내 건 아니야. 내가 잘 아는 폴란드 친구 건데, 열쇠에 적힌 번호를 찾아가 열어봐주게. 아직 우리 직원들은 거기까지는 뒤져보지 않았을 거야. 뒤져봤다면 할 수 없는 노릇이지만."

"뭐가 들어 있어요?"

장인국이 묻는 말에 박명수는 어둠을 걷어내듯 손을 한 번 휘젓고는 대답했다. 벌레들이 윙윙거리며 눈앞을 맴돌았다.

"가루!"

"예?"

장인국은 박명수의 말이 무슨 뜻인지 몰라 그렇게 되묻고는 잠시 어리둥절한 표정으로 그를 바라보았다. 그는 입꼬리를 한쪽으로 찍 올리고는 김빠지는 웃음을 흘려놓았다.

"코카인. 사물함 안에 담뱃갑 크기만한 상자가 있을 거야. 거기 들어 있어."

장인국은 머리를 설레설레 흔들었다.

"그게 얼마나 나간다고……."

박명수가 그의 말을 중간에서 잘랐다.

"설명하자면 길어. 인국이 넌 그걸 몰라서 그래. 그 정도로 충분하니까 내 걱정은 말고. 만약 그게 거기 있다는 게 확인이 되면 잘 포장해서 그 봉투에 적어놓은 곳으로 부쳐줘. 이게 네게 부탁하는 전부야. 어때? 해줄 수 있겠지?"

다그치듯 앞으로 다가선 박명수의 얼굴을 바라보면서도 인국은 선뜻 대답할 수 없었다. 아무리 사물함이라고 해도 유엔 본부 안에 마약을 숨겨놓을 만큼 박명수가 대담한 사람이었는지 한순간 의문과 함께 부질없는 존경심마저 들었다.

"해주리라 믿네."

박명수는 던지듯 그렇게 말했다. 대답은 듣지 않아도 된다는 듯 그는 혼자서 떠들었다.

"내가 너와 윤선 씨와의 일을 가지고 설마 협박 같은 걸 하리라고 생각하진 않았겠지? 만약 그렇게 생각했다면 이 일을 해주지 않아도 좋아."

그것은 단수 높은 위협에 다름 아니었다. 이제 와서 인간적 배려를 늘어놓는 박명수가 우스웠다. 하지만 그가 그렇게 말하지 않았다 해도 이미 인국으로서는 그 일을 하지 않을 수가 없었다. 위험한 일이었지만 바로 그 위험 때문에라도 박명수의 도피가 성공하는지 않는지를 지켜봐야 할 필요성이 그에게는 있었다. 그건 박명수의 도피이자 머잖아 닥칠지 모르는 자신의 도피일 것이기 때문이었다.

경쾌한 차임벨과 함께 십분 뒤면 라파디아공항에 착륙할 예정이니 좌석 벨트를 착용하라는 안내 방송이 들려왔다. 방송이 진행되는 동안 기내의 양쪽 복도를 따라 스튜어디스 둘이 일일이 승객들을 확인하며 지나갔다. 장인국은 캐나다 몬트리올의 주소가 적힌 푸른색 종이봉투를 주머니 깊숙이 찔러 넣었다. 그러곤 천근같은 한숨을 내쉬었다.

"휴우!"

복도 건너편에 앉아 있던 금발의 여자가 인국을 바라보며 빙긋이 미소를 보냈다. 그는 입을 꾹 다물고 여인의 눈길을 외면했다.

서른다섯 해를 살아오면서 이렇게 난감한 상황은 처음이었다. 부족한 것 없이 살아온 나날이었다. 유치원 시절부터 인민학교 4년, 고등중학교 6년, 대학 4년, 연구원 3년, 박사원 2년까지, 수석자리를 한번도 놓친 적 없었던 그였다. 대학 신입생 때 박명수를 만나 처음 회의라는 관념을 경험했었지만 그리 오래 가진 않았다. 그런 관념에 휘몰리기에 그의 지난 삶은 지나치게 안온했다.

"어떻게 해야 하나?"

그는 혼잣말을 중얼거렸다. 도대체 어떻게 해야 하나. 달리 방법이 없었다. 누구에게 상의해볼 문제도 아니었다. 윤선 씨에게 말해볼까? 그녀라면 적절한 조언을 해줄 수 있을지도 모른다. 명석하고 자애로운 여자임엔 틀림없었지만 그녀에게 짐을 떠맡기고 싶지는 않았다. 인국은 또다시 길고 무거운 한숨을 내려놓았다. 비행기는 빠른 속도로 하강하고 있었다. 그는 창밖을 내려다보았다. 맨해튼의 스카이라인에서 쏟아지는 휘황한 불빛이 몽롱한 꿈처럼 흔들리고 있었다. 허드슨 강 위엔 별이 떨어진 것 같은 빛의 파편들이 점점이 박혀 있었다. 저 어두운 강을 흐르던 유람선에서 그녀를 처음 만났었다. 참으로 눈 깜짝할 사이에 지나가버린 일 년의 시간이, 그 사이사이에 박혀 있는 보석처럼 아름다운 일들이, 그의 피로한 의식을 헤집었다. 처음 그녀가 다가와 조선어로 물었던 말은 "라이터?"라는 것이었다. 그녀는 취해 있었다. 독한 알코올 냄새가 온몸에서 풍겨나오고 있었다. 조선어를 하는 여자라는 것이 그녀가 남조선 사람이라는 증거였음에도 그는 미소까지 만들어내며 그녀에게 라이터를 내밀었다. 그녀는 "술 한잔 하겠어요?" 하고 물었고, "내 동생 또래인 것 같은데 몇 살이야?" 하고 대뜸 반말을 했다. 결국 그날 그는 그녀의 낡은 아파트까지 그녀를 바래다주어야만 했다. 사람의 일이란 참으로 알 수 없는 일이다. 그런 여자를 사랑하게 되다니. 비행기의 고도가 낮아지면서 창으로 드문드문 빗줄기가 달라붙고 있었다.

공항 게이트를 빠져나오자마자 장인국은 윤선의 아파트로 전화를 걸었다. 그러나 신호음만 서너 번씩 계속되다가 갑자기 전화기는 꿀먹은 벙어리가 돼버렸다. 그는 공중전화 부스를 빠져나와 바지 주머니에 두 손을 찔러 넣고 잠시 생각에 잠겼다. 어디로 먼저 가야 할까. 숙소가 있는 브롱스와 윤선의 아파트가 있는 브룩클린은 반대쪽이었다. 숙소로 가고 싶은 생각은 들지 않았다. 그곳은 지금쯤 발칵 뒤집혀 있을지 몰랐다. 시카고로 떠날 때 슬쩍 들먹였던 유네스코의 일도 십중팔구 이미 탄로가 났을 것이다.

하지만 그럴수록 왠지 윤선에게 가서는 안 된다는 생각이 드는 건 무슨 이유인지 몰랐다. 전화를 걸어도 신호음이 중간에 꺼지는 걸 봐서는 분명히 고장 때문일 터였지만, 마치 오지 말라는 신호인 듯 여겨졌다. 그러나 그녀를 보고 싶은 감정은 속일 수가 없었다. 낡고 좁았지만 욕조에 뜨거운 물을 가득 담아놓고 그녀와 함께 목욕을 즐기고 싶다는 생각이 들자 피로로 젖은 몸 어느 구석에선가 찌릿함이 피어올랐다.

그는 마치 그 욕망에 이끌리기라도 한 듯 공항을 빠져나갔다. 자동문을 지나자 가느다란 실비가 가로등 불빛을 감싸며 자욱하게 내리고 있었다. 승강장 끝에 택시 한 대가 졸듯 서 있는 게 보였다. 장인국은 양복 윗도리의 깃을 올려 목을 가리고는 택시를 향해 걸음을 옮기기 시작했다. 그때였다.

"장 선생."

뒤편에서 그를 부르는 듯한 소리가 들려왔다. 조선어였기에 와락 소름이 돋아 올랐다. 그는 덫에 채인 듯 발길을 우뚝 멈추었다. 바람에 빗겨난 빗줄기가 그의 얼굴을 핥았다. 그는 재빨리 뒤를 돌아보았다. 미국인인 듯 보이는 키가 훌쩍한 금발의 남자가 눈에 띌 뿐 동양인은 아무도 없었다. 인국이 고개를 흔들며 다시 걸음을 막 떼어놓았을 때였다. 약 5미터 정도 뒤에 서 있었던 미국인의 얼굴이 눈에 익다는 생각이 들었다. 그와 동시에 또다시 그를 부르는 소리가 들려왔다.

"미스터 장."

그였다. 에드먼드. 성이 뭐였더라? 윌슨? 잭슨? 심슨? 아, 매디슨이었지. 에드먼드 매디슨. 그는 윤선의 전 남편이었다. 윤선을 만나기 전부터 인국은 그를 알고 있었다. 그는 유네스코의 미국측 직원이었다. '에드먼드가 이 시간에 왜?' 그런 생각을 하는 순간, 몇 개의 얼굴이 번개처럼 인국의 눈앞을 스치고 지나갔다. 박명수와 윤선, 그리고 에드먼드와 가깝던 일본계 미국인 로비스트 스티븐, 그의 딸 로사. '우연일까?' 장인국은 에드먼드에게로 돌아서서 활짝 웃으며 손을 내미는 동안에도 의문의 끈을 놓지 않았다.

"장 선생인지 아닌지 줄곧 긴가민가했어요. 같은 비행기를 타고 왔었거든요."

에드먼드가 유창한 조선어로 말했다. 윤선이 가르쳤다는 조선어는 거의 완벽했다. 그의 너스레도 일품이었다.

"우리 선, 잘 있죠?"

에드먼드는 윤선을 언제나 '우리 선'이라고 불렀다. 장인국이 듣기로 남조선의 종교 지도자 한 사람이 미국인들에게 깊은 인상을 남겼던 적이 있다는데 그 이유가 그 사람의 이름 중에 '달(moon)'과 '태양(sun)'이라는 음을 가진 글자가 들어 있기 때문이라는 것이었다. 윤선의 '선'이 에드먼드에게 깊은 인상을 남긴 것도 그런 때문이었을지 몰랐다. 우리 선, 나의 태양.

장인국은 대답 없이 고개만 끄덕였다. 인국이 미국 생활을 한 지세 해가 넘었지만 미국인들의 사고방식에는 아직도 이해 못할 구석이 많았다. 남녀관계에서 더 그랬다. 자기의 전부인과 가까운 사이의 남자를 거리낌 없이 대하는 에드먼드가 신기하면서도 부러웠다. 에드먼드가 윤선의 전남편이라는 사실을 알게 되었을 때 느꼈던 괴이쩍은 이물감을 다 떨어내지 못한 자신을 부끄럽게 만들 정도로.

"요즘 어떠세요?"

에드먼드는 어깨를 으쓱 치켜 올렸다 내렸다.

"파인."

경쾌한 목소리에 마음이 편해졌다. 그런데 그가 이내 물었다.

"저기, 좀 가실래요? 바쁘지 않으면요?"

동서로 길게 늘어선 대합실 좌측에 네온으로 둘레를 씌운 긴 차양이 보였다. 거기에 커피를 뽑아 마실 수 있는 자동판매기가 놓여 있었다. 장인국이 고개를 끄덕이자 에드먼드가 뒤뚱뒤뚱 그쪽으로 먼저 걸음을 떼놓았다. 에드먼드는 키가 몹시 컸다. 인국도 동양인치고는 큰 키였지만 에드먼드에 비하면 얼굴 하나는 작았다. 에드먼드는 다리가 길어 더욱 커보였다. 인국이 차양 아래로 들어가 머리칼에 묻은 물기를 털어내자 에드먼드가 캔을 내밀었다. 그것을 받아쥐고 인국은 노란색 벤치에 걸터앉아 한 모금 들이켰다. 한동안 두 사람 사이에는 침묵만이 흘렀다. 홀짝거리는 커피 마시는 소리가 비행기가 뜨고 내리는 소음들 속으로 잦아들었다. 빗줄기는 좀 더 굵어져 있었다.

"인국 씨."

뭔가 긴요한 말을 털어놓을 것 같은 얼굴로 에드먼드가 그의 이름을 불렀다. 장인국이 고개를 돌려 에드먼드를 쳐다보았다. 그의 푸른 눈동자가 가늘어지고 있었다.

"며칠 전에 미스터 구를 만났어요."

에드먼드의 말에 인국은 뜨끔했다. 미스터 구라면 구형식이라는 이름을 가진, 남조선의 유력 일간지 미주 특파원을 말했다. 스치듯 지나간 것이긴 했지만 몇 번 만난 적 있는 사람이었다.

"그 사람한테서 무슨 얘길 들었어요?"

도둑이 제 발 저린다고 장인국은 구형식 기자가 뭔가 낌새를 차린 건 아닌가 싶었다. 그렇다면 일은 일파만파, 한 치 앞을 알 수 없는 형국으로 치달을지 몰랐다. 적을 사랑한다는 일은 분명 낭만적인 것이었지만, 낭만은 또한 지독한 부르주아적 개념이었다. 순간 에드먼드의 사람됨마저 의심스러워졌다. 구 기자가 만약 냄새를 맡았다면 윤선의 전남편이 에드먼드라는 것을 알고 거기부터 접근을 했을지 모르는 일이기 때문이었고, 결국 에드먼드가 아무런 거리낌 없이 구 기자에게 장인국과 윤선의 일을 얘기했을지도 모르는 일이었다.

"무슨 얘기라기보다도, 내가 한국의 정치 상황이 매우 좋아졌다고 말했더니 미스터 구가 한다는 말이, 한국의 속담 중에 이런 게 있죠, 하는 거예요."

"이런 거라뇨?"

"넉 자로 된 말인데, 아, 그래요. 등하불명이라고 그랬어요."

등잔 밑이 어둡다니?

"구 기자가 그렇게 말했어요?"

장인국의 표정이 어두워지고 있는 것을 의아하게 바라보며 에드먼드가 크게 고개를 끄덕였다.

"내가 미스터 구에게 그 말이 무슨 뜻이냐고 물었더니 그냥 웃더군요. 그런데 등하불명이란 게 무슨 뜻인가요?"

"등잔 밑이 어둡다는 뜻인데, 가까이 있는 문제의 핵심을 오히려 잘 보지 못한다는 뜻이지요. 일테면, 같이 사는 남편이 제일 늦게 안다는. The husband is always the last to know."

"아, 그래요, 그런 뜻이라 짐작했어요. 그런데 왜 내가 한국의 정치 상황을 얘기하는데 구 기자가 그 말을 했는지 인국 씨는 아시겠어요?"

에드먼드는 진지하게 물었다. 그러나 인국으로서는 명쾌하게 해 줄 대답이 없었다. 그 말이 남조선의 호전된 정치 상황을 빗댄 것이라면, 등잔 밑이 어둡다는 속담을 에드먼드에게 들려준 구 기자의 저의가 에드먼드를 둘러싸고 있는 여러 가지 정황으로부터 결코 동떨어진 게 아닐 것이었다. 결국 윤선과 자신의 관계 역시 그런 추리로부터 자유로울 수 없었다. 구 기자가 또 무슨 말을 에드먼드에게 했는지 궁금하지 않을 수 없었다. 장인국은 짐짓 고개를 흔들며 에드먼드를 쳐다보았다.

"그러게요. 그 사람이 왜 당신에게 그 말을 했는지 이해할 수가 없네요. 뭐 딴 얘기는 없었나요?"

그렇게 묻자 에드먼드는 가볍게 웃었다. 그 웃음을 대하는 순간 오히려 인국의 얼굴이 딱딱하게 굳어졌다.

"미스터 구가 우리 선이와 인국 씨 얘기를 하더군요."

"예? 구 기자 그 사람이요?"

장인국은 들고 있던 캔을 바닥에 떨어뜨리고 말았다. 캔이 빗물을 튀기며 바닥을 굴렀다. 미소가 그의 얼굴에서 사라졌다. 남조선 기자가 사실을 알고 있다면, 일은 이미 엎질러진 물이란 얘기였다. 그러나 에드먼드는 뭘 그리 놀라느냐는 듯 눈을 동그랗게 뜬 채 장인국을 내려다보며 물었다.

"왜 그래요?"

"아, 아니요. 그 사람 대체 어디까지 알고 있는 겁니까? 아, 아닙니다."

장인국은 허둥거리고 있었다. 에드먼드가 신문하듯 되물었다.

"알다니요?"

"설마 모르고 묻는 건 아니겠죠?"

"뭘 말입니까, 미스터 장?"

도대체 이 에드먼드란 양키놈은 무슨 생각을 하고 있단 말인가. 간나 새끼. 장인국은 그를 의심어린 눈초리로 쳐다보았다. 속는 기분이었다.

"에드먼드."

키가 홀쩍한 미국인은 한 대 얻어맞기라도 한 듯 당황한 눈으로 동양인을 보았다.

"구 기자한테 어디까지 말한 겁니까?"

"왓? 뭘 말인가요?"

"윤선 씨와 나와의 관계 말입니다."

"어디까지 말하고 안 하고가 어디 있어요? 왓즈 메러?"

에드먼드는 갑자기 혀 꼬부라진 목소리로 "무슨 문제냐?"고 반문했다. 장인국은 뭔가 심상찮은 일이 자신과 윤선을 둘러싸고 일어나고 있다는 것을 직감했다. 박명수의 일로 사흘 동안 시카고를 헤매는 동안 느닷없이 깊은 수렁 속으로 빠져버린 느낌이었다. 윤선의 얼굴이 번개처럼 뇌리를 때렸다.

"에드먼드, 하나 물어봅시다."

장대 키의 미국인이 어깨를 으쓱하며 내려다보고 있었다. 생각 같아서는 한대 쥐어박아버리고 싶은 심정이었다.

"윤선 씨에게 듣기로는 에드먼드가 먼저 이혼을 요구했다던데 그게 로사에게로 접근하기 위해서였던 게 아닌가요?"

로사는 미국 시민권을 가진 스티븐이라는 일본인 2세의 딸이었다. 그녀는 고작 스물다섯 살이었음에도 불구하고 필리핀에 주둔하고 있던 미해군 제독의 미망인이었다. 토마스라는 제독은 필리핀 공산주의 게릴라에게 납치되었다가 피살된 사람이었다. 그의 어린 부인이었던 로사는 그 사건으로 일약 매스컴의 스포트라이트를 받게 되었고, 그녀의 아버지인 로비스트 스티븐의 값어치가 덩달아 몇 배는 뛰었다는 후문의 주인공이었다. 에드먼드는 그 로사라는 여자의 정부情夫로 소문이 나 있었다. 그 정부 노릇의 시작과 윤선과의 이혼 시기는 거의 일치했다. 일련의 사실들을 알고 있던 장인국이 새삼 그 문제를 거론한 것은 구형식이라는 남조선 기자와 얽힌 문제를 풀어내기 위해 에드먼드를 압박해보려는 심사에서였다.

윤선과 자신이 연인 관계라는 사실을 알고 있는 사람은 에드먼드가 유일했다. 적어도 인국은 그렇게 알고 있었다. 언젠가는 밝혀질 일이겠지만 두 사람의 관계를 되도록이면 비밀로 하고 싶었다. 가능하다면 윤선을 북조선에 있는 부모님에게 소개하고도 싶었고, 또한 그게 얼마나 가능한 일인지는 몰라도 남조선에 있다는 윤선의 가족들에게도 자신을 떳떳하게 보여주고 싶었다. 남과 북이 해결할 길 없는 적대적 위치에 있음을 누구보다 잘 알고 있는 그였지만 사랑이 그런 것을 무시하게 했을지 몰랐다. 하지만 거의 매번 밀회의 장소로 사용해오던 윤선의 아파트를 나설 때면 얼음처럼 차가운 냉정이 엄습해왔다. 그럴 때면 자신의 생각이 얼마나 안일한 것인가를 또한 절실히 느껴야만 했다. 그래서 비밀은 더욱 지키고 싶었다. 가능하다면 영원히. 윤선이 남조선 출신의 여자임에는 분명했지만 에드먼드와의 결혼으로 미국 시민권을 가진 미국인이 되었다는 사실이 그나마 위안이었다. 그러나 지금은 그 사실만으로 자위할 수는 없는 상황이었다.

장인국이 로사의 얘기를 꺼내자 에드먼드의 태도가 완연히 달라졌다. 그는 당황한 표정을 지으며 빠른 어조로 말했다. 영어를 해독하는 데는 부족함이 없는 인국이었지만 그의 혓바닥은 얼른 해석해내기가 힘들 정도로 빠르게 굴렀다.

에드먼드의 말이 끝나고 한참이나 지나서야 장인국은 그의 말이 무슨 뜻인가를 해독해낼 수 있었다. 로사는 윤선이 장인국에게 그렇듯 자신에게도 연인일 뿐이고, 그녀의 아버지인 스티븐의 일과는 무관하다는 것. 더구나 현재 의회 청문회에 상정되어 있는 일본의 대북한 무기 밀매에 관한 일과는 전혀 관계가 없다는 것 등등, 묻지도 않은 일까지 떠들어댔다. '간나 새끼. 관계도 없는 일을 왜 떠벌여.' 장인국은 속으로 짓씹었다. 그러나 그는 한 번 더 의심의 다리를 두드려보기로 했다. 에드먼드가 묻지도 않은 일을 들먹이는 것도 하나의 술수일지 모른다는 생각 때문이었다.

석 달 전부터 일본이 몰래 북조선에다 무기를 판매하고 있다는 문제를 미국 의회가 포착했는데, 그 문제가 청문회에까지 가게 될 전망이었다. 그렇게 되기까지에는 일본이 미국의 한 무기업자 명의를 빌려 그 일을 수행하고 있다는 혐의 때문이었다. 일본 정부는 그 문제가 미 의회 청문회에 상정되는 것을 여하한 방법을 동원해서라도 저지해야 했고, 그 저지 활동에 바로 스티븐이라는 일본계 미국인 로비스트가 나서고 있었다. 에드먼드가 그 로비 자금 중 막대한 액수를 지원 받은 것은 불을 보듯 훤했다. 그런데, 에드먼드가 만약 그 일을 일부러 인국에게 흘려놓은 것이라면 거기에는 무슨 뜻이 숨어 있을까? 장인국은 난마처럼 얽힌 수수께끼를 풀어내기 위해 생각을 모았다. 약간의 틈을 보이는 사이 에드먼드가 선수를 쳤다.

"내일 오전에 시간 있어요?"

그 말을 듣는 순간 장인국은 아주 못된 수작에 걸려들었다는 느낌을 지울 수가 없었다.

장인국이 에드먼드의 집무실로 다음날 오전에 찾아가겠다고 약속을 한 뒤 공항에서 택시를 집어탔을 때는 자정이 넘어 있었다. 박명수의 일만으로도 심신이 모두 지쳐 있었는데 느닷없이 에드먼드까지 끼어들어 그의 몸은 극도로 피로했다. 쉬고 싶다는 간절한 생각이 그로 하여금 윤선의 집으로 향하게 만들었다. 그러나 택시를 타고 브룩클린의 할렘으로 가자고 행선지를 알리고 난 뒤 장인국은 단 몇 초가 지나지 않아 또 다른 두려움에 휩싸이고 말았다. 며칠 사이에 일어난 일들이 앞뒤도 없이 마구 그의 머릿속을 헤집었다.

"도대체 어디서부터 정리를 해야 하는 거지?"

장인국은 난감한 듯 혼잣말로 중얼거렸다. 그는 룸미러에 비친 택시 운전수의 눈길을 외면하며 차창 밖으로 시선을 돌렸다. 드문드문 가로등이 켜진 플러싱메도우공원의 검푸른 숲들이 길게 뻗어 있었다. 차창을 때리는 빗줄기는 숲들을 짧고 굵은 사선으로 갈라놓았다. 그러다가 시야가 완전히 물기로 얼룩져가기 시작했다. 장인국은 그 흐려지는 정경들 속에서 사흘 전부터 지금까지 자신에게 일어났던 일들의 혼돈스러움과 그 혼돈을 풀어낼 수 있는 실마리가 될 만한 것을 헤아려보았다. 그런데 맨 처음 그의 눈앞에 나타난 것은 이상하게도 로사였다.

동양 여인의 상징과도 같은 검정 빛깔의 긴 생머리를 나풀거리던 그녀의 주변에는 언제나 성적 호기심으로 달구어진 끈적거리는 서양 남자들의 시선과 함께 저열한 풍문이 떠돌았다. 니혼 비요[日本美容] 전문학교 출신의 특별할 것도 없는 미용사였던 그녀가 미해군 제독의 부인 자리를 차지할 수 있었던 이유를 주위 사람들은 바로 그 성적 호기심에 두고 있었다. 그때 그녀의 나이가 고작 열아홉 살이었다는 것, 그리고 동양인 특유의 계란형 얼굴에 서양 남자들에게는 환상적일 수밖에 없던 윤기 나는 흑발의 미인이었다는 것. 하지만 빼놓을 수 없는 공로는 그녀의 아버지 스티븐의 교묘한 술책이었다. 그들의 결혼과 함께 스티븐은 국무성의 많은 관료들, 고급 장교들과 친분을 쌓기 시작했고, 로비스트로서의 가치가 급등한 건 당연한 일이었다.

로사, 그녀는 이제 에드먼드를 거느리고 있었다. 아니 어쩌면 에드먼드라는 또 하나의 욕망에 찬 미국 사나이가 그녀의 배경을 이용하고 있을지 몰랐다. 그것을 생각하면 윤선이란 여자가 한때나마 에드먼드와 결혼이란 걸 했었다는 게, 아니 에드먼드 같은 녀석이 어떻게 윤선을 사랑할 수 있었는지 참으로 알 수 없었다. 에드먼드는 연줄을 교묘하게 이용하는 데는 뛰어난 재주를 보이는 위인이었다. 남조선의 구형식 기자를 끌어들인 것도 그의 계략임이 틀림없다는 예감을 장인국은 굳혔다. 그러자 박명수가 했던 말이 퍼뜩 스치며 지나갔다.

"개인만큼 고달픈 존재가 없어. 주체사상을 부르짖는 북조선은 분명 거대한 집단이지만 세계 안에선 고독한 개체일 뿐이야. 그러니 고달프지."

그때였다. "뎀!" 택시 운전수가 브레이크를 밟으며 고함을 질렀다. 그 소리에 인국이 갇혀 있던 상념의 울타리가 와르르 무너졌다. 그가 탄 택시와 간발의 차이로 비껴난 청색 GM 한 대가 빠르게 지나갔고, 그 뒤를 요란한 경적을 울리며 경찰차가 뒤쫓았다.

번화가를 비껴난 뒷골목 어귀에서 택시가 멈추었다. 빗줄기가 아직 그치지 않은 탓인지 늦은 시간까지 골목을 어슬렁거리던 패거리들은 보이지 않았다. 장인국이 차에서 내려 10달러짜리 지폐 한 장을 창안으로 밀어 넣자 이내 택시는 떠났다. 매캐한 고무 타는 냄새가 빗물이 고인 바닥 위에 남아 있었다.

인국은 천천히 골목 안으로 시선을 옮겼다. 땅바닥의 물기가 골목 군데군데 켜진 가로등 불빛을 받아 기름처럼 번들거렸다. 그는 윤선이 살고 있는 아파트를 멍하니 바라보았다. 가슴이 서늘하게 비어지는 듯했다. 그는 거대한 어둠 덩어리처럼 웅크리고 있는 아파트 쪽으로 천천히 걸음을 옮겼다. 멀리서 잘 알아들을 수 없는 소리가 사금파리처럼 골목 안으로 날아들었다. 그것은 골목 안의 정적을 과장스럽게 증폭시키며 사라져갔다. 그는 아파트 입구에 붙은 여러 개의 도어벨 중 4층 왼쪽의 것을 눌렀다.

한 번.

두 번.

세 번.

반응이 없었다. 그는 입구에서 멀찌감치 벗어나 아파트 위쪽을 올려다보았다. 윤선의 방에선 가느다란 불빛이 새나오고 있었다. 그는 다시 입구로 다가가 도어벨을 눌렀다. 그제야 인터폰의 "위잉" 하는 신호음이 떨어졌다. 그러나 더 이상 소리가 들려나오지 않았다. 그는 송화구 앞으로 얼굴을 디밀고는 말했다.

"나요, 인국이요."

전기 스파크를 일으키는 듯한 소리와 함께 안으로 잦아드는 울음소리 같은 것이 들려왔다. 머리칼이 일어서는 것 같았다. 곧이어 딸깍하는 소리가 울리며 출입구의 고리가 벗겨졌다. 그는 아파트 복도 안으로 들어서자마자 뛰듯이 엘리베이터로 걸어갔다. 무슨 일이 일어난 걸까. 그는 며칠 사이에 일어난 불길한 사건들이 아직 끝나지 않고 있다는 막연한 불안감에 휩싸였다. 엘리베이터가 4층에 멈추었다. 그는 어두운 복도로 들어섰다. 어둠 속에서 실처럼 가느다란 빛줄기가 새어나오는 곳이 있었다. 윤선의 집이었다. 그녀는 문을 열어놓은 채로 문설주에 쓰러질 듯 기대어 있었다. 반가움보다는 불안감이 먼저였다.

"당신……이에요?"

그녀의 목소리가 가느다랗게 들려왔다. 그 음성은 물에 푹 젖어 있었다. 인국은 후들거리는 걸음을 그녀에게로 옮겼다. 그녀는 차가운 바람에 흔들리는 늦은 가을의 나뭇잎처럼 떨고 있었다. 그녀가 인국에게로 다가왔다. 인국은 그녀의 어깨를 부여안으며 그녀를 불빛 쪽으로 돌려세웠다. 그녀의 얼굴은 온통 눈물로 범벅이 되어 있었다. 그의 가슴이 천근 쇳덩이처럼 내려앉았다.

장인국의 품에 안긴 채 윤선은 잠이 든 듯 꼼짝하지 않았다. 가끔씩 몸을 오돌오돌 떨며 가녀린 신음소리를 내곤 했다. 그럴 때마다 인국은 그녀의 어깨를 감싼 팔에 힘을 주어 보듬었다. 그가 왔을 때 그녀는 목욕을 하고 있던 중인 듯 머리칼이 흠뻑 젖어 있었다. 평소보다 짙은 비누냄새가 났다.

"잠, 들었어요?"

장인국이 조그만 소리로 물었다. 그녀는 그의 가슴 안으로 더 파고들 뿐 대답이 없었다. 그는 손바닥으로 그녀의 턱과 뺨을 어루만지며 집안을 천천히 둘러보았다. 주방으로 통하는 복도 좌우의 벽에 붙은 앙증맞은 미등의 불빛이 카펫 위로 떨어지고 있었다. 그쪽으로 눈길을 돌리던 장인국의 몸이 움찔했다. 유리잔이 깨진 듯 카펫 위에는 자그마한 빛들이 박혀 있었다. 인국은 고개를 앞으로 빼 그곳을 주시했다. 유리 파편임에 분명했다. 그러고 보니 집안 전체가 평소와는 달리 어수선해 보였다. 마치 개구쟁이 어린 아이들이 장난을 친 뒤처럼.

"누가 왔었나?"

그는 혼잣말로 중얼거리며 가슴에 안긴 윤선을 내려다보았다. 하

늘색 나이트가운을 걸친 그녀의 몸이 진저리를 치듯 떨었다. 그녀의
눈자위를 쓸어내던 인국의 손길이 멈추었다. 물기가 손끝에 닿았던
것이다. 눈물이었다. 심상찮은 일이 일어났을지 모른다는 그의 예감
이 굳어졌다. 그녀의 몸을 감쌌던 손길을 풀며 인국이 그녀의 얼굴
을 들어올렸다

"무슨 일이 있었죠?"

윤선의 눈동자에서 눈물이 흘러넘쳤다. 까만 눈동자가 떠내려갈
듯.

"우리……."

그녀의 바들바들 떨리는 입술 사이로 울먹이는 목소리가 흘러나
오다 이내 잠겨들었다. 장인국은 영문을 알 수 없음에도 가슴이 저
릿해지고 눈자위가 뜨거워졌다. 볼을 타고 흐르는 그녀의 눈물에 인
국은 가슴이 아팠다.

"우리, 사랑하는 거죠?"

왜 새삼스럽게 사랑을 확인하는 걸까? 그래야 하는 이유가 무엇
일까? 누가 다녀갔을까? 유리는 왜 깨져 있지? 싸웠나? 누구와? 새
삼스레 사랑을 확인해야 할 만큼, 강물이 넘치듯 눈물을 흘려야 할
만큼, 고통을 준 사람이 대체 누구란 말인가? 그는 천천히 고개를 끄
덕이며 그런 물음들을 한꺼번에 떠올렸다가 지워냈다. '우리 쪽에
서? 아니면 저쪽에서?' 물음은 곧 대답이었다. 둘 중 하나를 선택하
라면, 어느 쪽이 나을까. 수수께끼를 풀듯 그는 어느 하나를 집어냈
다. 자신의 쪽이리라. 그 편이 나으리라. 그렇게 생각하는 순간, 장인
국은 박명수가 건네주었던 사물함 열쇠와 그가 숨겨놓았다는 코카

인을 떠올렸다. 거기에 그 물건이 진짜 들어 있다는 것이 확인된다면 박명수가 기획했던 것처럼, 내가 먼저 이 여자와 사라져버릴까. 그녀를 찾아왔던 사람이 만약 '자신의 쪽'이라면 그 편이 훨씬 나을 것이었다.

"누가 왔었소?"

그의 목소리가 떨렸다. 누가 왔었냐는 장인국의 물음에 윤선은 대답하지 않았다. 볼을 타고 흘러내리는 그녀의 눈물을 장인국이 손가락으로 닦아냈다.

"어떻게 생긴 사람이었소?"

장인국은 다그치듯 그녀의 어깨를 거머쥐며 다시 물었다. 그러나 여전히 윤선은 대답하고 싶지 않은 듯했다. 그녀는 울음이 가득한 목소리를 흘려놓았다.

"우리, 이대로 헤어진다 해도, 정말 사랑하는 거죠?"

그녀의 얼굴은 온통 눈물에 젖어 있었다. 눈자위는 시뻘겋게 변해 있었다. 닦아낼 엄두도 내지 못한 채 그녀는 콧물까지 흘렸다. 그녀의 흐느낌이 방안을 가득 채웠다.

"무슨 일이요? 대체 무슨 일이 있었소?"

장인국은 어금니를 깨물며 말을 짓씹었다. 알 수 없는 분노가 가슴 밑바닥을 칼끝으로 긁으며 치솟았다.

"헤어지다니? 우리가 왜 헤어져? 누가 당신더러 나와 헤어지라고 그랬어?"

장인국은 소리를 지르며 윤선의 어깨를 쥔 두 손을 마구 흔들었다. 목이 메어왔다. 그때, 힘없이 떨어뜨린 그녀의 두 팔이 그녀가 입고 있는 하늘색 나이트가운의 앞섶을 걷어냈다.

"아!"

장인국의 시선이 그녀의 아랫도리를 향하고 있었다. 그의 입술이 흙을 집어삼킨 듯 꺼멓게 벌어졌다. 안색이 새파랗게 변했다. 그는 손을 와들와들 떨면서 그녀의 손이 걷어낸 나이트가운을 거머쥐었다. 그러곤 시뻘겋게 멍이 든 그녀의 음부를 가렸다.

아주 오랜 시간이, 침묵의 커튼이 내려진 그들 사이로 천천히 지나갔다. 그러고도 한참이나 지난 뒤 장인국은 슬며시 일어나 욕실로 들어갔다. 물이 쏟아지는 소리가 들려왔다. 욕실에서 나오는 그의 손에는 김이 피어오르는 수건이 들려져 있었다. 윤선은 담요가 깔린 카펫 위에 앉은 채로 그를 올려다보았다. 애써 눈물을 걷어낸 그녀의 눈동자에 다시 물기가 고여 들었다.

인국은 그녀 앞에 무릎을 꿇고 앉았다. 그는 그녀를 담요 위에 반듯하게 눕혔다. 그런 다음 나이트가운의 앞섶을 걷어냈다. 그러곤 따뜻한 물수건을 그녀의 사타구니 위에 얹었다. 윤선이 소리를 내지 않기 위해 어금니를 깨물었다. 그는 수건 위를 손바닥으로 지그시 눌렀다. 깊은 상처를 위무하는 성자의 손길처럼.

"난 당신과 헤어질 수 없소. 당신은 이제 나의 모든 것과도 바꿀 수가 없소. 당신은 곧 나요."

드러누운 채로 윤선이 두 손으로 얼굴을 가렸다. 그러곤 다시 울음을 터뜨리기 시작했다. 그녀의 어디에 그토록 서러운 울음이 숨어 있었는지, 그녀의 어디에 그토록 깊고 아득한 비애가 숨어 있었는지, 그녀의 울음소리는 낡은 아파트의 어두운 실내를 가득 채웠다. 가득 채워진 그녀의 울음소리는 출렁거리며 어딘가로 떠내려가고 있었다. 그 울음소리 사이로, 간간이, 인디언의 흉내를 내던 남자의 목소리가 새어들고 있었다. 이건 조용한 경고에 불과해. 이후에도 빨갱이 새끼와 계속 만날 생각이라면 더 이상 경고는 없을 거야. 윤선의 울음은 아득히, 뉴욕의 뒷골목을 흐르는 검은 빗물과 함께 깊은 곳으로, 먼 곳으로, 흘러가고 있었다.

10. 붉은 안개꽃

"A SINNER CAN REFORM, BUT STUPIDITY IS FOREVER.(죄인은 회개할 수 있지만, 바보는 영원하다)" 고등학교 영어 시간에 배운 금언이다. 이 말은 그때나 지금이나 울림이 크다. 그런데 정작 이 말보다는 이 말을 가르쳐준 영어 선생님이 덧붙여 들려주셨던 말씀이 내 기억에 더 깊이 남아 있다. 선생님이 말씀하셨다. "바보가 죄를 범하면 세상이 그 화에서 영원히 벗어나지 못하지."

"어느 나라의 것이건 역사란 걸 들여다보고 있으면 그것이 영웅사 英雄史의 다른 말임을 어렵지 않게 알 수 있습니다. 한 사람의 영웅을 탄생시키기 위해 숱한 시간들이 소요되고, 많은 인간들이 희생되고, 때로는 엄연히 '이것'이라고 역사가 규명한 것을 '저것'이라고 바꾸어 말해지기도 하고, 급기야 그렇게 탄생된 영웅마저 다른 영웅에 의해 그와 똑같은 왜곡의 운명을 갖게 되죠."

방파제에 부딪쳐 올랐다가 스르르 꺼져가는 소리가 여기저기 흙물을 튀겨 바깥의 풍경을 가려놓은 창유리를 흔들었다. 올해 들어 종합대학으로 승격되긴 했지만 아직은 어지간한 전문대학만큼의 규모도 되지 않은 동해안의 풍치 좋은 소도시에 위치한 한 사립대학 인문관 3층 강의실. 생김새는 30대였지만 머리는 서리가 내린 듯 허연 젊은 강사가 현대사 강의에 열중해 있었다.

백종명白宗溟.

57년생이니까, 올해 나이 서른넷. 두꺼운 검정 뿔테 안경에 언제
나 노타이 차림. 하루 담배 두 갑을 연기로 태워 없애는 골초. 명문
Y대학을 졸업한 뒤 80년대 초 최전방에서 말단 소총수로 뼈 빠지게
고생을 한 바 있으며, 제대 후 곧바로 영국으로 건너가 2년간 캠브
리지를 기웃거리다가 느닷없이 유학생 간첩단 사건에 연루되어 본
의 아니게 국제 미아 신세가 되었지만 한 해 뒤 혐의가 풀려 귀국.
모교인 Y대학 대학원에서 뒤늦게 석사 과정을 마치고 박사 과정 이
수 중. 돌아가신 그의 부친 백길안 박사의 제자이며 이 대학 재단 이
사장의 도움으로 사학과 전임강사로 채용. 그의 신체상 가장 뚜렷한
특징인 백발은 어릴 때 한약을 잘못 써서 그렇게 되었다는데, 그것
이 그가 가진 유일한 콤플렉스.

백종명이 느릿느릿한 말씨로 서른 명 남짓의 학생들을 상대로 강
의를 하고 있는 동안 뒤창을 통해 한 남자가 강의실 안을 들여다보
며 빙긋이 미소를 짓고 있었다. 소설가 윤완이었다. 어느 순간 두 사
람의 시선이 마주쳤는가 싶더니, 갑자기 강의실 안이 술렁거렸다.
"오늘 강의, 여기서 끝냅시다," 하고 백종명이 갑자기 말한 것이었다.
그러곤 교탁 위에 책과 강의 노트를 그대로 놔둔 채 출입문 쪽으로
가더니 힘차게 문을 열어젖혔다. 그는 윤완이 서 있는 뒷문 쪽에다
대고 냅다 소리를 질렀다.

"너, 완이 맞지!"

그는 안경테를 손가락으로 밀어 올리며 가늘게 눈살을 모았다. 비
스듬히 경사진 복도를 따라 윤완이 그에게로 걸어 내려갔다.

"종명이 형."

윤완이 손을 불쑥 내밀자 백종명이 그의 손을 덥석 잡았다.

"이게 얼마만이냐. 어쩐 일이야? 설마 날 만나려고 여기까지 온 건 아닐 테지? 우라질, 옛날 애인의 동생을 만났는데 이렇게 기쁠 수가."

그는 백발을 쓸어 올리며 환하게 웃었다.

백종명이 윤완을 데리고 간 곳은 바닷가 횟집이었다. 연거푸 두 대의 담배를 빨아 없앤 뒤 입맛을 쩝쩝 다시던 백종명이 회 접시에 담긴 무채를 젓가락으로 집어 우적우적 씹으며 갑자기 홍소를 터뜨렸다. 그러다가 불쑥 물었다.

"누나는 잘 있냐?"

그 물음은 강의실 복도에서 이미 한 차례 던진 거였다. 하지만 이번의 것은 좀 달랐다. 야릇한 의미가 담긴 웃음 뒤에 던진 것이라 윤완은 대답 대신 입술만 삐죽 내밀었다. 그러자 백종명은 또다시 폭소를 터뜨렸다.

"내가 영국 가 있을 때 백마를 몇 번 타 봤거든. 백마 말이야, 알지, 뭔지?"

"형, 무슨 말 하려고?"

"야야, 나이를 이만큼 먹었는데 못할 소리가 뭐 있냐."

백종명은 횟집 창밖으로 시꺼멓게 가라앉은 바다를 한번 쳐다보고는 반쯤 채워진 소주잔을 입속으로 털어 넣었다. 윤완이 그의 빈 잔에 소주를 채웠다. 그의 과장스런 목소리가 이어졌다.

"헌데 백마하고 황구하고는 싸이즈가 맞질 않아. 수도 파이프로 개구멍을 쑤셔대니 둘 다 재미가 있나. 상상이 가지?"

"글쎄, 무슨 얘기를 하고 싶은데?"

"히히, 그러니까 너의 누님께선 잘 계시냐 이거지."

여전히 농담이 걸진 백종명이었지만 나이가 제법 든 탓인지 웬지 모르게 쓸쓸한 기운이 감돌았다. 하지만 그의 농담은 여전했다.

"그런데, 이게 암컷하고 숫놈이 바뀌면 전혀 달라진단 말이야. 히 히히."

그는 담뱃갑 속으로 손가락을 찔러 넣으며 말했다.

"그만합시다."

"그래그래, 알았다."

그저 농담을 하자는 것이 아니라면, 백종명이 왜 갑자기 이미 끝 난 누나의 국제결혼을 들먹이는지 윤완으로선 이해가 가지 않았다. 그의 표현대로 누나가 한때 그의 애인이기는 했지만 '잠자리'와 전 혀 무관한 관계였다는 걸 윤완은 뻔히 알고 있었다. 그런 터에 누나 의 국제결혼을 빗대서 농담을 던질 수는 없는 일이었다. 허기야 그 의 말대로 세월이 많이 흘렀고, 그래서 나이들도 그렇게 먹었다고 치면 전혀 못할 농담도 아니었다. 백종명은 머쓱해하는 윤완을 힐끗 바라보고는 소주잔을 털어 넣은 뒤 빈 잔을 윤완에게 건넸다. 담배 연기가 그의 콧구멍 밖으로 기운차게 쏟아져 나오는 모양을 보며 윤 완은 제법 긴 시간이 흘러갔음에도 그의 모습이 전혀 변하지 않았다 는 게 놀라웠다.

"형은 참 안 늙어."

"이 친구야. 네 살 때 내 머리가 팍 쉬어버려서 그때 다 늙어버렸
는데 늙을 게 또 뭐가 있겠어. 그나저나 우리가 얼마만이냐? 오년?
육년?"

윤완은 얼른 고개를 소주잔으로 돌리며 그의 눈길을 피했다.

지난해 겨울, 그러니까 채 일 년도 지나지 않은 그때의 일을 잊었
을 리가 없건만 백종명은 그걸 쑥 빼놓았다. 그때 그는 경찰서 유치
장에 있었고, 윤완이 그를 데리고 나왔었다. 이른바 '김일성 만세 사
건'이라고 명명되었던 그 일.

"참 많이 변했다. 옛날 같으면 어림도 없지. 어디서 김일성 만세를
들먹여."

그를 풀어주던 형사가 한 말이었다. 얻어맞아 시꺼멓게 멍이 든
뺨 위로 잔설이 휘몰아치던 겨울 오후였다. 그날 밤, 어이없게도 그
의 아버지 백길안 박사가 세상을 떠났다. 채 일 년이 지나지 않은 때
의 일이었다.

"형, 요즘 어때? 여기, 지낼만 해?"

윤완은 슬그머니 말꼬리를 돌렸다. 백종명이 허전한 웃음을 흘리
며 대꾸했다.

"뭐 그런 걸 묻냐."

그의 눈빛이 자욱한 담배 연기 속으로 숨어들었다. 두 사람 사이
에 어색한 침묵이 흘렀다. 백종명에게는 윤완을 보자 한때 일방적이
긴 했지만 열렬히 사랑했던 윤선의 모습이 간단없이 떠올랐고, 그럴
때마다 입이 다물어졌다. 윤완도 눈치를 챈 듯 묵묵히 술잔만 비워
낼 뿐 자꾸 어둠이 내린 횟집 창밖으로 눈길을 던지기만 했다. 골초

답게 백종명의 입에서는 연신 담배 연기가 뿜어져 나왔다. 문득 윤완의 기억 속으로 담배에 얽힌 아주 오래 전의 사건 하나가 떠올라왔다.

누나 윤선이 대학에 입학하던 해였으니까 1976년, 계절은 지금과 비슷한 늦은 가을이었다. 어느 날 누나가 엄청나게 장발인 남학생 하나를 집으로 데리고 왔다. 저녁식사가 시작될 무렵이었다. 윤완은 그때 고등학교 2학년이었는데 일찍 퇴근한 아버지 윤달진 선생과 거실에서 바둑을 두고 있었다. 저녁 식사 준비를 하던 윤완의 어머니가 인터폰으로 대문을 따주고는 딸이 들어오기를 기다리고 있다가 현관을 들어서던 둘을 보고 어이없게도 비명을 지르고 말았다.

"애애, 선아. 이게 무슨 일이니?"

윤완의 어머니는 옆구리의 가죽 가방과 청바지에 운동화 차림만 아니었다면 윤선의 뒤를 따라온 남학생이 수십 년 입산수도를 하고 이제 막 저자거리로 돌아온 무슨 도사로 착각할 정도였다고 훗날 실토했었다. 그러니 기겁을 하지 않을 수 없는 노릇이었다. 그냥 긴 머리만이 아니었다. 남학생의 어깨까지 흘러내린 장발은 검정털이 하나도 섞여 있지 않은 그야말로 순백색이었다. 그는 윤완의 모친이 자신을 보고 놀란 게 당연하다는 듯 미안한 표정을 짓고 있다가 앞이마로 흘러내린 머리칼을 손으로 걷어내며 얼른 인사를 올렸다.

"백종명이라고 합니다. Y대학 사학과 3학년에 재학 중이며……."

그가 장황하게 자기를 소개하려 하자 윤달진 선생이 만면에 웃음을 머금으며 "성씨가 딱 맞으시구만," 하고 농을 던졌다.

"얼른 올라오시게. 마침 저녁을 먹을 참이었으니 소개는 배 채우고 난 뒤에 듣기로 함세."

윤 선생의 얘기가 끝나기 무섭게 백종명은 얼른 신발을 벗고 마루 위로 올라섰다. 보기에는 숫기가 없어 보이는데도 행동은 활달했다. 나중에 더 여실히 알게 되지만, 백종명은 외향적인 인물이 아니었다. 저녁을 먹는 동안 그는 점점 내성적인 체질의 소유자임을 드러냈다. 동생뻘인 윤완이 보기만 해도 그는 얼굴이 발갛게 상기되며 수저를 놀리는 손길을 더듬었다. 그 모습을 지켜보던 윤달진 선생이 윤완더러 오히려 눈총을 주기까지 했다. 식사를 마치고 거실로 나왔을 때, 급기야 아주 난감한 일이 벌어지고 말았다. 백종명이 거실 탁자 위에 놓인 케이스에서 담배 두 개비를 꺼내 그 중의 하나를 윤달진 선생에게 건네고는 자신도 하나를 입에 물고는 불까지 붙인 것이었다. 주방에서 과일을 쟁반에 받쳐 내오던 윤완의 어머니가 당신 앞에 벌어진 광경에 아연해지고 말았다.

"하, 학생!"

윤완의 어머니뿐이 아니었다. 윤달진 선생도 백종명이 건네준 담배에 불을 붙일 생각을 잊은 채 입을 딱 벌리고는 멍하니 백발의 청년을 바라보았다. 윤완도 기분이 묘해져서 부모님의 얼굴을 번갈아 바라보고 있을 수밖에 없었다. 그런데 정작 윤선은 비실비실 웃으며 고개를 수그렸다. 그 놀라운 광경의 당사자인 백종명이 사태를 파악하고는 담배를 얼른 재떨이에다 비벼 끄고는, "죄, 죄송합니다. 제, 제가 그만 버릇이 되어서," 하며 더듬거렸다. 백종명은 대학에 입학하던 해 그의 부친으로부터 술과 담배를 배웠다고 했다. 그래서 그는 집안에서 담배를 피우는 데 아무런 제약도 받지 않았다. 어른 앞에서 담배를 피우는 것이 상식으로 받아들여지지 않는 한국 사회에서 그것은 그를 곤혹스럽게 만들 뿐이었다. 어색한 분위기는 한동안 지워지지 않았다. 백종명의 얼굴은 흰 머리칼 덕분에 더욱 붉게 물들어 좀체 제 빛을 찾지 못했다. 과일을 깎는 윤완의 어머니는 충격에서 벗어나지 못한 듯 손까지 벌벌 떨었다. 냉랭한 분위기를 바꿔보려고 나선 것은 윤달진 선생이었다.

"백 군."

윤달진 선생의 부름에 백종명이 상기된 얼굴을 슬그머니 들었다. 그러나 그는 대답조차 하질 못했다.

"우리 선이하고는 오래 사귀었나?"

그러자 곁에서 과일을 포크에 찔러 윤 선생에게 건네주던 윤선이 쿡쿡 웃으며 대신 대답했다.

"오래는요, 오늘 처음 봤어요."

"오늘 처음?"

윤완의 어머니가 또 한 번 놀란 듯 탄성을 터뜨렸다. 정색을 하며 백종명이 나섰다.

"아, 아닙니다. 저는 벌써 석 달 전부터 따님을 봐왔습니다."

그의 말에 윤 선생이 고개를 주억거렸다. 윤 선생이 딸에게로 눈길을 돌리며, "그래, 선이 넌 정말 오늘 처음 봤니?" 하고 물었다.

"정말이에요, 아버지."

별다른 표정 없이 대답하는 걸로 봐서 그녀가 거짓말을 하고 있는 것 같지는 않았다. 윤 선생이 다시 눈길을 주자 백종명은 좀 머쓱한 표정으로 "요컨대 제가 따님을 짝사랑하고 있었던 거죠," 하고 말했다. 웃음소리가 거실 안으로 와르르 쏟아졌다. 그제야 백종명도 웅크렸던 몸을 펴면서 활짝 웃었다. 백종명은 학교가 있는 신촌의 한 서점에서 윤선을 보았고, 그게 약 3개월쯤 전이었다고 했다. 첫눈에 반해버린 백종명의 짝사랑은 그때부터 시작된 것이었다. 그 열기는 상당히 뜨거웠고 진지했지만 그래봐야 혼자만의 것일 뿐이었다.

　윤선에 대한 백종명의 짝사랑과 관련해 일어난 일들은 사실 - 짝사랑이란 게 원래 그렇지만 - 그다지 즐겁지 못했다. 비극적이라고 해야 옳을지도 몰랐다. 적어도 윤완의 기억 속에서만큼은 그랬다. 그 중에서도 백종명이 머리를 자른 사건은 큰 충격이었고, 어쩌면 두 사람 사이에 일어난 일들 중 가장 비극적인 것이었다. 그러니까 그해 겨울, 학기말 시험이 끝나고 막 방학이 시작되던 무렵이었다. 거리의 전파상 앞에 걸린 스피커마다 성탄 캐럴이 쏟아지던 때였다. 어느 날 커다란 케이크 상자를 들고 백종명이 윤완의 집을 찾아왔다. 그날은 눈자락이 비치던 음산한 토요일이었는데 윤완의 가족들 모두 집에 있었다. 백종명이 집으로 찾아오는 걸 윤완의 부모님이 그다지 막지 않았기 때문에 가끔씩 집으로 찾아와 이런저런 얘기를 나누기도 하고 어떤 때는 식사를 같이 하곤 했었는데, 그가 그렇게 선물을 사들고 온 것은 그때가 처음이었다. 그러나 그가 선물을 가지고 왔다는 것보다 현관으로 들어선 그의 모습에 윤완의 식구들의 관심이 더 쏠렸다. 백종명은 파란 줄과 빨간 줄이 그어진 흰 빵모자를 깊숙이 눌러쓰고 있었다. 집안으로 들어와서도 그는 그 모자를 벗으려 하지 않았다.

　"학생이 무슨 돈이 있다고."

윤완의 어머니는 케이크를 담을 접시를 꺼내와 탁자 위에 놓으며 그렇게 말하면서 시선은 백종명이 쓰고 있는 흰 빵모자에 박혀 있었다. 그사이 백종명을 형이라고 부를 정도로 친해진 윤완이 궁금증을 떨쳐내지 못한 채 그가 쓰고 있는 모자를 낚아채듯 휙 벗겨버렸다.

"아니!"

　거의 동시에 윤완의 가족들은 외마디를 질렀다. 가장 놀란 건 윤완의 누나인 듯했다. 모자를 벗겨내자 드러난 백종명의 머리를 보고 그녀는 못 볼 걸 봤다는 듯 부리나케 제 방으로 들어가버렸다. 중고등학생처럼 빡빡 밀어버린 백종명의 머리는 거실에서 떨어지는 형광등 불빛 아래 처연하게 빛났다. 윤선이 방으로 들어가는 모습을 물끄러미 바라보고 있던 백종명의 눈가에 촉촉이 이슬이 맺히는 것을 윤완은 그때 분명히 보았다. 그날 그는 윤완의 방에서 줄담배를 피우며 이렇게 말했다.

　"나는 자라면서 사람들의 머리칼이 까맣다는 게 얼마나 부러웠는지 몰라. 국민학교 다닐 땐 언제나 놀림감이었지. 그때 이미 나는 자살을 꿈꾸고 있었지. 내가 만약 공부를 잘하는 학생이 아니었다면 나는 정말 자살을 해버렸을지 몰라. 공부가 유일한 위안이고 친구였지. 내겐 친구가 없었어. 아무도 내게 친구가 되어주지 않았어. 어릴 적부터 유일한 친구는 아버지였지. 어머니가 내 머리를 염색해주려 하자 아버지는 용납하질 않으셨어. 한번 자기 자신을 가리기 시작하면 죽을 때까지 가리며 살아야 한다고 말씀하셨어. 그런데 중학교에 들어가서 머리를 빡빡 깎고부터 그 깎인 만큼 나는 덜 주눅이 들었지. 오늘 난 네 누나에게 이걸 보여주고 싶었어."

그의 말은 윤완에게 상당한 충격을 안겨주었다. 윤완은 감동 비슷한 걸 받았다. 그러나 그 일로 인해 그해 겨울 내내 백종명은 우울하게 지내야만 했다. 우울했었다고 그가 직접 말한 적이 있으니 그렇게 믿어야 할 것이다. 하지만 윤완은 그의 우울에 동의할 수 없었다. 이해할 수는 있었지만.

십수 년이 지나 서로가 30대로 접어든 지금도 윤완의 그런 생각에는 변함이 없었다. 붉은 안개꽃! 문학적인 냄새가 짙게 담겨 있는 이 말로부터 백종명의 우울에 대한 윤완의 회의는 시작된다. 해가 바뀌고 더욱 겨울의 깊은 속살 속으로 스며들어가던 어느 날, 윤완은 종로3가에 있는 한 극장 부근에서 그를 보았다. 윤완은 누나 윤선과 함께 지금은 제목도 내용도 기억이 희미해진 불란서 영화 한 편을 구경하고 나오던 길이었다. 집으로 가는 버스를 타려고 정류장으로 가고 있는데 번데기, 땅콩, 오징어 등이 담긴 골목 어귀의 좌판 하나가 도로 쪽으로 와르르 쏟아지면서 그 일대가 왁자지껄 시끌벅적해졌다. 예닐곱 명으로 보이는 건장한 장발 청년 패거리가 서너 명 남짓한 다른 한 패의 젊은이들을 상대로 무차별 린치를 가하고 있었다. 그 장면이 윤완의 시선에 잡혔다. 그 순간, 윤완은 거의 비명에 가까운 소리를 질렀다.

"종명이 형이잖아!"

그 소리를 듣고 윤선이 고개를 내밀고는 앞쪽을 뚫어지게 보았다. 그녀는 말을 잃은 듯 그 자리에 꼼짝없이 선 채로 어금니만 꽉 깨물었다. 백종명은 한 패거리의 장발 청년들에게 얻어맞고 있는 서너 명의 젊은이들 가운데 하나였다.

"누나, 가보자."

윤완이 그렇게 말하며 주뼛주뼛 걸음을 옮기려 했을 때 윤선이 그의 외투자락을 꽉 부여잡았다. 그녀는 말이 없었다. 그녀는 주변의 다른 많은 사람들과 마찬가지로 방관자나 구경꾼으로 만족하는 듯했다. 백종명은 다른 젊은이들과 마찬가지로 주먹과 발길질에 저항한 번 하지 못한 채 구타를 당하고만 있었다. 그러던 어느 순간 주변의 사람들 사이에서 일제히 "악!" 하는 비명과 함께 찬물을 끼얹은 듯한 적막이 휘몰려왔다. 린치를 가하던 장발 청년 하나가 좌판에서 뜯어낸 나무로 백종명의 짧지만 눈부시게 흰 머리를 쪼갤 듯 내려쳐버린 것이었다. 픽, 하는 둔탁한 소리가 을씨년스럽게 가라앉은 한겨울의 오후 속으로 빨려들었다. 백종명의 희디 흰 머리칼이 금세 피로 물들어갔다. 윤완은 저도 모르게 이빨이 따따따따거리며 부딪치는 것을 느꼈다. 윤선은 그의 외투자락을 더욱 거칠게 잡아당겼다. 깍지를 낀 채 머리통을 감싸 쥔 백종명의 두 손 사이로 피가 낭자하게 흘러내렸다. 온통 붉은 피로 젖어버린 백종명의 머리카락. 그것이 바로 '붉은 안개꽃'이라는 문학적 수사의 정체였다.

백종명을 포함한 네 명의 학생들은 Y대학 서클 '푸른 독서회' 소속이었다. 그들은 그날 종로3가 일대 거리에서 이영희의 〈8억인과의 대화〉를 가두에서 판매하고 있었다. 그 책은 이영희 선생이 저명한 외국인 학자들의 중국(중공)에 관한 글을 모아 번역한 것으로, 그로 인해 선생은 한 해 전 유신정부로부터 반공법 위반으로 구속당했고 책은 판매 금지 조처가 내려져 있었다. 백종명이 속한 독서회 사람들이 바로 그 책을 거리에서 판매하고 있었고, 반공청년회의 조직원들이 그들을 급습해 린치를 가했던 것이다.

그 사건으로 인해 윤완은 일단 백종명이 체제 비판적 성향을 지닌 학생이며, 그런 일을 주도적으로 실천해내는 학생들 중의 하나라고 믿어 의심치 않았다. 그리고 그것은 윤완에게 적잖은 충격이었다. 이유는 두 가지였다. 하나는 백종명이라는 섬약한 내성적 체질의 남자가 실은 굉장한 정치적 에너지를 갖고 있다는 것이었고, 다른 하나는 바로 그 사실이 누나로 하여금 그에게 다가가지 못하게 만드는 요인이 되고 있다는 것이었다. 그런데 오래지 않아 그 두 가지 사실이 사실이 아닐 수도 있다는 뜻밖의 일이 벌어졌다. 평소 문학에 깊은 관심을 가지고 있던 윤완이 백종명과 관련된 그때의 일로부터 받은 충격을 담은 글을 써서 백종명과 누나에게 각각 보여주었는데, 두 사람 모두로부터 뜻밖에도 매우 시답잖은 감상평을 받았던 것이다. 백종명은 윤완의 글을 읽고 나서 버릇처럼 여러 개비의 담배를 꽁초로 바꿔버린 뒤 자신의 감상을 이렇게 얘기했다.

"영웅은 확실히, 자기 자신이 그렇게 되려고 해서 되는 게 아니라 누군가 그렇게 만드는 거야. 종종 그런 역할을 문학이 맡곤 하는데, 그럴 때 문학은 지극히 작아지지. 넌 그런 작은 문학에 종사하기에는 너무 순수하고 젊어. 역사도 종종 그런데, 그런 점에서 영웅사로서의 역사는 초라하기 이를 데 없지. 이런 글은 앞으로 쓰지 마."

형편없는 혹평이었다. 하지만 똑같은 글을 누나 윤선에게 보여주었을 때는 더욱 비판적이었다.

"사랑이 뭔지 알지 못하면서도 사랑을 얘기할 수 있는 게 문학이야. 하지만 사랑을 안다고 얘기하면 그것 또한 거짓 문학이거든. 모르는데 안다고 얘기하고 있기 때문이야. 여길 봐."

그녀는 윤완의 글 중에서 "여인은 피투성이가 된 그를 보며 다가가지 못했다. 사랑은 상처 입은 그를 그대로 내버려두는 것, 자신의 의지로 그 상처를 이겨낼 때까지 기다리는 것"이라고 쓴 부분을 지적하며 말했다.

"넌 두 사람을 다 모르면서 두 사람을 다 잘 아는 것처럼 가장하고 있잖아. 이건 독선이지. 독선이 어떻게 문학이겠니."

결과적으로 윤완은 두 사람을 다 알지 못하는 꼴이 되고 말았다. '붉은 안개꽃'이라는 윤완의 글이 백종명과 누나로부터 동시에 혹평을 받은 뒤에야 그는 두 사람의 관계와 백종명이란 사람을 어느 정도는 이해할 수 있었다. 그리고 그때부터 백종명의 누나에 대한 짝사랑을, 완전히는 아니었지만, 더 이상 안타까워하지 않게 되었다. 그런 안타까움이 자칫 백종명의 사람됨을 왜곡할지도 모르는 일이었기 때문이다.

그로부터 두 해 뒤, 백종명은 대학을 졸업했고 군에 입대를 했다. 군인이 된 뒤의 백종명은 누나에 대한 사랑의 감정이 많이 누그러진 것처럼 보였다. 하지만 여전히 그 열망의 앙금이 가시지 않은 편지를 보내오곤 했는데, 윤완이 기억하기로 누나는 거의 답장을 하지 않았다.

80년대였다. 10.26의 총성이 사람들의 귀에 여전히 남아 있었고, 그 소리가 새로운 봄의 웅웅거리는 벌들의 날갯짓처럼 이명이 되어가고 있었지만, 세상의 권력은 다시금 속절없이 군부의 몫으로 돌아가 있었다. 윤완은 그때 대학생이었다. 남도의 한 도시를 훑고 간 피비린내가 여름의 뙤약볕 속으로 증발되어 갈 무렵 백종명은 도저히 연애편지라고 볼 수 없는 편지를 누나에게 보냈다.

"내 흰 머리칼이 더욱 바래어가고 있소. 고뇌가 깊으면 머리칼부터 희어진다는데 내 것은 이미 희어 있으니, 이제 내 희망은, 아주 투명해졌으면 하는 것이오."

그 편지는 지극히 감상적이었고, 엽서처럼 짧았다. 그는 당시 삼청교육대에 끌려온 사람들을 감시하는 초병으로 근무하고 있었다. 그 시대의 우울을 누구보다 절실히 느끼고 있었던 그에게 윤완의 누나는 끝내 마음을 열지 않았다. 백종명이 제대를 하던 해 누나는 미국으로 떠났다. 그것으로 백종명의 누나에 대한 짝사랑도 막을 내렸다. 누나는 끝내 백종명에게 단 한 줌의 사랑도 허락하지 않았고, 당연히 이별의 인사조차 없었다. 하지만 왠지 윤완은 그런 누나의 야멸침에 대해 같은 남자로서 느낄 법한 일말의 분노도 느끼지 않았다. 백종명에 대해서도 마찬가지였다. 연민이나 동정은 오히려 그들을 욕되게 하는 것일지 모른다는 게 윤완의 생각이었다. 윤선이 미국을 떠난 뒤에도 백종명은 가끔 윤완의 집으로 놀러오곤 했지만, 그도 곧 영국으로 떠나버렸다.

"잘도 떠나는구나, 씨발."

누군지는 정확히 기억하지 못하지만, 백종명도 알고 윤완의 누나도 아는, 둘 사이에 어떤 일이 있었는지는 알지 못하는 어떤 사람이 두어 해 사이로 각각 미국과 영국으로 날아가버린 두 사람을 두고 그렇게 말하는 것을 윤완은 들은 적이 있었다.

"누구는 부모 잘 만나, 씨발, 좆또!"

그렇게 말하며 그 사람은 소주잔을 술집 벽에다 집어 던졌다. 술집 주인이 소리를 질렀고, 드럼통으로 만든 탁자가 넘어졌고, 슬그머니 술자리를 빠져나온 윤완은 집으로 돌아오는 버스에 오를 때까지 뒷머리가 뜨거웠다. 눈물도 찔끔 흘렸다. 모두가 안타까웠다. 떠나는 자들도, 남은 자들도.

그리고 많은 세월이 지나갔다.

사람들의 기억에서 얼마나 말끔히 지워졌는지는 알 수 없지만, 그런 걸 아직 기억하고 있다면 그것만큼 안쓰러운 일도 없을 것이다. 기억이 또렷하든 희미하든, 남아 있건 지워졌건, 중요한 것은 그 오랜 세월이 지난 뒤에도 사람은 잘 변하지 않는다는 사실이다. 백종명은 아무 것도 변한 게 없었다. 전보다 훨씬 곤혹스런, 우여곡절이라는 말로 다 설명할 수 없는 일들이 그를 둘러싸고 일어났지만, 희한하게도 그는 여전히, 고스란히 옛날 그대로였다. 이미 오래 전에 모든 변화가 끝났음을 드러내는 그의 흰 머리카락처럼.

횟집의 가라앉은 적요 속으로 퍼져 오르는 백종명의 담배 연기를 지그시 바라보며 상념에 젖어 있던 윤완이 불쑥 입을 열었다.

"형, 뭐 하나 물어봅시다."

새 담배에 불을 붙이던 백종명이 윤완을 보며 히죽히죽 웃었다.

"어려운 거 말고 쉬운 걸로 물어줘."

단지 백종명을 만나자는 게 윤완이 T시로 내려온 목적의 전부는 아니었다. T시로 오면서 윤완이 먼저 백종명에게로 온 것은 그것이 백종명과 무관하지 않기 때문이었다. 며칠 전, 마감 일자를 몇 번이나 미루어가며 쓰고 있던 소설의 자료에서 바로 백종명과 연관된 사건을 발견했던 것이다. 윤완이 그에게 묻고 싶은 건 바로 그 사건의 진위였다.

연초에 전격적으로 진행되었던 소위 '3당 합당'은 윤완의 집안, 특히 윤달진 선생의 운신에 상당한 변화를 가져왔다. 그 변화의 시작은 당신의 돌연한 영국행이었다. 영국의 C대학 교환교수직은 그동안 여러 차례 미루어져 왔었다. 겉으로는 강의 때문이었지만 당신의 발목을 잡는 건 M당이었다. '3당 합당'만 아니었다면 이번에도 당연히 미루어졌을지 몰랐다. 그뿐만은 아니었다. 정치에 걸었던 많은 기대를 상실한 상태에서 굳이 당에 남아 있을 이유가 없었던 탓이 크긴 했지만, 당신의 나이가 60대로 접어들면서 육체적 정신적 한계를 실감하고 있었으므로 더 늦기 전에 단 일 년이라도 떠나 있고 싶었던 것이다.

윤달진 선생이 영국으로 떠나기 얼마 전 윤완의 장인인 우성학원 재단 나우성 이사장이 집으로 찾아왔었다. 윤달진의 일이라면 무조건적으로 동조해왔던 윤완의 장인은 그날따라 연거푸 코냑 잔을 비우고는 얼근히 취한 음성으로 좀 심하게 윤 선생을 몰아세웠다.

"정치란 원래가 다중 인격자들의 전유물이 아닙니까. 다중적인 인격을 가진 사람들이 하는 것이 정치고, 정치에 발을 들여놓으면 그 다중성을 운명처럼 가지게 되는 게 또 정치인이라고 저는 생각합니다. 야당의 모토가 뭡니까. 권력 쟁취 아닙니까. 그건 여당도 마찬가지지요. 수성이지요. 마키아벨리를 들먹이지 않아도, 거기에 권모술수가 통용되는 건 상식입니다. 3당이 합당하자고 수의한 것도 그것이고, 그것을 질타하는 소리도 똑같이 거기서 나와요. 어차피 민주주의란 게 우리에겐 벅찬 일 아니겠습니까. 군부가 정권을 잡은 세월이 너무 긴 탓이라는 게 일반적인 정서이고 보면, 그 정서 속에서 어차피 문민文民의 정부는 또 다른 과도의 현상일 수밖에 없어요. 박정희가 지워지는 데 50년이 걸릴 거라는 얘기도 있지 않습니까. 과도기라는 건 인위적으로 설정되는 게 아니라 운명처럼 거쳐야 하는 시기란 말이지요. 그런데 문제는 수인 같은 야권의 지성이 이 과도의 사태를 지극히 허무적으로 받아들인다는 점입니다.

대중이 짊어져야 할 몫에 너무 관여하지 마세요. 어차피 역사와 사회와 국가의 죗값을 치르는 건 대중뿐이에요. 정치가들은 날파리에 불과해요. 단물을 빨아먹고 휙 날아가버리는 날파리들. 그들이 갖은 욕 먹어가며 정치판에 굳이 남아 있으려는 이유가 뭡니까. 국가의 죗값을 종생토록 치르게 될 대중으로 돌아가고 싶지 않기 때문이지요. 영원히 면책특권을 누리고 싶다는 거지요. 대통령이 잘못하고, 국회의원이 잘못하고, 지식인이, 정치 깡패가 잘못한 것들을 결국 뒤집어쓰는 건 인민이에요. 허무한 것은 바로 백성들, 국민들, 인민들, 대중들이고, 그들만이 허무할 수 있는 자격과 권리가 있는 겁니다. 대중의 인격이란 것도 정치인의 인격만큼이나 분명히 다중적이긴 하지만, 그건 더 큰 범위에서의 다중입니다.

정치인이란 존재가 성립하는 이유는 바로 그런 큰 범위의 다중성을 그가 홀로 가진다는 점이에요. 물러나지 마세요. 제가 보기에 대세는 어쨌든 문민정부의 탄생을 어떤 방법을 동원하더라도 이끌어내보자는 쪽으로 기울어지는 듯합니다. 대세가 있으면 그 대세를 정당하게 반박하고 비판하는 기능을 가진 또 다른 대세가 있어야지요. 균형이 깨지면 위험한 겁니다."

윤완의 장인은 전에 없이 강변으로 나왔지만, 거기에는 미묘한 의도가 숨어 있었다. 윤완은 그 의도가 무언지 모르지 않았다. 그의 장인은 '3당 합당'으로 인한 실익을 계산하고 있었다. 그가 아버지를 부추기는 데는 그만한 이유가 있었던 것이다. 이번 합당으로 여권으로 진입한 영향력 있는 교육계 인사와 그가 매우 가까운 사이라는 얘기를 들은 적이 없었다면, 장인의 말이 그토록 가혹하게 들리지만은 않았을 것이다. 묵묵히 나우성의 말을 듣고 있던 윤달진이 딱 한 마디만 했다.

"사돈 어른 말씀, 유념하겠습니다."

하지만 그건 결국 떠나겠다는 뜻이었다. 그리고 당신은 떠났다. 느닷없는, 아니 어쩌면 충분히 예상된 수인 선생의 시한부 출국은 윤완에게도 적지 않은 심경의 변화를 가져다주었다. 그 변화는 연초 T신문사의 문학상 수상과 관련해 모종의 계획을 가지고 있었던 정치부 기자 이문호와의 약속을 뒤늦게나마 실행해보자는 것이었다. 그러나 어쩐 일인지 먼저 연락을 취해올 것이라 믿었던 이문호에게서는 소식이 감감할 뿐이었다. 수상이 내정된 것이 요지부동인 것처럼 말하더니 그것마저 공수표로 날아가버린 것은 윤달진 선생이 영국으로 떠난 이틀 뒤였다.

전날 밤을 컴퓨터 앞에서 꼬박 세웠던 윤완은 새벽녘에 대문간에 떨어져 있는 T신문을 집어 들고 화장실로 들어갔을 때 바로 그 'T문학상 수상자 발표'라는 사고社告가 신문 일면에 큼지막하게 실려 있는 것을 보았다.

"날 놀린 건가."

수상자는 문단의 중견이며 사립 U대학 독문학 교수이기도 한 정
아무개로 되어 있었다. 그분이 쓴 중편소설은 발표될 당시에 그도
읽어본 것이었는데, 이데올로기로 갈등하는 한 유학생 주인공의 내
면을 섬세하게 묘사한 가작佳作이었다는 기억이 남아 있었다. 별로
단점을 찾아볼 수 없는 그 작품은 한편으론 그만큼 오랜 세월 동안
한국의 소설들이 다뤄왔던 방식에서 크게 벗어나지 않았으며 문체
나 구성 역시 새로울 게 없다는 뜻이었다. 그런데 바로 그 이유들이
수상의 결정적 사유였다. 문화면에 자세히 소개된 수상 경위를 아무
리 훑어보아도 이문호가 그토록 수상이 유력시된다고 장담했던 윤
완의 소설은 후보작에도 올라 있지 않았다. 한 방 얻어맞은 듯 멍해
진 윤완은 기가 막힌다는 게 어떤 기분인지를 실감했다.

그 뒤 며칠은 빠르게 지나갔다. 혹시나 하는 마음으로 기다렸지만
결국 이문호에게서는 전화 한 통 걸려오지 않았다. T신문사의 문화
부 기자이며 윤완에게는 학교 후배가 되는, 역시 윤완의 수상을 확
증한 두 사람 중 하나였던 강성규에게서도 마찬가지였다. 하지만 그
들에게 먼저 전화를 걸 마음은 일어나지 않았다.

아버지가 영국으로 떠나며 함께 가자고 청했지만 한사코 혼자 떠
나시라고 했던 윤완의 어머니는 그날 저녁 무렵에 기사를 대동하고
보은에 있는 절에 가서 며칠 불공이나 드리고 오겠다며 간단히 짐을
챙겨 떠나버렸다. 윤완은 늘 어머니에겐 불공이란 게 어울리지 않는
다고 생각해왔었다. 몇 번 따라다녀본 적이 있었는데 당신의 불공이

란 건 그저 대웅전으로 들어가 합장하고 삼배를 올린 뒤 돈 봉투를 불상 아래 놓인 불전함에다 집어넣는 게 고작이었기 때문이다. 하지만 아버지에게 시집을 오면서 어릴 적부터 지니고 있었던 기독교를 버렸다는 사실과 그 민숭민숭한 불공은 어딘지 모르게 연관이 있는 듯 보였다. 허나 당신의 깊은 속을 아들이라고 다 안다고 말할 수는 없는 일이었다.

뎅그러니 혼자 남은 윤완은 마치 세상에 혼자인 듯 마음이 불편하고 무거웠다. 가족들은 마치 약속이나 한 듯 뿔뿔이 흩어졌다. 이미 오래 전 떠나버린 누나, 정치판과 학교와 집과 조국을 한꺼번에 떠나버린 아버지, 아버지와의 동행을 거부하고 깊은 산 절간으로 가버린 어머니, 거기에 애지중지하던 비누 회사를 라이벌 회사에 떠넘기다시피 처분해버린 뒤 일본으로 떠나버린 이모까지. 윤완은 자신의 가족들에게 벌어진 느닷없는 이산離散의 상황이 한순간 믿어지지 않았다. 마치 어떤 음모에 걸려든 것처럼 느껴졌다.

쉽사리 괴이쩍음으로부터 벗어나지 못하던 윤완은 자주 체머리를 흔들곤 했다. 몇 번은 정신을 잃기 일보 직전까지 술을 마셨다. 어떤 때는 한 끼도 배를 채우지 않고 바둑판 위에 기보를 복기하며 하루 온종일을 보내기도 했다. 하루는 종일 잠만 잤고, 하루는 종일 열 끼도 넘게 먹기만 했다. 그러다 문득, 그는 그 모든 일탈들을 접고 예전의 그로 돌아왔다.

자신에게 일어난 상황들은 오히려 그로 하여금 소설가라는 사실에 더욱 집착하게 만들었다. 멀리 둘러볼 필요도 없이 자기 주위에서 일어나고 있는 일들만 면밀히 따져보고 정확히 기술해낼 수 있다

면 역사든 사회든 제대로 짚어낼 수 있으리라는 생각이 오히려 깊어
진 것이다. 어쩌면 그래서 더 이문호로부터 받았던 그 '제의들'을 새
삼스럽게 생각하고 있었는지 모를 일이었다. 물론 이미 한참이나 물
건너간 형국이었지만.

하는 수 없었다. 목마른 놈이 샘을 파는 법이었다. 윤완은 벌써 두
어 달 째 보약치레를 하고 있는 아내의 안부도 물을 겸 처가로 전화
를 건 뒤, 보온병에 커피를 가득 채워 넣고 이층의 서재로 올라가 수
첩을 뒤적였다. 이문호, 상계동, 931-407X. 그는 전화기의 숫자를 차
근차근 눌렀다. 신호가 가는 동안 그는 벽에 붙은 시계를 올려다보
았다. 열두 시가 가까워가고 있었다. 담뱃갑 속으로 손가락을 찔러
넣는데 신호음이 떨어지면서 수화기를 타고 졸린 듯한 목소리가 흘
러나왔다. 이문호의 목소리가 아니었다.

"여보세요?"

역시 이문호가 아니었다. 바꿔달라고 할까? 아니면 그냥 끊어? 젠
장. 혹시 잘못 건 게 아닌가 싶어 수첩에서 번호를 다시 확인하는데
수화기에서 목소리가 바뀌어 흘러나왔다.

"누구세요? 말씀하세요."

어떻게 된 일이지? 목소리는 어느새 이문호로 바뀌어 있었다. 그
러고 보니 전화기로 듣는 목소리는 그게 처음이었다. 윤완이 손을
말아 쥐고 잔기침을 뱉어내고는 송화기에 목소리를 흘려 넣었다.

"이 형, 저 윤완입니다. 전화가 잘못 걸린 줄 알았습니다."

볼 위로 벌레가 기어가는 듯 간지러웠다. 이문호는 놀란 듯 잠시
뜸을 들이다가 "아, 윤 형," 하며 반가운 목소리를 냈다. 윤완은 괜히

말을 돌릴 필요가 없다는 생각이 들었다. 그간의 사정만 알게 되면 그뿐이었다. 그런데 오히려 이문호가 먼저 물었다.

"그동안 왜 연락을 하지 않았어요?"

이런 젠장. 딴에는 맞는 말이었다. 제의를 한 것은 이문호였고, 확답을 주리라고 했던 건 그였다. 결과야 어찌 되었든 애초의 약속은 그랬었다. 하지만 막상 추궁 비슷한 질문을 받고나자 화가 났다. 문학상의 수상자로 결정되었다는 연락조차 받질 못했는데 수상 거부 따위가 무슨 소용이 있단 말인가. 윤완은 마음을 진정시키며 나지막이 말했다.

"신문을 봤어요."

침묵.

"후보작에도 없던데요?"

묵묵부답.

"내가 먼저 연락을 했다면 아주 우스워질 뻔했어요. 아니면, 뭐가 있는 겁니까? 내가 모르는?"

수화기를 타고 약한 음악 소리가 들려오고 있었다. 아주 오래된 팝송이었다. 솔밭 사이로 강물이 흐르고. 반전운동의 표상과도 같은 여성 가수의 노래가 끊어질 듯 이어졌다. 고등학교를 다니던 70년대의 풍광들이 강 위에 내려앉는 물안개처럼 흩어지고 있었다. 이문호는 여전히 말이 없었다.

"지금 말해줄 수 없어요? 옆에 누가 있어요?"

윤완은 혼자서 떠들고 있다는 사실이 순간적으로 두려웠다. 자신의 목소리가 칼날처럼 날카롭게 자신의 청각을 베어냈다. 자신의 목소리를 자신이 들을 수 있다는 건 겁나는 일이었다. 한참 뒤 낮은 저음이 수화기를 타고 흘러나왔다.

"윤 형, 지금 이리로 올 수 있어요?"

여러 각도로 생각을 해보았지만 망설일 이유가 없었다. 전화를 끊자마자 윤완은 이문호의 집으로 차를 몰았다. 차를 몰아가면서 윤완은 다시 여러 갈래로 생각해보았다. 그러나 선뜻 집어낼 수 있는 그럴듯한 이유는 없었다. 문화부 기자인 강성규가 이번 문학상의 유력한 수상자로 윤완을 거론했다는 것은 백 번을 양보해도 사실이라고 하지 않을 수 없었다. 그런데 그의 작품이 후보작에도 올라 있지 않다는 건 석연치 않은 이유가 있음에 분명했다. 만약 그 석연치 않은 이유의 장본인이 정치부 기자인 이문호의 말대로 황동수 선생이라 하더라도 여전히 이해는 불가능했다. 다만 윤완의 소설 〈노래를 가르치는 사람〉이 퇴조를 거듭하고 있는 운동권 문학의 새로운 유형이라는 해석과 여권의 기관지로 전락해버린 T신문사의 실세인 황동수 선생을 연결시켜보면 이해되지 않을 것도 없었다. 하지만 그렇다면 왜 이문호는 그 말을 하지 못한 것일까? 만나보면 알 수 있겠지. 만나기 전까진 백 번이고 천 번이고 상상도를 그려봐야 소용이 없어. 윤완은 고개를 저으며 혼잣말로 중얼거렸다.

간선도로를 달리던 윤완은 상계동으로 이어지는 동일로로 빠지기 위해 표지판을 확인했다. 우측 차선으로 천천히 차를 몰다가 긴 오르막 굽이로 접어들어 다시 큰 도로로 빠져나가자 차들이 잔뜩 밀려 있었다. 그는 휘황한 네온이 밝혀진 사거리의 백화점 건물을 확인하고 좌측 깜빡이를 넣었다. 이문호가 살고 있는 동네의 아파트촌은 마치 거대한 집단의식처럼 똑같은 모양으로 똑같은 방향을 바라보며 무표정하게 서 있었다. 스무 평 안팎의 서민 아파트들이 잔뜩 모여 있어 그런지 분위기는 어수선하고 수선스러웠다. 서울의 중산층이라는 화려한 수식어는 저급한 한국 위정자들의 허황된 정치적 식견과 무척이나 닮아 있다는 것을 집모양의 엠블럼을 옆머리에 하나씩 달고 있는 거대한 회색 아파트촌을 보면서 윤완은 다시금 확인했다. 스무 평은 스물다섯 평으로, 서른 평으로, 서른두 평으로, 그리고 마흔 평으로 넓어질 거라고 굳게 믿으며 꼬박꼬박 주택 담보 대출 이자를 납입하는 중산층들과 그들의 어깨에 팔을 두르고 둘도 없는 동무처럼 키득거리며 몇 년 뒤의 표를 구하는 정치인들에게 역사는 그들의 욕망을 더 높은 곳에 올려놓는 데 쓰이는 든든한 기초였다. 역사의 깊이는 그들이 쏟아 부어야 할 콘크리트의 두께가 얼마나 되는가를 알려줄 뿐이다. '마들'이라는 간난의 역사는 '상계동'이라는 욕망의 든든한 토대가 된 것이다. 딱지 한 장 씩을 안겨주고 떠나보냈던 숱한 마들 판잣집의 주인들과 지금 밀림 같은 15층 회벽 콘크리트 속에 이마를 맞대고 사는 사람들이 같지 않다는 상념에 잠겼다가 풀려나왔다. 4차선 도로에서 벗어나 비교적 한적한 길로 빠져나왔을 때 이문호가 전화로 불러주었던 동棟을 발견할 수 있었다. 윤완은 차를 아파트 광장 안으로 천천히 몰았다. 시간이 늦은 탓인지 주차할 수 있는 공간이 한 곳도 없었다. 그는 겨우 인도와 차도의 경계석에 비스듬히 걸쳐 세워놓고는 차에서 내렸다.

아파트 입구로 들어가 엘리베이터가 있는 곳으로 걸어가며 윤완은 손목시계를 보았다. 1시에서 10분이 넘어 있었다. 밤이었으나 밤이 아니었다. 멀리 떨어진 도로로부터 차들이 질주하는 소리가 끊임없이 들려오고 있었다. 엘리베이터에서 내린 윤완은 출입문에 적힌 숫자들을 확인하며 긴 복도를 걸어가다가 한 곳에서 걸음을 멈추었다. 그는 그 앞에서 헛기침을 두어 번 했고, 구두코로 바닥을 톡톡 쳤다. 멋쩍고, 심란했다. 그는 문 좌측에 붙은 초인종을 눌렀다. 문이 열리는 데는 그리 오랜 시간이 걸리지 않았지만, 한참이나 지난 것처럼 느껴졌다. 문이 열리자 꽤나 마셔댄 듯 이문호의 몸에서 독한 알코올 냄새가 끼얹히듯 풍겨왔다.

이문호가 살고 있는 아파트는 스무 평도 아닌 고작 열세 평짜리였다. 현관과 거실, 그리고 주방, 모두가 비좁았다. 거기에 덩그렇게 큰 방 하나가 있는 단순한 구조였다. 방의 한쪽 구석에 놓인 책상 위에 노트북 컴퓨터가 놓여 있고, 그 맞은편에 자그마한 오디오 세트가 있었다. 그 외에는 흔한 장롱이니 소파니 하는 가구는 일절 없었다. 굴지의 신문사 기자는 차치하고 한때나마 거물 정치인이었던 부친의 아들이 사는 집이라고는 믿기 어려웠다.

"어려운 걸음을 하셨습니다."

이문호는 방안을 빙 둘러보고 있는 윤완을 거실 바닥에 거의 강제로 주저앉히고는 장난스럽게 내뱉었다. 술은 많이 마신 듯했지만 그다지 취한 것 같지는 않았다.

"사람들이 여럿 있는 것 같던데."

"아 그 친구들? 다 갔어요. 히히히."

이문호는 평소의 그답지 않게 비실비실 헤픈 웃음을 흘렸다. 만취한 것 같지는 않았지만 취하긴 취한 모양이었다.

"대소설가께서 오신다고 했더니 다들 암말 않고 일어나던데요, 낄낄."

"저더러 여기까지 오라고 했을 땐 뭔가 있을 테죠?"

윤완은 이문호의 웃음을 꺾어버리듯 냉랭하게 내뱉었다. 이문호가 입술을 비틀었다.

"뭔가라."

이문호에게로 건너가는 윤완의 눈길이 차갑기 그지없었다. 이문호가 윤완을 흉내라도 내듯 냉랭한 목소리로 말했다.

"그래요, 뭔가가 있죠."

그러더니 이문호는 방안으로 들어가 책상 서랍을 열고 그 안에서 두툼한 종이봉투 하나를 꺼내왔다. 그러곤 윤완의 앞에 바싹 다가앉으며 그것을 바닥에 탁 소리가 나게 내려놓았다. 하지만 그의 손바닥이 종이봉투를 찍어 누르고 있었다.

"뭡니까?"

윤완이 두툼한 종이봉투와 이문호의 얼굴을 번갈아 보며 물었다.

"나하고 한 약속은 아직 유효한 거죠?"

수상을 하지도 못했는데 약속이 유효하다니.

"설마 약속을 잊은 건 아니겠죠?"

대답 없는 윤완을 다그치듯 이문호가 다시 또 그 하릴없는 물음을 던졌다.

"소설, 말인가요?"

윤완의 되물음에 이문호가 고개를 크게 끄덕였다. 저 봉투 안엔 대체 어떤 물건이 들어 있을까. 윤완은 침을 한번 꿀꺽 삼키고는 말을 이었다.

"약속이 유효하냐고 묻기 전에 나한테 들려줄 얘기가 있질 않습니까. 난 아직 문학상 건에 대해 아는 게 없어요. 어떻게 된 겁니까?"

윤완의 물음에 이문호가 한쪽 입꼬리를 찍 올리며 웃었다.

"윤형은 어떻게 된 일이라고 생각합니까?"

"아는 바가 없습니다."

"그래 가지고 어떻게 소설을 써왔어요. 정말 모르겠어요?"

"수수께끼 같은 건 하지 맙시다."

"수수께끼가 아니요."

이문호의 표정이 딱딱하게 변했다.

"빌어먹을!"

이문호가 벌떡 일어나 냉장고 쪽으로 걸어가더니 문을 벌컥 열어젖히고는 오렌지 주스를 병째로 들이키기 시작했다. 노란 즙액이 그의 입가로 흘러내렸다. 그는 병에서 입을 떼고는 숨을 몰아쉬었다.

"모든 게 원점으로 돌아갔어. 빌어먹을 합당!"

그가 버럭 내지른 소리에 답이 들어 있었다. 더 듣지 않아도 윤완은 그야말로 '소설'을 엮어낼 수 있었다. 이문호가 얘기를 털어놓는 동안 윤완의 귓전에는 줄곧 한줄기의 섬광처럼 이문호가 던져놓은 "빌어먹을 합당!"이라는 짧은 탄식과 묘한 여운이 메아리처럼 남아 있었다. 그의 얘기는 자신이 왜 먼저 연락을 취하지 못했는지, T신문사와 친일파 문학인이며 지난 시대 줄곧 권력의 시녀로 온갖 특혜를 누려왔던 화전 황동수의 관계, 그리고 윤완의 작품이 수상작으로 낙점된 사실 자체를 흔적도 없이 까뭉개버린 문학상의 내막을 모두 담고 있었다.

"복마전이라는 말, 그걸 실감해본 적 있어요?"

복마전伏魔殿, 마귀가 뭔가를 노리며 바닥에 몸을 착 붙이고 있는 곳. 윤완은 소리 없는 이문호의 웃음을 바라보며 되물었다.

"우리도 그 마귀들 중 하난가요?"

같이 웃음을 흘릴 만도 한데 윤완은 오히려 얼굴이 딱딱하게 굳어지는 걸 느꼈다. 이문호가 취한 음성으로 말을 이었다.

"요 며칠, 나는 내가 과연 정치부 기자로서 능력이 있는가 의심이 들어요. 해가 바뀌고 야당 대표들이 대통령과 독대하는 걸 내 두 눈으로 보면서도 난 바로 며칠 뒤에 이런 엄청난 역전이 일어날 줄은 꿈조차 꾸질 못했단 말이죠. 어떤 기자는 대세라고 말하더군요. 물론 그게 맞는 표현입니다. 하지만 난 모욕감 외엔 느낄 수 있는 게 없어요. 공개되지 못하는 정치, 대세를 파악하고 내다보는 게 아니라 어느 날 갑자기 밀어닥친 그 대세라는 걸 두말없이 수용해야만 한다는 현실이 나를 걷잡을 수 없는 무기력 속으로 빠뜨리고 말았어요. 대중들로 하여금 단 며칠 뒤에 벌어질 상황도 예측할 수 없게 만드는 정치는 결국 쇼에 불과해요. 깜짝쇼! 충격만이 현실이 된다면 현실이란 쓰레기, 위선, 장난입니다. 뒤통수를 얻어맞고 어안이 병병해져 있는 사이에 쇼는 끝나고, 죄송하다, 느닷없이 뒤통수를 갈겨서 참으로 미안하다, 사과 방송이 나옵니다. 갑자기 매너가 좋아지죠. 그러면 대중들은 또 잠잠해지고, 그 대세라는 걸 기꺼이 받아들이죠. 착하고 말 잘 듣는 인민들! 비겁하고 조악한 대중들! 그런데 이거, 받아들이는 것처럼 보이는 이거, 이렇게 갈까요? 천만에! 여기엔 아주 중요한 사실 하나가 빠져 있어요. 얼마 있지 않아서 그걸 왜 빼먹었을까 후회하게 될 겁니다. 아니, 아니, 어쩌면 후회 따위는 하지 않을지도 몰라요. 그땐 또 기막힌 깜짝쇼를 진행할 테죠."

이문호는 옳은 것이든 아니든 자기가 파놓은 논리의 함정 속으로 기꺼이 자신을 우겨넣었다. 집권 여당과 두 거대 야당의 통합 선언, 이른바 3당합당이라 불린 정치적 대사건이 이문호에게 가져다준 충격은 당연히 정치부 기자로서 받을 수 있는 충격이었다. 하지만 그것은 그 역시 수많은 인민의 한 사람일 뿐이라는 아주 평범한 좌표 위에 놓여 있었다. 그런 식의 엄살을, 이문호는 문학적으로 매우 섬세하게 표현하고 있을 뿐이었다. 윤완은 성급하게 그의 말을 자르고 싶지 않아 다소곳이 앉은 채로 담배만 꾸역꾸역 태웠다.

"우선, 늦었지만, 사과부터 드리겠습니다."

이문호는 고개를 까닥해 보이기까지 했다. 윤완은 담배 연기를 한 껏 머금었다가 훅 뱉어내며 겸연쩍게 웃었다.

"저한테 사과할 게 어디 한두 갠가요?"

농담으로 받아내는 윤완을 웃음으로 넘기던 이문호가 정색을 했다.

"사실, 처음엔 정치부장이었어요."

"뭐가요?"

"윤형을 끌어들인 게."

"끌어들이다뇨?"

윤완의 물음에 이문호는 잠시 말을 끊었다가 이었다. 그의 미간에 깊은 골이 패어 있었다.

"사실 정치부장은 오래 전부터 자리보전이 어려운 사람이었어요. 지난해 봄, 평소 색깔이 분명하기로 소문난 논설위원 한 분이 야성이 강한 시사 월간지를 손수 창간하면서 그 사람을 데려가려고 했을 때 이미 떠날 사람이었는데, 그 사람 옹고집을 아무도 못 말렸죠. 아집이라고 할까, 남도 출신의 기질 탓이라고 할까, 아니면 한번 해병은 영원히 해병이라는 식의…… 그 사람 해병대 출신이었거든요. 그렇다고 군부 쪽은 아닙니다. 한마디로 의리파였죠. 그러니까 그 사람 뜻은, 자기가 우리 신문사를 떠나면 끝이라는 거예요. 어차피 지금 꼴이면 그 사람 말대로 이미 끝이지만. 아무튼 그 사람이 윤형을 찍었어요. 〈노래를 가르치는 사람〉이라는 소설, 거기에 그 사람이 아주 매료되어 있더라구요."

이문호의 얘기는 윤완에겐 금시초문이었다. 그리고 참 놀라운 일이기도 했다. T신문사의 정치부장이라는 사람의 이름은 익히 들어 알고 있었고, 그 강하다는 색깔도 뭔지 알고 있는 처지였지만, 그가 윤완의 작품에 매료되어 모종의 계획에 윤완을 끌어들이려 한 이유를 이해할 수는 없었다. 이문호는 몇 번 트림을 뱉어내고는 다소 힘겹게 말을 이었다.

"일테면 윤 형의 작품을 문학상 수상작으로 결정하는 일은 그 부장의 마지막 카드였을지 몰라요."

"카드?"

자신의 문학 작품이 누군가에 의해 어떤 식으로든 이용되었다는 사실이 기분 좋은 건 아니었지만 지금으로선 그 내막이 궁금했다. 윤완은 고개를 쑥 빼고는 그의 눈을 지그시 바라보았다.

"그건 황동수에게 던지는 도전장이었죠. 지난 두 해 동안 기자 노보勞報를 통해 꾸준히 펼쳐왔던 화전의 신문사 운용에 대한 개입 저지 운동이 그다지 실효를 거두지 못한 상황이라 이번 문학상은 화전과 그 반대 세력간의 마지막 결전장인 셈이었죠. 아니 두 세력은 분명히 그런 의식을 공유하고 있었어요. 그런데 이렇게 허망하게, 빌어먹을!"

이문호는 피워 물었던 담배를 재떨이에다 신경질적으로 비볐다.

"내게 제안했던 수상 거부도 정치부장의 발상이었나요?"

윤완은 이문호의 분노에 무턱대고 동조할 수는 없었다. 그것은 어디까지나 이문호 개인의 것이기 때문이었다. 이문호는 좀 어색한 표정을 지으며 고개를 흔들었다. 이른바 '문학상 거부'에 관한 제의가 정치부장과는 관계가 없다는 것을 의미했다. 그의 말대로 정치부장인 사람은 그 시작에만 관여될 뿐이었다.

"그럼, 모두가 이 형께서?"

윤완은 수상 거부에 관한 기획이 이문호의 머리에서 나왔음을 확신했다. 이문호는 곧 그것을 시인하는 고갯짓을 보내왔고, 어줍게 미소를 그려냈다.

"사실, 처음부터 그렇게까지 할 생각은 없었어요. 이제 신문사 사람도 아닌 정치부장을 자꾸 들먹인다는 게 뭣합니다만, 그분과 저는 단순한 선후배 관계가 아닙니다. 다 끝난 일이지만 두 집안이 얽혀요. 그분의 형님이 S주간지에 기자로 있을 때 일인데, 윤 형도 그 잡지 알죠?"

긴요한 얘기를 하다말고 옆길로 새는 이문호를 윤완이 곱잖은 눈으로 째려보았다. 주간지 S는 70년대를 살아온 사람이라면 그 이름을 들어보지 않은 사람이 없을 정도로 유명한 잡지였다. 연예인들의 가십거리뿐 아니라, 거의 도색에 가까운 남녀의 치정을 적나라하게 기사화시키는 것으로 유명했었다. 그것이 정부의 기관지에 다름없는 신문사에서 발간된다는 사실은 당시 군부 권력의 천박한 정치력을 대변해주는 증거이기도 했다. 거기에 이문호의 직속상관이었던 정치부장의 형이란 사람이 기자로 있었고, 그때부터 이문호의 집안과 관계를 맺었다는 얘기였다. 이문호는 혓바닥으로 마른 입술을 핥아내고는 말을 이었다. 그의 손가락은 방바닥에 놓인 큰 봉투를 가리키고 있었다.

"별로 즐거운 얘기도 아니고, 대충은 여기에 기록되어 있으니 그쯤하기로 합시다."

이문호가 중간에 얼버무리려 하자 윤완은 부쩍 궁금증이 일었다.

"뭔 얘긴지 들어봅시다."

윤완의 말에 이문호가 고개를 숙였다가 들었다.

"길게 할 것도 없어요. 요컨대, 정치부장의 형님 되시는 분이 아버지의 스캔들을 추적하고 있었어요. 그때 아버지 밑에 있던 사람들이 손을 좀 본 모양인데, 염병할, 어찌어찌 화해가 됐던가 봅디다."

이문호는 더 이상 얘기하고 싶지 않은 듯 거기서 말을 끊고는 윤완을 쏘아보았다.

"제가 정식으로 윤 형에게 제안을 하겠어요."

윤완은 침묵했다.

"수상 거부 따위는 물 건너간 일이지만, 그 뒤의 일은 아직 유효하다고 생각합니다."

윤완은 계속 침묵을 지켜냈다.

"소설을 씁시다. 물론, 윤형이 충분하고도 자발적인 의욕을 가지
셔야겠지만."

그런 뒤 이문호는 바닥에 놓인 봉투를 집어 들었다. 그의 움직임
은 그 봉투에 모든 관건이 달려 있다는 뜻을 전하고 있었다. 윤완은
이문호의 손에 들린 봉투를 물끄러미 건너다보았다.

"힌트라도 좀 줘야 되는 거 아닙니까?"

윤완은 수수께끼라도 풀듯 물었다. 수수께끼의 답을 쥐고 있는 이
문호는 힌트를 줄까 말까를 망설이듯 묘한 웃음을 흘렸다.

***

밤바다에 내린 물안개 너머로 무적霧笛이 길게 울었다. 그 무적의
진원을 찾듯 아스라한 거리에서 작은 보석 알갱이처럼 반짝거리는
붉은 등빛이 검은 바다를 훑고 있었다. 그 빛이 휘돌 때마다 횟집의
널따란 창유리에 비친 두 사람의 실루엣이 드러났다 사라졌다. 백종
명이 털어 넣었던 술잔을 탁자 위에 내려놓으며 한숨을 뽑아냈다.
윤완은 백종명의 움직임 하나하나를 기록하려는 듯 그에게서 눈길
을 떼지 않았다.

"정치부장의 형이라면, 강일현?"

백종명의 말이 떨어지기 무섭게 윤완은 뜨거움이 깃든 한숨을 안
으로 빨아들였다. 안도의 한숨이었다. 알고 있구나. 흐느적거리는 고

물차로 한계령을 타 넘고 있을 때까지도 윤완은 백종명에게서 과연 무엇을 건질 수 있을까 싶었다. 이문호가 건네준 그 봉투 속에서 발견한 믿을 수 없는 사실들, 거기에 P라는 이니셜로만 던져져 있는 인물이 바로 백종명이라고 짐작한 것은, 그야말로 소 뒷발을 치다 쥐 잡는 꼴이었다. 그러나 'P'가 모든 사실의 핵심을 거머쥐고 있는 인물이라는 확신과 그가 백종명이라는 확신은, 마치 전류처럼 윤완의 몸 전체를 관통했다. 엄연히 그 자신이 살아왔던 연대의 일이었음에도 불구하고, 아직 그 누구에서도 들어보지 못했던 단체가 튀어나오고, 숱한 사람의 이름들이 비어져 나왔을 때, 윤완은 자신이 소설가라는 것이 얼마나 다행한 일인지 모른다는 생각이 들었다. 그러나 이제 자신의 눈앞에서 확인된 그 이니셜 'P'의 주인이 다름 아닌 백종명이라는 자신의 상상이 증명되는 순간의 희열은 그 어떤 것과 비교될 수 없었다. 이문호의 직속상관이었던 정치부장이란 사람의 형을 백종명이 알고 있다는 사실만으로 윤완은 모든 걸 확인받은 듯 뿌듯했다. 그는 비싼 크리스털 잔을 매만지듯 소주잔을 조심스럽게 손바닥 안에 넣어 굴리며 몸을 앞으로 기울였다.

"형, 용케 강일현이란 이름을 기억하네요?"

윤완의 조심스런 몸짓을 일별하며 백종명은 다시 담뱃갑 속으로 손가락을 찔러 넣고는 라이터를 켰다. 바람에 쏠려오는 밤바다의 물안개처럼 담배 연기가 그의 입술 밖으로 흩어졌다.

"소설은 이 세상에 존재하는 어떤 장르보다 호사스러워. 거짓말인 줄 뻔히 알면서도 사람들은 기꺼이 속아주니까. 거기에 소설이란 작자들은 재미를 느끼고, 자꾸 기발한 거짓말들을 만들어가고. 이제

보니 완이 너도 그런 소설가 중의 하나일 것 같구나.”

백종명은 비아냥거림인지 아니면 이제야 비로소 속내를 털어놓으려는 것인지 모를 말을 뱉어냈다.

“그래, 아무래도 좋아. 어차피 넌 소설가고, 내가 한때 사랑했던 아름다운 여인의 동생이니까. 완이 네가 진짜 알고 싶은 게 뭐야?”

그렇게 나오자 윤완은 괜히 그가 측은했다. 그는 마치 자신의 죄를 모두 자백하려는, 더 이상 옴짝할 수 없는 살인 피의자처럼 보였다. 하지만 윤완은 그런 감상을 지워버렸다. 그는 소설가라는 집요한 추적자의 자리로 돌아갔다. 윤완은 탁자 위에 놓아둔 노트를 펼쳤다.

“이거 한번 봐줄래요?”

윤완은 회 접시를 옆으로 밀쳐내고 노트를 백종명이 잘 볼 수 있도록 비스듬하게 세웠다. 백종명은 담배를 끼운 손가락으로 두꺼운 뿔테안경을 밀어 올리며 노트를 보았다. 펼쳐놓은 노트에는 양쪽 페이지에 걸쳐 복잡한 선들이 얽혀 있었다. 그 선들은 노트에 적힌 수많은 단체와 사람들의 이름을 이리저리 얽어놓고 있었다.

〈서의실업과 아이제나흐의 관계도〉라고 적힌 노트 맨 위쪽에서 선은 시작되고 있었다. 그 시작 부분에 기록된 첫 이름은 이종훈, 윤완에게 비밀 자료들을 제공한 T신문사 정치부 기자 이문호의 죽은 아버지였다. 두꺼운 안경알 너머에서 쏟아져 나온 백종명의 안광이 노트를 태우기라도 할 듯 이글거렸다. 그의 눈길이 빠르게 움직이다가 한 곳에서 멈추었다.

“여기가 이상하군.”

백종명이 낮은 소리로 중얼거렸다.

"어디?"

윤완이 노트를 들여다보며 물었다. 백종명이 들고 있던 담배를 재떨이에 눌러 끈 뒤 손가락을 노트 위로 옮겼다.

"여기, 남미현이란 사람."

그 이름은 1960년대에 시작된 서의실업의 계보도 중 거의 말미에 적혀 있었다. 그 이름이 등장한 것은 80년대 말이었다.

"여자야?"

백종명이 눈을 흘낏하며 윤완을 바라보았다. 윤완이 고개를 끄덕였다.

"왜? 이름이 달라요? 아니면 처음 듣는 이름?"

"비슷한 이름은 기억에 있는데, 성이 달라."

"그래요? 성이 다르다면, 무슨 성이었는데?"

"글쎄, 희성이었던 거 같아."

"아무튼 이 여자는," 윤완은 남미현이라는 이름에서 시작되는 또 다른 선을 손가락으로 쭉 훑어나갔다. "지금의 회장인 전기호와 연결되어 있어요. 그리고," 윤완의 움직이던 손가락이 다른 한 곳에서 멈추었다가 둥글게 원을 그렸다. 그것은 남미현이라는 여자의 가족 상황을 표시한 부분이었다.

"이걸 봐요. 남미현의 오빠가 운동권에 있다가 군대에 가서 죽은 남기현으로 되어 있잖아요. 둘 다 남 씨 맞는데? 그런데 성이 달라? 그리고, 여기 아버지 이름도 적혀 있어. 남성우라고. 형, 혹시 다른 사람으로 착각하는 거 아니야?"

윤완의 말에 백종명은 이내 도리질을 쳤다. 그러곤 어깨를 한번 으쓱해 보이고는 다시 얼굴을 노트 앞으로 바짝 기울였다.

"그런데 이 여자하고 얽혀 있는 줄이 아주 많네? 이건 누구야?"

남미현으로부터 시작된 또 다른 선 하나를 따라가던 백종명의 손 길이 88년의 서의실업 계보도 좌측에 적힌 한 이름에서 멈추었다. 거기엔 '선우정규'와 '선우활'이라는 두 개의 이름이 빗금 하나를 사 이에 두고 나란히 씌어져 있었다.

"부자 관계야?"

백종명이 윤완을 보며 물었다. 백종명이 선우활과 그의 아버지 선 우정규를 가리키며 부자 관계냐고 묻는 순간, 윤완은 몸이 뻣뻣해지 는 듯했다. 백종명이 선우활을 모른다니, 그건 그렇다 치고 그의 아 버지인 선우정규까지 처음 보는 사람 취급을 하다니, 이해가 가지 않았다.

"이 사람을 몰라요?"

윤완은 선우활 부자의 이름이 적힌 곳을 손가락 끝으로 꼭꼭 누르 며 다그치듯 백종명에게 물었다. 그의 고개가 흔들렸다.

"허, 참!"

윤완은 맥이 탁 풀렸다. 이문호에게서 문제의 봉투를 건네받고 집 으로 돌아온 날부터 내리 사흘 동안 윤완은 책상에서 떠나지 않았었 다. 분량에 비해서는 엄청나다고 할 정도의 비밀을 담고 있는 봉투 속 자료들을 몇 번이나 읽고 또 읽으면서 그는 밤을 새웠다. 잠을 잘 생각을 하지 못했다. 졸음은커녕 시간이 흐를수록 의식이 명료해졌 다. 30년이 넘는 세월 속에서 세간에 그 어떤 비밀의 흔적조차 남기지 않은 채 그야말로 철저하게 베일에 싸여 있던 사실들을 알게 되었다는 것은 설사 소설가가 아니더라도 충분히 가슴 벅찬 일이 아닐 수 없었다. 그것은 운명적이라고 할 감회에 젖게 했다. 무엇보다 선우활이라는 이름을 이문호의 서류 속에서 발견한 때문이었다.

반년 넘게 감쪽같이 종적을 감추어버린 선우활. 그가 이 시대의 권력이 은폐해놓은 비밀단체와 그 단체를 향해 예리한 촉수를 곤두세우고 있던 테러 집단과 얽혀 있다는 사실은, 윤완으로 하여금 마치 자신이 거기에 연루되어 있기라도 한 듯한 착각을 일으키게 만들었던 것이다. 더구나 사흘 밤낮을 책상 앞에 앉아 손수 계보도를 완성해 놓았을 때, 윤완은 앞으로 쓰게 될 자신의 소설이 한 시대의 가장 핵심적인 징후를 파헤치고, 나아가 미래의 역사에 결코 작지 않은 파문을 던져놓을 수 있을 것이라는 사실에 들뜨지 않을 수 없었다. 그런데 이게 뭔가. 선우정규와 선우활이라는 이름조차 기억하지 못하는 백종명이 서의실업의 반대쪽에 위치한 '아이제나흐'의 핵심인 그 'P'라는 이니셜의 주인공이라니. 맥을 놓아버린 윤완의 창백하게 질린 얼굴을 건너다보던 백종명은 오히려 윤완의 태도를 이해할 수 없다는 듯 뚱한 표정을 짓고 있었다.

"완이 네가 이 계보도를 그린 거야?"

백종명의 물음에 윤완은 힘없이 고개를 끄덕였다. 백종명이 다그치듯 물었다.

"그럼, 이 기자한테 보여 봤어?"

"이문호 기자?"

"그래."

그제야 윤완은 아차 싶었다. 왜 미처 그 생각을 하지 못했을까. 마치 그 실수를 나무라기라도 하듯 백종명이 말했다.

"내가 이 땅에 없었던 때가 있었다는 걸 안다면, 이걸 나한테 가져올 게 아니라 먼저 이 기자한테 보여줬어야지. 하지만 뭐, 방법은 있어."

백종명은 남은 소주를 털어 넣고는 자리에서 벌떡 일어났다.

횟집 출입문을 빠져나오자 짭짤한 갯바람이 기다렸다는 듯 콧속으로 빨려 들어왔다. 이제 시작이다 싶어 들떠 있던 윤완은 백종명이 갑자기 자리를 박차고 일어나는 바람에 김이 새는 느낌이었다. 백종명의 뒤를 비척거리며 따라가던 윤완이 한마디 던졌다.

"형, 혹시라도 날 따돌릴 생각은 마."

딴에는 일침을 가하려는 뜻이었지만 백종명은 피식 웃기만 했다. 횟집들이 즐비한 도로를 따라 천천히 다가오는 택시를 향해 한 손을 가볍게 치켜들며 백종명이 윤완을 돌아보았다.

"급할수록 돌아가라는 말 모르냐? 놀리고 속여먹을 사람이 따로 있지, 완이 널 상대로, 쯧쯧, 걸려들긴 단단히 걸려들었구만."

그의 말에 안심을 하면서도 윤완은 여전히 찜찜했다. 하지만 그런 찜찜함은 어쩌면 이문호로부터 서류뭉치를 받아들었을 때부터 생겨난 것인지 몰랐다. 아무리 세상사 구석구석을 다 안다는 게 불가능하더라도 아직 언론이 추적해내지 못했고, 그렇다고 헤집고 드러내는 데 명수인 적지 않은 숫자의 정치 평론가들에 의해 거론된 적조차 없었다는 점에서, 이문호의 서류들은 하나의 환상과 같았다. 아버지가 영국으로 떠나지만 않았어도 진위를 어렵지 않게 확인할 수 있었을지 모른다는 생각을 누르며 윤완은 어둡게 가라앉은 하늘을 올려다보았다. 그의 마음에 앙금처럼 깔려 있는 것은 "속이려 든다면 얼마든지"라는 전제였다. 하지만 그것 역시 "날 속여서 뭘?"이라는 아주 간단한 질문 하나로 쉽게 부인될 수 있는 것이기도 했다.

"젠장."

윤완은 어느새 택시 뒷문을 따고 들어간 백종명의 헤아리기 힘든 눈빛을 마주하며 힘없이 중얼거렸다. 뒷좌석으로 몸을 구겨 넣으며 윤완은 지끈지끈 쑤셔오는 관자놀이를 손가락으로 꾹 눌렀다. 술에 약하다는 생각을 해본 적은 없었지만 오랜만에 마신 소주에 머릿속이 편하지 않았다. 그는 백종명이 무슨 꿍꿍이를 가지고 어디로 가려는지 궁금했다. 택시는 윤완이 문을 닫기도 전에 쿨럭거리며 움직이기 시작했다.

"K대학으로 갑시다!"

백종명이 택시 기사의 뒤통수를 갈기기라도 하듯 소리를 빽 질렀다. 룸미러로 뒷자리를 흘낏거리는 기사의 눈동자와 윤완의 눈길이 마주쳤다가 어색하게 헤어졌다.

"이 시간에 왜 거길?"

윤완이 백종명에게로 얼굴을 들이밀며 물었다. 백종명은 어느새 주머니에서 담뱃갑을 꺼내 한 개비를 빼 물었다. 라이터를 켜는 백종명의 손길이 가늘게 떨렸다.

"내 진심을 솔직히 얘기하자면, 완이 널 말리고 싶다. 하지만 그건 불가능할 테지? 그러니 널 도와주려는 거야. 도와주려면 아주 철저하게 도와줘야지."

꽤 늦은 시간이라 거리는 한산했지만 가로등이 불을 밝히고 있는 탓에 그리 을씨년스러워 보이지는 않았다. 멀리서 파도소리가 들리는 걸로 보면 바다와 그다지 먼 곳은 아닌 듯했다. 파도소리는 우측으로 길게 뻗은 송림 사이를 뚫고 새나오고 있었다.

"후우!"

백종명은 길게 담배연기를 뿜어내고는 운전기사의 좌석 등받이에 앞이마를 푹 눌렀다. 윤완의 일을 도와줄 거라고 말은 했지만 그의 마음이 편하지만은 않은 모양이었다. 하지만 윤완으로서는 백종명이 도대체 어떤 식으로, 또 어디까지 도와줄 건지, 알 수가 없었다. 아직 비밀 자료 속의 'P'가 백종명이라는 사실을 그의 입을 통해 명백하게 확인받지 못한 상황이기도 했지만 정작 그에게서 확인받는다고 해서 그 사실이 비밀을 밝혀내는 데 항상 좋은 쪽으로 작용할는지도 미지수였다. 그런 때문이었는지 윤완은 관계도를 작성하면서 그 'P'라는 이니셜 부분만은 노트에다 기록하지 않았다.

"으흠."

윤완은 잠긴 목을 풀어내며 슬그머니 노트를 펼쳤다. 그리곤 옆을 힐끔 보았다. 백종명은 여전히 머리를 앞좌석 등받이 뒤에다 박아놓은 채 담배를 빨았다가 뱉어내기를 반복했다. 담배 연기가 빠끔히 열어놓은 창문 밖으로 빨려나갔다. 윤완은 펼쳐놓은 노트에서 백종명이 이상하다고 지적한 '남미현' 부분을 손가락으로 톡톡 쳤다. 이게 왜 이상하다는 걸까. 남미현, 남기현, 남성우, 오빠와 아버지의 이름까지 나와 있는데. 윤완의 손가락이 천천히 위쪽으로 움직여나갔다. 남미현으로부터 시작된 선은, 의심을 두기 시작하면 이상하기도 했지만, 꽤 복잡하게 얽혀 있었다. 그 중에서 서의실업의 회장이 총 애하는 정부情婦로 짐작되는 하나의 선, 그리고 그 조직의 실질적인 상부에 해당되는 선우정규와 선우활에 얽혀 있는 또 다른 선, 그 두 개의 선이 핵심이었다. 그 갈라진 두 개의 선이 서의실업의 분열을 의미하는 것인지, 아니면 파악하기 힘든 그들만의 끈끈한 유대를 의미하는 것인지는 알 수 없었다. 그러나 남미현이라는 여자를 무시할 수 없는 인물로 부각시키는 또 다른 선이 하나 더 있는데, 그것은 호서湖西의 실력자 기승범奇昇範과의 연결이었다. 그 사람에 관해서라면 윤완은 아버지에게서도 몇 번 들어본 적이 있었다. 하지만 기승범이란 자는 정치적인 것과는 전혀 관계가 없는 인물이었다. 그는, 기승범이라는 이름과 함께 괄호 속에 묶인 '여주呂朱'라는 별호가 암시하듯 꽤 알려진 동양철학자였다. 허접한 사주팔자나 꿰는 점쟁이가 아닌, 대만인가 홍콩인가에서 박사 학위까지 받은, 그야말로 철학자라는 이름에 걸맞는 사람이었다. 그쪽으로 무슨 대학인가를 소유하고 있다는 얘기도 들은 것 같았다. 기승범이란 이름을 손가락으로 톡톡 치고 있던 윤완의 뇌리에 섬광처럼 번쩍하고 뭔가 일어났다.

"종명이 형, 이 사람!"

윤완은 저도 모르게 소리를 질렀다. 기승범과 여주.

"왜 이 생각이 이제야 들었지."

윤완은 주먹으로 제 머리를 쿡 쥐어박으며 맥없이 중얼거렸다. 고개를 옆으로 트는 백종명의 시선이 노트 위로 흘러들었다.

"왜?"

"이 사람 누군지 알아?"

"누구?"

"이 사람, 여주라는 호를 가진 동양철학자."

"훗, 그 점쟁이."

백종명은 동양철학자라는 윤완의 말에 콧방귀까지 뀌어가며 점쟁이라는 대목에다 힘을 주어서 말했다. 얼른 알아본 듯해 안심은 되었지만 따지고 보면 그 역시 의아했다.

"점쟁이가 아니야. 중국에서 철학 박사 학위까지 받았는데?"

"완이 너도, 참. 그래 갖고 뭔 소설을 쓰겠다고."

한심하다는 듯 눈살을 찌푸리는 백종명의 얼굴에 냉소가 흘렀다. 백종명이 피우던 담배를 문 옆에 붙은 재떨이에다 밀어 넣었다.

"네가 알고 있는 그 사람은 어떤 사람이냐?"

윤완은 백종명의 기세에 눌린 듯 입술을 삐죽이 내밀기만 할 뿐 입을 떼지 못했다. 마침 택시가 대학 정문 앞에서 멈추었다. 윤완은 얼른 주머니에서 지폐를 꺼내 기사에게 건네고는 문을 따고 내렸다. 백종명이 가래침을 잔뜩 모아 뱉어내고는 택시의 문을 요란하게 닫았다. 윤완은 드문드문 가로등이 밝혀져 있는 캠퍼스 안을 물끄러미 바라보았다. 가로등을 제외하곤 건물에는 어디에도 불이 켜져 있지 않았다. 윤완은 손목을 끌어다 시간을 확인했다. 자정이 가까워져 있었다.

"가자."

백종명은 주저 없이 정문으로 성큼성큼 다가갔다. 윤완은 그의 뒤를 주뼛거리며 따라갔다. 두 사람은 널따란 진입로의 4차선 도로를 걸었다. 먼저 입을 뗀 것은 백종명이었다. 한 사람은 박사 학위까지 받은 정통한 철학자라고 알고 있고, 다른 한 사람은 허섭스레기 같은 점쟁이에 불과하다고 알고 있는, 분명히 둘 중 하나가 잘못 알고 있음에 틀림없는 여주 기승범에 관한 거였다. 윤완은 내심 자기는 잘못 알고 있는 게 아니라는 확신을 가지고 있었다. 왜냐하면 그 얘기를 다른 사람도 아니고 아버지 수인 선생에게서 들었기 때문이었다. 잘못 알고 있기에는 아버지는 워낙 정확한 사람이었다.

"박사 학위가 아니라 그보다 더한 건 못 주겠냐."

백종명의 뼈 있는 한마디였다.

"그 기가 놈이 왜 충청도로 쫓겨갔는지를 알면 여주 같은 꽤 그럴듯해 보이는 별호로 위장하고 있는 그놈의 실체를 알 수가 있지."

백종명은 여전히 냉소적인 어조로 기승범을 논했다.

"그 사람이 계룡산으로 간 건 서울이 싫어서라고 하던데, 사람이 꼬이는 게 싫어서."

윤완은 백종명의 기세에 풀이 꺾여 말끝을 흐렸다.

"속을 알면 겉이 만들어내는 수작을 알 수가 있지만, 겉에 먼저 현혹되면 속은 천하의 조조도 알 수 없는 법이야. 허기야 그 기승범이란 놈의 겉을 누가 만들었는데. 그러니 완이 너까지 속아 넘어가지."

"겉을 만들다니, 누가?"

"누구긴 누구야. 정치하는 사람들이지. 그런 말 들어봤지? 선거 때만 되면 그 기가 놈 집 앞에 벤츠가 득시글거린다는 거. 그놈은 끄나풀이야. 그놈 집은 오물구덩이고."

"그거야 그 사람 잘못이 아니라 거기 찾아오는 사람들 탓이지. 그 여주라는 분은 아무 언질도 주지 않고 그냥 되돌려보낸다던데."

"쯧쯧, 어디서부터 설명을 해줘야 할지 난감하구만."

백종명은 더 이상 나무라기도 귀찮다는 듯 윤완의 얼굴을 일별하고는 길가의 벤치로 허청허청 걸어가 털썩 앉았다.

"이리와봐. 얘기해줄 테니까."

백종명은 주뼛거리며 서 있는 윤완을 올려다보며 벤치의 빈자리를 손으로 쳤다. 담배를 꺼내 물고 불을 붙인 뒤 한숨을 쏟아내듯 말하기 시작했다. 백종명이 전해준 얘기의 골자는 수인 선생에게서 윤완이 들었던 얘기와 꼭 같았다. 그러나 그 골자를 이루고 있는 모든 곁가지는 같은 것이 하나도 없었고, 그 다름은 백종명이 지적한 것처럼 교묘한 조작에 의한 것이었다. 그것은 기승범이란 작자의 총체적인 평가라고 할 수 있는 '비정치적인 인물'을 '굉장히 정치적인 인물'로 뒤바꾸어놓는, 중요한 대목이었다.

1930년 경기도 평택에서 태어난 기승범은 도저히 남자라고 볼 수 없을 정도로 빼어난 미모를 지니고 있었다. 그 덕분에 동란 때 육군에 징집된 뒤 인생의 행로가 확연히 바뀌어버렸다. 전쟁 중 상관의 연속적인 전사에 힘입어 하사관에서 일약 영관장교에까지 오르게 된 전 아무개라는 사람의 기막힌 총애를 받으면서부터였다. 전소 모라는 사람은 기승범에 반해 전쟁이 끝난 후에도 그와 남색을 즐겼고, 기승범은 그에 편승하여 꽤 호사스런 삶을 누리게 된다. 61년 군사쿠데타 이후 전 모라는 인물이 권력의 충견으로 발탁되면서 기승범의 행로는 또 한 번의 변화를 겪게 되는데, 그것은 박수무당이라는 뜻밖의 자리였다. 그를 철학 박사 학위의 소지자로 만든 권력은 선거 때마다 교묘히 그를 이용해먹었다.

거기까지 듣고 났을 때 비로소 백종명이 '남미현'이라는 여자의 존재를 의심한 까닭을 알 수 있었다. 작가적 추리의 결과였다.

"형 말은 그럼, 기승범이란 사람한테 딸이 하나 있는데 그 여자 이름이 미현이란 건가요?"

윤완은 미로 속을 헤매다가 겨우 출구를 발견한 사람처럼 다소 들떠 있었다. 윤완으로 하여금 '남미현'이란 여자의 존재를 근본적으로 의심하게 만들었던, 기승범에 얽힌 정치적 연루의 흔적을 조목조목 지적하는 백종명의 설명은 차라리 소설보다 진기한 것이라 해도 지나치지 않을 것이었다. 기승범을 박수무당에서 대만대학 박사 학위를 받은 동양철학자로 둔갑시킨 권력은 선거 때마다 그를 이용했는데, 그러기에는 아무래도 서울보다는 지방이 편했고 그를 계룡산에다 심어놓은 공작은 과연 특별한 효과를 발휘했다. 가령, 선거 때 지방의원으로 당선이 유력한 인사에게 공천을 줘놓고, 그 사람으로 하여금 기승범을 만나게 했다. 기승범이란 자는 그에게 "당선은 일백 퍼센트야"라고 언질을 주고는 그로 하여금 재산이든 충성심이든 한껏 우려내게 만든다. 돈이든 뭐든 듬뿍 갖다 바친 그는 실제로 당선이 되었고, 그건 '마당 쓸고 돈 줍는' 격이었다. 그런데 70년대 어느 해 기승범의 소문을 익히 들은 바 있던 야권의 한 국회의원 후보자가 은밀히 그를 찾아갔는데, 거기서 기승범에 얽힌 정치적 추문의 꼬리가 잡히고 만다. 장 아무개라는 그 후보는 동양철학 공부를 제법 한 사람이었는데, 사흘 동안 쑤셔서 겨우 얻어낸 면담 기회를 충분하고도 적절히 이용해 기승범의 진짜 존재를 파헤치는 데까지 성공했다. 하지만 득의양양한 그 장 아무개 의원은 한순간 제 성공에 너무 취하여 '한 건 올리려는 모종의 계획'을 세웠고 그게 적중한 건지는 몰라도 그는 여권의 핵심으로 변절하여 꽤 괜찮은 자리까지 차지하게 되었다. 호서지방의 정치적 대부인 김 모 씨에 의해 한낱 졸부의 신세로 굴러 떨어지기까지는. 여자도 나이가 차면 더 이상 몸품을 팔지 못하는데, 기승범의 나이도 어느새 중년으로 접어들자 전 아무개의 남색 대상으로는 더 이상 값어치가 없어졌고 오로지 정치적 노리개 역할에만 충실할 뿐이었다. 그러다보니 기승범은 자신의 구구절절한 인생이 불쌍하여 가슴에 한으로 사무치게 되었는데, 어느 날부터인가 '여주지사呂朱之舍'라는 그의 집에 열대여섯 살 먹은 여자 아이가 살기 시작했다. 그게 아마도 70년대 후반쯤 되었을 것이다. 그 아이는 유달리 총명하고 얼굴이 예뻤는데 그녀에 관한 소문은 양친이 모두 일찍 세상을 떴다는 것과 밤마다 기승범의 술시중을 든다는 것 정도였다.

백종명은 거기서 말을 잠시 끊었다가 못을 박듯 말했다.

"그 여자 이름이 미현이고, 그 여자의 행적을 속속들이 알 수만 있다면 기승범이란 놈의 치밀한 한풀이를 캐낼 수 있을 거야."

"한풀이?"

"생각해봐. 제가 산 인생이 더럽기 짝이 없다는 걸 깨달았다면, 그리고 그게 누구 때문이었는지를 알고 있다면, 가슴에 맺힌 한을 풀려는 건 쩍하면 호박 터지는 소리 아니겠니?"

백종명이 벤치에서 먼저 일어났다. 더 늦기 전에 연구실로 가자는 것이었다. 횟집에서 윤완의 노트를 보고 뭔가를 확실하게 도와주겠다고 한 백종명은 마치 연구실에 가면 문젯거리들을 속 시원히 풀어 줄 수 있다는 듯했다. 윤완은 성큼성큼 걸어가는 백종명의 뒤를 그림자처럼 따랐다.

"그런데 문제는 말이야."

백종명이 혼잣말처럼 중얼거렸다. 윤완이 옆으로 바짝 다가가며 그의 얼굴을 보았다.

"기가 놈이 데려온 그 미현이라는 여자가 완이 네 노트에 있는 대로 '남미현'이라는 여자와 동일 인물이라면 말이야, 문제는 꽤 심각 해지는데."

백종명의 짐작은 그야말로 짐작에 불과했지만, 심각하다는 그 문제는 윤완의 생각으로도 그랬다. 왜냐하면 이문호가 건네준 자료를 통해 윤완 자신이 작성한 관계도의 복잡하게 얽힌 선들이 말해주듯 '남미현'이라는 여자는 정치권과 그 정치권의 절대적인 비호를 받고 있는 세력, 나아가 그 반대에 위치한 '아이제나흐'에까지 얽혀 있기 때문이었다. 그게 사실로 드러난다면, 그 관계도 속에 등장하는 모든 얽힘은 바로 기승범이라는 한 인물에 의해 이미 계획되고 그렇게 실행된 결과일 것이기 때문이었다. 그건 결코 작은 일이 아니었다.

"하지만, 설마."

윤완은 그렇게 얼버무리고 있었지만, 내심 그렇게만 되어 달라, 하고 바라는 듯 가슴이 요동치는 것을 느꼈다. 복잡하고 기막히고 교묘할수록 얘기는 더 흥미진진해질 것이었다. 천박한 호기심이 스멀거리며 기어오르고 있다는 게 윤완에겐 낯설었지만, 흥미로운 건 사실이었다. 그런 질 낮은 호기심이 아니더라도, 백종명의 조리 있는 설명을 통해 아버지 수인 선생에게 들었던 기승범이라는 자의 얘기가 모두 거짓말이 되었다는 게 역설적이게도 윤완의 작가적 욕망을 자극하고 있었다. 일어날 거면 아주 철저하게 일어나야 한다, 그래야 얘깃거리가 되지 않겠느냐는 지극히 대중적인 발상 자체가 소설을 쓰는 데 죄악이 될 수는 없는 일이었다. 어차피 현실이란 소설이 차지하는 공간의 일부일 뿐이다. 거기에는 단지 현실뿐 아니라 '의제된 현실'과 '가공된 현실'과 '왜곡된 현실'과 '상상된 현실'이 진짜 현실만큼이나 풍부하게 자리한다. 그래서 기가 막힌 사건이 터질 때마다 언급되는 "현실은 소설보다 기막히다"는 말은 그저 당연한 말일 뿐 뛰어난 명언은 아닌 것이다. 소설은 현실을 제어하고 통제하고 전복시키며, 그것은 "소설이 현실이다"라는 명제로 수렴된다. 기승범이 가지는 현실과 그것에 대한 수인 선생의 해석과 백종명의 해석에 의해 드러나는 현실은 서로 다르겠지만, 소설은 그 모두를 현실로 받아들일 수 있는 것이다. 이런 논리로 풀어내자면 결국 이 세상에서 현실을 가장 현실답게 만들 수 있는 건 '소설' 밖에 없는 것이다. 그런 생각을 윤완이 하고 있는 사이 두 사람은 대학 연구실 건물에 도착해 있었다. 백종명이 얼굴을 들어 3층쯤에다 시선을 박아놓고는 말했다.

"이 시간에 이 기자는 뭘 하고 있을까. 설마 코가 비뚤어지게 퍼마시고는 전화조차 못 받을 지경은 아니겠지?"

"뭐야? 그럼, 이문호 기자한테 전화하려고 했던 거야? 내 노트 확인시키려고?"

윤완으로서는 어느 정도 짐작은 했었지만 설마 했던 일이었다. 백종명이 고개를 끄덕였다.

"그거였다면 횟집에서 전화해보지 그랬어?"

"이 친구야. 전화로 그게 될 일이냐. 네 노트를 복사해서 팩스로 밀어 넣어주는 정도는 해야 확인을 하지. 그래야 가타부타 회답이 올 거 아니냐."

맞는 말이었다. 팩시밀리로 의사를 주고받으려는 생각은 윤완으로서도 미처 하지 못한 것이었다.

"도와주기는 도와주려는 모양이지?"

계면쩍게 웃는 윤완에게 백종명이 그늘이 깔린 표정으로 말했다.

"그런데 기분이 영 안 좋다."

"왜?"

"모르겠어. 왠지 그냥."

백종명이 고개를 설레설레 흔들며 연구실 출입문을 밀었다. 연구실로 들어서자마자 백종명은 이문호에게 전화부터 걸었다. 예감이 좋지 않다는 백종명의 말이 씨가 되었는지 이 기자의 서울집 전화는 신호가 떨어지지 않았다. 부재중이면 늘 들려오던 자동응답기조차 반응이 없었다. 이문호의 전화번호를 윤완의 수첩에서 재차 확인하고 나서야 백종명은 수화기를 아쉬운 듯 내려놓았다. 어느새 한 시가 지나가고 있었다. 창을 가리고 있는 블라인드를 걷어 올리며 백종명이 침울한 목소리로 말했다.

"이 친구, 멀리 간 건 아니야. 어딜 갔을까, 이 시간에?"

백종명의 등 뒤에 서 있던 윤완이 물었다.

"멀리 가지 않았다는 건 어떻게 알아?"

"자동응답기를 켜놓지 않았잖아."

일리 있는 얘기였다. 집안에 있으면서도 일부러 전화를 받지 않는 게 아니라면 백종명의 추리는 틀리지 않을 것이었다.

"어디 짚이는 데 없어, 형?"

"넌?"

"글쎄, 그 사람 집 근처에 친구들이 있는 것 같던데, 거기 가지 않았을까?"

"친구? 누구?"

"난 모르지, 누군지."

윤완의 말이 끝나자 백종명이 고개를 슬슬 흔들었다. 그러곤 혼잣말로 중얼거렸다.

"상계동에 친구? 내가 알기론 없는데?"

그러다가 백종명이 고개를 들며 윤완에게로 몸을 돌렸다.

"그 노트 이리 줘봐."

윤완이 들고 있던 노트를 옆구리에서 빼내기가 무섭게 백종명이 낚아챘다. 그는 마치 그 노트 속에 이문호가 간 곳이 적혀 있기라도 한 듯 윤완이 작성해놓은 관계도를 꼼꼼히 훑었다. 잠시 뒤, 백종명은 노트 위의 한 곳에다 손가락을 꾹 찔렀다. 윤완에게로 건너오는 눈빛이 날카로웠다.

"이 두 사람, 완이 넌 잘 아니?"

윤완의 눈길이 백종명의 손가락이 짚고 있는 부분을 향하고 있었다. 거기엔 두 사람이 있었다. 하나는 선우활이었고 다른 하나는 그의 아버지 선우정규였다. 윤완이 주춤하다가 고개를 끄덕였다.

"조금. 아니, 좀 많이. 그런데 왜?"

"선우활이라는 자가 서의실업에서 하는 일이 뭐야?"

백종명이 다그치듯 물었다. 윤완은 얼른 대답할 말이 떠오르지 않았다. 선우활이 서의실업 내에서 어떤 일을 맡고 있는지 대답하지 못할 까닭이 없었다. 그러나 막상 얘기를 하려 하니 그가 무슨 일을 맡고 있는지 명확히 알 수 없다는 생각이 들었다.

"이거야?"

백종명이 멈칫거리는 윤완의 거동을 살피며 주먹을 불끈 쥐고는 코앞에다 들어 올렸다. 해결사냐? 뭐 그런 뜻인 듯했다. 윤완은 꼭 그러고 싶지는 않았지만 고개를 끄덕였다. 달리 설명할 말이 없었다. 백종명이 눈살을 가늘게 모으면서 알겠다는 듯 고개를 까닥거렸다. 그러면서 다시 윤완의 노트 위를 손가락으로 짚어나가다가 한곳에 멈추었다.

"이제야 생각났어. 바로 이 친구야."

그의 손가락은 '아이제나흐'의 핵심 멤버인 '박정욱'이라는 이름 위에 멈추어 있었다.

"박정욱?"

노트 위에 붙박인 백종명의 손가락을 슬며시 걷어내며 그가 가리킨 이름을 재차 확인하던 윤완이 기억을 더듬어냈다. 박정욱이라는 이름이 낯설지만은 않았다. 윤완이 백종명의 눈동자 속으로 들어가기라도 하듯 뚫어지게 응시했다.

"이 사람 혹시, 그때?"

윤완이 뭔가를 캐내려는 듯 조심스럽게 운을 떼자 백종명의 얼굴이 어두워졌다. 그러다가 범인이 자백을 하듯 허탈하게 내뱉었다.

"붉은 안개꽃 시절 말이지?"

그의 말에 윤완은 놀라 움찔했다.

"그걸 기억해, 형?"

"좋은 글이었으니까. 고등학생 글치곤. 흐흐, 모진 세월이었지. 하지만 지금도 그에 못지않아. 아무것도 달라진 게 없으니까."

"그 박정욱이라는 사람, 잡혀 들어가지 않았어? 형이 같이 가자고 그래서 안양인가 어디로 면회갔었잖아. 맞지?"

백종명의 고개가 힘없이 끄덕거렸다.

"하지만 곧 나왔지."

"그래?"

"완이 너, 정말 소설 쓰고 싶니? 우리 얘기를?"

"우리, 라니?"

윤완은 백종명의 말에서 뭔가 섬뜩한 기운을 느꼈다. '우리'라는 말 때문이었다. 그것은 마치 파헤치면 큰 재앙이라도 닥칠 불길한 예언이라도 되는 듯했다.

"무슨 말인지 모르겠어. 얘기를 해주려면 속 시원하게 해주라, 종명이 형."

윤완은 애원하듯 말했다. 백종명의 얼굴에 드리워져 있던 깊은 그늘은 훨씬 더 짙어져 있었다.

"정치사를 관통하는 아주 명백한 상식이 하나 있지. 영원한 적도, 영원한 동지도 없다, 라는 거."

윤완은 알 듯 말 듯했다. 그는 입을 다문 채 백종명의 굵은 안경알 너머로 눈길을 던질 뿐이었다. 그가 이제 정말 자신을 도와줄 모양이라고, 윤완은 생각했다. 윤완은 노트를 슬며시 가슴께로 끌어당겼다.

"네 노트를 보면서 내가 남미현이라는 여자를 이상하게 생각한 건 아마도 그 때문일 거야. 바로 정욱이가 목숨을 걸고 사랑했던 여자가 바로 그 여자였으니까. 그 여자는 우리가 서의실업에다 박아놓았었지. 이해하겠니, 무슨 말인지?"

역시 윤완으로서는 알 듯 말 듯한 얘기였다. 그는 고개를 가로저었다. 백종명의 말이 이어졌다.

"끄나풀이란 참 묘한 존재야. 단순하게 말하면 적을 속이기 위해 적진 속으로 침투시켜 놓은 동지거든. 간첩이라는 말이지. 그런데, 이중간첩이라는 것도 있듯이, 어느 순간 그 존재가 모호해지기 시작하지. 그런데 적이 만약 그 끄나풀의 정체를 간파해냈다거나, 나아가 그 스스로 자신이 적성適性과 동지성同志性을 동시에 지녔다는 사실을 인식해버린 뒤라면 어떻게 될까? 그 사람은 결국 삼중, 사중의 프락치가 돼. 네 노트 속에서 그녀가 무수한 선으로 얽혀 있다는 게 그런 예라고 할 수 있지."

백종명은 블라인드가 내려진 창문 쪽으로 고개를 돌렸다. 새벽의 푸른빛들이 마치 푸른 색종이를 가위로 잘게 썰어놓은 것처럼 보였다. 그의 손가락 사이에서 담배가 타고 있었다. 아이제나흐와 서의실업, 그리고 박정욱과 남미현의 관계에 대한 얘기를 윤완에게 들려주던 백종명은 탈진한 듯 한숨을 길게 뽑아냈다. 윤완은 그의 얘기를 그대로 믿어야 할지 말아야 할지, 갈피를 잡을 수 없었다. 거의 상상이거나 추리에 가까운 얘기의 핵심은 역시 남미현이라는 여자의 행보였다. 그것은 몇 가지의 믿기 어려운, 그러나 가능성을 전혀 배제할 수 없는 추론을 이끌어왔다.

여주, 즉 기승범이라는 가짜 철학 박사가 자신의 삶을 철저하게 유린했던 정치 권력에 대해 모종의 복수를 결심하면서 남미현의 미모를 이용해 그 권력이 뒤를 봐주고 있는 폭력 조직인 서의실업을 역이용했을 가능성이 있다는 것. 그 침투의 빌미는 서의실업이라는 조직을 면밀하게 탐색하고 있던 반정부 두뇌 조직인 아이제나흐가 제공하였고, 거기엔 남미현에 매료된 박정욱이 있었다는 것. 거기서 추론할 수 있는 건 여주 기승범이란 자와 아이제나흐 사이에 모종의 밀약이 있었다는 뜻이었다. 그런데 그 와중에 선우활이라는 서의실업의 상부에 속하는 인물이 개입되고, 그즈음에 남미현의 개인적인 인식의 전환이 이루어졌을 거라는 것. 이러한 추정을 가능하게 만드는 요소로 약 6개월 전 박정욱이 전화를 통해 아이제나흐의 해체를 피력했다가 곧 그것을 부인하는 전화를 걸어왔다는 것. 그러다 그와 연락이 두절되었고, 그 시기가 우연하게도 윤완이 선우활과 연락이 끊어진 시기와 비슷하다는 점, 등등.

"그럼, 형은 최근까지 아이제나흐와 긴밀하게 연락을 취하고 있었군요."

윤완이 조심스럽게 묻자 백종명은 그의 말을 부정하지 않았다.

"좋을 대로 생각해. 우리가 왕성하게 활동하고 있을 때도 그랬지만, 우리 멤버들은 제각기 자신의 일들을 가지고 있었어. 그러니까 우리는 언제든 아이제나흐로부터 발을 뺄 수 있었지. 우린 아무도 강제하지 않았어. 피의 맹세는 스물 몇 살 때의 객기에 불과했고, 나이가 들면서 유연해졌지. 따져보면 우리가 하는 일들이 이 세상에 꼭 필요한 거라는 인식보다는, 뭐랄까, 이럴 수도 있다고나 할까, 어느 날 갑자기 우리가 하던 일을 그만두더라도 이 세상에 어떤 작은 변화도 일어나지 않으리라는, 있어도 좋고 없어도 좋은 존재 같은 거. 그러니 와해되었다느니, 연락을 긴밀히 하고 있었다느니 하는 것 자체가 처음부터 말이 안 되는 거야. 이렇게 얘기하면 네가 맥이 아주 빠져버릴 것 같은데, 우린 어쩌면 아주 고급한 취미생활을 했던 건지도 몰라. 서의실업과 우리가 결정적으로 다른 건 그것이라고 할 수 있지. 언제든 발을 뺄 수 있다는 점에서 우린, 결국, 조직이라고 할 수도 없다고 봐야겠지."

정말 맥 빠지는 얘기였다. 기껏 그 정도에 불과했다는 게, 뭔가 속는 기분이었다. 그렇지만 이문호는 뭔가. 그는 왜 그토록 절실하게 보였던 것일까. 이문호만 절실했던 걸까.

"이문호 기자는 어떻게 된 거지?"

"나도 궁금해. 이 기자가 완이 네게 그 자료들을 건네주었다는 건, 그가 뭔가를 발견했다는 얘긴데, 그게 이상해. 언론을 통하지 않고 소설이라는 형식을 빌리려 했던 것도 그렇고."

"생각난 김에 전화 한 번 더 해보죠."

"그럴까? 역시 당사자가 아니고선 우리가 가진 의문들을 시원하게 풀어줄 수가 없겠지."

백종명이 수화기를 집어 들고 버튼을 하나하나 꼭꼭 눌렀다. 백종명이 고개를 가로저은 것은 한참이나 지난 뒤였다.

"이 친구, 무슨 일이지?"

수화기를 내리며 백종명은 지난밤부터 줄곧 이상하다던 그 예감을 다시 들먹였다. 이 기자가 아니고선 남미현의 존재를 또렷하게 확인해줄 사람이 없다는 사실을 못내 아쉬워하며 윤완은 몇 번이나 입맛을 다셨다.

"그러지 말고 우리 일단 팩스를 보냅시다. 그 사람 팩스번호가 따로 있잖아요. 어차피 확인할 수 있는 건 이 기자 밖에 없지 않겠어요?"

백종명은 윤완의 말에 선뜻 동의하지 않았다. 그는 한동안 윤완의 노트를 묵묵히 내려다보고 있다가 책가방처럼 생긴 간이 복사기의 전원을 켰다. 그는 노트 두 쪽이 복사되는 동안 가끔씩 새벽빛이 걷혀가는 창문을 내다보았다.

"팩스를 보냈는데, 만약에 다른 사람이 보게 된다면?"

백종명의 중얼거림을 들으며 윤완도 찜찜한 마음이었다. 하지만 남미현의 존재를 밝혀내고 싶은 욕심이 무엇보다 앞섰다. 선우활이 남미현과 얽혀 있기 때문이기도 했지만 작가로서의 억제할 수 없는 욕망도 작용하지 않을 수 없었다. 복사를 끝내고 백종명은 첫 장 맨 위에다가 '이문호 앞'이라고 적은 뒤 윤완을 올려다보았다.

"누가 보낸 걸로 할까?"

"제 이름을 쓰세요."

윤완이 낮게 웃었다. 백종명은 "보내는 이: 윤완"이라고 적고는 두 번째 장 말미에다 "추신: 전화를 기다리고 있음"이라고 적은 뒤 지역

번호와 여섯 단위의 전화번호를 잇달아 적었다. 그 번호는 학교 연구실의 전화번호가 아니었다. 낯선 전화번호를 물끄러미 바라보며 윤완이 물었다.

"어디에요?"

백종명은 팩시밀리에 복사된 두 장을 겹쳐 넣으며 대답했다.

"출출한데 해장은 해야지. 잘 아는 매운탕 집이야."

긴 파장음을 내며 종이가 팩시밀리 속으로 먹혀들어갔다.

이문호에게 팩시밀리를 보내고 두 사람은 연구실을 빠져나왔다. 어느새 아침 해가 텅 빈 캠퍼스 안으로 빛줄기들을 쏟아놓고 있었다. 자전거를 탄 학생들의 모습이 도서관 쪽으로 길게 뻗어 있는 도로에 드문드문 보이기 시작했다. 백종명이 안내한 매운탕 집은 썰렁했다. 한때 새벽부터 사람들로 문전성시를 이루었다는 그곳은 최근 주변에 생긴 순두부집들에게 손님을 거의 다 빼앗겼다고 백종명이 설명했다. 두 사람이 문을 밀고 들어서자 카운터에 앉아 조간신문을 들여다보고 있던 늙수그레한 남자가 백종명의 얼굴을 알아보고 환하게 웃었다.

"어이쿠, 백 교수님 오셨어요? 어제 또 술 드셨구나."

반갑게 맞는 그 얼굴은 전형적인 마음씨 좋은 중년의 인상이었다. 백종명이 마주 웃으며 매운탕을 시켰다.

"해장술 한 잔?"

윤완이 손을 휘저었다. 백종명이 담배에 불을 붙이기 위해 카운터로 갔다가 방금 주인 남자가 보고 있던 신문을 집어 들고 왔다. 그는 골초답게 맛있게 담배를 피우며 신문을 훑어나갔다. 사회면을 넘기던 그의 손길이 우뚝 멈추었다.

"씨팔!"

그의 입에서 뜻밖의 욕설이 튀어나왔다. 몸을 일으켜 백종명이 펼쳐놓은 신문을 보는 순간 윤완의 몸이 움찔했다.

'T신문 정치부 기자, 피살'

이문호의 죽음을 알리는 기사의 헤드라인이 칼날처럼 그의 눈을 파고들었다.

가장 확실한 사실을 전해주는 일이 종종 가장 그릇된 정보를 제공해주는 출처
가 되곤 한다. - 마크 트웨인

N경찰서 정문을 나서던 윤완이 꺼칠하게 돋아난 턱수염을 손바
닥으로 쓸었다. 그러곤 멋쩍은 듯 뒤를 돌아보며 씩 웃었다. 개천 뒤
로 불룩하게 솟은 전철 역사를 지그시 바라보는 그의 눈에 허탈함
이 가득 차 있었다. 파삭한 먼지를 담은 황사바람이 그의 얼굴로 끼
얹어지고 있었다. 그는 전철역으로 통하는 지름길인 좁고 긴 골목으
로 발길을 옮기다가 구멍가게 옆에 붙은 하늘색 공중전화기를 발견
했다. 그의 눈앞으로 백종명의 얼굴이 떠올랐다가 지워졌다. 윤완은
가게로 들어가 천 원짜리 지폐 두 장을 동전으로 바꾼 뒤 백종명에
게 전화를 걸었다.신호는 두어 번 만에 떨어졌다.

"형, 저 완입니다."

"응, 고생했다."

백종명의 목소리는 꽉 잠겨 있었다.

"그래, 이 기자 사인이 뭐라더냐. 아니, 허 이거 참, 네 안부부터 물
어야 하는데. 그래 어떠냐? 고문 같은 거, 없었어?"

"글쎄, 내가 그런 거 경험해 보질 못해놔서, 내가 당한 게 고문인지 뭔지 알 수가 있어야지."

윤완은 여전히 멋쩍은 듯 웃기만 했다. 옆구리가 뻐근했다. 나중에 취조를 맡았던 민영후 형사가 아니었다면 갈비뼈 서너 대는 족히 부러졌을지 모르겠다는 말이 목구멍 너머로 기어나올 것 같았다. 하지만 살인 용의자 명단에서 제외된 것만으로도 감사해야 할 일이었다. 백종명의 연구실에서 팩스를 보낸 게 결국 용의자로 몰리게 만들었지만 동시에 알리바이를 성립시켜준 꼴이 된 것이었다. 윤완은 한동안 수화기에다 말을 쏟아놓았다.

"하지만 형, 앞으로 좀 고달프게 됐수⋯⋯. 뭐긴 뭐유, 다 그놈의 노트 때문이지⋯⋯. 헌데 그 민영후 형사라는 사람은 형이 조치한 거 아니에요? 자꾸 그런 생각이 든단 말이야. 그 사람도 아이제나흐 쪽인 거 같은 느낌도 들고."

처음 이문호 기자의 살인 사건을 담당하고 있는 N경찰서의 소환을 받고 찾아갔을 때 윤완을 취조한 형사는 성깔이 보통이 아니었다. 멋도 모르고 그저 백종명을 끌어들이지 않기 위해 팩스를 사용한 곳이 백종명의 연구실이라는 사실을 숨기려든 윤완을 형사는 다짜고짜 구둣발로 걸어차버렸다. 자존심이고 뭐고 생각할 겨를이 없었다. 한참 지나자 부끄러움이 스멀거리며 치솟고 몹시 당혹스러웠다. 그런데 거의 새벽이 다 되었을 때 취조실로 민영후 형사가 들어왔다. 쓸데없이 다 아는 사항을 부인하려들지는 말라고 언질을 주던 그가 왠지 믿음이 갔다. 지난해, 선우활과 관련된 일로 민영후 형사를 만난 적이 있었고, 또 그 일이 아니더라도 선우활로부터는 꽤 자주 그에 관한 얘기를 듣기는 했었지만 그에 대한 믿음은 순전히 자의적인 것이었다. 그를 믿지 않고는 고달퍼지겠다는 생각이 어쩔 수 없이 그를 믿게 했다고 봐야 옳았다. 어쨌든 결국 그에게서 알리바이를 인정받고 아침에 풀려날 수 있었다. 하지만 팩스로 밀어 넣었던 그 노트에 적힌 사항들에 대해서는 앞으로도 어지간히 시달려야 할 터였다.

"민 형사, 그 사람 시국통이야. 내가 간첩으로 몰렸을 때 처음 인연을 맺었지. 결국 무혐의로 풀려난 것도 그 사람 덕이었어. 고문 경관 같은 인간들하곤 질이 다르지."

윤완의 말을 듣고 난 백종명이 대답했다. 그래서였을까. 앞으로 협조를 해달라고 정중히 요청하는 것도 신사다웠다.

"아무튼 고생했다. 그런데."

백종명이 머뭇거리는 동안 공중전화는 자꾸만 동전을 꼴깍꼴깍 삼켰다. 하지만 뭔가 할 말이 있는 듯해 전화를 끊을 수도 없었다.

"형, 뭐 할 말 있어? 할 말 있지? 그치?"

"아니, 꼭 해주고 싶은 말이 있긴 한데, 해줘야 할지 말지, 솔직히 망설여지는구나."

"그런 거 있음 아무 말이나 다 해줘."

"그래야 할 것 같기는 한데 어째 좀 그렇다."

"뭐가? 왜?"

"이문호 그 친구가 막상 죽고 나니까 갑자기 후회가 되네."

"뭐가?"

"널 끌어들인 거."

"끌어들인 게 뭐야? 내가 나서고, 내가 찾아가고, 내가 다 한 건데. 내 발로."

"어쨌거나, 그 친구를 노렸다면 말이야, 이유가 뭐겠니. 그 친구가 최근에 뭘 하려 했었는지. 뻔하잖아. 그 일 때문이 아니겠니?"

"노트?"

"그래."

윤완으로서도 백종명의 생각을 무시할 수 없었다. 결국 백종명이 우려하고 있는 건 윤완이었다. 만약 이문호가 계획하고 있던 모종의 일과 그의 죽음이 연결된다면, 그가 죽기 전에 윤완에게 건네주었던 그 문제의 노트와 분명히 연결될 것이고, 그건 곧바로 윤완과도 이어진다는 걸 뜻했다. 하지만 오히려 이문호의 그 노트 때문에 희망이 있다는 역설도 가능했다. 윤완이 믿는 건 그거였다.

"형, 이미 한 얘기지만, 이문호 기자가 가지고 있던 그 노트 말이야, 그건 나와 그 사람 둘밖에 몰라. 이제 이 기자가 그렇게 됐으니 나만 남은 거지. 그렇다면 오히려 형이 걱정하는 정도까지는 아니지 않을까."

"오히려 널 함부로 할 수 없다? 물론, 그렇게 된다면야 얼마나 좋겠니. 헌데."

"헌데 뭐?"

"이 기자는."

그때 마지막 동전을 집어삼킨 공중전화가 다급하게 경보음을 울리기 시작했다. 뚜뚜뚜뚜. 긴박한 음향은 마치 그 자신에게 무언가를 심각하게 경고하는 듯 아찔하게 들려왔다.

"형, 다시 걸께. 기다려."

그렇게 말하고는 수화기를 내렸다. 윤완은 곧장 아까 동전을 바꾸었던 가게로 발길을 옮기며 뒷주머니에서 지갑을 꺼냈다. 그런데 지갑에는 달랑 천 원짜리 지폐 한 장만 외롭게 남겨져 있을 뿐이었다. 윤완의 입에서 한숨이 쏟아져 나왔다.

"제기랄."

한시라도 빨리 집으로 가는 수밖에는 달리 방법이 없었다.

집으로 돌아온 윤완을 맞이한 것은 뜻밖에도 그의 장인이었다. 수인 선생이 야당 고문직을 사퇴하고 대학으로 돌아가려 할 때 끈질기게 말렸던 그는 수인이 교환교수직을 맡아 영국으로 떠나기 무섭게 마치 기다리고 있기라도 했다는 듯 합당 후의 여당 쪽 인사들과 드러내놓고 교분을 트고 있었다. 윤완으로서도 그런 장인을 비난할 수만은 없었다. 하지만 마음이 불편한 건 사실이었다. 그런데 나우성 씨 곁에 웬 낯선 남자 하나가 앉아 있었다. 윤완은 장인에게 가볍게 목례를 하고는 맞은편 소파에 앉았다.

"고생했지? 안사돈께선 자네 일로 노심초사하셨지만, 워낙 성격이 고우시니, 겨우 내게만 연락을 하셨더군. 어때? 괜찮은가?"

윤완의 장인은 윤완의 어머니가 고지식한 사람이라는 걸 성격이 곱다는 식으로 표현하는 게 마뜩찮았다. 아들이 살인 사건의 용의자로 몰리고 있는데도 빼낼 방도를 강구하지 않은 것이 어머니의 큰 잘못이라도 되는 듯 얘기하는 그의 태도가 윤완으로서는 곱게 보일리 없었다. 그는 얼굴을 잔뜩 일그러뜨리며 장인의 곁에 앉은 깐깐한 인상의 남자를 노려보았다. 무슨 일로 날 찾아왔을까. 몇 가지 상상도를 그려보았지만 짚이는 데는 없었다. 윤완의 마음을 읽기라도 한 듯 나우성이 윤완을 힐끔 보고는 옆에 앉은 남자에게 말했다.

"이 친구가 수인의 외아들 완입니다. 소설가지요. 이제 겨우 삼십대로 접어들었는데 벌써 문단 경력이 십년이 넘어요."

본인이 있는 데서도 수인 선생이라 꼭 존칭을 붙였던 그가 '선생'을 빼버리고 뱉어낸 '수인'이란 말은 아버지 윤달진이 처한 지금의 처지를 극명하게 보여주는 것 같아 씁쓸했다. 나우성의 설명을 듣고 난 남자가 깊이 고개를 끄덕이곤 주머니에서 명함을 꺼내 윤완에게 건넸다. 윤완은 건성 인사를 보내고는 명함을 받아들기만 했을 뿐 훑어보지 않았다. 그 모양을 불안한 눈길로 보고 있던 나우성이 옆에 앉은 남자의 눈치를 살피고는 윤완에게 짐짓 큰 소리를 냈다.

"이보게, 윤 서방. 말이 났으니 말이지만 자네 아주 경을 칠 뻔했었네."

윤완이 뚱한 시선을 던졌다. 나우성이 입술을 한번 빨고는 말을 이었다.

"알고 보니 자네가 알고 지내는 사람들 중에 위험한 축들이 꽤 되더구만. 난 그저 착실히 글만 쓰는 줄로 알았더니. 아버님도 은퇴를 하셨으니 이번처럼 일을 당해도 꼼짝을 할 수가 없지 않나. 그러니 자중하게, 앞으로는."

슬금슬금 옆 남자의 눈치까지 보는 장인이 윤완으로서는 참으로 이상하고도 안타까웠다. 사돈인 수인 선생을 지나치다 싶을 정도로 사모하던 때의 일이 새삼스럽게 기억되었다. 극과 극은 통하는 것이라 했던가. 윤완은 그제야 들고 있던 남자의 명함을 훑었다. 저이가 도대체 누구이기에. 명함을 들여다본 순간 윤완의 몸이 굳어졌다. 명함에는 '서의실업 전무 황정만'이라 적혀 있었던 것이다.

서의실업 황정만 전무. 죽은 이문호가 건네주었던 자료들을 훑기 이전부터 윤완은 그 이름을 알고 있었다. 물론 선우활로부터였다. 신중하기로는 바위처럼 굳은 선우활의 입을 통해 "그치가 날 노리고 있어. 내 애비란 작자보다 훨씬 머리가 잘 돌아가는 걸 보면 종당엔 오야붕을 해먹으려는 것 같은데, 결국 내가 걸림돌이라 이거지"라는, 다소 겁먹은 듯한 토로를 하게 만든 걸 보면, 황정만이란 자가 그저 권력에 빌붙어 주먹을 파는 건달만은 아닌 모양이었다.

윤완은 함부로 상상의 나래를 펼 필요는 없다고 판단했다. 서의실업의 어떤 자가 되었건 자신을 직접 찾아온 게 아니라 장인과 함께라는 사실은 섣부른 짐작을 자제하는 게 좋다는 판단을 내리도록 만든 것이다. 하지만 이문호의 죽음, 그리고 이문호가 넘겨준 자료들과 떼려야 뗄 수 없는 관계라는 것은 자명한 일이었다. 나우성을 동반하든 않든 서의실업에서 윤완을 찾아올 이유라고는 그것밖에 없었다. 윤완은 혹여 말려들지 모른다는 생각에 선수를 치기로 했다. 그는 마른 침을 소리 없이 삼키고는 입을 뗐다.

"장인 어른, 이분을 잘 아십니까?"

나우성과 황정만의 시선이 동시에 그에게로 건너왔다. 윤완은 두 개의 시선을 차례로 일별하며 말을 이었다.

"허기야 잘 아시니 여기까지 모셔왔을 테죠."

두 사람은 윤완의 얼굴을 응시한 채 아무 말도 없었다.

"제 친한 후배한테서 이분의 성함을 들은 적이 있어서 말입니다.

헌데 참 기이한 게, 장인 어른께서 어떻게 이런 분을 알고 계신지 언뜻 이해가 가질 않네요."

윤완은 부러 '이런 분'이라는 부분에 악센트를 주었다. 먼저 흥분한 건 나우성이었다. 윤완으로선 얼마간 예견된 일이었다.

"윤 서방, 말버릇이 왜 그래!"

윤완은 무슨 뜻이냐는 듯 눈을 크게 떴다. 황정만의 입가에서 싸늘한 조소 한 자락이 어렸다가 지워졌다.

"이사장님께선 꽤 어려운 사위를 보셨군요."

황정만의 말에 윤완은 속으로 웃음을 터뜨렸다. 우성학원재단의 이사장이라는 직함까지 들먹였듯이 이른바 교육 사업에 종사하는 사람이 어째 폭력 조직과 어울리고 있는지 나우성에게 묻고 싶어 입이 근질거렸다. 윤완은 황정만의 눈을 똑바로 쏘아보았다.

"아무래도 황 전무께서는 저한테 볼 일이 있는 모양인데, 다음부터는 장인 어른 신세는 지지 말도록 하십시오."

"허어, 윤 서방 자네."

당황한 나우성이 손을 내저으며 얼굴을 붉혔다. 황정만이 몸을 앞으로 약간 숙이며 윤완의 얼굴을 빤히 들여다보았다.

"윤 선생같이 남의 속을 손바닥 뒤집듯 들여다보는 작가분한테 뭘 재고 숨기겠습니까. 이번엔 처음이라 윤 선생께서 당황하실까 싶어 이사장님 신세를 졌습니다만, 이렇게 효심을 발휘하시니."

"효심이 아니라 제가 불편해서요."

윤완의 딱 자르는 말에 나우성은 더욱 안달복달했고, 황정만은 거짓 폭소를 터뜨렸다. 그때 이층 윤완의 서재 문이 딸깍하고 열렸다

닫히는 소리가 들려왔다. 윤완의 시선이 곧장 이층을 향했다. 허락도 없이 함부로 자신의 서재로 들어갔다는 사실에 윤완은 속이 뒤집히는 것 같았다. 서재로 통하는 이층 계단을 내려서는 짙은 갈색 가죽 점퍼를 입은 남자를 향해 윤완이 소리를 질렀다.

"당신 뭐야!"

눈꼬리가 칼로 찢어놓은 듯 날카로운, 한눈에 보아도 무술로 단련되어 있음을 알 수 있는 남자가 움찔하며 기분 나쁜 표정을 지었다.

"아, 윤 선생. 오해 마시오. 저 친구가 워낙 책을 좋아해놔서."

윤완이 의외로 크게 화를 내는 통에 황정만이 당황하여 말도 안 되는 변명을 늘어놓았다. 윤완의 시선이 바람소리를 내며 황정만을 향했다. 곁에 앉은 윤완의 장인은 여전히 안절부절 못했다.

"저한테 남의 속을 손바닥 뒤집어보듯 한다고 그러셨지요. 본인의 입으로 그렇게 말해놓고 어찌 그런 궁색한 변명을 하십니까."

소파에서 일어난 윤완은 곧장 계단을 뛰어올랐다. 그러곤 서재 앞에서 얼쩡거리고 있는 남자를 뿌리치고는 손잡이를 끌어 잡았다. 남자는 꽤 참을성이 있는 듯했다. 점퍼 주머니에 찔러져 있던 주먹을 결국 쓰지 않았다.

"조 실장, 이리 내려오게."

황정만이 계단 옆으로 물러서 있던 남자를 향해 말했다. 손잡이를 돌리던 윤완의 몸이 남자에게로 돌려졌다. 윤완의 눈이 남자의 그것과 허공에서 부딪쳤다. 조 실장, 그것 역시 선우활로부터 익히 들어온 이름이었다. 한때 선우활 밑에 있다가 황정만의 수하로 들어가 일약 실장으로 승진했다던 검도의 달인. 윤완은 등골이 서늘하게 젖어드는 것을 느꼈다. 지금의 상황이 암시하는 건 명료했다. 이문호에게서 건네받은 자료가 어떤 식으로든 그를 다치게 할 수 있다는 사실이었다. 백종명의 걱정은 기우가 아니었다. 이문호의 서류는 많은 사람들과 관련되어 있으며 그들은 당연히 그 서류의 행방에 촉각을 곤두세우고 있을 터였다. 황 전무와 조 실장이라는 사람이 윤완의 집으로까지 쳐들어왔다는 건 이미 서의실업 내에서도 이 문제를 심각하게 받아들이고 있다는 증거였다. 순간, 윤완의 뇌리를 스치는 인물이 있었다. 민영후 형사였다. 지금 자신이 여기에 있는 건 전적으로 그의 조처 덕분이었다. "나중에 협조를 부탁한다"던 그의 말이 윤완의 귓바퀴를 울렸다. 민영후 형사가 지나가자 또 다른 한 인물이 망막에 어렸다. 백종명이었다. 그는 곧 아이제나흐를 의미했다. 이문호의 서류에서 윤완이 추려내 작성한 관계도 속의 모든 조직과 인물들이 지금 윤완의 앞에 고스란히 모습을 드러내놓고 있는 형국이었다. 윤완은 새삼스레 자신이 엄청난 위험에 노출되어 있다는 생각을 하며 서재 문을 밀었다.

"윤 선생, 오늘은 이만 실례하겠어요. 다음엔 미리 전화를 드리고 찾아뵙도록 하겠습니다."

아래층으로부터 황정만의 목소리가 마치 무대 뒤로 사라지는 배우의 독백처럼 나직하게 들려왔다. 그것은 마치 "이제 당신 좀 고달프게 되었소"라고 주절거리는 듯했다.

황정만이 방문했던 날로부터 꼭 일주일이 지난 날, 오전 10시. 윤완은 한참을 망설이던 끝에 전화기의 버튼을 찬찬히 누르기 시작했다. 신호가 울리는 동안 윤완은 지난 일주일 동안 잠자고 식사를 하고 화장실을 다녀오는 것을 제외한 모든 시간을 투자해 새롭게 작성해놓은 관계도를 들여다보고 있었다. 그것은 죽은 이문호 기자가 제공했던 자료에다 자신의 상상력을 가미해 작성한 것이었다. 거기에는 민영후 형사라든가, 죽기 전에 만났을 때 이문호 기자가 지나가는 투로 언급했던 T신문사의 정치부장 강무현, 그리고 이미 고인이 된 그의 형 강일현 같은 인물이 첨가되어 있었다. 그리고 이문호가 의문을 가지지 않았던 선우활의 부친 선우정규와 문제의 여자 남미현은 물음표 속에 가두어놓았다. 물음표는 이니셜 'P'로 암시되어 있는 백종명에게도 달려 있었다. 백종명이 윤완의 새로운 관계도에 포함된 것은 경찰서에서 풀려나던 그날 공중전화를 걸었다가 끊긴 뒤 집으로 돌아와 다시 전화를 걸었을 때부터 지난 일주일 동안 그와 통화를 할 수 없었다는 점이 작용한 때문이었다.

사실 백종명에 관한 윤완의 추리는 단순했다. 그가 시국통인 민영후 형사를 자신에게 붙여준 일, 그리고 경찰서에서 나와 전화를 걸었을 때는 뭔가 할 말이 있는 듯하다가 다시 전화를 걸었을 때는 어딘가로 사라져버린 일, 그리고 무엇보다 그동안 이문호 기자와 소원하게 지냈다는 점. 결국 그런 사실들은 윤완으로 하여금 백종명이 경찰 쪽과도 매우 긴밀하게 연결되어 있으리라는 추리를 가능하게 했던 것이다. 물론 그가 긴밀히 연결되어 있는 게 민영후 형사 하나뿐이라 한다면 지나가던 개가 웃을 일이었다.

하지만 고심에 고심을 거듭한 끝에 관계도를 작성해놓기는 했지만 어딘지 모를 허전함은 지울 수가 없었다. 뭔가 핵심적인 인물이 빠져 있다는 느낌, 즉 얼기설기 얽혀 있는 조직과 인물들이 도대체 무슨 목적을 위해 연결되고, 그들이 최종적으로 향하는 곳은 어디인지 알 수가 없었다. 어쩌면 이문호 역시 그걸 알지 못했고, 그래서 기사화시킬 수 없었을지 모른다는 생각이 뇌리를 스치고 지나갔다. 그렇다면 하나는 또렷해진다. 이문호가 왜 기사가 아니라 소설을 선택하려 했는지. 사실을 바탕으로 쓰는 신문기사와 상상을 허용하는 소설 사이에서 이문호가 선택하려 한 것은 후자였다. 그건 그가 가졌던 자료들 모두가 팩트(사실)는 아니라는 뜻이었다. 어디까지가 팩트고, 어디까지가 허구일까. 윤완은 고개를 흔들었다.

모든 문제는 한 가지로 수렴되었다. 이문호 기자가 더 이상 이 땅에 남아 있지 않다는 사실이었다. 이제 그의 죽음을 둘러싸고 있는 비밀의 흔적을 추적하는 일은 다른 모든 비밀을 해결하기에 앞서 풀어야 할 숙제가 되어버렸다. 그 수월치 않은 숙제를 해결하지 못한다면, 결국 윤완이 찾으려는 핵심도 찾을 수 없을지 모른다. 하지만 윤완은 이문호의 느닷없는 죽음을 통해 오히려 그동안의 의문이 풀릴 수도 있으리라는 생각도 들었다.

"죽은 자가 쥐고 있는 열쇠는 진짜 열쇠가 아니다. 죽은 자는 결코 열쇠를 갖고 갈 수가 없다. 어딘가에, 어딘가엔 분명히, 열쇠가 떨어져 있을 것이다."

윤완은 소리 없이 중얼거렸다. 그가 뽑아든 첫 카드는 바로 '강무현'이었다. 이문호로 하여금 윤완을 만나게 만들었던, 바로 이문호의 직속상관이었던 T신문사의 정치부장. 윤완의 소설 〈노래를 가르치는 사람〉에 매료되었다고 이문호가 전해주었던 바로 그 사람.

신호가 떨어지자 약간 칼칼한 여자의 음성이 들려왔다. 윤완은 강무현 부장을 찾는다고 말했고, 여자는 세 자리 숫자의 구내번호를 일러주었다.

"여기가 어딥니까?"

윤완이 다시 묻자 여자는 "논설위원실입니다," 하고 간단히 대답했다. 윤완은 잠시 혼란을 느꼈지만 곧 그 대답이 무엇을 의미하는지 알 것 같았다. 이문호에게서 자료들을 건네받던 그날 밤 이문호는 "정치부장은 아주 색깔이 분명해요. 잘려도 벌써 잘릴 사람이었지요,"라고 말해주었었다. 잘려야 할 사람이 잘리지 않고 논설위원이 되었다? 냄새가 났다.

"아, 알겠습니다. 강 부장님이 논설위원이 된 게 언젭니까?"

윤완의 물음에 여자는 무슨 이상함을 느꼈는지 "누구시죠?" 하고 도전적으로 물어왔다. 윤완은 대꾸 없이 수화기를 내려버렸다. 그는 가벼운 현기증을 느꼈다.

"강무현 부장이 논설위원이 되었단 말이지."

그는 혼잣말로 중얼거리며 창밖으로 고개를 돌렸다. 정원으로 희끄무레한 오전의 햇살이 쏟아지고 있었다. 그는 손등으로 눈시울을 비비다가 중지와 엄지를 마주쳐 딱, 하는 소리를 냈다. 번개처럼 스치고 지나가는 아이디어가 있었던 것이다.

T신문사 정치부장 강무현이 논설위원이 되었다는 사실로부터 얻어낸 강한 암시는 죽은 이문호가 강조했던 '색깔론'이었다. 이문호는 분명하게 말했었다. 그 신문사의 야성이 강한 논설위원 한 분이

사직서를 던지고 월간 시사 잡지 발행인이 되었을 때 강무현 부장을 끌어들이려 했다는 것. 다들 그렇게 얽혀들 거라고 예상했겠지만 정작 강 부장은 T신문사를 위해 자리를 고수하려 했다. 그래서 언제 잘릴지 모른다는 수군거림의 주인공이 된 것이다. 강 부장은 신문사에 남았고 신문사의 실세인 화전 황동수와 수시로 마찰을 빚었으며, 급기야 윤완의 소설 〈노래를 가르치는 사람〉을 문학상 수상작으로 만들었다가 정식으로 거부하게 하여 파문을 일으키려는 계획까지 세우게 만들었다. 그 일을 주도적으로 맡았던 사람은 이문호 기자였고, 그는 의문의 죽임을 당했다. 그런데, 그랬던 사람이, 단순한 선후배 관계가 아니라 이미 오래전부터 끊어낼 수 없는 인맥으로 얽혀 있던 이문호 기자가 죽자 곧바로 논설위원으로 자리를 바꾸었다? 그건 분명 모순이었다. 논리가 맞으려면 딱 하나 밖에 없었다.

변절.

윤완은 생각을 굳혔다.

"냄새가 나."

윤완은 그가 새로 작성한 관계도를 손가락 끝으로 톡톡 치면서 낮게 중얼거렸다. 그는 밤을 새운 탓에 짓무른 눈두덩을 비비며 책상 구석에 놓인 수첩을 뒤져 빳빳한 명함 하나를 꺼냈다. 명함에 적힌 민영후 형사의 직통 전화번호를 확인하고 버튼을 눌렀다. 신호가 단번에 떨어졌다. 전화기 저쪽에서 고단하지만 무게가 느껴지는 음성이 들려왔다.

"저, 윤완입니다."

그렇게 말하자 민 형사는 그렇지 않아도 연락을 해보려 했었다며 이문호 기자 사건 때문이냐고 물었다. 윤완은 마치 그가 앞에 있기라고 하듯 고개를 끄덕이고는 "그렇습니다," 하고 말했다.

"그러잖아도 전해드릴 게 있었는데. 전화로 말씀드릴 사항이 아니라 망설이고 있었습니다. 윤 선생께서 궁금해 할 거 같은데."

의례적인 대답은 아니었다.

"그럼 제가 찾아가도 되겠습니까?"

"그건 윤 선생 마음이지요."

민영후 형사는 은근히 그래주기를 바라는 눈치였다.

"점심시간 전에 도착할 수 있을 겁니다. 기다려주시겠습니까?"

"그렇게 하지요."

민형사는 선선히 윤완의 청을 받아들였다. 수화기를 내리고 윤완은 잠시 생각에 잠겼다. 그가 뽑아든 두 번째 카드인 민영후 형사, 그것은 좋은 조짐이었다. 민 형사에게서는 왠지 형사 특유의 정의감이 느껴졌다. 그에게라면 자신의 속을 털어놓아도 될 것 같은 느낌이었던 것이다.

윤완은 책상 위에 펼쳐놓은 노트를 접으려다가 연필꽂이에서 붉은 사인펜을 집어냈다. 민 형사와 T신문사의 논설위원이 된 강무현을 서로 다른 두 개의 붉은 동그라미로 나누어놓고 거기에 날짜를 적었다. 그리곤 잠시 생각에 잠겼다가 민영후 형사의 동그라미 끝과 백종명을 가리키는 영문 이니셜 'P'를 하나의 선으로 연결했다. 그 다음 강무현을 둘러싼 동그라미를 서의실업 쪽에다 점선으로 연결시켰다.

"아이제나흐와 경찰, 서의실업과 T신문사."

윤완은 그렇게 중얼거리며 노트의 빈 페이지를 펼쳐놓고 사등분을 했다. 거기에 아이제나흐, 경찰, 서의실업, T신문사를 각각 써넣었다. 그렇게 그려놓고 보니 그 네 개는 서로가 이질적이면서도 또한 동질성을 가지고 있는 것 같은 묘한 느낌을 주었다. 그 관계는 무엇과도 연결되지 않는 듯 보이지만 언제든 연결될 수 있는, 마치 "영원한 적도, 영원한 동지도 없다."는 정치판의 금언을 닮아 있었다.

"그래, 여기에 맹점이 있을지 몰라. 섣부르게 덤빌 일이 아니지."

마치 누군가에게 조심스럽게 말을 건네듯 윤완은 혼잣소리로 중얼거렸다.

민영후 형사를 만나기 위해 집을 나서려던 윤완은 〈문학세계〉 편집부에 전화를 걸었다. 오래전에 청탁을 받고 써주지 못했던 원고가 있기도 했지만, 새로 편집장으로 온 사람이 신호준 시인이라는 걸 신문에서 본 게 생각난 때문이었다. 지난번 편집장과는 의견이 잘 맞지 않아 데면데면했었는데, 신호준과는 연배도 비슷하고 장르가 다른데도 서로의 작품을 꾸준히 읽어왔던 사이였다. 사실, 윤완이 〈문학세계〉에 전화를 걸려고 마음먹은 것은 자신이 계획한 일을 성사시키기 위한 예비 절차라고 할 수 있었다. 그는 곧 쓰게 될 소설을 발표할 지면이 필요했던 것이다. 단편소설이 될지 장편소설이 될지는 아직 알 수 없었지만, 일단 시작하면 그리 오래 걸리진 않을 거라는 생각이 들었다. 그가 빠른 시간 안에 소설 작업을 하려는 데는 어느 정도 실리적인 이유가 있었다. 이문호의 죽음이 그 이유를 대신 설명해줄 것이었다. 이문호에게 닥친 위험이 자신에게 닥치지 말라는 법이 없다는 걸, 그는 피부로 느낀 것이다. 황전만 전무란 자가 집을 다녀간 뒤, 그가 나타나는 꿈을 벌써 여러 번 꾸었다. 그가 나타나는 꿈을 꾸고 나면 기분이 이상했다. 이제껏 한 번도 생각해본 적이 없는 '피살'이나 '살해' 같은 단어로부터 자신이 자유롭지 않다는 느낌을 지울 수가 없었다. 자신의 목숨을 노리는 것은 비단 황정만 전무가 속한 서의실업만은 아닐 터였다. 아이제나흐도 자신에겐 껄끄러운 상대였다. 그것은 이문호 기자를 살해한 자들이 그 둘 모두일 수 있다는 추리로부터 나온 것이었다. 그리고 그것은 윤완 자신에게도 고스란히 적용될 수 있는 일이었다. 충분히. 만에 하나 정말 이문호가 당한 변을 그도 당하게 된다면, 생각만 해도 끔찍한 그 상상은, 결국 그로 하여금 두 가지 선택을 하도록 종용했다. 어떻게든 민영후 형사와 가까워지는 것이 한 가지 선택이라면, 다른 한 가지 선택은 바로 소설을 쓰는 것이었다. 소설을 써서 발표만 할 수 있다면, 적어도, 죽더라도 한은 없을 터였다. 그것을 쓰고 말겠다는 작가적 욕망과 써야만 한다는 작가적 양심은 지금 그에게 존재하는 유일한 응원군이었다. 그런 점에서 〈문학세계〉는 일종의 보루였다.

새로 편집장으로 부임한 신호준에게 의례적인 인사를 하고 난 뒤 윤완은 간단히 자신의 의도를 피력했다. 신호준은 잠시 생각에 잠긴 듯 말이 없다가 다소 가라앉은 목소리를 수화기에 흘려놓았다.

"윤 형께서 그런 소설을 구상하고 있고 문학세계의 지면을 부탁한 건 우리로서는 백번 환영할 일이지요. 아무튼 가까운 시일 내에 만나서 자세한 얘기를 듣고 싶습니다. 가령, 정식으로 계약도 해야 되지 않겠습니까?"

신호준은 신중한 사람이었다. 아니 어쩌면 그는 윤완의 얘기를 의례적인 것으로 받아들이고 있는지도 몰랐다. 한편으론 당연한 일이었다. 하지만 윤완은 거기에 만족할 수밖에 없었다. 만약 자신에게 어떤 위험이 닥쳤을 때 적어도 그것을 예사로운 일이 아니라고 이해해줄 사람이 있다는 건 충분히 위안이 될 수 있을 것이기 때문이었다. 윤완은 며칠 내로 〈문학세계〉를 방문하겠다는 언질을 남겨두고 전화를 끊었다.

　윤완은 폐차 직전의 고물 자가용을 끌고 집을 나섰다. 온갖 공사로 도로가 파헤쳐져 있는 통에 시내를 빠져나오는 데만 두어 시간이 소요되었다. N서에 도착했을 때는 약속했던 점심시간에서 30분이나 지나 있었다. 민영후 형사는 민원실 입구의 소파에 앉아 얇은 고급 지질의 시사 주간지를 읽고 있었다.

　"오래 기다리셨죠."

　윤완이 그에게로 다가가자 민 형사가 얼른 일어나 손을 내밀었다. 땀이 촉촉이 밴 그의 손바닥이 마치 믿음을 고이 간직한 것처럼 느껴졌다. 윤완은 낮게 한숨부터 뽑아냈다. 왠지 그가 존재하지도 않는 자신의 큰형처럼 느껴졌다.

　민영후 형사가 윤완을 데리고 간 곳은 북한산 밑의 조용한 한식집이었다. 민 형사에게 먼저 만나자고 한 것은 자신이었지만 막상 그를 만나자 무슨 얘기를 어디서부터 꺼내야 할지 고민스러웠다.

　"요즘 작품 활동이 뜸하시죠?"

　먼저 입을 뗀 건 민 형사였다. 그것도 의외로 소설 얘기였다.

"그렇게 됐습니다. 헌데 그걸 어떻게."

"아, 뭐 별스럽게 문학에 관심이 있는 건 아니고요, 이번 사건 때문에 윤 선생을 조사하다보니, 흐흐."

윤완은 뜨끔했다. 조사를 했다는 그의 말이 예사롭게 들리지 않았다. 어디까지 알고 있을까. 윤완은 민 형사의 눈을 응시했다. 그는 윤완의 눈길을 슬쩍 피하며 젖은 수건으로 찬찬히 손을 닦아냈다.

"민 형사님."

그가 숙였던 고개를 들었다. 윤완이 말을 이었다.

"백종명 선배로부터 얘기 많이 들었습니다. 대공담당이시라구요."

윤완의 말에 그가 피식 웃었다.

"종명이 그 친구가 내 얘기를 많이 했는지는 몰라도 사실대로 하진 않았군요. 난 그저 경찰이에요. 좀도둑도 잡고, 살인범도 쫓고, 뭐 그런."

민영후 형사는 침착했다. 섣부른 유도에 넘어갈 위인은 아니었다. 이런 사람에게는 말을 빙빙 돌리지 않는 게 낫다. 하지만 섣부르게 시작할 수는 없지.

"종명이 형이 이번 사건 때문에 피해를 입는 일은 없겠죠?"

윤완이 한 번 더 비틀어 묻자 민 형사는 전혀 뜻밖에도 "그 친구가, 왜요?" 하고 반문했다. 능치는 것 같지는 않았다. 윤완은 또 한 번 뜨끔했다. 유도를 하는 게 아니라 당하고 있는 기분이었다.

"윤 선생께서 알고 싶은 게 뭡니까?"

민 형사는 팽팽하게 줄을 당기듯 물었다. 호락호락한 인물이 아니란 느낌에서 채 벗어나기도 전에 윤완은 궁지에 몰리는 기분이었다.

그것이 민 형사 특유의 노련한 수법이라는 사실을 윤완으로서는 미처 감지하기도 전이었다. 윤완은 마치 자백이라도 하듯 입을 뗐다.

"실은."

"우리, 터놓고 얘기합시다. 얻으려면 내놓는 게 있어야지요."

민 형사는 윤완의 말을 자르며 덧붙였다. 그것 역시 그의 수법이었다. 20여 년 경찰밥을 먹으며 쌓은, 한번 걸려들면 누구도 쉽게 빠져나오기 힘든 올가미 전법이었다. 때로 그것은 신체적인 가혹 행위로 이어져 번번이 진급 누락의 원인이 되긴 했지만, 그는 확실히 상식적인 민완 형사와는 거리가 멀었다. 오히려 상대의 목덜미를 한번 물면 끝까지 놓치지 않는, 별명이 그렇듯 '투견'과 같은 사람이었다. 윤완은 마치 목덜미를 물린 개처럼 말을 흘려놓기 시작했다.

"이미 민 형사님께서도 잘 아시는 바지만, 저는 죽은 이문호 기자에게서 소설을 써달라는 부탁을 받고 자료 일부를 건네받았습니다. 그런데, 어느 부분에서 꽉 막혔어요. 상상에 의한 것이라면 모르겠지만 어디까지나 사실을 바탕으로 하고 있는 거라, 누군가의 도움이 필요했지요."

민 형사가 천천히 고개를 끄덕이며 물었다.

"그게 나란 말이죠?"

식사를 하는 동안 민 형사는 간간이 윤완의 아버지 수인 윤달진 선생에 대해 자신의 생각을 피력하곤 했다. 정계에 깊이 관여한 건 아니지만 대학으로 돌아간 건 잘 한 일이라는 둥, 특히 영국으로 교환교수직을 맡아 떠난 게 그렇다는 둥, 진의가 선뜻 알 수 없는 말들을 늘어놓았다. 그러다가 스치는 투로 어떤 이름 하나를 내뱉었는

563

데, 놓칠 수 없는 이름이었다.

"방금, 박정욱, 이라고 했습니까?"

윤완은 조기의 살점을 뜯어내다가 젓가락을 멈추며 민 형사를 응시했다. 민 형사는 공기에 남은 밥을 국그릇에 말며 천천히 고개를 끄덕였다.

"그 친구 마음에 들지 않아요. 뭐랄까, 좋게 말해서 일을 만들기 좋아하니 도전적이라든가 모험심이 강하다고 하겠지만, 그런 사람일수록 이기적이거든요. 남의 사정은 봐주지 않는단 말입니다."

냄새가 났다. 박정욱이라면 백종명이 얘기했듯 아이제나흐의 창설 멤버이자 의문의 여인인 남미현을 서의실업에 침투시키는 작업을 기획하고 실행에 옮긴 인물이었다. 그리고 그녀를 지독하게 짝사랑했다던 장본인이었다. 그 박정욱을 민영후 형사가 거론한 것이다.

"박정욱은 제게도 별로 낯선 이름이 아닌데요."

"그 친구에 대해서 윤 선생은 얼마나 알고 있소?"

국그릇을 말끔히 비운 민 형사는 숭늉이 담긴 대접을 입으로 가져가며 물었다. 사실 박정욱에 대해서라면 윤완은 이름 이외엔 안다고 내세울 게 없었다. 고개를 가로젓다가 슬쩍 상상력을 발휘했다.

"설마 박정욱이 이 기자의 살해 용의자는 아니겠죠?"

그 말에 민 형사가 씩 웃었다.

"그 친구가 노렸다면 그건 이문호가 아니라 다른 사람이었겠죠."

"다른 사람?"

윤완이 의문을 담은 시선을 던지자 민 형사가 숭늉 대접을 식탁 위에 내려놓고는 손가락으로 물을 찍어 천천히 뭔가를 썼다. 그 손가락이 움직이는 대로 윤완이 소리를 냈다.

"활? 선우활, 말인가요?"

윤완은 기겁을 하며 고개를 들었다. 아하, 이것이었구나. 속으로 외마디의 비명을 질렀다. 한순간 민 형사의 얼굴이 가면처럼 표정을 모두 지워냈다.

"이 친구 잘 아시잖아요."

민 형사의 말에 마치 최면에 걸린 듯 윤완의 고개가 끄덕끄덕 움직였다.

"만약 이 친구가 이문호 기자의 살해범이라면, 윤 선생 기분은 어떠실까?"

"예에?"

윤완은 묘한 느낌이었다. 민영후 형사의 말은 마치 윤완 자신을 살해범으로 지목하고 있다는 것처럼 들렸다. 박정욱이 이문호 기자의 살해범이냐는 추측에 오히려 박정욱이 노렸다면 그건 선우활이라고 민 형사는 말했다. 그런데 갑자기 그 선우활이 이문호 기자를 죽였다면 기분이 어떻겠냐고 묻고 있다. 윤완의 머리가 빠르게 움직였다. 선우활이 이문호 기자를 죽였다고 치자. 그러면 그는 서의실업과 관련이 있다는 얘기가 된다. 왜냐하면 이문호를 죽일만한 개인적인 이유가 선우활에게는 없기 때문이다. 아니 누구를 살해한다는 자체가 선우활에게는, 적어도 윤완이 알고 있는 바로는, 어울리지 않는 일이다. 그러니 선우활이 이문호를 죽였다면 분명히 거기에는 서의실업이 관계하고 있을 것이다. 하지만 이게 얼마나 무리한 추측인지 윤완은 잘 알고 있었다. 지지난해, 그러니까 윤완의 이모인 현미송이 서의실업과 미송유지에 대한 거짓 세무조사 사건에 연루되었을 때 이미 선우활은 서의실업과의 관계를 청산했다고 봐야 옳다. 정확한 건 윤완으로서는 알 수 없었지만 어쨌든 그 일로 인해 오히려 선우활은 서의실업으로부터 축출되었을 뿐 아니라 신분의 위협까지 받고 있었다. 그런 상황에서 선우활이 서의실업의 청부에 의해 이문호 기자를 죽였다는 건 앞뒤가 맞지 않는 얘기였다. 그러나 민영후 형사의 추측처럼 선우활이 이문호 기자를 살해했다면, 그게 사실이라면, 그것은 그 일로 인해 선우활과 서의실업이 또 다른 관계를 맺는다는 것을 의미한다. 즉, 선우활이 이문호 기자를 살해하는 어떤 '대가'가 존재할 것이라는 뜻이다. 하지만 윤완은 이 추리의 가능성을 짚어보는 따위의 일은 하고 싶지 않았다. 윤완은 점점 복잡하게 얽혀드는 생각을 털어내듯 머리를 흔들었다.

"그럴 리가요."

윤완은 결론을 내리듯 말했다. 그러자 민 형사가 마치 윤완이 진실을 털어놓을 수 있는 유일한 동료라도 된다는 듯 얼굴을 바싹 들이밀며 나직하게 속삭였다.

"그러기를 바랍니다."

윤완이 침을 꼴깍 삼켰다. 민 형사가 조금 더 낮아진 목소리로 말을 이었다.

"사실 이 사건은 박정욱이라는 친구의 제보로부터 시작됐어요. 그리고 그가 바로 선우활을 살해범으로 지목했죠."

윤완은 마치 듣지 않아야 할 것을 듣기라도 한 듯 몸이 떨렸다. 도대체 박정욱이란 자는 어떤 사람이기에 이문호 기자의 살해범으로 선우활을 지목하고, 경찰에다 그렇게 제보까지 했다는 말인가. 윤완은 민 형사의 얼굴에서 눈길을 떼지 않은 채 물었다.

"설마 민 형사님은 박정욱의 말을 믿는 건 아니시겠죠?"

굳은 윤완의 표정과는 달리 민 형사는 여유가 있었다.

"믿고 안 믿고는 문제가 되질 않아요. 하지만 일단 수사는 그 방향에서 착수할 수밖에 없습니다. 헌데, 선우활이란 친구에겐 적이 너무 많아요. 죽은 이문호 기자가 그랬듯이."

민 형사의 말들은 하나하나가 윤완에게는 충격이었다. 선우활과 이문호를 지적하며 그들에게 '적'이 많다는 대목은 특히나 그랬다. 하지만 이해가 가지 않는 건 아니었다. 선우활이 최근 반년 가까이나 종적을 감추고 있는 이유가 말하자면 그 '적'들을 피하려는 것 때문일 수도 있었다. 그리고 이문호가 자신의 아버지와 형의 곡절 많은 삶을 추적하는 과정에서 알게 모르게 그 '적'들이 생겨났음은 어쩌면 당연한 결과일지 몰랐다. 그러나 그 두 사람이 살해한 자와 살해당한 자로 갈려 있다는 건 지극한 모순이었다. 그리고 어쨌거나 윤완 자신은 그 두 사람 모두에게 얽혀 있었다. 그런 생각에 잠겨 있는 윤완의 앞으로 민 형사가 뼈있는 말을 뱉어냈다.

"아마도 윤 선생께서 소설을 쓰시려면 이 대목이 클라이맥스가 되겠죠, 후후?"

"허허, 그러네요."

윤완이 허탈하게 마주 웃었다. 웃음 끝에 슬쩍 물었다.

"그런데 말입니다. 만약 선우활이 이문호 기자를 살해했다면 그건 개인적인 걸까요, 아니면 누군가의 사주에 의한 걸까요?"

"글쎄요. 윤 선생의 지금 이 질문은 여러 모로 고민한 끝에 나온 거겠죠?"

윤완은 입을 다물었다. 대답을 요하는 질문이 아니었다.

"그리고 전자의 가능성은 완전히 배제되었겠구요."

"그 말씀은, 선우활이 개인적인 이유로 이문호 기자를 살해할 리는 없다고 생각하는 걸로 받아들여도 되는 건가요?"

"내가 아는 선우활은 누굴 죽여서 문제를 해결할 사람이 아닙니다. 모든 가능성을 열어두어야 할 형사로서 할 얘기는 아니지만."

"전, 선우활 그 친구가 이 기자를 살해했을 거라는 가정 자체를 부인하고 싶어요."

윤완의 그 말에 민 형사는 웃음 띤 얼굴로 고개를 끄덕였다. 그리곤 다소 가볍게 말했다.

"형사가 추리를 할 때 유의해야 할 점이 하나 있어요. 그건 어떤 범행이건 용의자 위주로 추리해선 안 된다는 겁니다. 용의자 위주로 수사를 하다보면 나타나는 모든 정황이나 증거들이 객관성을 잃어버려요. 자꾸만 그 용의자에 꿰어 맞추게 되니까요. 그렇게 되면 기껏 확보한 증거가 법정에서 무용지물이 되어버리죠. 그건 변호사의 머리가 수사관들보다 뛰어나서가 아니에요. 그들은 사건을 객관적으로 볼 수밖에 없는 위치에 있기 때문에 정황이나 증거를 여러 각도에서 다룰 수가 있는 거죠. 자신의 의뢰인에게 혐의를 두고 있는 변호사일수록 유능하고, 그들 나름대로 다른 각도에서 수사를 벌이는 변호사가 승률이 높은 건 그래서 당연한 일이죠. 내가 왜 이런 말을 하는가 하면, 이 사건의 용의자로 선우활을 지목해준 박정욱이나 선우활을 용의자 선상에서 완전히 도외시하고 있는 윤 형도 객관적이지 못하다는 겁니다."

윤완은 대꾸할 말이 없었다. 묵묵히 숭늉 대접을 집어 드는 윤완을 민 형사가 웃는 얼굴로 바라보았다.

"후자라면, 가령?"

민영후 형사는 용의주도한 사람이었다. 그는 상대방을 놓았다 쥐었다, 밀었다 당겼다를 적절히 조절할 줄 아는 사람이었다. 그는 이제 선우활이 누군가의 사주에 의해 이문호를 죽였다면 살해를 사주한 게 누구인지를 묻고 있었다. 윤완으로서는 그런 민 형사의 탐색이 달가울 게 없었지만 질문을 피해갈 수는 없었다. 어쨌든 그는 사건의 중심에 서 있는 하나의 '객관적 실체'였다. 윤완은 입속으로 서의실업을 굴리고 있었다. 민 형사가 윤완의 의문 중에서 '누군가의 사주'라는 부분을 지목하고 나선 것은 그 역시 서의실업을 염두에 두고 있다는 증거이리라. 그리고 민 형사는 지금 자신의 입을 통해 그 이름을 확인받으려는 의도를 드러내고 있었다. 윤완은 그 의도에 기꺼이 동조하기로 마음을 굳혔다. 그러나 여전히 걸리는 게 있었다. 선우활은 이미 오래 전에 서의실업이라는 조직으로부터 떠나 있었다. 따라서 서의실업이 개입되어 있는 한 선우활은 결코 이문호 기자의 살해범이 될 수 없었다. 그렇다면 결론은 뻔했다. 선우활을 궁지로 몰아넣으려는 박정욱이란 자의 간특한 술수. 윤완은 그렇게 확신했다. 그래서 그는 주저하지 않고 말했다.

"서의실업이 아닐까요. 하지만."

"아, 잠깐, 됐어요."

입을 벌린 채 자신을 바라보고 있는 윤완에게 민 형사는 오른손을 살짝 들었다 내렸다.

"거기까지 합시다. 더 이상은 수사에 방해가 될 것 같네요."

민 형사의 얼굴에는 흡족한 미소가 떠올라 있었다. 그건 마치 지금부터는 윤완을 믿을만한 사람으로 간주하겠다는 의사 표시처럼 보였다. 민 형사는 안주머니에서 두툼한 수첩을 꺼냈다. 확실히 그의 태도에는 좀 전과는 완연히 다른, 매우 우호적인 기운이 깃들어 있었다. 표지가 몹시 낡았을 뿐 아니라 디자인이 구식이라 민 형사가 꺼낸 작은 수첩은 한눈에 보기에도 굉장히 오래된 거라는 걸 알 수 있었다. 그는 카운터를 향해 상을 치워달라는 주문을 하고는 손에 들고 있던 수첩을 탁자 빈 곳에다 내려놓았다.

"어쩌면 지금의 윤 선생께 가장 필요한 물건일지 모르겠군요."

"그게 뭡니까."

"한번 맞춰보실래요?"

"글쎄요, 보기엔 무척 오래된 것 같은데, 옛날 구멍가게에서 쓰던 외상장부 같군요, 허허."

"어이쿠, 정확히 맞췄어요."

"예에?"

윤완은 농담처럼 뱉은 자신의 말에 정색하며 놀란 반응을 보이는 민 형사를 의아한 눈으로 바라보았다. 그의 반응을 어떻게 받아들여야 할까 잠시 생각하는 사이 종업원들이 말끔히 상을 치워냈다. 그러곤 이내 녹차를 우려내왔다. 윤완이 뚱한 얼굴로 물었다.

"정말 외상 장부는 아니겠죠?"

"정확히 맞췄다니까 그러시네."

"허참, 무슨 말인지."

"자, 이걸 한번 보세요."

민 형사는 마치 증명이라도 하듯 수첩을 윤완의 앞으로 쑥 내밀었다. 거기에는 정말 사람의 이름과 돈의 액수로 보이는 십만 단위, 혹은 백만 단위의 숫자가 표시되어 있었다. 그리고 수첩의 낱장마다에는 누군가 의도적으로 지웠음에 틀림없는 검정 매직펜 자국이 수없이 그어져 있었다. 그 자국이 없는 곳에는 모두 '이문호'라는 이름과 예의 그 십만 단위의 숫자가 기록되어 있었다. 민 형사가 웃는 얼굴로 물었다.

"맞죠?"

"대체 누구 겁니까?"

대답 대신 민형사는 수첩의 앞장을 펼쳤다. 거기엔 'Y전자 기술부 김주희'라고 조잡한 글씨체로 씌어져 있었다. 그 이름이 낯설지 않았다.

"어디서 들어본 이름 같은데."

"아마 그럴 겁니다. 유명한 노동운동가였으니까요."

"아, 그렇군요. 생각나요."

윤완은 김주희라는 이름을 기억하고 있었다. 그러나 노동운동가라는 건 그녀의 이름을 수식할 수 있는 게 아니었다. 그녀는 단지 체불 노임과 근로조건을 개선하기 위해 노조 활동을 하다가 어린 나이에 세상을 떠난 한 평범한 노동자에 불과했던 것이다. 그녀가 만약 평범한 노동가 아니었다면 그건 한때 세상의 이목을 집중시켰던 그녀의 뛰어난 미모 때문일 것이다. 그래서 사람들 중에는 어쩌면 그녀를 탤런트나 영화배우쯤으로 기억하는 사람이 있을지 모를 일이었다. 실제로 그녀의 죽음은 가히 연예인의 스캔들에 버금가는 파문을 불러일으켰었다. 하지만 불행하게도 그녀가 굉장한 미인이었다는 사실은 그녀의 직접적인 사인을 노동쟁의에 대한 경찰의 과잉 진압이 아니라 난잡한 치정으로 몰고 가는 결과로 전락시켜버리고 말았다. 결국 진실에 채 접근도 하기 전에 세상의 관심은 한쪽으로 쏠려버리고 서둘러 잊혀버린 것이다. 거기에 가장 큰 역할을 한 것은 바로, 그녀의 아름다운 얼굴만을 부각시킨 언론이었다.

"헌데 그분의 수첩이 어떻게? 그리고 그 안에 왜 이문호 기자의 이름이 적혀 있는 거죠? 그 숫자들은 뭡니까? 대체 뭐가 뭔지 모르겠네요."

윤완의 의문으로 가득 찬 눈길을 받아내며 민영후 형사가 착 가라앉은 목소리로 대답했다.

"이 수첩은 이번 사건으로 이문호 기자의 집을 수색하다가 발견한 겁니다. 이것을 통해 이번 사건이 오래 전에 미제로 남겨졌던 김주희 사건과 연결된다는 확신을 가지게 되었어요."

민 형사가 꺼낸 또 다른 사실에 윤완은 상당한 혼란을 느꼈다. 민 형사의 추리는, 6년 전, 그러니까 이문호가 T신문사에 입사하던 무렵 일어난 'Y전자 노동쟁의 사건'과 약 일 년 정도 세간의 관심을 끌며 진행된 쟁의를 비극적으로 끝막음한 '김주희 양 살해 사건'이 이번 이문호 기자 살해 사건과 연결되어 있다는 얘기였다. 윤완은 알 듯 말 듯한 표정으로 민 형사를 보았다.

"얘기는 이렇게 됩니다."

녹차를 반쯤 마신 뒤 민 형사의 설명이 시작되었다.

Y전자에 근무하던 김주희는 스물한 살의 예쁘고 똑똑한 처녀였다. 이문호는 입사하여 정치부에서 수습기자로 있을 때 베테랑 기자인 강무현과 함께 Y전자의 노동쟁의를 취재하던 중 김주희와 인터뷰를 한 적이 있었다. 처음엔 그녀의 미모를 다룰 생각이 전혀 없었고, 다루더라도 가십 정도로 다룰 생각이었는데, 어쩌다보니 그것이 전면으로 부각되었다. 그건 이문호의 의도가 아니라 그의 선배인 강무현의 기자적 감각이 빚어낸 결과였다. 그녀는 졸지에 Y전자 노동쟁의의 상징이 되어버렸다. 나아가 노동운동 전체를 아우르는 상징적 존재로 부각되기에 이르렀다. 언론이 '스타'를 만들어내는 가장 확실한 매체라는 사실은 어쭙잖게도 노동쟁의 현장에까지 적용된 셈이었다. 어쨌든 그로 인해 당시 정부는 Y전자의 노동쟁의를 경찰력을 동원해 단번에 진압하려던 계획을 수정하지 않을 수 없는 상황에 놓였다. 그러는 사이 쟁의는 일 년 가까이 지루한 소모전 양상을 띠어갔는데, 그 와중에 느닷없이 한 노조 간부와 김주희의 동료였던 남자 친구의 치정에 얽힌 피살 사건으로 어설프게 막을 내리고 말았다. 김주희가 두 사람의 사랑싸움에 휘말려 살해된 것이다. 하지만 세간의 이목을 끌던 그 사건은 법정에서 증거 불충분으로 두 살해 혐의자가 모두 풀려나면서 흐지부지되어버렸다. 김주희 살해 사건은 그렇게 미제未濟로 남겨진 것이다. 거기까지 설명을 마친 민 형사가 손날로 자신의 뒷목을 툭툭 치고는 말했다.

"만약 이 수첩이 그때 발견되었다면 결과는 많이 달라지지 않았을까요?"

"그럼, 이문호 기자가 그 수첩을 가로채 숨겼다는 얘긴데, 왜 그랬을까요. 거기에 적힌 숫자는 뭘 의미하는 뭡니까?"

"글쎄요, 분명히 화대는 아니었겠죠."

"예?"

"아, 농담입니다."

민 형사가 어색하게 웃고는, "지원금이었겠죠." 하고 말했다.

"노조 지원금이라는 얘긴가요?"

"그렇죠."

"이 기자 개인이 준 건가요? 아니면 T신문사가?"

"단언할 수 없어요."

윤완이 민 형사의 손에 들린 수첩을 가리켰다.

"어쨌든 그 수첩을 사건 당시 이문호 기자가 숨겼다는 건 명백한 거 아닙니까. 결국 그 사람의 집에서 발견이 되었으니까요. 숨겼다면, 왜 숨겼을까요?"

"왜, 라고 묻기보다는, 누가, 라고 물어야 할 것 같지 않아요?"

"그럼 민 형사님은 이 수첩을 이문호 기자가 숨긴 게 아니란 말씀인가요?"

"아닐 수도 있죠. 당시 이 기자와 함께 취재를 했던 사람이 있었으니까."

"강무현 부장 말씀인가요?"

얘기는 그렇게 흘러가고 있었다. 만약 김주희를 통해 건네준 쟁의 지원금이 이문호 개인의 것이 아니었다면 그 수첩을 숨긴 게 이

문호가 아닌 당시 취재 담당자였던 강무현일 수 있다는 추론은 가능
했다. 그러고 보니 비약인지는 몰라도 이문호 기자의 죽음 이후 강
무현이 논설위원이 되었다는 게 이유 있는 결과로 비쳐졌다. 하지만
거기엔 또 하나의 의문이 있었는데, 하필이면 왜 김주희 양을 통해
지원금이 전달되었는가 하는 것이었다.

"그건 의외로 간단히 풀 수 있는 성질의 것입니다."

"어떻게 말입니까?"

"김주희는 바로 T신문사가 만들어낸 스타가 아닙니까."

민 형사의 말에 윤완이 고개를 끄덕였다.

"그게 아니라면 좀 복잡해지죠. 처음부터 접근이 잘못되었을 수도
있으니까요."

"가령, 그 수첩 자체가 조작된 것일 수 있다는?"

윤완의 추정에 민 형사가 가만히 고개를 저었다.

"하지만 그 추리는 좀 엉성해요. 왜냐하면 수첩이 조작된 거라면
뭣 때문에 그렇게 했을까, 라는 의문이 생기거든요. 왜 수첩을 조작
해놓고 굳이 감추었냐는 거죠. 조작한다는 건 드러내기 위한 건데."

"정말, 그렇게 생각할 수 있겠군요."

윤완이 눈을 반짝이며 민 형사를 보았다. 그러곤 덧붙였다.

"하지만 일단 수첩을 조작해놓기는 했는데 그걸 쓸 기회를 놓쳤
다든가, 아니면 그 수첩을 공개하는 게 오히려 불리하다고 여겨져서
감추어버렸을 가능성을 배제할 수는 없지 않을까요?"

"글쎄요, 그래서 복잡해지는 거죠."

민 형사는 이문호의 집에서 찾아낸 오래된 수첩에 대해 윤완이 의

외로 집착을 보이자 좀은 귀찮은 표정을 보이며 말을 이었다.

"추리는 확실히 끝없는 연쇄작용을 일으키지만 거기에 너무 얽매이다 보면 사건의 핵심으로부터 오히려 멀어질 수가 있어요. 그게 형사가 두 번째로 경계해야 할 점이죠."

민 형사의 지적은 일리 있는 것이었다. 윤완으로서도 의혹이 꼬리에 꼬리를 물고 일어나는 상황이 난감하기는 마찬가지였다. 풀어낼 길은 없는데 의문만 쌓이는 꼴이었던 것이다. 그는 일단 거기서 수첩에 얽힌 추리를 끝낼 필요가 있음을 절감했다. 그렇다면 이제 남는 건 박정욱과 선우활이 김주희 사건의 어디쯤에 등장하는가, 하는 사실이었다. 윤완이 그 점을 지적하고 나서자 민 형사가 기다렸다는 듯 입을 열었다.

"당시 박은 쟁의를 조종했고, 선우는 그 쟁의를 끝장냈죠."

그는 간단히 대답했다. 윤완은 민영후 형사의 설명을 정리할 필요를 느꼈다. 왜냐하면 그것은 이문호 기자의 살해 사건을 풀 중요한 단서가 될 수 있기 때문이었고 그 부분이야말로 사건의 핵심에 가장 가까이 갈 수 있는 기회를 제공할 것 같았기 때문이었다. 그것은 이문호가 도대체 무엇을 추적하고 있었는지, 그리고 그는 어떤 사람이며 누구와 무슨 관계를 맺어왔었는지, 또한 그의 아버지와 형, 그리고 끝내 그 자신마저 의문의 살해 사건으로 생을 마감하게 된 참으로 기이한 운명은 대체 어디서 시작되고 어떤 과정을 거쳐왔는가를, 모두 한꺼번에 풀어줄 수 있을지 몰랐다. 윤완은 호흡을 가다듬은 뒤 널따란 교자상 위에 앙증맞게 놓여 있는 회갈색 백자 찻잔을 들어 입으로 가져갔다. 그러곤 혓바닥에 부딪치는 떫은맛을 음미하며 생각에 잠겼다. 그의 모습에는 마치 한 편의 소설을 구성하는 것과 같은 긴장감이 배어 있었다. 민 형사가 던진 여러 개의 사실적 정황과 그것으로부터 도출된 자신의 허구적 상상력이 날줄씨줄을 이루며 교묘하게 직조되고 있었다.

죽은 이문호는 6년 전의 수습기자 시절, Y전자의 노동 현장에 투입된다. 정치부장에서 지금은 논설위원이 되었으며 오래 전 이문호의 아버지뿐만 아니라 그의 형과도 두루 친분을 맺었던 민완 기자이며 체제 비판적 성향이 강한 강무현과 함께였다. 이문호는 Y전자 노동쟁의의 꽃인 김주희를 만나고 그녀에게 정기적으로 지원금도 건네준다. 명확한 건 아니지만 그 돈이 T신문사로부터 나왔으리라는 추측은 가능하다. T신문사는 김주희를 통해 쟁의와 관련된 주요한 정보들을 거의 독점할 수 있었고, 그건 신문사의 위상을 제고하고 판매 부수를 늘리는 데도 상당 부분 기여했을 테니까. T일보에 의해 김주희는 노동운동의 상징으로 부상되고, 쟁의를 조기에 박살낼 기세였던 정부는 주춤하게 된다. Y전자의 쟁의가 장기화되면서 그 파급 효과는 상당할 수밖에 없었다. 여기에 문제의 박정욱과 선우활이 서로 다른 모습으로 개입된다. 즉, Y전자의 쟁의를 지원하던 재야 노동단체와는 별개로 아이제나흐가 쟁의 주도 세력에 여러 자료와 조언을 제공하고 있었는데 그 실질적인 역할을 맡고 있던 사람이 박정욱이었다. 반면에 일찍부터 제3자 개입 등 쟁의의 불법성을 천명하였음에도 불구하고 공권력 투입의 시기를 결정하지 못해 전전긍긍하던 집권 세력은 마침내 서의실업이라는 카드를 뽑아들었고, 그 주도적 역할은 결국 선우활의 몫이었다. 어쩌면 그것은 예정된 수순이었을지 모른다. 박정욱과 선우활의 관계만을 놓고 본다면, 그 두 사람의 만남이 그때가 처음이었다고 간주할 때 분명히 그들을 적대적인 자리에 위치시킬만한 '어떤 사건'이 있었을 것임에 틀림이 없다. 그것이 뭘까? 혹시 Y전자 노동쟁의의 꽃이었던 김주희, 그녀와 얽혀 있는 건 아닐까. 그래서 이런 상상은 가능하지 않을까? 즉, 아이제나흐의 박정욱이 김주희를 사랑하고 있었고, 선우활의 주도하에 쟁의 현장을 덮친 서의실업 폭력배들이 박정욱이 사랑한 김주희의 목숨까지 빼앗아가버렸다는 것. 결국 박정욱과 선우활의 관계는 그렇게 처음부터 적대적 위치를 점하게 된 것이다. 나중에 남미현이라는 여자를 두고 박정욱과 선우활이 다시 대립하는, 기이한 운명으로 연결이 되는데…….

일단 박정욱과 선우활의 적대적 위치를 설명할 수 있는 대목으로, 6년 전 Y전자 노동쟁의와 김주희라는 한 여공을 설정해놓고 나자 곧이어 또 다른 의문이 일었다. "그렇다면 십만 단위에서 백만 단위의 숫자가 기록된 이 낡은 수첩의 의미는 뭘까?" 라는 것이었다. 민영후 형사가 죽은 이문호 기자의 집에서 찾아냈다는 김주희 소유의 수첩, 김주희가 직접 받은 것으로 되어 있는 거금이 적혀 있는 수첩 속에 기입된 적지 않은 액수의 돈은 대체 무슨 명목으로 김주희에게 주어졌으며, 이문호 기자가 왜 그 수첩을 6년 동안이나 간직하고 있었는가. 그리고 이문호라는 이름 이외의 다른 많은 이름들은 왜 검정 매직펜으로 지워져 있는가. 그런 것들은 대체 박정욱과 선우활의 관계에 어떤 작용을 하고 있는 것일까? 윤완은 그 비밀의 일단을 민영후 형사는 이미 알고 있을 것 같은 느낌이 들었다. 윤완이 숙였던 얼굴을 들었다.

"6년 전에 김주희를 살해한 혐의로 두 사람이 재판까지 받았다고 말씀하셨는데, 그들이 누굽니까?"

윤완의 물음에 민 형사는 별달리 오래 생각하지도 않고 말했다.

"평범한 사람들이었죠. 하나는 스물세 살 먹은 조국진이라는 공원이었고, 다른 한 사람은 아마 그때 마흔이 넘었을 텐데, 이름은 잘 기억나질 않지만 김주희가 속해 있던 부서의 과장인가 그랬어요. 두 사람 모두 김주희를 좋아한 건 사실이지만 치정이라는 혐의를 받을 정도는 아니었죠. 뭔가 석연치 않은 점이 있었어요. 그것보다는 사실."

거기서 민 형사는 말을 끊었다가 잠시 뒤에 이어나갔다.

"조국진이든 과장이든, 그리고 치정이든 뭐든, 사실 당시의 시국 상황에 대해 조금이라도 관심을 가진 사람이라면 김주희 살해 사건이 결코 치정 따위는 아니라고 거의 확신할 겁니다. 뭐랄까, 그러기엔 너무 어이없다고 할까요."

"그럼 민 형사님 견해는?"

"견해랄 것까지도 없죠. 김주희는 죽었고, 그녀가 돈을 받았다고 기재된 수첩의 소재 따위는 아무도 몰랐던 상태고, 치정에 얽혔으리라 판단되어 혐의자 둘이 법정에 섰고, 증거 불충분으로 둘 다 석방되고, 그거죠 뭐."

"제가 보기엔."

윤완은 마른 침을 삼키는 동안 말을 잇지 못했다. 이제 민 형사 앞에서 자신의 상상력을 펼쳐야 할 때가 왔다는 생각이 들었다.

"이런 생각은 할 수 없을까요?"

민 형사가 윤완의 눈을 응시했다. 그는 마치 윤완의 추리가 정확해주었으면 하고 바라는 듯했다.

"이문호 기자가 김주희의 수첩을 감춘 것은 그것이 그녀의 살해 사건에 중요한 단서가 되기 때문이었고, 그 단서가 이 기자 자신에게, 혹은 자신과 매우 절친한 사람에게 불리하게 작용할 수 있는 것이기 때문이었다고 말입니다."

"이 기자와 절친한 사람?"

"박정욱, 아니면 강무현 부장. 혹은 둘 다."

"둘, 다?"

단도직입적인 추측에 민 형사가 눈을 휘둥그레 떴다. 윤완은 민 형사의 표정을 살피며 조심스럽게, 그러나 단호하게 내뱉었다.

"두 사람이 동시에 이 기자를 속였던 겁니다."

매우 참신한 발상이긴 했지만 대단히 위험한 추측이었다. 그저 소설가의 전혀 허구적인 상상이라고 치부해버리면 그만일 수도 있었지만, 만에 하나 윤완의 추리가 그대로 현실이 된다면 박정욱과 강무현은 살인범이 될 수도 있는 것이었다. 윤완 자신도 그런 느낌에 몸을 가볍게 떨었다. 민 형사는 침착하게 입을 열었다.

"윤 선생의 생각은, 그러니까, 박정욱과 강무현, 두 사람이 이 기자를 속였다는 말씀인데, 여기서 속였다는 건 무슨 뜻입니까?"

윤완은 이미 발설해놓은 자신의 생각을 적당히 얼버무리는 태도를 보이고 싶지는 않았다. 어차피 호랑이를 잡으려면 호랑이가 사는 굴속으로 들어가야 할 것이다. 위험 따위를 두려워해서는 될 일이 아니었다.

"이거 한번 보시죠."

윤완은 상 아래에 내려놓았던 자신의 노트를 집어 들어 상 위에다 펼쳤다. 그러곤 자신이 새로 작성해놓은 '관계도'가 적힌 페이지를 펼쳐 민 형사가 잘 볼 수 있도록 비스듬히 내밀었다. 물음표가 그려진 강무현과 이문호 기자의 부분에서 점선으로 연결되어 있는 박정욱의 부분, 그리고 큰 원 속에 가두어진 아이제나흐를 그의 손가락이 하나하나 짚어나갔다. 그러다가 이문호의 형인 이문형과 그의 아버지 이종훈, 그리고 강무현 부장의 형이며 이문호의 가계에 오래전부터 얽혀 있던 강일현을 큰 묶음 속에 넣었다.

"박정욱은 아이제나흐의 창설자였습니다. 그는 기존의 운동권 성향으로는 집권 세력의 폭력성에 맞설 수 없다는 판단을 내렸었죠. 아이제나흐가 단순한 체제 비판적 성향의 조직이 아니라 예컨대 테러 조직이라는 성격을 띠는 이유는 여기에 있습니다. 하지만 그들의 테러는 직접적인 물리적 공격만을 의미하는 건 아닙니다. 직접적인 테러라면 상대가 너무 막강하죠. 영화에 나오는 무소불위의 해결사가 존재하지 않는다면 불가능하겠죠. 그러니 그들은 가장 정확한 자료를 모으고 그것을 토대로 목표 설정 작업을 우선으로 삼았습니다. 박정욱이 이문호를 끌어들인 건 정확한 자료의 취득원으로서 그만큼 확실한 사람도 없기 때문이었죠. 언론사의 기자였으니까요. 그것도 가장 막강한 힘을 가진 신문사. 그런데 박정욱이 이 기자를 끌어들인 또 다른 이유가 있었습니다. 일석이조라고 할까요."

윤완은 묵묵히 그의 얘기를 듣고 있는 민 형사를 응시하며 심호흡을 했다. 그의 손가락이 담뱃갑을 더듬으며 말을 이었다.

"박정욱은 당연히 이문호의 과거를 꿰뚫고 있었죠. 그의 아버지가 한때 서의실업을 장악하고 있던 인물이라는 것, 또한 그의 형이 정반대의 위치에 있던 인물이라는 것, 따라서 서의실업에 대해 누구보다 큰 관심을 보이고 있으리라는 것 등등을 박정욱은 염두에 두고 있었던 거죠."

민 형사는 윤완의 상상에 동의를 한다는 뜻인지 아니면 비웃는 것인지 모를 묘한 웃음을 만들어냈다. 그러나 윤완은 개의치 않고 말을 이어나갔다.

"강무현 부장, 이 사람은 다른 수습기자를 제쳐두고 이문호를 Y전자 쟁의 현장에 투입시켰고, 그로 하여금 직접 지원금을 주도록 합니다. 그를 옴짝하지 못하게 하는 수법이었죠. 그게 강무현이 그를 속였다는 겁니다. 그런데 강 부장은 왜 그랬을까요?"

강무현 부장이 이문호 기자를 옴짝달싹할 수 없는 상황으로 몰아넣은 이유를 얘기하려다 윤완은 설명을 멈추었다. 민영후 형사는 눈빛으로 다음 대목을 설명해줄 것을 재촉했다. 마치 거기에 응하기라도 하듯 윤완이 입을 뗐다.

"관건은 강일현, 즉 강무현 부장의 형에게 있습니다. 변을 당하기 전 제가 만났을 때 이문호 기자가 말하기로는, 강일현은 죽었다고 그러더군요. 제가 가진 의문은 그 강일현이 어떻게 죽었는가 하는 겁니다. 틀림없이 이 기자의 아버지 이종훈 씨와 관련이 있을 겁니다. 그것도 매우 부정적으로."

"그래서 강 부장은 이문호를 옭아매두고 그를 이용했다?"

민영후 형사의 말에 윤완이 고개를 끄덕였다. 그러나 아까부터 민 형사의 얼굴에 떠올라 있던 묘한 웃음조각은 여전히 지워지지 않은 채였다.

　"윤 선생의 설명을 듣고 있으니까 소설이란 게 뭔지 알 것 같군요. 소설가들은 참으로 뛰어난 이야기꾼입니다. 그게 사실이든 아니든 구애를 받지 않아도 되니 참 편한 사람들이다 싶기도 하구요, 허허 허."

　민 형사는 고개를 설레설레 흔들었다.

　"윤 선생."

　윤완이 눈을 반짝이며 민 형사를 응시했다. 민영후 형사가 입맛을 다시곤 말을 이었다.

　"강일현이라는 사람, 그러니까 강 부장의 형이라는 사람, 그 사람이 죽었다고 그랬습니까?"

　"이문호 기자가 그렇게 알고 있다고 그랬습니다."

　"아니에요. 잘못 알고 있는 겁니다."

　"예? 무슨 말씀이신지?"

　"그 사람, 살아 있어요. 이 기자가 윤 선생께 한 말이 만약, 살아 있어도 죽은 거나 마찬가지다, 라는 뜻이었다면 틀리지 않은 거죠. 하지만 강일현은 분명히 살아 있어요. 일단 숨을 쉬고 있는 걸 살아 있다고 본다면."

　뜻밖의 말이었다. 윤완은 어리둥절한 가운데서도 자신의 노트 한 여백에다 '강일현, 생사여부 불분명,'이라고 적어 넣었다.

　"그건 그렇고, 그래서 윤 선생께서는 이문호 기자를 살해한 범인이 누구라는 말씀입니까? 강무현 부장이나 박정욱, 아니면 아이제나흐라는 그 테러 조직?"

"설마 저더러 그들 중에서 고르라는 건 아니겠죠?"

그렇게 되물으며 윤완은 민 형사가 제시한 이문호 기자의 살해 혐의자들에 몇 명을 더 첨가하고 싶었다. 그들은 바로 서의실업의 조직원들이었다. 하지만 윤완은 그쯤에서 입을 다물었다. 그런 지적 따위는 아직 섣부를 수밖에 없었다.

"민 형사님께선 제 상상에 몇 퍼센트나 동의하십니까?"

"후후, 글쎄요. 백 퍼센트에서 영 퍼센트까지."

농담을 던지고 나서 민 형사는 호쾌한 웃음을 터뜨렸다. 그러나 민 형사의 농담에 윤완은 기분이 상하지 않았다. 어디까지나 용의자는 용의자일 뿐.

"우린 손발이 맞는 동업자라고 생각하는데요."

윤완은 민 형사의 의중을 넌지시 떠보았다.

"그래서 말인데, 제 추리를 보완해주실 생각은 없으십니까?"

윤완이 민 형사를 두고 '동업자'라고 말한 건 정말 그런 관계를 맺고 싶다는 강한 의사 표시에 다름 아니었다. 그것은 이문호가 영원한 침묵의 나라로 떠나버린 상황에서 그로부터 넘겨받은 무언의 빚을 청산하는 길은 이제 민영후 형사를 통하는 것 외엔 달리 없을 것이기 때문이었다. 이문호의 죽음에 연루되어 있으리라 짐작되는 숱한 사람들과 그들에 얽힌 사건들을 민 형사만큼 많이 알고 있는 사람은 없으며 또한 윤완 자신을 믿어줄 사람도 민 형사 외엔 없을 것이었다.

"동업자라."

민 형사는 윤완의 그 표현이 싫지 않은 모양이었다. 적어도 불쾌한 낯빛은 아니었다.

"우리가 동업자가 되는 데는 한 가지 조건이 있어요."

민 형사가 찻잔을 손바닥으로 말아 쥐며 입을 뗐다.

"내가 윤 선생께 조건을 붙이는 건 물론 윤 선생을 신뢰하지 않기 때문이 아니란 건 아실 테고. 사실, 나라는 인간은 이 세상의 그 누구도 전적으로 신뢰하지는 않아요."

묘한 어법이었다. 하지만 윤완은 민 형사의 말에서 긍정적인 면을 발견했다. 조건이 뭐가 되었든 받아들이려는 생각이 굳어져 있었다.

"민 형사님께서 거는 조건이라면 수락하지 않을 도리가 없겠죠, 이 상황에서. 다만 제가 감당할 수 있는 조건이었으면 좋겠네요."

"물론이죠."

민 형사는 사람 좋은 웃음을 흘렸다.

"조건이란 게 뭡니까?"

"모든 것이 확실해지기 전까지는 소설을 쓰지 않는 건 물론이고, 어떤 메모도 남기지 않는다는 조건입니다."

"예? 메모조차도?"

민 형사의 고개가 무겁게 끄덕거렸다. 윤완은 어이가 없었다.

"아니, 최소한 메모 같은 것도 없이 어떻게 소설을 씁니까? 그건 저더러 아예 소설 쓸 꿈조차 꾸지 말라는 얘기와 다를 게 없지 않습니까."

민 형사는 고개를 가로로 흔들었다. 완강한 부정의 몸짓이었다.

"그건 걱정하지 말아요. 윤 선생이 소설을 써야 할 때가 되면 충분하고도 확실한 자료들을 제가 직접 제공해드릴 테니까."

"그렇다면 제가 소설을 쓰고 말고를 민 형사님께서 결정하신다는 겁니까?"

"그렇게 억지를 부린다면 우린 윤 선생의 표현처럼 동업자가 될 수 없죠. 아닙니까?"

"허허, 이거 원."

"제 조건을 받아들이겠습니까?"

윤완은 어떻게 말해야 할지 판단이 서질 않았다. 비밀의 문을 들어설 수 있는 열쇠를 쥔 민 형사와 손을 잡지 않는다면 자신은 영원히 그 비밀의 문 앞에서 안타까이 서성대고 있을 수밖에 없을지 몰랐다. 그렇다고 정작 비밀의 문을 따고 들어갔다가 나왔을 때 오직 그의 두뇌가 그 모든 비밀을 빠짐없이 기억해낼 수 있을 거라는 보장 또한 없었다. 그렇다면 믿을 건 민 형사가 제공하는 자료뿐인데, 만약 결정적인 순간에 그가 발을 빼버린다면? 그 생각을 하는 순간, 믿을 수 있는 사람으로 이제 유일하게 남게 된 민 형사마저 의심스런 인물이 되고 만 느낌이었다.

"무슨 생각을 하고 계십니까? 혹시 날 의심하고 있는 건가요?"

민 형사는 웃는 낯으로 물어왔다. 윤완은 제 마음을 들키기라도 한 듯 어색하게 웃으며 고개를 끄덕였다. 민 형사가 말을 이었다.

"당연한 일이죠. 의심할 수밖에요. 그런데, 윤 선생께서 날 의심하듯이 나 또한 윤 선생을 완전히 신뢰할 수는 없어요."

딴에는 바른 논리였다. 하지만 윤완은 그의 말이 지나치다는 사실을 너무도 잘 알았다. 자신은 이문호의 죽음과, 적어도 살해의 부분과는 아무런 관련도 없기 때문이었다. 그는 민 형사 역시 그렇게 생각하고 있다는 걸 확신했다. 그런데도 민 형사는 의심이라는 단어를 쓰고 있었다. 하지만 윤완은 수용하기로 마음먹었다. 자신에게만 상대를 의심할 권리가 주어진 건 아니었다. 동업자란 타인에 비해 이해의 수치가 다소 높을 뿐 결국 또 하나의 타인일 뿐이었다. 다만 민 형사가 내건 조건을 수락하겠다는 의사를 지체 없이 드러내고 싶지는 않았다. 윤완은 뭉그적거리며 시간을 벌었다. 그런 태도를 일축하기라도 하듯 민 형사가 툭 던졌다.

"이런 얘기를 하나 들려드리죠. 미끼라고 생각하세요."

민 형사는 찻잔 바닥에 깔려 있던 물기를 쭉 빨아들이고는 회상하듯 한 얘기를 들려주기 시작했다.

"지금으로부터 50여 년 전 일제 강점기에 한 남자가 있었어요. 출신이 그리 좋을 게 없었던 그 사람은 일경에 들어가 종신할 것을 생각했죠. 그리고 착실히 공을 세워 탄탄한 자리를 구축했습니다. 어느 날 그는 대단한 독립운동가 한 사람을 체포하는 공을 세웠습니다. 그런데 알고 보니 그 독립운동가가 사실은 비밀리에 일제에 협조해온 변절자라는 걸 알게 되었습니다. 충격이었죠. 그 일로 인해 하루아침에 그는 인생관을 바꾸었습니다. 자신이 살아온 삶이 너무도 무가치하게 느껴진 거죠. 그래서 그는 어느 날 갑자기 중국으로 떠나 공산당에 입당했습니다. 그 후 그는 수시로 식민 치하의 조선으로 잠입해 변절자 처단이나 일군과 일경의 요인 암살에 탁월한 공적을 남겼습니다. 그러다가 해방이 되었죠. 그는 고향인 서울

587

대신 당연히 북쪽으로 갔습니다. 헌데 세상은 바뀌어 있었어요. 해방 전의 조국에서는 할 일이 분명했었는데, 해방이 된 조국에선 갑자기 할 일이 없어졌어요. 아니, 무엇을 해야 할지 몰랐다고 하는 게 더 옳을지 모르겠네요. 자신이 처단해야 할 적이 보이질 않았으니까요. 북한 공산당을 적이라고 지목하는 남한의 이승만 정권이나 미국이 그가 척결해야 할 적이라고는 끝내 생각되질 않았던 겁니다. 그때 그는 갑자기 증발해버렸어요. 더러는 자살한 것이라는 소문도 있지만, 그건 사실일 수도 있고 아닐 수도 있고."

거기서 잠시 말을 끊은 민 형사가 의미심장한 눈빛을 윤완에게 던졌다. 그것은 마치 그 얘기 속에 등장하는 '그'라는 남자가 누구인지를 한번 맞추어보라는 물음과 같았다. 하지만 그의 정체를 맞춘다는 건 불가능한 일이었다. 윤완은 그저 입을 꾹 다문 채 민 형사를 응시하는 수밖에 없었다. 민 형사가 마치 미끼를 문 물고기를 지체 없이 낚아채듯 말했다.

"그 사람의 이름은, 선우명이라고 합니다."

선우라는 성씨를 듣고 윤완은 움찔했다. 그건 곧바로 선우활로 연결되었다. 연대로 따지면 얼추 선우활의 할아버지쯤인데, 선우활에게 그런 할아버지가 있었다는 말인가. 윤완의 생각에 첨언하듯 민 형사가 말했다.

"그 사람은, 바로 이문호 기자의 살해범이라고 박정욱이 지목했던 선우활, 그 친구의 할아버지 되는 사람입니다."

"예에?"

윤완은 거의 비명을 지르듯 외마디를 터뜨렸다. 민 형사의 입을 통해 선우활의 할아버지라는 사람의 이력을 들었을 때, 윤완은 상대의 느닷없는 일격을 받고 그로기에 몰린 권투선수의 심정이 되어버렸다. 일본 경찰에서 공산주의 테러리스트로, 그러다가 갑작스런 증발. 그리고 아직 살아 있을지도 모른다니. 윤완은 혼잣말을 입속에서 자근자근 씹어 삼키다가 불쑥 내뱉었다.

"활이 그 친구 친할아버지 말씀을 하시는 겁니까? 살아 있다구요? 그럼 도대체 나이가 얼마라는 겁니까?"

윤완이 몇 개의 질문을 한꺼번에 쏟아놓자 자신이 던져놓은 미끼에 잘도 걸려들고 있다는 듯 민 형사는 만면에 웃음을 그득 물었다.

"일천구백일년생이니까."

"예에? 그럼, 아흔 살."

윤완은 믿기지 않는다는 듯 또다시 입을 헤벌레하게 벌리고는 다물 줄을 몰랐다. 그 나이가 되도록 아직 살아 있다는 사실에 놀란 것만은 아니었다. 살아 있음에도 불구하고 정작 선우활로부터는 단 한마디도 언질을 받아보지 못한 것이 놀라웠다. 더구나 한때나마 공산주의자였다는 사실은, 선우활의 아버지가 경찰 간부라는 사실과 어떤 식으로든 연결되지가 않았다. 윤완은 도대체 민 형사의 얘기가 무슨 내용인지 이해할 수가 없었다.

"제가 잘못 들었나요? 이해가 가질 않아요."

민 형사는 어리둥절한 표정을 감추지 못하는 윤완의 얼굴을 빤히 들여다보며 나직하게 말했다.

"그렇겠죠. 하지만 이 얘기를 들으면 곧 이해가 될지 모르겠군요."

윤완은 한 마디도 놓치지 않겠다는 듯 귀를 쫑긋 세웠다.

"선우활 그 친구의 아버지, 그러니까 선우정규라는 사람은 친아버지가 아닙니다. 따라서 내가 방금 들려준 선우명이란 사람과 선우정규는 피가 다르죠. 이제 이해가 갑니까?"

그러나 윤완은 여전히 이해할 수 없다는 듯 고개를 갸웃거렸다.

"그런데 어떻게 성씨는 같습니까? 김 씨나 이 씨도 아니고, 선우라는 성씨는 매우 희귀한데 말입니다."

"희귀한 성이라고 해서 그 성씨를 가진 사람이 다 혈연 관계에 있지는 않죠. 그렇게 생각하면 간단하지 않아요?"

"그렇다면, 민 형사님 말씀은 얼마나 신빙성이 있는 건가요."

"글쎄, 백퍼센트 믿어도 될 겁니다."

민 형사는 조금의 주저도 없이 단언했다. 그 태도로 보아 괜한 얘기를 지어내 윤완을 혼란스럽게 하려는 것 같지는 않았다. 민 형사가 상체를 교자상 가장자리에 바싹 끌어다 붙이며 은밀한 목소리를 흘려놓았다.

"헌데 방금 한 얘기 중에서 뭐 짚이는 게 없나요, 윤 선생?"

"짚이는…… 거라뇨?"

민 형사의 고개가 천천히 끄덕거렸다. 그의 입술은 금방 떨어지지 않았다. 마치 곧 난처한 얘기를 털어놓은 것 같이 입술만 오물거렸다. 윤완은 초조한 기색으로 그 입술을 빤히 바라보았다. 그러다가 이윽고 민 형사의 입술이 떨어졌다.

"윤 선생은 댁의 조부님에 대해 얼마나 알고 있어요?"

"저의 할아버지 말씀입니까?"

윤완이 고개를 갸웃거리며 묻자 민 형사가 낮게 웃었다.

"윤 선생께선 조부님의 함자를 당연히 알고 계시겠지요?"

"물론이죠."

"혹시 어질 인仁자에 무궁화 근槿자를 쓰시지 않습니까?"

윤완의 안면 근육이 굳어가고 있었다. 도대체 민영후 이 사람은 누구인가. 선우활은 물론이고 윤완 자신의 가계를 꿰뚫고 있는 듯한 민 형사를 바라보는 윤완의 눈동자가 이글거렸다. 할아버지 윤인근에 대해 윤완이 알고 있는 것은 일제 강점기에 활약했던 독립운동가라는 사실과 일경에 잡혀 심한 고문을 받는 와중에 해방이 되고 곧 병사했다는 것 정도였다. 그런데 갑자기 선우활의 할아버지라는 사람의 얘기를 꺼냈다가 그 방향을 윤완 쪽으로 돌리는 민 형사의 저의를 쉽게 알아챌 수가 없었다. 그러나 윤완은 자신도 모르게 긴장되는 것을 느꼈다. 그것은 마치 자신이 할아버지에 대해 많은 것을 모르고 있으며, 민 형사는 자신보다 더 많은 것을 알고 있기라도 한 듯했다. 그런데 그의 짐작은 옳았다. 민 형사는 무의식 중에 노트를 펼쳐 메모를 하려는 윤완의 손을 제지하며 나직하게 내뱉었다.

"아마도 나라는 사람, 윤 선생께서 생각하는 것보다 훨씬 지독한 사람일지 몰라요. 하지만 이것만은 분명히 말할 수 있습니다. 나는 권력의 하수인으로 그저 마지못해 목숨을 빌붙고 사는 놈이 아니라는 것, 이 시대를 제대로 살아보려고 노력하는 많은 사람들 중 하나라는 것."

민 형사의 입가에 남아 있던 흐릿한 미소의 자국은 말끔하게 지워지고 없었다. 대신 아무리 거센 사포로 문질러도 제거해내지 못할 어떤 완강함이 자리하고 있었다. 그것은 그가 어떤 사람인가를 여실히 말해주는 듯했다.

"어때요? 내가 던진 미끼가 쓸 만하죠?"

윤완은 어떤 식으로든 입을 떼기가 힘들었다. 그가 제시한 조건을 거절하기에는 민 형사라는 사람은 믿음 이상의 무엇을 가진 듯했다. 스스로를 '이 시대를 제대로 살아가려고 노력하는 사람들 중 하나'라고 말할 수 있는 사람이라면, 그가 믿고 안 믿고의 차원을 넘어서 있었다.

"한 가지만 물어봅시다."

윤완은 한참 뒤에야 무겁게 입을 뗐다. 더 이상 노트에는 손을 얹지 않았다. 민 형사의 눈이 말을 재촉하고 있었다.

"제 할아버님도 제가 관심을 가지고 있는 이번 사건과 어떤 식으로든 관계가 있는 겁니까?"

윤완의 말이 떨어지자 민 형사의 입가에 아까의 그 흐릿한 미소가 설핏 떠올랐다가 지워졌다.

"그 질문에 내가 대답한다면 윤 선생께서는 내 조건을 받아들이는 것이 되고, 그럼 우리는 윤 선생이 표현한 대로 동업자가 되는 겁니다. 어때요? 대답해 드릴까요?"

윤완의 입에서 한숨이 새어나왔다. 그것은 굳이 민 형사로부터 대답을 듣지 않아도 그 대답이 무엇인지 뻔하다는 것을 의미했다.

가끔은 지나간 시간들에 대해 난감해질 때가 있다. 자신이 긴박하게 흘려보냈던 그 시간들이 전혀 자신과 상관이 없었다는 생각이 들 때가 있다는 말이다. 어떤 경우가 그럴까. 가령, '이런 사람'이라고 굳게 믿었던 사람이 실제로는 전혀 그렇지 않고 '저런 사람'이라는 것을 알게 되었을 때 그렇지 않을까. 이건 어쩌면 그 사람에 대한 인식의 문제이기보다는 그 사람을 둘러싸고 있던 시간의 문제일는지 모른다. '역사'라는 이름의 시간 말이다. 우리가 알고 있는 '역사'의 실체는 껍데기에 불과하며 실체라는 것이 실은 교묘하게 왜곡되어 있다는 것은 우리가 살아낸 역사라는 시간이 결국 우리를 배반하게 된다는 것이다.

민 형사와 헤어져 서초동 집으로 돌아온 윤완은 이층 서재에 틀어박혀 그런 생각에 골몰해 있었다. 한 남자의 낮고 무거운 목소리가 오래도록 그의 귓청에 메아리처럼 되울렸다.

"윤 선생은 문학하는 사람입니다. 문학이란 일종의 검증이라고 나는 생각합니다. 물론 이 검증이라는 말은 삶이 되었건 사회가 되었건, 역사나 이념, 혹은 예술 자체가 되었건, 옳고 그름을 판단해낸다는 뜻이 포함되어 있겠죠. 하지만 이 세상에 존재하는 그 어떤 것이든 완벽한, 혹은 유일한 도덕률이 될 수는 없을 겁니다. 옳고 그름을 판단해낼 수 있는 장치란 단 하나만 존재할 수는 없는 거죠. 그런 점에서 법이란 것도 마찬가집니다. 법은 항상 옳고 그름을 판단해냅니다. 우리가 보편적으로 가지는 마지막 기준이죠. 하지만 그건 법이 최고의 가치를 가지기 때문은 아닙니다. 법보다 더 크고 높은 가치를 가진 건 얼마든 있죠. 윤 선생의 경우 그건 문학이 될 수도 있겠지요. 하지만 누군가의, 혹은 이 사회, 이 세계의 옳고 그름을 판단하려 할 때 문학을 기준으로 삼지는 않습니다. 다른 어떤 도덕률도 기준이 되지않습니다. 오직 법만이 기준이 됩니다. 그 이유는, 적어도 법은, 그걸 운용하는 사람들의 능력이나 인격을 떠나서, 기꺼이 정사正邪를 판단해내는 도구 이상의 의미를 가지려 하지 않는다는 것, 그 소박함 때문에 유일하고 보편적인 기준이 되는 것입니다.

문학은 그러질 못합니다. 문학은 처음부터 도덕률 따위엔 관심도 없지요. 도대체 하나의 이야기에서 선악이든 옳고 그름이든 가려낸다고 해서 뭐가 달라지겠습니까. 문학은 검증이다, 라고 내가 말한 이유는 다른 데 있습니다. 옳고 그름을 판단해내는 도덕률로서의 검증이 아니라, 상상의 것이 되었건 실제의 것이 되었건, 문학 속에 등장하는 인물을 통해 그것을 읽는 사람 자신이 바로 자기 자신을 검증한다는 것입니다. 그때에야 비로소 문학이 다루는 삶, 사회, 이데올로기, 역사, 예술은 우리들에게로 오게 되고 우리에게 중요해지겠죠. 내가 윤 선생을 동업자로 생각하는 데는 그런 나의 문학관이 개입되어 있습니다."

무시할 수 없는 언설이었다. 소설가인 윤완 자신도 상당한 위압감을 느낄 만한 문학론이었다. 문학으로 검증되었을 때에야 비로소 많은 것들, 인생과 역사와 예술 따위가 인간들의 편에 설 수 있다는 것은 결코 그냥 흘려버릴 수 없는 논리였다. 그러나 그것만이 아니었다. 민 형사는 자신의 차로 가까운 전철역까지 윤완을 바래다주며 이렇게 덧붙였다.

"시간은 많은 미로들을 만들어냈어요. 제대로 찾아들어가는 방법이란 게 따로 없는 미로 말입니다. 미로를 헤쳐 나오려면 어차피 수없는 시행착오를 거쳐야만 합니다. 하지만 방법은 있어요. 만약 그 미로에 두 사람이 있다면, 그 둘이 끈을 사용하는 겁니다. 한 사람은 그 자리에 있고 다른 한 사람이 길을 찾아가는 겁니다. 그래서 한 사람이 출구를 발견한다면, 둘이 다 출구를 빠져나올 수 있는 거죠. 두 사람이 같이 헤맬 때보다 더 빠른 시간 안에 출구에 도달할 수 있습니다."

　민영후 형사의 그 말은 윤완으로 하여금 어떤 식으로든 '전환'을 강요하고 있었다. 그 전환은 무엇보다도 윤완이 필생의 업이라 여기는 문학에 상당한 영향력을 행사하고 있었다. 그리고 그것은 이문호로부터 제의받았던 소설 쓰기의 과오를 지적했다. 이문호나 윤완은 "소설이면 다 된다."라는 생각을 은연중에 가지고 있었던 것이다. 이문호는 그런 생각에 몰두해 있던 윤완을 이용해 자신의 사적인 감정을 풀어내려 했을지 모른다는 의문에 윤완이 좀 더 천착했어야 한다고, 민 형사는 나무라고 있었다. 윤완은 혼란스러웠다. 선우활의 가계에 얽혀 있는 비밀이 윤완 자신의 가계와 뗄 수 없는 관계로 얽혀 있고, 그것을 누군가는 알고 있었으며, 또 누군가는 그걸 이용하고 있었고, 지금도 여전히 그걸 이용하고 있다는 사실은 그에게 적지 않은 혼란을 가져왔다. 윤완은 출구를 알 수 없는 시간의 미로에 빠져 있었다.

　'출구는 있을까?'

　그는 문득, 입구만 있고 출구는 없는, 빠져나가기 위해서는 다시 제자리로 돌아와야 하는, 그래서 빠져나와도 빠져나온 것이 아닌, 결국 헤매는 것이 전부인 어떤 '미로'에 갇힌 건 아닌가, 하고 자신에게 물었다. 물론 대답은 없었다.

12. 적을 찾아가는 먼 길

모든 사회는 어떤 죄가 처벌 받지 않을 수도 있다는 가능성 앞에서 불안과 초조함을 보인다. 그 '무처벌의 가능성'은 어떤 특정한 사건을 보호해주고 조직적인 범죄 행위를 조장하면서 그 사회의 불안과 초조를 증폭시켜 두려움에 떨게 만든다. '국가 테러리즘'에 관한 경우가 바로 여기에 해당된다. 일찍이 토마스 홉즈는 그의 저서 〈리바이어던〉에서 주장했었다. "처벌받지 않을 가능성으로 인해 양심에 죄를 짓는 것보다 더 큰 죄악은 없다." 라고.
– 아르헨티나 군사독재의 실상을 고발한 보고서, 〈눈까마스〉

1992년 1월 하순, 강남고속버스 터미널.

전국에 몰아친 갑작스런 폭설과 한파로 인해 부산에서 정오에 떠난 버스는 해가 떨어지고도 한참이나 지난 저녁 7시가 되었는데도 아직 도착하지 않고 있었다. 오전 11시 버스가 이제 겨우 터미널에 도착해 승객들을 내리고 있으니 12시 버스는 적어도 한 시간은 더 기다려야 할 터였다. 대합실 출입구 근처의 약국에서 종합감기약을 사서 입속에 털어 넣고 다시 사람들 속에 묻혀들던 검정 외투의 꺼칠한 남자 하나가 한창 뉴스를 진행하고 있는 텔레비전을 힐끔 쳐다보았다.

노태우 대통령이 지방단체장 선거를 1, 2년 연기할 것이라는 전격적인 발표에 대해 제1야당인 민주당의 DJ(김대중)와 KT(이기택) 두 공동대표가 기자회견을 통해 그 선언이 '쿠데타에 준하는 명백한 위헌 행위'라고 말한 것을 보도하고 있었다. 기자는 선거 연기 여부를 논의하고 정치자금 유입을 규명하기 위한 임시국회의 즉각적인 소집을 요구했다는 두 대표의 말을 상기된 목소리로 전하고 있었다. "당운을 걸고서라도 정면 투쟁을 벌일 것"이라는 야당의 태도를 기자가 전해주는 대목에서 검정 외투의 남자는 왠지 비아냥거림 같은 느낌을 받았다.

그는 외투 깃을 돋우어 목을 가리고는 형광등 불빛이 잔잔히 번진 대합실 유리창을 통해 승강장을 내다보았다. 버스에서 내린 승객들의 입에서 연신 뿜어져 나오는 하얀 입김들을 보자 그는 괜히 손바닥을 입으로 가져가 호호 불었다. 그러다가 몇 번 잔기침을 뱉어내고는 대합실 안을 새삼스럽게 둘러보았다. 기다림에 지친 얼굴들이 마치 군중집회를 찍어놓은 사진 속의 얼굴들처럼 보였다.

대합실 안에는 빈자리라곤 없었다. 매캐한 먼지와 소음, 퀴퀴한 냄새들이 마치 안개처럼 자욱이 퍼져 있었다. 그는 손목을 끌어다 다시 한 번 시간을 확인하고는 비교적 사람들이 한산한 편인 예매처 근처로 걸음을 옮겼다. 높다란 천정으로부터 내려뻗친 대합실의 굵은 기둥에 등을 기대고 있던 그의 귓속으로 나직한 목소리가 흘러들었다.

"정치는 확실히 예측 불허야. 하지만 그 예측 불허의 양상을 조금만 세심하게 들여다보면 그리 예측 불허랄 것도 없어."

그는 고개를 약간 틀어 목소리의 주인을 찾았다. 대학생으로 보이는 얼굴이 해맑은 청년이 담배를 피워 문 채 서 있었다. 그 청년 곁에는 넥타이를 단정하게 매고 짙은 회색의 트렌치코트를 걸친 역시 맑은 인상의 남자가 구둣발로 바닥을 툭툭 차며 고개를 숙인 채 서 있었다.

"그래도 이번에 김동길과 박찬종이 붙은 건 좀 의외지 않아?"

넥타이가 담배에게 물었다.

"새한당 말이지?"

담배가 고개를 끄덕이며 되묻고는 말을 이었다.

"글쎄, 정치사를 뒤져보면 이 비슷한 걸 찾는 건 어렵지 않을걸? 몇 년 뒤에 또 이것하고 똑같은 현상이 다시 일어날 거야. 정치가 그날이 그 턱인 이유가 있지."

넥타이의 얼굴에 기묘한 웃음이 떠오르고 있었다. 박동호朴同昊는 기둥에 등을 바싹 붙이고는 한동안 아무 생각 없이 두 청년의 얘기에 귀를 놓았다. 그들 중 하나가 시작한 '정치의 예측 불허'에서 그들의 얘기는 맴돌고 있었다. 그러다가 그들의 얘기는 트렌치코트 차림의 청년이 꺼낸 '3당 합당'의 비화 쪽으로 옮겨갔다.

"황병태 그 사람 발언은 확실히 다음 선거에서 차기 대선 후보로 YS가 나설 거라는 암시를 넘어서 있는 것 같아. 뭐랄까, 암시만으론 성에 차지 않는, 일종의 위압?"

트렌치코트의 말은 2년 전에 있었던 3당 합당이란 것이 실은 민정당과 민주당의 2당 합당이라는 논지의 국회의원 황병태의 발언을 거론한 것이었다. 말하자면, 황 의원의 발언은 3당 합당에 곁다리로 참가했던 공화당의 JP(김종필)가 대권 주자로 나서겠다는 건 주제넘은 일이라는 거였다. 곁에 서 있던 점퍼 차림의 청년이 얘기의 방향을 바꾸었다.

"박철언이 3당 합당을 기획할 당시 DJ의 평민당에도 연정을 제의했다는 건 사실일까?"

그러자 피식하고 바람 빠지는 것 같은 웃음이 트렌치코트의 콧구멍에서 새나왔다.

"세월이 지나고 나면 뭔 말인들 못할까. 하지만 정치인들이 '꾼' 소리를 듣는 건 지네들이 입만 뻥긋하면 세상에 무슨 큰일이라도 일어날 거라고 생각하기 때문이야. DJ한테 제안을 했든 안 했든 이제 와서 무슨 의미가 있다는 거야? 허기야 했다 안 했다는 걸 그 사람들이 이제 와서 떠들 수 있는 건 그렇게 떠들어도 씨알이 먹힌다는 얘기겠지. 대중들이 비화 같은 걸 즐기니까 그러는 거도 있고."

트렌치코트가 딱 부러지게 말하자 점퍼가 입을 꾹 닫았다. 그는 주머니에서 담뱃갑을 꺼내 한 개비를 입에 물었다. 그때 경부선 대합실 안이 웅성거렸다. 부산에서 떠난 고속버스가 이제야 도착한 모양이었다. 사람들이 우르르 출입구 쪽으로 몰려갔다. 박동호는 오른쪽 손으로 이마를 덮은 머리칼을 쓸어 넘기고는 천천히 걸음을 뗐다. 기둥에 붙어 서서 얘기를 주고받던 두 청년도 빠른 걸음으로 출입구 쪽으로 걸음을 옮겼다. 박동호는 그들의 뒷모습을 물끄러미 바라보며 씁쓸하게 웃었다.

"몇 시 차예요?"

두 청년 중의 하나가 버스에서 내려 막 대합실로 들어서는 한 승객에게 물었다. 주위를 둘러보던 그 승객이 "12시 차라요," 하고 부산 사투리로 대답했다. 박동호가 벌써 세 시간 가까이 기다렸던 바로 그 버스였다. 그는 외투 주머니에 두 손을 깊이 찌르고는 찬바람이 쑥쑥 빨려 들어오고 있는 대합실 출입구를 응시했다. 남자와 여자들, 어른과 아이들, 키가 크고, 뚱뚱하고, 마르고, 작은, 그런 사람들이 함부로 집어던져지는 짐처럼 꾸역꾸역 몰려나오고 있었다. 그 사람들이 짓는 표정에는 하나같이 피곤과 지루함이 저녁놀처럼 번져 있었다. 그들 중에서 박동호는 한 얼굴을 발견했다.

관자놀이의 움직임이 선명하게 보일 정도로 바짝 치켜깎은 머리를 한 키가 크고 깡마른 체구의 사내가 우르르 몰려나오는 승객들 사이에 묻혀 있었다. 선우활이었다. 트레이드마크와도 같은 검정 가죽 점퍼 차림이었다. 박동호는 그 전과는 달리 잰 몸놀림으로 인파를 헤쳐 나가기 시작했다.

"형님!"

박동호의 고개가 숙여졌다 일어났다. 두 사람은 악수를 하고 대합실을 빠져나왔다. 주차장으로 가는 동안 두 사람 사이에는 별다른 얘기가 오가지 않았다. 다만 주차장으로 들어설 때 선우활이, "그 새끼는?" 하고 묻자 박동호가, "거기 데려다 놨습니다," 하고 대답했을 뿐이었다. 차에 오르고 난 뒤 박동호가 시동을 켜면서 선우활을 곁눈으로 힐끔 보았다.

"추우시죠?"

선우활은 조수석에 등을 기댄 채 아무런 대답 없이 깊이 눈을 감았다. 그의 콧구멍에서 하얀 콧김이 힘차게 뿜어져 나왔다. 박동호가 운전하는 지프는 터미널을 빠져나와 곧장 고속도로 쪽으로 움직였다. 선우활은 잠이 든 듯 가볍게 코까지 골았다. 도로는 쌓인 눈이 그대로 얼어붙어버려 상태가 몹시 좋지 않았다. 느릿하게 움직이는 차들이 도로를 가득 메우고 있었다.

"너무 서두르지 마라. 길이 많이 얼었더라."

언제 잠에서 깼는지 박동호가 톨게이트로 진입하려고 늘어서 있는 차들 사이로 끼어들자 선우활이 처음으로 입을 뗐다. 박동호는 마치 그 기회를 노리기라도 한 듯 다소 들뜬 목소리를 흘려놓았다.

"녀석한테 계속 삐삐가 오길래 번호를 확인해봤더니, 전무실이었습니다."

감겨져 있던 선우활의 눈이 천천히 열렸다.

"끄진 않았지?"

"삐삐 말이죠? 그럼요."

박동호가 창을 내리고 티켓을 끊으며 빠르게 대답했다. 톨게이트를 빠져나오고도 차들은 여전히 거북이 걸음이었다. 한참 뒤에 선우활이 손바닥으로 이마를 훑으며 박동호에게 물었다.

"힘들지?"

박동호는 대답 대신 씩 웃을 뿐이었다. 선우활이 가죽 점퍼의 안 주머니에서 두툼한 봉투를 꺼내 차의 사물함에 넣었다.

"용인 들어가면 형수님한테 먼저 가라. 다른 말은 일절 하지 말고 이것만 전해줘. 거기는 나 혼자 갈 테니까, 넌 형수님 영화 구경이라도 시켜드려."

"예, 알겠습니다, 형님."

대답은 시원시원했지만 박동호의 얼굴에는 어두운 그림자가 깔리고 있었다. 박동호는 잠시 상념에 잠겼다.

부산에서 대학을 다니다가 군대로 끌려가 제대를 한 것이 지난 가을이었다. 대학을 다니는 동안 내내 운동권에 속해 있었다. 8년 전, 그의 형인 박준기가 레미콘 차에 치어 세상을 떠났을 때 그는 고등학생이었다. 호텔 지배인 노릇을 하던 그의 형이 죽자 생계가 막막했는데 그때 형의 절친한 후배라는 선우활이 나타나 도움을 주었다. 당연한 일이었지만, 그때는 선우활이 뭐하는 사람인지 몰랐다. 박동호가 형과 선우활에 얽힌 내막을 알게 된 건 군에서 제대를 하던 바로 지난 가을이었다. 권력과 폭력이 교묘히 결탁된 세계의 어두운 그늘 속에 그들이 있었다는 사실을 처음 알았을 때 박동호는 깊은 충격에 사로잡혔다. 그러나 결국 박동호가 선우활을 받아들인 건 그가 그 어두운 세계를 향해 홀로 저항하려 한다는 사실 때문이었다. 하지만 그게 전부는 아니었다. 죽은 형에 대한 일말의 복수심이 작용하고 있음을 부인할 수 없었다. 그러나 정작 박동호가 본 그의 모습은 자신이 대학 4년 동안 몸부림쳤던 불의에 대한 항거의 그것과 다르지 않았다. 그래서 기꺼이 선우활을 도왔다. 정확히 표현하자면 선우활과 함께 이 시대의 적을 찾아 나선 것이다.

"그런데 형님, 그 조진태란 놈."

박동호가 불쑥 말을 꺼냈다. 박동호의 입에서 조진태라는 이름이 떨어지기 무섭게 선우활의 눈빛이 날카롭게 빛났다. 선우활은 한순간 기억이 가물거렸다. 조진태가 박동호의 형인 박준기를 죽음에 이르게 한 장본인이라는 사실을 박동호에게 말해주었던 것 같기도 했고 아닌 것 같기도 했다. 만약 얘기를 해주었다면 박동호가 어떤 무모한 계획을 세워놓았을지 알 수 없는 일이었다. 선우활은 다소 긴장된 시선을 창유리 앞으로 쏟아놓으며 귀를 곤두세웠다. 박동호가 약간 뜸을 들였다가 말했다.

"하도 낑낑거려서 조용하라고 정강이를 걷어찼는데도 짜식이 자꾸만 뭐라고 주절거리더라고요. 그래서 뭔 소린가 들어보려고 입에 붙여놓은 테이프를 뗐는데."

박동호는 거기서 잠시 호흡을 끊었다. 선우활이 고개를 박동호 쪽으로 꺾었다.

"뭐랬어?"

"그게, 좀 이상해요."

선우활은 조진태가 했다는 말을 짐작할 수 있을 것도 같았다. 둘 중의 하나였을 것이다. 박동호더러 박준기의 동생이 아니냐고 했든가, 이 짓이 선우활이 꾸민 게 아니냐고 했을 것이었다. 박동호가 옮겨준 조진태의 말은, 그 둘 다였다.

"짜식이 자꾸 형 얘기를 들먹이는 거예요. 저야 뭐, 그런 놈 수작에 넘어가지도 않겠지만."

그렇게 얼버무리는 박동호의 태도에 완전히 불식시키지 못한 일말의 의혹이 묻어 있었다. 선우활은 "과연 조진태구나," 하고 속으로 감탄했다. 막다른 곳으로 몰리면 쥐새끼도 고양이를 향해 덤비는 법인데 녀석은 침착하게 고양이를 유혹하려 들고 있었던 것이다.

"동호 너, 괜한 짓을 했구나."

선우활은 우선 박동호의 경솔함부터 나무랐다. 그게 순서였다. 만약 조진태가 했다는 턱에도 닿지 않는 말을 부인하기로 시작하면 오히려 박동호의 여린 마음에 혼란만 가중시킬 뿐임을 선우활은 잘 알고 있었다. 한편으론 아직 자신이 박준기의 죽음에 관련되어 있다는 사실을 박동호에게 말해주지 않은 게 다행이다 싶었다.

"내 말 잘 듣거라, 동호야."

선우활은 피곤에 절은 낯을 손바닥으로 훑어낸 뒤 말을 이었다.

"잘 알겠지만, 네 형이나 나나 올바로 산 사람들이 아니다. 특히 동호 너 같이 살아온 사람들 눈에는 더 그렇게 보일 것이다. 하지만 사람은 태어나는 게 아니라 만들어진다는 게 내 생각이다. 시대를 탓하면서 제 잘못된 삶을 변명할 수도 있다. 아무리 막돼먹은 사람에게도……. 젠장!"

선우활은 제 풀에 화가 치밀었다. 지금 박동호의 마음 바닥에 고여 있을 의혹을 풀어주기는 쉽지 않았다. 그러나 풀어주어야 했다. 그것은 지금 선우활 자신에게 남아 있는 사람은 박동호가 유일했기 때문이었다. 혼자라고 못할 것도 없겠지만, 박동호는 매우 필요한 사람이었다. 선우활은 숨을 깊이 들이마시고는 입을 뗐다.

"한마디만 하자. 앞으로 동호 넌 날 완전히 믿어야 한다. 조진태 따위는 아무것도 아니다. 그런 놈의 혓바닥에 놀아나서는 안 된다는 말이다."

차가 인터체인지를 빠져나가자 눈발이 다시 비치기 시작했다. 시내 어귀에서 선우활이 차를 멈추게 했다.

"카센터까지는 모셔다 드릴게요."

박동호가 브레이크에 발을 얹어놓은 채로 시동을 끄려 하지 않았다. 그는 괜한 얘기를 꺼낸 건 아닌가 아까부터 찜찜했던 것이다. 그로서도 선우활이 백 퍼센트 믿어지지는 않았다. 하지만 그런 믿음의 부족이 그가 베풀어주었던 지난날의 호의에 대한 배신이라는 생각이 내내 그를 괴롭혔다. 선우활이 엷은 미소를 띠었다.

"아니다. 걷고 싶어서 그런다."

선우활은 훌쩍 차에서 뛰어내렸다. 한 손으로 도어를 잡고서 선우활이 말했다.

"되도록이면 내가 연락할 때까지 오지 마라. 조진태는 아주 지독한 놈이니까 밤을 새워야 할지도 모른다. 어차피 내일까지는 죽이든 살리든 결단을 내려야 하니까, 연락을 받지 못하거든 내일 느지막이 나와 보던가. 알겠지?"

문을 닫고 선우활이 인도를 따라 한참이나 걸어간 뒤에야 박동호는 차를 몰고 그 자리를 떴다. 지프의 큰 덩치가 시야에서 사라질 때까지 선우활은 눈발을 맞으며 서 있었다. 그는 가죽 점퍼의 깃을 끌어올려 목덜미를 가리고는 고개를 숙인 채 걷기 시작했다.

카센터들이 이마를 맞댄 거리에 이르렀을 때 선우활은 손목을 끌어다 시계를 보았다. 열 시가 가까워진 시간이었다. 카센터들이 즐비한 거리에서 '빵구'라는 긴 세로 입간판이 인도 모퉁이에 쓰러져 있는 한 카센터 앞에서 선우활은 주위를 한번 휘둘러본 뒤 곧장 뒤쪽으로 꺾인 골목 안으로 발길을 들여놓았다. 그는 녹이 잔뜩 쓴 양철문을 조심스럽게 밀고 안으로 들어갔다. 폐차장 같은 제법 너른 마당 안에는 뭔가 잔뜩 쌓여 있었다.

시내의 불빛들이 비쳐들지 않는 그곳은 칠흑처럼 어두웠다. 선우활은 주머니에서 라이터를 꺼내 불을 켰다. 타이어와 자동차 부품들이 활기 없는 유령처럼 웅크리고 있었다. 그는 불이 꺼지지 않게 손바닥으로 감싼 채 타이어가 두 길이 넘게 쌓인 마당 안쪽으로 들어섰다. 쪽문이 하나 있었다. 쪽문을 따고 들어서자 바깥보다 훨씬 지독한 한기가 마치 얼음을 만졌을 때처럼 오싹하게 느껴졌다. 뭔가 바스락거리는 소리가 들려왔다. 축 처진 신음소리가 뒤를 이었다. 의자에 단단히 결박되어 있는 조진태일 것이었다.

선우활은 라이터를 다시 켜 손을 뻗었다. 덫에 채여 추위와 배고픔에 지쳐버린 들짐승 같은 조진태의 초라한 몰골이 라이터 불빛에 드러났다. 순간 선우활의 눈빛에 살기가 어렸다. 그는 천천히 발길을 옮겨 조진태 앞으로 다가갔다. 인기척을 느낀 조진태는 몇 번 결박된 몸을 꿈틀거렸다. 테이프로 봉인된 녀석의 입에서 웅얼거리는 소리가 들려왔다. 선우활이 날렵한 동작으로 구둣발을 날렸다. 정확하게 조진태의 입을 겨냥한 그의 구둣발이 박히자 결박된 몸은 와들와들 떨기 시작했다.

"시간 끌고 싶지 않다."

선우활의 차가운 목소리가 어둠 속으로 날아들었다. 한때 카센터 사무실로 쓰였던 조그마한 공간 속에는 완벽한 정적과 어둠이 자리하고 있었다. 피곤과 두려움이 겹쳐 거의 울상이 되어 떨고 있는 조진태의 신음소리가 그 정적과 어둠의 일부분인 양 뒤엉겼다. 주위를 둘러보던 선우활이 장부처럼 보이는 제법 두꺼운 노트를 발견하고 허리를 숙여 집어 올렸다. 낱장 하나에 라이터 불을 붙인 뒤 세모꼴로 펼쳐 세워놓았다. 그러자 노트는 마치 화톳불을 지핀 듯 타올랐다. 불빛에 드러난 선우활의 모습을 바라보는 조진태의 눈동자는 두

려움으로 가득 차 있었다. 테이프로 봉해진 입에서는 더 이상 웅얼
거리는 소리도, 신음소리도 들려오지 않았다.

'죽었구나.'

그런 생각을 했을지도 몰랐다. 선우활이 구석에 놓인 의자를 끌어
다 조진태 앞에 앉았다. 그는 조진태의 입에 붙어 있는 테이프를 떼
어냈다. 촤악, 하는 소리가 따갑게 흩어졌다. 조진태의 얼굴이 일그
러지면서 깊이 숨을 빨아들였다가 내쉬었다. 뜨끈하고 퀴퀴한 냄새
가 차가운 공기 속으로 흩어졌다. 그의 모습은 영락없는 포로의 그
것이었다. 이미 상대의 완강한 힘에 어떤 저항도 할 수 없다는 것을
알아버린 포로.

"몇 가지만 간단히 묻자. 진태 너도 되도록이면 간단하게 대답해.
내 말이 틀리면 아니다, 그렇게만 말해라. 괜히 둘러대려고 그러지
는 마. 수 틀리면 그냥 간다. 여긴 봄이 올 때까지 아무도 찾아오지
않을 거야."

선우활의 차분한 말씨에 조진태는 더욱 얼어붙었다. 파락거리며
타오르는 종이 불빛이 그의 눈동자 속으로 힘겹게 비쳐들었다. 선우
활이 가죽 점퍼 속으로 손을 집어 넣어 뭔가를 만지작거리는 듯하더
니 이내 손을 빼냈다.

"박준기를 죽인 놈이 진태 니가 데리고 있던 녀석이냐?"

물음이 떨어지자 조진태의 고개가 끄덕끄덕 움직였다. 선우활의
눈이 한 번 깊게 껌벅여졌다. 그가 다시 물었다.

"박준기가 군대 있던 남기현이를 죽인 게 문제가 된 거냐?"

"그건, 나도 잘 모르……."

조진태가 고개를 설레설레 흔들며 말끝을 흐리자 선우활이 손바닥을 활짝 펴 그의 눈앞에서 흔들었다.

"그럼 황 전무가 알겠구나."

"실은, 나중에야 그걸, 알게 됐어."

선우활이 고개를 숙였다가 들었다.

"자, 지금부터는 이런 식으로 미적거리지 말자. 기면 기고 아니면 아니다."

선우활의 차가운 음성이 떨어지자 조진태의 눈에 물기가 어리더니 촛농처럼 후룩 눈물이 미끄러져 떨어졌다. 선우활의 입가에 언뜻 잔인한 미소가 번졌다가 지워졌다.

"남미현이가 우리 정보를 빼내간다는 보고를 맨 처음 한 게 진태 너 맞냐?"

조진태의 고개가 끄덕거렸다. 틈을 주지 않은 선우활의 질문이 이어졌다.

"무슨 정보였냐."

그 물음에서 조진태의 표정이 더욱 굳어졌다. 그러나 이미 많은 것을 포기해버린 그였지만 살아남을 수 있다는 실낱같은 희망을 완전히 지워버리진 않았다. 그래서인지 조진태는 떨리는 음성으로 주절거리기 시작했다. 조진태의 떨리는 음성은 선우활의 포켓에 숨겨져 있던 소형 녹음기에 차곡차곡 기록되어지고 있었다. 그의 손이 주머니에 들어갔던 나온 것은 녹음 버튼을 작동시킨 것이었다.

처음 선우활이 박동호로 하여금 조진태를 납치하도록 지시를 내렸을 때만 해도 그렇게 큰 기대를 한 것은 아니었다. 그가 알기로 조진태는 서의실업으로부터 입은 은혜를 쉽게 저버릴 정도의 인격은 아니라는 것 때문이었다. 그러나 지난 이틀 동안의 허기와 공포를 결국 조진태는 이겨내지 못했다.

선우활은 주머니 속의 녹음기를 끄며 의자에서 몸을 일으켰다. 조진태가 흘려놓은 신음과도 같은 진술은 그에게도 상당한 충격이었다. 특히 남미현이 서의실업의 최상층에 직접 침투했다는 사실과 그녀의 배후에 아직껏 들어보지도 못한 단체가 있다는 사실이 그랬다.

"형님, 이제 절 어떻게…… 하실 생각입니까?"

조진태는 더 이상 자신의 비굴함 따위를 부끄러워하지는 않을 모양이었다. 오직 살아나야 한다는 의지만이 그에게는 중요할 뿐이었다. 선우활은 그런 태도가 밉지 않았다. 어차피 자신도 같은 처지에 빠진다면 그와 다를 바가 없으리라는 생각이 든 것이다.

"내가 널 죽일 거라고 생각하니?"

그 물음에 조진태의 고개가 힘없이 끄덕거렸다. 비참했다.

"넌 나라는 인간을 잘 모른다. 손에 피를 묻혀본 적은 있었지만 누굴 죽여본 적은 한 번도 없다. 너뿐 아니라 회사의 많은 녀석들이 날 살인마로 알고 있다만."

선우활은 거기서 말을 끊었다. 그런 것에 대해 더 이상 말을 하고 싶지 않았다.

"미안한 얘기지만, 이거 하나는 분명하게 말해줄 수 있지."

조진태가 마른 침을 삼켰다.

"넌 이제 더 이상 회사로 돌아갈 수가 없다. 네가 진술해준 얘기

들을 하나도 빠짐없이 황 전무에게 알릴 거니까. 여기를 나가는 순
간 넌 아무도 찾을 수 없는 곳을 물색해야 할 거다. 그러니 내가 굳
이 네 목을 따지 않아도 되지. 그 전에, 넌 꼭 만나야 할 사람이 있다.
난 널 용서해줄 수 있지만 어쩌면 그 사람은 널 용서해주지 않을지
도 몰라."

말이 떨어지자 조진태의 공포에 찌든 눈동자가 헛돌았다.

"누……구?"

신음처럼 그의 목소리가 새나왔다. 선우활의 차가운 음성이 그 목
소리를 덮쳐눌렀다.

"네가 레미콘으로 갈아뭉갰던 박 실장 가족."

침묵이 차가운 한기 속으로 빨려들었다. 그도 얼핏 짐작을 한 모
양이었다. 불을 붙여놓았던 두꺼운 노트가 빨간 불씨만 남긴 채 잿
더미로 변하고 있었다.

선우활이 폐업한 카센터를 빠져나왔을 때 시내는 하얀 눈가루들
로 덮여 있었다. 군데군데 켜진 상가의 네온 불빛을 받아 눈가루들
은 붉거나 푸른 빛깔로 시시각각 변했다. 선우활은 온천 표시등이
깜박거리는 허름한 여관 안으로 들어갔다.

졸린 눈을 비비며 그를 안내한 여주인에게 국산 양주 한 병을 시
켜놓고 선우활은 구석에 개켜놓은 이불 더미에 등을 기댔다. 피곤이
엄습했지만 정신은 찬물을 뒤집어쓴 것처럼 명료했다. 조진태가 흘
려놓았던 떨리는 음성들이 파리처럼 그의 귓속에서 윙윙거렸다. 그
것은 한마디로 광란이었다.

죽임과 죽음으로 연결되는, 피비린내로 얼룩진 전장戰場이었다. 거기에는 적과 동지가 따로 없었다. 철저히 이해利害로 얽힌 궁색한 본능의 세계일 뿐이었다. 안타까운 것은 선우활로 하여금 서의실업에서 발을 빼도록 만든 은인 같은 존재였던 박준기마저 그 피의 현장에서 굶주린 살인마로 살아왔었다는 사실이었다. 호텔의 실장 자리를 차지하기까지 그의 손에 숨이 끊긴 자의 숫자가 열이 넘었다. 거기에 남미현의 오빠 남기현이 들어 있었다. 그걸 확인했을 때 선우활은 아찔한 현기증을 느껴야 했다.

위스키 병을 입술에서 떼어내며 선우활은 녹음기 버튼을 껐다. 조진태의 불안에 찌든 음성이 끊어진 위로 눈밭을 치덕거리며 지나가는 자동차 소리가 들려왔다. 그는 여관방 구석에 놓인 싸구려 화장대를 바라보았다. 화장대 위에 검정색 전화기가 놓여 있었다.

"지체할 필요가 없지."

선우활은 무릎걸음으로 전화기 앞으로 기어갔다. 녹음기의 후진 버튼을 눌렀다. 오래지 않아 찰칵하는 경쾌한 음향이 들려왔다. 그는 수화기를 들었다. 졸음에 겨운 여자의 목소리가 들려왔다. 전화 번호를 일러주고 기다렸다. 몇 번의 신호가 간 뒤 깜깜한 어둠 속을 기어가는 쥐새끼의 발자국 소리와도 같은 은밀한 목소리가 흘러나왔다. 쉰을 넘긴 남자의 목소리치고는 기분 나쁠 정도로 세심했다. 선우활은 그 목소리의 주인이 황정만 전무라는 것을 단번에 알았다. 생각 같아서는 욕이라도 내지르고 싶었지만 꾹 참았다. 대신 녹음기를 송화기에 바짝 붙이고는 재생 버튼을 눌렀다. 그르륵거리는 테이프 돌아가는 소리와 함께 조진태의 불안에 찬 목소리가 전화기 속으

611

로 빨려들었다.

"남기현의 죽음을 추적하던 신문기자가 있다는 얘기를 해준 건 황전무였어요……. 박준기를 없애버리기만 하면 문제될 거 없다는 얘기도 했구요……. 허지만 박준기와 형님(선우활)의 관계 때문에 내(조진태)가 손을 쓰기가 힘들다고 했더니, 이번 참에 형님을 제거하는 구실로 삼을 테니 박준기를 해치우라고 그러더군요……."

거기까지 들려준 뒤 선우활은 일단 녹음기의 정지 버튼을 눌렀다. 한숨을 베무는 소리가 수화기를 타고 들려왔다.

"선우활, 이 새끼."

당황스러움으로부터 벗어나려는 황전무의 안간힘이 베어든 욕설이 나직이 흘러나왔다.

"낙수가 바위를 뚫는다는 말이 있지. 네 돌머리에도 그렇게 구멍을 뚫어줄 테니 기다려."

선우활의 말에 황 전무는 섣부른 대꾸를 하지는 않았다. 선우활이 다시 재생 버튼을 눌렀다.

"……남미현이 나타나면서 일이 묘하게 엉켜버렸어요……. 남기현의 의문사를 추적하던 기자가…… 이름이…… 이문호라고……."

조진태의 진술은 끊어질듯 이어지고 있었다.

남미현을 서의실업에 침투시킨 조직이 있었다는 것, 이문호라는 신문기자가 그 조직과 긴밀하게 연결되어 있었다는 것, 선우활이 남미현을 납치(사실은 납치가 아닌 일종의 애정 도피였다)한 뒤 서의실업은 둘을 추적하고 있었다는 것, 그리고 이문호 기자의 살해에도 서의실업이 관여하고 있었다는 것 등등, 조진태는 서의실업에 얽힌 해괴한 살인극을 고스란히 진술해놓았다. 선우활은 녹음기를 화장대 위에 올려놓고 수화기를 틀어줘었다.

"만나자."

대뜸 황 전무의 상기된 목소리가 흘러나왔다. 그러나 마치 황 전무가 앞에 있기라도 한 듯 선우활은 완강히 고개를 저었다. 그리곤 차갑게 내뱉었다.

"너 정도로는 안 되지. 내일 내가 직접 전 회장과 통화를 할 거야."

교교한 침묵이 흘러갔다. 그 침묵의 끝에 황 전무의 목소리가 얹혀졌다.

"원하는 게 뭔가?"

황 전무가 정신을 수습하고서 차분히 물어왔다. 그러나 선우활이 얼른 대답을 하지 않자 그는 빈정거리듯 내뱉었다.

"아버지 얼굴을 봐서라도 이러면 되나."

황 전무의 말에 선우활은 피식 웃어버렸다. 그러고는 쏘아붙였다.

"내 아버지란 사람, 딴에는 볼모로 잡아놓을 생각인가본데 천만의 말씀. 도대체 내 생각이 뭔지 눈치도 못 챈 것 같으니 긴 소리 맙시다. 아무튼 방금 내가 들려준 조진태란 놈의 진술을 날이 밝으면 전기호 회장한테 빠짐없이 고해바치기나 하슈."

"자네 대체 뭘 바라는 거야!"

황 전무가 다급하게 소리를 질렀다.

"머리 맞대고 궁리해보면 내가 뭘 원하는지 알게 될 거요. 하지만 시간이 그리 많지 않아. 내일 오후 네 시 정각, 전 회장이 직접 날 찾아와야 해. 내 눈앞에서 내가 원하는 걸 회장 손으로 직접 전달하도록 해야 해."

침묵이 완강한 벽처럼 서 있었다. 황 전무로서는 무슨 말이든 할 수 있는 게 없을 터였다.

"정신이 빠져서 아득할 테니, 내 다시 한 번 말해두리다. 내일 정각 오후 네 시, 전기호가 직접 가져와야 된다. 다른 놈 머리털만 보여도 다음 일은 책임 못 진다. 이 나라가 아무리 썩었어도 내가 가지고 있는 정보를 원하는 놈들은 쌔고 쌨어. 그리고 노파심에서 하는 얘긴데, 내 아버지란 작자, 그치를 이용할 생각은 추호도 하지 마. 물론 그 인간이 너희들 같은 놈들 수작에 말려들 정도로 어수룩한 양반은 아니다만. 아, 그렇지. 황 전무 넌 아직 모를 거야. 니가 내 얘길 전기호한테 전하면 그치가 맨 먼저 머리를 맞댈 자가 바로 내 아버지란 걸 말이야. 다시 한 번 부탁한다. 내일 오후 네 시. 전 회장이 직접, 알겠지?"

선우활은 마치 노련한 배우가 유창하게 대사를 읊조리듯 고저장단을 적절히 사용했다. 한참 뒤에야 황 전무의 체념한 듯한 목소리가 흘러나왔다.

"어디서?"

"용인자연농원 동물음악대 앞."

"원하는 건?"

"내 아버지, 아니 이때까지 내 아버지로 행세했던 선우정규란 작자가 가지고 있는 비밀 자료."

"함부로 말하면 쓰나?"

"개수작하지 말고. 마지막으로 말하는데, 만약 전 회장 혼자가 아니라 여러 놈 끌고 온다거나, 내가 원하는 서류가 아니면 뒷일은 나도 장담 못해."

선우활의 서슬 푸른 태도에 황 전무는 오직 난감할 뿐이었다. 그러나 황 전무는 호락호락한 자가 아니었다. 발뺌을 해보려고 온갖 수단을 동원하는 데 분주했다.

"이봐, 그런 이치에 닿지도 않는 말이 어디 있나. 자네 아버지가 대체 무슨 비밀 서류를 갖고 있다고."

"더 이상 군소리하면 내 약속은 취소될 수도 있어. 이 땅이 아무리 좁아도 내가 숨을 곳은 많아. 고문 경관 따위도 꼭꼭 숨어 있는데 난 아무것도 아니지. 지난 1년 반 동안 너희들이 날 찾아내지 못하고서도 그걸 몰라? 설마 방금 네 귓구멍으로 똑똑히 들었던 조진태의 목소리를 잊지는 않았겠지. 녹음테이프를 넘기면 춤을 출 데가 어디 한둘이겠어?"

"기가 막히는군."

황 전무는 완전히 얼이 빠진 듯 넋두리를 뱉어냈다. 선우활의 입가에 만족스런 미소가 번지고 있었다.

"다시 한 번 말하는데, 내일 오후 네 시 자연농원 동물음악대 앞이다. 전 회장 혼자 나와야 해. 내가 말한 서류를 빠짐없이 챙겨가지고."

그렇게 말하고 난 뒤 수화기를 내리려다가 덧붙였다.

"혹시 날 의심할지 몰라서 몇 말씀 더 해두지. 내 뜻이 받아들여진다면 그것으로 그만이야. 나란 놈 그런 점에선 믿을만하다는 걸 황 전무 당신이 모를 리 없겠지."

그 말을 끝으로 선우활은 조용히 수화기를 내렸다. 그러고는 한참
동안 방안이 떠나갈 정도로 웃음을 터뜨렸다. 그런 뒤, 위스키 병이
빌 때까지 그의 고개는 뒤쪽으로 꺾어져 있었다.

선우활은 아침 일찍 눈을 떴다. 아니 눈을 떴다기보다 거의 밤을
새우다시피 했다는 말이 더 정확할 것이다. 그런 탓인지 열에 들뜬
것처럼 현기증이 일었다. 선우활은 쿡, 하고 가벼운 웃음을 터뜨렸
다. 천하에 무서울 것이 없을 것 같던 그에게 비록 하룻밤이긴 했지
만 잠을 설쳤다는 사실이 한편으론 우습게 여겨진 때문이었다.

그는 머리맡에 얌전히 놓여 있는 빈 양주병을 바라보며 얼굴에서
웃음을 지워냈다. 과연 전기호 회장은 혼자서 나타날까. 자신이 지난
1년 반 동안의 칩거 끝에 겨우 그 존재를 탐색해낼 수 있었던 문제
의 자료들을 전 회장은 과연 가지고 나올까. 이 두 가지의 물음에 대
해서 선우활은 자신 있게 "그렇다."고 답할 수가 없었다. 황정만 전
무라면 전 회장을 혼자 보낼 턱이 없을 것이다. 어떤 식으로든 똘마
니들을 배치해놓거나 나중에라도 추적할 것이 틀림이 없었다.

그러나 문제의 서류만 손에 넣을 수 있다면 똘마니들은 충분히 따
돌릴 자신이 있었다. 그러나 정작 선우활이 걱정하고 있는 것은 서
의실업의 똘마니가 아니라 경찰이었다. 서류를 확인해보지 않고서
는 딱 부러지게 말할 수 없었지만 지난 30년 가까운 세월 동안 자신
의 애비로 교묘히 위장해 살아온 선우정규가 제 수하를 동원한다면
그건 결코 작은 문제일 수 없었던 것이다. 허나 이제 어쩔 수가 없
다. 쏘아놓은 화살이었다. 서의실업이든 경찰이든, 그들을 향해 선우

활은 이미 비수를 던져놓은 뒤였다.

선우활은 욕실로 들어가 찬물로 얼굴을 씻었다. 현기증을 털어내듯 그는 몇 번 도리질을 쳤다. 군데군데 얼룩이 묻어 있는 욕실의 페어그라스 안에 꺼칠한 얼굴 하나가 그를 보고 있었다. 그는 거울 속의 그를 향해 가볍게 미소를 던졌다. 그러고는 깊게 숨을 들이마신 뒤 천천히 내뱉었다.

"넌 해낼 수 있어."

욕실을 나온 선우활은 이내 여관을 빠져나왔다. 희뿌연 아침 안개가 간밤에 내려 쌓인 눈 위에 너부죽이 엎드려 있었다. 그는 길을 건너 공중전화 부스 안으로 들어갔다. 주머니에서 동전을 꺼내 투입구에 집어넣고는 번호를 꾹꾹 눌렀다. 금방 신호가 떨어졌다. 무거운 목소리가 들려왔다. 박동호였다.

"조진태를 차에 실어 고속도로 적당한 곳에 부려놓는 게 좋겠다."

"알겠습니다. 그런데 형님께선?"

"오후에 전 회장을 만나기로 했다."

"예? 형님 혼자서요?"

"걱정 마. 그쪽도 혼자니까."

"그걸 어떻게 믿어요?"

"믿고 말고가 없다."

더 이상 물어도 소용이 없다는 걸 알았는지 박동호는 입을 다물었다. 박동호에게 조진태가 그의 형을 죽인 자라는 사실을 말해버릴까 말까를 잠시 망설이던 선우활은, 오후에 다시 연락을 하겠다는 말

을 서둘러 하고는 수화기를 내렸다. 한번 손에 묻은 피는 결코 닦아
낼 수는 없다는 생각이 선우활로 하여금 끝내 그 말을 하지 못하게
만든 것이다. 공중전화 부스에서 나온 선우활은 길가에 세워져 있는
택시를 집어타고 곧장 자연농원으로 향했다. 놈들이 선수를 치기 전
에 자리를 잡고 있어야 했기 때문이었다.

약속한 네 시에서 10분이 남아 있는 시각까지 전 회장은 코빼기도
비치지 않았다. 평일이고 눈이 내린 뒤인데도 겨울방학에다, 가격을
30퍼센트나 할인하는 기간이라 어린 아이들로 가득 찬 공원 안은 송
곳 하나 꽂을 땅이 없었다. 택일은 기가 막히게 한 셈이었다. 선우활
이 다시 손목시계를 확인하고 고개를 들었을 때였다. 귀마개가 달린
검정색 등산모자를 눌러쓴 채 출입구가 바라보이는 토속음식점 안
에 자리를 잡고 있던 선우활의 눈빛이 반짝하고 빛났다.

"왔구나."

그의 입에서 헛기침과도 같은, 약간은 떨리는 음성이 새나왔다.
척 보아 값이 나가 보이는 털외투를 입은 전 회장의 땅땅한 몸집이
막 출입구를 벗어나고 있었다. 출입구를 벗어난 그는 주위를 살피는
기색도 없이 약간 경사진 널따란 길을 향해 걸어 올라왔다. 그를 호
위하는 '어깨'는 보이지 않았다. 선우활은 그의 앞에 놓인 녹두전을
한 움큼 떼어내 우적우적 씹었다. 그의 눈은 길을 걸어 올라가고 있
는 전 회장을 주시하고 있었다. 짙은 회색빛 가방을 든 전기호 회장
은 길을 가득 메우고 있는 아이들 사이를 천천히 헤쳐 나가고 있었
다.

선우활이 자리에서 일어났다. 출입구와 길 쪽을 한번 휘둘러본 뒤

그는 음식점을 빠져나갔다. 20여 미터쯤 거리를 두고 그는 전 회장의 뒤를 따랐다. 놀이공원과 동물원으로 갈라지는 곳에서 잠시 걸음을 멈춘 전 회장은 이정표를 살핀 뒤 좌측의 아치를 통과해 들어갔다.

"찜찜한데."

뒤따르던 선우활은 햄버거 가게 앞에서 더 이상 전 회장을 따라가지 않았다. 거침없이 걸음을 떼어놓는 모양이 아무래도 이상했던 것이다. 공원이 문을 열자마자 들어왔던 선우활은 약속 시간이 임박할 때까지 꼼짝없이 출입구를 주시하고 있었다. 조금 전 전기호 회장이 들어설 때까지 이렇다 할 이상한 조짐은 나타나지 않았었다. 그런데도, 동물적인 후각이라 할까, 뭔가 이상했다. 하지만 그건 지나치게 예민해진 까닭일지도 몰랐다. 선우활은 등산모를 벗었다가 다시 눌러쓰고는 걸음을 떼었다. 어느새 전 회장은 아이들로 장사진을 이루고 있는 동물음악대 앞에 당도해 있었다. 거기서 처음으로 그는 주위를 둘러보았다.

천천히 건너오는 눈빛.

먼발치에서 전 회장의 눈길이 선우활의 그것과 마주쳤다. 선우활은 가볍게 미소를 지어 보였다. 신나는 팡파르와 함께 동물음악대의 무대에 둘러쳐진 막이 벗겨졌다. 각기 다른 악기를 든 동물 인형들이 신나게 연주를 하기 시작했다. 연주장 앞에 앉아 있던 아이들이 탄성을 질렀다.

"오랜만입니다."

선우활이 그를 주시하고 있는 전 회장에게로 다가가며 가볍게 목

619

레를 했다. 전 회장의 입술이 비틀려 올라갔다.

"쯧쯧, 아직 젊은 나이에. 일의 순서를 알아야지."

동물음악대의 귀를 찢는 연주 소리에 묻히든 전 회장의 목소리가 간신히 선우활의 귓속으로 밀려들었다. 선우활이 전 회장의 귀에다 바싹 대고 속삭였다.

"세상 많이 변했죠?"

전 회장의 어깨가 움찔했다. 그는 요란하게 연주를 하고 있는 동물인형들을 바라보며 여전히 들릴락말락한 목소리를 흘려놓았다.

"자네, 돌아온 탕자 얘기를 알지. 난 요즘 교회를 다니게 되었는데, 그 얘기를 듣고 깊은 감명을 받았어."

선우활이 가볍게 웃었다.

"설마 회장님께서 저를 돌아온 탕자로 생각하시는 건 아니겠죠?"

"생각하기 나름이지. 하지만 자네가 돌아온다면 난 기꺼이 자네를 받아들일 셈이네. 사람을 귀하게 여기는 건 우리의 오랜 전통이지 않나."

그럴듯한 수작이었다. 하지만 그것이 수작 이상 아무 것도 아니란 것을 선우활은 잘 알고 있었다. 전 회장 역시 그런 수작에 선우활이 말려들지 않을 거라 생각한 건 당연한 일이었다. 선우활은 주위를 한번 둘러본 뒤 다시 전 회장의 귀에 입을 바싹 갖다 대고 말했다.

"서류를 확인시켜 주시겠습니까?"

"그러지."

전 회장은 순순히 들고 있던 가방을 열었다. 꽤나 두툼한 종이뭉치가 열려진 가방 속에서 나타났다.

"이제 그걸 제게 주십시오."

선우활이 그렇게 말하는 순간, 전 회장은 가방의 고리를 얼른 채 워버렸다. 선우활이 뻗쳤던 손을 얼른 거두며 주머니 속으로 가져갔 다. 주머니에는 잭나이프가 들어 있었다.

"조 실장은 어디 있나."

전 회장은 여전히 무대 쪽을 주시하고 있었다. 선우활이 안주머니 에서 투명한 케이스에 담긴 녹음테이프를 꺼냈다.

"조진태보다야 이게 더 필요하시겠죠. 그렇지 않습니까?"

전 회장의 눈이 테이프를 향했다. 선우활이 그것을 내밀며 말했 다.

"알고 보면 조진태도 불쌍한 놈입니다. 회장님 손에 들어가면 녀 석의 목숨이 끊어질 게 뻔한데 제가 함부로 넘겨줄 순 없지 않습니 까. 하지만 걱정하지 마세요. 녀석은 이제 더 이상 쓸모가 없으니까 요. 회장님께나 제게나, 동지도 적도 아니죠."

"그, 재미난 표현이군."

전 회장이 선우활의 손에서 테이프를 낚아채듯 빼앗아갔다. 그 순 간 선우활의 반대편 손이 전 회장의 가방을 낚아챘다. 그때였다. 선 우활은 겨드랑이가 서늘하다는 느낌을 받았다. 아차 싶었다. 언제 다가들었는지 모르게 시꺼먼 그림자 하나가 그의 등 뒤에 버티고 서 있었다. 바로 그 그림자에서 날카로운 칼날이 튀어나왔고 그것이 선 우활의 어깨 밑을 찌른 것이었다. 다리에서 힘이 쑥 빠져나갔다. 전 회장의 얼굴에 묘한 조소가 어렸다. 그에게서 낚아챈 가방을 선우활 이 떨어뜨렸다. 선우활의 뒤에 버티고 서 있던 그림자가 앞으로 구

621

부러지면서 가방을 주워들었다. 그 순간 선우활은 팔꿈치를 위로 꺾어들고 온 힘을 다해 내려찍었다.

"윽!"

선우활은 어금니를 꽉 깨물었다. 견디기 힘든 통증이 등허리를 찍어 눌렀다. 고통은 삽시간에 온몸으로 번져 올랐다. 엉겁결에 칼에 찔린 팔을 사용한 거였다.

"끙!"

선우활의 팔꿈치에 찍혀버린 덩치 큰 녀석이 그의 발치 아래서 엉거주춤 일어서려다가 도로 엎어졌다. 그때, 동물음악대의 연주에 넋이 팔려 있던 아이들 사이에서 하나둘씩 비명소리가 터져 나오기 시작했다. 비명을 지르던 한 아이의 얼굴에 핏물이 튀겼다. 순간 주변에 모여 있던 관람객들의 시선이 일제히 그들을 향했다. 누군가가 "피해!" 하고 소리를 질렀지만, 아이들은 마치 재미난 구경거리라도 생긴 듯 주위를 떠나지 않았다. 선우활의 기습적인 일격에 쓰러졌던 '덩치'가 엉거주춤 몸을 일으켰다. 그러나 선우활은 피가 흐르는 오른쪽 겨드랑이를 왼쪽 손으로 바짝 움켜쥐며 구둣발을 들어올려 '덩치'의 뒷머리를 향해 내려찍었다. 그러자 녀석의 몸이 다시 땅바닥에 무참히 엎어졌다. 그제야 주위의 아이들이 흩어지기 시작했다.

일련의 사태가 벌어진 것은 고작 일이 분 사이의 일이었다. 그러나 전기호 회장은 이미 선우활의 시야에서 작은 점처럼 사라져가고 있었다. 전 회장의 땅딸한 몸집이 향하고 있는 곳은 당연히 출입구 쪽이었다. 선우활은 길게 숨을 들이마시고는 경사진 언덕길을 뛰어 오르기 시작했다. 그렇게 얼마를 달려 나갔을 때 길에 잔뜩 깔린 관람객들로 인해 더디게 움직이던 전 회장이 뒤를 돌아보았다. 그의 두 손에는 회색 가방과 선우활에게서 낚아챘던 투명한 녹음테이프 케이스가 들려져 있었다. 선우활은 무시로 일어나는 현기증을 털어 내듯 머리를 세차게 흔들고는 힘껏 뛰기 시작했다. 전 회장과 선우활의 간격은 조금씩 좁혀져갔다. 난데없는 추격전에 놀란 사람들이 길 양쪽으로 재빨리 흩어졌다.

사람 하나가 지나갈 수 있을 정도 너비의 철제 출구로 전 회장이 몸을 집어넣었을 때였다. 선우활의 다친 오른쪽 손이 가죽 점퍼 주머니 속으로 들어갔다가 나왔다. 그의 손에는 칼날을 곤두세운 잭나이프가 들려져 있었다. 눈 깜짝할 사이에 잭나이프는 그의 손을 떠났다. 전 회장은 여전히 달려 나가는 자세 그대로였다.

선우활은 가쁘게 숨을 몰아쉬며 천천히 걸음을 멈추었다. 전기호 회장의 몸이 철제 출구로 안에서 힘없이 꺾였다. 선우활의 손을 떠났던 잭나이프는 정확히 전기호 회장의 뒷머리에 박혀 있었다. 공원 출입구에 몰려 있던 인파 속에 기묘한 정적이 깔렸다. 선우활의 가죽 점퍼 오른쪽 겨드랑이 쪽에는 피가 흥건히 고여 있었다. 선우활은 재게 걸음을 놀려 출구로 안에 고꾸라진 전기호 회장에게로 다가갔다. 그의 손아귀에 움켜쥐어져 있던 가방과 케이스가 깨진 채 땅바닥에 처박힌 테이프를 집어 들었다. 그러곤 전 회장의 외투 주머니에서 자동차 키를 꺼냈다. 출구를 빠져나온 선우활은 곧장 VIP주차장으로 달려갔다. 전 회장의 차가 얌전히 주차되어 있었다. 그제야 출입구 쪽에서 수런거리는 소음들이 들려왔다.

선우활은 용인 시내에 있는 박동호의 집으로 차를 몰아가는 동안 몇 번이나 사고를 낼 뻔했다. 여전히 출혈은 계속되고 있었고, 운전대를 잡기조차 힘들었기 때문이다. 하지만 박동호의 집이 있는 후미진 골목길 안으로 밀어 넣다가 전신주에 긁힌 것을 제외하곤 용케도 사고 없이 차를 몰아왔다. 선우활은 걸쇠를 채우지 않은 대문을 거의 부실 듯 밀고 들어갔다. 굳게 닫힌 유리문 안에서 한 여자가 놀란 듯 어깨를 웅크린 채 마당을 내다보고 있다가 와락 문을 열었다. 박동호의 형수, 죽은 박준기의 처였다.

박준기의 장례식 이후로는 처음이었다. 그동안 선우활은 은행 송금 형식으로 금전적인 도움을 주었을 뿐 직접 나선 적은 한 번도 없었다. 하지만 박준기의 처는 선우활을 몰라보지는 않았다. 맨발인 채로 마당으로 뛰어내린 여자는 곧 쓰러질 것 같은 선우활을 부축해 안방으로 들였다.

"동호는요?"

선우활은 자꾸만 아득하게 까무러치려는 정신을 가다듬으며 물었다. 그의 목소리는 힘 없이 떨렸다.

"한 시간 전쯤에 나갔어요. 헌데."

선우활을 아랫목에 눕히긴 했지만 여자는 무엇을 해야 할지 난감한 듯 엉거주춤한 자세로 앉아 있을 뿐이었다.

"제가 어떻게 해야 하죠?"

그렇게 묻는 여자는 무척이나 순진해 보였다. 그래서인지 경황 중에도 선우활은 피식 헛웃음을 웃기까지 했다.

"형수님, 소독약하고 압박붕대 같은 거 있습니까?"

여자의 고개가 흔들렸다.

"약국에 가서 사가지고 올게요."

그렇게 말하곤 여자는 얼른 자리에서 일어났다.

"아, 아닙……."

선우활의 말이 채 떨어지기도 전에 이미 문밖으로 나선 여자는 방문을 닫아걸고 있었다. 선우활은 또다시 헛웃음을 흘려놓았다.

꽤나 긴 시간이 흐른 것 같았다. 귓바퀴를 윙윙거리며 지나가는 소리가 들려왔고, 눈꺼풀이 무거웠다. 다친 팔을 꽉 쥐고 있는 반대편 팔이 몹시 저렸지만 통증은 그다지 깊지 않았다. 온몸으로 번져오르는 아랫목의 따뜻한 기운이 자꾸만 그를 깊은 수렁으로 끌어당기고 있었다. 밤새 잠을 이루지 못한 것도 한몫을 한 듯 아무리 눈꺼풀을 밀어 올리려 해도 자꾸만 떨어졌다. 선우활은 몇 번이나 무거운 눈꺼풀을 밀어 올리며 방바닥을 바라보았다. 검붉은 피가 마치 흙물처럼 고여 흐르고 있었다. 그는 한숨을 깊이 몰아쉬고는 완전히 눈꺼풀을 내렸다.

"형님……, 정신이 좀 나세요?"

갈증으로 목이 타는 듯해서 눈을 떴을 때 어둑어둑한 속에서 누군가 묻고 있었다.

"그래, 동호구나……. 언제 왔냐……. 나 물 좀 줄래?"

선우활이 떠듬거리며 말했다. 박동호가 선우활의 목을 받쳐 주전자 주둥이를 입에다 대주었다. 한동안 선우활은 물을 달게 마셨다. 박동호가 슬그머니 주전자를 빼냈다. 선우활은 무너지듯 다시 누웠다. 방안에 드리워진 어둠 조각들이 그를 덮고 있었다.

한 번 정신이 든 듯했던 선우활은 그러나 다음날 오후가 될 때까지 꼼짝없이 잠에 빠져 있었다. 열에 들 뜬 그의 얼굴은 술을 마신 듯 벌겋게 달아 있었고, 온몸은 땀에 젖었다. 그의 곁을 떠나지 않은 채 지키고 있던 박동호의 형수가 슬그머니 집을 나서 쉰 살쯤 되어 보이는 여자 하나를 데리고 왔다. 여자는 방안에 들어서자 대뜸 인상을 찡그리며 빠르게 말했다.

"이분들, 웬 피 냄새가 이리 지독해요? 이 사람 누구에요? 칼 맞은 것 같은데? 그렇지, 총각?"

상처를 뜯어본 여자는 새빨간 입술을 삐죽이 내밀며 박동호를 째려보았다. 박동호가 입을 꾹 다물고 있자 여자는 뭔 낌새를 차렸는지 큼큼거리며 콧등을 한번 씰룩거리고는 다시 빠르게 말했다.

"칠십년대 온갖 것들 다 수출할 때 내가 간호원으로 독일로 수출이 되어서 십 년을 지냈는데, 그때 꼭 이런 양반을 본 적이 있었어요. 칼이 별것 아니라고 무시하기로 들면 큰코다쳐요. 어떤 칼이든 그게 쇳덩어리면 다 독이 있으니까. 이거 봐, 이걸 한번 보라구요."

여자는 반들반들 세월이 이겨붙은 플라스틱 가방을 열고는 솜뭉치에 소독약을 잔뜩 묻혀 선우활의 상처를 닦아내다 말고 박동호와 그의 형수에게 보였다. 얼핏 보기에는 살갗이 길게 찢긴 것 같았지만 상처 주위가 녹이 긴 것처럼 푸르죽죽한 빛을 띠고 있었다.

"소독을 제대로 허고 붕대를 감아야죠, 쯔쯔…… 이대로 놔뒀다간…… 하기야 병원엘 가지 않고 날 부른 게 다 뜻이 있을 테지만, 어디 젊은 목숨 한번 살려볼까?"

여자는 말을 하다 말고 박동호를 찔끔 한번 쳐다보고는 이내 또 빠른 말로 얼버무렸다. 여자는 덜렁대는 말씨와는 달리 상처를 다루는 솜씨는 놀라울 만큼 세심하고 차분했다. 여자는 자그마한 슈퍼를 운영하면서 원하는 사람에게 영양제를 놓아주는 부업을 하고 있는 전직 간호사로 부업으로 버는 돈이 더 많은 걸로 근동에 소문이 나 있었다. 찢어진 살갗을 헤집어 소독을 할 때마다 선우활은 의식이 없으면서도 불에 대기라도 한 듯 몸을 움찔거렸다. 어떤 때는 바들바들 떨어대기도 했다. 그렇게 또 꽤 많은 시간이 흘러갔다.

"아무래도 뼈를 건드린 것 같은데……. 만약에 그러면 내 손으로는 안 돼요. 계속 이러면, 병원으로 데리고 가요."

여자는 손등으로 제 볼을 한번 슬쩍 훑고는 일어섰다. 그녀를 배웅해주러 나갔다 들어오며 박동호가 넌지시 형수에게 물었다.

"저 여자, 말이 너무 헤픈 것 같은데 괜찮을까요?"

박동호의 형수는 고개를 가로저었다. 그러곤 뭔가 긴한 얘기가 있는 듯 잠시 망설였다. 박동호가 눈치를 채고는 "형수님, 걱정되시죠?" 하고 물었다.

"걱정이 안 될 리가 없죠. 하지만 걱정보다는 도련님이 안타까워요. 지금이야 5공 때도 아닌데."

박동호는 그녀의 입을 막듯 약간 톤을 높여 말했다.

"변한 게 조금도 없어요. 막말로 취직하고 싶은 생각도 없구요. 이참에 세상이 어떤 건지 한번 구경해볼랍니다. 너무 걱정 마세요."

그렇게 흔연하게 말은 했지만 마음 한구석에 똬리를 튼 불길함은 스러지지 않았다.

그날 저녁 무렵 링거액을 갈아주러 여자가 왔다가 선우활의 상태를 보고는 고개를 절레절레 흔들었다. 그러나 다음날 아침 일찍 와서 보고는 깜짝 놀라며 상처가 호전된 데 반가움 섞인 경탄을 터뜨렸다. 넉넉히 오후면 깨어날 테니 걱정하지 말라고 일러주던 그녀의 얼굴은 활짝 펴져 있었다. 그런데 박동호와 그의 형수가 늦은 점심을 먹고 있을 때 그녀가 다시 들이닥쳤다. 그녀의 손에는 방금 인쇄를 마친 듯 잉크 냄새가 촉촉이 배어 있는 석간신문이 들려 있었다. 박동호의 형수가 마루문을 열기가 무섭게 여자가 사방을 한번 두리번거리고는 마루로 올라서자마자 신문을 쫙 펼쳤다. 그 모양을 지켜보던 박동호의 가슴이 철렁하고 떨어졌다.

"이, 이 사람…… 마, 맞지?"

여자가 더듬거렸고, 박동호가 얼른 신문을 거두었다. 두 여자의 시선이 곧장 박동호에게로 쏟아졌다. 여자의 눈길이 불안하게 흔들리고 있는 것을 박동호는 보고 있었다. 그는 그녀의 눈동자를 잡아 묶기라도 하듯 뚫어지게 응시하며 말했다.

"아주머니, 잘못 보셨어요."

박동호의 이글거리는 눈빛에 여자는 이미 주눅이 들대로 든 뒤였다.

"가세요. 만약 이후로 무슨 일이 벌어지면 이건 다 아주머니 탓으로 알 테니까 그런 줄 아세요. 알겠죠?"

박동호의 말에 여자는 완전히 기가 꺾인 듯했다. 여자는 연신 고개를 끄덕이고는 마루를 벗어나 허둥지둥 신발을 꿰어 차고는 대문을 나섰다. 마루문을 닫아걸고 돌아서는 형수에게 박동호가 말했다.

"별일 없을 거예요. 저런 분들 의외로 겁은 많거든요. 허지만 만약을 위해서 오늘 밤 저 형님과 떠날게요."

그녀의 고개가 푹, 소리가 나게 꺾였다. 이내 손등으로 눈시울을 찍어냈다. 박동호는 말아 쥔 신문을 물끄러미 내려다보고 있다가 손을 뻗어 그녀의 어깨를 만졌다. 슬픔이 깃든 그녀의 작은 몸이 떨고 있었다.

"동호야."

그때 방안에서 잦아들어가는 목소리가 들려왔다. 선우활이 긴 혼수상태에서 깨어나 그를 찾고 있었다. 박동호와 그의 형수는 얼른 방으로 들어갔다. 선우활은 비스듬히 벽에다 등을 기댄 채 혓바닥으로 연신 마른 입술을 핥고 있었다. 박동호의 형수가 마루에서 주전자를 가져와 물을 따라 건넸다. 선우활은 한숨을 내쉬고는 천천히 물을 들이켰다. 그 모습은 영락없이 사지로 끌려갔다가 겨우 목숨을 부지해 돌아온 사람의 그것이었다.

미음을 끓여오겠다며 박동호의 형수가 방을 나서고도 한참 동안 박동호는 선우활의 얼굴만 멀뚱하게 바라보고 있을 뿐이었다. 이제 겨우 정신을 수습한 그에게 신문에 난 기사를 보여준다는 것이 너무 가혹한 짓 같았다. 그러나 병든 소처럼 눈만 껌벅거리고 있던 선우활이 그때까지 박동호의 손에 쥐어져 있던 신문을 발견하고 입꼬리를 찍 올렸다.

"신문에 뭐라고 났냐? 내 사진도 나왔겠구나. 그래 인물은 괜찮게 나왔어? 놀랄 사람 몇 되겠구나."

선우활은 나직이 웃고 있었다.

밤이 이슥해서 두 사람은 박동호의 집을 떠났다. 박동호가 모는 지프가 경부선을 버리고 호남선을 타면서 날이 빠르게 어두워지기 시작했다.

"무슨 조활까?"

선우활은 용인을 떠날 때부터 한 마디도 하지 않더니 처음으로 입을 뗀 것이 그런 혼잣말이었다. 운전대를 잡은 채 한쪽 손으론 연신 줄담배를 피워대던 박동호는 슬그머니 재떨이에다 꽁초를 비벼 끄고는 선우활을 힐끔 보았다. 선우활이 중얼거린 대로 그에게도 역시 무슨 조화인지 알 수 없었다. 그건 바로 신문에 난 기사 때문이었다.

'비디오업계의 기대주 서의영상 대표, 피살.'

신문 기사는 사건의 진상과는 아무런 상관도 없는, 조작의 냄새를 지독하게 뿜어내는 '소설'에 불과했다.

'영화관 개봉과는 상관없이 독자적인 비디오 제작과 판매로 영상업계에 뛰어든 지 불과 3년 만에 해마다 매출액 신장률 1천 퍼센트 이상을 기록하던 서의영상 전기호 대표의 피살 사건은 경영권 쟁탈의 와중에서 일어난 계획적인 범행으로 추정되고 있다. 경찰은 전 대표의 피살 현장에 함께 있다가 가까스로 변을 면하여 용인 Y병원에 입원 가료중인 비서 우 모 씨의 진술과 당시 관람 중이던 목격자들의 진술을 종합한 결과 일단 사건 전날 밤 자정 무렵 전 대표에게 전화를 걸어와 범행 장소에서 만나자고 제의한 선우 모(30) 씨를 유

력한 용의자로 보고 있다. 경찰은 또 사건이 나고 3시간만인 지난 00
일 오후 6시 권총으로 자살한 서의영상 전무이사 황정만 씨의 유서
를 국립감정원에 필적 감정을 의뢰해놓은 상태인데, 유서의 내용으
로 미루어 황 전무가 옛 동료였던 선우 모 씨로 하여금 전 대표를 살
해하도록 사주했을 가능성에 대해서도 수사를 펼치고 있다. 한편 서
의영상은 살해당한 전기호 대표의 유지를 받들어 당분간 선우정규
씨가 직무대리를 하기로 임시 주총에서 결정하고, 다년간 할리우드
에 진출하여 활약한 바 있던 배우 박영진 씨를 제작이사로 선임하였
다. 또한 동해안 T시에 대규모 촬영소를 건립할 목적으로 부지 확보
를 끝낸 서의영상은 계획대로 올봄 착공할 예정⋯⋯.'

어이가 없었다. 권력 밀착형 거대 폭력 조직은 간데없고 포르노
비디오의 수입과 복제 판매 그리고 조잡한 에로물 제작에 골몰하고
있던 서의영상이 갑자기 전면에 부각된 것이다. 거기다 황정만 전무
의 자살까지. 선우활은 고개를 숙인 채 슬슬 흔들었다. 그러나 그는
조작된 사건 내용을 담고 있는 신문기사 따위에는 관심이 없었다.
그 가운데서 오직 하나, 그것만이 줄곧 그의 신경을 자극하고 있었
다. 선우정규의 부각, 바로 그것이었다.
"결국 여기까지 왔어!"
선우활은 혼잣말을 중얼거리다가 시트를 꽝하고 내리쩍었다. 오
른팔에 강한 통증이 엄습했다. 선우활이 짓씹듯 내뱉었다.
"그래 봤자 소용없어. 넌 너대로, 난 나대로."
선우활을 곁눈으로 힐끔거리던 박동호는 운전대를 잡은 손에 힘

을 실으며 액셀러레이터를 지그시 밟았다.

***

봄은 봄인데 어딘가에는 푹푹 찌는 여름의 열기가 솟고 있었다. 반년 뒤로 예정되어 있는 대선을 향한 긴긴 골짜기에서 피어오르는 열기였다. 4월 하순, 3당 통합으로 YS와 한 지붕 아래 살게 된 JP가 세대 교체를 부르짖으며 등장한 이종찬에게 일격을 가했다. YS 지지를 표명한 것이다. 그걸 두고 어떤 정치 평론가는 능구렁이와 여우만이 가질 수 있는 노하우라고 표현했고, 어떤 이는 그로선 너무도 당연한 처신이라고 말했다. 그런가 하면 민주당에서는 DJ의 대선 출마와 당선의 관계를 탄탄한 고리로 얽어매고 있었는데 S주간지와의 인터뷰에서 "누가 나와도 이긴다!"라고 호언한 DJ는 "패배는 생각해보지도 않았다." 라고 장담하는 프로야구 감독 같았다. 거기다 민주당 내의 열기 역시 여름을 성큼 끌어오고 있었는데 이름하여 'DJ 이후를 노리는 주자들'이 내뿜는 열기였다. 사무총장 김원기를 비롯해 김상현, 정대철, 김영배, 이우정, 박영숙, 이부영, 김정길, 조순형, 김현규 제씨는 최고위원 경선에서 저마다 최고 득표를 노리고 있었다. 그들 외에도 대선을 노리는 정치꾼들은 건어물집 벽에 걸린 명태 두름만큼이나 즐비했다. 박사로 지칭되는 대학교수에서 대기업 전직 회장까지. 어떤 작가의 표현처럼 '대통령 병'에 걸린 사람은 결코 적은 숫자가 아니었다. 그들이 봄을 봄답지 않게 열기로 들뜨게 만들고 있었다.

"석 달만 기다려봐. 거짓말처럼 잠잠해져 있을 테니까."

선우활의 코웃음은 정확히 맞아떨어졌다. 불과 석 달 전에 일어난 몇 개의 살인 사건은 더 이상 세상에 작은 바람 한 점 일으키지 않았다. 박동호는 나무그늘에 앉아 바위처럼 꼼짝하지 않은 채 신문을 훑고 있었다. 가끔씩 바람이 불 때면 그는 삐걱거리며 흔들리는 산장의 미닫이문을 힐끔 쳐다볼 뿐이었다.

산장 안에는 선우활이 있었다. 그는 일주일 중 엿새는 배낭을 메고 산을 헤매 다녔다. 산에 가지 않는 동안은 하루 종일 산장 안에서 잠만 잤다.

"아버지가 있었단다. 간첩이었단다. 웃기는 일이지 않냐? 진짜 아버지는 간첩이었고, 날 키운 아버지는 경찰이었다는 게."

계룡산 근처 산장에 든 지 한 달쯤 지났을 때 선우활은 처음으로 박동호에게 그런 말을 해주었다. 그는 마치 숨겨둔 과자를 몰래몰래 조금씩 꺼내서 떼어먹듯 박동호에게 얘기를 들려주었다. 그 얘기의 출처는 모두 지난 겨울 전기호 회장에게서 빼앗아왔던 그 서류들이었다. 선우활은 그것을 보물처럼 간직하고 있었다. 산빛이 조금씩 푸름을 머금어갈 무렵부터 선우활은 산행을 시작했었다. 일주일에 엿새 동안. 어떤 때는 그 여섯 날 동안 단 한 번도 산장으로 돌아오지 않을 때도 있었다. 산에서 돌아오는 그의 얼굴엔 수염이 수북하게 자라 있었고 땟국이 흘러내렸다. 산행을 하지 않는 일주일의 하루 동안 그는 정성스럽게 면도를 하고 목욕을 했다.

"내 할아버지가 날 알아보셔야 해. 그러려면 얼굴이 말끔해야 한단 말이야."

면도를 하는 이유를 그는 그렇게 설명했다. 그 말을 듣고 박동호
는 조심스럽게 물었다.

"형님 조부님께서 정말 산에 계실까요?"

선우활은 천천히 고개를 끄덕이며 웃었다. 그 미소는 너무도 순진
해 섬뜩하기까지 했다.

백두산 천지에서 거꾸로 처박혀 미끄러지기 시작하는 한반도. 체
간體幹인 백두대간이 금강, 오대, 태백을 건너와 소백, 속리로 이어
져 덕유와 지리로 휘엉휘엉 뻗어가다 전라도 장수 분수치分水峙에서
불끈 한번 뒤틀어 북으로 내달려 공주 남방 40리를 들숨 한 번에 빨
아들여 거기까지 오는 동안 참고 참았던 굵은 똥 한번 끙, 하고 힘을
주어 빼놓은 곳, 불끈 솟아오른 모양새가 수탉의 볏 같다 해서 이름
붙여진 계룡산. 조공품 운송이 불편하다는 이유로 도읍이 한양으로
정해진 뒤로는 이름만 그저 신도新都라고 남게 되지만, 장차 정가鄭
哥 성 가진 자가 8백년 왕조를 건설할 곳이라는 비기秘記가 널리 읽
힌 뒤부터 뜻밖에 이상향으로 지목되어 신의서神意書와 도참기圖讖
記를 옆구리에 꿰어 차고 꾸역꾸역 사람들이 몰려들기 시작해 산 곳
곳에 움막을 짓고 화두를 틀고 앉은 선사 흉내를 내는 이가 적지 않
았다. 계곡물로 뜨거워진 몸을 식히고 있던 선우활은 우연히 만난
한 마흔 살쯤 되어 보이는 스님에게서 들었던 계룡산에 관한 설명을
되새기며 지그시 눈을 감았다.

"여기에 할아버지가 계신다니. 내가 지금 허깨비에 홀린 건 아닌
가."

장마가 끝난 뒤끝이라 햇살은 살갗을 태울 듯 뜨거웠다. 좀 전에

나무그늘을 벗어났건만 금세 몸은 달아오르고 땀은 비로 변한 듯 옷을 적셨다. 그는 감았던 눈을 뜨고 배낭 옆구리에 찔러놓은 지도를 꺼내 허공에다 활짝 펼쳤다. 지난봄부터 지도에다 다녀온 곳을 색연필로 표시를 해놓기 시작했는데 지도의 4분의 1, 즉 계룡산 동북은 이미 굵은 빗금으로 지워져 있었다. 이제 그 아래쪽 동남의 4분의 1도 야금야금 색연필로 지워가고 있는 중이었다.

그는 목덜미에 걸쳐둔 수건으로 이마에 맺힌 땀을 꼭꼭 찍어 눌렀다. 선우활이 그의 할아버지를 찾아야 한다는 생각을 품기 시작한 것은 3년 전 겨울, 그러니까 남미현과 함께 동해안으로 무작정 여행을 떠났던 때였다. 거기서 남미현이 속해 있던 조직으로부터 선우활과의 관계를 끊어버리기 위해 비밀리에 그녀에게 건네진 서류를 우연히 보게 된 뒤였다. 거기에는 그동안 아버지라고 믿어왔던 선우정규는 그의 의부였고, 그의 부친은 북에서 밀봉 교육을 받고 남파된 간첩이라는 믿기 어려운 사실이 기록되어 있었다. 선우활의 친부는 당시 공주에서 순경노릇을 하고 있던 선우정규에게 체포되어 전향을 하고 결혼을 하여 딸을 하나 낳는데 그녀가 선우활의 누나 선우연이었다. 선우활의 진짜 부친은 북에서 남파된 저격수에 의해 사살되고 마는데 그때 임신 중이던 모친 역시 총을 맞고 사경을 헤매게 되었다. 가까스로 산모의 배를 가르는 수술로 태아만이 살아난다. 그 아이에게는, 당연하게도, 활活이라는 이름이 붙여졌다. 그것이 선우활 집안에 얽힌 이야기의 서막이었다. 그 문건을 본 선우활은 어떤 완강한 벽에 부딪친 것 같았다. 자신의 가계에 얽힌 믿기 어려운 이야기 때문이 아니었다. 그의 할아버지가 생존해 있다는 사실 때문이었다.

***

　타는 듯한 단풍으로 붉어진 산을 보고 있으면 하루 종일 놀녘 같았다. 어느새 시월의 뒤끝을 버리고 시간은 늦은 가을을 지나 겨울로 접어들고 있었다. 서리를 끼얹은 산녘, 그 위에 더욱 처연해진 단풍은 하루하루 시들어 낙엽이 되어갔다. 그동안 반년이나 넘게 산을 헤매 다닌 선우활도 이젠 어지간히 지쳤다.

　산장으로 돌아오는 그의 어깨는 언제나 축 처져 있었다. 일주일에 한 번씩은 꼭 면도를 해 반듯하게 얼굴을 가꾸던 그였건만 이제 그는 더 이상 그렇지 않았다. 수북하게 자라 얼굴을 덮고 있는 수염 위로 절은 땟물이 반들반들 흘렀다. 말수는 더욱 줄어들었다. 어쩌다 입을 떼면 그때는 어김없이 술을 찾았다. 하지만 거기에는 언제나 꼭 같은 이유가 달려 있었다.

　"동호야, 카센터나 한번 다녀오거라. 할아버지 모시려면 차가 잘 굴러가야 할 거 아니냐. 기름도 만땅으로 넣고. 내려간 김에 소주 몇 병 갖고 오는 것도 나쁠 건 없지."

　그런 일 외엔 차 쓸 일 없다는 걸 뻔히 알면서도 내려보낼 때마다 연료를 채우라는 게 웃기는 말이었지만 선우활도 박동호도 웃지 않았다. 박동호는 그가 정상이 아닐지 모른다는 생각을 뜬금없이 하곤 했다. 그렇게 산 아래를 한 번 내려갔다오면, 그래서 소주가 몇 병 생기고 나면, 그는 며칠 동안 산으로 떠나지 않았다. 그럴 때의 그는 마치 한 소식한 스님처럼 제법 잡티를 걸어낸 소리를 냈다.

"세상은 아무것도 해주지 않아도, 좋아라 대장을 뽑겠다고 아우성인데, 나는 깜깜한 어둠 속에 처박힌 옛날로 가고 있으니."

박동호는 실체 여부조차 확실하지 않은 할아버지를 찾겠다고 나선 선우활의 행동을 솔직히 이해할 수 없었다. 마치 계룡산이라는 거대한 괴물에게 단검 하나를 뽑아들고 대항하고 있는 것 같았다. 그렇게 말했을 때 선우활은 빙긋이 웃으며 대답했다.

"나란 놈, 도대체 나란 놈이 누군지, 어떤 인간인지, 한 번도 물어보지 못하고 살아왔다. 사지육신 멀쩡한데, 분명히 나도 인간인데, 도대체 나란 놈이 뭐 하는 인간인지, 어디서 왔는지, 그건 알아야 할 거 아니냐. 과거에 몹쓸 짓을 했으면 다시는 안 그래야 할 것이고, 나란 놈이 앞으로 뭘 해야 할지도 알 것 아니냐. 애비가 누구고 할애비가 누군지 알아야 나란 놈이 웬 놈인지 알 것 아니냐."

그것은 이를테면 자아를 찾아가는 구도자의 고행이었다. 스스로를 고통 속에 가두어놓고 끊임없이 학대하면서 저 평화와 안식의 나라를 희구하는 존자尊者의 길에 그를 비유할 수도 있을 것이다. 그러나 어쩌면 그건 이미 도로徒勞라는 사실을 전제하고 있을지도 몰랐다. 세상이란 뭐가 있을 것 같지만 실은 아무것도 없는 것이고, 기를 쓰고 찾으면 뭐가 될 것 같아도 막상 찾고 나면 볼 일이 없는 것 같은, 그런 허망함을, 선우활은 이미 알고 있을지도 몰랐다.

"할아버님을 찾을 수 있을까요?"

박동호가 술 힘을 빌려 그렇게 물었을 때 선우활은 아무 말 없이 배낭을 등에 졌다. 그러고는 산으로 다시 떠났다.

그해 첫눈이 내리던 날이었다.

***

1992년 12월.

역사의 긴 수레바퀴가 눈 덮인 설백雪白의 세계에 뿌드득 소리를 지르며 내박힌다. 아득하게 뻗쳐 내리는 눈줄기를 가르며 시선을 던지던 한 사나이는 설핏 지축 한 가운데에 뭔가 박히는 소리를 듣는다. 그는 어디를 보고 있는 것일까. 무엇을 듣고 있는 것일까. 웅장한 황금의 궁전, 권력의 꿀이 풍만한 여인의 젖가슴에서 흐르는 애욕처럼 철철 넘치는 소리. 그는 그 젖가슴을 보고, 철철 넘치는 애욕의 소리를 들은 것일까. 사나이는 어느새 살얼음이 낀 얕은 개울을 훌쩍 뛰어넘으며 훅, 하고 숨을 토해낸다. 제법 긴 골짜기를 멀게도 올라왔는가 싶게 뒤를 한 번 돌아보던 사나이는 얼굴을 수북하게 덮어버린 수염을 손바닥으로 쓸었다. 그의 고개가 도리질을 친다. 그가 떠나오기 전의 일이 새삼스럽게 생각난 탓이었다.

"형님, 이번엔 누가 뽑히든 문치文治라고 떠들고 있어요. 소감이 어때요? 당선이 되려면 850만이나 900만 표를 얻으면 된다는데, 그래봤자 이번에도 3할짜리 대통령 아닙니까. 정주영이 노익장을 과시하는데 한 켠에선 그이의 선전이 DJ한테는 어부지리라고 해요. 지금 노태우 심정이 어떨까 모르겠어요. 형님, 정말 가실 겁니까?"

떠드는 건 박동호 혼자였다. 산장 한 구석에 흙물이 잔뜩 묻은 채로 세워져 있던 배낭을 툭툭 털어 등에 지는 선우활을 바라보며 그는 나직나직 그렇게 시부렁거렸다. 그에게는 아무래도 선우활의 핏줄 찾기보다는 채 한 달도 남지 않은 대권 도전의 향방에 더 관심이 가는 모양이었다. 아무 말 없이 문을 밀치던 선우활이 힐끔 돌아보았다.

"너 꽤나 투표하고 싶은 모양이구나. 그래, 네 뜻에 부합하는 의미로 선거일 닥치기 전에 꼭 할아버지 찾겠다. 그래서 이렇게 또 떠나는 거 아니냐. 기도해다오."

농담같이 휘적휘적 던져놓는 선우활의 말소리는 푸석한 먼지처럼 박동호의 얼굴로 날아들었다. 안으로 깊숙이 파고들어간 가느다란 눈매와 얼굴을 덮은 수염, 제법 두툼한 파카를 입었음에도 여위어 보이는 몸피. 그 모양은 박동호에겐 영락없는 연민의 대상일 뿐이었다. 마치 그걸 눈치 채기라도 한 듯 선우활이 침을 꿀꺽 삼키며 말했다.

"동호야, 세상 사람들이란 두 손 두 발 다 들고 지랄을 치면 눈길 한 번 안 주는 법이다. 조용히, 묵묵히, 소리 없이 가야지."

선문답 같은 얘기를 던져놓고 선우활은 문을 나섰다. 바람에 쓸려 온 눈발이 산막 안으로 파고들었다. 박동호는 서늘하게 가슴이 비어졌다. '뭘까. 저 말은. 지랄을 치면 눈길도 안 준다?'

사나이는 배낭 옆구리에 찔러 넣었던 지도를 펼쳤다. 계곡 상류에서 긴 산마루로 다시 이어지는 곳을 손가락으로 그리다가 눈길을 들었다. 거기엔 도저히 사람이 살 것 같아 보이지가 않았다. 포기할까? 그런 생각이 들었다. 그런데 이내 사나이는 도리질을 쳤다. 오기가 솟구쳐 오른 것이다. 하지만 그건 꼭 오기만은 아니었다. 뭐랄까. 운명이라고 해도 되는 것일까. 자신을 마구 쓸려다니게 만드는 것이 아니라, 제가 스스로 만들어나가는 운명이란 것! 산마루를 길게 따라 오르다가 갑자기 깎아지른 벼랑이 다가들었다. 벼랑 가까이로 가면서 사나이는 주뼛거리며 머리털이 곤두서는 것을 느꼈다. 제 시야에 틀림없이 연기 한 자락이 잡힌 때문이었다.

지난 8개월 내내 그랬다. 어설프게 포막을 쳐놓고 도를 닦는 수행자들이 한둘이 아니었는데 그들을 만나든 그들이 짓는 밥 연기를 보든 사나이는 벌컥벌컥 가슴이 동맥질을 치는 걸 막지 못했다. 그의 메말라버린 입술이 벌어지며 "할아버지," 하고 소리를 낼 때면 그만 피식 웃음이 솟구치고 말았다. 아직 할아버지를 해후하지 못했으니 그런 가슴뜀박질은 쓸 데가 없었다.

그러나 이번엔 좀 달랐다. 도를 닦는 수행자들의 거처에는 작든 크든 깃발이나 문장紋章 같은 눈에 띄는 표상이 있게 마련인데 벼랑 아래 산막에는 모락거리며 피어오르는 연기 밖에는 눈에 띄는 게 없었다. 그는 벼랑 끝에 비스듬히 기울어져 있는 소나무에 의지해 조심스럽게 몸을 아래로 기울였다. 나무껍질을 다닥다닥 붙여 지붕을 삼고 흙색 포막으로 옆구리를 가린, 사람이 산다면 분명 집이겠지만 그렇게 부르기가 아무래도 멋쩍은 초라한 거처가 하나 눈 속에 파묻혀 있었다.

주위는 온갖 크고 작은 벼랑들이 마치 여자의 샅처럼 쏠리고 빨려들어 짐승이라도 한번 갇히면 헤어나기 힘들 정도의 험지였다. 말하자면 산 속에 있는 늪 같은 곳이었다. 바로 거기에서 연기가 모락거리며 피어오르는 것이었다. 사나이는 제 발치 아래로 곤두박질을 치고 있는 벼랑을 일별했다. 아까부터 뒷골을 때리던 그 알 수 없는 예감은 이제 훨씬 강도가 높아져 있었다. 전처럼 제 입에서 "할아버지," 라는 탄식조차 함부로 새나오지 않았다.

벼랑은 아무래도 쉽게 내려갈 수가 없을 것 같았다. 바위를 낀 협착한 경사로가 있긴 했지만 발을 잘못 던져놓았다간 사정없이 아래로 곤두박질쳐 뼈 몇 개는 동강이 날 게 뻔했다. 그는 우선 배낭을 끌러 자일을 꺼냈다. 한쪽 끝을 벼랑의 소나무에다 단단히 결박한 뒤 나머지 자일의 중간 중간을 잘 쥘 수 있도록 매듭을 지어나갔다. 그렇게 아래로 던져진 자일은 벼랑 밑까지 닿기에는 턱없이 모자랐다. 하지만 자일을 이용하는 것 말고는 달리 취할 방도가 없었다. 사나이는 산으로 들어온 지 8개월 만에 처음으로 자일을 썼다.

회칠한 벽마냥 뿌옇게 가라앉은 하늘에서는 금방이라도 눈가루가 쏟아질 것 같았다. 사나이는 소나무에 매어진 자일을 힘껏 몇 번 잡아당겨보고는 벼랑 아래로 차근차근 내려가기 시작했다. 매듭이 지어져 있어 미끈거리지는 않았지만 눈이 내린 탓에 발이 닿는 곳이 허당과 같아 균형 잡기가 쉽지 않았다. 드디어 마지막 매듭에 손이 닿자 눈짐작으로 7,8미터 되는 진짜 허당이 도사리고 있었다. 사나이는 깊은 숨을 한 번 몰아쉬고는 손을 탁, 하고 놓았다. 꽤 긴 시간이 지난 듯싶더니 푹, 하고 어딘가로 몸이 빠져들었다. 바로 그때 집의 옆구리를 친 포막이 훌쩍 벗겨지고 누군가 모습을 드러냈다.

노인이었다. 분명히 노인이었다. 진흙빛 포장이 걷혔다가 닫히는 그 순간 나타났던 그 얼굴은 틀림없는 노인의 그것이었다. 그런데 그 얼굴이 다시 쑥 움막 안으로 들어갔다. 벼랑에서 자일을 놓고 아래로 떨어졌던 사나이는 다행히 낙엽이 수북이 깔린 바닥을 고른 탓에 무릎만 조금 뜨끔할 뿐 다친 데는 없었다. 허나 그게 문제가 아니었다. 방금 전 그의 눈앞에 나타났다가 사라진 저 움막 안 노인의 모습이 섬광처럼 그의 망막에 맺혔다.

바람에 눈발이 기세 좋게 날렸다. 사나이는 낙엽더미 속에 빠진 몸을 추슬러 빼낼 생각은 않고 제가 있는 골짝을 둘러보았다. 참으로 기묘하게 생긴 골짝이었다. 사방이 일시에 함몰한 듯 그 골짝을 향해 쏠려 떨어지는 모양이 참으로 여체의 샅 같기만 했다. 그리고 그 속에 묻힌 듯 드러난 듯, 있는 듯 없는 듯, 험한 움막 하나가 자리하고 있었던 것이다.

사나이는 눈발에 스치는 움막의 나무껍질 지붕을 빙긋이 웃는 낯으로 쳐다보다가 그제야 한기를 느끼며 낙엽더미에서 몸을 빼냈다. 배낭 옆구리에 걸어뒀던 철제 수통이 잔뜩 우그러져 너덜거릴 뿐 거짓말처럼 다친 데는 없었다. 그는 눈 묻은 옷을 툭툭 털고는 어떻게 할까 잠시 머뭇거렸다. 굴뚝으로 솟는 흰 연기 말고는 움막 안에서는 다시 기척도 없었다. 하지만 여기까지 내려왔을 땐 다음 수순은 뻔했다.

사나이는 성큼 발을 뗐다. 뿌드득거리는 소리가 경쾌하게 들렸다. 움막 가까이 가자 나무 그릇 달그락거리는 소리가 들려왔다. 사나이는 큼, 하고 헛기침을 한번 뱉어내고는 말했다.

"저어, 실례합니다."

목소리가 왠지 떨리며 나왔다. 아까 골짝과 움막의 흰 연기를 발견하던 때부터 일기 시작하던 묘한 예감은 조금도 스러지지 않았다. 잠시 교교한 적막이 흘러갔다. 움막 안에서 들려오던 달그락거리는 소리도 멈추어져 있었다. 적막의 끝을 헤아리기라도 하듯 바람 한 줄기가 눈발을 몰아와 움막 옆구리를 철썩하고 쳤을 때, 사나이는 다시 한 번 입을 오므렸다.

그때였다.

사락거리는 신발 끄는 소리와 함께 움막이 들썩하고 들리는가 싶었다. 움막 옆구리에 머물던 눈 싸라기들이 팽그르르 안팎으로 휘돌림을 했다. 그러곤 성큼, 짙은 사람의 내음을 풍기며 누군가가 모습을 드러냈다.

"뉘야?"

아까의 그 노인이었다. 노인의 얼굴은 좀 전 사나이가 낙엽더미 속으로 떨어졌을 때 움막 안에서 잠시 나타났다 사라졌던 바로 그 얼굴이었다. 하지만 그것은 보통의 노인 얼굴이 아니었다. 누렇게 바랜 한지에 그려진 망백노상望百老像, 그 자체였다. 백 살을 바라보는 노인의 모습. 파뿌리같이 꼬부랑한 수염과 어디 한군데 빈틈도 없이 자글자글한 주름투성이의 얼굴. 사나이는 금세 눈시울을 붉혔다. 서로 다른 두 곳에서 기어 나온 두 개의 시선이 허공에서 악수를 하듯 마주쳤다. 서로 다른 두 개의 세계에서 건너온 두 사람의 낯선 눈동자가 서로를 향해 그윽하게 빛을 던지고 있었다.

노인이 먼저 움막 안으로 들어갔고, 젊은이가 허리를 한껏 숙이고는 그 뒤를 따랐다. 움막은 보잘 것 없었지만 한 사람의 살이를 감당하기엔 부족함이 없어 보였다. 노인이 푸른 기가 조금은 남아 있는 하얗게 바랜 베개를 등에다 대고 벽으로 몸을 붙였고, 남아 있는 좁은 공간에 홀쩍 키가 큰 젊은이의 몸이 엉거주춤 서 있었다.

푸르게 사위어가는 눈 내리는 하오의 산녘, 그 한 귀퉁이에 쓰러질듯 버티고선 험한 움막 안은 숨이 막힐 듯 적막했다. 거친 세월이 고스란히 내려앉아 거북등처럼 가닥가닥 갈라지고 후줄근히 처져 있는 눈시울의 노인. 그 잦아든 빛의 눈동자를 아득하게 응시하고 있는 젊은이. 그 둘은 흘러내리다 일시에 얼어붙은 빙벽처럼 움직임이 없었다. 다만, 혹시는, 두 사람의 가슴 속에 격렬한 마음의 움직임을 대변하기라도 하는 듯 가끔씩 그 대조적인 둘의 눈꺼풀이 위아래로 파르르 떨리곤 했다.

이윽고 노인의 휘늘어진 어깨가 자글자글 주름이 덮인 목을 한쪽으로 기울이게 만들었다. 그러자 노인의 얼굴 왼쪽 사면이 풍 들린 듯 몇 번 가늘게 떨었다. 노인은 검버섯이 빼곡히 들어찬 손등으로 그 왼쪽 얼굴 입술 주변을 쓱 닦아냈다.

"앉으시게나."

노인의 입술이 열리자 쏭쏭 뚫린 앞니와 송곳니에 사나이의 시선이 닿았다. 찌른 듯 사나이의 가슴이 아팠다. 아직 백 살 가까이 된 사람을 본 적은 없었지만 지금 눈앞에 있는 노구老軀는 그 세월의 무게를 충분히 견디고도 남음이 있었다. 노인은 힘겹게 콧김을 내뿜고는 눈을 한 번 깊게 감았다가 떴다.

"어데서 왔능가?"

노인이 선문답처럼 물었다.

길이 있다. 길은 마을에 닿고, 거기에 사람이 있다. 길은 그곳을 떠나고 돌아오게 하는 유일한 통로다. 그러기에 길은 운명의 출구이며, 영원한 회귀를 가능하게 하는 안식의 입구다. 그러나 사람의 발길이 끊어질 때 길은 더 이상 길이 아니다. 인적이 끊어진 길은 무성한 잡풀에 은폐되고, 마을은 고립되며, 머지않아 아무도 살지 않게된다. 그렇게 길은 사라진다. 길은 사람이 만들고, 그 사람이 지운다. 눈 밝은 사람은 이 '길'의 논리가 '이데올로기'를 설명하기 위한 어쭙잖은 장치라는 사실을 눈치 챘으리라. 이미 일제 강점기부터 굳어지기 시작했던 좌우익의 대립 양상은 반세기를 넘는 동안 한국의 현대사를 수없이 왜곡해왔다는 사실에 비추면, 이 길의 논리야말로 이데올로기의 첨예한 대립을 풀어낼 수 있는, 어쩌면 유일한 길이 될수도 있다. 군사독재가 가능했을 때 한반도민의 반은 동포가 아니라 적이었다. 적을 동포라 말하는 자는 당연히 이적 행위자였고, 이적자로 내몰린 무리는 그들의 적이 되었다. 길이 사라진 것이다. 원래하나의 길이 있다가 새로이 생겨난 다른 길을 인정하지 못했던 잘못이 결국은 두 개의 길을 모두 지워버렸다.

1992년 12월.

선우활은 그의 친할아버지인 선우명과 계룡산 어느 골짜기에서 해후했다. 그때 아흔 두 살이었다. 하지만 그는 선우활을 알지 못했다. 당신의 치매는 당신이 살아냈던 영욕의 세월만큼이나 깊고 깊었다. 하지만 당신의 정신 어느 깊숙한 곳에 남아 있던 하나의 이름을 들먹여 당신을 힘겹게 찾아온 당신의 손자를 혼란에 빠뜨렸다. 거명한 이름은 인국이었다.

"네가 인국이냐?"

인국은 당신이 닿을 수 없는 먼 곳에 있었다. 그는 한쪽의 사람들이 이미 인정할 수 없었던 다른 길에 서 있었다. 그러나 길은 그 길을 가려하는 자를 막지 못하는 법이다. 그들은 언젠가 다시 만날 수 있을 것이다. 왜냐하면 그들은 이미 그 길의 논리를 터득할 만큼 오랜 세월을 고통으로 보냈기 때문이다. 죽음을 막을 수 있는 자는 아무도 없고, 그 죽음 뒤의 일을 아는 자 또한 아무도 없다.

◆

그해 겨울, 선우활은 조부 선우명을 모시고 대권의 소용돌이가 휩쓸고 간 서울로 돌아왔다. 그리고 이듬해 봄, 선우활은 그동안 신변의 보호를 위해 부산에 칩거하고 있던 남미현과 결혼을 했다. 그의 결혼식이 열리던 공항터미널예식장 입구에는 크고 아름다운 화환이 놓여 있었고, 그 화환에 매달린 희고 기다란 리본에는 '축 결혼, 선우정규'라고 씌어 있었다. 그의 결혼식에 참석한 사람 중에는 민영후 형사와 백종명도 있었고, 아이제나흐의 박정욱도 잠시 얼굴을 비쳤다. 윤완은 아름다운 축시를 낭송했다. 선우활은 수배자였지만 그 누구로부터도 위해를 입지 않았다. 물론 경찰에 체포되는 일도 일어나지 않았다.

그해 가을, 윤완은 계간지 〈문학세계〉에 장편소설을 발표하려 했으나, 최종 교정까지 본 소설은 지면에 실리지 못했다. 책이 출간되는 날 이문호 기자의 묘소로 찾아가 국화꽃 한 다발과 그의 책을 영전에 바치려 했던 계획은 이루어지지 못했다.

윤완의 아버지 윤달진 선생은 영국으로 찾아온 그의 딸 윤선과 사위 장인국을 만날 수 있었다. 선우활의 의형인 장인국은 그 몇 달 전 미국에 정치 망명을 신청했다. 그러나 그와 그의 처 윤선은 북한과 남한, 어디로도 갈 수 없는 처지였다. 그들에게는 동지도 적도 존재하지 않았다. 어쩌면 존재하는 모두가 적일는지도 몰랐다.

(끝)

1987

초판인쇄 2013년 2월 15일
초판발행 2013년 2월 25일

지은이 | 하창수

편집주간 | 김성
본문디자인 | 이은주
표지디자인 | 정은경디자인

펴낸곳 | 호메로스(리즈앤북)
펴낸이 | 김제구

인쇄·제본 | 한영문화사

등록번호 | 제 22-741호   등록일자 | 2002년 11월 15일
주소 | 121-841 서울시 마포구 서교동 446-36 y빌딩 2층
전화 | 02) 332-4037   팩스 | 02) 332-4031
이메일 | ries0730@naver.com

ISBN 978-89-90522-81-8

• 호메로스는 리즈앤북의 인문 소설 브랜드입니다.